BASTEI
LÜBBE

CHESTER HIMES

DER HIMMEL IST SCHWARZ

Drei Romane in einem Band

Ins Deutsche übertragen
von Wilm W. Elwenspoek

Mit einem Nachwort von
Stefan Bauer

BASTEI
LÜBBE

BASTEI-LÜBBE-TASCHENBUCH
Band 13 614

Erste Auflage:
Januar 1995

Die Geldmacher von Harlem

Originaltitel:
The Five-Corned Square
For Love of Imabelle
Heiße Nacht für kühle Killer

Originaltitel:
The Real Cool Killers
Harlem dreht durch

Originaltitel: All Shot Up

Deutsche Lizenzausgabe 1995
Bastei-Verlag Gustav H. Lübbe
GmbH & Co., Bergisch Gladbach
Nachwort von Stefan Bauer
Titelbild: Rainer Schäfer
Umschlaggestaltung:
Quadro Grafik, Bensberg
Satz: KCS GmbH,
Buchholz/Hamburg
Druck und Verarbeitung:
Koninklijke Wohrmann B. V.
Zutphen, Niederlande
Printed in Holland

ISBN 3-404-13614-4

Der Preis dieses Bandes
versteht sich einschließlich der
gesetzlichen Mehrwertsteuer.

Die Geldmacher von Harlem

1

Hank zählte den Packen Geld. Es war eine Menge Geld. Es waren einhundertfünfzig nagelneue Zehndollarnoten. Er sah Jackson mit kalten, gelben Augen an.

»Du hast mir fünfzehn Hunderter gegeben, stimmt's?«

Er wollte es klar haben. Er war streng geschäftlich.

Hank war ein kleiner, adretter Bursche, mit fleckiger brauner Haut und dünnem, gestrafftem Haar. Er sah nach einem Geschäftsmann aus.

»Stimmt«, bestätigte Jackson, »fünfzehnhundert Dollar.«

Auch Jackson war streng geschäftlich.

Jackson war ein untersetzter, fetter schwarzer Mann mit hochrotem Zahnfleisch und perlweißen Zähnen, die zum Lachen geschaffen waren. Aber Jackson lachte nicht. Jackson war es zu ernst, um zu lachen. Jackson war erst achtundzwanzig Jahre alt, aber es ging um eine so ernste Angelegenheit, daß er gut zehn Jahre älter aussah.

»Und ich soll dir fünfzehn Tausender machen, stimmt's?« drängte Hank ihn.

»Stimmt«, bestätigte Jackson, »fünfzehntausend Dollar.« Er versuchte heiter und gelassen zu klingen, aber er war ängstlich. Unter seinem kurzen, krausen Haar trat Schweiß hervor. Sein rundes schwarzes Gesicht glänzte wie eine Glaskugel.

»Mein Anteil is zehn Prozent – fünfzehn Hunderter – stimmt's?«

»Jawohl, ich bezahl dir für das Geschäft fünfzehnhundert Dollar.«

»Und ich bekomme fünf Prozent für mich«, sagte Jodie. »Das sind siebenhundertfünfzig, klar?«

Jodie war Gelegenheitsarbeiter, mittelgroß, dunkelfarbig, mit rauher Haut und muskulös. Er trug eine Lederjacke und eine Militärhose. Sein langes, dichtes Haar war an den Enden gestrafft und brandrot. An den Wurzeln, wo es aus der Kopfhaut heraustrat, war es kraus und schwarz. Seit Silvester hatte er es nicht mehr schneiden lassen, und inzwischen war schon Mitte Februar. Ein Blick auf Jodie genügte, um zu erkennen, daß er eindeutig ein zuverlässiger, biederer Bursche war.

»Gut«, sagte Jackson, »du bekommst siebenhundertfünfzig für dich.«

Jodie war es gewesen, der Hank veranlaßte, ihm all dieses Geld zu machen. »Und den Rest krieg ich«, sagte Imabelle.

Die anderen lachten.

Imabelle war Jacksons Mädchen. Sie war eine vollippige, heißblütige, bananenfarbene Person mit gefleckten braunen Augen und hohen, gewölbten, wie auf Kugellager laufenden Hüften. Jackson war so verrückt auf sie wie ein Elchbulle auf eine Elchkuh.

Sie standen um den Küchentisch herum. Das Fenster ging auf die 142nd Street. Schnee fiel auf die frosterstarrten Müllhaufen, die sich wie Dämme an den Randsteinen entlangzogen, so weit man sehen konnte.

Jackson und Imabelle wohnten in einem Zimmer am anderen Ende des Gangs. Aber ihre Wirtin war bei der Arbeit, und die anderen Mieter waren abwesend. Sie hatten die Wohnung ungestört für sich.

Hank wollte aus Jacksons hundertfünfzig Zehndollarnoten hundertfünfzig Einhundertdollarnoten machen.

Jackson beobachtete gespannt, wie Hank jede Note sorgfältig in ein Blatt chemisches Papier einrollte, die Rolle dann in eine Pappröhre in der Form eines Knallfroschs schob und die Röhren in dem Backofen des neuen Gasherdes stapelte.

Jacksons Augen waren rot vor Argwohn.

»Bist du sicher, daß du das richtige Papier hast?«

»Das muß ich doch wissen. Ich hab es ja gemacht«, antwortete Hank. Hank war der einzige Mann auf der Welt, der das chemisch behandelte Papier besaß, womit man den Nennwert von Banknoten erhöhen konnte. Er hatte dieses Papier selbst erfunden.

Dessen ungeachtet beobachtete Jackson scharf jede einzelne

Bewegung Hanks. Er studierte sogar Hanks Hinterkopf, wenn Hank sich umdrehte, eine Röhre mit Geld in den Backofen des Gasherdes zu schieben.

»Mach dir doch nicht so viel Sorgen, Daddy«, sagte Imabelle und legte ihre nackten gelben Arme über seine schwarzbekleideten Schultern. »Du weißt, es kann nicht schiefgehen. Du hast selbst schon gesehen, daß er's gemacht hatte.«

Jackson hatte schon zugesehen, wie Hank es gemacht hat, das stimmte. Vor zwei Tagen hatte Hank es ihm vorgeführt. Unmittelbar vor Jacksons Augen hatte er einen Zehner in einen Hunderter verwandelt. Jackson war mit dem Hunderter zur Bank gegangen. Dem Bankbeamten sagte er, er hätte beim Würfeln gewonnen, und hatte ihn gefragt, ob der Geldschein gut wäre. Der Bankbeamte hatte geantwortet, er sei ebensogut wie die in der Notenbank gedruckten. Hank hatte den Hunderter wechseln lassen und Jackson seinen Zehner zurückgegeben. Jackson wußte, daß Hank es konnte.

Aber dieses Mal ging's ums Ganze.

Das war alles Geld, das Jackson in der Welt besaß, alles Geld, das er in den fünf Jahren gespart hatte, die er bei Mr. H. Exodus Clay, dem Leichenbestatter, arbeitete. Und das war nicht so leicht gewesen. Er fuhr die Limousinen bei den Begräbnissen, holte die Toten mit dem Leichenwagen ab, säuberte die Kapelle, wusch die Leichen, fegte den Einbalsamierungsraum, schleppte die Abfallkübel mit geronnenem Blut, weggeschnittenem Fleisch und verfaulenden Gedärmen weg.

Dabei war auch alles Geld, das er von Mr. Clay als Vorschuß auf sein Gehalt herausbekommen hatte, alles Geld, das er bei seinen Freunden leihen konnte. Er hatte einen guten Anzug, seine goldene Uhr, seine imitierte Brillantenkrawattennadel und den goldenen Siegelring, den er in der Tasche eines Toten gefunden hatte, versetzt. Jackson wollte vermeiden, daß etwas schiefging.

»Ich hab keine Sorgen«, sagte Jackson, »bin nur nervös. Das is alles. Ich will nich erwischt werden.«

»Wie sollen wir denn erwischt werden, Daddy? Keiner hat doch eine Ahnung, was wir hier machen?«

Hank schloß die Backofentür und zündete das Gas an.

»Jetzt mach ich einen reichen Mann aus dir, Jackson.«

»Gedankt sei dem Herrn! Amen«, sagte Jackson und bekreuzigte sich.

Er war kein Katholik. Er war Baptist, Mitglied der Ersten Baptistenkirche von Harlem. Er war ein sehr religiöser junger Mann. Immer wenn er Befürchtungen bekam, bekreuzigte er sich, nur um sicherzugehen.

»Setz dich, Daddy«, sagte Imabelle, »deine Knie zittern.«

Jackson setzte sich an den Tisch und starrte auf den Gasherd. Imabelle stand neben ihm und zog seinen Kopf fest gegen ihren Busen. Hank blickte auf seine Uhr. Jodie stand neben ihnen, den Mund weit offen.

»Is es noch nicht fertig?« fragte Jackson.

»Nur noch eine Minute«, antwortete Hank.

Er ging zum Spülstein, um einen Schluck Wasser zu trinken.

»Is die Minute noch nicht vorbei?« fragte Jackson.

In diesem Augenblick explodierte der Gasherd mit solcher Gewalt, daß die Backofentür aufflog.

»Hölle und Teufel«, schrie Jackson. Er fuhr von seinem Stuhl hoch, als ob er unter seinem Hosenboden explodiert wäre.

»Paß auf, Daddy«, schrie Imabelle und warf sich so kräftig gegen Jackson, daß er flach auf den Rücken fiel.

»Im Namen des Gesetzes: alles hierbleiben«, schrie eine neue Stimme.

Ein großer, schlanker farbiger Mann mit dem strengen Blick eines Polizisten stürmte in die Küche. In seiner rechten Hand hielt er eine Pistole und in seiner linken seine vergoldete Dienstmarke.

»Ich bin Marshall der Vereinigten Staaten. Ich schieße auf jeden, der eine Bewegung macht.«

Er sah aus, als ob er es ernst meinte.

Die Küche hatte sich mit dem Rauch und dem Gestank wie von Schwarzpulver gefüllt. Gas strömte aus dem Herd. Die verkohlten Pappröhren, die im Backofen geschmort hatten, lagen über den Boden verstreut.

»Polizei«, kreischte Imabelle.

»Ich hab's verstanden«, schrie Jackson.

»Nix wie weg«, gellte Jodie.

Er stieß den Marshall gegen den Tisch und sprang zur Tür. Hank erreichte sie vor ihm, und Jodie folgte ihm hinaus. Der Marshall lag quer über dem Tisch.

»Lauf, Daddy«, drängte Imabelle.

»Wart nich auf mich«, antwortete Jackson.

Er lag auf Händen und Knien und gab sich größte Mühe, auf die Füße zu kommen. Aber Imabelle hatte es so eilig fortzukommen, daß sie über ihn stolperte und ihn wieder zu Boden warf, als sie zur Tür lief.

Ehe der Marshall sich wieder aufrichten konnte, waren alle drei entkommen.

»Rühren Sie sich nicht«, schrie er Jackson an.

»Ich rühr mich nich, Marshall.«

Als der Marshall sich schließlich wieder auf seine Füße gebracht hatte, riß er Jackson vom Boden hoch und ließ ein Paar Handschellen um seine Handgelenke zuschnappen.

»Sie haben versucht, mich zu täuschen. Dafür kriegen Sie zehn Jahre.«

Jackson wurde so grau wie ein Schlachtschiff.

»Ich nix getan haben, Marshall. Ich schwören bei Gott.«

»Setzen Sie sich und halten Sie den Mund!« befahl der Marshall. Er drehte das Gas ab und begann die Pappröhren als Beweismittel aufzulesen. Er öffnete eine und zog eine nagelneue Hundertdollarnote heraus und hielt sie gegen das Licht.

»Ha! Aus einem Zehner gemacht! Die Spuren sind noch deutlich zu sehen!«

Jackson, der sich gerade setzen wollte, hielt in hockender Stellung über dem Stuhlsitz inne und begann zu flehen.

»Ich hab das nich gemacht, Marshall. Das schwöre ich bei Gott. Das waren die zwei, die fortgelaufen sind. Ich bin nur in die Küche gekommen, um Wasser zu trinken.«

»Lügen Sie mich nicht an, Jackson. Ich kenne Sie. Ich habe die Beweise gegen Sie in der Hand. Seit Tagen habe ich euch drei Geldfälscher beobachtet.«

Tränen traten Jackson in die Augen, so verängstigt war er.

»Glauben Sie mir, Marshall. Ich schwöre bei Gott, daß ich nichts damit zu tun habe. Ich weiß nich mal, wie man's macht. Der Kleine, der Hank heißt und weggelaufen is, das is der Fälscher. Er is der einzige, der das Papier hat.«

»Keine Sorge, Jackson. Den fasse ich auch noch. Aber Sie habe ich jetzt, und Sie bringe ich jetzt ins Bundesgefängnis. Ich warne Sie also. Alles, was Sie sagen, wird Ihnen vor Gericht vorgehalten werden.«

Jackson glitt von dem Stuhl und fiel auf die Knie.

»Lassen Sie mich nur dies Mal gehen, Marshall.« Die Tränen begannen Jackson über das Gesicht zu rinnen. »Nur dieses eine Mal, Marshall. Ich bin noch nie verhaftet worden. Ich geh in die Kirche, ich bin nich unehrlich. Ich gebe zu, ich hab Hank das Geld gegeben, um Hunderter für mich draus zu machen. Aber er hat das Gesetz gebrochen und nich ich. Ich hab nichts getan als jeder andere auch, der die Chance hat, sich einen Haufen Geld zu machen.«

»Stehen Sie auf, Jackson. Tragen Sie ihre Schuld wie ein Mann«, befahl der Marshall streng. »Sie sind genauso ein Verbrecher wie die andern. Wenn Sie die Zehner nicht beigebracht hätten, hätte Hank auch keine Hunderter draus machen können.«

Jackson sah sich schon zehn Jahre im Gefängnis sitzen. Zehn Jahre ohne Imabelle. Jackson kannte Imabelle erst seit elf Monaten, aber ohne sie konnte er nicht mehr leben. Er wollte sie heiraten, sobald sie von diesem Mann da im Süden geschieden war, an den sie immer noch gebunden war. Wenn er für zehn Jahre eingesperrt würde, würde sie sich inzwischen einen anderen Mann nehmen und ihn völlig vergessen. Er würde als alter Mann aus dem Gefängnis kommen, achtunddreißig Jahre alt, ausgemergelt. Keiner würde ihm Arbeit geben. Keine Frau würde was von ihm wissen wollen. Er wäre ein Herumtreiber, hungrig, alt und schwach, würde in den Straßen Harlems betteln müssen, in Hauseingängen schlafen, billigen Fusel trinken, um sich warm zu halten. Dazu hatte Mami Jackson ihren Sohn nicht großgezogen, nicht darum gekämpft, ihn auf das Neger-College zu schicken, nur damit ein

Sträfling aus ihm werden würde. Er durfte sich einfach von dem Marshall nicht anzeigen lassen.

Mit seinen gefesselten Händen klammerte er sich an die Beine des Marshalls.

»Erbarmen mit einem armen Sünder, Mann. Ich weiß, daß ich unrecht hab, aber ich bin kein Verbrecher. Die andern haben mich dazu überredet. Mein Mädchen wollte einen neuen Wintermantel. Wir wollten eine eigene Wohnung, wenn's reichte, einen Wagen kaufen. Ich unterlag nur der Versuchung. Sie sind ein Farbiger, so wie ich. Sie sollten mich verstehen. Wie sollen wir armen Farbigen sonst je zu Geld kommen?«

Der Marshall zerrte Jackson auf die Füße.

»Verdammt, nehmen Sie sich zusammen, Mann. Trinken Sie ein Glas Wasser. Sie tun so, als ob ich Jesus Christus wäre.«

Jackson ging zu dem Spülstein und trank ein Glas Wasser. Er weinte wie ein kleines Kind. »Sie könnten ein bißchen Erbarmen haben«, schluchzte er. »Nur ein Tröpfchen Milch menschlicher Barmherzigkeit. Jetzt hab ich schon bei der Geschichte mein ganzes Geld verloren. Is das nich Strafe genug? Soll ich auch noch ins Gefängnis?«

»Jackson, Sie sind nicht der erste Verbrecher, den ich verhafte. Was soll denn werden, wenn ich jeden laufen lasse? Wo käme ich da hin? Meine Stellung würde ich verlieren, hätte kein Geld und Hunger. Bald würde ich selbst gegen das Gesetz verstoßen, auch ein Verbrecher werden.«

Jackson sah in das harte braune Gesicht und die kalten, bösartigen Augen des Marshall. Er wußte, in dem Mann war kein Erbarmen. Wenn sich ein Farbiger erst auf die Seite des Gesetzes stellt, stößt er alles christliche Erbarmen von sich, dachte er.

»Marshall, ich gebe Ihnen zweihundert Dollar, wenn Sie mich laufen lassen«, flehte er.

Der Marshall fixierte Jacksons nasses schwarzes Gesicht.

»Jackson, ich sollte das nich tun, aber ich kann sehen, daß Sie ein ehrlicher Mann sind. Sie wurden nur von einem Weib verleitet. Und da ich ebenso ein Farbiger bin wie Sie, lasse ich Sie diesmal laufen. Geben Sie mir die zweihundert Dollar, und Sie sind frei.«

Der einzige Weg, wie Jackson diesseits des Grabes zu zweihundert Dollar kommen konnte, war, daß er sie seinem Chef stahl. Mr. Clay bewahrte immer zwei- oder dreitausend Dollar in seinem Safe auf. Jackson hatte nie in seinem Leben Geld gestohlen. Er war ein ehrlicher Mann, aber es gab keinen anderen Ausweg aus dieser Klemme.

»Ich hab sie nich bei mir, Marshall. Ich hab sie in dem Bestattungsinstitut, wo ich arbeite.«

»Also wenn das der Fall ist, werde ich Sie in meinem Wagen dorthin bringen, Jackson. Sie müssen mir aber Ihr Ehrenwort geben, keinen Fluchtversuch zu unternehmen.«

»Ich bin kein Verbrecher«, protestierte Jackson. »Ich werd nich versuchen fortzulaufen. Das schwör ich bei Gott. Ich werd nur ins Haus gehen, um das Geld zu holen. Ich bring's Ihnen raus.«

Der Marshall schloß Jacksons Handschellen auf und winkte ihm vorzugehen. Sie stiegen die vier Treppen hinunter und kamen auf die Eighth Avenue hinaus, an der das Apartmenthaus lag.

Der Marshall deutete auf einen abgeklapperten schwarzen Ford. »Sie können sehen, daß ich selbst ein armer Mann bin, Jackson.«

»Ja, Sir, aber Sie sind nich so arm wie ich, weil ich nich nur nichts habe, sondern weniger als nichts.«

»Jetzt ist es zu spät, um zu weinen, Jackson.«

Sie stiegen in den Wagen und fuhren nach Süden bis zur 134th Street, dann nach Osten bis zur Ecke der Lennox Avenue, und parkten vor dem Bestattungsinstitut von H. Exodus Clay.

Jackson stieg aus und schlich leise über die mit roten Gummimatten belegten hohen Steinstufen hinauf, trat durch die verhängte Glastür in das alte Steinhaus und spähte in die trüb beleuchtete Kapelle, in der drei Leichen in offenen Särgen aufgebahrt waren.

Smitty, der andere Chauffeur und Helfer, schäkerte still und hingebungsvoll mit einem Mädchen auf einer der mit rotem Samt bespannten Bänke. Sie glich denen, worauf die Särge standen. Er hatte Jackson nicht kommen hören.

Auf Zehenspitzen schlich Jackson leise an der Tür vorbei und durch den Gang zur Besenkammer hinunter. Er nahm einen Mop und ein Staubtuch und schlich auf Zehenspitzen nach vorne zurück in das Büro.

Wenn sie kein Begräbnis hatten, hielt Mr. Clay um diese Zeit am Nachmittag auf der Couch in seinem Büro ein Schläfchen. Marcus, der Einbalsamierer, hatte dann das Kommando, aber Marcus verdrückte sich immer und verschwand nach Small's Bar, drüben an der Ecke 135th Street und Seventh Avenue, und überließ es Smitty, Trauergäste zu empfangen.

Leise öffnete Jackson die Tür zu Mr. Clays Büro, trat auf Zehenspitzen ein, lehnte den Mop gegen die Wand und begann den kleinen, schwarzen Safe abzustauben, der in der Ecke neben einem altmodischen Rollbüro stand. Die Tür des Safes war zu, aber nicht verschlossen.

Mr. Clay lag auf der Seite, das Gesicht zur Wand. In dem gedämpften Licht der Stehlampe, die ständig vor dem Vorderfenster brannte, sah er aus, als ob er aus einem Museum entkommen wäre.

Es war ein kleiner älterer Mann mit einer Haut wie Pergament, verblaßten braunen Augen und langem braunen, buschigen Haar. Sein Standardanzug war ein Gehrock, eine zweireihige, taubengraue Weste, gestreifte Hose, Eckenkragen mit schwarzer Ascotkrawatte, die mit einer grauen Perle geschmückt war, und ein randloser Kneifer, der an einem langen schwarzen Band an seiner Weste befestigt war.

»Bist du das, Marcus?« fragte er plötzlich, ohne sich umzudrehen.

Jackson fuhr zusammen. »Nein, Sir. Ich bin's, Jackson.«

»Was tust du denn hier, Jackson?«

»Ich staube ab, Mr. Clay«, antwortete Jackson, während er vorsichtig die Tür des Safes aufzog.

»Ich dachte, du hast deinen freien Nachmittag?«

»Ja, Sir, aber ich erinnerte mich, daß heute abend Mr. Williams Familie kommen will, um von Mr. Williams sterblicher Hülle Abschied zu nehmen, und ich weiß doch, daß Sie alles tadellos haben wollen, wenn die kommen.«

»Übertreibe nicht, Jackson«, sagte Mr. Clay schläfrig, »ich habe nicht die Absicht, dein Gehalt zu erhöhen.«

Jackson zwang sich zu einem Lachen.

»Ach, Sie machen immer Witze, Mr. Clay. Außerdem is mein Mädchen nich zu Hause. Sie macht einen Besuch.«

Während Jackson sprach, öffnete er die innere Tür des Safes.

»Dachte mir gleich, daß du einen anderen Grund hast«, murmelte Mr. Clay.

In dem Geldfach lag ein Stapel Zwanzigdollarnoten, die jeweils zu hundert Dollar gebündelt waren.

»Haha, Sie machen immer Witze, Mr. Clay«, sagte Jackson, nahm fünf der Päckchen an sich und steckte sie in seine Hosentasche. Er klapperte mit dem Griff des Mops, während er die zwei Türen des Safes schloß.

»Lieber Gott, du mußt mir das in meiner Not einfach vergeben«, betete er stumm vor sich hin und sagte dann mit lauter Stimme: »Jetzt muß ich die Treppe noch saubermachen.«

Mr. Clay antwortete nicht.

Auf Zehenspitzen schlich Jackson zum Besenschrank zurück, brachte Staubtuch und Mop darin unter, schlich auf Zehenspitzen leise zur Eingangstür zurück. Smitty und das Mädchen schäkerten immer noch.

Jackson verließ lautlos das Haus und ging über die Stufen zu dem Wagen des Marshalls hinunter. Er hielt zwei der Hundertdollarbündel in der Hand zusammengeknüllt und streckte sie durch das offene Fenster dem Marshall hin.

Der Marshall hielt das Geld zwischen seinen Knien fest, während er es zählte. Dann nickte er und schob es in seine Innentasche.

»Lassen Sie sich das eine Lehre sein, Jackson«, sagte er. »Verbrechen macht sich nicht bezahlt.«

2

Sobald der Marshall fortgefahren war, begann Jackson zu laufen. Er wußte, daß Mr. Clay als erstes sein Geld zählen würde, wenn er erwachte. Nicht weil er den Verdacht hatte, jemand würde es ihm stehlen. Es war immer jemand da, der aufpaßte. Es war einfach seine Gewohnheit. Mr. Clay zählte sein Geld, wenn er sich schlafen legte, und zählte es wieder, wenn er aufwachte.

Er zählte es, wenn er seinen Safe aufschloß und wenn er ihn wieder abschloß. Wenn er nicht anderweitig beschäftigt war, zählte er es jeden Tag fünfzehn- bis zwanzigmal.

Jackson wußte, daß er anfangen würde, seine Angestellten auszufragen, sobald er die fünfhundert Dollar vermißte. Er würde die Polizei nicht rufen, solange er nicht völlig sicher war, wer sein Geld gestohlen hatte. Der Grund dafür war, Mr. Clay glaubte an Geister. Mr. Clay wußte verdammt gut, wenn die Geister der von ihm Bestatteten anfingen, ihm das Geld wieder abzunehmen, um das er ihre Angehörigen betrogen hatte, befand er sich auf dem Weg ins Armenhaus.

Jackson wußte, wenn Mr. Clay den Verlust entdeckte, würde er nach ihm suchen. Er fühlte sich bedrängt, befand sich aber noch nicht in Panik. Wenn der Herr ihm nur genug Zeit ließ, Hank zu finden und zu veranlassen, aus den dreihundert Dollar in seiner Tasche dreitausend zu machen, war er vielleicht in der Lage, die fünfhundert in den Safe zurückzustecken, ehe Mr. Clay ihn verdächtigte.

Doch erst mußte er die Zwanzigdollarnoten in Zehndollarnoten umwechseln. Hank konnte den Wert von Zwanzigern nicht erhöhen, einfach deshalb, weil es keine Zweihundertdollarnoten gab.

Er lief zur Seventh Avenue hinunter und betrat Small's Bar. Marcus entdeckte ihn. Er wollte aber nicht von Marcus gesehen werden, wie er Geld wechselte. Darum ging er zur einen Tür hinein und zur anderen wieder hinaus und lief die Straße weiter bis zum Red Rooster. Dort hatten sie nur sechzehn Zehner in der Registrierkasse. Jackson nahm sie und wollte weiter. Ein Gast hielt ihn auf und wechselte ihm den Rest um.

Jackson bog von der Seventh Avenue ab und lief die 142nd Street entlang auf seine Wohnung zu. Als er über den nassen, vereisten Gehsteig rutschte und schlitterte, fiel ihm ein, daß er nicht wußte, wo er Hank suchen sollte. Imabelle hatte Jodie in der Wohnung ihrer Schwester in der Bronx kennengelernt.

Von ihrer Schwester Margie hatte Imabelle erfahren, daß Jodie einen Mann kenne, der Geld machen könne. Imabelle hatte Jodie überredet, mit Jackson darüber zu sprechen. Als Jackson sagte, daß er einen Versuch riskieren wolle, hatte Jodie ihn mit Hank zusammengebracht.

Jackson war überzeugt, daß Imabelle wisse, wo er Jodie, wenn nicht sogar Hank, finden könne. Nur wußte er nicht einmal, wo Imabelle jetzt war.

In der Nebenstraße blieb er hinter der Rückfront seines Hauses stehen und spähte zum Küchenfenster hinauf, um zu sehen, ob Licht brannte. Es war dunkel. Er versuchte sich zu erinnern, ob er selbst oder der Marshall das Licht ausgeschaltet hatte. Aber das war ohnehin gleichgültig. Wenn seine Wirtin von der Arbeit zurückkam, würde sie bestimmt in die Küche gehen und für fünfzehn Millionen Dollar Krach schlagen. Jackson ging um die Ecke zur Vorderseite des Apartmenthauses und kletterte beklommen die vier Treppen hinauf. Vor der Wohnungstür lauschte er. Von innen war kein Laut zu hören. Er schloß die Tür auf und trat leise ein. Er hörte niemanden herumgehen. Auf Zehenspitzen schlich er in sein Zimmer und schloß sich ein. Imabelle war nicht zurückgekehrt.

Eigentlich machte er sich keine Sorgen um sie. Imabelle war immer in der Lage, allein fertig zu werden. Aber er, er stand unter Zeitdruck.

Während er überlegte, ob er hier warten oder fortgehen und nach ihr suchen solle, hörte er, wie die Wohnungstür aufgeschlossen wurde. Jemand trat in den Gang und verschloß die Tür hinter sich. Schritte näherten sich. Die erste Tür im Gang wurde geöffnet.

»Claude«, rief eine gereizte Frauenstimme.

Sie erhielt keine Antwort. Die Schritte überquerten den Gang, die gegenüberliegende Tür wurde geöffnet.

»Mr. Canefield?«

Die Wirtin rief ihre Mieter auf.

»Das böseste Weib, das Gott je geschaffen hat«, murmelte Jackson. »Er muß sie aus Versehen gemacht haben.«

Wieder Schritte. Jackson kroch schnell unter das Bett. Er behielt seinen Mantel an und den Hut auf. Er hörte, wie die Tür geöffnet wurde.

»Jackson?«

Jackson konnte spüren, wie sie das Zimmer durchsuchte. Er hörte, wie sie versuchte, Imabelles großen Kabinenkoffer zu öffnen.

»Die halten den Koffer auch immer verschlossen«, beschwerte sie sich bei sich selbst. »Er und diese Person leben in Sünde zusammen, und er nennt sich dabei ein Christ. Wenn Christus wüßte, was für Christen er hier in Harlem hat, würde er ans Kreuz zurücksteigen und alles von vorn anfangen.«

Jackson hörte sie zur Küche gehen. Er wälzte sich unter dem Bett hervor und stand auf.

»Allbarmherziger Gott!« hörte er sie aufkreischen. »Wer hat denn meinen neuen Herd in die Luft gesprengt?«

Jackson riß die Tür seines Zimmers auf und eilte durch den Gang. Er trat aus der Wohnung hinaus, ehe sie ihn sah. Er lief die Treppe hinauf statt hinunter, nahm dabei zwei Stufen auf einmal. Kaum hatte er den Absatz hinter sich gebracht, als er die Wirtin durch den Flur hinter sich herjagen hörte.

»Wer ist das? Welcher niederträchtige Bastard«, schrie sie. »Bis du's, Jackson? Oder Claude? Ich will's euch lehren! Meinen neuen Herd zu sprengen!«

Jackson erreichte das Dach, schwang sich hinauf und lief zum Nebenhaus hinüber, hastete an einem Taubenstall vorbei und fand die Tür zum Treppenhaus unverschlossen. Wie ein Ball hüpfte er die Treppen hinunter, blieb aber am Eingang zur Straße stehen, um die Lage zu erkunden.

Seine Wirtin spähte aus der Tür des Nachbarhauses auf die

Straße. Er zog schnell den Kopf zurück und beobachtete aus seiner Deckung die Straße. Er sah Mr. Clays Cadillac um die Ecke biegen und anhalten. Smitty steuerte. Mr. Clay stieg aus und ging ins Haus.

Jackson wußte, daß sie nach ihm suchten. Er drehte sich um, lief schnell durch den Hausflur und zur Hintertür hinaus auf den kleinen, zementierten Hof, der mit Müllkübeln und Abfall angefüllt und von hohen Betonmauern umgeben war. Er stellte eine halb gefüllte Mülltonne gegen die Mauer, kletterte hinüber und riß sich dabei den Mittelknopf seines Mantels ab. Er war im Hinterhof des Gebäudes, das auf die 142nd Street ging. Durch den Hausgang lief er auf die Straße und wandte sich der Seventh Avenue zu. Ein kreuzendes Taxi kam in seine Richtung. Er hielt es an. Er mußte eine der Zehndollarnoten anbrechen, und das würde ihn hundert Dollar kosten. Aber das war jetzt nicht zu ändern. Er war in größter Eile.

Der Chauffeur war ein Farbiger. Jackson gab ihm die Adresse von Imabelles Schwester in der Bronx. Der schwarze Fahrer machte auf der vereisten Straße eine Kehrtwendung, als ob er gerne schleuderte, und fuhr wie ein Wahnsinniger los.

Margie lebte in einem Apartment an der Franklin Avenue. Normalerweise dauerte die Fahrt dreißig Minuten, aber der schwarze Fahrer schaffte es in achtzehn. Jackson saß die ganze Zeit wie auf Nägeln.

Margie sah wie Imabelle aus, nur war sie ordentlicher. Sie war dabei, ihr Haar zu entkrausen, als Jackson ankam. Sie hatte nur einen bösen, gelben Blick für ihn, weil sie dabei gestört wurde. In dem Apartment roch es wie nach angesengtem Schweinefleisch.

»Is Imabelle bei dir?« fragte Jackson. Er wischte sich den Schweiß von Nacken und Gesicht und zog sich seine Hose zurecht.

»Nein, sie is nich hier. Warum hast du nich angerufen?«

»Ich hab keine Ahnung, daß ihr Telefon habt. Seit wann denn?«

»Seit gestern.«

»Seit gestern hab ich dich noch nicht gesehen.«

»Nein, das stimmt.«

Sie ging zur Küche zurück, wo ihre Brennscheren in den Gasflammen lagen. Jackson folgte ihr. Seinen Mantel behielt er an.

»Weißt du, wo sie sein kann?«

»Von wem soll ich wissen, wo sie sein kann?«

»Imabelle.«

»Ach, die. Woher soll ich das wissen, wenn du's nicht weißt? Du lebst doch mit ihr zusammen.«

»Weißt du denn, wo ich Jodie finden kann?«

»Jodie? Wer soll das sein?«

»Sein Familiennamen kenn ich nich. Aber das is der, der dir und Imabelle von dem Mann erzählt hat, der Geld verändern kann.«

»Wozu denn Geld verändern?«

Jackson wurde wütend. »Er macht mehr draus, damit man mehr ausgeben kann. Dafür! Er macht aus Eindollarnoten Zehner und aus Zehndollarnoten Hunderter.« Sie wandte sich vom Gasherd ab und betrachtete Jackson. »Bist du betrunken? Wenn du voll bist, dann verschwind und komm nich eher zurück, bis du wieder nüchtern bist.«

»Ich bin nich betrunken. Du kommst mir betrunkener vor als ich. Sie hat den Mann gerade hier bei dir kennengelernt.«

»In meinem Haus? Ein Mann, der aus Zehndollarnoten Hundertdollarnoten macht? Wenn du nich betrunken bist, dann bist du verrückt. Wenn ich den Mann kennen täte, müßte er jeden Tag arbeiten, bis sein Kreuz lahm is.«

»Ich mein den anderen. Den Jodie. Den, der den Mann kennt, der aus Geld mehr macht.«

Margie nahm die heiße Brennschere und begann ihr krauses, rötliches Haar durch sie hindurchzuziehen, um es zu straffen. Rauch stieg von den versengenden Locken auf, und ein Geräusch war zu hören wie von brutzelnden Koteletts.

»Verdammt, jetzt hab ich mir wegen dir mein Haar verbrannt«, tobte sie.

»Tut mir leid, aber das is wichtig.«

»Meinst du, mein Haar is nich wichtig?«

»Nein, das meine ich nich. Ich meine, ich muß ihn finden.«

Sie schwang die heiße Brennschere wie eine Keule.

»Verschwinde, Jackson, und laß mich in Ruhe. Wenn Ima dir erzählt hat, sie hat in meinem Haus einen kennengelernt, der Jodie heißt, dann lügt sie. Und wenn du immer noch nich weißt, daß sie ein verlogenes Stück is, dann bist du ein Dummkopf.«

»Das is keine Art, über deine Schwester zu reden. Das laß ich mir nich gefallen.«

»Wer hat dich gebeten, herzukommen und mich zu belästigen?« schrie sie ihn an.

Jackson setzte seinen Hut auf und machte auf den Hacken kehrt. Er fing an, sich in die Ecke gedrängt zu fühlen, und Panik stieg in ihm auf. Er mußte noch vor dem Morgen sein verlorenes Geld zurück haben, oder er landete im Gefängnis. Und er wußte nicht, wo er sonst noch nach Imabelle suchen konnte. Er hatte sie vor einem Jahr bei einem Tanzabend der Bestattungsunternehmer im Savoy Ballroom kennengelernt. Tagsüber arbeitete sie bei Weißen im Haushalt und hatte keinen festen Freund. Er war mit ihr ausgegangen, doch als ihm das zu teuer wurde, war sie zu ihm gezogen.

Sie hatte keine engen Freunde. Es gab keinen Platz, wo sie sich verstecken konnte. Sie schloß sich nicht gern zu eng an andere an und wollte, daß niemand allzuviel über sie wußte. Jackson selbst wußte kaum etwas über sie, nur daß sie irgendwo aus dem Süden kam.

Aber er hätte sein Leben dafür eingesetzt, daß sie ihm treu war. Nur fürchtete sie sich vor etwas, doch er wußte nicht wovor. Das war es, was ihn beunruhigte. Vielleicht hatte der Marshall ihr so viel Angst eingejagt, daß sie für zwei oder drei Tage verschwand. Er konnte am nächsten Tag bei ihren weißen Arbeitgebern anrufen, um zu fragen, ob sie zur Arbeit gekommen wäre. Aber das wäre zu spät. Er brauchte sie jetzt sofort, um Hank zu finden, damit Hank aus seinem Geld mehr machte, oder sie saßen beide in der Klemme.

Jackson ging in einen Drugstore und rief seine Zimmerwirtin an. Er legte sein Taschentuch über die Sprechmuschel, um seine Stimme unkenntlich zu machen.

»Is Imabelle Jackson da, Ma'm?«

»Ich weiß, das bist du, Jackson. Mich täuschst du nich!« schrie sie ihn durch das Telefon an.

»Keiner will Sie täuschen, Lady. Ich frag nur, ob Imabelle Jackson da is.«

»Nein, is sie nich, Jackson. Und wenn sie hier wäre, dann säße sie jetzt im Gefängnis, wo du auch hinkommst, sobald die Polizei dich schnappt. Mein ganz neuen Herd in die Luft sprengen und meine Küche verdrecken und Ihrem Boss das Geld stehlen, das er auf die Seite gelegt hat, um die Toten zu begraben, und Gott weiß was noch alles versuchen! So tun, als ob du ein anderer bist, wenn du hier anrufst, weil du glaubst, ich kenn deine Stimme nich, die ich so oft gehört hab, wenn du mich gebeten hast, die Miete erst nächste Woche zu bezahlen. Und dann dieses gelbe Weibsstück in mein Haus bringen und es zerstören, nach allem, was ich für dich getan hab.«

»Ich versuch ja gar nich, meine Stimme zu verstellen. Ich steck nur in der Klemme. Das is alles.«

»Das sagst du mir. Du steckst tiefer drin, wie du ahnst.«

»Den Herd werd' ich bezahlen.«

»Wenn du's nich tust, kommst du überhaupt nich mehr aus dem Gefängnis raus.«

»Deswegen brauchen Sie sich nich sorgen. Ich bezahle es gleich morgen früh. Als erstes.«

»Ich geh morgen arbeiten.«

»Dann bezahl ich gleich, wenn Sie nach Haus kommen.«

»Wenn du dann nicht schon im Gefängnis bist. Was hast du von Mr. Clay gestohlen?«

»Ich hab von niemandem was gestohlen. Was ich will is, wenn Imabelle nach Hause kommt, soll sie gleich nach Hank suchen . . .«

»Wenn sie heut abend herkommt, sie oder du, und mir nich hundertsiebenundfünfzig Dollar und fünfundneunzig Cent für meinen Herd bezahlt, hat sie keine Chance mehr, wen zu suchen. Dann sieht sie nur noch den Richter, dem sie morgen früh vorgeführt wird.«

»Und Sie nennen sich eine Christin?« fragte Jackson wütend. »Da stecken wir in der Klemme, und . . .«

»Wer ist denn noch ein so schlechter Christ wie du?« schrie sie zurück. »Ein Dieb und ein Lügner, führst ein Leben in Sünde, sprengst mein Ofen, beraubst die Toten. Gott wird dich von seinem Angesicht verstoßen! Das sag ich dir.«

Sie legte den Hörer so hart auf die Gabel, daß es Jackson in den Ohren klirrte.

Er verließ die Telefonzelle, wischte sich den Schweiß von seinem runden, glänzenden schwarzen Gesicht.

»So was nennt sich Christin«, murmelte er vor sich hin. »Sie kann kein schlimmerer Teufel sein, und wenn sie zwei Hörner hätt.«

Barhäuptig stand er an der Ecke und ließ seinen Kopf abkühlen. Es blieb ihm nichts mehr übrig als zu beten. Er winkte ein Taxi heran und fuhr nach Harlem zurück zum Haus seines Geistlichen an der 139th Street beim Sugar Hill.

Reverend Gaines war ein Baptistenprediger erster Klasse, auf dem besten Wege, Bischof zu werden. Er war ein großer schwarzer Mann mit einer mächtigen Stimme und tief religiös. Er glaubte an eine Feuer- und Schwefelhölle und hatte kein Mitgefühl mit Sündern, die er nicht bekehren konnte. Wenn sie sich nicht bessern wollten, sich dem Herrn unterwerfen, in seine Kirche eintreten und rechtschaffen leben, dann sollten sie in der Hölle braten. Daran gab's nichts zu deuteln. Ein Mann konnte nicht sonntags ein Christ sein und an sechs Tagen in der Woche sündigen. So ein Mann mußte Gott für einen Dummkopf halten.

Er schrieb an seiner Predigt, als Jackson bei ihm ankam. Aber weil Jackson ein gutes Mitglied seiner Gemeinde war, legte er seine Arbeit beiseite.

»Willkommen, Bruder Jackson. Was bringt Euch zum Haus des Hirten des Herrn?«

»Ich steck in der Klemme, Reverend.«

Reverend Gaines fingerte an dem seidenen Aufschlag seiner Hausjacke aus blauem Flanell. Der Brillant an seinem dritten Finger funkelte im Licht.

»Eine Weibergeschichte?« fragte er leise.

»Nein, Sir, mein Mädchen ist mir treu. Wir werden heiraten, sobald sie ihre Scheidung bekommt.«

»Wartet nicht zu lange damit, Bruder. Ehebruch ist eine Todsünde.«

»Wir können nix tun, solange sie ihren Mann nicht findet.«

»Also Geld!

»Ja, Sir.«

»Ihr habt Geld gestohlen, Bruder Jackson?«

»Ganz so war es nicht. Es is einfach, daß ich dringend Geld brauch, oder es sieht so aus, als ob ich Geld gestohlen hab.«

»Ah so, ich verstehe«, sagte Reverend Gaines. »Laß uns beten, Bruder Jackson.«

»Ja, Sir, das wollt ich.«

Sie knieten nebeneinander auf dem teppichbelegten Boden. Reverend Gaines sprach das Gebet.

»Herr, hilf diesem Bruder, seine Schwierigkeit zu überwinden.«

»Amen«, sagte Jackson.

»Hilf ihm, das Geld, das er braucht, auf ehrliche Weise zu bekommen.«

»Amen.«

»Hilf seinem Mädchen, daß sie ihren Mann findet und ihre Scheidung bekommt und rechtschaffen leben kann.«

»Amen.«

»Segne alle die armen Sünder in Harlem, die sich wegen ihren Frauen und dem Geld in großen Schwierigkeiten befinden.«

»Amen.«

Reverend Gaines' Haushälterin steckte ihren Kopf in das Zimmer.

»Abendessen is fertig, Reverend«, sagte sie. »Mrs. Gaines hat sich schon an den Tisch gesetzt.«

Reverend Gaines sagte: »Amen.«

Und auch Jackson konnte nur wiederholen: »Amen.«

»Der Herr hilft denen, die sich selbst helfen, Bruder Jackson«, sagte Reverend Gaines und begab sich eilig zu seinem Abendessen.

Jackson fühlte sich bedeutend wohler. Seine Panik war vorüber, und er begann mit seinem Kopf zu denken statt mit seinen Füßen. Die Hauptsache war, den Herrn auf seiner Seite zu haben. Er hatte schon geglaubt, der Herr habe ihn verlassen.

Auf der Seventh Avenue erwischte er ein Taxi, fuhr zur 125th Street hinunter und ging ins »Last Word«, einen Schuhputzsalon und Plattenladen an der Ecke der Eighth Avenue.

Er setzte neunzig Dollar beim Lotto für diese Nacht, riskierte jeweils einen Einsatz von fünf Dollar. Er spielte die Geldreihe: Die glückliche Dame. Die fröhlichen Tage. Die wahre Liebe. Die Sonne wird scheinen, Gold, Silber, Brillanten, Dollar und Whisky. Und um sicherzugehen, spielte er auch das Gefängnis, den Todesweg. Die Frau kommt zurück. Das betrügerische Mädchen. Den Scherbenhaufen. Trübe Tage und Gefahr. Er wollte nichts unversucht lassen.

Während er hinter aufgezogenen Plakaten mit Bildern von Bach und Beethoven auf seine Zahlen setzte, legte das Mädchen, das die wirklichen Sachen verkaufte, auf Verlangen eine Rock-and-Roll-Platte auf, die Schuhputzer schlugen mit ihren Poliertüchern den Takt wie auf Tam-Tams. Jacksons Füße nahmen den Rhythmus auf, bewegten sich in Tanzschritten, als ob sie von den Befürchtungen in seinem Herzen nichts wüßten.

Plötzlich begann sich Jackson glücklich zu fühlen. Er gab die Hoffnung auf, Hank heute noch zu finden. Er machte sich weiter keine Sorgen mehr um Imabelle. Er hatte das Gefühl, als könnte er viermal hintereinander in einer Reihe Vieren werfen.

»Mann, das kannst du mir glauben, mir geht's großartig«, sagte er zu einem der Schuhputzer.

»Gute Laune ist ein Vorzeichen des Todes, Daddy-O«, sagte der Boy.

Aber Jackson vertraute dem Herrn und begab sich um die Ecke zu einem Spielklub in der 126th Street, wo gewürfelt wurde.

3

Jackson stieg die Treppen in den dritten Stock hinauf und klopfte an eine rote Tür an dem hell erleuchteten Vorplatz.

Hinter dem runden Guckloch wurde eine Metallscheibe beiseitegeschoben. Jackson konnte das Gesicht nicht sehen, aber der Wächter sah ihn.

Die Tür öffnete sich. Jackson trat in eine gewöhnliche Küche.

»Willst du selbst rollen oder mit ihnen rollen?« fragte der Aufpasser.

»Selbst rollen«, antwortete Jackson.

Der Aufpasser durchsuchte ihn, nahm ihm seine Nagelfeile ab und legte sie auf die Anrichte neben mehrere männermordende Messer und scharfschießende Pistolen.

»Wie kann ich damit einem was tun?« protestierte Jackson.

»Du kannst einem die Augen ausstechen.«

»Die Spitze is nich mal lang genug, um durch ein Lid zu stechen.«

»Widersprich nich, Mann. Geh weiter bis zur letzten Tür rechts«, sagte der Wächter und lehnte sich gegen den Rahmen der Eingangstür.

Am Türrahmen befanden sich drei lockere Nägel. Wenn der Wächter auf sie drückte, blinkten in dem Salon, den Schlafzimmern und dem Würfelzimmer Warnlichter auf. Einmal blinken bedeutete ein neuer Kunde, zweimal die Polizei.

Ein anderer Wächter öffnete von innen die Tür zu dem Würfelraum, schloß sie hinter Jackson und drehte den Schlüssel wieder um.

Mitten in dem Raum stand ein großer Billardtisch. An einer Wand befand sich ein Regal mit Billardkugeln und Billardstöcken. Die Würfelspieler drängten sich im grellen Schein einer Hängelampe mit grünem Schirm um den Tisch. Der Croupier stand auf der einen Seite des Tisches. Er hatte die Würfel und die Wetten unter sich. Ihm gegenüber saß der Geldwechsler auf einem hohen Hocker, wechselte Banknoten gegen Silbermünzen ein und zog den

Gewinnanteil der Bank ein. Auf alle Einsätze bis zu fünf Dollar nahm er fünfundzwanzig Cents, auf Einsätze über fünf Dollar fünfzig Cents.

An beiden Schmalseiten des Tisches saßen die Wetteinnehmer. Der eine, ein untersetzter, kahlköpfiger Mann, der Stack-of-Dollars genannt wurde, der andere, Abie der Jude, ein grauhaariger Weißer, ihm gegenüber. Stack-of-Dollars nahm Wetten an, daß die Würfel verloren. Er nahm jede Wette auf Gewinn an. Abie der Jude nahm Wetten darauf an, daß die Würfel gewannen oder verloren, außerdem auf Güterwagen, zwei Sechsen, und auf Schlangenaugen, zwei Einsen.

Der Klub war das größte ständige Crap-Würfelspiel, das in Harlem betrieben wurde.

Jackson kannte alle berühmten Würfelspieler dem Ansehen nach. In Harlem waren sie gefeierte Leute. Red Horse, Four-Four und Coots waren Berufsspieler; Sweet Wine, Rock Candy, Chink und Beauty waren Zuhälter, Doc Henderson war Zahnarzt, Mr. Foot Lottoeinnehmer.

Red Horse würfelte gerade. Er rüttelte die beiden Würfel, Größe acht, lose in seiner linken Hand und rollte sie dann mit seiner rechten.

Die Würfel rollten gleichmäßig über das grüne Tuch, sprangen wie zwei Rennpferde im toten Rennen über die Hundekette, die mitten über den Tisch gespannt war, und blieben mit einer Drei und einer Vier liegen.

»Drei und vier gewinnen wir«, intonierte der Croupier und zog die Würfel ein. »Sieben! Der Verlierer!«

Rock Candy griff nach dem Geld in dem Pott. Stack-of-Dollars strich seine Wetten ein, Abie strich einige Gewinne ein, bezahlte einige Verluste aus.

»Willst du weitermachen?« fragte der Croupier.

Red Horse schüttelte den Kopf.

»Der nächste gute Roller«, forderte der Croupier und sah Jackson an. »Was setzt du ein, kleiner Dicker?«

»Zehn Dollar.«

Jackson warf eine Zehndollarnote und fünfzig Cents in den

Kreis. Red Horse hielt den Einsatz. Die Wetter setzten bei den Wettannehmern auf Gewinn oder Verlust. Der Croupier warf Jackson die Würfel zu.

Jackson fing sie auf, hielt sie in seiner hohlen Hand dicht vor den Mund und sprach zu ihnen. »Helft mir nur aus meiner Klemme, mehr will ich nich.«

Er bekreuzigte sich und rüttelte dann die Würfel, um sie warm zu machen.

»Laß sie laufen, Reverend«, mahnte der Croupier. »Das sind keine Titten, und du bist kein Baby. Laß sie laufen, es is Platz genug.«

Jackson ließ die Würfel rollen. Sie sprangen über die grüne Fläche wie erschrockene Kaninchen, hüpften wie ausgelassene Känguruhs über die Hundekette, stürmten wie zwei Kampfstiere auf Abies Platz los, wurden müde und blieben mit einem Fünfer und einem Sechser liegen.

»Natürliche Elf«, intonierte der Croupier, »ein Elfer vom Himmel, der Gewinner.«

Jackson ließ sein Geld stehen. Es gelang ihm wieder ein glatter Wurf um die Zwanzig, doch verlor er dann die Vierzig mit Schlangenaugen: zwei Einsen. Er setzte wieder zehn Dollar, warf sieben, ließ die zwanzig stehen, warf noch einmal sieben, ließ die vierzig stehen und verlor wieder. Damit hatte er zwanzig Dollar verloren. Er wischte sich den Schweiß aus dem Gesicht und vom Nacken, zog seinen Mantel aus und hängte ihn mit seinem Hut auf den Kleiderhaken, knüpfte die zweireihige Jacke seines schwarzen Anzugs auf und sagte zu den Würfeln: »Würfel, ich flehe euch mit Tränen in den Augen an, so groß wie Wassermelonen!«

Er warf zehn, verlor dreimal hintereinander und bat schließlich den Croupier, die Würfel zu tauschen.

»Die da kenn mich nich«, sagte er.

Der Croupier rollte zwei Würfel Größe acht mit schwarzen Augen auf den Tisch, die eiskalt waren. Jackson wärmte sie an seinem Schwanz und warf hintereinander viermal sieben oder elf. Er hatte jetzt achtzig Dollar im Pott. Er nahm die fünfzig Dollar heraus, die er verloren hatte, und ließ dreißig stehen. Er gewann mit einer Vier, nahm weitere fünfzig Dollar und verlor mit dem nächsten Wurf, einer Zehn.

»Wer eifersüchtig is, kann nich spielen, wer Angst hat, nich gewinnen«, krähte der Croupier.

Die Wetter zogen ihre Einsätze ab, daß Jackson gewinnen würde, und setzten darauf, daß er verlor. Er warf eine Sechs und verlor mit der anschließenden Sieben. »Ein Würfler fürs Spiel«, intonierte der Croupier, »je höher ihr setzt, um so mehr wird gewonnen.«

Damit gingen die Würfel an den nächsten Spieler weiter.

Im Verlauf der Nacht gewann Jackson hundertachtzig Dollar. Er besaß jetzt 376, aber er brauchte 657 Dollar und 95 Cents, um die fünfhundert zurückzugeben, die er von Mr. Clay gestohlen hatte, und die 157 Dollar 95 Cents für den Gasherd seiner Wirtin.

Er hörte zu würfeln auf und ging zum Last Word zurück, um zu sehen, ob er an diesem Abend im Lotto gewonnen hatte. Das letzte Wort in dieser Nacht war 919, der Weg der Toten.

Jackson ging zum Würfelspiel zurück.

Er flehte die Würfel an, er beschwor sie. »Ich hab Schmerzen in meinem Herzen so scharf wie ein Rasiermesser. Und das Elend meiner Seele is so tief wie der Ozean und so hoch wie die Rocky Mountains.«

Als er zum zweitenmal ans Würfeln kam, zog er seine Jacke aus. Sein Hemd war naß, seine Hose kniff ihn zwischen den Beinen. Er knüpfte seine Hosenträger los, als er das dritte Mal drankam, und ließ sie hinten an seinen Beinen herunterhängen.

»Gebt dem doch 'nen Pißpott«, sagte einer.

Jackson warf mehr natürliche Siebener und Elfer, als bei einem Würfelspiel je geworfen worden waren, aber er warf noch mehr Craps, Zweier, Dreier und Zwölfer als natürliche Siebener und Elfer, und, wie alle guten Crapwürfler wissen, wenn einer Craps wirft, verliert er.

Der Tag brach an, als das Spiel endete. Sie hatten Jackson ausgenommen, er war völlig blank. Er borgte sich fünfzig Cents von dem Unternehmen, schleppte sich langsam in die Imbißbar im Theresa Hotel, die »Chok Full of Nuts« hieß. Er ließ sich eine Tasse Kaffee und zwei Kringel für dreißig Cents geben und blieb damit an der Theke stehen.

Seine Augen waren glasig, seine schwarze Haut war grau wie Kitt geworden. Er war so müde, als ob er mit einem Maultiergespann Steine gepflügt hätte.

»Du siehst müde aus«, sagte der Mann hinter der Theke.

»Mir is so mies, als wär ich unter Walknochen vergraben, und die liegen auf dem Meeresgrund«, gestand er.

Der Mann hinter der Theke sah ihm zu, wie er seine Kringel mampfte und seinen Kaffee schlürfte. »Dich müssen sie bei dem Crapspiel ausgenommen haben.«

»Das stimmt«, bestätigte Jackson.

»Ganz so sieht's auch aus. Sie sagen immer, ein Reicher kann nicht schlafen, aber einer, der blank is, bekommt nich genug zu essen.«

Jackson sah auf die Uhr an der Wand, und die Uhr sagte: Hurtig, hurtig, hurtig! Mr. Clay kam pünktlich um neun aus seinen Wohnräumen herunter. Jackson wußte, daß er dann mit dem Geld da sein und eine Möglichkeit finden mußte, es unbemerkt in den Safe zurückzuschmuggeln, sobald Mr. Clay ihn aufschloß. Nur dann konnte er hoffen, ungeschoren davonzukommen.

Imabelle hätte das Geld anschaffen können, doch es widerstand ihm, sie darum zu bitten. Das hätte bedeutet, daß sie ihm untreu sein mußte. Aber die Klemme, in der er steckte, hätte eine Ratte dazu gebracht, Cayennepfeffer zu fressen.

Er ging in die Hotelhalle neben der Imbißstube und rief in seiner Wohnung an.

Die Halle des Theresa Hotels war um diese Zeit tot, von ein paar betriebsamen Heinis abgesehen, die versuchten, vorwärts zu kommen, und deshalb um acht in der City sein mußten und hastig in das Hotelrestaurant zu ihrem Frühstück aus Grütze und Speck eilten.

Seine Wirtin meldete sich.

»Is Imabelle nach Haus gekommen?« fragte er.

»Dein Weibsstück sitzt im Gefängnis«, antwortete sie bösartig.

»Im Gefängnis? Wieso?«

»Gleich nachdem du gestern abend angerufen hast, brachte ein Marshall der Bundespolizei sie unter Arrest hierher. Er hat auch nach dir gesucht, Jackson, und wenn ich gewußt hätte, wo du bist, hätte ich es ihm gesagt. Er sucht euch beide wegen Falschmünzerei.«

»Ein Marshall der Bundespolizei? Er hat Imabelle verhaftet? Wie sah er denn aus?«

»Er hat gesagt, daß du ihn kennst.«

»Was hat er mit Imabelle gemacht?«

»Ins Gefängnis gebracht hat er sie. Das tat er. Und er hat auch ihren Koffer beschlagnahmt und mitgenommen, für den Fall, daß er dich nich finden kann.«

»Ihren Koffer?« Jackson war so betroffen, daß er kaum sprechen konnte. »Er hat ihren Koffer beschlagnahmt? Und ihn mitgenommen?«

»Verlaß dich drauf, Boy. Und wenn er dich findet . . .«

»Lieber Himmel, er hat ihren Koffer beschlagnahmt. Hat er gesagt, wie er heißt?«

»Frag mich nich weiter, Jackson. Ich werde mir nich auch noch Ärger machen, weil ich dir fliehen helfe.«

»Sie haben auch nich einen christlichen Knochen in sich«, klagte Jackson und hängte langsam den Hörer auf.

So stand er gegen die Wand der Telefonzelle gelehnt da. Er hatte das Gefühl, als wäre er in Treibsand getreten. Je mehr er sich mühte, sich zu befreien, desto tiefer sank er hinein.

Er konnte sich nicht vorstellen, wie der Marshall auf die Idee gekommen war, Imabelles Koffer zu beschlagnahmen. Wie war er dahintergekommen, was sich in dem Koffer befand? Vielleicht hatte er ihr so viel Angst eingejagt, daß sie es ihm erzählte. Und das konnte nur bedeuten, auch sie steckte in der Klemme.

Was es für Jackson so schlimm machte, war, daß er nicht wußte, wo er den Marshall suchen sollte. Er hatte keine Ahnung, wo der Marshall Imabelle hingebracht hatte. Er glaubte nicht, daß sie ins Bundesgefängnis gebracht worden war, weil der Marshall darauf aus war, alles zu bekommen, was er kriegen konnte. Der Marshall würde den Koffer nicht ins Gefängnis bringen, wenn er mit einem

Anteil für sich selbst rechnete. Aber Jackson hatte keine Ahnung, wie er den Marshall aufspüren sollte. Und er wußte nicht, wie er es anstellen sollte, Imabelles Koffer zu retten, wenn er ihn fand.

Er stand auf dem leeren Gehsteig vor dem Theresa Hotel und versuchte einen Ausweg zu finden. Sein rundes schwarzes Gesicht war von der Anstrengung des Nachdenkens verzerrt.

Schließlich murmelte er vor sich hin: »Ich hab keine andere Möglichkeit.« Er mußte zu seinem Zwillingsbruder Goldy gehen. Goldy kannte jeden in Harlem.

Wo Goldy wohnte, wußte er nicht. Darum mußte er bis Mittag warten. Dann erschien Goldy auf der Straße. Er fürchtete sich, auf der Straße herumzulungern. Für ein Kino hatte er nicht genug Geld, obgleich es in dem Block eins gab, das um acht Uhr morgens öffnete. Aber um die Ecke in der 125th Street lag ein Geschäftshaus, in dem eine Reihe von Ärzten praktizierte. Er stieg in den zweiten Stock hinauf und setzte sich in das Wartezimmer eines Arztes. Der Doktor war noch nicht da, aber es warteten schon vier Patienten auf ihn. Jackson trat immer wieder zurück, nachdem der Doktor gekommen war, und ließ jeden anderen vor.

Die Empfangsdame sah ihn von Zeit zu Zeit an.

Schließlich fragte sie mit scharfer Stimme: »Sind Sie krank oder nicht?«

Inzwischen war es fast Mittag geworden.

»Ich war krank, aber ich fühle mich jetzt besser«, sagte er, setzte seinen Hut auf und ging.

4

Die Schaufensterfront von Blumsteins Warenhaus, in der Kleidungsstücke und Einrichtungsgegenstände für die farbigen Bewohner Harlems ausgestellt waren, die die Aufmerksamkeit der Passanten auf sich ziehen sollten, erstreckte sich neben dem Theresa Hotel einen halben Block weit an der 125th Street entlang.

Eine Barmherzige Schwester saß auf einem Feldstuhl neben dem Eingang, schüttelte eine runde, schwarze Sammelbüchse, die mit weißen Kreuzen gezeichnet war, und lächelte traurig.

Sie war in ein langes, schwarzes Gewand gekleidet, das dem einer Nonne glich, mit einer weißen, gestärkten Haube über einem Kranz grauer Haare. Ein großes, goldenes Kreuz hing an einem Band vor ihrer Brust. Sie hatte ein glatthäutiges, rundes, schwarzes Engelsgesicht, und wenn sie lächelte, funkelten zwei goldene Vorderzähne.

Niemand beobachtete sie sonderlich. Überall in Manhattan konnte man die vielen schwarzen Barmherzigen Schwestern sehen, nicht nur in Harlem. Sie bettelten in den großen Warenhäusern an der Fifth Avenue, in den Bahnhöfen und die 42nd Street hinauf und hinunter bis zum Times Square. Nur wenige kannten den Namen der Kongregation, der sie angehörten. Die meisten in Harlem hielten sie für Nonnen.

Sie blickte zu Jackson auf und flüsterte mit salbungsvoller Stimme: »Spende dem Herrn, Bruder. Spende den Armen.«

Jackson blieb neben ihrem Feldstuhl stehen und betrachtete eingehend die Nylonstrümpfe, die im Schaufenster ausgestellt waren.

Ein farbiger Trunkenbold taumelte vorbei, drehte sich um und warf der Barmherzigen Schwester einen lauernden Blick zu.

»Segne mich, Schwester. Segne den alten Moses«, stammelte er in dem Versuch, witzig zu sein.

»Wissest du nicht, daß du erniedrigt und elend und arm und blind und nackt bist, spricht der Herr«, zitierte die Schwester.

Der Betrunkene blinzelte und taumelte schnell davon.

Ein kleines schwarzes Mädchen, mit Zöpfchen wie Mäuseschwänze, kam auf die Schwester zugelaufen und sagte mit atemloser Stimme: »Schwester Gabriel, Mami will zwei Eintrittskarten zum Himmel. Onkel Pone stirbt.«

Sie steckte der Schwester zwei Dollarnoten in die Hand.

»Kauf mir in Feuer geläutertes Gold, spricht der Herr«, flüsterte die Schwester und schob die zwei Dollar in ihr Gewand. »Warum will sie denn zwei, Kind?«

»Mami sagt, Onkel Pone braucht zwei.«

Die Schwester schob wieder eine schwarze Hand in die Falten ihres Gewandes und zog zwei weiße Karten heraus, die sie dem kleinen Mädchen gab. Auf die Karten waren die Worte gedruckt:

Einlaß für Einen
Schwester Gabriel

»Die werden Onkel Pone an den Busen des Herrn bringen«, versprach sie. *»Und ich sah, daß der Himmel sich öffnete und schaute ein weißes Roß.«*

»Amen«, sagte das kleine Mädchen und rannte mit den beiden Eintrittskarten davon.

»Schäm dich, Goldy, den Herrn so zu lästern«, flüsterte Jackson. »Die Polizei wird dich dafür schnappen, daß du Eintrittskarten verkaufst.«

»Das verstößt gegen kein Gesetz«, flüsterte Goldy zurück. »Steht nur drauf ›Einlaß für Einen‹. Steht nicht drauf, wohin. Kann doch der Ballsaal vom Savoy sein.«

»Es gibt aber ein Gesetz dagegen, sich als Frau zu verkleiden«, sagte Jackson empört.

»Laß du nur die Polizei sich um die Gesetze kümmern, Brüderchen.«

Ein Paar näherte sich, um das Kaufhaus zu betreten. Goldy rasselte mit seiner Sammelbüchse.

»Spendet dem Herrn, spendet den Armen«, bettelte er in singendem Ton.

Die Frau blieb stehen und warf drei Centstücke in die Büchse.

Goldys engelhaftes Lächeln wurde sauer.

»Sei gesegnet, Mütterchen, sei gesegnet. Wenn drei kleine Pennies alles ist, was der Herr dir wert ist, dann sei gesegnet.« Die dunkelbraune Haut der Frau wurde purpurrot. Sie wühlte nach einem Zehncentstück.

»Sei gesegnet, Mütterchen, gelobt sei der Herr«, flüsterte Goldy gleichgültig.

Die Frau trat in das Kaufhaus, aber sie konnte spüren, wie die Augen des Herrn auf sie gerichtet waren und die Engel im Himmel sich gegenseitig zuflüsterten: »Was für eine geizige Ziege.« Sie war zu verstört, um sich das Kleid zu kaufen, das sie sich hatte kaufen wollen, und fühlte sich für den Rest des Tages unglücklich und gedemütigt.

»Ich muß mit dir sprechen, Goldy«, sagte Jackson, während er die Nylons in dem Schaufenster betrachtete.

Zwei Teenager kamen gerade an ihm vorbei und hörten ihn. Sie hatten keine Ahnung, daß er zu der Barmherzigen Schwester sprach, und sonst war niemand in der Nähe. Sie fingen an zu kichern.

»Ein Strumpffetischist«, sagte die eine.

»Und er nennt sie auch noch Goldy«, sagte die andere.

Goldy wischte eingebildeten Staub von seinem Schoß, warf noch einen Blick auf Jacksons Gesicht und stand dann langsam auf. Mit den Bewegungen einer älteren Frau klappte er den Feldstuhl zusammen.

»Halt dich hinter mir«, flüsterte er, »ein gutes Stück Abstand.«

Goldy schob den Feldstuhl unter den einen Arm, klapperte mit der Sammelbüchse in der anderen Hand und watschelte über den schmutzigen Gehsteig auf die Seventh Avenue zu, segnete die Farbigen, die Münzen in seine Büchse steckten. Er sah wie eine müde, fette, fromme schwarze Frau aus, die sich in den Dienst des Herrn gestellt hatte.

Er war eine vertraute Erscheinung. Niemand sah ihn näher an.

Seventh Avenue und die 125th Street sind das Zentrum Harlems, der Kreuzweg des schwarzen Amerikas. An einer Ecke stand das größte Hotel, schräg gegenüber war ein großer Juwelenladen, der Schmuck auf Raten verkaufte. Seine Schaufenster waren mit Brillanten und Uhren gefüllt, die für soundsoviel Anzahlung und soundso hohe Wochenraten verkauft wurden. Daneben war eine Buchhandlung mit einem großen roten und gelben Schild: Bücher für 6 000 000 000 Farbige. An der anderen Ecke war eine Missionskirche.

Die Menschen in Harlem nahmen ihre Religion ernst. Wenn Goldy in einem flammenden Wagen angebraust und direkt in den Himmel galoppiert wäre, sie hätten es geglaubt – die Christen und die Sünder in gleicher Weise.

Auf der Seventh Avenue wandte sich Goldy nach Süden, schlurfte am Eingang zum Theresa Hotel vorbei, vorbei an Sugar Ray Robinsons Bar und Unternehmungen, an dem Friseurgeschäft, wo die scharfen Katzen ihre krausen Locken mit einer Mischung aus Vaseline und Pottaschelauge gestrafft bekamen. Aber bei der 121st Street bog er nach Osten in The Valley ein, kletterte über Haufen von frosterstarrtem Abfall, trat einem ausgehungerten Köter in die Rippen und betrat einen schmutzigen Tabakladen, der einen Lottoeinnehmer und Marihuanahändler tarnte.

Drei junge Burschen hatten ein fünfzehnjähriges Mädchen hereingelockt und waren in voller Fahrt. Sie versuchten die Kleine zu überreden, sich auszuziehen. »Mach schon, zieh dich aus, Baby, zieh dich aus.«

»Es kommt doch keiner, mach schon zu.«

»Warum laßt ihr Kerle das Mädchen nicht in Ruhe?« fragte der Besitzer halbherzig. »Könnt doch sehen, daß sie sich ihrer Figur schämt.«

»Gar nich schäm ich mich«, protestierte sie. »Ich habe eine gute Figur, das weiß ich.«

»Natürlich hast du die«, sagte der Besitzer und blinzelte ihr lüstern zu.

Er war ein großer gelber Mann, der schmutzig aussah, mit einem schlaffen, pockennarbigen Gesicht und verschwiemelten roten Augen.

»Gelobt sei der Herr, Soldier«, begrüßte ihn Goldy, als er eintrat. »Gelobt sei der Herr, Kinder.« Er blinzelte den jungen Burschen vertraulich zu und zitierte: *»Durch diese drei wurde ein Drittel der Männer getötet, durch den Rauch und durch das Feuer und durch den Schwefel, der ihnen aus den Mäulern fuhr.«*

»Amen, Schwester«, sagte Soldier und blinzelte Goldy zu.

Das Mädchen kicherte.

Die Burschen traten unentschlossen von einem Fuß auf den anderen und schwiegen im Augenblick.

Keinem, der es bemerkt hätte, wäre es als merkwürdig aufgefallen, daß eine Barmherzige Schwester einem streunenden Köter in die Rippen trat, einen Laden betrat, in dem mit Rauschgift gehandelt wurde, und vor Marihuana rauchenden Taugenichtsen kryptische Bibelstellen zitierte.

Schweigend wartete Goldy, bis Jackson ihn einholte, führte ihn dann durch die rückwärtige Tür, einen feuchten, dunklen Gang entlang, der nach einer Vielzahl verschiedener Exkremente stank, und öffnete eine durch ein Vorhängeschloß verschlossene Tür. Er schaltete eine trübe, von Fliegen beschmutzte Hängelampe ein, trat erschöpft in einen feuchten kalten, fensterlosen Raum ein, der mit einem zernarbten Tisch, zwei wackeligen, einfachen Stühlen und einer von schmutzigen grauen Decken bedeckten Couch möbliert war. Vor einer Wand waren angeschimmelte Pappkartons übereinandergestapelt. Auf einer anderen dunkelgrauen Zementwand hatte sich die Feuchtigkeit der kühlen Luft in kleinen Tröpfchen niedergeschlagen.

Nachdem Jackson eingetreten war, verschloß Goldy die Tür mit dem Vorhängeschloß von innen und zündete einen rostigen, schwarzen Petroleumofen an, der nur stank und rauchte.

Dann warf er den Feldstuhl auf die Couch, stellte seine Sammelbüchse nieder und nahm die weiße Haube und graue Perücke ab.

Ohne diese Verkleidung war er Jacksons Ebenbild. Weiße im Süden, von wo sie kamen, hatten sie die Gold-Dust-Zwillinge genannt wegen ihrer großen Ähnlichkeit mit den Zwillingen, die auf den gelben Packungen mit Gold-Dust-Seifenpulver abgebildet waren.

»Ich wohne hier nich«, sagte Goldy, »das is nur mein Büro.«

»Wie soll ein Mensch hier leben können«, antwortete Jackson, als er sein Gewicht vorsichtig auf einen der wackeligen Stühle niederließ.

»Es gibt welche, die hausen in noch schlimmeren Löchern«, sagte Goldy.

Darüber wollte sich Jackson nicht streiten.

»Goldy, da is was, wonach ich dich fragen will.«

»Ich muß erst mein Affen füttern.«

Jackson sah sich nach dem Affen um.

»Er sitzt mir auf'm Buckel«, erklärte Goldy.

Jackson sah mit schweigendem Abscheu zu, wie Goldy einen

Spiritusbrenner, einen Teelöffel und eine Injektionsspritze aus der Tischschublade nahm. Goldy schüttete Kokain- und Morphiumkristalle aus zwei kleinen Papierbriefchen in den Löffel und kochte sich einen K-&-M-Aufpulverer über der Flamme. Er stöhnte, als er sich die Nadel in den Arm jagte, weil die Mixtur noch warm war.

»Das is der gleiche Stoff, den der Evangelist St. Johannes benutzte«, sagte Goldy. »Wußtest du das, Brüderchen? Du gehst doch in die Kirche.«

Jackson war froh, daß keiner seiner Bekannten Goldy kannte, keiner wußte, daß er einen Bruder wie diesen Goldy hatte, einen rauschgiftsüchtigen Betrüger, der sich als Barmherzige Schwester verkleidete. Ganz besonders Imabelle nicht. Für sie wäre das Grund genug, ihn zu verlassen.

»Ich werd nie zugeben, daß du mein Bruder bist«, sagte er.

»Schön, Brüderchen, das tu ich auch nicht. Was hast du denn für Sorgen?«

»Was ich dich fragen will, is, ob du einen farbigen Marshall der Bundespolizei hier in Harlem kennst. Das is ein großer schlanker farbiger Bursche, und ein Betrüger is er auch.«

Goldy spitzte die Ohren. »Ein farbiger Marshall der Bundespolizei und ein Betrüger? Was meinst du mit Betrüger?«

»Er versucht immer, Geld aus den Leuten zu pressen.«

Goldy lächelte boshaft. »Was is passiert, Brüderchen. Hat dich der farbige Marshall ausgenommen?«

»Also das war so: Ich wollte mir mehr Geld machen lassen . . .«

»Mehr machen lassen?« Goldy riß die Augen auf.

»Ich wollt mir aus Zehndollarnoten Hunderter machen lassen.«

»Aus wieviel?«

»Wahrhaftig aus allem, was ich hatte. Fünfzehnhundert Dollar.«

»Und du hast gerechnet, fünfzehntausend zu bekommen?«

»Nur zwölftausendzweihundertfünfzig, nachdem ich die Provisionen bezahlt hätte.«

»Und du bist festgenommen worden?«

Jackson nickte. »Als wir dabei waren, stürmte der Marshall in die Küche und nahm uns alle fest. Die anderen sind aber fortgelaufen.«

Goldy brach in Gelächter aus und konnte sich nicht beruhigen. Der K-&-M-Aufpulverer begann zu wirken. Die Pupillen seiner Augen waren so schwarz wie Ebenholz und so groß wie Datteltrauben geworden. Er lachte krampfhaft, als ob er einen Anfall hätte. Tränen liefen ihm übers Gesicht. Vor seinem Mund stand Schaum.

Schließlich beherrschte er sich einigermaßen.

»Mein eigener Bruder«, keuchte er. »Da sitzen wir, haben die gleiche Mama und den gleichen Papa, sehen ganz gleich aus, und da bis du und bis noch nich dahintergekommen, daß du angeführt worden bis. Dich haben sie betrogen, Mann, du bis von Schwindlern reingelegt worden. Die nehmen dein Geld und verschwinden dann. Kapiert? Zehner in Hunderter verwandeln! Was is mit deinem Verstand passiert? Hast du das Zeug gesoffen, mit dem sie Tote einbalsamieren?«

Jackson sah eher gekränkt als ärgerlich aus.

»Aber ich hab es selbst mal gesehen, daß er's kann«, sagte er. »Mit mein eigenen Augen. Ich sah ihm die ganze Zeit genau dabei zu. Man kann doch schließlich sein eigenen Augen trauen, oder nich?«

Es war ihm nicht zu schwer gefallen, es zu glauben. Andere Leute in Harlem glaubten, Father Divine wäre Gott.

»Natürlich hast du zugesehen, wie er dich reinlegte«, sagte Goldy. »Aber was du nich gemerkt hast, war, wie er den Tausch machte. Das war, als er sich umdrehte, um das Geld zum Backen in den Ofen zu stecken. In den Ofen steckte er einfach Attrappen und dazu eine Ladung Schwarzpulver. Dein Geld steckte er in eine besondere Tasche vorn in seiner Jacke.«

»Dann is auch Imabelle getäuscht worden. Sie hat ihn genauso beobachtet wie ich. Keiner von uns hat gemerkt, wie er den Tausch machte.«

Goldy senkte die Augenlider. »Und wer is Imabelle? Deine Alte?«

»Sie is mein Mädchen. Und sie glaubte sogar noch fester dran als ich. Sie hat zuerst mit Jodie gesprochen. Das is der Mann, der ihr von Hank erzählt hat. Und Jodie sah auch wie ein ehrlicher, schwer arbeitender Mensch aus.«

Es überraschte Goldy nicht, daß Jackson auf den »Knall« hereingefallen war. Viele gerissene Burschen, selbst solche, die schon einmal im Gefängnis gesessen hatten, waren mit dem »Knall« hereingelegt worden. In der Erhöhung des Nennwertes von Banknoten lag etwas, was die Neigung zum Diebstahl bei Männern ansprach. Bei Frauen war es anders. Sie waren gegenüber allem, was nach Wissenschaft aussah, voller Argwohn. Aber Goldy wußte nicht, was Jackson für sein Mädchen empfand, darum sagte er nur: »Sie muß ein vertrauensvolles Mädchen sein, wenn sie all das glaubt.«

Jackson fuhr empört auf. »Glaubst du, sie ließ mich von denen betrügen, wenn sie nicht selbst daran geglaubt hätt?«

»Was hat sie getan, als der Herd in die Luft ging? Hat sie dir geholfen? Hat sie versucht, dein Geld zu retten?«

»Sie tat alles, was sie konnte. Sie is aber auch keine Annie Oakley, die mit zwei Revolvern rumläuft. Als der gemeine Kerl, der Marshall, in die Küche kam, lief sie genauso weg wie alle andern. Ich hab auch versucht, wegzulaufen.«

»Den Dümmsten erwischt's immer. Wie wären sie sonst mit ihrer Beute fortgekommen? Und du hast dem Marshall noch mehr Geld gegeben, damit er dich laufenläßt?«

»Ich wußte nich, daß er ein Betrüger is. Ich hab ihm zweihundert Dollar gegeben.«

»Woher hast du die zweihundert Dollar? Sie hatten dir doch schon all dein Geld abgenommen.«

»Ich hab mir fünfhundert Dollar aus Mr. Clays Geldschrank genommen.«

Goldy stieß einen leisen Pfiff aus. »Dann gib mir die dreihundert Dollar, die du übrig hast. Dann werde ich diese Betrüger für dich finden und dir dein ganzes Geld zurückbeschaffen.«

»Ich hab nix mehr«, gestand Jackson. »Ich hab alles beim Lotto und beim Würfeln verloren, weil ich es zurückgewinnen wollte.«

Goldy zog den Saum seines Rockes hoch und studierte seine fetten schwarzen, in schwarze Baumwollstrümpfe gehüllten Beine.

»Für einen, der sich Christ nennt, hast du ja eine vergnügte Nacht hinter dir. Und was willst du jetzt tun?«

»Ich muß den Mann finden, der sich als Marshall ausgab. Nachdem er mir meine zweihundert Dollar abgenommen hat, kam er und verhaftete Imabelle, damit er sie auch auspressen kann.«

»Du meinst, daß er aus deiner Alten noch mehr Geld herausgeholt hat, nachdem er deins schon hatte?«

»Ich weiß nich genau, was passiert is. Ich hab sie nich mehr gesehen, seit sie mit den anderen aus der Küche gelaufen is. Ich weiß nur, daß meine Wirtin sagte, als ich sie anrief, ein Marshall der Bundespolizei hätte Imabelle nach Haus zurückgebracht, und daß er sie verhaftet hat. Dann beschlagnahmte er ihren Koffer und brachte sie irgendwohin. Seitdem is sie nich wiedergekommen. Und das macht mir Sorge.«

Goldy warf seinem Bruder einen ungläubigen Blick zu. »Hast du gesagt, daß er ihren Koffer mitnahm?«

Jackson nickte. »Sie hat einen großen Kabinenkoffer.«

Goldy starrte Jackson so lange an, daß seine Augen starr zu werden schienen.

»Was hat sie denn in dem Koffer?«

Jackson wich Goldys Blick aus. »Nichts als Kleider und so Zeug.«

Goldy fixierte seinen Bruder weiter.

Schließlich sagte er: »Hör mir genau zu, Brüderchen. Wenn das Weibstück wirklich nur Kleider in dem Koffer hat, dann steckt sie mit diesem schlanken Burschen unter einer Decke und hat ihm geholfen, dich auszunehmen. Wie lange dauert es noch, bis du das merkst?«

»Das hat sie nicht getan«, widersprach Jackson scharf. »Das brauchte sie nich. Ich hätt' ihr das ganze Geld so gegeben. Wenn sie mich danach gefragt hätte.«

»Und woher weißt du, daß sie es mit dem Kerl nich treibt? Vielleicht ist sie gar nich auf dein Geld scharf, vielleicht interessiert sie sich nur für ein anderes Bett?«

Jacksons nasses schwarzes Gesicht quoll auf vor Ärger.

»Sprich nich so über sie«, sagte er drohend. »Sie treibt's mit keinem außer mir. Wir werden heiraten. Außerdem hat sie keinen anderen gesehen.«

Goldy zuckte mit den Schultern. »Dann rechne dir es selbst aus,

Brüderchen. Sie is mit dem Mann fort, der dir dein Geld abgenommen hat. Wenn sie den Mann nich will und wenn sie das Geld nich will . . .«

»Sie is nich mit ihm fortgelaufen! Er hat sie mitgenommen!« schnitt Jackson ihm das Wort ab. »Außerdem, wenn sie Geld wollte, dann hatte sie ihr eigenes. Sie kann mehr Geld in die Finger kriegen, als du und ich je gesehen haben.«

Goldys fette schwarze Gestalt erstarrte völlig. Nicht ein Lid zuckte, kein Muskel in seinem Gesicht regte sich. Er schien nicht zu atmen. Wenn sie mehr Geld hatte, als einer von ihnen beiden je gesehen hatte, dann ging es um einen großen Fang. Das waren Tatsachen, die er verstand. Geld! Und sie hatte es in ihrem Koffer gehortet. Warum wäre sie sonst mit dem schlanken Kerl in ihr Zimmer zurückgekommen? Sie konnte keine Kleider in dem Koffer haben, um die es sich lohnte, nicht, nachdem sie mit einem schlechtbezahlten kleinen Dummkopf wie seinem Zwillingsbruder zusammengelebt hatte.

Seine Augen mit den riesigen schwarzen Pupillen waren wie in Trance auf Jacksons ratloses und verstörtes Gesicht gerichtet.

»Ich werd dir helfen, dein Mädchen zu finden, Brüderchen«, flüsterte er zuversichtlich. »Schließlich bis du doch mein Zwillingsbruder.«

Er zog eine kleine Flasche Schnaps aus seinem Gewand und reichte sie Jackson. »Nimm einen kleinen Schluck.«

Jackson schüttelte den Kopf.

»Los schon, nimm einen kleinen Schluck«, drängte Goldy gereizt. »Wenn der Teufel deine Seele nicht schon hat, nach allem, was du letzte Nacht getan hast, bist du gerettet. Nimm einen guten Schluck. Wir werden losgehen und nach dem Kerl und deinem Mädchen suchen, und du brauchst allen Mut, den du hast.«

Jackson wischte den Hals der Flasche mit seinem schmutzigen Taschentuch ab und tat einen tiefen Zug. Im nächsten Augenblick keuchte er nach Luft. Es schmeckte wie abgestandener Tequila, der mit Hühnergalle gewürzt war, und brannte in seinem Schlund wie Cayennepfeffer.

»Herr im Himmel«, keuchte er. »Was ist das für ein Zeug?«

»Nur ein bißchen Rauch«, sagte Goldy. »Viele Leute hier im Valley wollen nichts anderes trinken.«

Der Trank vernebelte Jacksons Gehirn. Er vergaß, weshalb er hierhergekommen war. Er setzte sich auf die Couch und versuchte, seine Gedanken zu ordnen. Goldy saß hinter dem Tisch und starrte ihn schweigend an. Goldys riesige schwarze Pupillen bekamen einen hypnotisierenden Blick. Sie sahen aus wie schimmernde schwarze Tümpel des Bösen. Jackson versuchte seinen Blick von ihm abzuwenden, aber er konnte es nicht.

Schließlich stand Goldy auf und setzte seine Perücke und seine Haube wieder auf. Er hatte noch nichts wieder gesagt.

Jackson versuchte auch aufzustehen, aber der Raum begann sich um ihn zu drehen. Plötzlich verdächtigte er Goldy, daß er ihn vergiftet hätte. »Ich –ich bring dich um«, stammelte er mit schwerer Zunge und versuchte, auf seinen Bruder loszuspringen.

Aber die Wände des kleinen stinkenden Raumes begannen kreischend wie eine Million Kreissägen um seinen Kopf zu rotieren. Er konnte sich nicht dagegen wehren, als Goldy ihn unter den Achselhöhlen griff und auf der Couch ausstreckte.

5

Goldy lebte mit zwei anderen Männern beim Golden Ridge an der Convent Avenue, nördlich des City Colleges und der 140th Street. Sie bewohnten das Erdgeschoß eines Privathauses aus Sandstein, das in Apartments unterteilt worden war.

Alle drei traten in der Öffentlichkeit als Frauen auf und lebten von ihrem Verstand. Alle drei waren fett und schwarz, was es ihnen erleichterte.

Der größte war als Big Cathy bekannt. Er war Besitzer eines Bordells im Valley an der 131st Street im Osten der Seventh Avenue. Sein Haus war weit und breit als der Zirkus bekannt.

Der andere hatte noch eine Wohnung an der 116th Street, wo er sich als Wahrsagerin betätigte. Er bezeichnete sich selbst als Lady Gypsy. An seiner Tür befand sich ein Schild mit der Aufschrift:

LADY GYPSY

Wahrsagen	Traumdeutung
Weissagungen	Offenbarungen
Lebenshilfe	Lottoberatung

Eine alte Frau namens Mother Goose putzte und kochte für die drei. Zu Hause traten sie immer mit aller Förmlichkeit auf. Alle drei waren rauschgiftsüchtig, nahmen ihre Mittel aber nie zu Hause. Sie empfingen niemals Besuch. Nachts leuchtete hinter dem Vorderfenster eine gedämpfte Stehlampe, aber niemals wurde einer von ihnen gesehen, einfach deshalb, weil niemals einer zu Hause war. Sie standen in dem Ruf, die respektabelsten Frauen in einer Straße zu sein, wo die Farbigen so respektabel waren, daß sie bei der Gesundheitspolizei anriefen, wenn eine Katze etwas auf dem Gehsteig hinterließ, um es entfernen zu lassen. In der Nachbarschaft hießen sie die drei schwarzen Witwen.

Goldy hatte eine Frau, die in einer Wohnung an der Lennox Avenue neben dem Savoy Ballroom wohnte. Aber sie arbeitete als Hausmädchen für eine weiße Familie in White Plains und war nur donnerstags und jeden zweiten Sonntag zu Hause. An diesen Tagen fehlte Schwester Gabriel in ihrem üblichen Jagdrevier.

Nachdem Goldy Jackson verlassen hatte, ging er nach Hause, um mit Big Cathy und Lady Gypsy zu frühstücken. Sie hatten gebackenen Schinken, Lye Homing, gedämpften Okra und Mais, Biskuits à la South und beendeten ihr Mahl mit einem Nachtisch aus süßen Kartoffeln und Muskatellerwein. Mother Goose bediente sie schweigend.

»Wie sieht's draußen aus?« fragte Big Cathy Goldy.

»Kalt und klar«, antwortete Goldy. »Soviel ich weiß, wurde heute vormittag niemand umgebracht, zerhackt, ausgeraubt oder überfahren, aber da sind ein paar neue Hengste in der Stadt, die es mit dem ›Knall‹ versuchen.«

»Dieser alte Bauernfängertrick?« rief Lady Gypsy aus. »Hier in Harlem? Wen wollen die denn damit reinlegen?«

»Narren gibt's überall«, sagte Goldy, »die diebischen Christen sind es, die darauf reinfallen.«

»Still, Mann, als ob ich das nich wüßte.«

»Also, wenn denen ein Ding gelungen wäre, hätt ich sie bestimmt gesehen«, sagte Big Cathy.

»Sie haben schon ein Ding gedreht«, sagte Goldy. »Fünfzehn Hunderter.«

»Merkwürdig«, meinte Big Cathy. Bei mir haben sie sich noch nicht gezeigt. Sie müssen irgendwohin ausgerissen sein.«

»An die Möglichkeit hab ich noch gar nicht gedacht«, sagte Goldy.

Ehe Goldy ging, rief er Jacksons Wirtin an.

»Ich bin der Bundesanwalt der Vereinigten Staaten. Ich wünsche ein paar Informationen über ein Paar, das in Ihrem Hause wohnt. Sie heißen Jackson und Imabelle Perkins.«

»Sind Sie wirklich der Staatsanwalt?« fragte sie in ehrfürchtigem Ton.

»Nein, ich bin der Bundesanwalt.«

»Ah, Sie sind der Bundesanwalt. Gütiger Himmel, dann stecken die beiden aber richtig drin, nicht wahr?« fragte sie wichtig.

Sie erzählte ihm alles, was sie über die beiden wußte, außer wo er sie finden konnte. Goldy erfuhr aber den Namen von Imabelles Schwester von ihr und rief sie als nächste an.

»Hier is Rufus«, sagte er. »Sie kennen mich nich, aber ich bin ein Freund von Imabelles Mann von zu Hause.«

»Ich wußte nich, daß sie zu Hause einen Mann hat.«

»Natürlich wußten Sie, daß sie zu Hause mit einem Mann verheiratet war.«

»Wenn er die gleiche Art Ehemann is wie der hier, dann hat sie zwei.«

»Darüber will ich nich streiten. Ich will nur wissen, ob sie immer noch das Zeug in ihrem Koffer hat.«

»Welches Zeug?«

»Sie wissen schon! Das Zeug!«

»Ich weiß nich, wovon Sie reden, und auch nich, wer Sie sind. Und ich weiß nichts über die Ehemänner meiner Schwester, wo die auch sein mögen«, erwiderte sie und hängte ein.

Als nächste rief Goldy Imabelles weiße Arbeitgeber an. Sie sagten aber, Imabelle sei seit drei Tagen nicht zur Arbeit gekommen.

Er setzte seine graue Perücke und seine weiße Haube auf und ging zu dem Zweigpostamt in der 12sth Street, um die Galerie der gesuchten Verbrecher zu studieren.

Dort hingen die Fotos von drei Farbigen, die in Mississippi wegen Mordes gesucht wurden. Das bedeutete, daß sie einen Weißen umgebracht hatten, denn einen farbigen Mann zu töten, wurde in Mississippi nicht als Mord angesehen. Niemand beachtete die Barmherzige Schwester, die die Gesichter gesuchter Verbrecher studierte.

Statt zu seinem Stammplatz neben dem Eingang zu Blumsteins Kaufhaus zurückzukehren, machte Goldy eine Runde durch die Bars und Kneipen, wo die Gesuchten sich mit der größten Wahrscheinlichkeit aufhalten würden. Er ging die Seventh Avenue bis zur 145th Street hinauf, dann nach Osten zur Lennox Avenue und auf der Lennox wieder zur 125th Street zurück. Er rasselte mit seiner Sammelbüchse und murmelte mit seiner heiseren, salbungsvollen Stimme: »Spendet dem Herrn, spendet den Armen.« Jedesmal, wenn ihn einer argwöhnisch ansah, zitierte er aus der Offenbarung: »Und Ihr werdet das Fleisch von Königen essen.«

»Wenn Sie das mit dem Geld kaufen wollen, Schwester, dann nehmen Sie hier einen halben Dollar«, sagte eine farbige Frau.

Auf seinem festgelegten Weg gab es mehr Bars als auf jeder anderen vergleichbaren Wegstrecke auf der Erde. In jeder plärrte eine Musicbox; honigschwere Bluesstimmen tropften klebrig durch die Dschungelschreie klagender Saxophone, schreiender Trompeten und auf- und abtanzender Tonleitern auf dem Klavier. Überall prügelte sich gerade irgend jemand oder hatte gerade aufgehört, sich zu prügeln, oder fing gerade an, sich zu prügeln, oder trank Schlägerwasser und redete über Prügeln. Andere redeten über Lottozahlen.

»Mann, ich hatte zwölf Knochen auf 227 und 237 kam raus.«

Oder sie sprachen über Treffer und Versager. »Mann, ich sah das Hühnchen und schlug zu. Mann, ich stieß auf reines Gold.«

Oder sie sprachen von Liebe. »So wurde meine Liebe enttäuscht, Süßer, das war das bittere Ende.«

Er ging in die Würfelhöhlen, zu den Buchmachern, Würstchenbuden, Friseuren, Bestattungsinstituten, zu den verlausten Hotels, den Lebensmittelläden, den Fleischerläden, die »The Hog Maw«, »Chitterling Country« und »Pig Foot Heaven« heißen. Er fragte die Rauschgiftpuscher aus, denen er trauen konnte.

»Bis du auf 'nen neuen Verein gestoßen, Jack?«

»Was spielen die denn?«

»Den Knall.«

»Nee, Schwester, nix davon gehört.«

Manche wußten, daß er ein Mann war, andere hielten ihn für eine rauschgiftsüchtige Schwester. Es war allen aber gleichgültig.

Auf seinem Weg musterte er alle Gesichter. Während die Münzen leicht in seine Büchse klirrten, nannte er eine Zahl und zitierte aus der Offenbarung: *»Laßt ihn, der es begreift, die Zahl der Bestie zählen . . . und seine Zahl ist sechshundertsechzig und sechs.«* Leichtgläubige ließen viertel und halbe Dollar in die Sammelbüchse fallen und stürmten zum nächsten Lottoeinnehmer, um auf sechshundertsechsundsechzig zu setzen. Als er endlich zum Abendessen nach Hause kam, war er erschöpft. Er hatte keine Spur gefunden.

Big Cathy und Lady Gypsy waren bei ihren Geschäften. Er aß allein und ließ sich von Mother Goose den Rest des Essens in einen Topf tun, um es Jackson zu bringen.

6

Als Jackson erwachte, fand er sich von zwei schmutzigen Decken bedeckt auf der Couch liegen. Seine Gelenke waren so steif wie die einer erstarrten Leiche, und sein Kopf schmerzte, als ob ihm der Schädel mit einem Preßlufthammer aufgebohrt würde. Das trübe

Licht brannte ihm in den Augen wie Pfeffer, und sein Mund war trocken wie Watte.

Er wendete seinen Hals so vorsichtig, als ob er aus Glas wäre. Er sah Goldy in seinem langen, schwarzen Gewand, aber ohne Haube und Perücke, am Tisch sitzen. Vor ihm auf dem Tisch stand ein zugedeckter Topf. Daneben lag ein Paket geschnittenes Weißbrot und stand eine halbe Flasche Whisky. Die Luft war blau von Rauch und stickig von Petroleumdämpfen. Der Raum war kalt.

Goldy saß da, hauchte verträumt das goldene Kreuz an, das er um den Hals trug, und polierte es mit einem vor Schmutz grauen Taschentuch.

Jackson warf seine Decken ab, erhob sich taumelnd auf die Füße, packte Goldys fetten, speckigen Hals mit seinen beiden schwarzen Händen und begann zu drücken. Schweiß perlte auf seinem schwarzen Gesicht wie Pockenpusteln. Seine Augen waren feuerrot unterlaufen und hatten einen völlig irren Blick.

Goldys Augen quollen hervor, und sein Gesicht nahm einen rostigbraunen Ton an. Er ließ das Kreuz los, packte mit beiden Händen Jacksons Nacken, riß ihn mit aller Kraft an sich, so daß ihre Köpfe gegeneinanderknallten. Der Schwung kippte Goldys Stuhl nach hinten um, und er fiel auf den Rücken. Jackson stürzte auf ihn. Beide waren von dem Zusammenstoß ihrer Köpfe benommen. Die Flasche Whisky fiel auf den Boden, zerbrach aber nicht, sondern rollte unter die Couch.

Die Decken waren über den Petroleumofen gefallen, wo sie zu schwelen begannen, und der Geruch nach versengender Wolle und Baumwolle stieg auf.

Die Brüder tobten auf dem Boden herum, grunzten wie zwei hungrige Kannibalen, die sich um die fehlende Rippe prügeln. Schließlich bekam Goldy seinen Fuß vor Jacksons Bauch und gab ihm einen Stoß, der sie voneinander trennte.

»Was ist los mit dir, Mann?« keuchte er. »Bist du übergeschnappt?«

»Du hast mich betäubt«, zischte Jackson.

Die Decken über dem Ofen fingen an zu brennen.

»Sieh doch, was du angerichtet hast«, schimpfte Goldy und versuchte, seinen linken Fuß aus den Falten seines Gewandes zu befreien, damit er aufstehen konnte.

Jackson klammerte sich an die Tischkante, warf die Brotpackung hinunter, während er sich auf die Füße zog, und trat dann darauf, als er nach den brennenden Decken griff. Er wollte sie aus dem Raum werfen, aber die Tür war von innen mit dem Vorhängeschloß verschlossen.

»Mach die Tür auf«, hustete er.

Der Raum war pechschwarz vor Rauch.

»Wegen dir hab ich den Schlüssel verloren«, beschuldigte Goldy ihn, während er auf Händen und Knien auf dem Boden herumkroch und nach dem Schlüssel suchte.

Jackson warf die Decken auf den Boden und kroch ebenfalls herum, um Goldy bei der Suche zu helfen.

»Wozu schließt du auch die Tür dauernd ab«, beklagte er sich.

»Ich hab ihn«, gab Goldy zur Antwort.

Als er sich auf die Füße erhob, um die Tür aufzuschließen, trat auch er auf das Brot.

Jackson beförderte die Decken mit dem Fuß in den Gang hinaus.

»Eines Tages werden sie dich hier drin eingeschlossen tot auffinden«, sagte er.

»Du hast nicht mehr den Verstand, mit dem du geboren wurdest«, erwiderte Goldy, stieß Jackson beiseite, um zu dem Tabakladen hinauszukommen und Wasser zum Löschen der qualmenden Decken zu holen.

Danach riß er einen Karton auseinander und gab Jackson ein Stück Wellpappe, damit er ihm half, den Rauch aus dem Zimmer zu wedeln. Dabei beklagte er sich: »Da bin ich nun, geb mir die größte Mühe, zu helfen, weil du mein Bruder bis, und da bis du und willst mich als erstes umbringen.«

»Wie versuchst du mir denn zu helfen?« knurrte Jackson, während er den Rauch hinausfächelte. »Ich komm zu dir um Hilfe, und was gibst du mir? Gift, das einen betäubt!«

»Ach, Mann, eß erst mal und halt den Mund.«

Jackson hob die zerquetschte Brotpackung auf und knetete sie gerade, setzte sich dann an den Tisch und hob den Deckel vom

Topf. Er war mit »Hüpfendem Hans«, – gekochten Schweinefüßen, schwarzäugigen Erbsen und Reis – halb gefüllt.

»Gibt nichts Besseres als ›Hüpfenden Hans‹,« sagte Goldy.

»Ich eß ›Hüpfenden Hans‹ gern«, erwiderte Jackson.

Goldy machte die Tür wieder zu und verschloß sie mit dem Vorhängeschloß. Jackson warf ihm einen mißbilligenden Blick zu. Goldy fand die Whiskyflasche unter der Couch und goß Jackson einen Schluck ein. Jackson sah ihn argwöhnisch an. Goldy gab den Blick böse zurück.

»Du würdest nicht mal deiner Mamy trauen, was?« sagte er und nahm einen großen Schluck, um zu zeigen, daß der Whisky nicht gedopt war.

Jackson nahm auch einen Schluck und schnitt eine Grimasse.

»Machst du das Zeug selbst?«

»Hör auf zu meckern, Mann. Du gibst mir doch kein Geld, um dir guten Whisky zu kaufen. Darum trink den und halts Maul.«

Jackson begann mit gekränktem Ausdruck zu essen. Goldy kochte sich einen K-&-M-Aufpulverer und spritzte ihn sich selbst mit stillem Genuß.

»Ich hab deine Wirtin angerufen«, sagte er schließlich. »Imabelle is noch nich zurück.«

Jackson unterbrach sich mitten im Kauen. »Ich muß losgehen und sie suchen.«

»Nein, das wirst du nich, wenn du nich von dem ersten Bullen verhaftet werden willst, der dir begegnet. Dein Chef hat dich angezeigt, und gegen dich is ein Haftbefehl erlassen.«

Auf Jacksons Gesicht begann sich Schweiß zu bilden. »Das is gleichgültig. Vielleicht is sie in Gefahr.«

»Sie is nich in Gefahr. Du bis der, der in Gefahr is.«

Jackson ließ ein weiteres poliertes Schweinsknöchelchen auf den Haufen auf dem Tisch fallen, wischte sich mit dem Handrücken über den Mund und sah Goldy mit der tödlichen Empörung eines Puritaners an.

»Hör mal. Wenn du glaubst, daß ich hier rumsitze, nachdem ich um mein Geld betrogen bin und mir meine Frau geraubt wurde, irrst du dich gründlich. Sie is meine Frau, und ich werd nach ihr suchen.«

Goldy blickte ihn unter gesenkten Lidern an.

»Trink noch ein Schluck und beruhige dich. Du kannst sie heute nacht nich finden. Laß uns über die Geschichte nachdenken.«

Er goß Jackson neu ein. Jackson sah den Drink mit Abscheu an, stürzte ihn dann auf einen Zug hinunter und keuchte. »Was gibt's darüber nachzudenken?«

»Eins möchte ich gern wissen: sag mir nur, was dein Mädchen außer Kleidern in diesem Koffer hat.«

Jackson blinzelte. Das Essen und der Whisky und die verbrauchte Luft in dem kleinen, niedrigen Raum machten ihn schläfrig.

»Erbstücke.«

»Erklär das genauer.«

Jacksons Gedanken gingen durcheinander, und er hatte Goldy im Verdacht, daß er versuchte, ihn hereinzulegen.

»Kupfertöpfe und Pfannen und Schüsseln«, schrie er wütend, »Zeug, das sie geschenkt bekam, als sie heiratete.«

»Kupfertöpfe, Pfannen und Schüsseln?« Goldy sah ihn ungläubig an. »Willst du mir einreden, daß sie und dieser schlanke Kerl davongelaufen sind, um zu kochen?«

Jackson war wieder so müde, daß er kaum die Augen aufhalten konnte.

»Kümmer dich nich um den Koffer«, murmelte er kriegerisch. »Wenn du mir helfen willst, dann helf mir sie finden und kümmer dich nich um das, was sie hat.«

»Das versuch ich doch nur, Brüderchen«, protestierte Goldy. »Ich versuch nur, dir zu helfen, dein Mädchen zu finden. Aber ich weiß noch nich, wonach ich eigentlich suche.«

Jackson war zu müde, um zu antworten. Er streckte sich auf der Couch aus und schlief sofort ein.

»Das Zeug war zu stark«, murmelte Goldy vor sich hin.

Für die Hälfte der Zeit betäubte Goldy Jackson, und in der anderen Hälfte versetzte er ihn in Schrecken. Damit hielt er ihn als Gefangenen in dem Raum fest.

Jeden Tag erzählte er Jackson, daß er eine Spur verfolge, und versprach ihm definitive Nachrichten für den Abend. Aber es vergingen drei Tage, bevor er eine erste wirkliche Spur fand.

Die drei schwarzen Witwen saßen beim Frühstück, als Big Cathy sagte: »Gestern abend kam ein Exsträfling in mein Haus, der sich Morgan nannte. Er riß gegenüber meinem Mädchen den Mund auf, wie er sich mit dem Trick von der verlorenen Goldmine ein Vermögen verdienen wollte. Glaubst du, daß er einer von denen is, wonach du suchst?«

Goldy wurde wachsam. »Kann sein. Was für eine Sorte is er?«

»Der Sträflingstyp. Mittelgroß und scharf, aber nicht auffällig. Einer, der geleckt von Geld schwatzt, aber daran klebt. Mit Katzenaugen. Um die vierzig. Er sieht gefährlich aus.«

»Er is gefährlich.«

»Is er denn einer?«

»Der Frontmann. Wie wollen sie's anfangen?«

»Das hat er nich gesagt. Als Tina versuchte, ihn auszuhorchen, wurde er stumm. Er ließ sich die Schlacken ausräumen und verschwand.«

»Fand sie raus, wo sie ihr Ding gedreht haben?«

»Nein. Er tat so, als ob er schon zuviel geredet hätte.«

»Er wird wiederkommen«, meinte Goldy philosophisch.

»Ja, das Mädchen versteht's, mit ihnen umzugehen.«

An diesem Abend, nachdem Jackson seinen Topf Schweineohren mit grünem Collard und Okra leergegessen hatte, den Goldy ihm mitbrachte, und Goldy sich seine Abendspritze verpaßt hatte, sagte Goldy beiläufig: »Heute hab ich gehört, daß gerade ein Mann nach Harlem gekommen is, der irgendwo eine echte, vergessene Goldmine gefunden hat.«

Plötzlich begann Jackson zu zittern. Schweiß lief von seinem Kopf und über sein Gesicht, als ob er in einen Regenschauer geraten wäre.

»Eine Goldmine?«

»Das hab ich gesagt. Eine richtige vergessene Goldmine. Und Gerüchte gehen um, daß sie einen Koffer voll Golderz haben, um es auch zu beweisen.« Er fixierte Jackson aus zusammengekniffenen Augen scharf. »Was hältst du davon, Brüderchen?«

Jackson sah plötzlich krank aus, so, als ob er einen lebenden Ochsenfrosch verschluckt hätte, der jetzt versuchte, ihm wieder aus dem Hals zu springen. Er wischte sich den Schweiß von seinem aschfarbenen Gesicht und sah Goldy mit kranken Augen an.

»Hör zu, Goldy. Das Golderz gehört Imabelle in Wirklichkeit gar nich. Das is der einzige Grund, weshalb ich nix davon gesagt hab. Es gehört ihrem Mann. Jeden Krümel davon muß sie zurückgeben, wenn sie ihre Scheidung bekommt, oder er schickt sie ins Gefängnis. Das hat sie mir gesagt.«

»Da haben wir's also, Brüderchen.« Goldy lehnte sich auf seinem Stuhl zurück und betrachtete seinen Bruder mit verzückter Erregung. »Das is es also. Das hat sie in ihrem Koffer. Das hast du mir verschwiegen, Brüderchen.«

»Nix hab ich dir verschwiegen. Ich wollt nur nich, daß du auf falsche Gedanken kommst, weil das Golderz ihr nich gehört. Ich würd' nich mal selbst auch nur ein Gramm davon anfassen, ganz egal, wie sehr ich drinsitze.«

»Wieviel is es denn, Brüderchen? So besonders viel kann's doch nich sein, sonst hätt's du doch nich riskiert, dein ganzes Geld bei dem Knall zu verlieren. Und dann hättst du nich auch noch Geld von deinem Boss gestohlen.«

»Das hat damit gar nix zu tun. Es is einfach so, daß es nich ihr gehört. Glaubst du, ich würd wagen, davon was für mich selbst zu stehlen und riskieren, daß sie ins Gefängnis kommt?«

»Nein, nein. Ich weiß, daß du das nich tun würdest, Brüderchen. Dazu bis du zu ehrlich. Aber wieviel is es denn wirklich?«

»Zweihundert Pfund und elf Unzen.«

Goldy pfiff unwillkürlich, und seine Augen quollen aus den Lidern wie Bananen, die gerade geschält werden.

»Zweihundert Pfund? Grundgütiger Heiland. Und du hast es gesehen? Hast du es wirklich selbst gesehen?«

»Natürlich habe ich's gesehen. Oft sogar. Manchmal haben wir was aus dem Koffer geholt und auf den Tisch gelegt. Und dann haben wir die Tür zugeschlossen, uns davor gesetzt und es betrachtet. Sie hat nie versucht, es vor mir zu verstecken.«

Goldy saß da und starrte seinen Bruder an, als ob er seinen Blick nicht von ihm abwenden könnte.

»Wie sieht's denn aus, Brüderchen?«

»Es sieht wie Golderz aus. Was denkst du denn sonst!«

»Kann man denn das reine Gold sehen?«

»Natürlich kann man das reine Gold sehen. Da sind Goldadern drin, die durch den Stein laufen.«

»Was sind es für Adern? Dünne oder dicke?«

»Dicke Adern? Was denkst du denn? Es ist ebensoviel Gold dran wie Stein.«

»Dann sind da rund hundert Pfund reines Gold. Was meinst du?«

»Ungefähr so viel.«

»Hundert Pfund reines Gold.« Goldy hauchte auf sein goldenes Kreuz und begann es mit verträumtem Blick zu polieren.

»Brüderchen, hör mal zu. Wenn das Golderz wirklich echt is, solides, achtzehnkarätiges Gold, dann is dein Mädchen wirklich in Gefahr. Wenn es nich echt is, macht sie mit denen gemeinsame Sache und hat ihnen geholfen, dich auszunehmen. Daran gibt's nix zu deuteln.«

»Ich hab dir gesagt, daß sie sie gefangenhalten. Das hab ich dir immer wieder gesagt«, entgegnete Jackson unwillig. »Bildest du dir ein, sie schlägt sich mit einem Koffer voll Golderz rum, wenn nich echtes achtzehnkarätiges solides Gold darin wär?«

»Ich glaub gar nix. Ich hab dich gefragt. Weißt du bestimmt, daß das Golderz solides achtzehnkarätiges Gold is?«

»Das weiß ich ganz bestimmt«, erklärte Jackson feierlich. »Es is wirkliches Golderz, so rein, wie es aus der Erde gegraben wird. Darum bin ich ja so beunruhigt.«

»Das wollt ich ja nur wissen.«

Goldy wußte, daß sein Bruder zwar zuverlässig, aber kein besonders helles Licht war. Er war aber der Ansicht, daß selbst ein ausgemachter Trottel in der Lage sein sollte, reines Gold, das direkt aus der Erde gegraben war, zu erkennen.

»Weißt du, wo ich eine Pistole bekommen kann?« fragte Jackson plötzlich.

Goldy wurde steif. »Eine Pistole? Was willst du denn mit einer Pistole?«

»Ich geh jetzt hier fort und hol mein Mädchen und ihr Golderz. Ich will nich weiter hier rumsitzen und auf dich warten.«

»Mann, hör doch auf mich. Diese Burschen werden in Mississippi gesucht, weil sie einen Weißen umgebracht haben. Diese Kerle sind gefährlich. Wenn du eine Pistole hast, dann bringen sie dich nur um. Und was kannst du deinem Mädchen nützen, wenn du tot bist?«

»Ich werde sie nich offen angreifen«, sagte Jackson wild.

»Mann, du bist völlig verrückt geworden. Du weißt ja nich mal, wo sie sind.«

»Ich werd sie finden, und wenn ich jede Höhle in Harlem absuchen muß.«

»Mann, nich mal der heilige Petrus weiß, wo jedes Loch in Harlem ist. Ich hab schon gesehen, daß Rattengroßväter sich in den Löchern hier so verlaufen, bis sie schließlich in einem Kanalrohr voll Aale umkamen.«

»Dann raube ich einen aus und beschaffe mir Geld und miete mir einen, der mir hilft.«

»Immer mit der Ruhe, Brüderchen. Ich werd sie für dich finden. Hast du denn deine Religion ganz vergessen? Wo is denn dein Glaube? Deine Zeit wird auch noch kommen, Mann.«

Jackson wischte sich über seine brennenden roten Augen.

»Sie sollte sich beeilen und bald kommen«, antwortete er.

7

Im Savoy fand ein großer Ball statt, und die Leute standen auf der Lennox Avenue einen Block lang Schlange und warteten darauf, Eintrittskarten kaufen zu können.

Das bekannte Harlemer Detectivepaar Coffin Ed Johnson und Grave Digger Jones hatte den Auftrag, für Ordnung zu sorgen.

Beide waren große, gelenkige, nachlässig gekleidete, alltäglich aussehende, dunkelbraune Farbige. Aber an ihren Dienstwaffen war nichts Alltägliches. Sie trugen speziell angefertigte, langläufige, vernickelte Revolver Kaliber achtunddreißig, und im Augenblick hielten sie die Revolver in den Händen.

Grave Digger stand auf der rechten Seite an der Spitze der Schlange vor dem Eingang zum Savoy. Coffin Ed stand links von der Schlange an ihrem Ende. Grave Digger zielte mit seiner Waffe gerade nach Süden den Gehsteig hinunter. Auf der anderen Seite hielt Coffin Ed seinen Revolver gerade nach Norden gerichtet. Zwischen diesen beiden gedachten Linien war genug Platz, daß zwei Personen nebeneinander stehen konnten. Jedesmal, wenn einer aus der Schlange auswich, schrie Grave Digger: »Ausrichten!« Und Coffin Ed antwortete mit: »Abzählen!« Wenn der Übertreter sich nicht sofort wieder in die Schlange einordnete, schoß einer der beiden Detectives in die Luft. Darauf drängten sich die Paare in der Schlange dicht aneinander, als ob sie von zwei Betonmauern zusammengepreßt würden. Die Leute in Harlem waren fest überzeugt, Grave Digger Jones und Coffin Ed Johnson würden einen Mann mausetot schießen, wenn er nicht gerade in einer Schlange stand.

Grave Digger blickte sich um und sah die schwarzgekleidete Gestalt von Schwester Gabriel die Straße entlanggewatschelt kommen.

»Wie ist die Parole, Schwester?« grüßte er.

»Und ich sah drei unreine Geister wie Frösche aus dem Maul des Drachen springen, sprach der sechste Engel«, rezitierte Goldy.

Die Paare an der Spitze der Schlange lachten.

»Hört doch Schwester Gabriel«, kicherte eine junge Frau.

»Ich hab's gehört, Schwester«, antwortete Grave Digger, »und was brachte diese drei Frösche zum Springen?« Die Zuhörer lachten wieder. Schwester Gabriel schwieg einen Augenblick. *»Denn sie sind die Geister von Teufeln, die Wunder wirken.«*

»Glaubst du, daß sie verrückt ist?« hörte man jemand laut flüstern.

»Halt den Mund«, kam die warnend geflüsterte Antwort.

»Und diese Frösche«, fragte Grave Digger weiter, »meinst du, sie haben in Harlem einen Froschteich?«

Das war für die Zuhörer das Signal, wieder zu lachen.

»Und auf ihrer Stirn stand ein Name geschrieben: Geheimnis«, rezitierte Schwester Gabriel und watschelte weiter.

»Jedem sein eigener Heiland«, sagte Grave Digger zu den Zuhörern.

Goldy ging über die Lennox Avenue weiter bis zur 131st Street und bog um die Ecke auf Big Cathys Hurenhaus zu.

Es lag in einem Sechszimmer-Apartment in der zweiten Etage an der Rückseite eines großen zerfallenen fünfstöckigen Hauses. Big Cathy gab ihren Kunden eine Vorstellung, und das große Wohnzimmer war aus diesem Anlaß hell erleuchtet. Die Luft war bläulich gefärbt von Weihrauch. Fünf Mädchen und ein Dutzend Männer saßen zusammengedrängt auf schäbigen Polstersesseln und Sofas an den Wänden und ließen die Mitte des Zimmers frei.

Eine kräftige gelbe Frau, die fast ein Meter achtzig groß war und annähernd zweihundertfünfzig Pfund wog, rang erbittert mit einem kleinen, drahtigen, muskulösen Schwarzen, der etwa halb soviel wog wie sie. Beide waren in enganliegende Gummianzüge gekleidet, die mit Fett eingeschmiert waren, und ihre Gesichter waren von dem Schweiß überströmt, der aus ihren Körperporen nicht herauskonnte.

Sie kämpften eine Wette aus, ob er sie zu Boden werfen könne oder nicht. Der Einsatz betrug hundert Dollar. Auch die Zuschauer hatten Wetten auf den Ausgang abgeschlossen.

Die große Frau trommelte dem kleinen Mann mit ihren Fäusten auf den Kopf. Der Kleine versuchte, an den eingefetteten Gliedern der großen Frau einen Halt zu finden. Es ging heiß her.

Die Zuschauer lachten und riefen ihnen zur Ermutigung Obszönitäten zu.

»Gib ihm Saures, Baby«, schrie ein Mann immer wieder.

Goldy betrat die Wohnung durch den Lieferanteneingang und ging unbemerkt durch den Korridor zu Big Cathys Privatzimmer. Ohne anzuklopfen trat er ein.

Der Raum war mit einem Bett, einem Schrank mit Schubfächern, einem Schreibtisch anstelle eines Toilettentisches und zwei mit rotem Kunststoff überzogenen Sesseln ausgestattet.

Big Cathy stand hinter dem Bett vor einem Guckloch, dessen geöffnete Klappe sich in Höhe ihres Gesichts befand. Wenn das Guckloch geschlossen war, wurde es von einer farbigen Lithographie »Maria mit dem Kinde« bedeckt. Auf der anderen Seite der Wand konnte man durch einen durchsichtigen Spiegel unbehindert in das Wohnzimmer sehen, ohne daß der Beobachter bemerkt werden konnte.

Big Cathy drehte seinen Kopf und winkte Goldy zu. »Er is hier«, flüsterte er. »Da neben dem Radio mit Tina auf den Knien.«

Goldy schob sein Gesicht vor das Guckloch, und Big Cathy blickte ihm über die Schulter. Goldy erkannte Hank sofort. Dann bemerkte er den breitschultrigen Mann mit der rauhen Haut und dem halb gestrafften Haar, der mit einer Arbeitshose und einer Lederjacke bekleidet war. Er saß neben Hank auf einem Stuhl mit gerader Lehne.

»Da is noch einer«, flüsterte Goldy. »Der neben ihm. Der mit dem verbrannten Haar.«

»Er nennt sich Walker.«

Goldys Blick streifte durch den Raum, aber den schlanken Mann fand er nicht.

»Kannst du Tina reinrufen?« fragte er Big Cathy.

Cathy fingerte an einem losen Nagel an dem Scharnier, an dem die Klappe mit der Lithographie befestigt war. Die Skala des Radios leuchtete auf. Alle fünf Mädchen in dem großen Zimmer sahen verstohlen danach hin.

Dann stand Tina auf und entschuldigte sich.

»Ich muß eben mal schnell.«

»Dazu bist du eigentlich schon zu alt«, sagte Jodie grob.

»Hör auf, auf ihr herumzuhacken«, befahl Hank.

Tina schlich sich unbemerkt in Big Cathys Zimmer.

»Die Schwester hier wünscht, daß du deinen John heute abend über seinen Trick mit der Goldmine ausnimmst und alle Einzelheiten herausbekommst«, sagte Big Cathy.

Tina betrachtete die Barmherzige Schwester neugierig. Zufällig hatte sie einmal entdeckt, daß Big Cathy ein Mann war, aber über Goldy wußte sie nichts Bestimmtes.

»Wozu will sie'n das wissen?« fragte sie unverschämt.

»Du säufst zuviel«, sagte Big Cathy grob. »Ich rate dir, sei nüchtern, wenn du an die Arbeit gehst, und ich rate dir, verpatz es nich.«

»Ich wer's schon nich verpatzen«, erwiderte Tina verdrossen.

Sobald Tina in den Wohnraum zurückgekehrt war, ging auch Big Cathy hinein und brach den Ringkampf ab.

»Schluß jetzt! Es is unentschieden.«

»Die sollen weitermachen«, schrie Jodie. »Ich hab mein Geld auf das Mädchen gesetzt.«

»Laß dir's wiedergeben«, entgegnete Big Cathy schroff. »Ich sage, es is unentschieden.«

Die beiden Kämpfenden waren am Rand der Erschöpfung. Sie waren froh, daß sie aufhören konnten.

Jodie holte sich sein Geld von dem Mädchen zurück, das die Wetteinsätze verwaltete, und drängte sich zur Wohnungstür. Big Cathy ließ ihn hinaus.

Tina nahm Hank mit in ihr Zimmer.

Goldy streckte sich auf Big Cathys Bett aus, aber seine Nerven waren zu angespannt, als daß er schlafen konnte. Die Ungewißheit, ob das Golderz echt war oder nicht, ließ ihn nicht zur Ruhe kommen. Er glaubte Jackson, aber er wollte absolut sicher sein.

Big Cathy saß in einem der kunststoffbezogenen Sessel. Er hatte den Rock über seine dicken, plumpen Knie gezogen und las die Gesellschaftsseite einer Neger-Wochenzeitung. Von Zeit zu Zeit gab er Kommentare über Freunde ab, die darin erwähnt wurden.

Sie mußten lange warten. Es war Mitternacht vorbei, bevor Tina leise klopfte.

»Komm rein«, sagte Big Cathy.

»Puh«, stöhnte Tina und ließ sich in den anderen Sessel fallen. »Er hat geredet, bis mir die Ohren sausten.«

Goldy setzte sich auf dem Bett auf und beugte sich vor. »Wollte er, daß du bei ihnen mitmachst?«

»Teufel, nein! Dieser verfluchte Geizkragen. Er hat versucht, mir Anteile aufzuhängen.«

»Dann bis du also hinter ihren Trick gekommen?« fragte Big Cathy.

»Ich weiß alles, außer, wo sie das Ding drehen wollen.«

Goldy war enttäuscht. Das war einer der Hauptpunkte.

»Ich hab alles versucht, aber damit wollte er nicht herausrücken.«

»Also gut«, sagte Big Cathy, »dann laß uns hören, was du weißt.«

»Es is einfach der alte Trick mit der vergessenen Goldmine. Der, den sie Walker nennen, soll als Prospektor auftreten, der zufällig die vergessene Goldmine in Mexiko gefunden hat. Das is die reichste und größte Goldmine, die er in den vielen Jahren seiner Goldsucherei gesehen hat, und all so 'n Quatsch.«

»Wir wolln's trotzdem hören«, sagte Goldy.

Tina warf ihm wieder einen abschätzenden Blick zu.

»Also, Walker soll so tun, als hätt er Angst, daß er umgebracht wird, wenn er auch nur erwähnt, daß er die Mine gefunden hat. Und natürlich is der einzige Mann, dem er davon zu erzählen wagt, Mr. Morgan, der ein großer Finanzmann aus Los Angeles is. Mr. Morgan is an der ganzen Westküste dafür bekannt, daß er große Unternehmungen finanziert, und in den ganzen Vereinigten Staaten hat er den Ruf, daß er ein ehrlicher Mann ist.«

Sie fing an zu kichern.

»Weiter!« befahl Big Cathy schroff.

»Also, was Prospektor Walker braucht, ist Werkzeug und Ausrüstung und Material für Tausende von Dollars und rund hundert Bergleute, die für ihn arbeiten, und außerdem braucht er eine Genehmigung von der mexikanischen Regierung, die Mine auszubeuten. Das soll schon allein für sich hunderttausend Dollar kosten. Darum war das erste, was Mr. Morgan gemacht hat, daß er sich der Dienste – so hat er es gesagt –, der Dienste versicherte . . .«

»Erzähl weiter!« forderte Big Cathy. »Daß er sich der Dienste eines Goldprüfers von der Bundesbehörde der Goldprüfer versicherte. Den hab ich noch nich gesehen, aber sie nennen ihn Goldsmith.«

Sie begann wieder zu kichern, aber ein Blick von Big Cathy ließ sie verstummen.

»Also, sie alle drei, Walker und Morgan und Goldsmith, sollten nach Mexiko fahren, um die Mine zu untersuchen. Aber als Mr. Morgan herausfand, wie groß sie war, erkannte er, daß er es nich allein schaffen kann. In der Mine lag Gold für Milliarden von Dollars, und man braucht eine halbe Million, um es richtig rauszuholen. Morgan sagte, er hätt es mit seiner Bank finanzieren können – das sagte er mir direkt ins Gesicht –, aber er wollte nich, daß Weiße die Kontrolle darüber bekämen und den ganzen Profit für sich einstecken. Darum hat er sich entschlossen, eine Gesellschaft zu gründen und die Anteile nur an Farbige zu verkaufen. Sie wollen durch die ganzen Vereinigten Staaten reisen und Anteile im Wert von fünfzig Dollar verkaufen. Und damit sie genug Zeit haben, soviel zusammenzubringen, wie sie brauchen, sagen sie jedem, daß es sechs Monate dauert, bis die Mine in Betrieb is, und dann noch drei oder vier Monate, bis ein Gewinn dabei rauskommt.«

Sie schwieg und zündete sich eine Zigarette an. Dann sah sie von einem zum anderen. »Also, das war alles.«

»Wie wollen sie aber ihre Anteile verkaufen, wenn du nich herausbekommen hast, wo sie das Ding drehen?« fragte Goldy gespannt.

»Ach ja, das hab ich vergessen. Sie haben einen Verbindungsmann. Er heißt Gus Parsons oder Gus Sonstwas. Er treibt sich in allen besseren Bars rum, beteiligt sich an Konferenzen von Geschäftsleuten und geht sogar zu Kirchenveranstaltungen, sagt Morgan, um Verbindung zu den Dummköpfen aufzunehmen. Morgan nennt sie Kapitalgeber. Dann bringt er sie mit verbundenen Augen in seinem eigenen Wagen in ihr Büro.«

Big Cathy kniff die Augen zusammen, als sie Tina ansah.

Goldy hielt seinen scharfen Blick auf sie gerichtet. »Warum machen sie das alles?« fragte er.

Tina hob die Schultern. »Er sagt, daß sie Angst haben, sie würden sonst ausgeraubt.«

»Ausgeraubt?« wiederholte Big Cathy. »Was soll ihnen geraubt werden?« fragte Goldy.

»Er sagt, daß sie einen Koffer voll Golderz haben. Was das is, weiß ich nich. Er sagt, daß es aus der vergessenen Mine kommt, als ob irgendeiner diesen Quatsch glauben würde.«

»Bewahren sie das Erz in ihrem Büro auf?« fragte Goldy.

In Goldys Stimme lag etwas, das Big Cathy veranlaßte, ihn zu fixieren.

Tina wußte nicht, was vorging, und begann sich zu fürchten.

»Ich weiß nich, wo sie's haben. Darüber hat er mir nix gesagt. Er hat nur gesagt, daß sie in ihrem Büro Proben haben, die sie vorzeigen, wenn einer genug Geld hat, um Anteile zu kaufen. Dann zeigen sie ihnen einen ganzen Koffer voll mit reinem Golderz.«

Goldy seufzte so leise, daß es klang, als ob er vor sich hin weinte.

Big Cathy starrte ihn weiter mit Augen voller Fragen an.

»Bis du fertig mit Tina?«

Goldy nickte.

»Geh raus«, sagte Big Cathy.

Sobald Tina die Tür hinter sich geschlossen hatte, beugte er sich weit vor und starrte in Goldys nach unten geneigtes Gesicht.

»Is das wahr?«

Goldy nickte langsam. »Es is wahr.«

»Wieviel?«

»Genug für uns alle.«

»Was soll ich tun?«

»Verhalt dich nur ruhig, bis ich's hab.«

8

Grave Digger und Coffin Ed waren keine korrupten Polizeidetectives, aber sie waren scharf. Sie mußten scharf sein, um in Harlem arbeiten zu können. Farbige hatten keinen Respekt vor farbigen Polizeibeamten. Aber sie respektierten ihre großen, blinkenden Revolver und einen plötzlichen Tod. In Harlem wurde behauptet, daß Coffin Eds Revolver einen Felsen totmachen und daß Grave Diggers Revolver ihn begraben könne.

Wie alle echten Polizisten nahmen sie ihren Tribut von den eingeführten Kreisen der Unterwelt, die die wesentlichen Bedürfnisse der Menschen befriedigten – von Glücksspielunternehmern, Puffmüttern, Straßenmädchen, Lottoveranstaltern und Lottoeinnehmern. Aber sie waren scharf mit Taschendieben, Straßenräubern, Einbrechern, Vorbestraften und allen Fremden, die sich irgend etwas zuschulden kommen ließen.

Als Goldy zum Savoy kam, gingen die beiden dort gerade mit zwei Burschen fort, die wegen eines Mädchens eine Messerstecherei angefangen hatten. Der Bursche, der das Mädchen mitgebracht hatte, war eifersüchtig geworden, weil sie mit dem anderen zuviel tanzte. Was Coffin Ed und Grave Digger wütend machte, war, daß das Mädchen die beiden Burschen aufeinandergehetzt hatte, damit sie heimlich mit einem dritten verschwinden konnte. Und die beiden Kerle waren zu naiv, um es zu bemerken.

Goldy folgte ihnen in einem Taxi zum Polizeirevier in der 126th Street.

Der große Wachraum, in dem der Sergeant vom Dienst hinter seinem Schreibtisch wie hinter einer Festungsmauer von fünf Fuß Höhe an der Seite zum Dienstzimmer der Detectives saß, war von der Ernte der Nacht überfüllt.

Die Polizisten der Streifenwagen des Straßendienstes, die Zivilbeamten hatten alle ihre Gefangenen bei sich und warteten, daß die Anschuldigungen zu Protokoll genommen wurden. Der Sergeant vom Dienst nahm sie der Reihe nach an, wie sie gekommen waren, schrieb Namen, Anschuldigung, Adresse und den Beamten, der sie festgenommen hatte, nieder, ehe er sie an die Aufsichtsbeamten des Polizeigefängnisses weitergab, die im Hintergrund warteten.

Die kleinen Kreditgeber, weiße und farbige, hielten sich bei dem Schreibtisch auf, drängten sich zwischen die Festgenommenen und boten ihre Dienste an. Für ein Honorar von zehn Dollar übernahmen sie es, bei geringfügigen Verstößen die Kaution zu stellen.

Die Polizisten waren unwirsch, weil sie am nächsten Morgen während ihrer Freizeit vor Gericht erscheinen mußten, um gegen die Häftlinge, die sie festgenommen hatten, auszusagen. Sie waren ungeduldig, ihre Häftlinge einzuliefern, damit sie zu einem ihrer Ausweichquartiere gehen konnten, um vor Dienstschluß noch etwas Schlaf zu finden.

Ein junger weißer Polizist hatte eine betrunkene farbige Frau mittleren Alters wegen Prostitution festgenommen. Der große, rauhe, braunhäutige Mann in einem Overall und einer Lederjacke, der mit ihr aufgegriffen worden war, behauptete, sie sei seine Mutter, und er habe sie gerade nach Hause gebracht.

»Kommt soweit, daß eine Frau nich mal mit ihrem eigenen, natürlich geborenen Sohn über die Straße gehen kann«, beschwerte sich die Frau.

»Halten Sie den Mund«, sagte der Polizist gereizt.

»Sagen Sie meiner Mami nicht, daß sie'n Mund halten soll«, sagte der Mann.

»Wenn diese Hure deine Mami ist, bin ich der heilige Nikolaus«, sagte der Polizist.

»Von ihnen laß ich mich nich Hure nennen«, fuhr die Frau auf und schlug dem Polizisten ihre Handtasche ins Gesicht.

Der Polizist schlug instinktiv zurück und streckte die Frau nieder.

Der farbige Mann traf den Polizisten über dem Ohr und fällte ihn.

Ein anderer Polizist ließ seinen eigenen Gefangenen im Stich und schlug den Farbigen über den Kopf. Der Neger taumelte mit dem Kopf voran gegen einen anderen Polizisten, der ihn ebenfalls auf den Kopf schlug.

In der Aufregung trat jemand auf die Frau, und sie fing an zu schreien.

»Hilfe, Hilfe, sie trampeln mich tot!«

»Sie bringen eine farbige Frau um«, schrie ein anderer Festgenommener.

Alles begann sich zu prügeln.

Der Sergeant vom Dienst sah von der Sicherheit seines erhöhten Platzes auf das Getümmel hinunter und sagte mit gelangweilter Stimme: »Jesus Christus.«

In diesem Augenblick traten Coffin Ed und Grave Digger mit ihren beiden Gefangenen ein.

»Ausrichten!« brüllte Grave Digger mit Stentorstimme.

»Abzählen!« gellte Coffin Ed.

Beide zogen gleichzeitig ihre Revolver und jagten eine Salve in die Decke. Die Decke war schon von Löchern bedeckt, die sie früher in sie hineingeschossen hatten.

Das plötzliche Schießen in dem überfüllten Raum versetzte die Festgenommenen und die Polizisten in gleicher Weise in Schrecken. Alles erstarrte.

»Weitermachen«, schrie Grave Digger. Er und Coffin Ed schoben ihre Gefangenen durch das schweigende Gedränge vor den Schreibtisch. Die verhafteten Herumtreiber Harlems beobachteten sie aus den Augenwinkeln.

Der Lieutenant vom Dienst blickte kurz aus dem Büro hinter dem Schreibtisch heraus, aber alles war ruhig.

Goldy schlich unauffällig in den Raum und blieb direkt neben der Tür stehen, hielt alle Kautionshändler, die an ihm vorbeikamen, mit dem Klirren seiner Sammelbüchse auf.

»Spendet dem Herrn, spendet den Armen.«

Falls irgend etwas daran merkwürdig gewesen sein sollte, daß eine schwarze Barmherzige Schwester um ein Uhr morgens in einem Harlemer Polizeirevier wohltätige Gaben sammelte, so machte doch niemand eine Bemerkung darüber.

Coffin Ed und Grave Digger hatten ihre Festgenommenen sofort eingeliefert und übergaben sie den Schließern. Der Revier-Captain wünschte sie auf den Straßen, und nicht, daß sie die ganze Nacht im Revier festgehalten wurden.

Als sie fortfuhren, stieg Goldy hinten in ihre kleine schwarze Limousine und begleitete sie. Sie parkten den Wagen in der Dunkelheit in der 127th Street, und Grave Digger wandte sich um.

»Los jetzt, was sollte der Tip mit den Fröschen?«

»Gesegnet is der, der da wachet«, begann Goldy zu rezitieren.

Grave Digger unterbrach ihn: »Laß den Quatsch mit deinen falschen Bibelsprüchen. Wir lassen dich frei herumlaufen, weil du ein

Pfeifer bist. Aber das ist auch alles. Und vergiß es nicht, wir kennen dich, alter Freund.«

»Wir wissen alles über dich, was wir wissen müssen«, fügte Coffin Ed hinzu. »Und ich hasse einen, der sich als Frau verkleidet, viel mehr als Gott die Sünden. Pack also aus, alter Freund. Los!«

Goldy verzichtete auf seine Rolle und sprach vernünftig.

»Da laufen drei Sträflinge hier rum, die in Mississippi wegen Mord gesucht werden.«

»Das wissen wir schon«, sagte Grave Digger. »Nenn uns die Namen, unter denen sie auftreten, sag uns, wo sie sich versteckt halten.«

»Zwei von ihnen nennen sich Morgan und Walker. Ich weiß nich, welchen Namen der schlanke Bursche benutzt. Ich weiß auch nich, wo sie sich versteckt halten. Sie arbeiten mit dem Trick der vergessenen Goldmine, und sie benutzen zur Tarnung einen Kerl namens Gus Parsons, um die Dummköpfe mit verbundenen Augen zu ihnen zu schleppen.«

»Wo hast du sie gefunden?«

»Bei Big Cathy. Morgan und Walker waren heute nacht da.«

»Erzähl mehr!« befahl Grave Digger grob.

»Ich habe einen Bruder namens Jackson, er arbeitet bei Mr. Exodus Clay. Sie haben ihm fünfzehnhundert mit dem ›Knall‹ abgenommen. Sein Mädchen, Imabelle, hat ihn dazu verleitet. Dann lief sie ihm mit dem schlanken Burschen davon.«

»Steckt sie mit in der Geschichte mit der Goldmine?«

»Was benützen sie als Golderz?«

»Sie haben ein paar präparierte Steinbrocken.«

Grave Digger wandte sich an Coffin Ed. »Wir können sie bei Big Cathy fassen.«

»Ich habe einen besseren Plan«, sagte Goldy. »Ich gebe Jackson einen Packen falscher Scheine und lasse Gus Parsons Verbindung mit ihm aufnehmen. Gus wird ihn in ihr Büro bringen, und ihr könnt ihm dorthin nachfahren.«

Grave Digger schüttelte den Kopf. »Du hast gerade gesagt, daß sie ihn mit dem ›Knall‹ reingelegt haben.«

»Aber Gus war da nich bei. Gus kennt Jackson nich. Bis Gus endlich dahinterkommt, habt ihr sie alle am Kragen.«

Grave Digger und Coffin Ed tauschten einen Blick. Coffin Ed nickte.

»Na, schön, alter Freund, wir nehmen sie uns morgen abend vor«, sagte Grave Digger. Dann fügte er grimmig hinzu: »Ich nehme an, du bist deines Bruders Wohltäter?«

»Ich versuche nur, ihm zu helfen, das ist alles«, protestierte Goldy. »Er will sein Mädchen wiederhaben.«

»Darauf würde ich wetten«, sagte Coffin Ed.

Sie ließen Goldy aus dem Wagen hinaus und fuhren weiter.

»Liegt gegen Jackson nicht ein Haftbefehl vor?« fragte Coffin Ed.

»Ja. Er hat seinem Chef fünfhundert Dollar gestohlen.«

»Dann nehmen wir ihn auch mit.«

»Wir nehmen sie alle mit.«

Am nächsten Nachmittag, nachdem Jackson gegessen hatte, gab Goldy ihm eine Darstellung von den Absichten der Bande und erzählte ihm seinen Plan, ihr eine Falle zu stellen.

»Und hier ist der Köder.«

Er machte eine dicke Rolle aus Bühnengeld, umhüllte sie mit zwei echten Zehndollarnoten und schlang ein Gummiband darum. In dieser Weise trugen die Angeber in Harlem ihr Geld bei sich, wenn sie protzen wollten. Er warf die Rolle auf den Tisch.

»Steck das ein, Brüderchen, und dann bis du ein großes, fettes, schwarzes Stück Speck für die Mäuse. Du wirst wie der fetteste Speckbrocken aussehen, den diese Ratten je gesehen haben.«

Jackson betrachtete die Rolle falsches Geld, ohne sie anzurühren. Er wollte sich nicht gern an Goldys Plan beteiligen. Irgend etwas konnte schiefgehen. Wenn es eine Schlägerei gab, konnten die beiden Detectives sich ihn greifen und die wirklichen Verbrecher laufenlassen, wie es der falsche Marshall getan hatte. Selbstverständlich waren es diesmal echte Detectives, aber sie waren trotzdem farbige Detectives, und nach dem, was er über sie gehört hatte, schienen sie sich an die Devise zu halten – erst schießen und dann Fragen stellen.

»Selbstverständlich, wenn du dein Mädchen nich wiederhaben willst . . .«, stichelte Goldy.

Jackson nahm die Geldrolle und schob sie in seine Hosentasche. Dann bekreuzigte er sich und kniete sich neben den Tisch auf den Boden. Mit andächtig geneigtem Kopf flüsterte er ein Gebet. »Lieber Gott im Himmel, wenn du es nich für richtig hältst, diesem armen Sünder in der Stunde seiner Not zu helfen, dann helfe auch bitte diesen schmutzigen Mördern nich.«

»Wozu betest du denn, Mann?« fragte Goldy. »Dir kann gar nichts passieren, du wirst doch gedeckt.«

»Davor hab ich ja gerade Angst«, sagte Jackson. »Ich möchte nich zu gründlich gedeckt werden.«

9

Die Braddock Bar lag an der Ecke der 126th Street und der Eighth Avenue neben einer im Negerbesitz befindlichen Kredit- und Versicherungsgesellschaft und der Wochenzeitung von Harlem.

Sie hatte eine kostspielig aussehende Fassade, kleine Fenster in englischem Stil, mit rautenförmigen, bleigefaßten Scheiben. Früher einmal hatte sie auf Ansehen Wert gelegt, war von den weißen und farbigen Geschäftsleuten und deren bessergestellten Angestellten besucht worden. Als aber die Hurenhäuser, die Spielklubs und die Rauschgiftspelunken sich in der 126th Street breitmachten, um die Leute aus der 125th Street auszusaugen, war sie in Verruf gekommen. »Die Bar war mal Kandis, jetzt is sie Kacke«, murmelte Jackson vor sich hin, als er um sieben Uhr dort eintraf.

Der kalte, verschneite Februarabend begann bereits Zeichen der Trunkenheit zu zeigen.

Jackson drängte sich in dem Lokal vor die lange Bar, bestellte einen Roggenwhisky und betrachtete nervös seine Nachbarn.

Die Bar war von den finstersten Harlemtypen überfüllt: kleine Schieber mit verkniffenen Gesichtern, Gelegenheitsdiebe, Taschendiebe, Handtaschenräuber, Rauschgifthändler, rohe Arbeiter in Overalls und Lederjacken. Jeder sah gemein oder gefährlich aus.

Drei kräftige Barmänner patrouillierten auf dem schmutzbedeckten Boden hinter der Bar, füllten schweigend Schnapsgläser und sammelten Münzen ein.

Eine Musicbox im Vorderraum plärrte, eine whiskyheisere Stimme grölte: »*Rock me, daddy, eight to the beat. Rock me, daddy, from my head to my feet.*«

Goldy hatte Jackson angewiesen, seine Rolle Geld zu zeigen, sobald er seinen ersten Drink bestellt hatte. Aber Jackson besaß nicht die Nerven dazu. Er hatte das Gefühl, daß jeder ihn beobachtete. Er bestellte einen zweiten Drink. Dann bemerkte er, daß jeder alle anderen beobachtete, als ob jeder seinen Nachbarn entweder für ein mögliches Opfer oder einen Polizeispitzel hielte.

»Hier sehn alle aus, als ob sie was suchen, nich wahr?« sagte der Mann neben ihm.

Jackson zuckte zusammen. »Nach was suchen?«

»Sieh doch die Huren an. Die suchen nach einem Freier, sieh die Lumpen da an der Tür, die suchen nach einem Betrunkenen, den sie ausnehmen können. Alle diese Burschen hier warten nur auf einen Mann, der sein Geld zeigt.«

»Mir scheint, daß ich dich schon mal gesehen habe«, antwortete Jackson. »Du heißt doch Gus Parsons, nicht wahr?«

Der Mann sah Jackson argwöhnisch an und begann von ihm abzurücken. »Wozu willst du meinen Namen wissen?«

»Ich dacht nur, ich kenn dich«, sagte Jackson und fingerte an der Rolle Geld in seiner Tasche. Er versuchte, genügend Mut zu sammeln, um sie sehen zu lassen.

Für den Augenblick wurde er durch eine Schlägerei gerettet.

Zwei brutal aussehende Männer sprangen im Raum herum, stießen Stühle und Tische um und schlugen mit Messern mit feststellbarer Klinge nach einander.

Die Gäste an der Bar verdrehten die Köpfe, um zuzusehen, blieben aber an ihren Plätzen und hielten mit den Händen ihre Gläser fest. Die Huren rollten die Augen und machten gelangweilte Gesichter.

Der eine traf den anderen in den Arm, ein großer, klaffender Schlitz öffnete sich in der engsitzenden Lederjacke. Aber es quoll nichts heraus als alte Kleiderfetzen: zwei Pullover, drei Hemden, ein dickes Winterunterhemd. Der andere schlug zurück und öffnete eine Wunde vorn in der Leinenjacke seines Feindes. Aber alles, was aus der Wunde kam, war getrocknete Druckerschwärze von den Schichten alter Zeitungen, in die sich der Bursche gehüllt hatte, um sich warm zu halten. Sie stachen und schlugen weiter aufeinander ein, wie zwei Lumpenmarionetten in einem wahnwitzigen Tanz, vergossen alte Fetzen und Zeitungen der vergangenen Woche anstelle von Blut.

Die Gäste lachten.

»Wie sollen die Kerle sich denn verwunden«, bemerkte einer. »Sie könnten ebensogut mit dem Sack des alten Lumpensammlers kämpfen.«

»Die betrügen nur die Heilsarmee.«

»Die wollen sich doch gar nicht verwunden, Mann, die beiden kennen sich doch. Die versuchen nur, sich gegenseitig nicht erfrieren zu lassen.«

Einer der Barmänner kam hinter der Bar mit einer abgesägten Baseballkeule hervor und schlug dem einen der Kämpfenden über den Kopf. Als der fiel, beugte sich der andere über ihn, um noch einmal zuzustechen, und der Barmann schlug auch ihm über den Kopf.

Zwei weiße Polizisten kamen gelassen hereingeschlendert, als ob sie die Schlägerei gerochen hätten, und nahmen die beiden Kampfhähne mit.

Jackson hielt es jetzt für sicher, seine Rolle Geld zu zeigen. Er zog die Rolle imitierter Noten heraus, blätterte sorgfältig einen Zehner ab und warf ihn auf die Bar.

»Zieh davon für zwei Roggenwhiskies ab«, sagte er.

Totenstille senkte sich über das Lokal. Alle Augen hefteten sich auf die Rolle in seiner Hand, sahen dann ihn, dann den Barmann an.

Der Barmann hob die Banknote gegen das Licht, musterte sie scharf, drehte sie um und klatschte sie dann zwischen seinen Händen. Dann öffnete er klirrend die Registrierkasse und knallte das Wechselgeld auf die Bar.

»Was soll denn das? Willst du den Hals abgeschnitten haben?» fragte er ärgerlich.

»Soll ich denn gehen, ohne zu zahlen?« erwiderte Jackson.

»Ich will hier keinen Ärger«, sagte der Barmann, aber es war schon zu spät.

Unterweltgestalten umringten Jackson von allen Seiten. Aber die Huren waren die schnellsten. Sie preßten ihre Ware so fest gegen Jackson, daß er nicht unterscheiden konnte, ob sie sich anpreisen oder ihre überschüssigen Bestände abstoßen wollten. Die Taschendiebe versuchten sich durchzudrängeln. Die Straßenräuber warteten an der Tür. Alle anderen beobachteten ihn, neugierig und aufmerksam.

»Das is mein Geld«, schrie ein großer, whiskytrunkener ehemaliger Boxer. Er drängte sich durch die Menge zu Jackson. »Der Mutterschänder hat's aus meiner Tasche gestohlen.«

Jemand lachte.

»Laß dich von dem nich einschüchtern, Süßer«, sprach eine der Huren Jackson Mut zu.

Eine andere sagte: »Der Lumpenkerl hat keine zwei blanken Nickel, seit Jesus geboren wurde.«

»Ich will hier keinen Ärger«, warnte der Barmann und griff nach seiner abgesägten Baseballkeule.

»Ich kenn mein Geld«, schrie der ehemalige Boxer, »mir kann keiner sagen, daß ich mein eigenes Geld nich kenn.«

»Was is der Unterschied zwischen deinem Geld und dem von anderen?« fragte der Barmann.

Ein mittelgroßer, braunhäutiger Mann stieß die Eingangstür auf und kam schnell an die Bar. Er trug einen Kamelhaarmantel, einen braunen Filzhut und einen braun-weißgestreiften Anzug, braune Wildlederschuhe, eine braune, mit handgemalten weißen Pferden geschmückte Seidenkrawatte. An seinem linken Ringfinger funkelte ein Brillantring und an seiner rechten Hand ein goldener Siegelring. Die Handschuhe trug er in der linken Hand, und seine rechte Hand schwang er hin und her.

Er blieb sofort stehen, als er sah, wie der Boxer Jackson bei der Schulter packte.

Er hörte den Boxer in drohendem Ton sagen: »Zeig mir dies verdammte Geld.«

Er bemerkte, wie sich zwei Barmänner aktionsbereit näherten. Er sah die Huren zurückweichen, er überblickte die Situation augenblicklich.

Er bahnte sich einen Weg durch das Gedränge, trat hinter den Boxer, packte dessen Arm, wirbelte ihn herum und trat ihn kräftig in den Unterleib. Der große Boxer knickte zusammen und spuckte laut stöhnend aus. Der Mann trat zurück und trat ihn in den Solar Plexus. Das Gesicht des Boxers blähte sich auf, während er nach Luft rang. Dann sank er mit dem Kopf nach unten zu Boden. Der Mann trat einen weiteren Schritt zurück und trat ihn mit der Fußspitze ins Gesicht, fest genug, um ihm ein Auge zu schließen, ohne einen Knochen zu brechen, und paßte seinen Tritt so ab, daß der Boxer auf die Brust statt auf das Gesicht fiel. Dann schob der Mann die Spitze seines braunen Wildlederschuhs elegant unter die Schulter des Boxers und kippte ihn auf den Rücken. Langsam schob er seine rechte Hand in die Seitentasche seines Mantels und zauberte einen kurzläufigen Revolver Kaliber achtunddreißig daraus hervor.

Die Gäste zerstreuten sich, verzogen sich aus der Schußlinie.

»Du bist der Hundesohn, der mich gestern nacht ausräuberte«, sagte der Mann zu dem halb bewußtlosen Boxer auf dem Boden. »Ich hätte Lust, dir das Gedärm zu durchlöchern.«

Er hatte eine klingende Stimme und sprach sanft und langsam, was ihn in den Augen der Gäste dieser Kneipe als einen gebildeten Mann erscheinen ließ. »Schießen Sie ihn nich hier drin tot, Mister«, sagte einer der Barmänner.

Beim Anblick der Waffe verdrehte der Boxer die Augen, so daß nur das Weiße zu sehen war. Er schluckte dauernd an seiner Zunge, als er zu sprechen versuchte.

»Das war ich nich, Boss«, gelang es ihm schließlich zu stammeln, »ich schwöre beim Kreuz, das war ich nich! Ich hab nie versucht, Sie zu berauben, Boss.«

»Den Teufel warst du's nicht. Dich würde ich immer wiedererkennen. Du hast mich gestern kurz nach Mitternacht überfallen.«

»Ich schwöre, daß ich's nich war, Boss. Gestern war ich den ganzen Abend hier in der Bar. Joe, der Barmann, kann's Ihnen sagen. Ich war gestern die ganze Zeit hier. Bin überhaupt nicht rausgegangen.«

»Das stimmt«, bestätigte der Barmann. »Er war den ganzen Abend hier. Ich habe ihn gesehen.«

Der Boxer wälzte sich auf dem Boden, betastete sein Auge und stöhnte, als ob er halb tot wäre. Er versuchte, Mitgefühl zu gewinnen.

Der Mann steckte seine Waffe ein und sagte gelassen: »Also, du Hundesohn, diesmal irr ich mich vielleicht. Aber du hast bestimmt in deinem Leben schon jemand ausgeraubt und nur bekommen, was du verdienst.«

Der Boxer erhob sich und wich ein Stück zurück.

»Ich würd Sie nich ausrauben, Boss. No, Sir, nich mit dem, was Sie haben.«

Keiner hielt es für witzig, aber sie lachten alle.

»Nich Sie, Boss, nich ein Mann in Ihrer Stellung«, witzelte der Boxer weiter, um noch mehr Lacher zu finden. »Hier kann Ihnen jeder sagen, daß ich seit Wochen kein richtiges Geld mehr in der Tasche gehabt hab.« Plötzlich erinnerte er sich, daß er Jackson gerade beschuldigt hatte, ihm die Taschen geleert zu haben, und fügte hinzu: »Der Mann da an der Bar hat Sie vielleicht beraubt, Boss. Der hat 'ne dicke Rolle, die er irgendwoher haben muß.«

Zum erstenmal sah der Mann Jackson an.

»Hör mal, laß mich da raus«, protestierte Jackson. »Ich hab mein Geld vom Lotto, das kann ich beweisen.«

Der Mann kam näher, stellte sich neben Jackson an die Bar und bestellte sich einen Drink.

»Keine Sorge, Freund, ich weiß, daß Sie's nicht waren«, sagte er mit freundlicher Stimme. »Es war irgendein großer Lumpenkerl wie dieser Bastard da. Aber ich werd ihn schon finden.«

»Wieviel haben Sie denn verloren?«

»Siebenhundert Dollar«, antwortete der Mann und drehte sein

Schnapsglas zwischen den Fingern. »Wenn mir das vor 'ner Woche passiert wär, hätt ich den Schuft bis in die Hölle verfolgt. Aber jetzt ist es nicht mehr wichtig. Ich habe inzwischen mit 'ner guten Sache Glück gehabt. Das is das reine Gold. In acht oder neun Monaten kann ich jedem Schuft so viel Geld geben, daß mich keiner mehr umzubringen braucht.«

Bei dem Wort ›Gold‹ blickte Jackson schnell zu dem hinter der Bar sichtbaren Spiegelbild des Mannes auf. Er bestellte einen neuen Drink, zog wieder seine Geldrolle und blätterte eine Note ab, um zu bezahlen.

Der Mann betrachtete Jacksons Geldrolle.

»Freund, an Ihrer Stelle würde ich in dieser Kneipe hier nicht mein Geld zeigen. Das is soviel wie Ärger suchen.«

»Ich komm gewöhnlich nich hierher«, sagte Jackson, »aber meine Frau is gerade nich zu Hause.«

Der Mann sah Jackson mit einem Pokergesicht an. Von einem der kleinen Schieber, die er als Späher beschäftigte, hatte er den Tip bekommen, daß ein Einfaltspinsel mit einer dicken Rolle Geld in der Kneipe war. Aber Jackson verhielt sich seiner Ansicht nach zu sehr wie ein Einfaltspinsel, um ein wirklicher Einfaltspinsel zu sein. Der Mann fragte sich, ob Jackson versuchen wollte, ihn selbst durch ein hinterhältiges Spiel hereinzulegen. Er entschloß sich zur Vorsicht.

»Das dacht ich mir«, sagte er unverbindlich.

Die Huren begannen sich wieder an Jackson heranzumachen, und der Mann winkte dem Barmann zu.

»Gib den Huren zu trinken, was sie wollen, und schaff sie mir vom Hals«, sagte er.

Der Barmann brachte eine Flasche Gin und ein Tablett mit Gläsern zu einer der Nischen. Die Huren verschwanden von der Bar, sahen feindselig aus, aber auch so, als ob es sich für sie nicht lohne, beleidigt zu sein.

»Sie sollten nich in diesem Ton mit Frauen sprechen«, protestierte Jackson.

Der Mann blickte Jackson fragend an. »Kann man eine Groschenhure was anderes als Hure nennen, Freund?«

»Jesus waren sie gut genug, um sie zu erlösen«, sagte Jackson.

Der Mann grinste erleichtert. Jetzt wußte er, daß Jackson sein Mann war. »Sie haben recht, Freund. Ich bin etwas erregt. Im allgemeinen spreche ich nicht so. Mein Name ist Gus Parsons.« Er streckte seine Hand aus. »Ich bin im Grundstücksgeschäft.«

Auch Jackson schüttelte dem andern erleichtert die Hand.

»Freut mich, Sie kennenzulernen, Gus. Mich nennen alle Jackson.«

»Und in was für einem Geschäft sind Sie, Jackson?«

»Ich bin im Bestattungsgeschäft.«

Gus lachte. »Das Geschäft muß gut gehen, nach der Rolle zu schließen, die Sie da bei sich tragen. Wieviel is es denn überhaupt?«

»Das kommt nicht aus meinem Geschäft. Ich arbeite nur bei einem Bestattungsgeschäft. Ich hab beim Lotto gewonnen.«

»Richtig. Sie sagten, Sie hätten einen Treffer gemacht.«

»Ich hatt zwanzig Dollar auf 411. Das brachte mir zehntausend ein.«

Gus pfiff leise und sah plötzlich ernst aus.

»Folgen Sie meinem Rat, Jackson, behalten Sie die Rolle in Ihrer Tasche und gehen Sie sofort nach Hause. Die Straßen in Harlem sind nich sicher für einen Mann mit so viel Geld. Am besten lassen Sie mich mit Ihnen gehen, bis Sie einen Polizisten sehen.«

Er drehte sich um und rief dem Barmann zu: »Wieviel bin ich schuldig?«

»Trinken Sie ein Glas mit mir, ehe wir gehen«, sagte Jackson.

»Sie können mich woanders zu einem Drink einladen, wenn Sie wollen, Jackson«, antwortete Gus und bezahlte für seinen Drink und die Flasche Gin. »Irgendein Lokal, das sauber is und wo man sich sicher fühlen kann. Lassen wir die Lumpen und Diebe hier für sich. Ich will Ihnen was sagen, gehen wir doch ins Palm Café.«

»Mir sehr recht«, sagte Jackson.

10

Sie gingen durch die 125th Street auf die Seventh Avenue zu. Neonröhren über den Bars und Geschäften warfen vielfarbiges Licht auf die vielfarbigen Menschen, die über die verschmutzten Gehsteige schlenderten, verliehen ihrer Haut seltsame metallische Farbtöne. Farbige Männer kamen vorbei, die sich gegen die Kälte vermummt hatten, manche in neuen karierten Mänteln, andere in Uniformstücken, in Mänteln aus Gummi, in Gabardinemänteln, in Mänteln, die aussahen, als ob sie aus Decken geschneidert wären. Farbige Frauen huschten vorbei, trugen Mäntel zur Schau, die aus so unwahrscheinlichen Fellen wie Pferd, Bär, Büffel, Kuh und Katze und sogar Fledermaus gemacht waren. Andere Farbige waren in Kaschmir, rauhes Tuch, Nerz und Bisam gekleidet. Sie fuhren in großen neuen Wagen vorbei und sahen wohlhabend aus.

Eine Barmherzige Schwester tauchte aus dem Schatten auf. »Spendet dem Herrn . . . spendet den Armen.«

Jackson griff nach seinem Geld, aber Gus hielt ihn zurück. »Halten Sie Ihr Geld verborgen, Jackson, ich hab Kleingeld.«

Er ließ einen halben Dollar in die Sammelbüchse fallen.

»Ihr habt den Geist gefunden«, rezitierte die Barmherzige Schwester falsch. *»Er, der Ohren hat, lasset ihn hören, was der Geist saget.«*

»Amen«, sagte Jackson.

Nahe der Kreuzung der Seventh Avenue wandten sie sich dem Palm Café zu. Die Barmänner trugen gestärkte, weiße Jacken, und die hellgelben Kellnerinnen, die zwischen den Tischen und Nischen hindurchglitten, waren in einheitliche, gelbgrüne Kleider gekleidet. Eine Drei-Mann-Kapelle schlug auf ihrem Podest heiße Rhythmen.

Die Gäste waren die gerissenen Füchse, die von ihrem Verstand lebten – glatte Harlemer Schieber mit schimmerndem, gestrafftem Haar, aufdringlich elegant angezogen, mit ihren eng umhüllten Königinnen, Chormädchen und Mannequins – was alles bedeuten konnte –, die von irisierendem Glasschmuck funkelten, dunkle, mascaraumrahmte Augen rollten, karminrote Fingernägel blitzen ließen, mit perlweißen, von purpurroten Lippen eingefaßten Zähnen lächelten und die heiße Aufregung zur Schau stellten, die Geld kaufen konnte.

Gus drängte sich zur Bar und zog Jackson neben sich.

»Das ist ein Lokal, wie ich es liebe«, sagte er. »Ich liebe Kultur. Gutes Essen. Guten Wein. Erfolgreiche Männer. Schöne Frauen. Eine weltweite Atmosphäre. Das einzig Schwierige ist, es kostet Geld, Jackson, es kostet Geld.«

»Also, Geld hab ich«, sagte Jackson und winkte dem Barmann. »Was trinken Sie?«

Beide bestellten Scotch.

Dann sagte Gus: »Nich das Geld, was Sie haben, Jackson. Sie haben nich genug Geld, um dieses Leben zu führen. Ich meine wirkliches Geld. Sehen Sie mal Ihr bißchen Geld an. Wenn Sie nich vorsichtig sind, ist es in sechs Monaten alle. Was ich meine, ist das Geld, das nicht alle wird.«

»Ich verstehe, was Sie meinen«, sagte Jackson. »Sobald meine Frau sich einen Pelzmantel gekauft hat und ich mir selbst ein paar neue Anzüge, und wir uns einen Wagen angeschafft haben, einen Buick oder was derartiges, sind wir völlig pleite. Aber wo is der Mann, der Geld hat, das nich alle wird?«

»Jackson, von Ihnen hab ich den Eindruck, daß Sie ein ehrlicher Mann sind.«

»Ich versuch es, aber Ehrlichkeit macht sich nich immer bezahlt.«

»Doch, das tut sie, Jackson. Man muß nur wissen, wie sie sich bezahlt macht.«

»Das möcht ich bestimmt gern wissen.«

»Jackson, ich hätt fast Lust, Sie an was Gutem zu beteiligen. Ein Geschäft, mit dem Sie wirklich Geld verdienen können. Die Art Geld, von der ich rede. Das einzige is, ich muß ganz sicher sein, daß ich Ihnen trauen kann, daß Sie darüber schweigen.«

»Oh, ich kann schweigen. Wenn's eine Möglichkeit gibt, wirklich Geld zu verdienen, kann ich so still sein, daß Sie mich für stumm halten werden.«

»Kommen Sie, Jackson, gehen wir da nach hinten, wo wir ungestört reden können«, sagte Gus plötzlich, faßte Jackson am Arm und steuerte ihn zu einem Tisch im Hintergrund. »Ich lade Sie zum Essen ein, und sobald das Mädchen unsere Bestellung aufgenommen hat, werde ich Ihnen was zeigen.«

Die Kellnerin kam an ihren Tisch, blieb vor ihnen stehen und sah in eine andere Richtung.

»Bedienen Sie uns oder warten Sie nur, daß wir aufstehen und gehen?« fragte Gus.

Sie warf ihm einen verachtungsvollen Blick zu. »Geben Sie Ihre Bestellung auf, dann bekommen Sie, was Sie wollen.«

Gus betrachtete sie gründlich, er fing bei den Füßen an. »Bringen Sie uns Steaks, Mädchen, und überzeugen Sie sich, daß sie nich so zäh sind wie Sie, und reden Sie nich so dämlich.«

»Zweimal Steak komplett«, sagte sie wütend und verschwand.

»Kommen Sie näher«, sagte Gus zu Jackson und zog einen Packen mit goldenen Siegeln und lateinischer Schrift bedeckter Aktien aus seiner inneren Jackentasche. Er breitete sie unter dem Tisch auf seinen Knien aus, daß Jackson sie gut sehen konnte.

»Sehen Sie sich das an, Jackson. Das sind Anteile an einer mexikanischen Goldmine. Die werden mich reich machen.«

Jackson riß seine Augen weit auf. »Eine Goldmine sagen Sie?«

»Eine echte, zehnkarätige Goldmine, Jackson, und die reichste Goldmine in diesem Teil der Welt. Ein Farbiger hat sie entdeckt, und ein Farbiger hat eine Gesellschaft gegründet, um sie auszubeuten, und sie verkaufen die Anteile nur an Farbige, wie Sie und mich. Der Kreis der Gesellschaft is beschränkt, es gibt nichts Besseres.«

Die Kellnerin brachte ihre Steaks, aber Jackson konnte nicht sehr viel essen. Er hatte erst vor kurzem gegessen, doch Gus schob es der Aufregung zu.

»Regen Sie sich nich so auf, daß Sie nich essen können, Jackson. Sie können Ihr Geld nich genießen, wenn Sie tot sind.«

»Ich weiß, das stimmt. Aber ich dachte nur so. Ich würde gern mein Geld in ein paar dieser Anteile anlegen, Mr. Parson.«

»Ach was, Jackson, warum so förmlich?« entgegnete Parson. »Mir brauchst du nich schön zu tun. Ich kann dir keine Anteile verkaufen. Da mußt du mit Mr. Morgan sprechen, dem Finanzier, der die Gesellschaft gegründet hat. Das is der Mann, der die Anteile verkauft. Ich kann dich nur empfehlen. Wenn die dich nicht für wert halten, Aktien der Gesellschaft zu besitzen, bekommst du auch keine. Darauf kannst du dich verlassen. Er will, daß nur respektable Leute Aktien seiner Gesellschaft besitzen.«

»Willst du mich empfehlen, Gus? Wenn du irgendeinen Zweifel über mich hast, kann ich dir einen Brief von meinem Pfarrer bringen.«

»Das is nich nötig, Jackson. Ich kann sehen, daß du ein ehrlicher, aufrechter Bürger bist. Ich bin stolz darauf, daß ich ein guter Menschenkenner bin. Ein Mann in meinem Geschäft, dem Grundstücksgeschäft, muß ein guter Menschenkenner sein, oder er macht bald keine Geschäfte mehr. Wieviel willst du denn anlegen, Jackson?«

»Alles«, antwortete Jackson, »die ganzen Zehntausend.«

»In diesem Fall werde ich dich sofort zu Mr. Morgan bringen. Die arbeiten heute die ganze Nacht durch und regeln hier schnell noch alle ihre Geschäfte, damit sie morgen weiter nach Philadelphia und dort ein paar gute Bürger Aktien kaufen lassen können. Sie wollen würdigen Farbigen im ganzen Land eine Chance geben, an dem Gewinn mitzuverdienen, den diese Mine abwirft.«

»Das kann ich verstehen«, sagte Jackson.

Als sie das Palm Café verließen, schlurfte die gleiche Barmherzige Schwester, die sie schon vorher angesprochen hatte, an ihnen vorbei und drehte sich um, um ihnen ein frommes Lächeln zu schenken.

»Spendet dem Herrn, spendet für die Armen. Pflastert euren Weg zum Himmel durch barmherzige Gaben, gedenkt der Unglücklichen.«

Gus zog einen weiteren halben Dollar. »Ich hab schon, Jackson.«

»Schwester Gabriel segnet dich, Bruder. *Und der Herr des Geistes der Propheten sandte seinen Engel aus, um seinen Dienern die Dinge zu zeigen, die bald kommen sollten. Und siehe, wir kamen schnell. Gesegnet is der, der sich an das Wort der Propheten hält*«, rezitierte er.

Gus wandte sich ungeduldig ab.

Goldy blinzelte Jackson zu und bildete mit seinen Lippen Worte.

»Verstanden, Brüderchen?«

»Amen«, sagte Jackson.

»Ich mißtraue diesen Schwestern«, sagte Gus, als er Jackson zu seinem Wagen führte. »Hast du je den Verdacht gehabt, daß sie einen betrügen könnten?«

»Wie kannst du das von den Barmherzigen Schwestern glauben«, protestierte Jackson schnell. Er wollte nicht, daß Gus anfing, Goldy zu verdächtigen, ehe die Falle zu war. »Sie sind die frömmsten Menschen in Harlem.«

Gus lachte entschuldigend. »In meinem Geschäft, Grundstückshandel, versuchen so viele Leute zu betrügen, daß man mißtrauisch wird. Außerdem bin ich von Natur aus skeptisch. Ich glaube an nix, solange ich es nich sicher weiß. So hab ich mich auch gegenüber dieser Goldmine verhalten. Ich muß fest überzeugt werden, ehe ich mein Geld anlege. Aber ich sehe, daß du ein Kirchgänger bist, Jackson.«

»Mitglied der Ersten Baptistenkirche von Harlem«, sagte Jackson.

»Du brauchst mir nix zu sagen, Jackson. Ich konnte von Anfang an sehen, daß du Mitglied der Kirche bist. Daran erkannte ich, daß du ein ehrlicher Mann bist.«

Er blieb neben seinem lavendelfarbenen Cadillac stehen. »Hier is mein Wagen.«

»Das Grundstücksgeschäft muß gut gehen«, sagte Jackson, als er neben Gus vorne einstieg.

»Ein Cadillac is nich immer ein sicheres Zeichen, Jackson«, antwortete Gus, als er auf den Starter drückte und die automatische Kupplung auf Fahrt stellte. »Alles, was man heute braucht, um einen Cadillac zu kaufen, is ein Kredit für die Anzahlung, und dann muß man nur dem Einkassierer für die Raten aus dem Weg gehen.«

Jackson lachte und blickte in den Rückspiegel. Er bemerkte eine kleine schwarze Limousine, die um die Ecke kam und ihnen folgte.

Nach einem Augenblick hielt dann ein Taxi an der Stelle, wo sie Goldy verlassen hatten.

»Wenn ich meine erste Zahlung aus meinem Anteil an der Goldmine bekomme, werde ich mir auch so einen kaufen.«

»Man soll nicht seine Hühner zählen, ehe sie ausgebrütet sind, Jackson. Mr. Morgan hat dir noch keine Anteile verkauft.«

Als sie um die Ecke in die St. Nicholas Avenue in Richtung nach Norden einbogen, fuhr Gus plötzlich an den Straßenrand und hielt an. Jackson bemerkte, daß die schwarze Limousine um die Ecke kam, das Tempo verlangsamte und dann weiterfuhr. In kurzem Abstand folgte ihr ein Taxi. Gus bemerkte es nicht. Er hatte eine schwarze Haube aus dem Handschuhfach genommen.

»Es tut mir leid, Jackson, aber ich muß dir die Augen verbinden. Zieh das hier über den Kopf. Du mußt verstehen, Mr. Morgan und der Prospektor haben Golderz im Wert von hunderttausend Dollar in ihrem Büro, sie können nich riskieren, daß sie ausgeraubt werden.« Jackson zögerte. »So is es ja nicht, Mr. Parson. Es is nur – nun, verstehen Sie mich richtig – ich hab das viele Geld bei mir, und . . .«

Gus lachte. »Nenn mich doch Gus, Jackson, und scheue dich nicht zu sagen, was du denkst.«

»Nich, daß ich dir nicht trau, Gus, aber . . .«

»Ich versteh, Jackson. Du hast mich gerade erst kennengelernt, und ich könnt der Mann vom Mond sein. Hier, nimm meine Waffe, wenn du dich dann sicherer fühlst.«

»Also, es is nich, weil ich mich nich bei dir sicher fühle, Gus«, sagte Jackson, nahm die Waffe und schob sie in seine rechte Manteltasche. »Es is nur, weil . . .«

»Kein Wort weiter darüber, Jackson«, sagte Gus, als er die Haube über Jacksons Kopf zog. »Ich weiß genau, was ein ehrlicher Mann wie du in dieser Situation fühlt. Aber das is nich zu ändern.«

Mit der Haube über dem Kopf bekam Jackson plötzlich Angst. Er legte seine Hand zu seiner Beruhigung auf die Waffe und betete stumm, daß Goldy wisse, was er tue. Er hörte den Motor summen und fühlte den Wagen anfahren. Er bog um eine Ecke nach der anderen. Er versuchte die Richtung zu erraten, aber sie bogen um so viele Ecken, daß er die Orientierung verlor.

Eine halbe Stunde später verlangsamte der Wagen sein Tempo und hielt an. Jackson hatte keine Ahnung, wo er war.

»Wir sind da, Jackson, gesund und sicher«, sagte Gus. »Dir is nix passiert. Behalte deine Haube nur noch ein bißchen auf, und dann sind wir in dem Büro, und du wirst Mr. Morgan gegenüberstehen. Gib mir jetzt nur mein Revolver, du wirst ihn doch nich mehr brauchen.«

Jackson spürte, wie ihm der Schweiß auf dem Kopf und dem Gesicht unter der Maske ausbrach. Die Straße war still. Kein Geräusch näherkommender Wagen war zu hören. Wenn Gus die Detektive und Goldy abgeschüttelt hatte, die ihn verfolgen sollten, dann befand er sich in Gefahr.

Mit der rechten Hand griff er nach der Waffe, und mit der linken riß er die Haube ab. Alles, was er Zeit genug zu bemerken hatte, war eine schnelle Bewegung von Gus' Hand, die auf dem Steuerrad geruht hatte, ehe sie als Faust auf seiner Nase explodierte und sein Blickfeld mit triefend nassen Sternen füllte. Er neigte seinen Kopf und rammte Gus wie ein fetter Bulle an, versuchte ihn mit seinem Gewicht herunterzudrücken und gleichzeitig die Waffe zu ziehen. Aber Gus stieß ihn mit dem rechten Ellbogen gegen die Luftröhre und packte gleichzeitig sein Handgelenk mit stählernem Griff, bevor er die Waffe aus seiner Tasche ziehen konnte. Die triefend nassen Sterne in Jacksons Blickfeld verwandelten sich in blutrote Ballons in der Größe von Wassermelonen.

11

Die schwarze Limousine kam so schnell heran, daß sie schräg schlitterte, als sie anhielt. Die beiden großen, gelenkigen farbigen Detectives, in abgetragenen grauen Mänteln und zerdrückten Filzhüten, sprangen auf jeder Seite mit ihren Plattfüßen auf das Pflaster. Im gleichen Augenblick fuhr Goldys Taxi an den Straßenrand und hielt einen Block entfernt in der Straße an, aber Goldy stieg nicht aus. Als die beiden Detectives sich neben dem glänzenden Cadillac begegneten, hatten sie ihre langläufigen, nickelbeschlagenen Revolver in den Händen. Coffin Ed öffnete die Tür, und Grave Digger zerrte Gus auf die Straße.

»Laßt eure verdammten Hände von mir«, knurrte Gus und schlug mit einem weiten rechten Schwinger nach Grave Diggers Gesicht.

Grave Digger wich vor dem Schlag zurück und sagte: »Kleb ihm nur eine, Ed.«

Coffin Ed versetzte Gus mit der flachen Hand eine Ohrfeige. Gus' knapp sitzender Hut segelte davon, und er taumelte auf Grave Digger zu, der ihn auf die andere Backe ohrfeigte und damit zu Coffin Ed zurückwarf. Sie ohrfeigten ihn schnell von einem zum anderen, als ob sie Ping-Pong spielten. In Gus' Kopf begannen Glocken zu läuten. Er verlor seinen Gleichgewichtssinn, und seine Beine begannen unter ihm nachzugeben. Sie ohrfeigten ihn, bis er, taub für seine Umwelt, auf die Knie sank.

Coffin Ed packte ihn am Mantelkragen, um ihn daran zu hindern, aufs Gesicht zu fallen. Gus kniete schlaff zwischen ihnen, sein bloßer Kopf pendelte vor seiner Brust. Grave Digger hob mit dem Lauf seines Revolvers sein Kinn hoch. Coffin Ed sah Grave Digger über Gus' Kopf hinweg an.

»Weich?«

»Noch weicher, und dann is er Gehacktes«, antwortete Grave Digger.

»Der Junge is nich richtig erzogen worden.«

Jackson hatte sich nicht von seinem Platz gerührt, während die Detectives Gus bearbeiteten, aber plötzlich öffnete er die Tür an der anderen Seite des Cadillacs und kletterte auf den Gehsteig hinaus in der Hoffnung, sich unbemerkt davonmachen zu können.

»Halt, Junge, mit dir sind wir auch noch nich fertig«, rief Grave Digger.

»Ja, Sir«, sagte Jackson kläglich. »Ich mach mich nur bereit, um zu sehen, was Sie von mir wünschen.«

»Wir müssen noch in die Bude da rein.«

»Ja, Sir.«

»Bringen wir diesen Jungen wieder zu sich, Ed.«

Coffin Ed hob Gus auf die Füße und drückte ihm eine flache Flasche mit Bourbon in die Hand.

Gus trank einen Schluck und hustete. Aber in seinen Ohren knallte es, und er konnte wieder hören. Er war immer noch schwach auf den Beinen, als ob er schwer betrunken wäre.

Coffin Ed nahm die Flasche wieder an sich und schob sie in seine Manteltasche zurück.

»Bist du jetzt bereit, zu kooperieren?« fragte er Gus.

»Was kann ich sonst tun?« antwortete Gus.

»Das is nich die richtige Einstellung.«

»Langsam, Ed«, warnte Grave Digger, »wir sind mit dem Jungen noch nich fertig. Er muß uns da reinbringen.«

»Das mein ich ja«, antwortete Grave Digger und sah sich in der Umgebung um. »Den Platz haben sich die Lumpen für ihren Trick aber verdammt abgelegen ausgesucht.«

»Das taten sie, damit sie leicht wegkommen können. Sie nahmen wohl an, es wäre schwer, sie hier zu stellen.«

»Na, wir werden sehen.«

Über ihnen befand sich die Brücke der 155th Street, die den Harlem River von Coogan's Bluff auf Manhattan zu dem flachen Teil von der Bronx überquert, wo das Yankeestadion liegt. Die Poloplätze des Stadions. Das Spielfeld und die Tribünen des Baseballklubs der New York Giants ragten auf dem flachen Streifen zwischen den steilen Felsen und dem Harlem River auf. Die eisernen Streben unter der Brücke wirkten in dem fast undurchdringlichen Dunkel wie gespenstische Wachposten. Die Strecke der Hochbahn zur Bronx überquert in der Ferne den Fluß zu dem Bahnhof vor den Toren des Stadions.

Es war ein dunkler, verlassener und elender Teil Manhattans, unheimlich, gemieden und unbewacht in der Nacht, eine Gegend, in der einem Mann in vollkommener Einsamkeit der Hals abgeschnitten werden konnte, wo niemand seine Schreie hörte und keiner tapfer genug war, ihnen zu folgen, falls sie doch jemand vernahm.

Gus' Cadillac stand unmittelbar vor einem riesigen Lagerhaus, das von Father Divine in einen ›Himmel des Friedens‹ umgewandelt worden war. Das Wort ›Friede‹ erschien in riesigen weißen Buchstaben auf jeder Seite des Giebeldaches, konnte aber nur gesehen werden, wenn man von der Brücke hinuntersah. Später war das Gebäude aufgegeben worden und lag jetzt mit allen Merkmalen eines Grabes von der Dunkelheit umhüllt da.

»Hier wär ich nich gern allein«, meinte Jackson.

»Keine Sorge, Sohn, wir halten dich gedeckt«, versicherte Grave Digger ihm. Er verschloß Gus' Cadillac und steckte den Schlüssel in seine Tasche.

»Los, Junge, nimm deinen Hut und geh vor«, forderte Coffin Ed Gus auf.

Gus hob seinen Hut auf, zog ihn glatt und setzte ihn auf. Sein Gesicht war bereits so stark geschwollen, daß seine Augen fast geschlossen waren.

»Tu einfach so, als wär nichts passiert«, befahl Grave Digger.

»Das wird gar nich so leicht sein«, beklagte sich Gus.

»Ob leicht oder nich, ich rate dir, mach's überzeugend, mein Junge.«

»Also los, ihr Bullen, gehen wir«, sagte Gus.

Er führte Jackson durch einen schmalen, dunklen Seitengang neben dem aufgegebenen »Himmel des Friedens« zu einem kleinen Holzschuppen, der am Flußufer stand. Er war dunkelgrün gestrichen, sah in der Nacht aber schwarz aus. An der Seite, die von dem Gang aus sichtbar war, befanden sich zwei mit Läden verschlossene Fenster. Eine feste Holztür war an der Vorderseite. Von innen drang kein Licht heraus, und kein Ton war zu hören außer dem fernen Tuck-Tuck eines Schleppers, der Müllkähne den Fluß hinunter und auf die offene See schleppte. Der Schuppen sah verlassen aus.

Coffin Ed winkte Gus mit seinem Revolver.

Gus klopfte an die Tür. Er klopfte lange. Coffin Eds Nerven waren kurz vor dem Zerreißen. Das leichte Knacken seiner Waffe, die er spannte, durchbrach die Stille wie ein explodierender riesiger Knallfrosch und ließ Jackson fast aus der Haut fahren.

Plötzlich öffnete sich ein Guckfenster in der schwarzen Tür. Jacksons Herz schlug bis zum Hals.

Dann stellte er fest, daß er direkt in ein Auge blickte, das ihn durch den Spion ansah. Er konnte das Auge nicht gut genug sehen, um es zu erkennen. Aber ihm schien, als ob es zu ihm spräche.

Es wurde ein Schlüssel im Schloß umgedreht und ein Riegel zurückgezogen, und die Tür öffnete sich nach außen.

Jetzt konnte Jackson das Auge ebenso wie sein Gegenstück klar sehen. Ein hellgelbes, sehr sinnliches Gesicht wurde von dem Lichtschein durch die Tür eingerahmt. Es war Imabelles Gesicht. Sie sah Jackson fest in die Augen. Ihre Lippen formten die Worte: »Komm rein und bring ihn um, Daddy, ich gehöre nur dir.« Dann trat sie zurück und machte ihm Platz, daß er eintreten konnte.

Ihre Worte bestürzten Jackson. Unwillkürlich bekreuzigte er sich. Er wollte mit ihr sprechen, hatte aber keine Gewalt über seine Stimme. Er sah sie flehend an, versuchte zu schlucken und schaffte es nicht. Dann trat er ein.

Es war ein einzelner Raum in der Größe einer Garage für zwei Wagen. In jeder Seitenwand befanden sich durch zwei Holzläden verdeckte Fenster und in der Rückwand eine weitere Tür, die verschlossen und verriegelt war. Dem Anschein nach war der Schuppen das Büro eines Vorarbeiters oder eines Aufsehers irgendeiner Firma gewesen, die am Fluß arbeitete.

Neben der Hintertür stand ein großer Bürotisch mit einem Drehsessel, der in den Raum hineingehörte. Zwei billige Polstersessel, drei einfache Holzstühle, Aschenbecher, ein Cocktailtisch mit Glasplatte, ein billiger Aktenschrank aus Metall und ein wenig vertrauenswürdiger Panzerschrank aus Pappmaché, der mit einem schwarzen Tuch bedeckt war, so daß man in dem trüben Licht in der Mitte nur die untere Hälfte der Nummernscheibe für das Kombinationsschloß erkennen konnte, waren offensichtlich als Staffage von den Betrügern hinzugefügt worden. Dadurch sollte eine behagliche und luxuriöse Atmosphäre geschaffen werden, um die Schafsköpfe zu beeindrucken, während sie geschoren wurden.

Licht spendete eine Stehlampe zwischen den Sesseln, eine Deckenlampe in einer Glaskugel und eine Schreibtischlampe mit grünem Licht.

Jackson blickte an Imabelle vorbei und sah Hank hinter dem

Schreibtisch sitzen, dessen gelbes Gesicht in dem grünen Schimmer der Schreibtischlampe leichenhaft aussah.

Jodie hockte auf einem Feldstuhl neben der Hintertür. Er trug hohe geschnürte Stiefel und grobes Leinenzeug. Sein gestrafftes Haar war grau von Staub. Alles, was ihm fehlte, war ein räudiges Maultier, um die Illusion hervorzurufen, daß er gerade mit einer reichen Ladung Goldnuggets einen Bergpfad hinuntergekommen sei.

Slim saß auf einem Stuhl neben dem Schreibtisch an der Wand. Über seinem Anzug trug er einen langen Laborkittel, wie er von wahnsinnigen Wissenschaftlern in billigen Filmreißern getragen wird. Auf der Brust hatte er ein gesticktes Schild mit der Aufschrift: »Goldscheider der Vereinigten Staaten von Amerika.«

Bei Jacksons Anblick richteten sich alle drei kerzengerade auf und erstarrten.

Ehe einer eine Bewegung machen konnte, hatte Grave Digger seinen Fuß Gus in den Rücken gepflanzt und stieß ihn mit solcher Wucht in den Raum, daß er mit dem Kopf voraus über den Boden schoß und Jackson in den Rücken schlug. Jackson wurde mit dem Bauch gegen Jodie gestoßen, gerade als der sich von seinem Feldstuhl erheben wollte. Jodie wurde von Jacksons Gewicht gegen die Wand gedrückt.

Dicht dahinter folgte Grave Digger und schrie: »Ausrichten!«

Coffin Ed versperrte die Tür mit seinem gespannten Revolver und antwortete: »Abzählen!«

Slim sprang mit hochgehobenen Händen auf die Füße.

Hank saß hinter dem Schreibtisch, die Hände an der Platte wie festgefroren.

Aber Jodie, der im Augenblick durch Jacksons Körper vor den Waffen der Detektive gedeckt war, boxte Jackson zweimal fest in den Bauch.

Jackson grunzte und packte Jodie bei der Kehle. Jodie stieß Jackson mit dem Knie in den Unterleib. Jackson stöhnte vor Schmerzen und wich auf Gus zurück.

Gus packte Jackson an den Schultern, um sich vor dem Fallen zu bewahren, aber Jackson, der dachte, Gus wollte versuchen, ihn festzuhalten, riß sich heftig los.

In blinder Wut zog Jodie sein Messer und schlitzte den Ärmel von Jacksons Mantel auf.

»Fallen lassen!« schrie Grave Digger.

Jackson, der vor Schmerz und Wut rot sah, trat Jodie gegen das Schienbein, als Jodie das Messer hob, um noch einmal nach ihm zu stechen. Imabelle sah die gehobene Messerklinge und schrie: »Paß auf, Daddy!«

Ihr Schrei war so gellend, daß sich alle außer den beiden Detectives unwillkürlich duckten.

Er kratzte sogar an den abgehärteten Nerven von Grave Digger. Sein Finger krampfte sich ungewollt um den Abzug seines Revolvers, und der Knall des Schusses machte alle in dem kleinen Raum taub.

Gus war in die Feuerlinie geraten, und das Achtunddreißigergeschoß durchschlug seinen Schädel hinter dem linken Ohr und trat über dem rechten Auge wieder aus. Gus griff noch einmal nach Jackson, während er sterbend zu Boden fiel. Jackson sprang zur Seite wie ein scheuendes Pferd, und Jodie hängte sich an ihn.

Jackson packte Jodies Handgelenk der Hand, die das Messer hielt, und versuchte ihn in Grave Diggers Reichweite zu stoßen, aber Jodie war stärker als er und schob seinerseits Jackson auf Grave Digger zu.

Hank nützte die Verwirrung; er packte ein Glas mit Säure, das vor ihm auf dem Schreibtisch stand. Die Säure war benutzt worden, um die Reinheit des Golderzes zu beweisen, und Hank sah seine Chance, sie Coffin Ed ins Gesicht zu schütten.

Imabelle bemerkte es und schrie wieder: »Paßt auf.«

Wieder duckte sich alles. Zufällig knallten Jackson und Jodie mit den Köpfen gegeneinander.

Durch das Ducken kam Slim zwischen Hank und Coffin Ed, gerade als Hank die Säure ausschüttete und Coffin Ed schoß. Ein Teil der Säure spritzte über Slims Ohr und Hals, der Rest klatschte Coffin Ed ins Gesicht. Coffin Ed schoß wild drauflos und zertrümmerte die Schreibtischlampe.

Slim fuhr so heftig zurück, daß er gegen die Wand krachte.

Hank ließ sich den Bruchteil einer Sekunde, bevor Coffin Ed von der brennenden Säure und glühendweißer Wut geblendet, seinen Revolver leerte und dabei die Schreibtischlampe und die Wand dahinter mit Achtunddreißigergeschossen übersprühte, hinter den Schreibtisch fallen.

Eine der Kugeln traf einen versteckten Lichtschalter und legte den Raum dunkel.

»Immer mit der Ruhe«, rief Grave Digger warnend und wich zur Tür zurück, um den Fluchtweg abzuschneiden.

Coffin Ed wußte nicht, daß das Licht aus war. Er war ein zäher, harter Mann. Wer als Farbiger Detective in Harlem sein wollte, mußte ein zäher und harter Mann sein. Er preßte die Augen vor dem brennenden Schmerz zu – und ertrug ihn. Aber er war so von seiner Wut gepackt, daß er im Dunkeln mit dem Griff seiner Pistole nach rechts und links um sich schlug.

Er wußte nicht, daß es Grave Digger war, der mit dem Rücken gegen ihn stieß. Er spürte nur jemand in Reichweite und traf Grave Digger mit so erbitterter Wut über den Kopf, daß er ihn bewußtlos schlug. Grave Digger sank im gleichen Augenblick zu Boden, als Coffin Ed in die Dunkelheit fragte: »Wo bist du, Digger, wo bist du, Mann?«

Einen Augenblick lang wurde das stille Dunkel von heftigen Bewegungen erfüllt. Bei dem verzweifelten Sprung zur Tür stießen Körper gegeneinander. Krachendes Bersten und splitterndes Glas wurde hörbar, als die Stehlampe und der Cocktailtisch umgestürzt und zertrampelt wurden.

Dann schrie Imabelle wieder: »Stech nicht nach mir.«

Eine wutverzerrte Stimme gellte: »Ich bring dich um, du elende Hure.«

Jackson stürzte sich auf Imabelles Stimme zu, um sie zu schützen.

»Wo bist du, Digger? Antworte doch, Mann!« schrie Coffin Ed und schlug im Dunkel bedrohlich um sich. Trotz der unerträglichen Schmerzen war es seine erste Pflicht, sich um seinen Partner zu sorgen.

»Laß sie in Ruh, sie war's nich«, ließ sich eine andere Stimme vernehmen.

Ein wildes Ringen folgte zwischen Jodie und Slim. Jackson erkannte, daß einer von ihnen im Glauben, Imabelle hätte sie bei der Polizei verpfiffen, sie jetzt dafür umzubringen versuchte. Der andere protestierte. Jackson konnte nicht unterscheiden, welcher der eine und welcher der andere war.

Er stürzte sich auf den Kampflärm zu, bereit, es mit beiden aufzunehmen. Statt dessen landete er in den Armen Coffin Eds. Im nächsten Augenblick wurde er durch einen Revolvergriff, der ihn auf den Schädel traf, bewußtlos geschlagen.

»Bist du verletzt, Digger?« fragte Coffin Ed ängstlich und stolperte im Dunkel über Grave Diggers bewußtlosen Körper. »Mann, bist du verletzt?«

»Kommt, raus hier!« schrie Hank und sprang mit einem Satz durch die Türöffnung. Imabelle lief hinter ihm her.

Plötzlich brachen Slim und Jodie in wortloser Übereinstimmung ihren Kampf ab, um hinter Imabelle herzujagen. Aber draußen, wo sie besser sehen konnten, gingen sie wieder aufeinander los. Beide hatten offene Messer und begannen wütend aufeinander loszuhacken, trafen aber nichts als die kalte Nachtluft.

Hinter der Hütte hustete ein Außenbordmotor und hustete noch einmal. Der Motor hustete zum drittenmal und sprang an. Jodie riß sich von Slim los und rannte um den Schuppen herum. Einen Augenblick später dröhnte ein Boot mit einem Außenbordmotor auf den Harlem River hinaus.

Slim packte Imabelle am Arm.

»Komm, verschwinden wir. Sie haben uns im Stich gelassen«, fluchte er und zog sie durch den Gang an dem »Himmel des Friedens« vorbei zur Straße.

Plötzlich wurde die Nacht von dem Jaulen von Sirenen erfüllt, als vier Streifenwagen auf die Stelle zurasten. Ein Autofahrer, der die Brücke der 155th Street überquerte, hatte gemeldet, er habe am Harlem River Schießen gehört, und die Polizei kam angebraust wie eine Panzerarmee.

Coffin Ed hörte sie wie die Antwort auf ein Gebet. Der wild brennende Schmerz war fast mehr geworden, als er ertragen konnte. Er hatte seine Waffe aus Angst, sich selbst in den Kopf zu schießen, nicht wieder geladen. Jetzt begann er auf seiner Polizeipfeife zu pfeifen, als ob auch er selbst in der plötzlich wahnsinnig gewordenen Nacht verrückt geworden wäre. Er pfiff so lange und so laut, daß er Jackson ins Dasein zurückrief.

Grave Digger war noch immer bewußtlos.

Coffin Ed hörte, wie Jackson sich erhob, und lud schnell seinen Revolver. Jackson hörte die Patronen klicken, und es überlief ihn kalt.

»Wer ist da?« rief Coffin Ed drohend.

Seine Stimme klang laut und schroff. Jackson zuckte zusammen und verlor die Sprache. Alles, was er von sich geben konnte, war ein Grunzen. »Antworte, verdammt, oder ich schieß dich in Fetzen«, drohte Coffin Ed.

»Ich bin's nur, Jackson, Mr. Johnson«, antwortete Jackson mühsam.

»Jackson! Wo, zum Teufel, sind alle, Jackson?«

»Alle sind fortgelaufen, außer mir.«

»Wo is mein Partner? Wo ist Digger Jones?«

»Ich weiß nich, Sir, ich hab ihn nich gesehen.«

»Vielleicht is er ihnen nach. Aber du bleibst, wo du bist, Jackson, du machst nicht einen verdammten Schritt.«

»Nein, Sir. Kann ich Ihnen irgendwie helfen, Sir?«

»Verdammt noch mal, nein! Rühre dich nicht von der Stelle! Du bist verhaftet.«

»Ja, Sir.«

Das hätt ich mir denken können, dachte sich Jackson. Die wirklichen Verbrecher waren entkommen, und er war der einzige, den man geschnappt hatte.

Er begann sich lautlos zentimeterweise der Tür zu nähern.

»Sind das deine Bewegungen, die ich da höre, Jackson?«

»Nein, Sir, das bin ich nich.« Jackson bewegte sich etwas weiter. »Ich schwör's bei Gott.« Er schob sich noch etwas näher zur Tür. »Unter dem Fußboden müssen Ratten sein.«

»Ratten sind gut, verdammt noch mal«, knurrte Coffin Ed. »Und Sie kommen unter die verdammte Erde, wenn ich mit Ihnen fertig bin.«

Durch die Türöffnung konnte Jackson neben dem aufgegebenen »Himmel« des Father Divine die Lichter der Streifenwagen hin- und hersausen sehen, die die Straße absuchten. Er lauschte auf das Dröhnen der Motoren, das Heulen der Sirenen. Er spürte die Gegenwart Coffin Eds hinter sich, der mit der gespannten Achtunddreißiger in der Pechschwärze seiner geblendeten Augen herumfuchtelte. Das schrille, eindringliche Gellen von Coffin Eds Polizeipfeife kratzte Schicht um Schicht von Jacksons Nerven herunter. Es klang, als ob überall die Hölle losgebrochen wäre, oben und unten, auf dieser Seite und jener. Und er stand mitten dazwischen, zwischen dem Teufel und dem tiefen blauen Meer.

Besser im Laufen als im Stehen erschossen werden, entschied er. Er duckte sich.

Coffin Ed spürte seine Bewegung.

»Bist du noch da, Jackson?« bellte er.

Jackson sprang durch die Türöffnung, landete auf Händen und Knien, stützte sich auf und rannte.

»Jackson, du Bastard«, hörte er Coffin Ed schreien. »Heiliger, hüpfender Moses, ich halt das nich mehr länger aus. Können die Hundesöhne nich hören? Jackson!«» brüllte er mit der ganzen Kraft seiner Stimme.

Drei Schüsse knallten durch die verrückte Nacht. Die langen, roten Flammen aus der Mündung von Coffin Eds Revolver blitzten durch die schwarze Finsternis. Jackson hörte die Geschosse durch die hölzernen Wände schlagen.

Jackson nahm in einem Anfall von Panik seine Füße in die Hand, versuchte auf seinen kurzen schwarzen Beinen schneller fortzukommen. Es trieb ihm den Schweiß aus den Poren, Dampf schmorte ihn in seinem eigenen Saft, zehrte an seinen Kräften, brachte ihn aus dem Schritt, steigerte aber sein Tempo nicht. In Harlem sagt man, daß ein magerer Mann nicht sitzen und ein fetter Mann nicht laufen könne. Er versuchte, die andere Seite des Ziegellagerhauses, das zu einem »Himmel des Friedens« umgewandelt worden war, zu erreichen, aber sie schien so weit entfernt zu sein wie die Auferstehung der Toten.

Hinter ihm knallten drei weitere Schüsse durch den engen Gang, trieben ihn an wie einen Hund, der einen brennenden Lumpen am Schwanz hat. Er konnte an nichts anderes denken als an ein altes Negerlied, das er in seiner Jugend gelernt hatte:

»Renn, Nigger, renn! Sie sind hinter dir her.
Renn, Nigger, renn! Versuch, schnell zu entfliehn . . .«

Sein Fuß glitt auf einer schlammigen Stelle aus, und er segelte kopfüber auf die alte hölzerne Verladebrücke hinter dem umgewandelten Himmel, die im Dunkel unsichtbar war. Sein fettgepolsterter Mund schlug auf die Kante einer schweren Bohle mit dem schmatzenden Geräusch von Fleisch auf einem Hackklotz. Von dem scharfen Schmerz traten ihm Tränen in die Augen.

Als er zurücksprang und sich über seine angeschlagenen Lippen leckte, hörte er das Trampeln von Polizistenfüßen, das um die andere Seite des Himmels kam.

Er kroch, wie eine ungeschickte Krabbe, die vor einer zuschnappenden Schildkröte flieht, über die Kante der Ladebrücke. Rechts von ihm war in Reichweite eine Leiter, aber er sah sie nicht.

Über ihm hing die Brücke der 155th Street in der dunklen Nacht, gesäumt von erleuchteten Autos, die bremsten und anhielten, während ihre Insassen die Hälse verdrehten, um den Grund der Aufregung zu erspähen.

Ein einsamer Schlepper, der zwei leere Müllkähne hinter sich herzog, tuckerte den Harlem River entlang, um Müll einzusammeln, der für das offene Meer bestimmt war. Seine grünen und roten Positionslichter wurden als schimmernde Flecken von dem schwarzen Flußwasser reflektiert. Jackson fühlte sich von beiden Seiten bedrängt. Wenn die Polizisten ihn nicht faßten, bekam ihn der Fluß.

Er sprang auf die Füße und begann wieder zu laufen. Seine Schritte auf den verrotteten Bohlen dröhnten wie Donner in seinen Ohren. Ein lockeres Brett gab unter seinem Fuß nach, und er fiel vornüber auf den Bauch.

Ein Polizist, der an der anderen Seite des »Himmels« von der Straße her um die Ecke kam, leuchtete mit seiner Lampe einen weiten suchenden Bogen ab. Der Strahl ging über Jacksons ausgestreckte Gestalt, die schwarz auf dem schwarzen Boden lag, hinweg und bewegte sich zur Kante am Wasser.

Jackson sprang auf und lief weiter. Das alte Volkslied ging ihm ständig durch den Kopf:

Der Nigger rennt so schnell er's kann,
mit dem Kopf in ein Hornissennest.

Das irreführende Echo des Flusses und des Gebäudes ließen seine Schritte für die Polizisten so klingen, als ob sie aus der entgegengesetzten Richtung kämen. Der Schein ihrer Lampen richtete sich flußabwärts, als sie vor dem hölzernen Schuppen zusammentrafen.

»Hierher, verdammt noch mal«, hörte Jackson Coffin Eds Brüllen alle anderen Geräusche übertönen.

»Wir kommen«, hörte er gleich darauf die Antwort.

»Da läuft einer fort«, hörte er eine andere Stimme rufen.

Jackson setzte seine Füße auf den Boden und bewegte sich so schnell er konnte. Aber er brauchte so lange, um das Ende des Kais zu erreichen, daß er das Gefühl hatte, er wäre vor Alter schneeweiß und halb dahingerafft worden.

Aus den Augenwinkeln sah er, wie sich die Lichter der Polizisten wieder flußaufwärts wandten und sich ihm langsam näherten, und er konnte sich nirgends verbergen.

Plötzlich fiel er über die Kante des Kais, ohne sie zu sehen. Eben noch rannte er auf den Bohlen, und gleich darauf fühlte er, wie er in der freien, kalten Nachtluft strampelte. Im nächsten Augenblick plumpste er in einen Schlammtümpel. Seine Füße rutschten so schnell unter ihm fort, daß er einen vollständigen Salto schlug.

Die Lichtstrahlen oben auf dem Dock schossen über ihn hinweg, wandten sich zur Kante am Wasser zurück. Er wurde durch das Dock geschützt, befand sich im Augenblick sicher im Schatten.

Links von ihm erstreckte sich ein Gang, eine schmale Öffnung zwischen der Ziegelmauer des Himmels und der von zerfressenem Zinkblech bedeckten Wand des angrenzenden Lagerhauses. In weiter Ferne, fast ein Menschenalter entfernt, befand sich ein schmales, helles Rechteck, wo sich der enge Spalt auf die Straße öffnete. Er bewegte sich darauf zu, glitt im Schlamm aus, fing sich auf den Händen und kroch die ersten zehn Meter auf allen vieren.

Er richtete sich auf, als er spürte, daß der Boden unter ihm fester wurde. Es war ein schmaler Gang, und er drang so schnell darin vor, daß er feststak, ehe er es ahnte. Er wand und bog sich in blinder Panik wie ein schwarzer Don Quijote, der allein gegen zwei große Lagerhäuser ankämpfte, drehte sich seitwärts und drückte sich wie eine Krabbe zur Straße weiter.

Der Gang war mit Konservenbüchsen, Bierflaschen, durchweichten Pappkartons und Abfall jeder Art übersät. Jacksons Schienbeine mußten vieles hinnehmen. Sein Mantel wurde von vorn und hinten von Wänden gescheuert, als er seinen fetten Körper durch die schmale Öffnung vorpreßte und sich in seltsamer Weise seitwärts bewegte, den rechten Fuß vorstoßend und den linken hinterherziehend.

Er konnte dieses verdammte Lied nicht aus seinem Kopf kriegen, es war wie ein Gespenst, das ihn hetzte.

Der Nigger rennt, der Nigger flieht.
Der Nigger sein Hemd in Fetzen sieht.

12

Als Slim und Imabelle aus dem Seitengang kamen, heulte der erste Polizeiwagen mit neunzig Meilen die Stunde die Eighth Avenue hinauf. Sein rotes Licht funkelte in der schwarzen Nacht wie ein Dämon, der der Hölle entronnen war.

Slims Wagen parkte zu weit fort, um ihn zu erreichen. Er versuchte Gus' Cadillac und fand ihn verschlossen. Zum Glück stand ein Stück vor dem Cadillac ein Taxi am Straßenrand.

Slim sah die Barmherzige Schwester an, die auf dem Rücksitz saß, erkannte in ihr die schwarze Schwester, die vor Blumsteins

Warenhaus saß und vor der man ihn gewarnt hatte. Er riß die Tür auf, sprang als erster in das Taxi und zog Imabelle hinter sich her.

»Ein dringender Unglücksfall«, schrie er dem Fahrer zu. »Zum Knickerbocker Hospital, und verdammt schnell.«

Er wandte sich zu der Schwester und erklärte: »Meine Frau hat Gift getrunken. Ich muß sie ins Krankenhaus schaffen.«

Die Verbrennungen auf Slims Wange und Hals befanden sich auf der anderen Seite, aber Goldy hatte die Säureverbrennungen an der Schulter seines gelbgrauen Labormantels bereits bemerkt und wußte also, daß auch mit Säure gespritzt worden war. Er hatte das Schießen gehört und rechnete damit, daß bei soviel Schüssen von Meisterschützen wie Grave Digger und Coffin Ed jemand tot sein mußte. Er konnte nur hoffen, daß es nicht Jackson war. Sonst mußte er sich einen Weg ausdenken, wie er den Koffer allein in Besitz bekam. Und das würde schwierig sein, weil Imabelle nicht wußte, daß er Jacksons Bruder war. Doch die Hauptsache war im Augenblick, bei ihnen keinen Verdacht zu wecken.

»Habt Vertrauen in den Herrn«, flüsterte er heiser und versuchte den Eindruck zu schaffen, daß er schlichten Gemütes sei. »Laßt euch das Herz nicht schwer sein, spricht der Herr.«

Slim warf ihm einen argwöhnischen Blick zu, und für einen Augenblick fürchtete Goldy, daß er es übertrieben hatte. Aber Slim murmelte nur: »Schwer wird es erst, wenn wir losfahren.«

Imabelle war ohne ihren Mantel fortgelaufen, und plötzlich schauderte sie vor Kälte.

Ehe das Taxi in den zweiten Gang gekommen war, schnitt ihm ein Streifenwagen den Weg ab. Slim fluchte. Imabelle legte ihren Arm um Slims Schulter und lehnte ihren Kopf gegen seine Wange, um die Säureverbrennungen zu verdecken.

Zwei Polizisten sprangen aus dem Streifenwagen, stelzten zu dem Taxi zurück und richtete ihre Lampen auf die Insassen. Als sie die Barmherzige Schwester sahen, salutierten sie respektvoll.

»Haben Sie jemand hier vorbeilaufen sehen, Schwester?« fragte der eine von ihnen.

»Niemand ist an uns vorbeigelaufen«, erwiderte die Schwester wahrheitsgemäß und wandte sich an ihre Begleitung. »Habt ihr einen an uns vorbeikommen sehen?«

»Ich hab niemand gesehen«, bestätigte Slim schnell und warf Goldy einen weiteren abschätzenden Blick zu. »Nicht eine Seele.«

Zwei weitere Streifenwagen hielten mitten auf der Straße vor ihnen und hinter ihnen. Vier Polizisten sprangen mit klappernden Stiefeln auf die Straße, aber die beiden, die die Insassen des Taxis befragten, winkten ihnen ab. Sie drehten sich unentschlossen um, liefen zu ihrem Wagen zurück und brausten in Richtung des dunklen Parkplatzes neben den Poloplätzen davon.

»Wohin wollt ihr Leute denn?« fragte der Polizist Goldy.

Goldy kreuzte seine Zeigefinger über dem goldenen Kreuz vor seiner Brust und antwortete fromm: »Zum Himmel, gelobt sei der Herr, erbarme dich unserer Seelen.«

Die Polizisten glaubten, er vollführe irgendein kabbalistisches Ritual, und zögerten. Aber Goldy hatte gesehen, daß der junge farbige Fahrer sich halb umdrehte, dann zurückwandte und starr geradeaus sah. Er konnte Slim auf dem Platz neben sich zittern fühlen. Er versuchte verzweifelt, die Polizisten aufzuhalten und Slim gleichzeitig daran zu hindern, die Lüge zu wiederholen, daß er Imabelle ins Krankenhaus bringe, denn nur ein Blick auf Imabelle genügte, um zu erkennen, daß sie so gesund wie eine Zuchtstute war.

»Vielleicht gingen sie dahin«, fügte er hinzu, ehe die Polizisten die Frage wiederholen konnten, und beschrieb mit dem goldenen Kreuz zwei Kreise.

Die Polizisten starrten sie fasziniert an. Sie hatten in Harlem viele seltsame religiöse Sekten gesehen, und auf den Befehl des Polizeipräsidenten hin respektierten sie die Religion der Farbigen. Aber diese Schwester sah ihnen aus, als könne sie den Teufel beschwören.

Schließlich erwiderte einer der Polizisten ernsthaft: »Wo dahin?« Er glaubte, daß er damit die Sprache der Schwester spreche.

»Der Weg der Sünder ist schwer«, sagte die Schwester.

Die Polizisten tauschten einen Blick.

»Gehen wir weiter«, sagte der erste.

Der andere sah Slim und Imabelle noch einmal prüfend an. »Sind diese Leute hier Ihre Anhänger, Schwester?« fragte er.

Plötzlich steckte Goldy das goldene Kreuz in seinen Mund und spuckte es dann aus.

»Und ich nahm das kleine Buch aus der Hand des Engels und aß es«, rezitierte er rätselhaft. Er wußte, die beste Methode, einen weißen Polizisten in Harlem zu verwirren, war, töricht aus der Bibel zu zitieren.

Die Polizisten kniffen die Augen zusammen. Ihre Wangen blähten sich auf, und ihre Gesichter erröteten, als sie versuchten, ihr Lachen zu beherrschen, Respektvoll griffen sie nach ihren Mützen und drehten sich schnell um. Sie waren verwirrt, hatten aber keinen Verdacht geschöpft.

»Hältst du sie für betrunken?« fragte der eine laut.

Der andere hob die Schulter. »Entweder das oder voll Schnee.«

Sie gingen zu ihrem Streifenwagen zurück, machten auf quietschenden Reifen eine scharfe Kehrtwendung und brausten in Richtung des Dschungels der Anlegebrücken unter der Brücke davon.

Schon sammelten sich Menschen an, die wie halbbekleidete Gespenster aus der Dunkelheit auftauchten.

Das Taxi fuhr wieder an. Der Fahrer lenkte es vorsichtig an dem Streifenwagen vorbei.

»Fahr zu, Mutterschänder«, knurrte Slim.

Der Fahrer gab die starre Haltung seines Kopfes nicht auf, aber das Taxi beschleunigte die Fahrt und fuhr die Eighth Avenue hinunter. Sogar der Hinterkopf des Fahrers verriet Angst.

»Verdammt, geh von mir fort«, fluchte Slim und stieß Imabelle zur Seite. »Ich verbrenne.«

»Sprich nicht so zu mir«, antwortete sie und fingerte in ihrer Handtasche.

»Wenn du mit einem Messer auf mich loswillst . . .«, begann Slim.

Aber sie unterbrach ihn: »Halt den Mund.« Sie reichte ihm eine Dose mit Hautcreme. »Hier, tue das auf deine Verbrennung.«

Er schraubte den Deckel ab und schmierte die weiße Creme dick auf seine Brandwunden.

»Das hätte Hank nicht tun sollen«, sagte Imabelle.

»Halt du den Mund«, grunzte Slim. »Weißt du nicht, daß die alte Schwester alles den Bullen verpfeift?«

Goldy spürte, daß Imabelle ihn neugierig ansah, und beugte den Kopf über das goldene Kreuz, als ob er in fromme Meditationen versunken wäre.

»Du verdächtigst jeden«, sagte Imabelle zu Slim. »Woher soll sie wissen, wovon wir reden?«

»Wenn du weiter schwätzt, muß ich dir den Hals abschneiden.«

»Ihr habt's alle gleich mit dem Messer.«

»Das Leid ist vorüber«, rezitierte Goldy salbungsvoll.

»Nur gut, daß sie benebelt ist«, murmelte Slim.

Ein Krankenwagen kam die Straße heraufgebraust.

Keiner sagte danach etwas, bis sie das Knickerbocker Hospital erreichten. Slim ließ das Taxi vor dem Haupteingang halten, statt es die Auffahrt zur Notaufnahme entlangfahren zu lassen. Er stieg nach Imabelle aus, nahm sie am Arm und zog sie eilig die Stufen hinauf, ohne erst das Fahrgeld zu bezahlen.

Goldy befahl dem Fahrer, um den Block zu fahren. Als sie zurückkamen, stiegen Slim und Imabelle vor ihnen in ein Taxi.

Goldy befahl seinem Fahrer, ihnen zu folgen.

Der Fahrer murrte. »Hoffentlich macht's uns keinen Ärger, Schwester.«

»Und da waren vierundzwanzig alte Männer«, rezitierte Goldy und sagte damit dem Fahrer die Gewinnzahl des Tages voraus.

Er wußte, daß die meisten Leute in Harlem glaubten, fromme Menschen könnten direkt in den Himmel sehen und, wenn sie nur wollten, die Lottozahlen finden, die an diesem Tag herauskamen. Der Fahrer begriff. Er drehte seinen Kopf und zeigte der Schwester lächelnd seine Zähne. »Ja, Schwester, vierundzwanzig also. Welche von den Alten kommen denn zuerst, meinen Sie?«

»Vier der Alten werden die zwanzig führen«, sagte Goldy.

»Ja, Schwester.«

Der Fahrer beschloß, bei jedem der vier großen Lottounternehmen in Harlem noch vor Mittag dieses Tages fünf Dollar auf 420 zu setzen, so gewiß, wie er Beau Diddley hieß.

Sie folgten dem Taxi mit Slim und Imabelle, bis es vor einem dunklen Wohnhaus mit nur kaltem Wasser an der oberen Park Avenue hielt. Aber sie waren ihnen so dicht gefolgt, daß sie weiterfahren mußten, als das Taxi vor ihnen plötzlich hielt. Goldy duckte sich auf dem Rücksitz außer Sicht. Er wußte, daß sie die Verfolgung nicht bemerkt hatten, weil sie nicht versucht hatten, ihn abzuschütteln, war sich aber nicht sicher, ob sie das Taxi wiedererkannten oder nicht. Das mußte er riskieren.

Als sie wieder den Block umfahren hatten, war das andere Taxi verschwunden. Goldy beobachtete die Fassade des Wohnhauses, fragte sich, ob er hineingehen müsse, um nach der Wohnung zu suchen.

Aber nach einem Augenblick zeigte sich an einem Vorderfenster im dritten Stock kurz Licht, ehe die Vorhänge zugezogen wurden. Damit begnügte er sich. Er ließ sich von dem Fahrer vor den Zigarettenladen in der 121st Street bringen.

Jackson war nirgends zu sehen.

Goldy begann sich zu sorgen. Er schloß die Ladentür auf und ging zu seinem Zimmer nach hinten, steckte den Petroleumofen an und kochte sich über seiner Spirituslampe einen K-&-M-Aufpulverer.

Er hatte Jackson gesagt, er solle hierher zurückkehren, falls etwas passierte. Er hatte aber keine Ahnung, ob Jackson lebendig oder tot war. Und es war noch zu früh, um auf dem Revier nachzufragen. Wenn Grave Digger oder Coffin Ed irgend etwas zugestoßen war, schöpften die weißen Polizisten vielleicht Verdacht und setzten ihn auch fest.

Als das Rauschgift auf seine Phantasie zu wirken begann, sah er alle tot vor sich. Er gab sich eine weitere Spritze, um seine Ängste zu verscheuchen.

13

Als Jackson aus dem engen Gang herauskam, hatte sich auf der Straße schon eine Menschenmenge angesammelt.

Er sah wie ein Wesen aus, das der Harlem River ausgespien hatte. Sein Mantel war zerrissen, die Knöpfe fehlten, ein Ärmel war aufgeschlitzt. Er war von schwarzem Schlamm bedeckt. Sein Mund war geschwollen, seine Augen waren rot. Er sah halb tot aus.

Aber die anderen sahen nicht sehr viel besser aus als er selbst. Die Revolverschüsse und die heulenden Sirenen der Streifenwagen hatten sie aus den Betten gejagt, um nach der Ursache der Aufregung zu forschen. Es klang wie eine königliche Schlacht, und Schießen, Messerstechereien, sterbende und tote Leute waren für Harlem ein großes Spektakel.

Männer, Frauen und Kinder waren auf die Straße geströmt, in Decken gehüllt, in zwei oder drei Mänteln, Pyjamabeine waren über Gummiüberstiefeln zu sehen, Handtücher waren um Köpfe geschlungen. Manche hatten sich in schmutzige Fetzen gehüllt, die sie hastig vom Boden aufgelesen hatten. Neben einigen dieser Erscheinungen wirkte Jackson wie ein elegant gekleideter Mann.

Die meisten drängten sich um die Polizeikette herum, die den Zugang zu der Seitenstraße versperrte, die auf der anderen Seite des Himmels zu dem Schuppen hinunterführte, wo geschossen worden war. Hälse wurden verdreht, Leute standen auf Zehenspitzen, manche hockten auf den Rücken anderer und versuchten zu erkennen, was geschah.

Nur ein Mann, der wie ein schwarzer Kokon in eine schmutzige gelbe Decke gehüllt war, sah Jackson aus der Öffnung gleiten. Zwei Polizisten kamen gerade näher, darum blinzelte er ihm nur zu.

Die Polizisten sahen Jackson argwöhnisch an und waren im Begriff, ihn zu verhören, als in der Menschenmenge auf der anderen Seite eine Schlägerei ausbrach. Sie eilten weiter, schlossen sich den Polizisten an, die auf die Kämpfenden eindrangen.

Jackson folgte schnell und zwängte sich zwischen die Menschen.

»Laßt die Nigger sich doch schlagen«, hörte er jemand sagen.

»Wenn einer anfängt, wollen alle anderen mitmachen«, sagte ein anderer.

»Jeder in Harlem schlägt gleich um sich. Die brauchen nur einen Anstoß, und schon gehen sie aufeinander los.«

Jackson konnte die Kämpfenden nicht sehen, drängte sich aber weiter auf das Zentrum der Menge los und versuchte sich zu verstecken.

Ein Mann sah ihn an und sagte: »Der Kerl da hat sich auch herumgeschlagen. Mit wem hast du dich denn eingelassen in deinem Alter, Dicker?«

Jemand lachte.

Jackson bemerkte, daß ein Polizist ihn ansah. Er drängte sich in eine andere Richtung.

»Die haben einen Bullen kaltgemacht«, sagte eine Stimme. »Das haben die getan.«

Die Menge wälzte sich wieder auf die Absperrung zu. Die Schlägerei schien unterdrückt worden zu sein.

»Einen weißen Bullen?«

»Aber ja, Mann.«

»Dann is in Harlem noch was los, eh die Nacht vorbei is.«

»Darauf kannst du dich verlassen.«

Jackson hatte sich bis an den Rand des Menschenknäuels durchgewühlt und fand sich den zwei Polizisten gegenüber, die ihn zuerst bemerkt hatten.

»Heda«, rief der eine ihn an.

Er duckte sich in die Menge zurück. Die Polizisten begannen hinter ihm her zu pflügen.

Plötzlich wurde die Aufmerksamkeit der Menge durch ein rasendes, wütendes Hundeknurren abgelenkt. Es klang, als ob ein Rudel Wölfe sich um eine Beute balge.

»He, Leute, seht euch das an«, schrie jemand.

Die Menge wälzte sich als feste Masse auf das Geheul der kämpfenden Hunde zu und fegte Jackson vor den Polizisten davon.

Auf der anderen Seite des »Himmels des Friedens«, unmittelbar vor dem Gang, durch den Jackson entkommen war, rollten sich zwei riesige Hunde schnappend, knurrend und geifernd in einem wilden Kampf auf der Straße. Der eine war ein Dobermann-Pinscher von der Größe eines ausgewachsenen Wolfs, der andere eine dänische Dogge im Format eines Shetland-Ponys. Sie gehörten zwei Zuhältern, die sie zu der Zeit, als die Schießerei losging, auf die Straße geführt hatten. Die Zuhälter mußten ihre Hunde jede Nacht zwei- oder dreimal herauslassen, weil ihre Wohnungen so klein waren, daß sie die Hunde ständig anketten mußten, und die Hunde heulten und hielten sie vom Schlaf ab. Sie hatten sie von ihrer Kette losgemacht und frei laufen lassen. Die Tiere waren so bösartig, daß sie sofort übereinander hergefallen waren.

Sie wälzten sich auf dem Gehsteig hin und her, rollten in die Gosse und wieder hinaus. Ihre Fänge funkelten im trüben Licht, als ob sie die Mäuler voller Messer hätten. Die Zuhälter schlugen mit ihren Ketten auf die kämpferischen Hunde ein. Andere wichen auseinander, wenn die Hunde auf sie zurollten.

»Ich setz einen Fünfer, daß der schwarze Hund gewinnt«, sagte ein Mann.

»Wen willst du damit drankriegen«, antwortete ein anderer. »Dieses Jahr gewinnen nur die schwarzen Hunde.«

Die Polizisten ließen Jackson vorübergehend außer acht, um die Hunde zu trennen. Mit gezogenen Revolvern näherten sie sich ihnen.

»Schießen Sie nich auf meinen Hund, Mister«, flehte der eine Zuhälter.

»Die tun niemand was«, fügte der andere schnell hinzu.

Die Polizisten zögerten.

»Warum haben die Hunde keine Maulkörbe?« fragte der eine Polizist.

»Sie hatten Maulkörbe«, log der Zuhälter. »Sie haben sie im Gerangel verloren.«

»Es gibt nur eine Möglichkeit, sie zu trennen, das ist Feuer«, sagte ein Zuschauer.

»Die sollte man erschießen«, meinte ein anderer.

»Wer hat eine Zeitung?« fragte der eine Zuhälter.

Jemand lief fort, um von einem Lumpenwagen, der ein Stück

entfernt am Straßenrand stand, Zeitungen zu holen. Es war ein klappriger Karren mit Seiten aus alten Kartons und o-beinigen Rädern, der von einem räudigen, halb blinden, schiefbeinigen Pferd gezogen wurde, das nie in seinem Leben wieder Gras fressen würde. Der Lumpensammler, dem Pferd und Wagen gehörte, hatte sich der Menge um die kämpfenden Hunde angeschlossen.

Der Mann packte eine Zeitung von dem Stapel, den der Lumpensammler gesammelt hatte, und brachte sie im Laufschritt an. Er drehte sie zu einer Fackel zusammen, und jemand setzte sie in Brand und warf sie zwischen die kämpfenden Hunde. In dem kargen Licht, das die Flamme spendete, konnte man sehen, wie der Dobermann seine Fänge der Dogge in die Kehle schlug.

Der Polizist beugte sich vor und schlug dem Dobermann mit dem Griff seines Revolvers auf den Kopf.

»Bringen Sie meinen Hund nicht um«, jaulte der Zuhälter.

Jackson sah den Karren, lief darauf zu, kletterte auf den Sitz, nahm die Zügel aus ausgefranstem Seil und sagte: »Hü.«

Das Pferd streckte seinen räudigen Hals, drehte seinen Kopf, um zu Jackson zurückzusehen. Der Gaul kannte die Stimme nicht. Aber Jackson war für ihn zu weit entfernt, um ihn zu erkennen.

»Hü«, sagte Jackson wieder und schlug dem Gaul mit dem Zügel gegen die Flanke.

Der Gaul streckte seinen Hals und setzte sich in Bewegung. Aber er bewegte sich langsam wie in einer Zeitlupenaufnahme. Bei jedem Schritt streckte er gemächlich ein Bein vor, ganz als ob er gelassen durch die Luft schwebe.

Plötzlich tauchte vor Jackson ein Polizist auf, den er bisher noch nicht gesehen hatte, und hielt ihn an.

»Waren Sie die ganze Zeit hier?«

»Nee, Sir, ich bin grad erst gekommen«, antwortete Jackson und versuchte den Polizisten zu überzeugen, daß er wirklich ein Lumpensammler wäre.

Der Polizist zweifelte gar nicht daran, daß Jackson Lumpensammler sei. Er wollte nur Informationen.

»Und Sie haben niemand vorbeilaufen sehen, der verdächtig aussah?«

»Er is grad erst hergekommen«, sagte der Mann, der bemerkt hatte, wie Jackson zwischen den beiden Lagerhäusern auftauchte. »Ich hab's selbst gesehen.«

In Harlem war es ein ungeschriebenes Gesetz, daß ein schwarzer Bruder jedem anderen half, weiße Polizisten anzulügen.

»Sie habe ich nicht gefragt«, sagte der Polizist.

»Ich hab keinen gesehen«, beteuerte Jackson. »Ich hab nur auf mein Wagen gesessen und mich um nix anders gekümmert. Ich hab kein gesehen.«

»Wer hat Sie auf den Mund geschlagen?«

»Zwei junge Kerle wollten mich ausplündern, aber das war schon, als es dunkel wurde.«

Der Polizist war gereizt. Farbige zu verhören reizte diesen Polizisten immer.

»Zeigen Sie Ihre Lizenz vor«, verlangte er.

»Ja, Sir.« Jackson begann in seinen Manteltaschen zu wühlen, griff von einer in die andere. »Ich muß sie hier haben.«

Ein Sergeant rief den Polizisten an.

»Was tun Sie mit dem Mann?«

»Ich verhöre ihn.«

Der Sergeant sah Jackson kurz an.

»Lassen Sie ihn laufen. Kommen Sie her und bewachen Sie diesen Durchgang.« Er deutete auf den engen Schlauch, durch den Jackson entkommen war. »Wir haben da hinten irgendwo einen Mann gestellt, und er könnte versuchen, hier durchzukommen.«

»Ja, Sir.«

Der Polizist ging fort, um den Ausgang zu versperren.

Jacksons Freund blinzelte ihm zu. »Der Gaul is fertig, was?«

Jackson wechselte einen Blick mit ihm. Er konnte es nicht wagen, zurückzublinzeln. »Hü«, sagte Jackson.

Der Gaul reckte seinen räudigen Hals und setzte sich langsam wieder in Bewegung. In diesem Augenblick blickte der Lumpensammler in der Menge auf, um sich zu überzeugen, daß sein Eigentum auch sicher sei, und sah Jackson mit seinem Karren davonfahren. Er starrte Jackson nach, als ob er seinen Augen nicht traue.

»Mann, das is doch mein Wagen!«

Er war ein alter Mann, der abgelegtes altes Zeug anhatte und eine Pferdedecke als Schal trug. Um seinen Kopf hatte er wie einen Turban ein schwarzes Wolltuch gewunden. Krauses weißes Haar sproß unter dem Turban hervor und ging in einen krausen weißen Bart über, der schmutzbedeckt und von Tabaksaft befleckt war. Dazwischen zeigte sich ein runzliges schwarzes Gesicht und wässerige, vom Alter bläulich schimmernde Augen.

»He«, schrie er Jackson mit hoher, klagender Stimme nach. »Du stiehlst mein Wagen.«

Jackson peitschte auf den Gaul ein und versuchte zu entkommen. Der Lumpensammler schlurfte hastig hinter ihm her. Sowohl der Gaul wie der Mann bewegten sich so langsam, daß es Jackson schien, als ob die ganze Welt in ein Kriechen verfallen wäre.

»He, er stiehlt meinen Wagen.«

Ein Polizist sah sich nach Jackson um.

»Stehlen Sie dem Mann da den Wagen?«

»No, Sir, der da is doch mein Pa. Er sieht nicht mehr gut.«

Der Lumpensammler klammerte sich an den Ärmel des Polizisten.

»Ich bin nicht dein Pa. Und ich sehe ganz genau, daß du meinen Wagen stiehlst.«

»Du bist ja besoffen, Pa«, sagte Jackson.

Der Polizist beugte sich vor und roch an dem Atem des Lumpensammlers. Prustend fuhr er schnell zurück. »Pfui Deibel!«

»Komm jetzt, steig auf, Pa«, sagte Jackson und blinzelte dem Lumpensammler über den Kopf des Polizisten zu.

Der Lumpensammler kannte den Kodex. Jackson versuchte zu verschwinden, begriff er, und er wollte nicht der sein, der ihn an einen weißen Polizisten verriet.

»Ich hab gar nich gesehen, daß du's bist, Söhnchen«, sagte er und kletterte neben Jackson auf den Bock.

Der Polizist hob die Schultern und wandte sich angewidert ab.

Der Lumpensammler fischte ein schmutziges Stück Kautabak aus seiner Jackentasche, pustete den Schmutz davon fort, biß sich einen Brocken ab und bot den Kautabak dann Jackson an. Jackson lehnte ab. Der Lumpenhändler schob den Kautabak wieder in seine

Tasche, griff nach den Zügeln, schüttelte sie leicht und keuchte: »Hü, Jebusite.«

Jebusite trottete los, als ob er durch den Raum schwebte. Der Lumpensammler lenkte ihn zwischen der Ansammlung von Streifenwagen hindurch, die in einem wilden Durcheinander auf der Straße standen wie Panzer, die sich in der Wüste festgefahren hatten.

Weiter die Straße hinunter parkten Privatwagen, andere kamen hinzu, Neugierige strömten aus allen Richtungen zusammen. Die Nachricht, daß ein weißer Polizist umgebracht worden war, hatte in der Gegend wie ein Blitz eingeschlagen.

Der Lumpensammler sagte nichts, bis sie fünf Blocks weit fort waren.

Dann fragte er: »Hast du's getan?«

»Was?«

»Den Bullen umgelegt?«

»Ich hab überhaupt nix getan.«

»Warum läufst du dann fort?«

»Weil ich nich geschnappt werden will.«

Das verstand der Lumpensammler. Farbige in Harlem wollten nicht von der Polizei geschnappt werden, ob sie nun etwas angestellt hatten oder nicht. »Ich auch nich«, sagte er.

Er spie einen Strahl Tabaksaft auf die Straße, wischte sich mit dem Rücken seines schmutzigen Baumwollhandschuhs über den Mund.

»Hast'n Knochen?«

Jackson wollte seine Geldrolle aus der Tasche ziehen, überlegte es sich dann, pellte eine Dollarnote ab und gab sie dem Lumpensammler.

Der Lumpensammler betrachtete sie sorgfältig und brachte sie dann unter seinen Lumpen außer Sicht. In der 142nd Street, unmittelbar vor dem Haus, in dem Jackson und Imabelle vorher gewohnt hatten, hielt er das Pferd an, stieg ab und begann in dem Müllhaufen herumzuwühlen.

Zum erstenmal, seit Jackson seine Flucht begonnen hatte, dachte er an Imabelle. Das Herz wurde ihm schwer und der Mund trocken.

»He«, rief er, »willste mich zur 121st Street bringen?«

Der Lumpenmann sah mit einem Arm voll Müll auf.

»Haste noch'n Knochen?«

Jackson pellte eine weitere Dollarnote ab. Der Lumpensammler warf seine Funde hinten auf den Karren, kletterte auf seinen Sitz zurück, verstaute den Dollar, schüttelte die Zügel. Jebusite, der Gaul, trottete weiter.

Sie fuhren schweigend dahin.

Jackson fühlte sich wie im Abgrund der Hölle. Nach ihm war geschlagen, gestochen und geschossen worden. Man hatte ihm die Haut abgezogen, ihn gejagt und erniedrigt. Die Beule an seinem Kopf jagte Schmerzen durch seinen Kopf wie ein Bohrmeißel, und seine verquollenen, aufgeschlagenen Lippen klopften wie Trommeln im Urwald.

Er wußte nicht, ob Goldy Imabelles Adresse herausgefunden hatte, ob sie festgenommen worden, ob sie lebendig oder tot war. Er wußte kaum, wie er selbst lebend davongekommen war, aber das spielte keine Rolle. Er saß da, fuhr auf einem Lumpenkarren und wußte überhaupt nichts. Nach allem konnte sich gerade in diesem Augenblick sein geliebtes Mädchen in tödlicher Gefahr befinden, und, was schlimmer war, nachdem die Bande jetzt wußte, daß die Polizei ihr auf der Spur war, konnte sie mit Imabelles Golderz auf und davon gehen. Aber solange Imabelle nicht zu Schaden kam, bekümmerte ihn das nicht.

Von außen waren seine Kleider naß von den Pfützen, in die er gefallen war, und von innen von seinem eigenen Schweiß. Und das eine war so eiskalt wie das andere. So saß er vor Kälte und Kummer zitternd da. Und er konnte nichts tun.

Farbige kamen auf den dunklen Gehsteigen an ihm vorbei, umgingen vorsichtig mit geneigten Köpfen die dunklen, gefährlichen Hauseingänge. All diese Kinder ihrer Mütter sahen aus, als ob sie Kummer hätten.

Farbige und ihr Kummer, dachte Jackson, zwei Maultiere, die vor denselben Wagen gespannt sind.

»Is dir kalt?« fragte der Lumpensammler. »Warm ist mir nicht.«

»Willste was trinken?«

»Hast du denn was?«

Der Lumpensammler zog eine Flasche mit Fusel aus seinem zerlumpten Kostüm. »Haste noch'n Knochen?«

Jackson häutete seine Rolle um eine weitere Dollarnote, reichte sie dem Lumpensammler, nahm die Flasche und setzte sie an den Mund. Seine Zähne klapperten auf dem Flaschenhals. Der Fusel brannte in seiner Kehle, kochte in seinem Magen. Aber es wurde ihm nicht besser davon.

Er reichte die halbleere Flasche zurück.

»Haste 'ne Frau?« fragte der Lumpenmann.

»Ich hab eine«, antwortete Jackson mit trauriger Stimme. »Aber ich weiß nich, wo sie is.«

Der Lumpensammler sah Jackson an, sah die halbleere Flasche an, reichte sie Jackson zurück.

»Behalt se«, sagte er, »brauchst se nötiger als ich.«

14

Goldy stand im Dunkel und sah durch die Glastür des Zigarettenladens hinaus, als Jackson von dem Karren stieg. Er öffnete die Tür, um Jackson einzulassen, und verschloß sie hinter ihm.

»Hast du rausgefunden, wo sie is?« fragte Jackson sofort.

»Komm in mein Zimmer, da können wir reden.«

»Reden? Wozu?«

»Sei still, Mann.«

Einander unsichtbar, tasteten sie sich wie zwei Gespenster durch die schwarze Finsternis. Jackson war über jede Sekunde ungehalten, die sie vergeudeten.

Goldy schaltete das Licht in seinem Zimmer ein, verschloß die Tür von innen mit dem Vorhängeschloß.

»Warum schließt du die Tür ab?« protestierte Jackson. »Hast du nich festgestellt, wo sie is?«

Goldy ging um den Tisch herum und setzte sich, ehe er antwortete. Seine Perücke und seine Haube lagen auf dem Tisch neben einer halbvollen Flasche Whisky. Mit seinem runden schwarzen Kopf, der aus dem weiten schwarzen Gewand herausragte, sah er wie eine afrikanische Skulptur aus. Er war so in Stimmung, daß er eingebildete Flecken von seinem Gewand abklopfte.

»Natürlich habe ich festgestellt, wo sie is, aber zuerst muß ich wissen, was passierte.«

Jackson stand unmittelbar unter der Tür. Er begann vor Wut zu beben wie eine gereizte Puffotter. »Goldy, schließ die Tür auf. So komm ich mir hier fast wie im Gefängnis vor.«

Goldy stand auf, um die Tür aufzuschließen. Seine Schultern zuckten von dem Rauschgift.

»Verdammt noch mal, setz dich und beruhige dich«, knurrte er. »Trink von dem Whisky da. Du machst mich nervös.«

Jackson trank aus der Flasche. Seine Zähne klapperten so laut an ihrem Hals, daß Goldy zusammenzuckte.

»Mann, hör auf, so plötzliche Geräusche zu machen. Das klingt ja wie eine Klapperschlange.«

Jackson knallte die Flasche auf den Tisch und warf Goldy einen rotglühenden Blick zu. »Sei vorsichtig, Bruder, sei vorsichtig. Ich hab heut nacht von allem mehr eingesteckt, als ich will. Sag du mir nur, wo mein Mädchen is, dann hol ich sie mir.«

Goldy setzte sich wieder und begann mit schnellen, fahrigen Bewegungen sein Kreuz zu polieren. »Sag du mir erst, was passiert is.«

»Du wirst wissen, was passiert is, wenn du rausgefunden hast, wo sie is.«

»Hör doch zu, Mann! So vergeuden wir unsere Zeit. Ich war nich dabei, als es krachte. Ich saß draußen in einem Taxi, als sie und Slim da rauskamen. Und sie stiegen zu mir, und er sagte, sie is seine Frau und hätte Gift genommen, und er muß sie ins Knickerbocker Hospital bringen. Sie fuhren mit mir zu dem Krankenhaus, dann stiegen sie aus, nahmen ein anderes Taxi und fuhren zu einem Haus an der Park Avenue, wo sie wohnen. Ich folgte ihnen. Und das is alles, was ich weiß. Jetzt sag du mir, was da hinten in dem Schuppen passiert is, damit wir uns überlegen können, was wir machen.«

Jackson begann sich wieder zu sorgen. »Wissen die, daß du ihnen nachgefahren bist?«

»Woher soll ich das wissen? Slim weiß es auf keinen Fall, wenn Imabelle ihm nix gesagt hat. Er hatte zu viel Schmerzen, um etwas zu bemerken.«

»Hat er auch was in die Augen bekommen?«

»Nein, nur an den Hals und ins Gesicht.«

»Hast du gemerkt, ob sie dich in Verdacht haben?«

»Weiß ich nich. Hör auf, so viel zu fragen, sondern sag mir, was du weißt.«

»Was ich weiß, is gleichgültig, wenn sie gemerkt haben, daß du ihnen nach bist. Dann is Slim inzwischen längst abgehauen, wo er auch is, wenn er noch seine Augen hat.«

»Hör zu, Brüderchen«, sagte Goldy und versuchte, ruhig zu bleiben. »Dieses Mädchen is gerissen. Wahrscheinlich hat sie gemerkt, daß ich ihnen nach bin. Aber das heißt noch nich, daß sie es Slim gesagt hat. Das hängt davon ab, wie sie ihre Karten spielt. Eins is sicher. Sie hat sich für dich ein neues Modell eingehandelt.«

»Ich weiß genau, daß sie das nich hat«, behauptete Jackson eigensinnig.

»Nein, das weißt du nich, Brüderchen. Aber ob sie jetzt schon bereit is, Slim wieder gegen ein anderes Modell zu tauschen, kann keiner sagen.«

»Das stimmt einfach nich.«

»Na schön, Simpel, glaub du, was du willst. Wir werden bald dahinterkommen, was los ist, wenn du mir endlich erzählst, was in dem Schuppen eigentlich passiert is.«

»Also, Grave Digger schoß Gus durch den Kopf, und Hank schüttete Coffin Ed Säure ins Gesicht. Da bekam auch Slim was davon ab. Dann gingen die Lichter aus, und es wurde furchtbar viel geschossen und im Dunkeln gekämpft. Einer versuchte Imabelle zu stechen. Ich wurde bewußtlos geschlagen, als ich versuchte, ihr zu helfen. Und als ich dann wieder zu mir kam, waren alle fort.«

»Ach, du hüpfender Joseph! Is Grave Digger auch umgebracht worden?«

»Weiß ich nich. Als ich wieder zu mir kam, lag er auf dem Boden – wenigstens glaube ich, daß er es war –, und es war niemand mehr da außer mir und Coffin Ed. Und der war verrückt vor Schmerzen, blind in der Dunkelheit mit seinem geladenen Revolver, und wollte auf alles schießen, was sich bewegte. Nur der Herr im Himmel weiß, wie ich da lebend rausgekommen bin.«

Goldy stand abrupt auf und setzte seine Perücke und seine Haube auf. Plötzlich hatte er es ungemein eilig.

»Hör zu, wir müssen jetzt schnell machen, weil diese Kerle hier in Harlem heißer sind als ein Koksofen bei uns zu Haus.«

»Das hab ich doch die ganze Zeit gesagt. Gehen wir.«

Goldy ließ sich die Zeit, ihm einen wütenden Blick zuzuwerfen.

»Verdammt noch mal, warte doch einen Augenblick. Wir können doch nicht mit dem nackten Hintern gehen.«

Er hob die Matratze von der Couch hoch und nahm einen großen, sechsschüssigen Grenzer-Colt, Kaliber fünfundvierzig, aus bläulichem Stahl heraus.

»Das muß man erleben! Du hast das Ding da die ganze Zeit hiergehabt?« rief Jackson aus.

»Sieh mal da in der Ecke nach. Da liegt ein Stück Rohr. Das such dir und red nich so viel dummes Zeug.«

Jackson tastete hinter dem Stapel Kartons und zog ein zwei Fuß langes Eisenrohr von einem Zoll Durchmesser hervor. Das eine Ende war mit schwarzem Isolierband umwickelt, um der Hand Halt zu geben. Er schwang es einmal, um den richtigen Griff zu finden, sagte aber nichts.

Goldy schob den Fünfundvierziger-Revolver in die Falten seines Gewandes einer Barmherzigen Schwester. Jackson steckte den selbstgemachten Totschläger unter seinen nassen, verdreckten und zerrissenen Mantel. Goldy drehte das Licht aus und verschloß die Tür. Sie tasteten sich durch die schwarze Dunkelheit des Ladens zur Eingangstür wie zwei Gespenster aus Harlem, die zu Mord und Totschlag bereit waren.

Als sie auf die Straße kamen, schneite es. Die weißen Schneeflocken wurden schmutziggrau, wenn sie auf die schwarze Straße fielen.

»Wir müssen irgendwie ihren Koffer transportieren können«, sagte Goldy.

Eine schwarze Katze schlich sich unter einer nassen Kiste hervor, die mit Abfall gefüllt war. Goldy trat bösartig nach ihr.

Jackson sah ihn tadelnd an.

»Nehmen wir doch eins von den großen DeSoto-Taxis.«

»Mann, hör auf, mit deinen Füßen zu denken. Das Golderz ist jetzt so heiß, um ein Loch durch den Harlem River zu brennen.«

»Vielleicht finden wir den Lumpenkarren, mit dem ich gekommen bin.«

»Das is auch nich das richtige. Du mußt ganz einfach den Leichenwagen von deinem Boss stehlen.«

Jackson blieb totenstill stehen, um Goldy anzusehen.

»Seinen Leichenwagen stehlen? Sie is doch nicht etwa tot?«

»Lieber Himmel, Mann, du bist und bleibst dein ganzes Leben ein Simpel. Nein, sie is nich tot, aber wir müssen irgendwie diesen Koffer transportieren.«

»Und du meinst, ich soll Mr. Clays Leichenwagen stehlen, um den Koffer darin zu transportieren?«

»Du hast inzwischen alles gestohlen, was du kriegen kannst. Warum regst du dich dann wegen dem Leichenwagen auf? Die Schlüssel hast du ja doch.« Jackson griff in seine Hosentasche. An einer eisernen Kette an seinem Gürtel befestigt befanden sich die Schlüssel, sowohl zu dem Leichenwagen als auch zu der Garage, in der er abgestellt wurde.

»Du hast meine Taschen durchsucht, als ich geschlafen hab.«

»Was spielt das schon für eine Rolle? Du hast nix, was sich zu stehlen lohnt. Komm, jetzt gehen wir.«

Schweigend wanderten sie die Seventh Avenue hinauf.

Es war zwei Uhr vorbei, und die öffentlichen Lokale waren geschlossen. Aber immer noch waren Leute auf der Straße, die Köpfe in den aufgeschlagenen Kragen ihrer Mäntel verborgen, die Hüte in die Stirn gezogen, wie eine Art kopfloser Menschen.

Sie kamen und gingen von und zu den Apartmenthäusern, in denen die Privatspelunken gediehen und die Huren ihrem Gewerbe nachgingen und die Spieler die Dummköpfe ausnahmen.

Der Verkehr rollte noch über die Avenue, Lastwagen und Busse nach Norden über die Brücke der 155th Street hinweg und die Sawmill-River-Fernstraße entlang ins Westchester County und noch weiter. Privatwagen und Taxis rasten vorbei, hielten schnell an, Leute stiegen aus und ein. Die Privatwagen blieben stehen, und die Taxis fuhren weiter.

Rotäugige Streifenwagen schossen wie wütende Käfer heran, kamen jaulend zum Halten, Polizisten sprangen plattfüßig auf das Pflaster, griffen jeden verdächtig aussehenden Charakter zur Vorführung im Revier auf. Ein schwarzer Halunke hatte einem schwarzen Detective Säure in die Augen geschüttet, und dafür würden schwarze Hintern bezahlen, solange es schwarze Hintern gab.

Als Schwester Gabriel maskiert, schleppte sich Goldy wie eine müde Heilige die schmutzige Straße entlang, hielt sein goldenes Kreuz wie ein Schild vor sich. Er ging schief auf eine Seite geneigt, um die Ausbeulung durch den großen Fünfundvierziger-Revolver zu verbergen.

Jackson schlurfte neben ihm her, drückte das Stück Rohr unter seinem schmutzigen Mantel fest an sich.

Eine angetrunkene Miss, die aus einem der Nachtlokale kam, sah sie an, sagte zu ihrem großen, dunklen Begleiter: »Der sieht genau aus, als wär er ihr Bruder. Findest du nicht auch?«

»Klein, schwarz und fett«, sagte der große Mann.

»Still. Red nich so über eine Nonne.«

Kein Polizist hielt sie an, niemand belästigte sie. Goldys schwarzes Gewand und goldenes Kreuz gaben ihnen Schutz.

Die Garage lag in der gleichen Straße wie das Bestattungsinstitut, nur einen halben Block weiter. Als sie zur 133rd Street kamen, wandten sie sich zur Lennox Avenue hinüber und kamen durch die 134th Street zurück, um nicht gesehen zu werden.

Jackson schloß das Tor auf und ging hinein.

»Mach das Tor zu«, sagte er zu Goldy, als er nach dem Lichtschalter tastete.

»Wozu, Mann? Du brauchst doch kein Licht. Steig einfach in den Wagen und fahre ihn raus.«

»Ich muß mich umziehen. In dem Zeug friere ich zu Tode.«

»Mann, du hast mehr Ausreden als Lazarus«, beschwerte sich Goldy und schloß das Tor. »Wir haben nich die ganze Nacht Zeit.«

»Du bist ja auch nich der, der friert«, erwiderte Jackson ärgerlich, während er sich bis auf seine lange, feuchte Unterhose auszog, die von der Farbe seines Anzugs schwarz gefleckt war, eine alte, dunkelgraue Chauffeursuniform und einen Mantel anzog, die an einem Nagel hingen, und seine neue Chauffeursmütze aufsetzte, die er aus einem Werkzeugschrank nahm.

Als er sich umdrehte, um sich auf den Fahrersitz zu setzen, bemerkte er, daß der Leichenwagen hinten mit dem Zubehör für ein Begräbnis beladen war.

Der Wagen war ein Cadillac Modell 1947, der zuerst als Krankenwagen gedient hatte. Jetzt wurde er hauptsächlich dazu verwendet, Leichen zum Einbalsamieren abzuholen, und gleichzeitig diente er als Lastwagen. Das Gestell für den Sarg war von einem Stoß schwarzer Tücher halb verdeckt, die verwendet wurden, um den Katafalk während der Trauerfeier zu verkleiden. Außerdem waren in dem Wagen noch Ständer aus Gips für Kerzen und Blumengebinde, Kränze aus künstlichen Blumen und ein Eimer halbvoll mit gebrauchtem Motoröl, das von einer der Limousinen abgelassen worden war.

Jackson öffnete die hintere Doppeltür, nahm das Motoröl heraus und begann, die anderen Sachen auszuladen.

»Laß den Kram doch«, sagte Goldy. »Wenn man sieht, wieviel Zeit du dir läßt, sollte man meinen, es is dir egal, was aus deiner Alten wird.«

»Ich hab's eiliger als du«, verteidigte sich Jackson, »ich will nur Platz schaffen für den Koffer.«

»Wir packen ihn auf das Gestell für den Sarg. Los, Mann, beeil dich!«

Jackson schlug die Hintertüren zu, ging nach vorn und setzte sich hinter das Steuer. Er schaltete die Zündung ein, kontrollierte aus Gewohnheit die Armaturen, sagte Goldy, er solle das Licht ausschalten und das Tor öffnen. Er ließ den Motor an, fuhr rückwärts auf die Straße, direkt einem Streifenwagen in den Weg.

Der Polizeifahrer hielt seinen Wagen an. Die beiden Polizisten sahen von der Schwester zu dem Fahrer, stiegen sehr gemächlich aus, einer auf der einen, der andere auf der anderen Seite. Mit der gleichen Gemächlichkeit schloß Goldy das Garagentor und drehte den Schlüssel um, wobei er schnell nachdachte. Er kam zu der Ansicht, daß die beiden sich nur wichtig machen wollten, auf jeden Fall mal sehen, was sie erreichten. Er ging den Polizisten entgegen und hob sein goldenes Kreuz.

Jackson sah die Polizisten an, spürte, wie ihm der Schweiß vom Gesicht auf die Hände tropfte und den Hals hinunterlief.

»Fahren Sie mit diesem Leichenwagen, Schwester?« fragte einer der Polizisten und berührte respektvoll seine Mütze.

»Ja, Sir, im Dienste des Herrn«, antwortete Goldy langsam mit seiner salbungsvollsten Stimme. »Um das zu nehmen, was von ihm übriggeblieben is, der vom ersten Tod genommen wurde, gelobt sei der Herr, um in dem endlosen Fluß zu warten, bis er von dem zweiten Tod genommen werden wird.«

Beide Polizisten sahen Goldy verständnislos an.

»Sie meinen, einen Toten abholen?«

»Ja, Sir, die Überreste von dem einzusammeln, der von dem ersten Tod genommen wurde.«

Die Polizisten tauschten Blicke. Der andere ging zu Jackson und leuchtete ihn mit seiner Taschenlampe an. Jacksons schweißnasses Gesicht schimmerte wie glänzende Kohlen. Der Polizist beugte sich vor, um an seinem Atem zu riechen.

»Dieser Fahrer scheint mir betrunken. Ich kann Whisky an ihm riechen.«

»Nein, Sir, ich bin nich betrunken«, widersprach Jackson. Er sah lediglich verängstigt aus, aber das wußte der Polizist nicht. »Ich hab was getrunken, aber betrunken bin ich nich.«

»Steig aus!« befahl der Polizist.

Jackson stieg aus und bewegte sich mit dem unter seinem Mantel versteckten Eisenrohr, als ob seine Knochen aus Zuckerstangen gemacht wären.

»Geh in einer geraden Linie da rüber«, befahl der Polizist und deutete auf eine Laterne auf der anderen Straßenseite.

Um die Aufmerksamkeit des Polizisten abzulenken, rezitierte

Goldy mit rauher Stimme: »Und er hielt den Drachen gepackt . . .«

Die Polizisten drehten sich um, um ihn anzusehen.

»Wie war das, Schwester?«

»Die alte Schlange«, rezitierte Goldy, *»die der Teufel is und die Satan is, und er schlug sie für tausend Jahre in Bande.«*

Inzwischen hatte Jackson den Laternenpfahl erreicht. Aber Goldys Einmischung war überflüssig gewesen. Um das Rohr daran zu hindern, unter seinem Mantel hervorzurutschen, war Jackson so starr aufgerichtet wie ein Zombi gegangen und so gerade wie der Weg einer Kugel. Aber der Schweiß lief ihm an den Beinen herunter.

»Er sieht ganz nüchtern aus«, sagte der eine Polizist.

»Ja, er scheint noch sicher auf den Beinen«, bestätigte der zweite. Keiner von beiden hatte Jackson beobachtet, während er ging.

»Steig wieder ein, Boy, und fahr diese Schwester auf ihrem barmherzigen Weg.«

»Es ist mächtig spät, um diese Zeit eine Leiche abzuholen«, meinte der zweite Polizist.

»Keiner kann sich die Zeit für seinen ersten Tod aussuchen«, erwiderte Goldy. »Sie alle gehen, wenn der Wagen des Herrn nach ihnen ruft. Früh oder spät.«

Der Polizist grinste. »Wir müssen alle gehen, wenn der Wagen kommt. Sagt man nicht so in Harlem?«

»Ja, Sir, der Wagen des Herrn.«

»Wessen Leiche ist es?«

»Keiner kann darauf Anspruch erheben«, erwiderte Goldy. »Wir holen sie nur und begraben sie.« Die Polizisten waren es müde, etwas Vernünftiges aus der Schwester herauszuholen. Sie hoben gelangweilt die Schultern, gingen zu ihrem Streifenwagen zurück und fuhren davon.

15

Wenn man von dem Turm der Riverside-Cathedral nach Osten blickt, erstrecken sich, von den Gebäuden der Universität auf den hohen Ufern des Hudson River eingeengt, tief unten in einem Tal Wogen grauer Dächer, die aus der Ferne wie die Oberfläche eines Sees wirken. Unter der Oberfläche, in den trüben Wassern stinkender Wohnungen, zuckt eine Stadt schwarzer Menschen in verzweifeltem Lebensdrang wie das gefräßige Schnappen Millionen hungriger kannibalischer Fische. Blinde Mäuler fressen an ihrem eigenen Gedärm. Wer eine Hand hineinstreckt, zieht nur einen Stumpf heraus.

Das ist Harlem.

Je weiter nach Osten es geht, um so schwärzer wird es.

Der Ostteil, von der Seventh Avenue bis zum Harlem River, wird The Valley genannt. Von wimmelndem Leben erfüllte Wohnhäuser reihen sich in Elend und Schmutz aneinander. Ratten und Kakerlaken stehen mit räudigen Hunden und Katzen im Wettkampf um die von Menschen abgenagten Knochen.

Das Apartment, in dem Slim und Imabelle an der oberen Park Avenue lebten, lag zwischen der 128th Street und der 130th Street. Dieser Teil von The Valley wird der staubige Grund des Kohlenkastens genannt.

Die Gleise der New York Central Eisenbahnlinie, die von der Grand Central Station bei der 95th Street aus dem Boden kommen und über den Bahnhof an der 125th Street hinwegführen, verlaufen in der Mitte der Straße an Stelle der Parkanlagen im unteren Teil der Stadt, die der Avenue ihren Namen gegeben haben.

Sie laufen parallel mit den Gleisen der Hochbahnlinie von der Avenue, überqueren dann in einer Kurve den Harlem River nach der Bronx und laufen weiter in die große, weite Welt, die dahinter liegt.

Oben in Harlem wird die Park Avenue von schäbigen Wohnhäusern eingefaßt, in denen es nur kaltes Wasser gibt. Sie brüten zwischen Schrotthöfen, schmutzigen Lagerhäusern, Fabriken, Garagen und Abfallplätzen, auf denen abgefeimte junge Schurken Haschischpflanzen ziehen.

Es ist eine von Lastwagen ausgefahrene Straße der Gewalttaten und der Gefahren. In der Unterwelt ist sie als »Bloody Bucket« (Bluteimer) bekannt. Siehst du einen Menschen in der Gosse liegen, dann laß ihn liegen, er könnte tot sein. Die fetten schwarzen Männer in ihrer schwarzen Kleidung in dem brummenden schwarzen Leichenwagen waren ein Teil der gespenstischen Nacht, während ihr Wagen still an den eisernen Stützpfeilern der Bahnstrecke vorbeiglitt. Der alte Cadillac-Motor war in glänzendem Zustand und schnurrte leise wie eine Katze. Verlorene Schneeflocken trieben durch seine gedämpften Scheinwerfer nach Osten.

»Da ist es«, sagte Goldy.

Jackson sah auf eine Tür neben den schmutzigen gesprungenen Schaufensterscheiben eines Lederladens. Ein mottenzerfressener Stierkopf starrte ihn mit Glasaugen an, die nicht zusammenpaßten. Ihn überlief eine Gänsehaut. Er hatte das Ende des Weges erreicht, und er war so verängstigt, daß er nicht wußte, ob er froh oder traurig sein sollte.

»Parke ruhig hier«, sagte Goldy, »es spielt keine Rolle.«

Jackson brachte den Leichenwagen zum Halten und löschte die Lichter.

Ein Lastwagen rasselte stadteinwärts zum Harlemer Markt hinter der 116th Street vorbei. Er ließ die Dunkelheit noch finsterer hinter sich zurück.

Jackson und Goldy spähten die verlassene Straße hinauf und hinab. Jackson fühlte, wie es ihn kalt überlief.

»Können sie uns sehen?« fragte er.

»Wenn sie nich rausgucken, nich.«

Das hatte Jackson nicht gemeint, aber er widersprach nicht. Er griff unter seinem Mantel nach dem Eisenrohr.

»Für deinen Knüppel is es noch nich soweit«, warnte Goldy.

Jackson widerstrebte es, aus dem Leichenwagen auszusteigen.

»Ich laß den Motor laufen«, sagte er.

»Wozu? Willst du, daß er gestohlen wird?«

»Niemand stiehlt einen Leichenwagen.«

»Wovon redest du? Die Leute hier bringen's fertig, einem Blinden seine Glasaugen zu stehlen.«

Goldy glitt geräuschlos auf den Gehsteig. Jackson holte tief Luft und folgte ihm. Sie gingen über den Gehsteig, traten in einen langen, schmalen Hauseingang, der von einer mit Fliegendreck bedeckten Birne trübe erleuchtet wurde. Ein Wandgemälde zierte die getünchte Wand. Riesige Geschlechtsteile hingen an rohen, zwerghaften Körpern wie eine Ernte fremder Früchte. Jemand hatte ein nacktes Paar in geschlechtlicher Umarmung gezeichnet. Andere hatten weiteres hinzugefügt, bis es ein ganzes Wandgemälde geworden war.

Der Gang war lang und verlor sich im Dunkel. Am hintersten Ende führten Treppen steil in pechschwarze Finsternis.

Goldy ging auf Zehenspitzen voran, der Saum seines langen schwarzen Gewandes schleifte über den schmutzigen Boden. Er stieg geräuschlos die Holzstufen hinauf, verschwand so plötzlich im Dunkel oben, daß Jacksons Kopfhaut kribbelte. Jackson folgte ihm; aus seinem fetten Fleisch brach eiskalter Schweiß aus. Er zog wieder das Eisenrohr heraus, packte den umwickelten Griff, ob es schon so weit war oder nicht.

Die dunklen Vorplätze oben stanken nach abgestandenem Urin und liegengebliebenem Schmutz.

Goldy stieg bis in den dritten Stock, ging dann durch den Gang zur Tür des vorderen Apartments. Als Jackson ihn einholte, bemerkte er das stumpfe bläuliche Schimmern von Goldys Revolver in der Dunkelheit.

Goldy klopfte leise an die abgeblätterte braune Tür, einmal, dann dreimal schnell hintereinander, noch einmal, dann zweimal schnell hintereinander.

»Is das das Signal?« fragte Jackson flüsternd.

»Woher, zum Teufel, soll ich das wissen?« flüsterte Goldy zurück. Stille empfing sie.

»Vielleicht sind sie fort«, flüsterte Jackson.

»Das werden wir gleich rausbekommen.«

»Was tun wir dann?«

Goldy bedeutete ihm, zu schweigen, klopfte wieder leise, diesmal ein anderes Signal.

»Wozu machst du das, wenn du nich weißt, ob es das Signal is?«

»Ich bring sie durcheinander.«

»Glaubst du, daß außer Slim noch wer hier is?«

»Das is mir völlig egal, solange das Gold hier is.«

»Vielleicht haben sie's mitgenommen.«

Goldy wartete, klopfte wieder leise, noch ein anderes Signal.

Hinter der Tür fragte eine vorsichtige Stimme: »Wer is da?«

Es klang wie die Stimme einer Frau, die ihren Mund dicht an die Türfüllung hielt.

Goldy stieß Jackson mit der Mündung seines Revolvers in die Rippen und gab ihm damit das Zeichen, der Stimme zu antworten.

Aber er erschreckte Jackson so sehr, daß er sich wie ein wildes Pferd aufbäumte. Sein Rohr flog ihm aus der Hand, schlug gegen die Wand mit einem Knall, der in dem pechschwarzen, totenstillen Treppenhaus wie ein Kanonenschuß klang.

»Wer is da?« fragte eine hohe weibliche Stimme voller Panik.

»Ich bin's, Jackson. Bis du das, Imabelle?«

»Jackson!« rief die Stimme überrascht. Jackson klang sie so fremd, als ob er sie nie gehört hätte.

Stille herrschte.

»Ich bin's, Schatz, dein Jackson.«

Nach einem Augenblick fragte die Stimme mißtrauisch: »Wenn du Jackson bist, wie heißt dann dein Boss mit Vornamen?«

»Hosea. Hosea Exodus Clay. Das weißt du genausogut wie ich, Schatz.«

»Was für ein Simpel«, murmelte Goldy für sich selbst.

Ein Schloß wurde geöffnet, dann noch eines, dann ein Riegel zurückgeschoben. Die Tür öffnete sich einen Spalt, wurde durch eine Eisenkette gehalten.

Eine düstere Hängelampe brannte in dem dürftig möblierten Schlafzimmer. Jackson schob sein glänzendes schwarzes Gesicht in den Lichtschimmer.

»Oh, Süßer!« Die Kette wurde ausgehakt, und die Tür flog auf. »Gott, bin ich froh, dich zu sehen!«

Jackson hatte gerade noch Zeit, zu bemerken, daß sie ein rotes Kleid und einen schwarzen Mantel anhatte, ehe sie in seine Arme fiel. Sie roch nach verbrannter Haarpomade, heißblütiger Frau und Einheitspreisgeschäftsparfum. Jackson umarmte sie, hielt das Eisenrohr gegen ihr Rückgrat gepreßt. Sie schmiegte sich fest an die Kurve seines fetten Bauchs und preßte ihren von Lippenstift fetten Mund gegen seine trockenen, aufgequollenen Lippen.

Dann machte sie sich von ihm los.

»Gott, Daddy, ich dachte, du würdest nie kommen.«

»Ich kam, so schnell ich nur konnte, Schatz.«

Sie hielt ihn auf Armlänge von sich ab, sah auf das Rohr, dann in sein Gesicht und las darin wie in einem Buch. Sie fuhr mit der Zungenspitze langsam über ihre breiten, vollen, sinnlichen Lippen, machte sie leuchtend rot und sah ihn mit ihren glasigen, gefleckten Schlafzimmeraugen fest an. Der Mann versank.

Als er wieder zu sich kam, starrte er zurück, von Leidenschaft gepackt, sein ganzes schwarzes Wesen von Hochspannung erfüllt. Er war bereit! Völlig bereit, Kehlen durchzuschneiden, Schädel einzuschlagen, der Polizei zu entwischen, Leichenwagen zu stehlen, schmutziges Wasser zu trinken, in einem hohlen Baum zu leben und jedes verfluchte Risiko einzugehen, um wieder einmal in den Armen seines hellgelben Herzchens zu liegen.

»Wo is Slim? Ich werde diesem Bastard das Hirn zu Erdbeermarmelade schlagen, der Herr vergebe mir«, sagte er.

»Er is fort. Er is gerade gegangen. Komm schnell rein, er is gleich wieder zurück.«

Als Jackson in das Zimmer trat, folgte Goldy ihm.

An der einen Wand stand ein früher einmal weißlackiertes eisernes Doppelbett, dessen Decken zurückgeschlagen waren, so daß man schmutzige, fleckige Laken und zwei Kissen mit schmieriggrauen Kreisen von Haarpomade sehen konnte. An der anderen Wand stand ein gepolstertes Sofa, durch dessen brüchigen, verblichenen grünen Überzug die Enden zweier Sprungfedern herausragten. Im Hintergrund stand ein rostiger, bauchiger Ofen auf einem Rechteck aus rostfleckigem Blech; daneben auf der einen Seite eine Holzkiste, die als Kohlenkasten diente, auf der anderen eine Tür, die in die Küche führte. Ein runder Tisch mit einer von Messerschnitten zernarbten Platte und ein dreibeiniger Stuhl beherrschten die Mitte des nackten Holzfußbodens, den der verkrustete Dreck vieler Jahre einrahmte. Der Raum war bis an den äußersten Rand gefüllt. Wenn drei Personen eintraten, floß er über.

»Was will sie denn hier?« fragte Imabelle mit einem überraschten Blick auf Goldy.

»Das is mein Bruder. Er is mitgekommen, um mir zu helfen, dich hier rauszuholen.«

Sie sah auf den großen Fünfundvierziger-Revolver in Goldys Hand.

Sie kniff die Augen zusammen, und ihre Lippen zuckten. Aber sie sah nicht überrascht aus.

»Ihr scheint ja richtig auf eine Bärenjagd gefaßt zu sein.«

»Wer als Junge kommt, kann keine Männerarbeit leisten«, antwortete Goldy.

Sie sah Goldy scharf an.

»Sie sieht genauso aus wie die Schwester, mit der ich und Slim gefahren sind.«

»Die bin ich.« Goldy grinste und zeigte seine zwei Goldzähne. »So fand ich heraus, wo ihr seid. Ich fuhr euch nach.«

»Also, was sagt man dazu? Sich als Schwester zu verkleiden! Hier betrügt jeder jeden, oder nich?«

Goldy sah den Koffer als erster. Er stand am Ende des Sofas, wurde für Jackson durch den Tisch verdeckt.

»Was haben sie mit dir gemacht, Schatz?« fragte Jackson ängstlich.

Plötzlich wurde Imabelle von wilder Eile ergriffen.

»Wir haben keine Zeit, zu reden, Daddy. Slim sucht nach Hank und Jodie. Sie kommen zurück, um mein Golderz zu holen. Du mußt mir mein Golderz retten, Daddy.«

»Wozu bin ich denn sonst hier, Schatz? Sag mir nur, wo es ist.« Er blickte durch die Türöffnung in die Küche. Das einzig Saubere in der Wohnung war der Küchenfußboden. Er war gerade erst gescheuert worden und noch naß.

»Is es nich da drin?« fragte Goldy und deutete auf den Koffer.

»Daddy, was bin ich froh, daß du da bist«, wiederholte Imabelle mit lauter Stimme und ging um den Tisch herum, um ihre Handtasche unter einem Kissen herauszuholen.

»Sorge dich nich, ich rette dir dein Gold, Schatz. Ich hab den Leichenwagen mitgebracht.«

»Den Leichenwagen? Mister Clays Leichenwagen?«

Sie ging zum Vorderfenster und spähte neben der heruntergezogenen Jalousie hinaus. Als sie sich umdrehte, kicherte sie.

»Also, was sagt man dazu?«

»Das einzige Fahrzeug, mit dem wir das Gewicht transportieren können«, verteidigte sich Jackson.

»Laß uns jetzt nur damit gehen, Daddy. Ich erzähle dir alles unterwegs.«

»Diese Schufte haben dir doch nix getan?«

»Nein, Daddy, aber wir haben jetzt keine Zeit, darüber zu reden. Wir müssen an einen Platz denken, wo wir den Koffer verstecken können. Sie werden überall danach suchen.«

»Nach Haus können wir ihn nich bringen«, sagte Jackson. »Die Wirtin hat mich rausgesetzt.«

»Wir können ihn in mein Zimmer bringen«, sagte Goldy. Ich habe ein Zimmer, wo niemand ihn findet. Brüderchen wird's dir sagen. Da is er sicher, nich wahr, Brüderchen?«

»Ich werde mir was ausdenken«, antwortete Jackson ausweichend.

Er hatte nicht die Absicht, diesen Koffer voll Golderz Goldy in die Hände fallen zu lassen.

»Was paßt dir an meinem Zimmer nich?«

»Wir haben keine Zeit, zu streiten«, drängte Imabelle. »Slim kann jede Minute mit Jodie und Hank wiederkommen.«

»Das tun wir auch gar nicht«, sagte Goldy streitsüchtig. »Ich weiß schon den besten Platz.«

»Wir werden ihn auf dem Bahnhof abgeben«, sagte Imabelle, der das gerade einfiel. »Aber um Jesus willen, beeilt euch, wir haben keine Zeit zu verlieren.«

Jackson schob sein Eisenrohr unter den Arm und ging um den Tisch herum, um den Koffer aufzunehmen.

Goldy schob seinen großen Fünfundvierziger-Revolver in sein schmutzigschwarzes Gewand und sah Jackson bedauernd an.

»Je älter du wirst, um so dämlicher wirst du, Brüderchen«, sagte er traurig.

Imabelle sah von einem zum anderen und traf plötzlich eine Entscheidung.

»Bringt ihn in das Zimmer deines Bruders, Daddy. Dort is er sicher.«

Goldy und Imabelle tauschten Blicke.

»Ich werde in dem Leichenwagen auf euch warten«, sagte sie.

»Wir kommen dir gleich nach«, sagte Jackson und hob den Koffer an einem Ende an.

Goldy faßte nach dem anderen Ende. Sie schwankten unter seinem Gewicht, wurden zwischen Tisch und Sofa eingeengt, schoben den Tisch beiseite und kanteten ihn durch die schmale Tür.

Sie hörten Imabelles hohe Absätze schnell die hölzernen Stufen hinunterklappern.

»Geh du vor«, sagte Goldy.

Jackson drehte sich mit dem Rücken zum Koffer, packte dann die unteren Kanten und wuchtete ihn sich auf den Rücken. So ging er voraus, die steile Treppe hinunter, wobei seine Knie bei jeder Stufe einknickten.

Als sie auf den Gehsteig hinaustraten, war sein Mantel auf dem Rücken durchgeschwitzt. Schweiß lief ihm in die Augen und blendete ihn. Er tastete sich über den Gehsteig zur Hinterseite des Leichenwagens, balancierte den Koffer mit einer Hand, öffnete die Doppeltür mit der anderen, schob einen Teil des Plunders beiseite und hob sein Ende des Koffers auf das Gestell für den Sarg. Dann trat er zurück und half Goldy, den Koffer hineinzuschieben.

Der Koffer stand von außen zwischen den Seitenfenstern klar sichtbar, wie ein abgesägter Sarg, der für einen Mann ohne Beine angefertigt war.

»Wo is sie hin?« fragte Jackson.

»Woher, zum Teufel, soll ich wissen, wo sie hin is? Sie is deine Frau und nich meine.«

Jackson spähte die düstere Straße hinauf und hinab. Weit unten nach der anderen Richtung, beinahe beim Bahnhof, liefen ein paar

Menschen. Aber darauf achtete er nicht. In Harlem rannte immer jemand.

»Sie muß irgendwo sein.«

Goldy stieg vorn ein und versuchte Geduld zu bewahren.

»Laß uns den Koffer nach Hause bringen und dann zurückkommen, um sie zu holen.« »Ich kann sie nich hier allein lassen, das weißt du doch. Ich bin überhaupt nur ihretwegen hergekommen.«

Goldy begann die Geduld zu verlieren.

»Mann, laß uns gehen. Die Frau findet ihren Weg selbst.«

»Kümmere du dich nich um meine Angelegenheiten«, entgegnete Jackson und lief zu dem Haus zurück.

»Sie is nich in dem Haus, verdammt noch mal. Willst du dein ganzes Leben lang ein Simpel bleiben? Sie is fort.«

»Wenn sie fort is, werde ich hier so lange warten, bis sie zurückkommt.«

Goldy fingerte an dem Griff seines Revolvers, während er darum kämpfte, seine Wut zu beherrschen.

»Verdammt noch mal, Mann, alles, was das Weibsstück will, is, ihr Gold zu retten. Sie wird dich finden. Sie gibt sonst auf keinen was.«

»Ich hab jetzt langsam von deinem Gerede über sie endgültig genug«, fuhr Jackson auf und näherte sich Goldy kriegerisch. Goldy zog den Revolver halb aus seinem Gewand. Das mußte er, um sich zu beherrschen.

»Verdammt, du schwarzer Hundesohn, wenn du nich mein Bruder wärst, würd ich dich umbringen«, sagte er zitternd vor Wut.

Jackson packte wieder den Griff seines Eisenrohrs, überquerte den Bürgersteig, kletterte die Treppen im Haus hinauf zur Wohnung zurück.

»Imabelle! Bist du hier, Imabelle?«

Er durchsuchte das Apartment, sah unter das Bett, hinter das Sofa, in die Küche, hielt das Rohr fest in der Hand gepackt, als ob er nach etwas suchte, das so klein wie ein Hündchen und so gefährlich wie ein männlicher Gorilla wäre.

Eine Ecke in der Küche war durch einen verblaßten grünen

Baumwollvorhang abgeteilt, der an einem durchhängenden Stück Schnur hing.

Jackson zog den Vorhang beiseite und blickte dahinter.

»Sie hat all ihre Kleider hiergelassen«, sagte er laut.

Plötzlich fühlte er sich geschlagen, bis auf die Knochen erschöpft.

Er setzte sich auf den einzigen Küchenstuhl, legte seinen Kopf auf das Polster seiner zusammengelegten Arme auf den Küchentisch, schloß erschöpft die Augen und war im nächsten Augenblick eingeschlafen.

16

Ein schwarzgestrichener Lieferwagen bog aus der 130th Street in die Park Avenue, fuhr diese ein Stück in südliche Richtung hinunter und verlangsamte plötzlich die Geschwindigkeit.

Vom Fahrersitz spähte Jodie angespannt nach dem geparkten Leichenwagen. »Da steht ein Leichenwagen vor dem Haus«, sagte er überflüssigerweise.

»Ich seh's«, sagte Hank und beugte sich vor, um ihm über die Schulter zu blicken.

»Was glaubst du, was der da sucht?«

»Ich bin kein Wahrsager.«

»Glaubst du, daß Polizisten dabei sind?«

»Ich glaube überhaupt nix. Laß uns nachsehen.«

Beide hatten sich seit ihrer Flucht aus dem Schuppen am Harlem River umgezogen.

Jodie trug jetzt einen blauen Mantel, einen blauen Anzug, braune Lederhandschuhe und schwarze Schuhe. Ein schwarzer, weicher Filzhut saß ihm auf dem Hinterkopf. Er hätte als Speisewagenkellner gelten können, eine Stellung, die er vier Jahre innegehabt hatte.

Hank trug einen dunkelbraunen Mantel, einen braunen Hut und

gleichfalls einen blauen Anzug. Er hatte den Hut tief in die Augen gezogen und beide Hände in die Taschen seines Mantels vergraben. Sie hatten sich umgezogen, um zu verschwinden.

Von seinem Platz vorn im Leichenwagen sah Goldy die Lichter des Lieferwagens, als er in die Park Avenue einbog. Als der Wagen vorbeikam und Goldy sehen konnte, was für eine Art Lieferwagen es war, schöpfte er sofort Verdacht. Er wußte, daß ein solcher Lieferwagen um diese Nachtzeit nichts in dieser Straße zu suchen hatte. Er beugte sich über den Sitz, so daß er nicht gesehen werden konnte, und spitzte die Ohren, um zu lauschen. Er hörte den Lieferwagen auf der anderen Straßenseite langsam vorbeifahren. Plötzlich kam ihm der Gedanke, daß es Hank und Jodie sein könnten, die zurückkehrten, um den Koffer mit dem Golderz zu holen. Er zog den Revolver aus den Falten seines Gewandes, hielt ihn gegen seine Brust und verrenkte sich auf dem Sitz, so daß er in den Rückspiegel sehen konnte.

Als der Lieferwagen unmittelbar gegenüber dem Leichenwagen vorbeikam, sagte Jodie: »Er is leer.«

»Sieht leer aus.«

»Aber hinten is was drin. Sieht aus wie ein Sarg, glaube ich.«

»Glaub, was du willst.«

Plötzlich konnte Jodie am hinteren Ende des Koffers vorbei durch das gegenüberliegende Fenster sehen.

»Das is kein Sarg.«

Hank zog eine Pistole, Kaliber achtunddreißig, aus der rechten Manteltasche und lud die Waffe durch.

Jodie machte eine scharfe Kehrtwendung, ehe er das Ende des Blocks erreichte, und kam dann auf der Straßenseite des Leichenwagens zurück, lenkte dann unter die eisernen Stützpfeiler der Bahnanlage, um vorbeizufahren.

Goldy beobachtete die Lichter im Rückspiegel, bis sie aus dem Blickfeld waren, hörte aber den Lieferwagen langsam näherkommen.

Jetzt war Hank auf der Seite näher zu dem Leichenwagen.

»Da is ein Koffer drin«, sagte er.

Jodie sah an Hanks Schulter vorbei.

»Hältst du das für ihren Koffer?«

»Werden wir sehen.«

Jodie lenkte den Lieferwagen vor dem Leichenwagen an den Straßenrand, hielt an und löschte die Lichter. Er zog seine Handschuhe aus, steckte sie in seine linke Manteltasche, schob seine Hand in die rechte Tasche und packte den kalten Beingriff seines Messers.

Er öffnete die Tür, stieg auf der Straßenseite aus, während Hank auf dem Gehsteig ausstieg. Beide standen einen Augenblick gespannt da und suchten die stille Straße ab. Sie drehten sich gleichzeitig um und gingen leise zu dem stillen Leichenwagen zurück. Beide blickten wie beiläufig in das Führerhaus, ohne Goldy zu bemerken. Sein schwarzes Gewand machte ihn in der Dunkelheit unsichtbar.

Schließlich blieben sie rechts und links neben dem rückwärtigen Teil stehen, spähten durch die Glasfenster und prüften den Koffer, der auf dem Sarggestell ruhte. Ihre Blicke trafen sich über dem Koffer. Sie gingen zur Rückseite des Leichenwagens, versuchten die Tür, fanden sie offen und blickten hinein.

»Das is er tatsächlich«, sagte Jodie.

»Seh ich selbst.«

Goldy hatte etwas den Kopf gehoben, um sie im Rückspiegel zu beobachten. Er erkannte sie augenblicklich. Aus der Art, wie Hank mit der rechten Hand immer in seiner Tasche dastand, wußte Goldy, daß er eine Waffe hatte. Über Jodie war er sich nicht sicher, aber er hielt Hank für den, den er beobachten mußte.

Er sah, wie sie sich abwandten und zu dem Fenster in der dritten Etage hinaufblickten.

»Ich seh kein Licht«, sagte Jodie.

»Das hat gar nix zu bedeuten.«

»Ich werd nachsehen. Wart einen Moment.«

»Ich will hier draußen nicht rumstehen und was abbekommen.«

»Wenn jemand da drin is, haben sie uns schon gesehen.«

»Was heißt, wenn jemand da drin is? Denkst du, sie hat den schweren Koffer allein heruntergebracht?«

»Ich vermute, daß sie Jackson zu Hilfe hat.«

»Jackson, der fette schwarze Mutterschänder? Woher, zum Teufel, soll er wissen, wo sie is?«

»Wie, zum Teufel, kam er denn hinter unser Versteck am Fluß? Ein Fettkloß wie er, der auf eine hellgelbe Nutte scharf is, kommt auch dahinter, wo Hitler begraben is.«

»Dann muß das der Leichenwagen von seinem Boss sein.«

»Das meine ich auch.«

Jodie lachte leise.

»Dann laß uns den verdammten Karren auch mitnehmen.«

»Wir wollen nachsehen, ob er den Schlüssel stecken ließ.«

Als sie sich umdrehten, um nach vorne zu kommen, Jodie auf der Straßenseite und Hank auf dem Fußsteig, tastete Goldy nach dem Fenster an der Straßenseite und drückte den Knopf hinunter, der die Tür verschloß. Er vermutete, daß Jodie nur ein Messer hatte und glaubte, daß er sich auf Hank konzentrieren müsse.

Sein Körper streckte sich, als er beobachtete, wie ihre Spiegelbilder auf beiden Seiten aus dem Rückspiegel verschwanden, sein rechter Arm spannte sich, seine Finger umklammerten den Griff des großen Fünfundvierzigers. Aber er wartete, bis Hank auf den Türgriff an der Vordertür drückte, ehe er den Revolver spannte, um das Geräusch durch das Klicken des Türgriffs übertönen zu lassen.

Hank rechnete nicht mit Gefahr von dieser Seite. Als er die Tür aufzog, richtete sich Goldy auf dem Sitz auf, sah aus wie die Mutter aller bösen Geister und sagte: »Nicht gerührt!«

Hank sah in die Mündung des Fünfundvierzigers und erstarrte. Sein Herz hörte auf zu schlagen, seine Lungen hörten auf zu atmen, sein Blut hörte auf zu pulsieren. Das große Loch am Ende von Goldys Fünfundvierziger sah so groß aus wie die Mündung eines Kanonenrohrs.

Goldy glaubte, er sei von hinten durch die Tür geschützt.

Aber die Türschlösser des alten Cadillac-Leichenwagens funktionierten nicht. Als Jodie die erste Bewegung Goldys wahrnahm, riß er mit seiner linken Hand die Tür in Goldys Rücken auf und zerrte Goldy mit seiner rechten vom Sitz auf die Straße heraus, ehe Goldy abdrücken konnte, schlug ihm die Waffe aus der Hand, während er noch durch die Luft flog, trat ihn in den Nacken, im gleichen

Augenblick, als Goldys fette schwarzgekleidete Gestalt auf das Pflaster schlug. Es kümmerte ihn nicht, ob es Mann, Frau oder Kind war, wonach er trat. Er war von einem Anfall wahnwitziger Gewalttätigkeit gepackt und sah in seiner Mordlust nur rot vor Augen.

Als der Revolver über die Straße rutschte, trat er Goldy in die Rippen, und als die Waffe gegen den Rinnstein schlug und im schwarzen Dreck verschwand, trat er Goldy in die Nieren.

Hank rannte vorne um den Leichenwagen herum mit der gespannten Pistole in der Hand, als Jodie Goldy in den Solar Plexus trat.

»Hör auf«, sagte Hank und richtete die Achtunddreißiger auf Jodies Herz. »Du bringst sie um.«

Goldy wand sich auf den schmutzigen nassen Pflastersteinen wie ein Fisch am Haken und keuchte nach Luft. Weißer Schaum hatte sich in seinen Mundwinkeln angesammelt, ehe er sprechen konnte. Jodie stand gespannt da, von Hanks Waffe in Schach gehalten, und keuchte seinen Blutdurst aus. »Noch einen Tritt, und ich hätte sie umgebracht.«

»Herr, habt Erbarmen mit einer alten Lady«, gelang es Goldy schließlich wimmernd hervorzustoßen.

Wie ein Echo zu Goldys klagendem Flehen erklang die Dampfpfeife eines Zuges, der über dem Harlemfluß einbog und sich dem Bahnhof in der 125th Street näherte.

Hank trat nahe an Goldy heran, griff plötzlich mit seiner linken Hand vor und hob Goldys Gesicht am Kinn hoch.

Goldy tastete verzweifelt nach seinem goldenen Kreuz, das unter die Falten seines Gewandes gerutscht war.

»Ich bin eine Barmherzige Schwester«, jammerte er, um Mitleid flehend. »Ich stehe im Dienst des Herrn.«

»Den Quatsch kannst du dir bei uns sparen. Wir wissen, wer du bist.«

»Das ist doch die Schwester, die für die beiden schwarzen Detectives spitzelt, oder nicht? Was glaubst du, wie sie in die Sache reinkam?«

»Woher, zum Teufel, soll ich das wissen? Da is sie, frag sie doch.«

Jodie sah in Goldys aschgraues Gesicht hinunter. In seinen schlammbraunen Augen war kein Erbarmen.

»Sprich schnell«, sagte er, »weil du nich mehr viel Zeit hast.«

Das Dröhnen des näherkommenden Zuges, durch die eisernen Stützen des Hochbahnkörpers verstärkt, schwoll langsam an.

»Hört doch«, winselte Goldy.

Ein kurzer scharfer Pfiff der Lokomotive, der ankündigte, daß der Zug den Fluß nach Harlem überquert hatte, schnitt ihm das Wort ab.

»Hört doch, ich kann euch helfen, daß ihr davonkommt. Ihr seid fremd hier, aber ich kenn die Stadt in- und auswendig.«

Hank kniff die Augen zusammen. Er hörte gespannt zu.

Jodie zog seine Hand aus seiner Manteltasche, hielt den kalten Knochengriff seines feststellbaren Messers gepackt. Es hatte oben am Griff einen Druckknopf, der mit dem Daumen betätigt wurde, und als er darauf drückte, sprang mit leisem Klicken eine sechs Zoll lange Klinge heraus, die in dem gedämpften Licht schwach schimmerte.

Goldy sah die Klinge aus den Augenwinkeln und krabbelte auf seine Knie.

»Hört doch, ich kann es für euch verstecken.«

Seine instinktive Furcht vor dem kalten Stahl trieb ihm die Tränen in die Augen.

»Hört doch, ich kann euch helfen.«

Jodie machte seinem Haß für einen Polizeispitzel dadurch Luft, daß er Goldy die Haube vom Kopf schlug. Die graue Perücke flog mit herunter und legte seinen runden, rauhen Kopf bloß.

»Der schwarze Mutterschänder is ein Mann«, sagte er und trat hinter Goldy.

»Hör ihm zu«, sagte Hank.

»Ich hab ein Versteck, das keiner findet. Hört doch, ich kann für euch alle sorgen. Ich kann euch bei der Polizei helfen. Ich hab Verbindungen auf dem Revier. Ihr kennt jetzt mein Geheimnis. Ihr wißt, daß ihr mir trauen könnt. Hört doch, ich kann euch alle verstecken, und es is genug für ...«

Seine Stimme wurde von dem Donner des näherkommenden Zuges übertönt.

Hank beugte sich vor, um ihn besser zu verstehen, und starrte ihm ins Gesicht.

»Wer is noch bei dir?«

»Keiner, ich schwöre . . .«

Die Diesellokomotive des Zuges ratterte über ihnen. Der Bahnkörper wurde erschüttert, die Stützpfeiler bebten. Auch die Straße bebte, die Häuser bebten, die ganze schwarze Nacht zitterte und bebte.

Goldy kniete wie im Gebet, die Knie auf die nasse, schmutzige schwarze, glatte Straße gepreßt, sein fetter Körper zitterte unter den weichen Falten seines Gewandes, zitterte, als ob er in einem leeren Raum voll schierem Schrecken betete.

Jodie beugte sich schnell hinter ihm vor. Auch er zitterte.

»Verlogener Mutterschänder«, sagte er voll rasender Wut.

Goldy erkannte augenblicklich seinen Fehler. Jemand mußte ihm geholfen haben, den Koffer herunterzubringen. Für ihn alleine war er zu schwer.

»Es ist keiner außer . . .«

Jodie griff mit einer wilden Bewegung vor, packte Goldy mit der linken Hand am Kinn, stieß ihm sein rechtes Knie in den Rücken zwischen die Schulterblätter, riß Goldy den Kopf zurück und durchschnitt seine gespannte Kehle von Ohr zu Ohr bis auf den Knochen.

Goldys Aufschrei ging in dem Schrei der Lokomotive unter, als der Zug über sie hinwegdonnerte und das gesamte Wohnviertel erbeben ließ.

Hank sprang gerade noch rechtzeitig zurück. Blut schoß aus Goldys durchschnittener Kehle in einem breiten Strahl, spritzte auf die schwarze Straße, den Kotflügel und über das Vorderrad des Leichenwagens. Es glänzte einen Augenblick lang mit einem leuchtend roten Schein auf dem schwarzen Pflaster. Im nächsten Augenblick trübte es sich, wurde dunkel, vertiefte sich zu einem schwärzlichen Purpur. Der erste starke Strahl versickerte zu einer langsam pulsierenden Fontäne, während das Herz seine letzten Schläge tat. Die breite blutige Wunde schloß sich wie blutende Lippen über blutigem Schaum.

Jodie trat zurück und ließ den sterbenden Körper mit dem Rücken auf das Pflaster sinken, wo er sich in dem schwarzen Gewand in tödlichen Konvulsionen wand und zuckte, wie in einer leidenschaftlichen geschlechtlichen Umarmung mit einem unsichtbaren Partner.

Der Donner der Waggons ging in das grelle Kreischen von auf Metall schleifendem Metall über, als der Zug zum Halten im Bahnhof an der 125th Street bremste.

Jodie beugte sich nieder und wischte die Klinge seines Messers am Saum von Goldys schwarzem Gewand ab. Der Schnitt war so schnell vollzogen worden, daß nur an der Messerklinge Blut war. Er richtete sich auf und drückte auf den Knopf, der die Sperre löste. Die Klinge baumelte lose. Mit einem Schlenkern seines Handgelenks zog er sie ein. Die Sperre klickte. Er schob das Messer in die Seitentasche seines Mantels zurück.

»Den Mutterschänder habe ich wie einen Eber abgeschlachtet«, sagte er stolz.

»Hat sich selbst ins Grab geredet.«

In wortloser Übereinstimmung sahen sie die Straße hinauf und hinunter, zu den Fenstern im dritten Stock hinauf, in den trüb erleuchteten Hauseingang, betrachteten die Fenster der umliegenden Häuser.

Nichts rührte sich.

17

Der scharfe Pfiff des Zuges, als er den Fluß nach Harlem überquert hatte, weckte Jackson in einem Tümpel des Schreckens.

Er sprang auf und warf dabei den Stuhl um. Er spürte, wie jemand von hinten nach ihm schlug, duckte sich und stieß den Tisch beiseite. Er fuhr herum, riß das Rohr von dem Tisch, um Slim den Schädel einzuschlagen.

Aber es war niemand da.

»Ich muß geträumt haben«, sagte er zu sich selbst.

Dann erkannte er, daß er geschlafen hatte.

»Da kommt ein Zug«, sagte er.

Sein Denken war noch verwirrt.

Er bemerkte die Chauffeursmütze, die auf den Boden gefallen war, hob sie auf und wischte sie ab. Es war aber kein Schmutz an ihr. Der Küchenboden war fleckenlos sauber und noch feucht.

Die gescheuerten Dielen ließen ihn an Imabelle denken. Er fragte sich, wo sie hingegangen sein könnte. Vielleicht zu ihrer Schwester nach The Bronx.

Aber sie mußten sie bestimmt finden. Die Polizei suchte auch nach ihr. Er mußte ihre Schwester anrufen, sobald er das Golderz bei der Gepäckaufbewahrung im Bahnhof abgegeben hatte. Er wollte es nicht bei Goldy lassen, gleichgültig, was alle anderen sagten.

Plötzlich wurde er von Hast gepackt.

Er wühlte in seinen Taschen nach Papier, um für Imabelle einen Zettel zu schreiben, falls sie zurückkäme, um nach ihm zu suchen, und nicht wüßte, wo sie ihn finden könnte. In der Innentasche seiner Chauffeursuniform war ein Briefbogen mit Mr. Clays Anschrift und einer Aufstellung des Zubehörs, das bei einem Begräbnis gebraucht wurde. In der Seitentasche seines Mantels fand er einen Bleistiftstummel, er strich das Papier auf dem Küchentisch glatt. Eilig kritzelte er: »Schatz, suche nach meinem Bruder, Schwester Gabriel, vor Blumsteins Warenhaus. Er kann dir sagen, wo ich bin.«

Er wollte schon mit seinem Namen unterschreiben, als ihm einfiel, daß Slim mit Hank und Jodie zurückkommen würde.

»Ich denk überhaupt nich nach«, murmelte er vor sich hin, knüllte den Bogen Briefpapier zusammen und warf ihn in die Ecke.

Das wachsende Dröhnen des näherkommenden Zuges brachte seinen namenlosen Schrecken zurück. Er dachte an einen Blues, den seine Mutter immer sang:

I flag de train an' it keep on easing by
I fold my arms; I hang my head an' cry.

Plötzlich rannte er, ohne sich von der Stelle zu rühren. Er rannte innerlich. Es blieb ihm keine Zeit, darüber nachzudenken, wohin Imabelle gegangen war, nur die Zeit, sich zu sorgen. Jedenfalls hatte er sie von Slim weggeholt.

Er ergriff sein Rohr auf dem Tisch. Seine Augen waren rot geworden. Sein Gesicht war grau und trocken, seine Lippen aufgesprungen. Er sah wie ein Mann aus, der seinen Verstand verlor. Alles an ihm rannte, außer seinen Füßen.

Eine alte graue Ratte schob ihren Kopf unter dem fettbefleckten, rostigen, holzgeheizten Herd hervor. Auch die Ratte hatte rote Augen. Die Ratte sah Jackson an, und er sah die Ratte an.

In diesem Moment gellte die Signalpfeife der Lokomotive auf. Sie schrie wie ein abgestochenes Schwein, das mit dem Messer noch im Hals durch ein Kornfeld davonrast.

Die Ratte verschwand.

Jacksons Füße begannen zu rennen.

Er rannte blindlings aus der Küche, durch das Schlafzimmer, stolperte über den dreibeinigen Stuhl, schlug der Länge nach hin, sprang auf, rannte durch den pechschwarzen Gang und begann, die Treppe hinunterzulaufen.

Dann erinnerte er sich an Imabelles Kleider. Er drehte sich um, lief in die Küche zurück, legte sein Rohr auf den Tisch, sammelte die Kleider von den Nägeln, hängte sie über seinen Arm, drehte sich wieder um und rannte aus der Wohnung. Seinen Knüppel hatte er vergessen.

Er rannte durch den dunklen Gang, rannte die steile, dunkle Treppe hinunter, versuchte, so leise wie möglich zu sein.

Plötzlich begann der Schweiß über seine trockene Haut zu strömen. Er konnte spüren, wie er ihm am Hals hinablief, unter seinen Armen hervor an seinen Seiten hinunter, wie kriechende Würmer.

Imabelles Kleider schleiften über die schmutzigen Stufen. Als er die erste Treppe hinter sich hatte, stolperte er über die Röcke, fiel vorwärts auf den Bauch, hielt die Kleider in seinem Arm gekrampft und landete mit einem dumpfen Schlag.

»Herr, mein Erlöser«, murmelte er, als er aufstand. »Es sieht aus, als ob ich nich mehr lange hier bleibe.«

Er drückte die Kleider an sich, als ob Imabelle darin stäke, konnte gerade noch über den zusammengeknautschten Stoffballen hinwegsehen, als er unter der trüben Lampe im Hauseingang hindurchlief und die Eingangstür erreichte.

Er erwartete, Goldy ungeduldig wartend auf dem Vordersitz des Leichenwagens zu sehen. Statt dessen sah er Hank und Jodie, die auf der anderen Seite des Leichenwagens standen, sich ansahen und miteinander redeten. Er war so erschrocken, daß er zu Stein erstarrte. Er stand mit offenem Mund in seinem nassen schwarzen Gesicht da, seine weißen Zähne glänzten in seinem blauvioletten Zahnfleisch.

Hank und Jodie hatten gerade in diesem Augenblick ihre Blicke von dem erleuchteten Hauseingang abgewendet.

Hank sagte zu Jodie: »Wir wollen ihn von der Straße schaffen.«

»Wohin denn?«

»In den Leichenwagen.«

»Wozu? Warum lassen wir den Mutterschänder nich liegen, wo er is?«

»Er is'n Spitzel. Wenn die Polizei ihn hier findet, is sie hinter uns her wie Mäuse hinter Speck.«

»Wenn's nach mir geht, lassen wir ihn hier und kümmern uns nich um die Polizei. Wir verschwinden doch sowieso.«

Hank ging hinter den Leichenwagen und öffnete die Doppeltür. Wenn er seinen Kopf gedreht hätte, würde er den versteinerten Jackson im Hauseingang stehen gesehen haben. Aber er sah auf den Toten, während er zurückging.

»Faß ihn an den Schultern«, sagte er und beugte sich vor, um die Füße hochzuheben.

Jodie begann seine Handschuhe anzuziehen. Auch er sah auf den Toten hinunter.

»Verdammt, was soll das? Hast du Angst, ihn anzufassen?«

»Der Mutterschänder is tot. Davor habe ich Angst.«

Jackson glaubte, sie hätten die Absicht, den Koffer herauszuheben. Der Gedanke löste seine erstarrten Muskeln aus ihrem Bann. Am Rand seines Blickfeldes sah er den Lieferwagen. Er dachte, daß sie den Koffer nehmen und ihn in den Lieferwagen laden würden, und er hatte keine Möglichkeit, sie daran zu hindern. Er hatte nicht einmal sein Eisenrohr.

Jetzt fiel ihm auf, daß Goldy nirgends zu sehen war. Vielleicht hatte Goldy die beiden vorher gesehen und sich versteckt. Goldy hatte den Revolver. Jackson war versucht, Goldy für ewig in die Hölle zu verdammen, aber zu allen anderen Sünden, die er begangen hatte, wollte er nicht noch Gotteslästerung hinzufügen.

Er wich leise in den Hauseingang zurück, stolperte halb bei jedem Schritt, drehte sich am Fuß der Treppe um und begann, zu der Wohnung hinaufzulaufen. Dann fiel ihm etwas Besseres ein. Wenn sie den Koffer in ihren Lastwagen geschafft hatten, gingen sie vielleicht aus irgendeinem Grund noch einmal in die Wohnung hinauf.

Er sah sich nach einem Versteck um.

Der Raum unter der Treppe war verkleidet worden und bildete eine Kammer mit einer Tür in der engen dunklen Ecke im Hintergrund des Hausgangs.

Er wich in die Dunkelheit zurück, drückte auf die Klinke und fand die Kammertür unverschlossen.

Mülleimer, daneben schmutzige Schrubber, Wischlappen und Eimer waren übereinandergeworfen. Er hörte das Rascheln von Ratten, als er die Tür öffnete. Er preßte die Kleider zusammen, um sie davor zu bewahren, daß sie in die verdreckten Mülleimer hineinhingen, stand in der stinkenden Dunkelheit regungslos da.

Er fragte sich, wohin Goldy und Imabelle gegangen waren.

Jodie faßte die Leiche unter den Armen, Hank an den Füßen. Sie schoben sie mit den Füßen zuerst zwischen das Begräbniszubehör unter dem Koffer. Sie klemmte in der Enge, und sie mußten sie auf den Rücken drehen und mit ihren Füßen gegen ihre Schultern drücken. Schließlich hatten sie sie samt dem Kopf so weit in dem Wagen, daß sie die Türen schließen konnten.

Hank ging zurück, hob die weiße Haube und die graue Perücke auf und drückte sie Goldy wieder auf den Kopf. Dann zog er einen Teil des schwarzen Stoffes und der künstlichen Kränze heran, um den Kopf zu verdecken, ehe er die Tür des Leichenwagens zudrückte.

»Wozu tust du das«, fragte Jodie.

»Falls einer reinsieht.«

»Wer soll reinsehen?«

»Woher, zum Teufel, soll ich das wissen? Abschließen können wir ja nich.«

Sie drehten sich gleichzeitig um und sahen wieder zu dem Fenster der Wohnung im dritten Stock hinauf. Jodie zog seine Handschuhe aus, schob seine nackten Hände in seine Taschen und packte den Knochengriff seines Messers.

»Wer hat ihm geholfen? Was glaubst du?«

»Keine Ahnung. Ich hatte gedacht, daß sie und Jackson es waren, aber wo dieser Pfeifer dabei is, sieht alles anders aus.«

»Du glaubst, daß Jackson mit drinsteckt?«

»Muß doch so sein. Is doch sein Leichenwagen.«

»Du glaubst, sie sind noch oben?«

»Das werden wir bald sehen.«

Sie drehten sich gleichzeitig um, überquerten den Gehsteig und traten in das Haus. Beide hatten ihre Hände in ihren Manteltaschen. Hank hielt seine Pistole gefaßt, Jodie den Beingriff seines Messers. Ihre Augen durchforschten den Schatten.

A1s sie sich der Treppe näherten, sprachen sie laut genug, daß Jackson sie in seiner stinkenden Kammer unter der Treppe hören konnte.

»Die verlogene Hure, ich hätt sie umbringen sollen.«

»Halt's Maul!«

Jackson konnte jeden ihrer leichten Schritte auf dem hölzernen Boden hören. Er hielt den Atem an.

»Mir is es egal, ob sie mich hört. Sie kann sich nirgends verstecken.«

»Halt's Maul! Hier sind andere, die dich hören können.«

Jackson lauschte auf die Schritte, als sie die Treppe hinaufzusteigen begannen. Plötzlich hielt ein Paar Füße inne.

»Was heißt das, ›Halt's Maul‹? Ich hab's endgültig verdammt satt, mir immer dein ›Halt's Maul‹ anzuhören.«

Das zweite Paar Füße blieb ebenso unvermittelt stehen.

»Ich meine damit: ›Halt's Maul‹. Sonst nichts.«

Jackson hielt seinen Atem in der gefährlichen Stille so lange an, bis seine Lungen schmerzten, ehe die Schritte wieder weiter hinaufstiegen.

Danach sprachen sie kein Wort mehr.

Jackson atmete vorsichtig aus, lauschte auf die Schritte, die höher und höher stiegen und leiser wurden. Er faßte nach dem Türknopf, zog ihn mit aller Kraft nach innen und drehte ihn langsam, damit die Tür kein Geräusch mache, öffnete sie mit unendlicher Vorsicht einen Spalt weit.

Er hörte die Schritte zum zweiten Stock hinaufsteigen, hörte sie kaum noch, als sie durch den Gang im dritten Stock gingen.

Er wartete noch einen Augenblick und rannte dann aus der Kammer heraus. Mit blechernem Scheppern stieß er einen leeren Mülleimer um. Das Geräusch trieb ihn mit seinem Arm voll Kleidern durch den Gang wie ein Tritt mit einem spitzen Schuh ins Hinterteil.

Er hörte oben Füße auf dem Holzboden dröhnen, wie ein beschuhter Tausendfüßler die hölzernen Stufen herunterpoltern. Er überquerte den Gehsteig, als er wahrnahm, wie oben ein Fenster geöffnet wurde.

Er faßte den Türgriff des Leichenwagens, spürte, wie er ihm aus seiner verschwitzten Hand glitt. Jahrhunderte krochen langsam vorbei, ehe er ihn richtig faßte, die Tür öffnete, die Kleider auf den Sitz warf, hineinsprang und in seiner Tasche nach dem Zündschlüssel wühlte. Weitere Jahrhunderte krochen durch sein von Panik gehetztes Gehirn, ehe er den Schlüssel ins Zündloch bekam, die Zündung einschaltete und auf den Starterknopf drückte.

»Spring an, du verdammter Sohn einer Hündin. Herr, vergib mir«, beschimpfte er den widerspenstigen Motor. »Spring an, du mutterschändender Bastardsohn einer Hündin von einem verdammten Wagen – Jesus Christus, das wollt ich nich sagen.«

Er sah Jodie durch den trüb erleuchteten Hauseingang kommen, in dem Rechteck der Türöffnung größer und größer werden.

»Herr, hab Erbarmen«, betete er.

Jodie kam aus der Tür mit einem langen, fliegenden Sprung – die Messerklinge funkelte in der Dunkelheit –, landete auf dem Pflaster des Gehsteigs, rutschte bis an den Rinnstein, beugte sich vor und wedelte mit beiden Armen in der Luft, als ob er versuchte, einen Ansturm auf den Rand eines Abgrunds aufzuhalten, gewann sein Gleichgewicht wieder und drehte sich dem Leichenwagen zu, als der alte Cadillac-Motor aufheulte.

Jackson schaltete auf Fahrt und legte sein Gewicht auf den Gashebel. Und der alte Leichenwagen schoß mit einem schweren Dröhnen davon, so schnell, daß das rechte Ende der Stoßstange den linken hinteren Kotflügel des Lieferwagens erfaßte, ehe Jackson die Herrschaft über den Wagen gewonnen hatte. Der Kotflügel wurde zu einer zerfetzten Flosse verbogen, die tiefe Narben in die Seite des schwarzen Leichenwagens kratzte, als er vorbeiraste. Jackson konnte gerade noch einer der eisernen Streben des Hochbahnkörpers ausweichen, als er nach Westen in die 130th Street einbog.

»Noch einmal so dicht vorbei, Herr, und dann wird dieser Bruder nicht mehr lange auf Erden weilen«, murmelte Jackson, als er seine kurzen, fetten Arme um das Steuerrad legte und die Straße im Auge behielt, die ihm über die Motorhaube entgegenschoß.

18

Als Imabelle auf die Straße kam und Goldy und ihren Mann Jackson sich mit ihrem Koffer voll Golderz abmühen ließ, sah sie kurz auf den geparkten Leichenwagen, kicherte wieder und begann die Park Avenue zum Bahnhof in der 125th Street hinunterzulaufen.

Sie kannte den Fahrplan nicht, aber irgendwann mußte ein Zug nach Chicago fahren. »Und dieses liebe Mädchen wird darin sitzen«, sagte sie zu sich selbst.

Der Bahnhof an der 125th Street hockt wie eine künstliche Insel unter der Hochbahnstrecke gegenüber der 125th Street. Die Doppelgleise erweitern sich hier zu vier Gleisen, wo sie oben an dem tristen, trüb erleuchteten hölzernen Bahnsteig vorbeiführen. Reisende, die hier zum erstenmal ausstiegen, empfanden den Impuls, schnell umzudrehen und wieder in den Zug zu flüchten. Die Plattform wurde wie von einem Krampf geschüttelt, und lockere Bohlen klapperten wie morsche Knochen jedesmal, wenn ein Zug durchkam.

Von dem Bahnsteig aus konnte man den erleuchteten Streifen der 125th Street sehen, der quer über die Insel Manhattan verlief, von der Tribourough-Brücke, die Brooklyn mit The Bronx verband, bis zur 125th-Street-Fähre über den Hudson nach New Jersey. Auf der Straßenebene lag der heiße, hellerleuchtete Warteraum mit hölzernen Bänken, Zeitungsständen, Imbißstuben, Spielautomaten, Billettschaltern, von ziellosen Leuten überfüllt. Im Hintergrund führte eine Doppeltreppe zu den Bahnsteigen hinauf, darunter lagen die Toiletten. Außer Sicht, schwierig zu finden und unmöglich zu überfallen, lag noch dahinter der Gepäckraum.

In dem Bahnhof waren Detectives in Zivil vierundzwanzig Stunden täglich im Dienst. Draußen auf der Straße war immer ein Streifenwagen in Sicht.

Aber Imabelle hatte mehr Angst vor Hank und Jodie als vor der Polizei. Sie war nie beraubt, noch waren ihre Fingerabdrücke genommen worden. Alles, was die Polizisten je von ihr wollten, war das gleiche, was andere Männer auch wollten.

Sie hatte ihren schwarzen Mantel fest zugeknöpft, aber das Laufen ließ ihre Röcke fliegen und legte einen aufreizenden Streifen ihres roten Kleides frei. Ein Mann mittleren Alters, Kirchgänger, guter Ehemann und Vater von drei schulpflichtigen Töchtern auf seinem Weg zur Arbeit, in einen sauberen, gestärkten Overall und einen Armeepullover gekleidet, hörte das Klappern ihrer Absätze auf dem Pflaster, als er aus seiner Erdgeschoßwohnung herauskam.

»Die Hure hat's aber eilig«, murmelte er vor sich hin.

Als er auf die Straße trat, blickte er sich nach ihr um und sah den Schimmer ihres hellgelben Gesichts und den aufreizenden Streifen eines roten Rockes im Licht der Straßenlampen. Plötzlich packte ihn eine Hochspannung. Er konnte sich nicht dagegen wehren. Seine Frau war leidend, und ihm waren seit Gott weiß wann seine Schlacken nicht mehr ausgeräumt worden. Als er das gut gebaute gelbe Mädchen ihm in den Weg laufen sah, glänzten seine Zähne in seinem schwarzen Gesicht wie ein Leuchtturm auf dem Meer.

»Du bist was für mich, Baby«, sagte er mit tiefer Baßstimme und packte sie am Arm. Er war bereit, fünf Dollar anzulegen.

Ohne den Fluß ihrer Bewegungen zu unterbrechen, schlug sie ihm ihre schwarze Handtasche in sein schwarzes Gesicht.

Der Schlag überraschte ihn mehr, als er ihn schmerzte. Er hatte sie nicht kränken wollen. Er wollte mit dem Mädchen nur spielen. Aber als ihm aufging, daß eine kleine Hure einen Kirchgänger wie ihn schlug, packte ihn der Zorn. Er zog sie an sich.

»Du willst nach mir schlagen, du Hure?«

»Laß mich los, du schwarzer Mutterschänder«, fauchte sie und kämpfte wütend gegen seinen Griff an.

Er war Müllmann und so stark wie ein Pferd. Sie konnte sich nicht losreißen.

»Mich auch noch beschimpfen, du Hure, weil ich was von dir will, ob's dir paßt oder nich?« dröhnte er großmäulig in einer rotglühenden Leidenschaft aus Zorn und Begierde und wollte sie aufs Pflaster werfen, um sie auf der Stelle zu vergewaltigen.

»Geh doch zu deiner Mama, du großer Mutterschänder«, fluchte sie und wühlte ein Messer mit stehender Klinge, ähnlich dem Jodies, aus ihrer Manteltasche und schlitzte ihm die Wange auf.

Er fuhr zurück, hielt sie mit einer Hand fest und betastete mit der anderen sein Gesicht. Er hob seine Hand und betrachtete das Blut darauf. Er war überrascht, es war sein eigenes Blut.

»Du hast nach mir gestochen, du Hure«, rief er überrascht aus.

»Ich stech dich noch einmal, du Mutterschänder«, antwortete sie und begann in weiblicher Wut mit dem Messer nach ihm zu stoßen.

Er ließ sie los, wich zurück, wehrte mit seinen bloßen Händen die Messerstiche ab, als ob er versuchte, eine Wespe zu verscheuchen.

»Was ist denn mit dir los, Honey«, maulte er, aber seine Stimme wurde von dem Dröhnen des Zuges übertönt, der sich dem Bahnhof näherte. Plötzlich schrillte die Pfeife wie ein menschlicher Schrei.

Das erschreckte sie so sehr, daß sie zurücksprang und den blutenden Mann anstarrte, als ob er den Schrei ausgestoßen hätte.

»Ich bring dich um, du Hure«, schrie er und war bereit, sie trotz ihres Messers anzugreifen.

Sie erkannte, daß sie ihn nicht in die Flucht schlagen, mit dem Messer nicht abwehren konnte, und wenn er sie überwältigte, würde er sie umbringen.

Sie drehte sich um, rannte auf den Bahnhof zu und schwang das offene Messer in der Hand.

Er rannte ihr nach, hinterließ von Gesicht und Händen eine Blutspur.

»Laß dich nich von ihm fangen, Baby«, rief ihr jemand ermutigend aus der Dunkelheit zu.

Der Zug überholte sie, donnerte über ihre Köpfe hinweg, erschütterte die Erde, erschütterte ihre laufenden Beine, erschütterte das Blut von seinen Wunden, so daß es wie Regentropfen sprühte. Der Zug begann mit mahlendem Quietschen zu bremsen, Sein Donnern entsetzte sie. Das schrille Geräusch füllte ihren Mund mit ätzender Säure.

Sie rannte an der Reihe wartender Taxis, den kundschaftsuchenden Strichmädchen, den farbigen Herumtreibern vorbei, warf im Laufen das Messer in den Rinnstein, wandte sich durch den Seiteneingang in den Warteraum, lief nach hinten zur Damentoilette unter der Treppe und schloß sich dort ein.

Die buntscheckige Gruppe Menschen, die herumstand und auf den Holzbänken saß, schenkte ihr kaum Beachtung. In dieser Gegend war eine laufende Frau nichts Ungewöhnliches. Es war sogar besser für sie, wenn sie liefen.

Aber als der Mann durch die Tür stürzte, wie ein angestochener Bulle blutend, richteten sich alle auf.

»Ich bring diese Hure um«, tobte er, als er in den Warteraum stürmte. Ein farbiger Bruder sah ihn an und sagte: »Sie, die ihm ihre Liebe zu spüren gab.«

Der Mann hatte den halben Weg zur Toilette zurückgelegt, als ein weißer Detective in Zivil ihn einholte und an beiden Armen packte.

»Halt, Bruder Jones, halt. Was ist denn los?«

Der Mann wehrte sich gegen den Griff des Detective, konnte sich aber nicht losreißen.

»Hören Sie, weißer Mann, ich will keinen Ärger. Die Hure hat mich geschnitten, und dafür nehme ich sie mir vor.«

»Ruhig, Bruder, ruhig. Wenn sie Sie geschnitten hat, nehmen wir sie uns vor. Sie nehmen sich niemand vor, verstanden?«

Der farbige Detective, der hier Dienst hatte, kam herangeschlendert und sah den blutenden Mann ungerührt an.

»Wer hat ihn geschnitten?«

»Er sagt, es war eine Frau.«

»Wo ist sie hin?«

»Sie is in die Damentoilette.«

Der farbige Detective fragte den verletzten Mann: »Wie sieht sie aus?«

»Eine helle Frau in einem schwarzen Mantel und einem roten Kleid.«

Der farbige Detective lachte schallend.

»Laß diese hellhäutigen Huren lieber in Ruhe, Daddy-O.« Er drehte sich lachend um und ging zur Damentoilette.

Zwei uniformierte Polizisten von einem Streifenwagen kamen schnell herein, als ob sie auf Schwierigkeiten gefaßt wären. Sie sahen enttäuscht aus, als sie keine vorfanden.

»Ruf doch mal 'nen Krankenwagen«, sagte der weiße Detective zu einem der beiden.

Der Polizist eilte zu dem Streifenwagen hinaus, um über das Funksprechgerät die Polizeiambulanz zu rufen. Der andere Polizist blieb einfach stehen.

Leute sammelten sich in einem Kreis, um den großen, verletzten schwarzen Mann anzustarren, dessen rotes Blut auf den braunen Fliesenboden tropfte. Ein Mann kam mit einem nassen Wischlappen und betrachtete mißbilligend den blutigen Fußboden.

Keiner hielt das Ganze für ungewöhnlich. In diesem Bahnhof passierte so etwas jede Nacht ein oder zweimal. Das einzige, was fehlte, war, daß einer tot war.

»Warum hat sie Sie geschnitten?« fragte der weiße Detective.

»Aus Gemeinheit. Darum! Sie ist nix als eine gemeine Hure.«

Der Detective sah aus, als ob er dem zustimme.

Der farbige Detective fand die Toilettentür verschlossen. Er klopfte. »Mach auf, Schätzchen.«

Niemand antwortete. Er klopfte wieder.

»Hier ist Polizei, Schätzchen. Zwinge mich nicht, den Stationsvorsteher zu holen und die Tür aufbrechen zu lassen. Sonst wird Papa böse.«

Innen wurde der Riegel zurückgezogen. Er drückte gegen die Tür, und sie ging auf.

Irmabelle sah ihm vom Spiegel entgegen. Sie hatte sich das Gesicht gewaschen und gepudert, ihr Haar gekämmt, ihre Lippen nachgezogen, ihre hochhackigen schwarzen Wildlederschuhe abgestaubt und sah aus, als sei sie gerade vom Podium einer Kapelle heruntergestiegen.

Er ließ seine Polizeimarke aufblinken und blitzte sie an.

»Kann eine Dame sich in dem Loch hier nich'n bißchen frisch machen, ohne daß ihr Polypen sie dabei belästigt?« beschwerte sie sich.

Er sah sich um. Die einzigen anderen Anwesenden waren zwei weiße Frauen mittleren Alters, die in der hinteren Ecke beieinander standen.

»Sind Sie die Frau, die mit dem Mann da aneinandergeraten ist?« fragte er Imabelle und versuchte sie damit zu einem Geständnis zu verleiten.

Sie fiel nicht darauf herein.

»Mit welchem Mann?« Sie verzog angewidert das Gesicht und sah ihn empört an. »Ich kam hier rein, um mich frisch zu machen. Ich weiß nich, wovon Sie reden.«

»Komm, komm, Baby. Mach Papa keinen Ärger«, sagte er und betrachtete sie von oben bis unten, als überlegte er, ob er sie sich nicht selbst schnappen sollte.

Sie warf ihm aus ihren großen braunen Schlafzimmeraugen einen vielsagenden Blick zu und zeigte lächelnd die Zähne, als ob sie das für keinen schlechten Einfall hielte.

»Wenn ein Mann behauptet, daß er mit mir Ärger hat, können Sie sicher sein, daß es seine Schuld ist.«

»Ich weiß schon, was du meinst, Baby, aber du hättest ihn nicht verletzen sollen.«

»Ich habe keinen verletzt«, antwortete sie und witschte in den Warteraum hinaus.

»Das is die Hure, die mit dem Messer auf mich losgegangen is«, erklärte der Mann und deutete mit einem bluttriefenden Finger auf sie.

Die Menge drehte sich mit stumpfem Interesse nach ihr um.

»Mann, die hätt ich zuerst gestochen«, sagte ein Witzbold, »wenn du verstehst, was ich meine.«

Imabelle ignorierte die Menge, als sie sich vorwärtsdrängte. Sie ging auf den verletzten Mann zu, blieb vor ihm stehen und sah ihm gerade ins Gesicht.

»Meinen Sie diesen Mann?« fragte sie den farbigen Detective.

»Das ist doch der, der verletzt ist.«

»Ich habe den Mann nie in meinem Leben gesehen.«

»Du verlogene Hure«, schrie der Mann.

»Immer mit der Ruhe, Daddy-O«, warnte der farbige Detective.

»Weshalb hab ich dich denn verletzt, wenn ich dich verletzt habe?« fragte Imabelle herausfordernd.

Die Umstehenden lachten.

»Los, wo is das Messer«, wandte sich der weiße Detective an Imabelle. »Ich habe genug von dem Unsinn.«

»Ich suche wohl besser im Waschraum danach«, sagte der farbige Detective.

»Sie hat's draußen weggeworfen«, sagte der Verletzte. »Ich sah, wie sie's auf die Straße warf, ehe sie hier reinlief.«

»Warum haben Sie es nicht aufgehoben?« fragte der Detective.

»Wozu?« fragte der Verletzte überrascht. »Ich brauch kein Messer, um die Hure da umzubringen. Das kann ich mit meinen Händen.«

Der Detective fixierte ihn.

»Zum Beweis. Sie behaupten doch, sie hätte Sie gestochen.«

»Laß uns sehen, ob wir's finden«, sagte der eine Streifenpolizist zu dem anderen, und sie gingen hinaus, um nach dem Messer zu suchen.

»Natürlich hat sie mich gestochen, das können Sie doch selbst sehen«, sagte der Verletzte.

Die Menge lachte und begann sich zu verlaufen.

»Wollen Sie diese Frau anzeigen?«

»Anzeigen? Ich zeige sie jetzt doch an. Sie sehen doch selbst, daß sie mich gestochen hat.«

»Weshalb halten Sie mich auf?« fragte Imabelle den weißen Detective. »Ich sage Ihnen, ich habe den Mann noch nie gesehen. Er verwechselt mich mit jemand anders.«

Ein Paar Polizisten von einem anderen Streifenwagen betrat den Warteraum; sie sahen den Verletzten mit der Neugierde der Weißen an, als sie ihre dicken Handschuhe auszogen.

»Wollt ihr diese Leute zum Revier bringen?« fragte der weiße Detective. »Der Mann will diese Frau wegen Körperverletzung anzeigen.«

»Lieber Himmel, er macht uns doch den ganzen Wagen blutig«, protestierte einer der Polizisten.

Die heulende Sirene eines Krankenwagens erklang in der Ferne.

»Da kommt der Krankenwagen«, sagte der farbige Detective.

»Warum wollen Sie mich mitnehmen, wo ich doch gar nix getan hab?« wandte sich Imabelle flehend an ihn.

Er sah sie mitfühlend an. »Tut mir leid, aber ich kann dir nicht helfen, Baby«, sagte er.

»Wenn Sie Ihre Unschuld beweisen, können Sie ihn wegen falscher Anschuldigung verklagen«, sagte der weiße Detective.

»Als ob mir das was nützt«, sagte sie wütend.

Draußen suchten die zwei uniformierten Polizisten den Rinnstein nach dem vermißten Messer ab. Zwei Farbige standen auf dem Gehsteig und beobachteten sie schweigend.

Schließlich dachte einer der Polizisten daran, sie zu fragen. »Hat einer von euch Männern jemand gesehen, der hier irgendwo ein Messer aufhob?«

»Ich habe einen farbigen Burschen gesehen, der es aufhob«, gab der eine zu.

Die Polizisten liefen rot an.

»Verdammt noch mal, seht ihr denn nicht, daß wir danach suchen?« fragte der eine wütend.

»Sie haben uns nich gesagt, wonach Sie suchen, Boss.«

»Inzwischen ist der Schuft längst über alle Berge«, beschwerte sich der zweite Polizist.

»Wohin ist er?« fragte der erste.

Der Mann deutete in die dunkle Park Avenue.

Beide Polizisten warfen ihm einen scharfen, drohenden Blick zu.

»Wie sah er denn aus?«

Der Farbige wandte sich an seinen Begleiter.

»Was meinst du, wie er aussah?«

Der zweite Farbige mißbilligte, daß sein Gefährte weißen Polizisten freiwillig Informationen über einen anderen Farbigen gab.

»Ich hab ihn überhaupt nicht gesehen«, sagte er und brachte seine Mißbilligung deutlich zum Ausdruck.

Beide Polizisten wandten sich ihm zu und starrten ihn mit unverhohlenem Ärger an.

»Du hast ihn überhaupt nicht gesehen«, äffte der eine nach. »So. Ihr seid beide verhaftet, verdammt noch mal.«

Die Polizisten führten die beiden Farbigen zum Bahnhof zurück, setzten sie hinten in ihren Streifenwagen und stiegen dann vorne ein. Passanten warfen ihnen neugierige Seitenblicke zu und gingen weiter. Die Polizisten fuhren mit ihrem Wagen auf der falschen Straßenseite die Park Avenue hinauf, um ihre Macht zu zeigen. Das rote Signallicht ihres Wagens strahlte wie ein böses Auge. Sie fuhren langsam, leuchteten mit dem Suchscheinwerfer den Gehsteig ab, in die Gesichter der Fußgänger, in Hauseingänge, Spalten, Ecken, freie Plätze, suchten nach dem Farbigen unter einer halben Million farbiger Menschen in Harlem, der ein blutbeflecktes Messer aufgehoben hatte.

Sie kamen gerade noch rechtzeitig, um einen Lieferwagen mit eingedrücktem hinteren Kotflügel um die Ecke in die 130th Street einbiegen zu sehen, interessierten sich aber nicht dafür. Sie überquerten die Straße schließlich auf die richtige Fahrbahn und fuhren über einen großen dunklen Fleck auf dem Pflaster, der von schwarzem Motoröl herrühren konnte, das aus einer lecken Ölwanne getropft war. Aber sie bemerkten ihn nicht.

»Was sollen wir mit diesen schwarzen Hundesöhnen machen?«, fragte der eine Polizist den anderen.

»Laufenlassen.«

Der Fahrer hielt an und sagte: »Raus mit euch.«

Die beiden farbigen Männer stiegen aus und gingen zum Bahnhof zurück.

Als sie dort ankamen, fuhr gerade die Ambulanz fort und brachte den verletzten Mann zum Harlem Hospital, damit seine Wunde genäht werden konnte, ehe der Mann aufs Polizeirevier gebracht wurde, um gegen Imabelle Anzeige zu erstatten.

Gleichzeitig fuhr der Streifenwagen, der Imabelle zum Polizeirevier brachte, auf der 125th Street nach Osten. Er fuhr an einem Leichenwagen vorbei, der langsam von der Madison Avenue einbog. Aber es war nichts Auffälliges an einem Leichenwagen, der in dieser frühen Morgenstunde durch die Straßen Harlems fuhr. In Harlem starben zu jeder Stunde Menschen.

Die Polizisten übergaben Imabelle dem Sergeant vom Dienst, damit sie festgehalten wurde, bis der Verletzte kam, um seine Aussage zu machen.

»Heißt das, daß ich hierbleiben muß, bis . . .«

»Halten Sie den Mund und setzen Sie sich«, unterbrach sie der Sergeant vom Dienst mit gelangweilter Stimme.

Sie wollte ihrer Empörung Luft machen, überlegte es sich dann, ging zu einer der hölzernen Bänke an der Wand und setzte sich still mit übereinandergeschlagenen Beinen hin, zeigte sechs Zoll sahnegelben Oberschenkel und betrachtete ihre rotlackierten Fingernägel.

Während sie dort saß, kam Grave Digger aus dem Büro des Captain. Er trug eine weiße Bandage unter seinem zurückgeschobenen Hut und sein Gesicht verriet unbändige Wut.

Er warf Imabelle einen gleichgültigen Blick zu, sah noch einmal hin und erkannte sie.

Langsam durchquerte er den Raum und blickte auf sie hinab.

Sie zeigte ihm ihre Schlafzimmeraugen, zog ihren roten Rock höher und legte noch mehr von ihren cremegelben Oberschenkeln bloß.

»Also, bei meinen großen Plattfüßen«, sagte er. »Baby-O, ich hab Neuigkeiten für dich.«

Sie versprach ihm mit ihrem strahlenden Lächeln erfreuliche Dinge für später.

Er schlug mit solch unbändiger Wut zu, daß der Schlag sie von der Bank riß und sie mit grotesk gespreizten Beinen bäuchlings auf dem Boden landete. Das rote Kleid flog so hoch, daß es das schwarze Nylonhöschen freilegte.

»Und das ist noch lange nicht alles«, versprach Grave Digger.

19

Als Jackson von der Madison Avenue in die 125th Street in Richtung des Gepäckraums im Bahnhof einbog, fuhr er so vorsichtig, als ob die Straße mit Eiern gepflastert wäre.

Vom Scheitel seines krausen Kopfes bis zu den rosa Sohlen seiner schwarzen Füße strömte ihm langsam der Schweiß aus. Er ängstigte sich um Imabelle. Er fragte sich bedrückt, ob sein Mädchen in Sicherheit wäre. Er sorgte sich um ihren Koffer voll Golderz. Er hoffte und betete, daß jetzt nichts mehr schiefgehen möge, nachdem er ihn vor diesen Verbrechern geborgen hatte.

Er lenkte mit einer Hand und bekreuzigte sich mit der anderen. Einen Augenblick betete er: »Herr, verlaß mich jetzt nich.«

Im nächsten Augenblick stöhnte er einen melancholischen Blues:

If trouble was money
I'd be a millionaire . . .

Ein Streifenwagen brauste wie ein böser Geist aus der Hölle in Richtung auf das Polizeirevier an ihm vorbei. Er fuhr so schnell, daß er Imabelle auf dem Rücksitz des Polizeiwagens nicht erkannte. Er glaubte, daß dort irgendein Mörder ins Gefängnis gebracht wurde. Er hoffte, daß es dieser Schurke Slim wäre.

Ein Krankenwagen schoß vorbei. Er strengte seine Augen an, sein Schweiß wurde kalt, als er zu erkennen versuchte, wer darin fuhr, und er rammte fast ein Taxi vor sich. Er nahm flüchtig die Silhouette eines Mannes wahr und fühlte sich erleichtert. Imabelle war's nicht, wer immer es auch sein mochte.

Er fragte sich, wo sein Mädchen nur sein mochte.

Er sorgte sich so sehr um sie, daß er fast einen großen, fetten schwarzen Mann überfuhr, der schlurfend Lokomotive spielte. Jacksons Kummer suchte in einem Blues ein Ventil.

Stood at the corner with her feets soaking wet
Begging each and every man she met . . .

»Paß auf«, schrie Big Fats und riß seine blutunterlaufenen Augen auf.

Jackson beugte sich aus dem Fenster.

»Ich überfahr dich schon nich, Mann.«

»Paß auf«, schrie Big Fats wieder und vollführte seinen Choo-Choo-Boogie direkt durch den Verkehrsstrom.

Er stieß seine Arme wie die Kolbenstangen an den Antriebsrädern der Lokomotive vor und zurück, schlurfte mit seinen großen Füßen über das Pflaster wie Räder auf eisernen Schienen.

Hupen bellten, Bremsen quietschten, Reifen jaulten auf dem Pflaster, versengten ihr Gummi. Flüche hagelten auf Fettwanst.

Big Fats hörte sie nicht. »Einem Dicken darf man nich trauen«, schrie er, »wißt ihr das denn nich?«

Jackson lenkte den Leichenwagen an Big Fats vorbei, als ob er sich den Weg zwischen Dorngestrüpp suchte. Er machte nicht wieder den Mund auf. Man konnte nie wissen, was ein Betrunkener tun würde. Er wollte keine Schwierigkeiten bekommen, bis er den

Koffer in der Gepäckaufbewahrung aufgegeben und vor Goldy in Sicherheit gebracht hatte.

Er mußte vorne am Bahnhof vorbeifahren, ihn auf der Park Avenue umkreisen, um den Eingang zum Gepäckraum an der Rückseite zu erreichen.

Als er am Straßenrand vor der Tür zum Gepäckraum hinter einer Reihe Lasttaxis anhielt, hatte Big Fats die gefährlichen Stromschnellen des Verkehrs auf der 125th Street durchschifft und schlurfte über den dichtbevölkerten Bürgersteig neben dem erhellten Fenster des Warteraumes entlang, die Park Avenue hinauf in Richtung auf den Harlemriver.

»Paßt auf!« schrie er.

Weiße Reisende, die aus dem gerade angekommenen Zug ausgestiegen waren und auf ein Taxi warteten, wichen an die Mauer zurück und gaben Big Fats den ganzen Gehsteig frei.

»Paßt auf!« schrie Bis Fats gehend, und sie zitterten und versuchten, sich unsichtbar zu machen.

»Einem Dicken kann man nich trauen.«

Sie glaubten ihm. Sein Schreien zog die Aufmerksamkeit der beiden Detectives im Bahnhof auf sich. Sie kamen zur Tür und betrachteten ihn.

»Der Dicke hat seine Ladung weg«, sagte der farbige Detective.

Der weiße Detective schwieg.

Ein uniformierter Polizist kam heran.

Keiner von ihnen sagte etwas zu Big Fats. Es tat nicht gut, Ärger mit einem kräftigen, farbigen Betrunkenen in der Größe von Big Fats anzuzetteln, besonders nicht, wenn seine Augen so rot waren. Auf diese Weise brachen Rassenkrawalle aus.

Jackson machte es aber nervös, daß sich in der Nachbarschaft die Polizei ansammelte, während er den Koffer mit dem Golderz aufgab. Er war so nervös, daß er vor seinem eigenen Schatten zurückzuckte.

Aus Gewohnheit ließ er den Motor laufen. Als er ausstieg, um den Gepäckträger zu holen, entdeckte Big Fats ihn.

»Kleiner Bruder«, schrie Big Fats, schlurfte auf Jackson zu und legte seine dicken, fetten Arme um die fetten Schultern des kleinen Jackson.

»Klein, schwarz und genauso fett wie ich. Sag du's ihnen, kleiner Dicker. Man kann keinem Dicken trauen, was?«

Jackson stieß die Arme ärgerlich zurück und sagte: »Warum benimmst du dich nich? Du bringst Schande über unsere Rasse.«

Big Fats schaltete die Lokomotive auf Rückwärtsfahrt, ließ sie auf den Schienen leerlaufen und sammelte Dampf an.

»Was meinst du, kleiner Bruder, wie war das?«

»Ich meine unsere Rasse. Du verstehst mich genau.«

Big Fats sah aus seinen geröteten, aufgerissenen Augen Jackson verblüfft an. »Du meinst, sie könnten dir ihre Frauen anvertrauen?« schrie er.

»Schlaf deinen Rausch aus«, schrie Jackson gereizt zurück, ging um Big Fats herum wie um einen Berg und eilte in den Gepäckraum, ohne sich umzusehen.

Big Fats vergaß ihn augenblicklich und begann wieder die Straße hinaufzuschlurfen. »Glaubt, ein Dicker is sicher! Glaubt, ein Dicker macht Spaß, he, he!«

Jackson fand einen farbigen Gepäckträger.

»Ich hab einen Koffer, den ich aufgeben will.«

Der Gepäckträger sah Jackson an und wurde ärgerlich, nur weil Jackson ihn angesprochen hatte.

»Wo willst du denn hin?« fragte er grob.

»Chicago.«

»Und wo ist dein Billett?«

»Ich hab mein Billett noch nich. Ich will erst meinen Koffer aufgeben, eh ich mein Billett hole.«

Der Gepäckträger bekam einen Wutanfall.

»Du kannst keinen Koffer nirgendwohin aufgeben, wenn du kein Billett hast«, schrie er aus vollem Hals. »Weißt du das nich?«

»Weshalb bist du denn so wütend? Du tust, als ob wir im Zorn Gottes sind.«

Der Gepäckträger hob seine Schultern, als ob er auf Jackson einschlagen wollte.

»Ich bin nich wütend. Seh ich vielleicht wütend aus?«

Jackson wich zurück.

»Hör mal, ich will ihn nirgendhin aufgeben, ich will ihn nur hier zur Aufbewahrung geben, bis ich heute abend mein Billett hole.«

»Du willst ihn nirgendhin aufgeben? Mann, was is mit dir los?«

»Wenn du nich willst, daß ich ihn aufgebe, dann gehe ich zu dem Mann«, drohte Jackson.

Der Mann war der weiße Gepäckmeister.

Der Gepäckträger wollte keinen Ärger mit dem Mann haben.

»Du meinst, du willst ihn aufgeben?« sagte er und gab widerwillig nach. »Warum hast du nicht gleich gesagt, daß du ihn aufgeben willst, statt hier reinzukommen und was nach Chicago fahren zu erzählen?«

Er packte eine Sackkarre, als wollte er sie nehmen und Jackson über den Schädel schlagen.

»Wo is er?«

»Draußen.« Der Gepäckträger rollte die Sackkarre auf den Gehsteig hinaus und sah nach beiden Seiten die Straße entlang.

»Ich seh keinen Koffer.«

»Er is in dem Leichenwagen da.«

Er blickte durch das Fenster in den Leichenwagen und sah den Koffer auf dem Gestell für den Sarg stehen.

»Wie kommst du dazu, ein Koffer in ein Leichenwagen rumzufahren?« fragte er voller Mißtrauen.

»Wir benutzen ihn, um alles zu transportieren.«

»Also hol ihn raus«, sagte der Gepäckträger. »Ich nehm kein Koffer aus kein Leichenwagen an, in dem tote Leute waren.«

»Ach, Mann, Herr im Himmel, sei nicht so niederträchtig. Der Koffer is schwer. Willst du mir nich helfen, ihn runterheben?«

»Ich werd nicht bezahlt, um Koffer aus Leichenwagen zu laden. Ich nehme sie an, wenn sie auf der Straße sind.«

»Ich helf dir ihn rausheben«, erbot sich ein farbiger Herumtreiber.

Jackson und der Farbige gingen zur Rückseite des Leichenwagens. Der Gepäckträger folgte ihnen. Zwei weiße Taxifahrer, die Pause machten, sahen neugierig zu. Der weiße Polizist auf dem Gehsteig betrachtete die Gruppe mit abwesenden Blicken.

Big Fats kam wieder die Straße entlanggeschlurft, gerade als Jackson die Doppeltür des Leichenwagens aufschwang.

»Paßt auf!« schrie er. »Traut keinem Dicken.«

Jackson, der Gepäckträger und der dritte Farbige wichen im Gleichschritt vor dem Leichenwagen zurück, als hätten sie plötzlich in das nackte Gesicht des Teufels gesehen.

Big Fats schlurfte näher, sah über Jacksons Schulter. Die Lokomotive erstarrte wie tot auf den Schienen.

Alle vier schwarzen Männer waren grau wie Kitt geworden.

»Großer Gott Allmächtiger«, schrie Big Fats. »Da seht mal.«

Unter dem Koffer war schwarzes Tuch hoch aufgehäuft. Kränze aus künstlichen Blumen waren in heilloser Unordnung darübergestreut. Ein hufeisenförmiger Kranz wächserner Lilien war heruntergerutscht. Durch den Bogen weißer Lilien blickte ein schwarzes Gesicht. Das Gesicht sah mit zurückgeworfenem Kopf nach rückwärts und ruhte auf dem Hinterkopf. Eine weiße Haube, die über einer grauen Perücke saß, war verrutscht. Das Gesicht zeigte mit schrecklicher Grimasse das reine Böse. Aufgerissene Augen starrten die vier grauen Männer mit festem, unbeweglichem Blick an. Über dem Gesicht war die riesige rotlippige Wunde der durchschnittenen Kehle. Klumpen geronnenen Bluts hingen in schwarzen Knoten am Halsausschnitt des Nonnengewandes wie Ansammlungen vollgefressener Parasiten.

Jackson spürte, wie sich seine Kopfhaut zusammenzog, als er das Gesicht seines Bruders Goldy erkannte. Sein Mund hing halb auf und erstarrte. Seine Augen quollen vor, bis er das Gefühl hatte, daß ihm die Augäpfel aus den Höhlen hingen. Sein Kiefer begann zu schmerzen. Ein warmer, nasser Strom floß ihm plötzlich am Hosenbein herunter.

»Das is doch 'ne tote Leiche, oder etwa nich«, sagte der Gepäckträger mit brüchiger Stimme, als ob sein Verdacht plötzlich bestätigt worden wäre. Seine eigenen Augen zeigten ebensoviel Weiß und waren ebenso starr wie die der Leiche.

»Wo?« fragte Jackson. Vor Panik und Furcht war sein Verstand gelähmt. Sein ganzer fetter Körper begann zu zittern, als ob er einen epileptischen Anfall bekäme.

»Wo?« schrillte der Gepäckträger mit hoher, winselnder Stimme, die wie eine Feile klang, die über eine Säge fuhr. »Gerade da vor dir.«

Der dritte Farbige wich weiter auf der Straße zurück.

»Bis auf den Knochen durchgeschnitten«, sagte Big Fats mit gedämpfter, respektvoller Stimme.

Die Taxifahrer schlenderten heran und blickten auf den blutigen schwarzen Kopf hinunter.

»Jesus Christus!« rief der eine aus.

»Das ist 'ne Perücke«, sagte der andere.

»Was ist da?«

»Sieh doch hin. Da drunter ist kurzes Haar. Mein Gott, das ist ein Mann.«

Der uniformierte Polizist näherte sich langsam wie ein Vorbote des Untergangs, wirbelte dabei nonchalant seinen weißen Nachtknüppel. Er blickte mit der Miene eines Mannes, der mit allen Wassern gewaschen ist, in den Leichenwagen hinein. Im nächsten Augenblick wich er blaß von dem Schock zurück und atmete scharf ein. Das war ein Wasser, wie er es noch nie gekostet hatte.

»Wie kam das dahin? Wer hat das getan? Wessen Leichenwagen ist das?« fragte er stupide, versuchte seine Fassung zu finden und sah sich schnell nach Hilfe um.

Er traf den Blick eines der Detectives in Zivil am Eingang zum Warteraum und winkte ihn heran. Der dritte Farbige hatte sich so weit die Park Avenue hinauf ins Dunkel zurückgezogen, bis er es für sicher hielt, sich umzudrehen. Jetzt rannte er die dunkle Straße entlang, so schnell ihn seine Füße tragen wollten.

Big Fats war völlig ernüchtert und versuchte auch zurückzuweichen, als der Polizist in scharfem Ton befahl: »Keiner geht hier fort.«

»Ich gehe nicht fort«, bestritt Big Fats, »ich bewege nur ein bißchen meine Füße.«

Die weißen Taxichauffeure wichen ebenfalls zurück und standen Schulter an Schulter mit dem Rücken an der Wand des Gepäckraums.

Der weiße Detective in Zivil schob den Gepäckträger beiseite und fragte: »Was ist los?« Er warf einen Blick in den Leichenwagen und wurde blaß. »Was, zum Teufel, ist das?«

»Eine Leiche«, sagte der Polizist.

»Wer ist der Fahrer?«

»Ich, Boss«, sagte Jackson mit zitternder Stimme.

Der uniformierte Polizist atmete mit einem seufzenden Geräusch aus. Er war froh, daß er dem Detective in Zivil alles überlassen konnte. Eine Menschenmenge begann sich zu sammeln, und er war dankbar, daß er für sich etwas zu tun fand.

»Zurücktreten«, befahl er, »alles zurück!«

Der Detective zog ein Notizbuch und einen Bleistift.

»Wie heißen Sie?« fragte er Jackson.

»Jackson.«

»Wer ist Ihr Chef?«

»Mr. H. Exodus Clay in der 134th Street.«

»Wo haben Sie die Leiche aufgeladen?«

»Ich weiß nich, Boss. Sie lag drin, als ich aufmachte. Ich schwör's bei Gott.«

Der Detective hörte plötzlich auf zu schreiben und starrte Jackson ungläubig an.

Alles starrte ihn an.

»Er sagt, er hat einen Toten gefunden und weiß nich, wo der herkommt«, rief einer in der Menge aus.

Jackson zitterte so stark, daß seine Zähne wie eine Bohrratsche klapperten. Er fürchtete sich jetzt nicht davor, sein Mädchen zu verlieren oder ihr Golderz. Er dachte nicht an sein Mädchen oder ihr Gold. Er dachte nur an seinen Bruder, der mit durchschnittener Kehle dort tot lag. Es war die instinktive Angst vor dem gewaltsamen Tod. Furcht vor dem Tod selbst. Er hatte noch nicht angefangen, darüber nachzudenken, was ihm geschehen könnte, aber die nächste Frage des Detective ließ ihn daran denken.

»Soll das heißen, daß Sie nicht wußten, daß in dem Leichenwagen eine Leiche lag, als Sie den Wagen aus der Garage holten?«

»Nein, Sir, ich schwör's bei Gott.«

Der farbige Detective trat in diesem Augenblick hinzu und fragte gleichgültig: »Um was geht's denn hier?«

Ein Streifenwagen bog von der 125th Street ein, fuhr auf der falschen Fahrbahn, pflügte sich einen Weg durch die Menge, die sich über die ganze Straße ausbreitete.

»Er hat da eine Leiche drin und sagt, er weiß nicht, wo sie herkommt«, antwortete der weiße Detective.

»Gelaufen kann sie nicht sein, das steht fest«, sagte der farbige Detective, drängte sich zwischen Jackson und den Gepäckträger, um sich die Leiche anzusehen.

»Ich will verdammt sein«, rief er aus, halb würgend vom Anblick der durchschnittenen Kehle, mehr angeekelt als entsetzt.

Dann sah er näher hin.

»Das ist doch Schwester Gabriel! Und dieser Hundesohn war die ganze Zeit ein Mann.«

Der weiße Detective stellte Jackson weitere Fragen, als ob er sich für das Geschlecht der Leiche nicht interessierte.

»Wie kommt es, daß Sie den Leichenwagen aus der Garage holten, ohne zu wissen, daß eine Leiche drin war?«

»Der Chef befahl mir, den Koffer zum Bahnhof zu bringen und aufzugeben.« Er sprach stoßweise, war kaum in der Lage zu atmen. »Schwör ich bei Gott. Ich brachte nur den Koffer her, wie er mir gesagt hat, und setzte ihn auf das Gestell und fuhr ihn her zum Bahnhof, wie er mir gesagt hat. Der Herr sei mein Richter.«

»Wozu den Koffer aufgeben?«

Hinter ihnen hielten die Polizisten aus dem Streifenwagen die Menge zurück.

»Zurück da, zurück da!«

Das Grau von Jacksons Gesicht war verschwunden, und er hatte wieder angefangen zu schwitzen. Er wischte sich den Schweiß vom Gesicht, tupfte seine rotgeäderten Augen mit seinem schmutzigen Taschentuch ab.

»Ich hab Sie nicht verstanden, Boss.«

Ganoven und Prostituierte und Arbeiter und Herumtreiber und die Nachtdiebe und Trunkenbolde und die blinden Bettler und der ganze Abschaum, der am Rand des Bahnhofs wie elendes Strandgut auf Brackwasser treibt, drängten sich gegeneinander. Die Nachricht von der Leiche mit der durchschnittenen Kehle schürte ihre Sensationslust. Sie versuchten einen Blick von dem zu erhaschen, was vor sich ging.

»Ich habe gefragt, wozu er den Koffer aufgeben wollte.«

»Nach Chicago. Er fährt heute abend nach Chicago und wollte den Koffer jetzt aufgeben, damit er ihm nicht lästig war, wenn er sein Billett holt«, sagte Jackson keuchend.

Der weiße Detective klappte sein Notizbuch zu.

»Von dem ganzen Quatsch glaube ich nicht ein Wort.«

»Es könnte wahr sein«, meinte der farbige Detective. »Der eine Fahrer könnte die Leiche gebracht haben und sie für den Augenblick in dem Leichenwagen gelassen haben, und dieser Fahrer . . .«

»Aber wer gibt mitten in der Nacht einen Koffer auf, verdammt noch mal?«

Der farbige Detective lachte. »Das ist Harlem. Sein Boss hat den Koffer vielleicht mit Hundertdollarnoten vollgestopft.«

»Also, das werden wir herauskriegen. Halten Sie die Leute hier fest. Wenn er die Leiche ordnungsgemäß bekommen hat, wurde sie von der Mordkommission freigegeben.« Er sah sich über den Köpfen der Menge um. »Wo, zum Teufel, ist der Streifenwagen? Ich werde beim Revier rückfragen.«

Plötzlich sah Jackson den elektrischen Stuhl vor sich und sich selbst darauf sitzen. Wenn sie ihn zum Revier brachten, würden sie Slim und seiner Bande auf die Spur kommen. Und sie würden herausfinden, daß Coffin Ed geblendet und Grave Digger verletzt, vielleicht sogar umgebracht worden war. Sie würden herausfinden, was mit dem Golderz los war und was mit Goldy, und daß er nicht nur die fünfhundert Dollar, sondern auch noch den Leichenwagen gestohlen hatte. Und sie würden annehmen, er hätte Goldy die Kehle durchschnitten. Und sie würden seinen schwarzen Hintern zu Asche verbrennen.

»Ich hab die Bescheinigung gesehen«, sagte er und drückte sich zum Gehsteig. »Sie lag vorne auf dem Sitz, aber ich wußte nicht, für was sie war.«

»Bescheinigung?« schnappte der weiße Detective. »Was für eine Bescheinigung?«

»Die Bescheinigung für die Leiche. Wir bekommen von der Polizei eine Bescheinigung, die Leiche zu übernehmen. Ich habe sie hier auf dem Fahrersitz gesehen.«

»Also, warum haben Sie das nicht gleich gesagt? Verdammt noch mal; zeigen Sie das Ding her!«

Jackson ging nach vorne an den Leichenwagen und öffnete die Tür. Er sah auf den leeren Sitz.

»Sie war genau hier«, sagte er.

Er kroch halb auf Händen und Füßen in das Führerhaus hinein, tastete hinter dem Sitz, suchte auf dem Boden. Er hörte den alten Cadillac-Motor leise brummen.

Er schob seinen Körper halb auf den Sitz, um sich vorzubeugen und in dem Handschuhfach nachzusehen. Sein Ellbogen berührte den Schalthebel und drückte ihn auf Fahrt. Der Motor lief so gleichmäßig, daß der Wagen nicht einmal ruckte.

»Sie war doch gerade noch hier gewesen«, wiederholte er.

Jetzt standen beide Detectives auf dem Gehsteig neben der Tür und beobachteten ihn skeptisch.

»Setzen Sie sich mit dem Revier in Verbindung und fragen Sie nach einem kürzlichen Mordfall«, rief der weiße Detective einem Polizisten des Streifenwagens zu. »Einem Farbigen, der sich als Nonne verkleidete, wurde der Hals durchschnitten. Stellen Sie fest, ob die Leiche freigegeben ist. Lassen Sie sich den Namen des Bestattungsinstituts geben.«

»Mach ich«, antwortete der Polizist und eilte zu seinem Funksprechgerät.

Jackson schob seinen ganzen Körper auf den Sitz, um oben über der Sonnenblende nachzusehen, hinter der ein Packen Papiere stak.

»Es war doch hier. Ich hab's doch gesehen.«

Er legte seine rechte Hand auf das Steuerrad, um sich zu stützen, damit er besser sehen konnte.

Plötzlich schlug er mit seiner linken Hand die Tür zu und legte sein ganzes Gewicht auf den Gashebel.

Der alte Cadillac-Motor war das letzte Modell des Jahres 1947, mit der großen Zylinderbohrung, und stark genug, um einen beladenen Güterzug zu ziehen.

Das tiefe Dröhnen der großen Zylinder brummte wie ein viermotoriger Strato-Cruiser auf, der Höhe gewinnt, als der schwarze Leichenwagen losbrauste.

Ein kleiner schwarzer Mann wurde von einem der vorderen Kotflügel in den Hintern gestoßen und segelte wie eine Papierkugel durch die Luft.

In grotesker Flucht stürzten Fußgänger durcheinander, als ob eine Kegelkugel zwischen Kegel gefahren wäre. Ein Blinder stolperte über ein Fahrrad bei dem Versuch, zur Seite zu springen.

Zwischen einem großen Lastzug, der nach Osten auf die Brücke zufuhr, und einem Taxi, das nach Westen auf der 125th Street fuhr, war eine Lücke von neun Fuß. Jackson lenkte den Leichenwagen in einer geraden Linie über die Straße und fuhr so schnell durch die neun Fuß breite Lücke, daß er weder das Taxi noch den Lastzug streifte, gerade weiter auf die schmale Fahrbahn der Park Avenue, neben den eisernen Stützpfeilern der Gleisanlagen. Die Kupplung schepperte mit dem dumpfen Klang der Puffer von beladenen Güterwagen, als sie in den zweiten, den dritten und schließlich den Schnellgang schaltete.

Revolver knallten um den Bahnhof herum wie Knallfrösche am chinesischen Neujahrstag.

Das gedämpfte, schnurrende Dröhnen des Streifenwagens klang auf und schwoll schnell zu einem rasenden Kreischen an, als der erste die Verfolgung aufnahm. Er raste geradewegs auf den großen Lastzug zu. Der Polizist am Steuer versuchte, seine Geschwindigkeit abzuschätzen. Er schätzte falsch und kam ins Schleudern, als er abbiegen wollte. Der Streifenwagen schlug breitseits gegen den großen, stahlverkleideten Anhänger, versuchte scheinbar, unter dem Anhänger hindurchzukommen, wurde aber auf die Straße zurückgeworfen und kam mit unbrauchbaren, verbogenen Vorderrädern zum Halten.

Die Motore der beiden anderen Streifenwagen heulten gerade erst auf.

Über diesem Höllenlärm ertönte das laute jubelnde Krähen von Big Fats.

»Was hab ich euch gesagt? Einem Dicken kann man nich trauen. Der kleine, fette Mutterschänder hat seiner eigenen Mama von einem Ohr zum anderen Ohr den Hals durchgeschnitten.«

20

Grave Digger stand in blinder Wut über der ausgestreckten Gestalt Imabelles. Eins der Weiber dieser mit Säure spritzenden Schufte versuchte ihm schönzutun. Und sein Partner, Coffin Ed, im Krankenhaus blieb vielleicht sein Leben lang blind. Von seiner Wut war die Luft von Spannung geladen.

Er trug Coffin Eds Revolver außer seinem eigenen. Ohne zu wissen, daß er ihn gezogen hatte, hielt er ihn in der Hand. Er hatte den Finger auf dem Abzug und konnte sich gerade noch beherrschen, in ihre aufreizende gelbe Haut ein paar Löcher zu schießen.

Zwei uniformierte Polizisten, die durch den Wachraum kamen, wandten sich zögernd in seine Richtung, um ihn zurückzuhalten, sahen den Revolver in seiner zitternden Hand und blieben stehen, als ob sie gegen eine unsichtbare Wand gelaufen wären.

Zwei Streifenpolizisten, die drei betrunkene Prostituierte hereinbrachten, hielten inne und starrten mit aufgerissenen Augen. Das gellende Keifen der Prostituierten wurde mitten im Satz abgeschnitten. Sie schienen körperlich zusammenzuschrumpfen, standen gespannt in geduckter Haltung da, waren auf der Stelle nüchtern.

Jeder in dem Raum erwartete, daß Grave Digger sie umbringen würde.

Die unheilschwangere Stille dauerte, bis Imabelle sich hastig aufrappelte, umdrehte und Grave Digger mit einer Wut anfunkelte, die seiner gleichkam.

»Was, zum Teufel, is denn mit dir los, du Polyp?« schrie sie ihn an.

Sie war so in Wut, daß sie vergaß, ihren Rock herunterzuziehen und den Staub von ihren Kleidern abzuklopfen.

»Wenn du noch einen Ton von dir gibst . . .«, drohte Grave Digger.

»Immer mit der Ruhe«, schnitt ihm der Sergeant vom Dienst das Wort ab.

Imabelles linke Wange war hochrot und schwoll an. Ihr Haar

war zerzaust. Ihre Augen katzengelb, ihr Mund eine große zerfetzte Narbe in einem Gesicht, das häßlich wie das einer Bulldogge geworden war. Die Streifenpolizisten sahen sie mitfühlend an.

Mühsam beherrschte Grave Digger sich. Seine Bewegungen waren fahrig, als er den Revolver in das Halfter zurückschob. Seine große gelenkige Gestalt bewegte sich zuckend wie eine Marionette an Schnüren. Er wagte es nicht, sie noch mal anzusehen. Er wandte sich zu dem Sergeant vom Dienst.

»Wie lautet die Anschuldigung gegen diese Frau?«

Seine Stimme klang belegt, als ob er einen Kloß knochentrockener Watte im Mund hätte.

»Messerstecherei drüben im Bahnhof an der 125th Street.«

Er wollte sich nach ihr umdrehen, traute sich aber noch nicht.

»Schlimm?«

»Nein. Ein farbiger Arbeiter, der hinter dem Bahnhof im Bloody Bucket wohnt, behauptet, sie hätte ihn verletzt.«

Grave Digger drehte sich schließlich um und sah Imabelle an, als ob er sie verhören wollte, überlegte es sich dann aber.

»Sie haben ihn zum Nähen ins Harlem Hospital gebracht«, fügte der Sergeant vom Dienst zu. »Sie werden ihn bald hierher bringen, um Anzeige gegen sie zu erstatten.«

»Ich will sie haben«, sagte Grave Digger ausdruckslos.

Der Sergeant sah Grave Digger ins Gesicht.

»Nehmen Sie sie«, sagte er dann.

Gleichzeitig drückte er aber auf den Klingelknopf zum Büro des Captain auf der Reihe Signalknöpfe auf seinem Schreibtisch. Er wollte keine Auseinandersetzung mit Grave Digger, konnte ihn die Festgenommene aber nicht ohne Befehl aus dem Revier fortbringen lassen.

Der Lieutenant, der Nachtdienst hatte, kam aus dem Büro des Captain und fragte: »Was gibt's?«

Der Sergeant nickte zu Grave Digger und Imabelle hin.

»Jones will die Person mitnehmen.«

»Sie war heute nacht bei der Geschichte am Fluß dabei«, sagte Grave Digger mit heiserer Stimme.

»Ist sie das?«

»Das ist die kleine Schwester.«

»Warum wollen Sie sie mitnehmen?«

»Sie wird mir zeigen, wo ich die Kerle finde.«

Der Lieutenant machte ein Gesicht, als ob ihm der Einfall nicht besonders zusagte.

»Weswegen wurde sie festgenommen?« fragte der Lieutenant den Sergeant.

»Ein Farbiger behauptet, sie hätte ihn mit einem Messer verletzt. Drüben an der Park Avenue im *Bloody Bucket*. Sie haben ihn noch nicht hergebracht.«

Der Lieutenant wandte sich wieder an Grave Digger.

»Besteht da ein Zusammenhang?«

»Das wird sie mir schon sagen«, antwortete Grave Digger mit seiner heiseren, belegten Stimme.

»Ich hab kei'm was getan«, winselte Imabelle. »Ich hab den Mann nie in mein Leben gesehen.«

»Ruhe«, sagte der Sergeant.

Der Lieutenant betrachtete sie gründlich. »Ein richtiges Luder«, murmelte er grimmig und dachte, daß es diese hellgelben Hexen wie sie waren, die die schwarzen Jungens zu so vielen Verbrechen veranlaßten.

»Es wird spät«, sagte Grave Digger.

Der Lieutenant runzelte die Stirn. Es war gegen die Vorschriften, und er sah nicht gern etwas Vorschriftswidriges während seines Dienstes. Aber Halunken hatten einem Polizisten Säure in die Augen gespritzt. Sie war eins der Weiber dieser Halunken, und da war der Partner des Polizisten.

»Nehmen Sie sie«, fragte er. »Nehmen Sie noch jemand mit. Nehmen Sie O'Malley.«

»Ich will keinen mithaben«, antwortete Grave Digger. »Ich hab Eds Revolver bei mir, das genügt.«

Der Lieutenant drehte sich schnell ohne ein weiteres Wort um. Er ging in das Büro des Captain zurück und schloß die Tür hinter sich.

Keiner der anderen Polizisten sagte etwas. Sie starrten von Grave Digger auf Imabelle.

Grave Digger ging auf sie zu. Sie blieb trotzig stehen. Er schnappte so schnell Handschellen um ihre Handgelenke, daß sie nicht wußte, was ihr geschah. Dann faßte er sie am Arm und schob sie auf die Tür zu. Sie drehte sich um und flehte den Sergeant vom Dienst an. »Wollt ihr mich diesem Wahnsinnigen wirklich ausliefern?«

Der Sergeant sah ohne zu antworten in eine andere Richtung.

»Ich habe meine Rechte«, schrie sie.

Grave Digger zerrte sie so heftig durch die Tür, daß sie den Boden unter den Füßen verlor. Er schleifte sie die Betonstufen hinunter.

Sein Wagen parkte einen halben Block weiter unten an der Straße.

»Laß mich los, ich kann gehen«, sagte sie.

Er ließ ihren Arm los.

Es war die gleiche schwarze Limousine, in der er Gus' Cadillac zum Versteck der Bande am Fluß verfolgt hatte. Er öffnete die Vordertür. Durch die Handfesseln behindert, stieg sie ungeschickt ein. Er ging um den Wagen und setzte sich hinters Steuer.

»Also, wo sind sie?«

»Ich weiß nicht, wo sie sind«, antwortete sie mürrisch.

Er drehte sich auf seinem Platz um, um sie anzusehen.

»Versuch nicht, mir was vorzumachen, du Luder. Ich will diese säurespritzenden Schurken, und du bringst mich zu ihnen, oder ich bearbeite dein Gesicht so lange mit meinem Revolver, daß dich nie wieder ein Mann ansehen wird.« Seine Stimme war so belegt, daß sie ihn kaum verstehen konnte.

Sie spürte die Gefahr, die wie ultraviolette Strahlen aus seiner Haut drang. Vielleicht hätte sie ihm weiter getrotzt, wenn er gedroht hätte, sie umzubringen. Sie wollte selbst verschwinden, ehe Hank und Jodie gefaßt und zum Sprechen gebracht wurden. Ohne deren Zeugenaussage konnte ihr nichts geschehen, aber sie wußte, daß er es ernst meinte, was er ihrem Gesicht antun wollte.

»Ich kann Sie dahin bringen, wo sie wohnen. Ich will, daß sie geschnappt werden, aber ich weiß nich, ob sie noch da sind. Vielleicht sind sie schon abgehauen.«

Er ließ den Motor an, stellte das Kurzwellengerät auf die Polizeiwelle ein. »Wo ist es?«

»In einem Wohnhaus oben an der St. Nicholas Avenue über einem Arzt. Er bewohnt die beiden unteren Stockwerke und vermietet die beiden oberen.«

»Ich weiß, wo das ist, und dir rate ich zu beten, daß sie noch da sind.«

Dazu hatte sie nichts zu sagen.

Als sie auf der St. Nicholas Avenue nach Norden einbogen, sagte eine metallische Stimme im Lautsprecher: »Sofort stoppen einen schwarzen verglasten Leichenwagen, Cadillac, Jahrgang 1947, Kennzeichen Serie M, Nummer unbekannt. Fahrer ist ein kleiner schwarzhäutiger Neger in Chauffeursuniform. In dem Leichenwagen großer grüner Kabinenkoffer durch die Seitenfenster sichtbar. In dem Wagen die Leiche eines männlichen Negers im Gewand einer Nonne. Er ist als Schwester Gabriel bekannt. Ihm wurde die Kehle durchschnitten. Der Leichenwagen fuhr auf der Park Avenue nach Süden. Ich wiederhole: sofort stoppen . . .«

»Das macht alles komplizierter.« Grave Digger wußte sofort, daß Jackson den Leichenwagen fuhr. Es mußte einer von Mr. H. Exodus Clays Leichenwagen sein. Irgendwie hatte die Bande Goldy zu fassen bekommen. Aber warum floh Jackson vor der Polizei?

Imabelle schauderte, als sie daran dachte, wie nahe sie daran gewesen war, daß ihr selbst der Hals abgeschnitten wurde.

Grave Digger versuchte einen Schuß ins Dunkel. »Wo hast du mit Jackson Verbindung aufgenommen?«

»Ich habe Jackson nich gesehen.«

»Was is in dem Koffer?«

»Golderz.«

Er sah sie nicht an. Sie fuhren schnell über das nasse schwarze Pflaster der St. Nicholas Avenue die Steigung zu den Washington Heights hinauf. Auf der Ostseite der Straße standen Reihen von Apartmenthäusern. Sie wurden größer, geräumiger und gepflegter. Auf der Straßenseite gegenüber fielen die steilen Klippen zu dem felsigen Park ab. Dahinter lag das Universitätsplateau, von dem man den Hudson übersah.

»Ich hab noch keine Zeit gehabt, um durch die Geschichte hindurchzusehen. Erst schnappe ich mir diese Schufte und suche mir nachher alles zusammen.«

»Hoffentlich bringen Sie die Kerle um«, sagte sie bösartig.

»Du hast mir später eine ganze Menge zu erzählen, kleine Schwester.«

Der Tag graute. Die Gebäude hoch oben auf dem Plateau standen schon im Morgenlicht.

Sie passierten die Kreuzung mit der 145th Street mit U-Bahneingängen an jeder Ecke. Der Wagen tauchte die steile Straße hinab, daß es ihnen auf den Magen drückte, und stieg dann scharf zu dem Teil der Avenue hinauf, in dem die Elite der Unterwelt zwischen Schwerarbeitern lebte.

Ein Lieferwagen warf Ballen der *Daily News* auf den nassen Gehsteig. Neben einem Drugstore lag eine Imbißstube, die die ganze Nacht geöffnet hatte. Die Hocker an der Theke in dem grellen Neonlicht waren von frühen Arbeitern besetzt, die zum Frühstück geschmorte Rippchen aßen. Die heißen Schweinerippchen drehten sich an vier automatischen Spießen eines riesigen elektrischen Grills, der neben dem Schaufenster in die Wand eingelassen war und von einem großen schwarzen Mann in einer weißen Kochuniform bedient wurde.

Zwei Türen hinter dem berühmten Restaurant »Eddie's Cellar« deutete Imabelle auf einen gelben Buick, der unter einer Straßenlaterne vor einem schmalbrüstigen Haus mit steinerner Fassade parkte.

»Dort steht ihr Wagen.«

Grave Digger lenkte seine Limousine davor, stieg aus und sah erst zu den dunklen Fenstern des Hauses empor. In Straßenhöhe lag eine schwarz lackierte Tür mit einem blanken Messingklopfer. Drei Klingeln aus weißem Emaille waren übereinander auf dem roten Türrahmen unter einem schwarzweißen Schild mit dem Namen Dr. J. P. Robinson angebracht.

Das Haus lag im Schlaf.

Grave Digger ging schnell zu dem Buick zurück, musterte dabei scharf die Straße, merkte sich die Nummer auf dem gelben kalifornischen Nummernschild. Zuerst öffnete er die Motorhaube, löste die Klammern des Verteilerkopfs, hob ihn ab und schob den Verteilerfinger in seine Jackentasche. Dann schlug er die Haube mit einem Knall zu. Er versuchte die Türen, fand sie verschlossen und spähte in das Innere des Wagens. Hinten stand auf dem Boden ein Rindslederkoffer. Er ging zu dem Kofferraum zurück, sprengte das Schloß mit dem Schraubenzieher an seinem kräftigen Taschenmesser, betrachtete kurz das darin aufgestapelte Gepäck, drückte die Klappe wieder herunter und ging zu seinem Wagen zurück. Das Ganze hatte nicht mehr als eine Minute in Anspruch genommen.

»Wo sind sie?«

»Bei Billie.«

»Alle drei?«

Sie nickte. »Wenn sie nicht schon fort sind.«

Er setzte sich wieder hinter das Steuer seines Wagens, sah die gepflasterte Oberfläche der St. Nicholas Avenue entlang, die sich als breiter schwarzer Streifen zwischen Reihen eleganter Apartmenthäuser zu beiden Seiten hinaufzog und im grauen Morgenlicht Formen annahm.

Frühe Arbeiter tauchten aus den Seitenstraßen auf und eilten der U-Bahn zu. Später würden die Bürodiener sich in einem stetigen Strom aus den übervölkerten Wohnungen ergießen. Sie würden ihre Overalls in polierten Lederaktentaschen tragen, um wie Geschäftsleute auszusehen, und die *Daily News* kaufen, um sie in der U-Bahn zu lesen.

Die Männer, die er suchte, waren nicht in Sicht.

»Wer von ihnen nimmt Rauschgift?« fragte er.

»Beide. Ich meine Hank und Jodie. Hank nimmt Opium und Jodie Heroin.«

»Was is mit dem Schlanken?«

»Der trinkt nur.«

»Welche Namen benutzen sie bei Billie?«

»Hank nennt sich Morgan, Jodie Walker und Slim Goldsmith.«

»Dann weiß Billie also von ihrem Trick mit der Goldmine?«

»Ich glaub nich.«

»Weib, du mußt noch auf tausend Fragen Antwort geben«, sagte er, als er den Gang einlegte und den Wagen wieder in Bewegung setzte.

Sie fuhren an Lucky's Kabarett vorbei, dem Restaurant King-of-the-Chicken, dem Friseursalon Elite, dem großen, steinernen Privathaus, das als Harlems Castle bekannt ist und an der Gabelung der Straße steht, wo die St. Nicholas Avenue nach rechts abzweigt. Grave Digger wendete im U-Bogen auf der 155th Street zwischen den U-Bahneingängen, kam zurück, an The Fat Men's Bar and Grill vorbei, und hielt vor dem Eingang eines großen, prächtigen, sechsstöckigen Apartmenthauses aus grauem Sandstein an. Die Straße wurde in diesem Gebiet von großen, teuren Wagen gesäumt.

Von dort ging es über die 155th Street steil zur Brücke bergab. Von dem Haus war es ein Fußweg von weniger als fünf Minuten zu dem dunklen, heruntergekommenen Teil am Ufer des Harlem River, wo in dem Schuppen hinter Father Divines Himmel an der Eighth Avenue die Schießerei stattgefunden hatte.

21

Als Jackson in dem großen alten Cadillac-Leichenwagen die Park Avenue hinunterraste, wußte er nicht, wohin er fahren sollte. Er floh einfach, das war alles.

Mit beiden Händen klammerte er sich ans Steuerrad. Seine vorquellenden Augen waren starr auf den schmalen Streifen des nassen Pflasters gerichtet. Die Straße pellte sich wie eine Apfelschale über eine Messerklinge über die Motorhaube, als ob er darunter hinwegführe.

Auf der einen Seite flogen die eisernen Stützpfeiler der Hochbahnanlage wie die Latten eines Zaunes an ihm vorbei. Auf der anderen Seite bildete der Gehsteig mit den Ladenfronten im grauen Zwielicht vor der Dämmerung eine unaufhörliche Flucht von Bildern wie ein finster vorbeirasendes Kaleidoskop.

Das tiefe, stetige Dröhnen des Motors blieb hinter ihm zurück, ließ die räudigen, in den Abfallhaufen wühlenden Hunde und Katzen versteinern, erschütterte die Gehirne der Ratten, weckte die Mitbürger in ihren verlausten Betten.

Die offenen Hintertüren schwangen auf der unebenen Straße wild auf und zu, schlugen gegen den Kopf der Leiche, die unter dem auf und ab hüpfenden Koffer hin und her geschüttelt wurde.

Er raste mit nicht weniger als neunzig Meilen in der Stunde auf das rote Verkehrslicht an der 116th Street zu. Er sah es nicht. Ein schläfriger Taxifahrer bemerkte, wie etwas Schwarzes vor ihm vorbeischoß, und glaubte, er hätte den umgehenden Geist eines Automobils gesehen.

Die Verkaufsstände des Harlemer Markts unter der Eisenbahnlinie begannen an der 115th Street und erstreckten sich bis zur 101st Street hinunter. Lastwagen mit Fleisch, Gemüse, Obst, Fisch, Konservendosen, getrockneten Bohnen, Baumwollwaren und Kleidungsstücken aller Art rangierten auf der schmalen Fahrbahn zwischen den Stützpfeilern und dem Gehsteig hin und her. Die Arbeiter und Händler und die Fahrer und Beifahrer der Lastwagen liefen umher, luden Waren ab, bauten Stände auf und machten sich für den Sonnabendandrang der Käufer bereit.

Jackson raste auf das überfüllte Gebiet zu, ohne das Tempo zu verringern. Hinter ihm erklang das Jaulen der Sirenen und funkelten die beiden roten Augen der ihn verfolgenden Streifenwagen.

»Achtung«, gellte eine laute Stimme.

Erschrockene Menschen sprangen in Deckung. Ein Lastwagen vollführte einen Jimmy, als der Fahrer, in dem Versuch, dem Leichenwagen auszuweichen, verzweifelt erst nach links und dann nach rechts steuerte.

Als Jackson schließlich das überfüllte Marktgebiet bemerkte, war es zu spät, um auszuweichen. Ihm blieb nichts anderes übrig, als zu versuchen, den Leichenwagen durch jede Lücke zu lenken, die sich ihm bot. Es war so, als wollte er ein Stück Schnur in eine Nähnadel einfädeln.

Er bog nach rechts, um dem Lastwagen auszuweichen, traf einen Stapel Eierkisten, sah einen kräftigen gelben Strahl Dotter, der mit

Splittern angefüllt war, an seinem rechten Seitenfenster vorbeispritzen. Ein rundes schwarzes Gesicht, das nur noch aus dem Weiß der Augen zu bestehen schien, verschwand wie durch einen Zaubertrick und wurde durch einen Karren voll weißer Baumwollhemden und einen bärtigen Mann ersetzt, der hin und her wankte.

Die Räder an der rechten Seite des Leichenwagens hatten die Bordkante überfahren und pflügten durch Gemüsekisten, überschütteten fliehende Menschen und die Schaufensterscheiben mit zermatschtem Kohl, Spinatflocken, gequetschten Kartoffeln, zerdrückten Bananen. Zwiebeln würzten die Luft wie Granatsplitter.

»Der Leichenwagen geht durch, der Leichenwagen geht durch«, schrien Stimmen.

Der Wagen fuhr in Kisten mit tiefgekühltem Fisch, die auf dem Gehsteig aufgestellt waren, schlingerte heftig, schlug gegen die Seite eines Kühlwagens. Die Hintertüren flogen weit auf, und die Leiche rutschte zu einem Drittel heraus. Der grausige Kopf hing von dem durchschnittenen Hals herab und starrte mit seinen aufgerissenen weißgesäumten Augen auf das Bild der Zerstörung.

Ausrufe in sieben Sprachen wurden hörbar.

Von dem Kühlwagen zurückgeschleudert, taumelte der Leichenwagen bedrohlich auf die andere Straßenseite zu, rollte über eine Ochsenhälfte, die ein Transportarbeiter auf die Straße fallengelassen hatte, um zu flüchten, schwankte stoßend weiter. Die Hintertüren schwangen auf und zu und enthüllten und verdeckten den grausigen Anblick der Leiche mit der durchschnittenen Kehle.

Jackson war so schnell durch das Marktgebiet hindurchgerast, daß ein farbiger Arbeiter mit lauter, glücklicher Stimme rief: »Verdammt noch mal, das ging aber plötzlich.«

»Hast du auch gesehen, was ich gesehen hab?«

»Wetten, daß er ihn gestohlen hat?«

»Muß er doch, Mann. Warum sollte ihn die Polizei sonst jagen?«

»Was will der denn bloß mit dem Leichenwagen?«

»Verkaufen, Mann, verkaufen. In Harlem kann man alles verkaufen.«

Als der Leichenwagen bei der 100th Street wieder offenes Gelände erreichte, war er mit Ei bespritzt, mit Gemüse bedeckt, von Blut befleckt. Klumpen von rohem Fleisch, Fischwaagen und Obstschalen hingen an seinen zerbeulten Kotflügeln. Die Hintertüren schwangen vor dem grausigen Bild auf und zu.

Er hatte einen Vorsprung vor den Streifenwagen gewonnen, die in dem Marktgebiet ihr Tempo verringern mußten. Jackson hatte das Gefühl, sich mitten in einem Alptraum zu befinden. Er war von Panik gepackt und konnte ihr nicht entrinnen. Er konnte nicht denken. Er wußte nicht, wohin er fuhr, er wußte nicht, was er tat. Er steuerte nur, das war alles. Er hatte vergessen, warum er floh. Er floh einfach. Er hatte das Gefühl, daß er nur hinter dem Steuer säße und den Leichenwagen ans Ende der Welt lenkte.

Er durchquerte den puertorikanischen Teil Harlems mit 90 Meilen in der Stunde. Eine alte Puertorikanerin, die aus ihrem Haus gekommen war, um im Nachbarhaus auf die Toilette zu gehen, sah den Leichenwagen vorbeifahren, sah die Hintertüren aufschwingen und wurde sofort ohnmächtig.

Ein Streifenwagen, der auf der Park Avenue nach Norden raste, entdeckte den nach Süden fahrenden Leichenwagen, als er sich der Kreuzung bei der 95th Street näherte. Der Streifenwagen vollzog kreischend eine Linkswendung. Jackson sah ihn und steuerte den großen Leichenwagen in eine weitgezogene Rechtskurve. Die Hintertür flog auf, und die Leiche glitt langsam heraus, wie ein Toter, der ins Meer versenkt wird, sank sanft auf das Pflaster und rollte langsam auf die Seite.

Der Streifenwagen schwankte, versuchte auszuweichen, um sie nicht zu überfahren, kam ins Schleudern und wirbelte wie ein Kreisel auf dem nassen Pflaster, rutschte über den Rinnstein, schlug einen Briefkasten um und zerschmetterte das Schaufenster eines Friseurladens.

Jackson fuhr die 95th Street zur Fifth Avenue hinunter. Als er die Steinmauer sah, die den Centralpark umgibt, erkannte er, daß er Harlem hinter sich gelassen hatte. Er befand sich jetzt in der weißen Welt, wo es keinen Platz für ihn gab. Keinen Platz, um das Gold seines Mädchens zu verstecken, keinen Platz, um sich selbst zu verkriechen. Er fuhr jetzt mit siebzig Meilen Geschwindigkeit in der Stunde, und vor ihm ragte die Steinmauer auf.

Sein Verstand begann zu funktionieren, seine Gedanken nahmen die Form der Zeilen eines Spirituals an:

Sometimes I feel like a motherless child,
Sometimes I feel like I'm almost gone.

Es blieb ihm nichts übrig, als zu beten.

Er fuhr zu schnell, so daß, als er auf der Fifth Avenue scharf nach Norden in die Richtung von Harlem zurückbog, der Koffer ins Rutschen kam, von dem Sarggestell hinunterglitt, auf dem Boden des Leichenwagens aufprallte und sich überschlagend auf die Straße stürzte. Er landete auf seiner Unterseite, und der Deckel platzte weit auf.

Jackson war so tief in sich versponnen, daß er es nicht bemerkte. Er fuhr gerade die Fifth Avenue bis zur 110th Street hinauf, bog zur Seventh Avenue hinüber, fuhr weiter nach Norden zur 139th Street und hielt vor dem Haus seines Predigers an.

Auf dem Weg kam er an drei Streifenwagen vorbei. Die Polizisten warfen dem zerbeulten, schmutzigen, von Fleisch beschmierten und mit Ei bekleckerten Leichenwagen nur flüchtige Blicke zu und ließen ihn passieren. In diesem Wagen befanden sich keine Kabinenkoffer und keine Leichen.

Jackson bemerkte die Streifenwagen nicht. Seine Gedanken waren auf Beten konzentriert.

Er parkte vor dem Haus seines Predigers, stieg aus und ging hinter den Wagen, um die Hintertür zu schließen. Als er den Leichenwagen leer fand, sah er das bittere Ende vor sich. Es war nicht einmal etwas übriggeblieben, für das er beten konnte. Sein Mädchen war verloren. Das Golderz war verloren. Sein Bruder war tot. Und auch er selbst war verloren. Er wollte sich nur noch der Barmherzigkeit des Herrn unterwerfen. Das war alles, was er tun konnte, um sich davor zu bewahren, wie ein kleines Kind zu weinen.

Reverend Gaines befand sich mitten in einem großen frommen Traum, als seine Haushälterin ihn weckte.

»Bruder Jackson is unten und sagt, daß er Sie in einer sehr wichtigen Sache dringend sprechen muß.«

»Jackson«, rief Reverend Gaines aufs äußerste gereizt aus und rieb sich den Schlaf aus den Augen. »Meinst du unseren Bruder Jackson?«

»Ja, Sir«, erwiderte die geduldige farbige Frau, »Ihr Jackson.«

»Der Lord bewahre uns vor Simpeln«, murmelte Reverend Gaines vor sich hin, als er aufstand, um seinen schwarzen Hausmantel aus Seidenbrokat über seinen violetten Seidenpyjama zu ziehen und in das Arbeitszimmer hinunter zu steigen.

»Bruder Jackson, was bringt zu dieser unziemlichen Stunde dich zum Hause des Schäfers deines Herrn, mitten in der Nacht, da alle anderen Schafe des Herrn friedlich auf der Weide schlafen?« fragte er streng.

»Ich habe gesündigt, Reverend.«

Reverend Gaines erstarrte, als ob jemand in seiner Gegenwart Gott gelästert hätte. »Gesündigt? Guter Gott, Bruder Jackson! Ist das Grund genug, um mich zu dieser Nachtzeit zu wecken? Wer hat von uns nicht gesündigt? Ich stand gerade an den Ufern des Jordans, in ein weites, langes, weißes Gewand gekleidet, und bekehrte Sünder zu Tausenden.«

Jackson starrte ihn an. »Hier in dem Haus?«

»Im Traum, Bruder Jackson, im Traum«, erklärte der Reverend und ließ sich zu einem Lächeln herbei.

»Oh, es tut mir leid, daß ich Sie geweckt habe, Reverend, aber es is ein dringender Fall.«

»Schon gut, Bruder Jackson, setze dich.« Er setzte sich selbst und goß sich aus einer geschliffenen Kristallkaraffe, die auf seinem Mahagonischreibtisch stand, ein Glas Likör ein. »Das ist nur ein kleiner Holunder Cordial, um meinen Geist zu wecken. Willst du auch ein Glas?«

»Nein, Sir, danke«, lehnte Jackson ab, während er sich Reverend Gaines gegenüber vor den Schreibtisch setzte. »Mein Geist is auch so schon hellwach.«

»Befindest du dich wieder in der Klemme, oder ist es noch die gleiche Schwierigkeit? Eine Weibergeschichte war es doch?«

»Nein, Sir, das letzte Mal ging es um Geld. Ich hab versucht zu verhindern, daß es so aussah, als ob ich Geld gestohlen hab. Aber diesmal is es viel schlimmer. Es geht auch um mein Mädchen. Diesmal stecke ich ganz tief in der Klemme.«

»Hat dein Mädchen dich sitzenlassen? Schließlich und endlich doch? Weil du das Geld nich gestohlen hast? Oder weil du es gestohlen hast?«

»Nein, Sir, damit hat es alles nix zu tun. Sie is fort, aber sie hat mich nich verlassen.«

Reverend Gaines nahm einen weiteren Schluck seines Stärkungsgetränks. Es bereitete ihm Freude, häusliche Geheimnisse zu durchleuchten.

»Laß uns niederknien und um ihre sichere Rückkehr beten.«

Jackson lag noch vor dem Reverend auf den Knien.

»Ja, Sir, aber ich möchte vorher beichten.«

»Beichten?!« Reverend Gaines, der im Begriff stand, niederzuknien, richtete sich so plötzlich auf wie ein Stehaufmännchen. »Du hast die Frau doch nicht getötet, Bruder Jackson?«

»Nein, Sir. Das is es nich.«

Reverend Gaines seufzte erleichtert auf und entspannte sich.

»Aber ich hab ihren Koffer voll Golderz verloren.«

»Was?« Reverend Gaines' Augenbrauen schossen nach oben. »Ihren Koffer voll Golderz? Willst du damit sagen, daß sie einen Koffer voll Golderz hatte und sie es mir, ihrem Geistlichen, niemals gestand? Bruder Jackson, es ist besser, wenn du ein volles Geständnis ablegst.«

»Ja, Sir, das will ich ja auch.«

Zunächst war Reverend Gaines von Mitgefühl ergriffen, als Jackson die Geschichte enthüllte, wie er durch den »Knall« beschwindelt worden war und fünfhundert Dollar von Mr. Clay stahl, um den falschen Marshall zu bestechen, und wie er versuchte, seinen Verlust durch Glücksspiel wettzumachen.

»Der Herr ist ein barmherziger Gott, Bruder Jackson«, sagte er tröstend. »Und wenn Mr. Clay halb so barmherzig ist, wird er dich diese Schuld abarbeiten lassen. In der Tat werde ich mit ihm über die Angelegenheit sprechen und ihn deswegen anrufen. Aber was is mit diesem Koffer voll Golderz?«

Als Jackson aber den Koffer voll Golderz beschrieb und erzählte, wie die Bande sein Mädchen verschleppte, um in seinen Besitz zu kommen, begannen sich Reverend Gaines' Augen zu weiten.

»Willst du damit sagen, daß der große, grüne Kabinenkoffer in dem kleinen Zimmer, in dem ihr lebtet, wie du sagst, mit Golderz gefüllt war?«

»Ja, Sir. Reines Golderz von achtzehn Karat. Aber es gehörte ihr nich. Es gehörte ihrem Mann, und sie muß es ihm zurückgeben. Darum mußte ich doch zu meinem Bruder Goldy gehen, damit er mir half, sie zu finden.«

Abscheu trat an die Stelle der Neugier in Reverend Gaines' Augen, als Jackson Goldy schilderte.

»Willst du damit sagen, daß Schwester Gabriel ein Mann war? Und dein Zwillingsbruder? Und er beschwindelte unsere armen, leichtgläubigen Brüder und Schwestern mit Eintrittskarten zum Himmel?«

»Ja, Sir. Viele Leute glaubten an ihn, aber der einzige Grund, weshalb ich zu ihm gegangen bin, war, weil er ein Betrüger is und ich ihn zur Hilfe brauchte.«

Als Jackson die Ereignisse der vergangenen Nacht schilderte, wurden Reverend Gaines' Augen größer und größer, und Entsetzen begann den Ausdruck des Abscheus zu verdrängen. Als Jackson zu seiner geglückten Flucht vor der Polizei beim Bahnhof an der 125th Street kam, saß Reverend Gaines vorgebeugt auf der Kante seines Sessels, mit offenstehendem Mund und Augen, die aus ihren Höhlen quollen. Aber Jackson hatte die Geschichte so erzählt, wie er sie gesehen hatte, und Reverend Gaines verstand nicht, weshalb er vor der Polizei geflohen war.

»Tatest du es wegen deinem Bruder?« fragte er. »Entdeckten sie, daß er sich als Nonne verkleidete?«

»Nein, Sir, deshalb nich. Ich tat es, weil er tot war.«

»Tot?« Reverend Gaines sprang auf, als ob eine Wespe ihn ins Hinterteil gestochen hätte. »Gütiger Gott im Himmel.«

»Hank und Jodie schnitten ihm den Hals ab, als ich noch mal raufging, um nach Imabelle zu suchen.«

»Gütiger Gott, Mann, warum riefst du nicht nach Hilfe? Hörtest du seine Schreie nicht?«

»Nein, Sir. Ich hatte mich einen Augenblick hingesetzt, um auszuruhen, und war eingeschlafen.«

»Barmherziger Himmel, Mann! Du bist eingeschlafen, während du nach deinem Mädchen suchtest, das in ernster Gefahr war? Während ihr Vermögen unbewacht auf der Straße stand – und auch noch auf dieser Straße, der gefährlichsten Straße in ganz Harlem, bestenfalls nur durch deinen Bruder bewacht, einen verworfenen Sünder, der selbst kaum besser als ein Mörder war?« Reverend Gaines' gesunde schwarze Haut wurde nur bei dem Gedanken daran, was geschehen war, grau. »Und sie schnitten ihm die Kehle durch? Und legten seine Leiche in den Leichenwagen?«

Jackson wischte sich den Schweiß aus den Augen und vom Gesicht.

»Ja, Sir. Aber ich hatte ja nicht schlafen wollen!«

»Und was hast du mit dem Leichenwagen gemacht? Ihn in den Harlem River gestürzt?«

»Nein, Sir, er steht draußen.«

»Draußen? Etwa vor meinem Haus?«

Reverend Gaines vergaß seine geistliche Würde, sprang auf und lief hastig durch das Zimmer, um durch das Fenster auf den zerbeulten Leichenwagen zu sehen, der in der grauen Dämmerung am Bordstein stand. Als er sich umdrehte, um Jackson anzublicken, sah er aus, als ob er um zwanzig Jahre gealtert wäre. Sein unerschütterliches Selbstvertrauen war in seinem innersten Kern getroffen. Als er zu seinem Sessel zurückschlurfte, fiel sein Hausmantel aus Seidenbrokat vorn auf, und die Hose seines violetten Seidenpyjamas begann herunterzurutschen. Aber er achtete nicht darauf.

»Soll das bedeuten, Bruder Jackson, daß du hier sitzt und mir sagst, daß deines Bruders Leiche mit seiner durchschnittenen Kehle und der Koffer deines Mädchens voller Golderz in dem Leichenwagen da draußen sind, der vor meinem Haus steht?« fragte er verstört.

»Nein, Sir. Ich habe sie beide verloren. Irgendwo fielen sie raus. Wo, weiß ich nicht.«

Speichel tropfte von Reverend Gaines' schlaffer Unterlippe.

»Sie fielen aus dem Leichenwagen? Auf die Straße?«

»Sie müssen auf die Straße gefallen sein. Woanders bin ich nich gefahren.«

»Und warum kommst du zu mir, Bruder Jackson? Warum nur bist du zu mir gekommen?«

»Ich wollte nur hier neben Ihnen knien, Reverend Gaines, und die Barmherzigkeit des Herrn erflehen.«

»Was?!« Reverend Gaines fuhr auf, als ob Jackson Gott gelästert hätte. »Du wolltest die Barmherzigkeit des Herrn für dich erflehen? Jesus Christus, Mann, wofür hältst du den Herrn? Du mußt sofort zur Polizei gehen und dich stellen. Aus dieser Klemme kann selbst der Herr dir nicht heraushelfen.«

22

Die Strahlen der aufgehenden Sonne fielen blutrot über den Harlem River auf die oberste Etage des grauen Sandsteingebäudes, in dem Billie ihr Nachtlokal betrieb.

»Kann ich nicht einfach draußen im Wagen warten?« fragte Imabelle.

Ihre Stimme klang, als ob es ihr Mühe machte zu atmen.

»Steig aus«, antwortete Grave Digger grob.

»Wozu brauchen Sie mich? Ich sag Ihnen doch, daß sie da oben sind. Sie wissen doch, daß ich mit den Handschellen nicht fortlaufen kann.«

»Du brauchst nicht zu hoffen, daß ich dabei umgebracht werde, weil das nicht passiert.«

Dann sah er sie an und bemerkte, daß sie wirklich Angst hatte. Sie zitterte am ganzen Körper.

»Also, kleine Schwester, wenn du dabei ins Grab kommst, dann vergiß nicht, daß du es selbst dir gegraben hast«, sagte er ohne Erbarmen. »Wenn Ed hier wäre und dich sehen könnte, ließe ich dich hier.«

Sie stieg aus, taumelte, als ihre Knie unter ihr nachgaben. Grave

Digger kam von der anderen Seite um den Wagen herum, faßte sie am Arm und steuerte sie eine Reihe Betonstufen hinauf, durch eine gläserne Doppeltür in ein kleines, tadellos gepflegtes Foyer, das mit langen Abstelltischen und polierten Sesseln ausgestattet war und von Lampen mit Pergamentschirmen, die Wandspiegel flankierten, beleuchtet wurde.

Kein Ton war zu hören.

»Diese geleckten Schieber leben wie die Maden im Speck«, murmelte er, »aber wenigstens sind sie ruhig.«

Sie fuhren in dem Fahrstuhl zur sechsten Etage hinauf, wandten sich zu der jadegrünen Tür links in dem quadratischen Vorraum.

»Ich flehe Sie an«, bettelte Imabelle zitternd.

»Geh vor und klingele!« befahl Grave Digger, drückte sich neben der Tür gegen die Wand außerhalb des Blickfelds durch den Spion und zog seinen langläufigen, vernickelten Revolver.

Imabelle drückte auf den Knopf. Nach einer Weile wurde der Spion mit einem Klicken aufgeschoben.

»Oh, du bist's, Schätzchen«, sagte eine tiefe weibliche Stimme, die seltsam angenehm klang.

Die Tür wurde aufgeschlossen.

Grave Digger hielt seinen langläufigen Achtunddreißiger in der rechten Hand, legte seine linke auf den Türgriff und warf sich dagegen.

Eine in dem pechschwarzen Vorraum kaum erkennbare Gestalt trat langsam zur Seite, um ihn einzulassen, und die Baßstimme sagte zu Imabelle nicht sonderlich freundlich: »Also komm herein und schließ die Tür.«

Imabelle drängte sich hinter Grave Digger her, und sie standen im vorderen Teil der dunklen Diele dicht beieinander. Das schwache Geräusch von Imabelles klappernden Zähnen war in der Stille zu hören.

Die Frau drückte die Tür zu und schloß sie wortlos ab.

»Du hast ein paar Freunde hier, die ich haben will, Billie«, sagte Grave Digger.

»Komm einen Augenblick in mein Büro, Digger.«

Mit einem Yaleschlüssel, der an einer Kette um ihren Hals hing, schloß sie die erste Tür links auf. Eine Lampe mit kupfernem Schirm warf einen sanften Schein über einen Schreibtisch aus blonder Eiche. Als sie die helle Deckenbeleuchtung einschaltete, wurde eine luxuriöse Schlafzimmerausstattung, die in einem dicken, zinnoberroten Teppich fast versank, sichtbar. Sie schloß schnell die Tür hinter ihnen.

Grave Digger durchsuchte das Zimmer mit einem schnellen Blick, sah einen Augenblick länger auf die Türknöpfe zum Wandschrank und zum Badezimmer, trat dann so in den Raum, daß Billie ihn gegen die Tür zum Vorraum deckte.

»Sprich schnell«, sagte er, »es wird schon spät.«

Billie war eine braunhäutige Frau Mitte Vierzig, mit einem festen, kräftigen Körper, der ihr rotes Gabardinekleid ausfüllte. Mit dem männlichen Haarschnitt und einem weichen, dichten, seidigen Schnurrbart war ihr Gesicht das eines hübschen Mannes. Auch ihr Körper hatte gleichzeitig weibliche und männliche Merkmale. Die beiden obersten Knöpfe ihres Kleides standen auf, und zwischen ihren immensen, aufgerichteten Brüsten befand sich dichtes Fell aus schimmerndem schwarzen Haar. Wenn sie sprach, funkelte ein Brillant zwischen ihren beiden Vorderzähnen auf.

Sie warf einen forschenden Blick auf Imabelles geschwollene Lippen und verfärbte Wange und ihre vor Angst kranken Augen und wandte dann ihre volle Aufmerksamkeit Grave Digger zu. »Greif sie nicht hier in meinem Haus, Digger. Ich schick sie dir hinaus.«

»Sind sie alle zusammen?«

»Alle? Jetzt sind nur zwei hier. Hank und Jodie.«

»Slim sollte auch hier sein«, sagte Imabelle mit ihrer atemlosen Stimme.

Sowohl Grave Digger als auch Billie wandten sich ihr zu und starrten sie an.

»Vielleicht ist er unterwegs und sucht nach dir.«

Billie wandte sich zuerst von ihr ab. Grave Digger musterte sie einen Augenblick länger. Dann sahen die beiden sich wieder an.

»Ich greife mir die zwei hier.«

»Nicht hier im Haus, Digger. Sie sind völlig berauscht und mordlüstern. Ich habe zwei meiner besten Mädchen bei ihnen.«

»Das Risiko mußt du eingehen, wenn du so ein Lokal wie deines betreibst.«

»Ich betreibe es nicht umsonst, wie du weißt. Ich bezahle verflucht viel. Und der Captain versprach mir, es würde hier drin keinen Ärger geben.«

»Wo sind sie?«

»Der Captain wird böse sein, Digger.«

Grave Digger sah sie nachdenklich an.

»Billie, Sie haben Ed Säure in die Augen geschüttet.«

Billie schauderte.

»Hör zu, Digger. Ich bereite alles vor. Ich bringe sie selbst ins Foyer hinunter und übergebe sie dir mit den Händen in der Luft.«

»Du weißt verdammt gut, daß sie auf diese Weise das Haus nicht verlassen werden. Sie werden versuchen, über die Dächer zu fliehen und unten aus einem Nebenhaus rauszukommen.«

»Also gut, Digger. Ich biete dir ein Geschäft an. Ich gebe dir drei Taschendiebe, einen Einbrecher, den du schon seit langem suchst . . .«

»Es wird spät, Billie.«

». . . und den Mörder Wilsons. Den Mann, der bei dem Überfall im vergangenen Monat den Besitzer des Schnapsladens umgebracht hat.«

»Ich komme wieder, um sie mir zu holen, Billie. Aber diese zwei will ich jetzt.«

Sie drehte sich schnell um und zog die oberste Schublade ihres Schreibtisches auf.

Grave Digger zielte mitten auf ihren Rücken.

Sie zog die Schublade ganz heraus, warf sie auf das Bett. Sie war gleichmäßig mit Bündeln völlig neuer Zwanzigdollarnoten gefüllt.

»Das hier sind fünftausend. Sie gehören dir.«

Er sah das Geld nicht an.

»Wo sind sie, Billie? Ich hab nicht mehr viel Zeit.«

Seine Stimme war so belegt und verschwommen, daß sie fast unverständlich war.

»Sie sind im Nebenzimmer. Aber sie haben sich eingeschlossen und wollen nicht mal mir aufmachen.«

»Ihr machen sie auf«, antwortete Grave Digger und deutete auf Imabelle.

Billie drehte sich wieder zu Imabelle und sah sie an.

Imabelle hatte die graugelbliche Färbung übergegangener Sahne angenommen, mit schwarzblauen Halbmonden unter ihren kranken, flehenden Augen. Sie zitterte wie Espenlaub.

»Nein, bitte nicht, bitte nicht ich.« Tränen strömten über ihr Gesicht. Sie kniete auf dem Boden und umschlang Grave Diggers Knie. »Ich will alles tun. Du kannst alles von mir haben, alles, was du willst.«

»Steh auf«, sagte Grave Digger ohne Erbarmen in seiner rauhen, undeutlichen Stimme. »Steh auf, oder ich breche die Tür auf und halte dich als Schild vor mich.«

Sie erhob sich unsicher wie eine alte Frau.

Billie sah sie ohne Mitleid an.

»Wissen Sie, wie Hank aussieht?« fragte Imabelle Grave Digger keuchend. »Er hat mit der Säure gespritzt.«

»Den Schuft werde ich nie vergessen.«

»Er ist bewaffnet.«

»Um Gottes willen, sei vorsichtig, Digger«, flehte Billie. »Sie haben zwei meiner besten Mädchen bei sich. Jeanie ist erst sechzehn, und sie ist bei Jodie.«

»Mit deinem Gerede bringst du dich um deine Lizenz.«

»Und Jodie mit seinem Messer zittert vor Mordlust. Und Carol ist auch erst neunzehn.«

»Wir wollen nur hoffen, daß ihre Nummern noch nicht dran sind«, antwortete Grave Digger.

Er wandte sich an Imabelle. »Geh vor und klopf an die Tür.«

Als sie aus dem Zimmer traten, kam ein Weißer aus dem Badezimmer nebenan. Er warf ihnen einen betrunkenen Blick zu und schwankte schweigend in den Salon zurück.

Imabelle ging durch den Gang, als ginge sie in den Tod.

In der Wohnung befanden sich sechs Zimmer und ein Bad. Die vier Schlafzimmer lagen sich an dem langen Mittelgang einander gegenüber, das Bad zwischen Billies Büro und dem kleinen Zimmer, in dem sich Hank und Jodie aufhielten. Der Gang führte zu dem großen Vorderzimmer, das gleichzeitig als Speisezimmer und Salon diente. Seine verhängten Fenster gingen auf die 155th Street und die St. Nicholas Avenue. Eine kleine elektrische Küche lag rechts.

In dem Aufenthaltsraum spielte gedämpft eine Musikbox. Zwei weiße Männer saßen mit drei farbigen Mädchen auf Sofas. Auf der anderen Seite des Raums, vor der Wand zur Küche, saßen zwei Farbige und ein farbiges Mädchen an einem großen Mahagonitisch und aßen Brathähnchen mit Kartoffelsalat. Die Beleuchtung war gedämpft, in der Luft hing ein schwacher Duft nach Weihrauch.

In einem der Schlafzimmer lag ein Weißer mit einem farbigen Mädchen zwischen himmelblauen Laken. In einem anderen spielten fünf Farbige fast wortlos Poker in der rauchgeschwängerten Luft, tranken eiskaltes Flaschenbier und aßen Schinkensandwiches.

Das kleine Zimmer hatte eine Tür zum Gang. Eine weitere im Hintergrund des Zimmers führte zur Küche. Beide Türen waren verschlossen, und die Schlüssel staken in den Schlössern. Es hatte ein einzelnes Fenster, das auf den Absatz der Feuertreppe führte, jetzt aber von schweren Portieren verdeckt war, die vor der Jalousie zusammengezogen waren.

Hank lag auf einer Couch an der Wand zum Badezimmer, in seinen blauen Anzug gekleidet, den Kopf auf zwei Sofakissen gestützt. Er paffte langsam Opium aus einer Wasserpfeife. Die flache Schale mit blubberndem Opium stand auf einem Dreibein auf der Glasplatte eines Cocktailtisches. Der Rauch ging durch ein kurzes gebogenes Rohr, blubberte durch eine Glaskaraffe, die mit lauem Wasser gefüllt war, und wurde durch einen langen, durchsichtigen Kunststoffschlauch in das Bernsteinmundstück gesogen, das Hank lose zwischen schlaffen Lippen hielt.

Seine Achtunddreißiger-Pistole hatte er griffbereit zwischen seinem Bein und der Wand neben sich auf der Couch liegen.

Ein junges Mädchen, das eine weiße Bluse über vollen, reifen Brüsten und eine enganliegende Hose aus bedruckter Seide trug, saß auf dem dunkelgrünen Teppich neben dem Cocktailtisch, die Knie angezogen, den Kopf gegen die Sofakissen neben dem Hanks gelehnt.

Sie hatte ein glattes braunes Gesicht, große, strahlende Augen und einen breitlippigen, blumenartigen Mund. Von Zeit zu Zeit wühlte Hank in ihrem lockigen schwarzen Haar, als ob es ihm Glück bringen sollte.

Jodie hockte auf der anderen Seite des Zimmers auf einem grünen Lederdiwan. Sein Kopf war vorgebeugt und ragte fast in den Lautsprecher einer Musiktruhe hinein, während er auf den Bottom-Blues von Hot Lips Page lauschte. Er spielte die Platte immer wieder, so leise, daß die Töne nur seinem vom Rauschgift aufgepeitschten Gehör vernehmbar waren.

Zwischen seinen ausgestreckten Beinen hockte ein Mädchen auf dem Boden. Sie trug eine zitronengelbe Bluse über knospenden Brüsten und eine enganliegende Hose über schlanken Hüften. Sie hatte ein olivfarbenes, herzförmiges Gesicht, lange schwarze Wimpern verhüllten halb dunkelbraune Augen, und ihr Mund war für ihre vollen Lippen zu klein. Ihr Kopf ruhte an Jodies Knie.

Jodie starrte über ihren Kopf hinweg, tief in die blaue Musik versunken. Er strich mit seiner rechten Hand langsam über ihre festen braunen Locken, als ob ihm das Gefühl angenehm wäre. Sein rechter Arm ruhte auf seinem Oberschenkel, und in seiner rechten Hand hielt er sein Messer und ließ es unaufhörlich auf- und zuschnappen.

»Hast du keine andere Platte?« fragte Hank wie aus weiter Ferne.

»Mir gefällt sie.«

»Hat sie nicht noch eine andere Seite?«

»Mir gefällt diese Seite.«

Jodie begann die Platte von neuem zu spielen. Hank blickte träumerisch zur Decke.

»Wann gehen wir?« fragte Jodie.

»Sobald es hell wird.«

Jodie sah auf das Zifferblatt seiner Armbanduhr.

»Es sollte jetzt schon hell sein.«

»Laß dir Zeit. Jetzt haben wir keine Eile.«

»Ich will losfahren. Das Rumsitzen hier geht mir auf die Nerven.«

»Wart noch eine Weile. Laß erst etwas Verkehr auf der Straße sein. Wir wollen nicht der einzige Wagen mit einer kalifornischen Nummer sein, der aus der Stadt fährt.«

»Woher weißt du denn, daß es überhaupt andere gibt?«

»Dann Wagen aus Ohio und Illinois. Laß dir Zeit.«

»Wir haben uns schon verdammt lange Zeit gelassen.«

Die Platte war zu Ende. Jodie spielte sie von neuem, neigte seinen Kopf zum Lautsprecher, schnappte sein Messer auf und zu.

»Hör auf, mit dem Messer zu spielen«, sagte Hank gleichmütig.

»Ich hab noch nicht gemerkt, daß ich damit spiele.«

Ein zögerndes Klopfen übertönte den leise gespielten Blues.

Hank starrte mit träumerischen Augen auf die verschlossene Tür. Auch Jodie starrte sie gespannt an. Die Mädchen blickten nicht auf.

»Sieh nach, wer es ist, Carol«, sagte Hank zu dem Mädchen neben sich.

Sie wollte aufstehen.

»Frage nur.«

»Wer ist da?« rief sie mit einer überraschend scharfen Stimme.

»Ich bin's, Imabelle.«

Hank und Jodie starrten weiter auf die verschlossene Tür. Die Mädchen drehten sich um und starrten sie jetzt gleichfalls an. Keiner antwortete.

»Ich bin's, Imabelle, laßt mich rein.«

Hank griff an seine Seite und umschloß mit seinen Fingern den Griff der Pistole. Jodies Messer schnappte auf und blieb stehen.

»Wer ist bei dir?« fragte Hank mit träger Stimme.

»Niemand.«

»Wo ist Billie?«

»Sie ist hier.«

»Rufe sie.«

»Billie, Hank will mit dir sprechen.«

»Hank«, fragte Hank, »wer ist Hank?«

»Benutz den Namen nicht«, sagte Billie, und dann zu Hank: »Ich bin hier. Was willst du?«

»Wer ist bei Imabelle?«

»Niemand.«

»Mach die Tür einen Spalt auf«, sagte Hank zu Carol.

Sie stand auf, durchquerte mit schwingenden Hüften das Zimmer, schloß die Tür auf und öffnete sie einen Spalt.

Hank zielte mit seiner Pistole auf den Spalt.

Imabelle zeigte ihr Gesicht.

»Es is Imabelle«, sagte Carol.

Billie schob die Tür weiter auf und sah über Imabelle weg auf Hank.

»Willst du mit ihr sprechen?«

»Sicher, laß sie rein«, sagte Hank und hielt seine Waffe außer Sicht neben sich. Carol öffnete mit einer schnellen Bewegung die Tür weit.

Imabelle trat in das Zimmer. Sie fürchtete sich so sehr, daß es sie in der Kehle würgte.

Hank und Jodie starrten in ihr tränenüberströmtes Gesicht und auf ihre geschwollene, verfärbte Backe.

»Mach die Tür zu«, befahl Hank langsam.

Imabelle trat zur Seite, und Grave Digger kam aus dem dunklen Gang wie eine Erscheinung, die aus dem Meer auftaucht. In jeder Hand hielt er einen vernickelten Revolver.

»Ausrichten«, krächzte er heiser.

»Verflucht, das ist eine Falle«, knurrte Jodie.

Jodies linke Hand ruhte auf Jeanies Lockenkopf, seine rechte Hand mit dem Messer war ausgestreckt. Mit einem plötzlichen festen Griff seiner Linken packte er das Haar und hob das Mädchen daran vom Boden auf, hielt ihren Körper als Schild vor sich und legte die scharfe, nackte Klinge fest gegen ihre Kehle, während er sich rasch erhob.

Das Mädchen schrie nicht auf, gab keinen Laut von sich, wurde nicht ohnmächtig, doch ihr Körper wurde unter Jodies Griff schlaff. Ihr Gesicht war bis zur Entstellung verzerrt, ein Tropfen Blut rann langsam an ihrem gespannten Hals hinunter. Ihre Augen waren riesige, schwarze Tümpel animalischen Entsetzens, in den Winkeln hochgezogen, und beherrschten ihr kleines, verzerrtes Gesicht. Sie wagte nicht zu atmen.

Grave Digger nahm aus den Augenwinkeln ihr Gesicht wahr und

regte sich nicht, aus Furcht, das Messer an ihrer Kehle könnte zustoßen.

Hank starrte Grave Digger träumerisch an, ohne sich zu bewegen, die Finger immer noch um den Griff der versteckten Pistole geschlossen. Grave Digger hielt dem Blick stand. Sie warteten auf ein Flackern im Auge des anderen, ohne auf Jodie und das schreckgelähmte Mädchen zu achten.

Niemand sprach. Carol stand mit einer Hand auf dem Türgriff erstarrt da. Imabelle stand zitternd außer Reichweite auf der anderen Seite.

Alles war wie in einer Pantomime. Jodie wich rückwärts auf die Tür zu, die in die Küche führte. Das Mädchen wich mit ihm zurück, folgte jeder seiner Bewegungen mit einer entsprechenden Bewegung, als ob sie einen makabren Tanz vollführten. Ihre Augen waren in Tümpeln unvergossener Tränen starr geradeaus gerichtet. Jodie stieß gegen die Tür.

»Greif um mich herum und schließ auf«, befahl er dem Mädchen.

Das Mädchen griff mit ihrer linken Hand vorsichtig um seinen Körper herum, tastete nach dem Schlüssel, drehte ihn und öffnete die Tür.

Jodie wich in die Küche zurück, hielt das gelähmte Mädchen weiter als Schild vor sich.

Billie stand stumm neben dem weißen, emaillierten Elektroherd, ein doppelklingiges Metzgerbeil schlagbereit über ihrer rechten Schulter, und wartete, daß Jodie in ihre Reichweite käme. Die Augen auf Grave Diggers Revolver gerichtet, wich Jodie noch einen Schritt zurück. Billie traf mit ihrem Schlag seinen Unterarm, um die Messerklinge von der angespannten Kehle des Mädchens fortzuschlagen. Sie spürte, wie sie auf Knochen traf. Mit einer heftigen Reflexbewegung fuhr Jodie herum. Sein rechter Arm war schlaff wie ein leerer Ärmel, als das Messer auf die Fliesen des Küchenbodens klapperte. Mit der Kante seiner linken Hand schlug er zu. Billie nahm den Schlag über den Mund hin, während sie mit dem Beil noch einmal zuschlug, ihn auf den Rücken gerade zwischen die Schulterblätter traf, als ob sie einen Holzklotz spalte, und ihm mit dem Schlag in die Knie warf.

Er riß den Kopf hoch und schrie: »Mutterschän . . .«

Sie legte ihr ganzes Gewicht in den nächsten Schlag und hackte die scharfe Klinge des Beils mit solcher Gewalt seitlich in seinen Nacken, daß es die Wirbelsäule durchtrennte und sein Kopf an einem dünnen Streifen Fleisch auf seiner Schulter baumelte. Das Schimpfwort stand noch auf seinen Lippen.

Blut schoß aus seinem Hals über das ohnmächtige Mädchen, als Billie das Beil fallen ließ, sie in ihre Arme riß und mit Küssen bedeckte.

Als ob das für Hank das Signal gewesen wäre, schwang er die schwarze Mündung seiner Pistole hoch, obwohl er wußte, daß er keine Chance hatte.

Ehe er sie von seiner Hüfte gehoben hatte, schoß Grave Digger ihn mit seinem eigenen Revolver, den er in der rechten Hand hielt, durch das rechte Auge. Und während Hanks Körper von der Kugel, die in sein Gehirn schlug, zusammenzuckte, sagte Grave Digger: »Und das ist für dich, Ed«, zielte genau mit Coffin Eds Revolver, den er in der linken Hand hielt, und schoß den sterbenden Mörder in das starrende linke Auge.

Im Haus brach ein Höllenlärm los. Imabelle schlüpfte unter Grave Diggers Arm hindurch und schoß auf die Tür zu. Gäste kamen in panischer Flucht aus den Zimmern in den schmalen Gang gestürzt.

Aber Grave Digger war Imabelle bereits in den Gang gefolgt, drängte sie in eine Ecke und blockierte die Tür. Mit dem Lauf eines Revolvers schaltete er die helle Deckenbeleuchtung ein und stand mit dem Rücken gegen die Tür, in jeder Hand einen Revolver.

»Ausrichten«, schrie er mit gellend lauter Stimme, und dann, wie als Echo auf seine eigene Stimme, ahmte er Coffin Ed nach: »Abzählen.«

»Und jetzt, kleine Schwester«, sagte er zu der eingeschüchterten Frau in der Ecke: »Wo ist Slim?«

Ihre Zähne klapperten so, daß sie kaum sprechen konnte.

»In dem Koffer«, stammelte sie.

23

In dem kleinen Raum hoch oben im 22. Stock des granitverkleideten County Building im Stadtzentrum war es heiß.

Der junge Assistant District Attorney John Lawrence, der mit der Durchführung der Vernehmungen beauftragt war, saß in einem rosa Hemd hinter einem großen, grünen Stahlschreibtisch. Sein blondes, kurzgestutztes Haar glänzte vor Sauberkeit in den schrägen Strahlen der Nachmittagssonne.

Jackson kauerte auf der Kante des grünen Ledersessels ihm gegenüber, schmutzig und verwahrlost und um eine Schattierung schwärzer, als er in Harlem jemals aussah.

Grave Digger hockte seitlich auf der breiten Fensterbank, blickte über die Insel Manhattan hinweg einem Ozeandampfer nach, der den Hudson River hinunter nach den Narrows und Le Havre fuhr.

Ein Gerichtsstenograph saß an der Seite des Schreibtisches, den Stift über seinem Stenogrammblock bereit.

Einen Augenblick lang war alles regungslos.

Lawrence hatte gerade die Vernehmung Jacksons beendet.

Plötzlich rührte er sich. Er wischte sich den Schweiß von seinem sommersprossigen Gesicht, fuhr sich mit manikürten Fingernägeln durch seinen Bürstenhaarschnitt, bewegte seine athletischen Schultern in dem grauen Flanellanzug von Brooks Brothers.

Er hatte Grave Diggers Bericht zweimal durchgelesen, bevor er mit seiner Befragung begann. Er hatte den Bericht vom Polizeirevier in der 95th Street gelesen. Der Koffer mit Slims Leiche war von einem Omnibuschauffeur auf der Fifth Avenue gemeldet worden, der ihn offen auf der Straße liegend bemerkt hatte. Die Polizei hatte Slims Leiche in eine Decke gehüllt gefunden, die mit Steinbrocken beschwert war, und den Toten ins Leichenschauhaus gebracht. Die Leiche wies siebenundzwanzig Stichwunden auf.

Auch die Leichen von Hank und Jodie waren ins Leichenschauhaus gebracht worden. Nach den Fingerabdrücken waren sie als die Männer identifiziert worden, die in Mississippi wegen Mordes gesucht wurden.

Das Einzimmerapartment an der Park Avenue war durchsucht worden. Alles, was an Beweismitteln vorgefunden wurde, war eine Menge golden schimmernder Brocken Schwefelkies auf den Kohlen im Kohlenkasten.

Zwei Stunden lang hatte Lawrence mit wachsender Verblüffung dem Bericht der Saga von der hellgelben Frau und dem Koffer voll Golderz gelauscht. Er war sich immer noch nicht darüber klar, ob er alles richtig verstanden hatte.

Er starrte Jackson mit dem Ausdruck bewundernder Ungläubigkeit an.

»Puh!« Er pfiff leise vor sich hin und wechselte mit dem Gerichtsstenographen einen Blick.

Grave Digger sah sich nicht um.

»Wollen Sie noch irgendwelche Fragen stellen, Jones?« fragte Lawrence mit einem bittenden Unterton.

Grave Digger wandte seinen Kopf.

»Wozu?«

Lawrence sah wieder Jackson an und fragte ratlos: »Und Sie behaupten, daß nach Ihrem besten Wissen der Koffer Golderz und nichts anderes enthielt?«

Jackson wischte sich seine glänzende schwarze Stirn mit einem Taschentuch ab, das fast die gleiche Farbe wie sein Gesicht hatte.

»Ja, Sir. Ich könnt's auf einem Stapel Bibeln beschwören. Ich hab's oft genug gesehen.«

»Und Sie erklären ferner, daß nach Ihrem besten Wissen diese Person Perkins den Tatort – die Umgebung – bereits verlassen hatte, als Ihr Bruder –« er blickte in seine Notizen –, »diese sogenannte Schwester Gabriel, ermordet wurde?«

»Ja, Sir. Das kann ich beschwören. Ich hab überall nach ihr gesucht, und sie war fort.«

Lawrence räusperte sich.

»War fort, ja. Und Sie behaupten ferner, daß sie, diese Person Perkins von diesen – dieser Bande – diesen Burschen – äh, diesem Slim gegen ihren Willen festgehalten wurde? Als Gefangene gewissermaßen?«

»Das weiß ich ganz bestimmt«, erklärte Jackson.

»Wie können Sie dessen so sicher sein, Jackson? Hat sie es Ihnen gesagt?«

»Sie brauchte es mir nich zu sagen, Mr. Lawrence. Ich wußte es. Ich kenn Imabelle. Ich weiß, daß sie sich mit diesen Leuten nich eingelassen hätte, wenn sie nich gezwungen wurde. Ich kenn meine Imabelle. Das hätt sie nie getan. Ich kann's beschwören.«

Grave Digger sah weiter auf den Fluß hinaus.

Lawrence musterte Jackson verstohlen, tat so, als ob er seine Notizen läse. Er hatte von leichtgläubigen Farbigen wie Jackson gehört, aber er hatte nie einen in Fleisch und Blut vor sich gesehen.

»Ähäm! Und Sie bestehen darauf, daß sie nichts mit der Bande zu tun hatte, die Sie um Ihr Geld betrog?«

»Nein, Sir, warum sollte sie? Es war ebensogut ihr Geld wie meins.«

Lawrence seufzte.

»Ich vermute, die Frage ist überflüssig, aber es muß der Form wegen geschehen. Sie wollen doch keine Anzeige gegen sie erstatten, oder etwa doch?«

»Anzeige gegen sie? Gegen Imabelle? Warum, Mr. Lawrence, was hat sie getan?«

Lawrence klappte entschlossen sein Notizbuch zu und sah zu Grave Digger hinüber.

»Was haben die städtischen Behörden ihm vorzuwerfen, Jones?«

Grave Digger drehte sich um, sah Jackson immer noch nicht an.

»Verkehrsgefährdendes Fahren, Sachbeschädigung, davon wird ein Teil zwar durch die Kraftfahrzeugversicherung gedeckt, und Widerstand gegen die Festnahme.«

»Nehmen Sie ihn in Haft?«

Grave Digger schüttelte den Kopf. »Sein Boss hat schon seine Kaution gestellt.«

Lawrence starrte Grave Digger an.

»Wirklich?« rief Jackson unwillkürlich aus. »Mr. Clay hat für mich Kaution gestellt? Hat er denn nich meine Festnahme beantragt?«

Lawrence drehte sich um, um Jackson zu fixieren.

»Er hat seinem Boss fünfhundert Dollar gestohlen«, erklärte

Grave Digger, »Clay erstattete Anzeige, um ihn festnehmen zu lassen, aber heute, am späten Vormittag, zog er die Anzeige zurück.«

Lawrence strich sich wieder mit den Fingern durch sein kurzgeschnittenes Haar.

»All diese Leute kommen mir vor, als ob sie komplett verrückt wären«, murmelte er. Als er aber bemerkte, daß der Stenograph seine Worte mitschrieb, sagte er: »Das brauchen Sie nicht ins Protokoll zu nehmen.« Er sah Grave Digger wieder an. »Was steckt Ihrer Meinung nach dahinter?«

Grave Digger zuckte leicht die Achseln. »Wer kann das wissen?«

Lawrence starrte Jackson an. »Was haben Sie gegen Ihren Boss in der Hand?«

Jackson wand sich unter dem scharfen Blick und wischte sich über das Gesicht, um seine Verwirrung zu verbergen.

»Ich hab nix gegen ihn in der Hand.«

»Soll ich ihn als wichtigen Tatzeugen festhalten?« wandte Lawrence sich wieder an Grave Digger.

»Wozu? Als Zeuge gegen wen? Er hat alles gesagt, was er weiß, und er kann nirgendwohin.«

Lawrence atmete tief aus. »Also, Sie können jetzt gehen, Jackson. Das County hat keine Anschuldigungen gegen Sie. Ich rate Ihnen aber, sich sofort mit allen Geschädigten in Verbindung zu setzen, den Leuten, deren Eigentum Sie vernichtet oder beschädigt haben. Einigen Sie sich mit ihnen, ehe sie Sie verklagen.«

»Ja, Sir, das werd ich sofort tun.«

Jackson stand auf, zögerte dann und drehte seine Chauffeurmütze zwischen den Händen.

»Hat irgendeiner von Ihnen was von meinem Mädchen gehört? Wo sie is, oder sonst was?«

Alle drei drehten sich nach ihm um, um ihn anzustarren.

Schließlich antwortete Lawrence: »Sie befindet sich in Haft.«

»Was? Is sie im Gefängnis? Warum?«

Die auf ihn gerichteten Blicke wurden ungläubig. »Wir halten sie zur Vernehmung fest.«

»Kann ich sie sehen, ich meine, mit ihr sprechen?«

»Jetzt nicht, Jackson. Wir haben selbst noch nicht mit ihr gesprochen.«

»Wann, glauben Sie, daß ich sie denn sehen kann?«

»Vielleicht sehr bald. Sie brauchen sich ihretwegen nicht zu sorgen, sie ist in Sicherheit. Ich rate Ihnen, sich mit den Geschädigten zu verständigen, sobald Sie können.«

»Ja, Sir. Ich werd jetzt sofort zu Mr. Clay gehen.«

Als Jackson fort war, sagte der Assistant District Attorney zu Grave Digger: »Es ist ziemlich klar erwiesen, daß –äh –dieser Jackson so unschuldig wie ein Lamm ist, glauben Sie nicht?«

»Ein geschorenes Lamm«, warf der Stenograph ein.

Grave Digger grunzte.

»Haben Sie etwas Neues von Ihrem Partner gehört, Jones?« fragte Lawrence.

»Ich war im Krankenhaus.«

»Wie geht es ihm?«

»Sie sagen, daß er sehen wird, aber die Narben von den Verätzungen wird er immer behalten.«

Lawrence seufzte wieder, reckte seine Schultern und nahm den Ausdruck grimmiger Entschlossenheit an. Er drückte auf einen Knopf auf seinem Schreibtisch, und als ein Polizist seinen Kopf vom Gang her hereinsteckte, sagte er: »Bringen Sie diese Person Perkins.«

Imabelle trug dasselbe rote Kleid, aber jetzt sah es schmutzig aus. Die Seite ihres Gesichts, auf die Grave Digger sie geschlagen hatte, war dunkelrot angelaufen.

Sie warf Grave Digger einen schnellen Blick zu und scheute vor seinem finsteren Ausdruck zurück. Dann nahm sie den Platz gegenüber Lawrence ein, wollte ihre Beine übereinanderschlagen, überlegte es sich aber rechtzeitig, saß mit zusammengepreßten Knien, den Rücken steil aufgerichtet, auf der äußersten Kante des Sitzes da.

Lawrence betrachtete sie kurz und studierte dann die Notizen vor sich. Er ließ sich Zeit und las noch einmal alle Berichte durch.

»Barmherziger Heiland, all diese Messerstechereien und dieses Geschieße«, murmelte er. »Das Zimmer hier schwimmt in Blut.

Nein, nein, schreiben sie das nicht mit«, fügte er, zu dem Gerichtsstenographen gewandt, hinzu.

Er sah wieder Imabelle an, strich sich langsam über das Kinn und fragte sich, wie er das Verhör beginnen solle.

»Wer war Slim?« fragte er schließlich. »Wie war sein richtiger Name? Wir führen ihn hier unter dem Namen Goldsmith. In Mississippi war er als Skinner bekannt.«

»Jimson.«

»Jimson? Ist denn das ein Name? Ist das ein Vorname oder ein Familienname?«

»Clefus Jimson. Das war sein richtiger Name.«

»Und die beiden anderen? Wie waren ihre richtigen Namen?«

»Weiß ich nich. Sie hatten viele verschiedene Namen. Ihre wirklichen Namen kenn ich nich.«

»Dieser Jimson.« Der Name fühlte sich unangenehm im Mund an. »Also, wir wollen ihn einfach Slim nennen. Wer war Slim? In welcher Verbindung standen Sie zu ihm?«

»Er war mein Mann.«

»Das hatte ich mir schon gedacht. Wo haben Sie geheiratet?«

»Wir waren nich verheiratet. Er war mein Mann nach dem Gewohnheitsrecht.«

»Oh. Waren Sie – standen Sie in Verbindung mit ihm? Das heißt, während sie – ähäm – mit Jackson lebten?«

»Nein, Sir. Ich hatte fast ein Jahr nix von ihm gehört und ihn auch nich gesehen.«

»Wie kamen Sie denn dann wieder in Verbindung mit ihm? Oder er mit Ihnen, wer auch den Anstoß dazu gab.«

»Ich bin ihm zufällig bei Billie begegnet.«

»Billie?« Lawrence zog wieder seine Notizen zu Rate.

»Ah ja, das ist da, wo die beiden anderen getötet wurden.« Mein Gott! All dieses Blut, dachte er.

»Was taten Sie denn bei Billie?«

»Besuchte sie nur. Ich ging da nachmittags hin, wenn Jackson bei der Arbeit war. Ich saß nur so herum und besuchte sie. Ich hielt mich nich gern in Bars auf, weil ihn das ins falsche Licht bringen konnte.«

»Ah, ich verstehe. Und als Sie Slim trafen, heckten Sie mit Slim zusammen den Plan aus, Jackson zu betrügen mit dieser Geschichte«, er sah wieder in seine Notizen, »mit dem ›Knall‹?«

»Ich wollte nich. Sie zwangen mich dazu.«

»Wie konnte man. Sie dazu zwingen, wenn Sie es nicht wollten?«

»Ich hatte eine Todesangst vor denen. Vor allen drei. Sie hatten's auf mich abgesehen, und ich hatte Angst, daß sie mich umbringen.«

»Meinen Sie, daß sie dazu einen Grund hatten? Warum?«

»Ich hatte den Koffer mit dem Golderz mitgenommen, das sie für den Trick mit der vergessenen Goldmine brauchten.«

»Sie meinen den Schwefelkies, der im Kohlenkasten des Apartments in der Park Avenue gefunden wurde, in der Sie und Slim lebten?«

»Ja, Sir.«

»Wann nahmen Sie den Koffer an sich?«

»Als ich ihn in Mississippi verließ. Er trieb sich mit einer anderen Frau rum, und als ich ihn verließ, habe ich den Koffer einfach mitgenommen und mit nach New York gebracht. Ich wußte, daß sie dann ihren Trick mit der Goldmine nich spielen konnten.«

»Ich verstehe. Und als er Sie bei Billie fand, bedrohte er Sie?«

»Das brauchte er nich. Er sagte nur, ich nehme dich zurück, und wir werden diesen Nigger, mit dem du da zusammenlebst, schön ausnehmen. Hank und Jodie waren auch da. Hank war völlig berauscht und benahm sich so gemein und heimtückisch wie immer, wenn er Rauschgift in sich hatte, und Jodie stand unter Heroin und schnappte sein Messer auf und zu und sah mich an, als ob er mir den Hals abschneiden wollte. Und Slim, der war halb betrunken. Und Hank sagte, sie wollten das Golderz an sich nehmen und hier in New York damit ihren Trick spielen. Ich wurde gar nich gefragt. Ich mußte einfach mitmachen.«

»Also gut. Dann behaupten Sie also, daß Sie unter Zwang mitwirkten, daß Sie unter Todesdrohung genötigt wurden, mit den dreien zusammenzuarbeiten.«

»Ja, Sir. Entweder machte ich mit, oder sie schnitten mir den Hals ab. Was anderes gab's nich.«

»Warum gingen Sie denn nicht zur Polizei?«

»Was sollt ich der Polizei sagen? Da hatten sie doch noch gar nix gemacht. Und ich wußte nich, daß sie in Mississippi wegen Mord gesucht wurden. Das passierte, nachdem ich fort war.«

»Und warum gingen Sie denn nicht zur Polizei, nachdem Sie Jackson um seine fünfzehnhundert Dollar betrogen hatten?«

»Das war das gleiche. Ich wußte ja nich, daß Jackson gemerkt hatte, daß er betrogen wurde. Wenn ich da zur Polizei gegangen wär und Jackson hätt sie nich angezeigt, dann hätt die Polizei Sie einfach laufen lassen müssen. Und dann hätten sie mich bestimmt umgebracht. Da wußte ich auch noch nix von Jacksons Bruder. Ich wußte nur, daß Jackson ein Simpel war und daß er mir nich helfen konnte.«

»Also gut. Aber warum gingen Sie nicht zur Polizei, nachdem Detective Johnson die Säure ins Gesicht geschüttet worden war?«

Sie warf einen hastigen Blick in die Richtung von Grave Digger und duckte sich zusammen.

Grave Digger fixierte sie voller Haß.

»Dazu hatte ich keine Chance«, beteuerte sie in flehendem Ton. »Ich hätt's getan, aber ich konnte nich. Slim war die ganze Zeit bei mir, bis wir nach Haus kamen. Danach kamen Hank und Jodie in dem Motorboot, das sie gemietet hatten, den Fluß runter und stiegen unter der Eisenbahnbrücke aus und kamen sofort in die Wohnung, wo ich und Slim waren. Da hatte es keinen Zweck mehr, dran zu denken, zur Polizei zu gehen.«

»Was geschah dort?«

Schweiß zog sich unter seinem konzentrierten, scharfen Blick über ihr verunstaltetes Gesicht.

»Also, verstehen Sie, Sir, Jodie dachte, daß ich sie bei der Polizei verpfiffen hätte, bis Slim ihm zeigte, daß ich dazu gar keine Möglichkeit hatte. Wann hätt ich das tun sollen? Aber Jodie war in Fahrt und bösartig, und wenn Hank nich dabei gewesen wäre, hätten er und Slim wieder Streit angefangen. Hank war der einzige, der eine Pistole hatte, und er richtete seine Pistole auf Jodie und hielt ihn so in Schach. Dann wollte Jodie, daß er und Hank das Golderz nehmen und verschwinden und mich mit Slim zurücklassen sollten. Slim sagte, sie bekämen das Golderz nich, wenn sie ihn und mich nich mitnehmen. Dann stimmte Hank Jodie zu. Sie konnten Slim wegen seiner Säureverbrennung am Hals und im Gesicht nicht brauchen. Die Polizei konnte ihn zu leicht erkennen. Sie würden zwei und zwei zusammenaddieren und sofort wissen, wer er war. Hank sagte, Slim soll sich irgendwo verstecken, bis sein Gesicht geheilt is. Dann würden sie nach ihm schicken. Inzwischen würden sie aber das Golderz mitnehmen. Slim sagte, sein Golderz könne ihm keiner wegnehmen, und ihm wär es ganz egal, was sie wollten. Und dann stach Jodie ihn ins Herz, noch ehe Hank es verhindern konnte, und stach immer weiter auf ihn ein, bis Hank sagte: ›Verdammt, hör auf oder ich leg dich um.‹ Aber da war Slim schon tot.«

»Wo waren Sie, als das geschah?«

»Ich war dabei, aber ich konnte Slim nich helfen. Ich hatte Todesangst, daß Jodie auch mich erstechen würde. Er war wie ein Wahnsinniger. Wenn Hank ihn nich daran gehindert hätte, hätte er's auch getan.«

»Aber warum steckten sie die Leiche in den Koffer?«

»Sie wollten ihn beiseite schaffen, damit sie nich auch noch in New York einen Mord am Hals hatten. Hank sagte, er wisse, wo er neues Golderz in Kalifornien bekommen kann. Darum ließen sie gerade soviel in dem Koffer, um ihn zu beschweren, und schmissen das übrige in den Kohlenkasten. Sie wollten den Koffer in den Harlem River werfen. Hank sagte, er wolle einen Lastwagen beschaffen, um ihn zu transportieren, und Jodie sollte unten an der Treppe stehen und aufpassen. Inzwischen sollte ich das Blut vom Fußboden scheuern. Ich hatte Angst, mit Jodie unten an der Treppe allein zu bleiben. Ich wußte nich, daß er mit Hank weggegangen war, bis Jackson und sein Bruder kamen, um den Koffer zu holen.«

Lawrence rieb sich ärgerlich das Kinn, versuchte ein klares Bild zu gewinnen. Selbst seine Augen schienen nicht mehr klar sehen zu können.

»Und welche Rolle spielten Sie in ihren Plänen?«

»Sie wollten mich mitnehmen. Ich hatte Angst, daß sie mich mitnehmen und unterwegs auf der Straße irgendwo umbringen wollten.«

»Aber Sie waren doch schon fort, als sie zurückkamen und Goldy ermordeten.«

»Ja, Sir. Aber davon wußte ich doch nix.«

»Warum benachrichtigten Sie denn nicht da die Polizei?«

»Das wollte ich doch. Ich lief zum Bahnhof in der 125th Street, um es dem ersten Polizisten zu sagen, den ich sah. Aber noch ehe ich dahinkam, fiel mich dann der Mann an, und bevor ich die Möglichkeit hatte, der Polizei irgendwas zu sagen, wurde ich ins Gefängnis gebracht, nur weil ich versucht hab, mich zu schützen.«

Lawrence schwieg und studierte noch einmal den Bericht vor sich.

»Ich hab Detective Jones gesagt, wo er Hank und Jodie finden konnte, sobald ich die Möglichkeit dazu hatte«, fügte sie hinzu.

Lawrence atmete seufzend aus. Diese Leute, dachte er.

»Aber Sie verleiteten Ihren Freund Jackson und seinen Bruder –äh – diese sogenannte Schwester Gabriel –, den Koffer mit Slims Leiche fortzuschaffen, ohne ihnen zu sagen, was darin war.«

»Nein, Sir, verleitet habe ich sie nich. Sie waren entschlossen, ihn mitzunehmen, und ich fürchtete, wenn ich ihnen was sage, würden sie dableiben, um zu versuchen, das Golderz zu kriegen, und würden Hank und Jodie zurückkommen lassen und sie finden, und dann würde noch mehr gemordet. Ich wußte, daß Jackson glaubte, daß es wirkliches Golderz is, und ich konnte sehen, daß sein Bruder es auch glaubte. Ich hielt es für das beste, sie den Koffer mitnehmen und so schnell wie möglich fortkommen zu lassen, damit sie weg waren, wenn Hank und Jodie wiederkamen.«

»Sie haben gesagt, daß Jodie unten stand und aufpaßte.«

»Das glaubte ich zuerst. Als aber Jackson und sein Bruder die Treppe heraufkamen, wußte ich, daß Jodie mit Hank fortgegangen sein mußte. Ich dachte, wenn die wirklich fort waren, könnt ich der Polizei alles sagen, und niemand mehr würde verletzt.«

Lawrence sah zu Grave Digger hinüber.

»Glauben Sie das?«

»Nein. Sie hatte Jackson und Goldy die Leiche aufgehängt und beabsichtigte, mit dem nächsten Zug die Stadt zu verlassen. Es war ihr völlig gleichgültig, was aus den beiden wurde.«

»Ich wollte nur nich, daß noch wer verletzt wird«, protestierte Imabelle. »Es waren schon genug Leute umgebracht worden.«

»Schon gut, schon gut«, unterbrach Lawrence sie, »das ist Ihre Behauptung.«

»Das is keine Behauptung, das is die reine Wahrheit. Ich wollte der Polizei alles sagen. Aber dieser große schwarze Muttersch . . ., dieser Mann da, überfiel mich, ehe ich die Möglichkeit dazu hatte.«

»Ja, ja, das haben Sie alles schon mal gesagt.«

Lawrence wandte sich wieder an Grave Digger.

»Welche Beschuldigungen liegen von den städtischen Behörden gegen sie vor?«

»Angriff mit einer tödlichen Waffe.«

»Wenn das alles ist, dann setze ich sie wegen Teilnahme an einem Verbrechen fest.«

»Wozu? Sie können sie niemals überführen. Sie behauptet, daß sie dazu gezwungen wurde. Jackson wird ihre Behauptung bestätigen. Er glaubt es, und sie weiß, daß er es glaubt. Bewiesen ist, daß die Männer gefährlich waren. Wer könnte ihre Darstellung denn noch widerlegen? Alle Zeugen gegen sie sind tot, und jede Jury, die Sie finden, wird ihr glauben.«

Der Assistant District Attorney wischte sich über sein heißes, rotes Gesicht.

»Und was ist mit Ihrer und Johnsons Zeugenaussage?«

»Lassen Sie sie laufen«, sagte Grave Digger schroff. Er sah aus, als ob er in höchster Wut wäre. »Ed und ich werden die Rechnung begleichen. Eines Tages erwischen wir sie, wenn sie die Hose runter hat.«

»Nein, das kann ich nicht zulassen«, sagte Lawrence. »Ich entlasse sie nur gegen fünftausend Dollar Kaution.«

Mr. Clay hielt seinen Nachmittagsschlaf, als Jackson ankam. Jackson fand die Vordertür offen und trat ohne anzuklopfen ins Haus. Smitty, der andere Chauffeur, schäkerte mit einem Mädchen in der schwach erleuchteten Kapelle.

Jackson öffnete lautlos die Tür zu Mr. Clays Büro und trat leise ein.

Mr. Clay lag mit dem Gesicht zur Wand auf der Couch. Er war in seinen langschößigen Rock gekleidet, sein langes, buschiges graues Haar lag über dem Überzug, seine pergamentartige Haut hob sich von der dunklen Wand ab. Er sah im gedämpften Licht der Stehlampe, die ständig vor dem Vorderfenster brannte, wie eine aus einem Museum entflohene Mumie aus.

»Bist du das, Marcus?« fragte er, ohne sich umzudrehen.

»Nein, Sir, ich bin's, Jackson.«

»Hast du mein Geld, Jackson?«

»Nein, Sir.«

»Das hab ich mir gedacht.«

»Aber ich bezahle Ihnen jeden Cent zurück, Mr. Clay. Die fünfhundert Dollar, die ich mir borgte, und die zweihundert Dollar, die Sie mir auf mein Gehalt Vorschuß gaben. Machen Sie sich deswegen keine Sorgen, Mr. Clay.«

»Ich mache mir keine Sorgen, Jackson. Du kannst wegen dem Geld, um das dich diese Schurken betrogen haben, das County auf Schadenersatz verklagen.«

»Kann ich das? Das County?«

»Ja. Sie haben achttausend Dollar bei sich gehabt, aber behalt das für dich, Jackson. Behalt's ja für dich.«

»Ja, Sir, ganz bestimmt.«

»Und noch was, Jackson . . .«

»Ja, Sir ?«

»Hast du meinen Leichenwagen zurückgebracht?«

»Nein, Sir. Ich wußte nicht, ob ich das kann. Ich ließ ihn vor dem Revier stehen.«

»Dann hol ihn, Jackson. Und beeil dich, weil hier Arbeit auf dich wartet.«

»Nehmen Sie mich denn wieder, Mr. Clay?«

»Ich hab dich nie gehen lassen, Jackson. Einen guten Mann wie dich zu finden, ist schwer.«

»Ja, Sir. Wollen Sie meinen Bruder für mich begraben, Mr. Clay?«

»Das ist mein Beruf, Jackson, das ist mein Beruf. Wie hoch war er denn versichert?«

»Das weiß ich noch nich.«

»Stell es fest, Jackson. Dann können wir über das Geschäft reden.«

»Ja, Sir.«

»Was macht denn dein gelbes Mädchen, Jackson?«

»Es geht ihr gut, Mr. Clay. Sie ist jetzt gerade im Gefängnis.«

»Das ist aber schlecht, Jackson. Na, jedenfalls weißt du, daß sie dich solange nicht betrügt.«

Jackson zwang sich zu einem Lachen. »Sie machen immer Witze, Mr. Clay. Sie wissen, daß sie das nich tun würde.«

»Jedenfalls nich, solange sie im Gefängnis is«, antwortete Mr. Clay schläfrig.

»Ich geh jetzt hin, um sie zu besuchen.«

»Gut, Jackson. Und geh zu Joe Simpson, er soll ihre Kaution stellen, wenn es nicht zuviel ist.«

»Ja, Sir, danke, Sir, Mr. Clay.«

Joe Simpson hatte sein Büro um die Ecke an der Lennox Avenue. Jackson fuhr mit ihm ins Zentrum der City zum County Building.

Als Lawrence, der Assistant District Attorney, erfuhr, daß für Imabelle Kaution gestellt wurde, ließ er Joe Simpson zu sich kommen. Grave Digger und der Gerichtsstenograph waren fort, und Lawrence befand sich allein in seinem Büro.

»Joe, ich will wissen, wer für die Frau die Kaution stellt«, erklärte er.

Simpson sah ihn überrascht an.

»Nun, das tut Mr. Clay.«

»Du lieber Himmel«, rief Lawrence aus. »Was heißt das, was geht hier vor? Womit haben sie ihn in der Hand? Sie stehlen ihm sein Geld, sie machen ihm seinen Leichenwagen kaputt, sie nützen ihn in jeder denkbaren Weise aus, und er hat nichts Eiligeres zu tun, als die Kaution zu stellen. Ich möchte wissen, warum?«

»Zwei dieser Burschen hatten achttausend Dollar bei sich, als sie getötet wurden.«

»Was hat denn das damit zu tun?«

»Ach, ich dachte, Sie wissen, wie das funktioniert, Mr. Lawrence. Das Geld wird für ihre Begräbnisse verwendet, und Mr. Clay hat die Begräbnisse übernommen. Es war genauso, als ob sie ihm neue Kunden vermittelt hätten.«

Jackson befand sich im anderen Flügel des County Buildings und wartete im Vorraum, bis der Aufseher Imabelle aus ihrer Zelle brachte. Er stieß ein langes, seufzendes Lachen aus und schloß sie in seine Arme. Sie schmiegte sich fest an die Wölbung seines dicken Bauches und preßte ihre geschwollenen Lippen gegen seinen verschwitzten Mund.

Dann zog sie sich zurück und sagte: »Daddy, wir müssen uns beeilen und zu dem alten Geier gehen, um unser Zimmer wiederzubekommen, damit wir heute nacht schlafen können.«

»Es ist alles wieder gut«, antwortete er. »Ich habe meine Stellung wieder, und Mr. Clay hat auch die Kaution für dich gestellt.«

Sie hielt ihn auf Armeslänge von sich ab und sah ihm in die Augen.

»Du hast deine Stellung behalten, Daddy? Is das nich großartig!«

»Imabelle«, sagte er verlegen, »ich muß dir was sagen. Es tut mir leid, aber deinen Koffer mit dem Golderz, den hab ich verloren. Ich gab mir die größte Mühe, ihn zu retten.«

Sie lachte laut heraus und kniff ihn in seine kräftigen, fetten Arme.

»Daddy, mach dir keine Sorge. Was soll ich mit 'nem alten Koffer voll Golderz, solang ich dich hab.«

Heiße Nacht
für kühle Killer

1

I'm gwine down to de river,
Set down on de ground.
If de blues overtake me,
I'll jump overboard and drown . . .

Big Joe Turner sang eine Rock 'n' Roll-Version von *Dink's Blues*. Der laute, packende Rhythmus kam so heiß aus der Musikbox, daß Knochen schmelzen konnten. Wie von Nadeln gestochen sprang eine Frau von ihrem Platz in einer Nische auf. Sie war eine hagere schwarze Person in einem rosa Jerseykleid und roten Seidenstrümpfen. Sie zog ihren Rock hoch und begann mit einem Shake, als ob sie die Nadeln einzeln abschütteln wollte.

Ihre Begeisterung war ansteckend. Andere Frauen sprangen von ihren hohen Hockern herunter und zuckten und wackelten mit. Die Gäste lachten und jubelten Beifall und fingen auch an zu wackeln. In dem Gang zwischen der Bartheke und den Nischen stürmte es von wackelnden Körpern.

Big Smiley, der riesige Barmann, setzte schlurfend mit einem plattfüßigen Shuffle hinter der Bar ein. Die farbigen Gäste in Harlems *Dew Drop Inn*, Ecke 129th Street und Lenox Avenue, amüsierten sich an diesem frischen Oktoberabend einfach königlich.

Ein Weißer, der etwa in der Mitte vor der Bartheke stand, sah dem Treiben zynisch amüsiert zu. Er war der einzige Weiße in der Bar.

Er war groß, über einen Meter achtzig, und trug zu einem grauen Flanellanzug ein weißes Hemd und eine blutrote Krawatte. Sein großflächiges, talgiges Gesicht zeigte die Spuren eines ausschweifenden Lebenswandels. Das dichte schwarze Haar war grau gesprenkelt. Zwischen Zeige- und Mittelfinger der rechten Hand hielt er einen erloschenen Zigarrenstummel. Am Ringfinger stak ein Siegelring. Er sah wie etwa vierzig aus.

Die farbigen Frauen schienen ausschließlich zu seiner Unterhaltung zu tanzen. Eine leichte Röte breitete sich auf seinem talgigen Gesicht aus. Die Musik endete.

Eine gefährlich klingende, knarrende Stimme verkündete laut über das keuchende Gelächter: »Ich hätt direkt Lust, 'nem weißen Mutterschänder den Hals abzuschneiden.«

Das Gelächter brach ab. Plötzlich wurde es still im Raum.

Der Mann, der gesprochen hatte, war ein dürrer kleiner Bantamgewichtler mit ausgemergeltem Hühnerhals. Die Tage seiner Schlägereien lagen bereits zwanzig Jahre zurück. Graue Bartstoppeln sproßten auf seiner rauhen schwarzen Haut. Er trug einen zerbeulten, steifen schwarzen Hut, der schon Alterspatina angesetzt hatte, eine abgewetzte, karierte Jacke über einem Overall aus blauer Baumwolle.

Seine wütenden kleinen Augen waren rot wie glühende Kohlen. Mit steifen Beinen stelzte er auf den großen weißen Mann zu, hielt dabei ein offenes Messer mit feststellbarer Klinge in der rechten Hand, die er fest gegen sein blaugekleidetes Bein preßte.

Der große Weiße wandte sich ihm zu und sah aus, als wüßte er nicht, ob er lachen oder sich ärgern sollte. Unauffällig streckte er die Hand nach dem schweren Glasaschenbecher auf der Bar aus. »Nun mal langsam, Kleiner, dann wird niemand zu Schaden kommen.«

Der kleine Messerheld blieb dicht vor ihm stehen. »Find ich in unserer Gegend 'nen weißen Mutterschänder, der hinter meinen kleinen Mädchen her is, dann schneid ich dem den Hals ab«, verkündete er.

»Was denken Sie denn«, widersprach der Weiße. »Ich bin Geschäftsmann. Ich verkaufe das gute King-Cola, das ihr Leute hier so gern trinkt. Ich bin nur hier, um meine Kunden zu besuchen.«

Big Smiley trat näher und stützte seine schinkengroßen Fäuste auf die Bar. »Paß mal auf, du abgebrochener Riese«, sagte er zu dem kleinen Messerhelden. »Bild dir nicht ein, daß du meine Gäste einschüchtern kannst, nur weil du größer bist als sie.«

»Er will ja keinem was Böses«, sagte der große Weiße. »Er will ja nur eine King-Cola zur Besänftigung. Geben Sie ihm eine Flasche King-Cola.«

Der kleine Messerheld schlug mit seinem Messer nach der Kehle des Weißen und durchtrennte die rote Krawatte mit einem sauberen Schnitt unmittelbar unter dem Knoten.

Der große Weiße fuhr erschrocken zurück. Sein Ellbogen stieß gegen die Kante der Barplatte, und der Aschenbecher, den er gepackt hatte, flog in ein Fach mit kunstvoll geschliffenen Weingläsern hinter der Bar.

Das Klirren der zersplitternden Gläser veranlaßte ihn wieder zurückzuspringen. Die zweite Reflexhandlung erfolgte so schnell auf die erste, daß er dem zweiten Schlag des Messers entging, ohne ihn auch nur wahrzunehmen. Der Knoten seiner Krawatte, der ihm geblieben war, wurde in der Mitte aufgeschlitzt und blühte wie eine blutige Wunde vor seinem weißen Kragen auf.

». . . Halsabschneider!« gellte eine aufgeregte Stimme, als ob sie einem erfolgreichen Torschützen zujubelte.

Big Smiley beugte sich über die Bartheke und packte den Messerhelden mit den rotunterlaufenen Augen an den Jackenaufschlägen und hob ihn vom Boden hoch.

»Gib mir mal das Messer da, Kleiner, ehe ich dich zwinge, es zu fressen«, sagte er gelassen lächelnd, als ob das Ganze ein Witz wäre.

Der Messerheld wand sich unter Big Smileys Griff und schlug ihm mit dem Messer auf den Arm. Der weiße Stoff von Big Smileys Jacke platzte auf wie ein berstender Ballon, und aus dem Fleisch unter seiner schwarzen Haut ergoß sich der rote Strom.

Blut spritzte.

Big Smiley blickte auf seinen verletzten Arm. Er hielt den kleinen Messerhelden am Kragen seiner Jacke noch immer frei in der Luft. Seine Augen hatten einen überraschten Ausdruck. Seine Nüstern blähten sich. »Du hast mich geschnitten? Das kann doch wohl nicht wahr sein«, sagte er. Seine Stimme klang ungläubig.

»Und ich schneid dich gleich noch mal«, keuchte der kleine Messerheld und wand sich in seinem Griff.

Big Smiley ließ ihn los, als ob er glühendheiß geworden wäre.

Der kleine Mann landete auf den Füßen und schlug mit dem Messer nach Big Smileys Gesicht.

Big Smiley fuhr rechtzeitig zurück und griff mit der rechten Hand unter die Theke. Er zog eine Feuerwehraxt mit kurzem Stiel heraus. Der Stiel war rot lackiert, die gebogene Klinge rasiermesserscharf.

Der kleine Messerheld machte einen Luftsprung und hieb wieder nach Big Smiley. Er nahm es mit seinem Messer gegen Big Smileys Axt auf.

Big Smiley parierte mit einem rechten Schwinger der rotstieligen Axt. Die Klinge der Axt traf den Arm des Messerhelden mitten im Schlag und trennte ihn unmittelbar unter dem Ellbogen ab, als ob er guillotiniert worden wäre. Der abgetrennte Arm samt Jackenärmel segelte durch die Luft, besprengte die nächststehenden Zuschauer mit Blutstropfen, landete auf dem mit Linoleum ausgelegten Boden und glitt in einer der Nischen unter den Tisch, ohne daß die Hand daran das Messer losgelassen hätte.

Der kleine Messerheld landete auf den Füßen, vollführte mit seinem halben Arm immer noch schlagende Bewegungen. Er war zu betrunken, um voll zu erfassen, was geschehen war. Er sah, daß die untere Hälfte seines Arms fehlte; er sah, wie Big Smiley die Axt mit dem roten Stiel schwang. Er dachte, Big Smiley würde noch einmal zuschlagen.

»Wart nur, verfluchter Mutterschänder, bis ich meinen Arm finde«, schrie er gellend. »Er hat noch mein Messer in der Hand.«

Er ließ sich auf die Knie fallen und fing mit der linken Hand an, auf dem Boden herumzutasten und nach seinem abgetrennten Arm zu suchen. Das Blut schoß aus seinem zuckenden Armstumpf wie aus der Mündung eines Schlauchs.

Dann verlor er das Bewußtsein und fiel flach aufs Gesicht.

Zwei Gäste drehten ihn um. Einer schlang eine Krawatte als Aderpresse um den blutenden Armstumpf, der andere drehte sie mit einem Stuhlbein fest zusammen.

Eine Kellnerin und ein weiterer Gast schlangen ein zusammengedrehtes Handtuch um Big Smileys Arm. Er hatte noch die Feuerwehraxt in der rechten Hand und machte nach wie vor ein überraschtes Gesicht.

Der weiße Geschäftsführer war auf die Theke geklettert und schrie: »Bleibt alle sitzen, Leute. Jeder geht an seinen Platz zurück und bezahlt seine Zeche. Die Polizei ist benachrichtigt und wird sich um alles kümmern.«

Als ob er einen Startschuß abgefeuert hätte, setzte ein Spurt auf die Tür ein.

Als Sonny Pickens auf den Gehsteig hinauskam, sah er den großen Weißen durch eines der kleinen Vorderfenster in die Bar hineinspähen.

Sonny hatte Marihuana-Zigaretten geraucht und war mitten im Turn. Seinen berauschten Augen erschien der dunkle Nachthimmel leuchtend violett, und die kümmerlichen, rauchgeschwärzten Wohnhäuser sahen für ihn wie nagelneue Wolkenkratzer aus erdbeerfarbenen Mauersteinen aus. Die Neonröhren über den Bars und Billardstuben und billigen Eßlokalen brannten wie phosphoreszierendes Feuer. Aus der Innentasche seiner Jacke zog er einen Revolver aus blauem Stahl, ließ die Trommel rotieren und zielte dann auf den großen Weißen.

Seine beiden Freunde Rubberlips Wilson und Lowtop Brown sahen ihm verblüfft mit aufgerissenen Augen zu. Doch noch ehe einer der beiden ihn zurückhalten konnte, ging Sonny auf den Fußspitzen balancierend auf den Weißen los.

»Heh, Sie!« schrie er. »Sind Sie der Kerl, der hinter meiner Frau her ist?«

Der große Weiße riß den Kopf herum und sah die Waffe. Seine Augen weiteten sich, und das Blut wich aus seinem talgigen Gesicht. »Um Gottes willen, warten Sie!« rief er. »Sie irren sich! Jeder scheint mich hier mit irgend jemand zu verwechseln.«

»Ich denke nicht daran«, entgegnete Sonny und drückte ab.

Eine orangefarbene Flamme sprühte auf die Brust des großen Weißen zu. Der Knall hallte durch die Nacht.

Sonny und der Weiße hüpften gleichzeitig hoch in die Luft. Beide begannen zu rennen, noch ehe ihre Füße wieder den Boden berührt hatten. Beide rannten geradeaus los. Sie rannten mit voller Geschwindigkeit gegeneinander. Das weit größere Gewicht des Weißen warf Sonny um, und der Weiße rannte über ihn hinweg.

Er bahnte sich einen Weg durch die Menge der farbigen Zuschauer, fegte sie beiseite und rannte, ohne sich um den Verkehr zu kümmern, quer über die Fahrbahn.

Sonny sprang sofort auf und raste hinter ihm her. Er rannte über die Leute hinweg, die der große Weiße umgerissen hatte, und wäre beinahe ausgerutscht. Er schwankte wie betrunken. Schreie verfolgten ihn, und Scheinwerfer schossen wie Leuchtspurgranaten auf ihn zu.

Der große Weiße drängte sich zwischen zwei parkenden Wagen hindurch auf den anderen Bürgersteig, als Sonny wieder auf ihn schoß. Der Weiße rettete sich unverletzt auf den Gehsteig und rannte von den parkenden Wagen gedeckt nach Süden.

Sonny folgte ihm zwischen den Wagen hindurch und hielt mit ihm Schritt.

Die Leute in der Schußlinie vollführten akrobatische Sprünge, um sich in Sicherheit zu bringen. Weiter entfernt auf der Straße drängten sich Menschen in den Hauseingängen, um zu sehen, was vorging. Sie sahen einen großen Weißen mit wilden blauen Augen und dem Reststummel einer roten Krawatte, der ihn aussehen ließ, als ob ihm der Hals abgeschnitten worden wäre, der von einem schlanken Schwarzen mit einem großen stahlblauen Revolver in der Hand verfolgt wurde. Da zogen sie sich schnell aus der Schußlinie zurück.

Hinter den beiden jedoch schlossen sich die Neugierigen der Jagd an.

Allen voran der Weiße. Als nächster kam Sonny. Rubberlips und Lowtop folgten Sonny auf den Fersen. Hinter ihnen erstreckten sich die Zuschauer in einer regellosen Linie.

An der Ecke der 127th Street rannte der Weiße an einer Gruppe von acht Arabern vorbei. Alle diese Araber hatten dichte, graudurchzogene schwarze Bärte. Alle trugen hellgrüne Turbane, dunkle Brillen und knöchellange weiße Gewänder. Ihre Hautfarbe reichte von Ofenrohrschwarz bis Senfgelb. Sie schwatzten und gestikulierten wie eine aufgeregte Schar eingesperrter Affen. Die Luft war von dem beißenden Geruch von Marihuana geschwängert.

»Ein Ungläubiger!« schrie einer der Araber.

Das Schwatzen brach augenblicklich ab. Als geschlossene Gruppe fuhren sie zu dem Weißen herum.

Der Weiße hörte den Ruf. Aus dem Augenwinkel nahm er die plötzliche Bewegung wahr. Mit einem Sprung verließ er den Gehsteig.

Ein Wagen, der schnell durch die 127th Street kam, bremste mit ohrenbetäubendem Kreischen, um ihn nicht zu überfahren. Im Scheinwerfer des Wagens wurde sein verzerrtes, schweißbedecktes Gesicht erkennbar. Seine blauen Augen waren schwarz vor Angst, sein graudurchzogenes Haar in wilder Unordnung.

Instinktiv sprang er gleichzeitig hoch und zur Seite, fort von dem heranrasenden Wagen. Es war ein groteskes Bild, wie er Arme und Beine hochriß.

In diesem Augenblick erreichte Sonny die Gruppe der Araber und feuerte auf den Weißen, noch ehe dessen Füße den Boden wieder erreicht hatten. Die orangefarbene Abschußflamme beleuchtete Sonnys verzerrtes Gesicht.

Ein Zucken durchlief den Körper des Weißen, dann fiel er schlaff in sich zusammen. Mit ausgespreizten Gliedmaßen und dem Gesicht nach unten landete er auf dem Pflaster. Dort blieb er regungslos liegen.

Sonny rannte mit der rauchenden Waffe in der Hand zu ihm hin. Vom grellen Licht der Scheinwerfer wurde er hell angestrahlt. Er sah auf den Weißen hinunter, der mitten auf der Fahrbahn lag, und begann zu lachen. Er bog sich vor Lachen, wedelte mit den Armen, und sein ganzer Körper zuckte.

Lowtop und Rubberlips holten ihn ein. Die acht Araber traten im Licht der Scheinwerfer zu ihnen.

»Mann, was ist denn passiert?« fragte Lowtop.

Die Araber sahen ihn an und begannen zu lachen.

Auch Rubberlips fing an zu lachen, schließlich auch Lowtop.

Alle standen sie in dem grellen weißen Licht, schwankten und zuckten und bogen sich vor Lachen.

Sonny versuchte etwas zu sagen, konnte aber vor Gelächter kein Wort herausbringen.

In der Nähe ertönte eine Polizeisirene.

2

Im Büro des Captain vom Polizeirevier in der 126th Street läutete das Telefon. Der uniformierte Beamte am Schreibtisch griff nach dem Hörer, ohne von dem Meldeformular aufzublicken, das er gerade ausfüllte.

»Revier Harlem, Lieutenant Anderson«, meldete er sich.

Eine schrille Stimme erkundigte sich: »Sind Sie der diensthabende Beamte?«

»Ja, meine Dame«, antwortete Lieutenant Anderson geduldig und schrieb mit der freien Hand weiter.

»Ich möchte melden, daß ein Weißer von einem bewaffneten Farbigen durch die Lenox Avenue gejagt wird«, sagte die Stimme mit der selbstgefälligen Scheinheiligkeit einer erretteten Betschwester.

Lieutenant Anderson schob das Formular beiseite und zog einen Meldeblock an sich. Als er die wesentlichen Einzelheiten ihres zusammenhanglosen Berichts aufgenommen hatte, sagte er: »Vielen Dank, Mrs. Collins.« Er legte den Hörer zurück und griff nach dem direktgeschalteten Apparat zur Polizeizentrale in der Centre Street.

»Geben Sie mir die Funkvermittlung«, verlangte er.

-

Im Kielwasser eines Busses fuhren zwei farbige Männer durch die 135th Street. Aus der Form gegangene dunkle Hüte saßen gerade auf ihren kurzgeschorenen, krausen Köpfen, und ihre großen

Gestalten füllten die Vordersitze der kleinen, klapprigen schwarzen Limousine.

Ihr Funkgerät begann zu knattern, dann verkündete eine metallische Stimme: »Ruf an alle Wagen! Weißer rennt über die Lenox Avenue nach Süden. Wird von einem betrunkenen Neger mit Waffe verfolgt. Gefahr von ausbrechenden Unruhen gegeben.«

»Dann mal auf die Tube«, sagte der Mann auf dem Beifahrersitz mit rauher Stimme.

»Wird wohl besser sein«, antwortete der Fahrer lakonisch. Er ließ seine Sirene einmal kurz aufheulen und wendete den kleinen Wagen mit kreischenden Reifen mitten auf der Straße, wobei er einem Taxi die Fahrt abschnitt, das mit hohem Tempo aus Richtung Bronx kam.

Das Taxi strapazierte seine Bremse, um die Limousine nicht zu rammen. Der Taxifahrer sah die privaten Nummernschilder und hielt die beiden für zwei kleine Gauner, die versuchten, sich mit der Sirene an ihrem Wagen wichtig zu machen. Er war ein Italiener aus der Bronx, der in der Zeit der großen Gangster aufgewachsen war, und kleine Ganoven aus Harlem konnten ihm nicht imponieren.

Er beugte sich aus dem Fenster und schrie: »Ihr pflügt hier keine Baumwolle in Mississippi, ihr schwarzen Hurensöhne. Wir sind hier in New York, wo die Leute fahren können . . .«

Sein farbiger Fahrgast beugte sich rasch vor und zog ihn am Ärmel. »Mann, reißen Sie die Klappe nicht so weit auf«, warnte er besorgt. »Die beiden sind Grave Digger Jones und Coffin Ed Johnson. Sehen Sie denn die Polizeiantenne hinten an ihrem Wagen nicht?«

»Oh, die sind das«, sagte der Fahrer und kühlte so schnell ab wie ein Barmädchen bei einem Gast, der pleite ist. »Ich hab sie nicht erkannt.«

Grave Digger hatte ihn zwar gehört, aber er gab Gas, ohne sich umzudrehen.

Coffin Ed zog seinen Revolver aus der Schulterhalfter und ließ die Trommel rotieren. Im vorbeihuschenden Licht der Straßenlaternen glänzte der lange, vernickelte Lauf des speziell angefertigten Revolvers Kaliber .38, und die fünf Messingmantelgeschosse in den sechs Kammern sahen tödlich aus. Die Kammer unter dem Hahn war leer. Aber er trug eine Schachtel mit Reservemunition neben seinem Meldeblock und den Handschellen in der ledergefütterten rechten Jackentasche mit sich.

»Lieutenant Anderson hat mich gestern abend gefragt, warum wir uns nicht von diesen altmodischen Knarren trennen, wo die neuen doch so viel besser sind. Er versuchte, mich zu einer dieser neuen hydraulischen Pistolen zu bekehren, die fünfzehn Schuß abgeben. Er meinte, sie schössen schneller, leichter und ebenso genau. Aber ich habe ihm gesagt, wir würden bei diesen hier bleiben.«

»Hast du ihm auch gesagt, wie schnell du die da wieder laden kannst?« Grave Digger trug unter dem linken Arm das Gegenstück zu Coffin Eds Waffe.

»Ach was. Ich hab ihm nur gesagt, er wüßte nicht, wie hart die Köpfe dieser Harlemneger sind«, antwortete Coffin Ed. Sein von Säurenarben bedecktes Gesicht sah in der schwachen Beleuchtung des Armaturenbretts bedrohlich aus.

Grave Digger lachte leise. »Du hättest ihm sagen sollen, daß diese Leute nur Respekt vor einer Waffe haben, die einen schönen langen, glänzenden Lauf hat. Die wollen doch sehen, womit auf sie geschossen wird.«

»Oder es wenigstens hören. Sonst glauben sie, man könnte nicht mehr damit anfangen als sie mit ihren Messern.«

Als sie die Lenox Avenue erreichten, bog Grave Digger mit heulender Sirene durch das rote Licht nach Süden ab, fuhr dicht vor einem nach Osten rollenden Lastzug vorbei und verlangsamte sein Tempo hinter einem himmelblauen, mit gelben Metalleisten verzierten Cadillac Coupé, das die nach Süden führende Fahrbahn zwischen einem Bus und einer Flotte nach Norden fahrender Kühlwagen versperrte. Es hatte ein Kennzeichen des Staates New York mit der Nummer B-H-21 und gehörte Big Henry, der das Zahlenlotto »21« betrieb. Big Henry fuhr selbst. Sein Leibwächter Cousin Cuts saß vorn neben ihm, und zwei weitere, gefährlich aussehende Gestalten nahmen die Rücksitze ein.

Big Henry nahm mit der rechten Hand die Zigarre aus seinem

wulstlippigen Mund und klopfte die Asche in dem aus dem Armaturenbrett herausragenden Aschenbecher ab. Er unterhielt sich weiter mit Cuts, als ob er die Sirene nicht gehört hätte. Das Funkeln des Brillanten an seiner rechten Hand war durch das Rückfenster zu sehen.

»Schaff ihn aus dem Weg«, sagte Grave Digger mit tonloser Stimme.

Coffin Ed beugte sich aus dem rechten Seitenfenster und schoß den Rückspiegel des großen Cadillacs von der Strebe an der linken Tür ab.

Die Zigarrenhand von Big Henry erstarrte, und sein fetter schwarzer Nacken schwoll an, als er dem zerschmetterten Spiegel nachblickte. Cuts richtete sich von seinem Sitz auf, drehte sich drohend um und griff nach seiner Waffe. Als er Coffin Eds finsteres Gesicht sah, das ihm hinter dem langen, vernickelten Lauf der .38er entgegenstarrte, duckte er sich wie ein routinierter Baseballspieler vor einem scharf geworfenen Ball.

Coffin Ed pflanzte ein Loch in den linken Vorderkotflügel des Cadillacs.

Grave Digger lachte verhalten. »Das tut Big Henry mehr weh als ein Loch in Cousin Cuts' Kopf.«

Big Henry drehte sich mit dem Ausdruck verwunderter Empörung auf seinem gedunsenen schwarzen Gesicht um, fiel aber in sich zusammen wie ein durchlöcherter Ballon, als er die Detektive erkannte. Er steuerte seinen Wagen hastig zur Seite und drückte dabei den rechten Kotflügel seines Cadillacs an der Seite des Busses ein. Grave Digger hatte Platz genug, um sich hindurchzuzwängen. Als sie vorbeifuhren, suchte Coffin Ed sich ein tieferes Ziel und schoß Big Henrys goldene Initialen von der Tür des Cadillacs.

»Und bleib da drüben!« schrie er mit rauher Stimme.

Sie ließen Big Henry zurück, der ihnen mit Tränen in den Augen einen anklagenden »Wie-könnt-ihr-mir-das-nur-antun«-Blick nachsandte.

Als sie auf die Höhe des *Dew Drop Inn* kamen, sahen sie den verlassenen Krankenwagen und die vor ihnen her rennende Menge. Ohne das Tempo zu verringern, schlängelten sie sich zwischen den auf der Straße wahllos abgestellten Wagen hindurch und zwängten sich mit heulender Sirene durch das dichte Menschengedränge. Sie hielten mit quietschenden Bremsen an, als ihre Scheinwerfer die makabre Szene beleuchteten.

»Auseinander«, zischte einer der Araber. »Jetzt geht's los.«

»Die Ungeheuer«, stimmte ein anderer zu.

»Was denn, Idiot?« schimpfte ein dritter. »Sie können uns nichts anhaben.«

Die beiden großen, gelenkigen Detektive sprangen zur gleichen Zeit aufs Pflaster, ihre vernickelten langen Revolver in den Händen. Sie sahen wie breitschultrige Bauernknechte im Sonntagsstaat auf einem Samstagabendtanz aus.

»Achtung!« schrie Grave Digger aus vollem Hals.

»Stillgestanden!« kam das Echo von Coffin Ed.

In die Menge kam Bewegung. Die Sensationslüsternen und die Unschuldigen drängten sich näher. Verdächtige Gestalten begannen sich zu verkrümeln.

Sonny und seine beiden Freunde drehten sich erschrocken mit weit aufgerissenen Augen um.

»Wo kommen die denn her?« murmelte Sonny benommen.

»Ich übernehme ihn«, sagte Grave Digger.

»Ich gebe Deckung«, antwortete Coffin Ed.

Ihre großen Plattfüße klatschten auf das Pflaster, als sie auf Sonny und die Araber eindrangen. Coffin Ed blieb an einer Stelle stehen, von der er sie alle in Schußlinie hatte.

Ohne ein Innehalten in der Bewegung trat Grave Digger vor Sonny und schlug ihm mit dem Lauf seines Revolvers auf den Ellbogen. Mit der freien Hand fing er Sonnys Waffe auf, die dem Burschen aus den gelähmten Fingern flog.

»Hab sie«, sagte er, als Sonny vor Schmerz aufschrie und mit der linken Hand nach seinem rechten Arm griff.

»Ich hab gar nicht . . .«, versuchte Sonny zu erklären, aber Grave Digger brüllte: »Mund halten!«

»Greift nach den Sternen!« befahl Coffin Ed in warnendem Ton und hob drohend seinen Revolver. Es klang, als spräche er mit zusammengebissenen Zähnen.

»Sag's dem Mann, Sonny«, drängte Lowtop mit zitternder Stimme, wurde aber von Grave Digger übertönt, der die Menge andonnerte: »Zurücktreten!« Er jagte einen Schuß über ihre Köpfe.

Sie wichen zurück. Sonnys linker Arm schoß hoch, und seine beiden Freunde nahmen die Hände ebenfalls hoch. Er versuchte noch einmal, etwas zu sagen. Sein Adamsapfel tanzte hilflos in seiner trockenen, tonlosen Kehle.

Die Araber aber zeigten sich trotzig. Sie ließen ihre Arme nach unten hängen und schlurften herum.

»Sind ja noch gar keine Sterne draußen«, quengelte einer mit heiserer Stimme.

Coffin Ed packte ihn am Nacken und ließ ihn frei über dem Boden baumeln.

»Langsam, Ed«, warnte Grave Digger mit merkwürdig besorgtem Ton. »Immer mit der Ruhe.«

Coffin Ed hielt inne. Sein Revolver war bereit gewesen, dem Araber die Zähne einzuschlagen. Er schüttelte den Kopf wie ein Hund, der aus dem Wasser kommt, dann ließ er den Araber los, wich einen Schritt zurück und sagte mit seiner knarrenden Stimme: »Ihr baut euch auf . . . ich zähle bis drei. Eins . . .«

»Zwei . . .« Das kam von Grave Digger. Doch ehe einer der beiden das ›Drei‹ noch ausgesprochen hatte, hatten sich die Araber mit Sonny in einer Reihe aufgebaut und die Hände über die Köpfe gehoben.

»Und jetzt haltet sie oben!« befahl Coffin Ed.

»Oder einer von euch kann sich sofort neben den Toten legen«, fügte Grave Digger hinzu.

»Der is gar nich tot, der is nur ohnmächtig geworden«, brachte Sonny schließlich hervor.

»Stimmt«, bestätigte Rubberlips. »Der hat gar nichts abgekriegt Der ist nur vor lauter Angst umgefallen.«

»Den brauchense nur'n bißchen zu schütteln, dann kommt der wieder zu sich«, fügte Sonny hinzu.

Die Araber fingen wieder an zu lachen, Coffin Eds finsteres Gesicht brachte sie aber zum Schweigen.

Grave Digger schob Sonnys Revolver unter seinen Gürtel, steckte seine eigene Waffe wieder in die Halfter und beugte sich nieder. Er hob den Kopf des Weißen hoch. Blaue Augen blickten starr ins Nichts. Behutsam ließ er den Kopf sinken, faßte nach einer schlaffen, warmen Hand und tastete nach dem Puls.

»Er ist nich tot«, wiederholte Sonny, aber seine Stimme war unsicher geworden. »Er is nur ohnmächtig. Das is alles.«

Er und seine beiden Freunde beobachteten Grave Digger, der sich den Rücken des Weißen ansah. Coffin Ed stand regungslos daneben, sein narbiges Gesicht war wie eine Bronzemaske. Grave Digger bemerkte einen dunklen, nassen Fleck im dichten, grau durchzogenen Haar des Weißen, tief unten an der Schädelbasis. Vorsichtig tastete er nach. Die Fingerspitzen, die er danach in das weiße Scheinwerferlicht hielt, waren rot und naß. Wortlos sah er auf.

Die Zuschauer drängten näher. Coffin Ed bemerkte es nicht. Er sah auf Grave Diggers blutige Fingerspitzen.

»Is das Blut?« flüsterte Sonny mühsam. Seine Grashüpferbeine wurden von einem Zittern gepackt, das langsam auf den ganzen Körper überging.

Grave Digger und Coffin Ed starrten ihn an, ohne etwas zu sagen.

»Is er tot?« fragte Sonny heiser vor Entsetzen. Seine zitternden Lippen waren staubtrocken, seine Augen wurden weiß in einem schwarzen Gesicht, das grau geworden war.

»So tot wie er nur sein kann«, sagte Grave Digger mit unbewegter, tonloser Stimme.

»Ich hab's nich getan«, flüsterte Sonny. »Ich schwör's bei Gott im Himmel.«

»Er hat es nich getan«, bestätigten Rubberlips und Lowtop einstimmig.

»Wie ist es denn passiert?« fragte Coffin Ed.

»Ganz klar, wie es passiert ist«, antwortete Grave Digger.

»So wahr mir Gott helfe, Boss, ich kann's nich getan haben«, versicherte Sonny verstört.

Grave Digger starrte ihn mit achatharten Augen an und sagte nichts.

»Sie müssen ihm glauben, Boss. Er kann's nich getan haben«, bezeugte Rubberlips.

»Nein, Sir«, bestätigte Lowtop.

»Ich wollte ihm nichts antun. Ich wollte ihm nur Angst machen«, sagte Sonny. Tränen rannen ihm übers Gesicht.

»Der verrückte Säufer mit seinem Messer hat das Ganze angefangen«, sagte Rubberlips. »Da hinten im *Dew Drop Inn*.«

»Nachher hat der Weiße dauernd durch das Fenster reingeglotzt, das hat Sonny wütend gemacht«, ergänzte Lowtop. »Aber ich hab doch nur Spaß gemacht«, beteuerte Sonny. Die Detektive starrten ihn mit ausdruckslosen Augen an. Die Araber rührten sich nicht.

»Der will uns 'n Märchen erzählen«, meinte Coffin Ed schließlich.

»Wie kann ich denn wegen meiner Alten eifersüchtig sein«, wandte Sonny ein. »Ich hab ja keine.«

»Interessiert mich nicht«, sagte Grave Digger mit unbeteiligtem Gesicht und legte Sonny Handschellen an. »Spar dir das für den Richter.«

»Boss, so hörnse mich doch an. Ich schwöre bei Gott . . .«

»Halt die Klappe, du bist festgenommen«, sagte Coffin Ed.

3

In der Ferne erklang eine Polizeisirene. Sie kam von Osten. Es begann wie das Jaulen eines gefolterten Dämons und steigerte sich zu einem Heulen. Eine weitere gellte im Westen auf; andere setzten aus Norden und Süden ein, eine nach der anderen, wie Düsenmaschinen, die von einem Flugzeugträger starten.

»Wollen mal sehen, was diese wahrhaft kühlen Moslems zu bieten haben«, sagte Grave Digger.

»Abzählen, ihr Scheichs«, befahl Coffin Ed.

Sie hatten den Fall abgeschlossen, noch ehe die Streifenwagen eingetroffen waren. Die stetig drohende Gefahr eines Aufruhrs war überwunden. Sie waren mit sich zufrieden.

»Gelobt sei Allah«, rief der größte der Araber.

Wie in der Befolgung eines Rituals antworteten die anderen mit »Mekka« und verneigten sich tief mit ausgestreckten Armen.

»Spart euch das Theater und bleibt gerade stehen«, sagte Grave Digger. »Wir nehmen euch als Zeugen fest.«

»Wer spricht das Gebet?« fragte der Führer mit gesenktem Kopf.

»Ich spreche das Gebet«, erwiderte einer.

»Dann bete zu dem großen Ungeheuer«, befahl der Führer.

Der eine, der das Gebet sprechen sollte, drehte sich langsam um und präsentierte Coffin Ed seine weißverhüllte Rückseite. Ein Laut wie das Bellen eines Hundes ertönte von seinem Hinterteil.

»Allah sei gepriesen«, intonierte der Fahrer, und die weiten Ärmel der Gewänder aller anderen flatterten respondierend.

Coffin Ed begriff das Ganze erst, als Sonny und seine Freunde in Gelächter ausbrachen. Dann verzerrte sich sein Gesicht in schwarzer Wut.

»Halunken!« brüllte er heiser. Er versetzte dem sich verneigenden Araber einen Tritt, daß er sich überschlug, und richtete drohend seinen Revolver auf ihn.

»Langsam, Mann, langsam«, sagte Grave Digger und versuchte ein unbewegtes Gesicht zu zeigen. »Du kannst doch nicht auf einen schießen, nur weil er dich anfurzt.«

»So, du Ungeheuer«, schrie ein dritter Araber, der plötzlich eine Flasche in der Hand hatte, deren Inhalt er Coffin Ed entgegenspritzte. »Dufte süß!«

Coffin Ed sah das Blinken der Flasche, die spritzende Flüssigkeit. Er duckte sich und riß seinen Revolver hoch.

»Das ist doch nur Parfüm«, schrie der Araber entsetzt.

Aber in Coffin Eds Kopf rauschte das Blut so laut, daß er ihn nicht hörte. Er dachte nur an einen Gangster namens Hank, der ihm einmal Säure ins Gesicht geschleudert hatte. Und jetzt sah es so aus, als ob ihn wieder einer mit Säure bespritzte. Die aufwallende, brennende Wut verwandelte sein Gesicht zu einer Maske, seine zernarbten Lippen entblößten zusammengebissene, fletschende Zähne.

Er feuerte rasch hintereinander zwei Schüsse ab. Der Araber mit der halbvollen Parfümflasche in der Hand sagte leise »Oh« und sank langsam auf das Pflaster. In der Menge hinter ihm schrie gellend eine Frau auf, als eines ihrer Beine unter ihr nachgab.

Die anderen Araber stoben in wilder Flucht auseinander. Sonny floh mit ihnen. Einen Sekundenbruchteil später folgten ihm seine Freunde auf den Fersen.

»Verdammt noch mal, Ed«, schrie Grave Digger und stürzte sich auf Coffin Eds Waffe. Er packte sie am Lauf, gerade noch rechtzeitig, ehe sich der nächste Schuß löste. Die Kugel zerriß ein Telefonkabel über ihren Köpfen. Die Enden fielen in die Menge und verursachten eine gelinde Panik.

Alles rannte auseinander.

Die verstörte Menge stürzte auf die nächsten Hauseingänge zu, trampelte über die angeschossene Frau und zwei weitere Personen, die umgerissen wurden.

Grave Digger rang mit Coffin Ed. Sie stolperten und fielen über den toten Weißen. Grave Digger hielt Coffin Eds Waffe am Lauf gepackt und versuchte, sie ihm zu entwenden.

»Ich bin's, Ed, Digger«, wiederholte er ständig. »Laß die Waffe los.«

»Laß mich los, Digger, laß mich los. Ich will ihn umbringen«, stöhnte Coffin Ed wie irr, und Tränen strömten über sein verzerrtes Gesicht.

»Sie haben es noch mal versucht.«

»Das war keine Säure, das war Parfum«, keuchte Grave Digger.

Sie wälzten sich über den Toten und wieder von ihm fort.

»Laß mich los, Digger. Ich warne dich«, knurrte Coffin Ed.

Während sie sich über und neben der Leiche hin und her wanden, verfolgten zwei der Araber Sonny in einen Hauseingang. Die Menschen, die sich unter der Haustür drängten, wichen zur Seite und ließen sie durch. Als Sonny das dichte Gedränge auf der Treppe sah, lief er weiter durch den Hausflur und suchte nach einem Hinterausgang. Er kam in einen kleinen, von Mauern umschlossenen Hof. Die Araber folgten ihm. Der eine warf ihm eine Schlinge über den Kopf, riß ihm dabei den Hut herunter, und zog die Schlinge fest an. Der andere zückte ein Messer mit feststellbarer Klinge und preßte ihm die Spitze gegen die Rippen.

»Wenn du schreist, bist du ein toter Mann«, warnte der erste.

Jetzt tauchte auch der Anführer der Araber auf.

»Schaffen wir ihn schnell von hier fort«, befahl er.

In diesem Augenblick begannen auf der Straße die Streifenwagen einzutreffen. Zwei Streifenpolizisten und Detective Haggerty waren die ersten, die den Schauplatz des Mordes erreichten.

»Heiliges Kanonenrohr!« rief Haggerty aus.

Die Polizisten starrten nur entsetzt. Für sie sah es so aus, als ob die beiden farbigen Detektive den großen Weißen in einem tödlichen Ringkampf umklammert hielten.

»Steht nicht so rum«, keuchte Grave Digger. »Helft mir doch.«

»Sie bringen ihn noch um«, schrie Haggerty und schlang seine Arme um Grave Digger und versuchte ihn fortzuzerren. »Packt ihr den anderen«, rief er den Polizisten zu.

»Den Teufel werde ich«, antwortete der eine, schwang seinen Schlagstock über Coffin Eds Kopf und schlug ihn bewußtlos.

Der andere zog seine Pistole und zielte auf die Leiche. »Keine Bewegung, oder ich schieße«, warnte er.

»Der bewegt sich nicht mehr. Der ist tot«, erklärte Grave Digger.

Der Polizist machte ein dummes Gesicht. »Ich dachte, Sie hätten mit ihm gerungen«, sagte er.

»Lassen Sie mich los, verdammt noch mal«, knurrte Grave Digger seinen Kollegen an.

»Also, zum Teufel«, sagte Haggerty und gab ihn frei. »Sie wollten doch, daß ich Ihnen helfe. Woher soll man eigentlich wissen, was hier los ist?«

Grave Digger schüttelte sich und sah den dritten Polizisten böse an. »Sie brauchten ihn nicht niederzuschlagen«, sagte er.

»Ich wollte nichts riskieren«, verteidigte sich der Polizist.

»Halten Sie den Mund und bewachen Sie den Araber«, sagte Haggerty.

Der Polizist trat zu dem Araber und sah ihn sich an. »Der ist auch tot.«

»Heiliges Kanonenrohr«, sagte Haggerty. »Dann kümmern Sie sich um die Frau.«

Vier weitere Polizisten kamen angerannt. Auf Haggertys Befehl wandten zwei sich der angeschossenen Frau zu, die verlassen auf der Straße lag.

»Sie ist bewußtlos, lebt aber noch«, stellte einer der Polizisten fest.

»Dann warten Sie bei ihr auf den Krankenwagen«, ordnete Haggerty an.

»Wem wollen Sie hier eigentlich befehlen?« entgegnete der Polizist. »Wir wissen, was wir zu tun haben.«

»Gehen Sie doch zum Teufel«, sagte Haggerty.

Grave Digger beugte sich über Coffin Ed, hob dessen Kopf hoch und hielt ihm eine offene Flasche Ammniak unter die Nase. Coffin Ed stöhnte.

Ein rotgesichtiger Sergeant in Uniform mit einer Figur wie ein Sherman-Panzer ragte plötzlich über ihm auf.

»Was ist hier passiert?« fragte der Sergeant.

Grave Digger blickte zu ihm auf. »Es kam zu einem Tumult, und wir verloren unseren Häftling.«

»Wer hat auf Ihren Partner geschossen?«

»Keiner. Niemand hat auf ihn geschossen. Er wurde nur niedergeschlagen.«

»Dann ist ja alles in Ordnung. Wie sieht Ihr Häftling aus?«

»Ein Schwarzer, etwa einssiebzig groß, zwischen fünfundzwanzig und dreißig, hundertvierzig bis hundertfünfzig Pfund, schmales Gesicht, fliehendes Kinn, trägt hellgrauen Hut, dunkelgrauen, gestreiften Anzug, weißen Eckenkragen, rotgestreifte Krawatte, gelbe Sportschuhe. Er ist mit Handschellen gefesselt.«

Die kleinen porzellanblauen Augen des Sergeant wanderten von der Leiche des großen Weißen zur Leiche des bärtigen Arabers.

»Welchen von den beiden hat er umgebracht?« fragte er.

»Den Weißen«, antwortete Grave Digger.

»Das ist in Ordnung. Wir werden ihn fassen.« Mit erhobener Stimme rief er: »Professor!«

Ein Corporal, der sich gerade eine Zigarette anzündete, antwortete: »Ja?«

»Sperren Sie die ganze verdammte Gegend hier ab«, befahl der Sergeant. »Lassen Sie niemand fort. Wir suchen einen Zulu im

Harlemkostüm. Er hat einen Weißen getötet. Er kann nicht weit gekommen sein, weil er mit Handschellen gefesselt ist.«

»Den kriegen wir bald«, versicherte der Corporal.

»Nehmen Sie alle Verdächtigen fest«, befahl der Sergeant.

»Wird gemacht«, antwortete der Corporal und wandte sich schnell den weiteren Polizisten zu, die gerade eintrafen.

»Wer hat den Araber erschossen?« fragte der Sergeant.

»Das war Ed«, entgegnete Grave Digger.

»Dann ist ja alles in Ordnung«, sagte der Sergeant. »Wir finden Ihren Häftling schon. Ich lasse den Lieutenant und den Polizeiarzt rufen. Sparen Sie sich alles Weitere für die auf.«

Er drehte sich um und folgte dem Corporal.

Coffin Ed stand mit unsicheren Beinen auf. »Du hättest mich den Schweinehund umbringen lassen sollen, Digger«, sagte er.

»Sieh ihn dir doch an.« Grave Digger deutete mit dem Kopf auf den toten Araber.

Coffin Ed starrte auf den Toten hinunter.

»Ich hatte keine Ahnung, daß ich ihn getroffen habe«, sagte er mit einer Stimme, als ob er aus einer Betäubung erwachte. Nach einem Augenblick fügte er hinzu: »Aber er tut mir nicht leid. Ich sage dir, Digger, jeder Schuft, der noch einmal versucht, mir Säure ins Gesicht zu spritzen, spielt mit seinem Leben.«

»Riech doch mal an dir selbst, Mann«, sagte Grave Digger.

Coffin Ed beugte den Kopf. Sein zerknitterter dunkler Anzug stank nach billigem Parfüm.

»Damit hat er gespritzt. Es war nur Parfüm«, sagte Grave Digger. »Ich hab's dir noch zugerufen.«

»Das muß ich überhört haben.«

Grave Digger atmete tief ein. »Verdammt noch mal, Mann, du mußt dich beherrschen können.«

»Na ja, Digger. Bring du mal einem gebrannten Kind bei, was Feuer ist. Jeder, der versucht, mich zu bespritzen, wenn er von mir festgenommen ist, riskiert, daß auf ihn geschossen wird.«

Darauf antwortete Grave Digger nicht.

»Was ist aus unserem Häftling geworden?« fragte Coffin Ed.

»Er ist entkommen«, erklärte Grave Digger.

Sie drehten sich im gleichen Augenblick um und betrachteten prüfend den Schauplatz.

Jeden Augenblick trafen weitere Streifenwagen ein, spien Polizisten aus wie zu einer Invasion. Andere hatten bei der 126th und der 128th Street die Lennox Avenue abgesperrt und blockierten die 127th Street von beiden Seiten.

Die meisten Menschen waren von der Straße verschwunden, die Zurückgebliebenen als verdächtig festgenommen worden. Verschiedene Autofahrer, die versucht hatten, ihre Wagen wieder flott zu bekommen, beteuerten laut protestierend ihre Unschuld.

Die überfüllten Bars in der Nachbarschaft wurden schnell von der Polizei abgeriegelt. Die Fenster der Wohnungen waren von schwarzen Gesichtern überfüllt, die Hauseingänge von Polizisten bewacht.

»Ich würde diesen Halunken gern selbst suchen«, sagte Coffin Ed.

»Dazu müssen wir erst auf den Befehl vom Morddezernat warten.«

Doch vorher noch traf Lieutenant Anderson ein. Der uniformierte Sergeant und Detective Haggerty hatten sich ihm angeschlossen. Zu fünft standen sie von den Scheinwerfern beleuchtet um die beiden Toten herum.

»Also los«, begann Anderson. »Berichten Sie mir zunächst einmal das Wesentliche. Ich habe selbst den Alarm gegeben, bin über den Ausgangspunkt also im Bild. Als ich die erste Meldung bekam, war der Mann noch am Leben.«

»Er war tot, als wir hier ankamen«, sagte Grave Digger mit seiner unbewegten, tonlosen Stimme. »Wir waren als erste hier. Der Verdächtige stand mit einer Waffe in der Hand über dem Opfer . . .«

»Einen Augenblick«, unterbrach ihn eine neue Stimme.

Ein Lieutenant in Zivil und ein Sergeant vom Morddezernat traten zu dem Kreis.

»Das sind die Beamten, die den Verdächtigen festnahmen«, erklärte Anderson.

»Wo ist der Festgenommene?« fragte der Lieutenant vom Morddezernat.

»Er ist entkommen«, antwortete Grave Digger.

»Gut, dann mal von Anfang an«, sagte der Lieutenant.

Grave Digger wiederholte für ihn den ersten Teil seines Berichts und fuhr dann fort: »Er hatte zwei Freunde bei sich, und eine Gruppe jugendlicher Gangster stand mit ihm um die Leiche herum. Wir entwaffneten den Verdächtigen und legten ihm Handschellen an. Als wir anfangen wollten, die jugendlichen Halunken zu durchsuchen, kam es zu einem Tumult. Coffin Ed schoß einen der Burschen nieder. Der Verdächtige ist in dem allgemeinen Durcheinander entkommen.«

»Eines möchte ich klargestellt haben«, sagte der Lieutenant vom Morddezernat. »Waren die Jugendlichen auch in die Tat verwickelt?«

»Nein, wir wollten sie nur als Zeugen vernehmen«, antwortete Grave Digger. »Wer der Täter ist, daran besteht kein Zweifel.«

»Gut.«

»Als ich herkam, rangen Jones und Johnson miteinander und wälzten sich auf der Leiche«, sagte Haggerty. »Jones versuchte, Johnson zu entwaffnen.«

Lieutenant Anderson und die Beamten vom Norddezernat blickten erst ihn an und wendeten sich dann ab, um abwechselnd Grave Digger und Coffin Ed anzusehen.

»Es kam so«, sagte Coffin Ed. »Einer der Halunken drehte mir seinen Arsch zu und furzte mich an und . . .«

»Was?« rief Lieutenant Anderson, und der Lieutenant vom Morddezernat fragte ungläubig: »Sie haben einen Mann getötet, weil er gefurzt hat?«

»Nein, der Halunke, den er niedergeschossen hat, war ein anderer«, antwortete Grave Digger mit seiner tonlosen Stimme. »Der Kerl hatte plötzlich eine Flasche in der Hand und spritzte Ed damit an. Ed dachte, es sei Säure . . .«

Sie sahen auf Coffin Eds von Säure zernarbtes Gesicht und wandten verlegen den Blick wieder ab.

»Der Tote ist ein Araber«, sagte der Sergeant.

»Das ist nur eine Verkleidung«, erklärte Grave Digger. »Sie gehören zu einer Gruppe jugendlicher Gangster, die sich die *Real Cool Moslems* nennt.«

»Was?« warf der Lieutenant vom Morddezernat dazwischen.

»Meistens prügeln sie sich mit einer Gruppe jugendlicher Israelis aus der Bronx herum«, führte Grave Digger weiter aus. »Wir überlassen diese Dinge den Leuten von der Fürsorge.«

Der Sergeant vom Morddezernat trat zu dem toten Araber und nahm ihm den Turban ab und entfernte den falschen Bart. Das Gesicht eines jungen Farbigen mit glattem, pomadisiertem Haar und bartlosen Wangen starrte ihm entgegen. Er ließ die Verkleidung neben den Toten fallen und seufzte.

»Fast noch ein Kind«, sagte er.

Für einen Augenblick sprach niemand.

Dann fragte der Lieutenant vom Morddezernat: »Haben Sie die Mordwaffe?«

Grave Digger zog Sonnys Revolver aus dem Gürtel. Er faßte ihn mit Daumen und Zeigefinger beim Lauf und hielt ihn dem Lieutenant hin. Der Lieutenant betrachtete ihn, hüllte ihn dann in sein Taschentuch und schob ihn in seine Jackentasche.

»Haben Sie den Verdächtigen vernommen?« fragte er.

»Dazu sind wir nicht gekommen«, sagte Grave Digger. »Wir wissen nur, daß sich der Mord im Anschluß an eine Schlägerei im *Dew Drop Inn* ergab.«

»Das ist eine Kneipe ein Stück weiter oben in der Straße«, erklärte Anderson. »Dort war es kurz vorher zu einer Messerstecherei gekommen.«

»In unserem alten Städtchen geht's heute nacht wieder mal rund«, meinte Haggerty.

Der Lieutenant vom Morddezernat sah Anderson mit hochgezogenen Augenbrauen fragend an.

»Befassen Sie sich mal mit dieser Angelegenheit, Haggerty«, befahl Lieutenant Anderson. »Kümmern Sie sich um die Messerstecherei. Stellen Sie fest, ob Zusammenhänge mit diesem Fall bestehen.«

»Das hatten wir uns auch schon vorgenommen«, warf Grave Digger ein.

»Lassen Sie ihn ruhig damit anfangen«, entschied Anderson.

»Gemacht«, sagte Haggerty. »Ich bin Spezialist für Messerstechereien.« Er ging.

»Nun wollen wir uns mal die Toten ansehen«, sagte der Lieutenant vom Morddezernat. Er unterwarf beide einer flüchtigen Untersuchung. Der Jugendliche war von einer Kugel getroffen worden, mitten ins Herz.

»Wir können nichts tun, als auf den Amtsarzt warten«, sagte der Lieutenant.

Darauf sahen sie sich auch die bewußtlose Frau an.

»Es hat sie am Oberschenkel erwischt«, sagte der Sergeant vom Morddezernat. »Starker Blutverlust, aber nicht lebensgefährlich, glaube ich.«

»Der Krankenwagen muß jeden Augenblick kommen«, sagte Anderson.

»Wieso hat sie überhaupt was abbekommen?« fragte der Lieutenant vom Morddezernat.

»Ed hat zwei Schüsse auf den Gangster abgegeben«, antwortete Grave Digger. »Einer davon muß sie getroffen haben.«

»Ah so.«

Niemand blickte zu Coffin Ed hin. Statt dessen interessierten sie sich plötzlich für die umstehenden Häuser.

Anderson schüttelte den Kopf. »Das wird eine teuflische Arbeit werden, in diesen Slums hier Ihren Häftling zu finden«, meinte er.

»Das ist gar nicht notwendig«, sagte der Lieutenant vom Morddezernat. »Wenn er mit dieser Waffe hier geschossen hat, ist er ebenso unschuldig wie Sie und ich. Damit kann man niemand töten.« Er zog den Revolver aus der Tasche und wickelte ihn aus dem Taschentuch.

»Schreckschußrevolver Kaliber .37. Die einzige Munition, die dazu paßt, sind Platzpatronen.«

Alle starrten ihn verblüfft an.

»Na so was«, sagte Lieutenant Anderson schließlich, »jetzt hört doch alles auf.«

4

In der Betonmauer zwischen den engen Hinterhöfen war ein rostiges Eisentor. Der Anführer der Bande schloß es mit einem Schlüssel auf, den er an einem Bund bei sich hatte. Das Tor öffnete sich lautlos in geölten Angeln.

Er ging vor.

»Marsch!«, befahl der Scherge mit dem Messer und drückte es Sonny gegen die Seite.

Sonny marschierte.

Der andere hielt die Schlinge um Sonnys Hals straff wie eine Hundeleine.

Als sie durch das Tor gegangen waren, schloß der Führer der Bande es wieder ab.

Einer der Schergen fragte: »Glaubst du, daß es Caleb schwer erwischt hat?«

»Keine Namen in Gegenwart des Gefangenen«, befahl der Anführer. »Das solltest du auch allein wissen.«

Der rissige Betonboden war von zerbrochenen Flaschen, Lumpen und dem verschiedensten Unrat übersät; Abfälle, die die Bewohner durch die Hinterfenster in den Hof geworfen hatten: ein rostiger Sprungrahmen, eine Baumwollmatratze, in deren Mitte ein großes Brandloch war, der halbvertrocknete Kadaver einer schwarzen Katze, dem das linke Hinterbein fehlte und dem Ratten die Augen ausgefressen hatten.

Sorgfältig suchten sie sich ihren Weg durch den Abfall. Sonny stieß dabei gegen lose aufgestapelte Mülltonnen, und eine stürzte laut polternd um. Plötzlich stieg ein fauliger Gestank auf.

»Verdammt noch mal, sieh dich doch vor«, schnauzte der Anführer. »Paß auf, wo du hinläufst!«

»Ach was, Mann, niemand denkt, daß wir hier hinten sind«, sagte Choo-Choo.

»Wie sollst du mich anreden?« wies ihn der Anführer zurecht.

»Also dann Scheich.«

»Was wollt ihr Witzbolde eigentlich von mir?« fragte Sonny.

Sein Marihuanarausch war inzwischen verflogen. Er fühlte sich schwach in den Knien und war hungrig. Er hatte einen schalen Geschmack im Mund, und sein Magen krampfte sich vor Angst zusammen.

»Wir verkaufen dich an die Juden«, antwortete Choo-Choo.

»Mir könnt ihr nichts vormachen. Ihr seid keine Araber«, sagte Sonny.

»Wir verstecken dich vor der Polizei«, sagte der Scheich.

»Ich habe nichts getan«, sagte Sonny.

Der Scheich blieb stehen, und alle drehten sich um und sahen Sonny an. In der Dunkelheit schimmerten seine Augen wie weiße Halbmonde.

»Na schön. Wenn du nichts getan hast, können wir dich ja wieder zu den Polizisten bringen«, sagte der Scheich.

»Nein, nein, nich so hastig. Ich will ja nur wissen, wo ihr mich hinbringt.«

»Wir nehmen dich mit zu uns nach Hause.«

»Gut, das soll mir recht sein.«

In diesem Hof gab es keine Hintertür zum Hausflur wie bei dem Nebenhaus. Mürbe Zementstufen führten zu einer Kellertür hinunter. Der Scheich suchte auch für diese Tür einen Schlüssel an seinem Bund heraus. Sie kamen in einen dunklen Gang. Brackiges Wasser stand auf dem von Rissen durchzogenen Boden. Es roch nach schimmeligen Lumpen und Abwasser. Um sehen zu können, mußten sie ihre dunklen Brillen abnehmen.

In der Mitte des Gangs fiel schwaches gelbes Licht aus einer offenen Tür. Sie traten in einen kleinen, schmutzigen Raum. Ein Kranker lag in langen Unterhosen unter einer zerlumpten Pferdedecke auf einem Stapel schmutziger Jutesäcke.

»Habt ihr was für den alten Bad Eye?« fragte er mit winselnder Stimme.

»Wir haben ein hübsches schwarzes Mädchen für dich«, antwortete Choo-Choo.

Der alte Mann stützte sich auf den Ellbogen auf. »Wo ist sie?«

»Zieh ihn doch nicht auf«, sagte Inky zu Choo-Choo.

»Bleib liegen und sei ruhig«, sagte der Scheich zu dem Alten. »Ich hab dir vorhin schon gesagt, daß wir heute abend nichts für dich haben.« Dann zu seinen Schergen gewandt: »Los, Leute, beeilt euch.«

Sie begannen ihre Verkleidungen abzulegen. Unter den weißen Gewändern trugen sie Turnhemden und schwarze Hosen. Die Bärte hatten sie sich mit Mastix in ihre jungen Gesichter geklebt. Ohne ihre Verkleidung sahen sie wie Oberschüler aus.

Der Scheich war ein großer gelber Bursche mit merkwürdigen gelben Augen und rötlichem Kraushaar. Er hatte die breitschultrige, schmalhüftige Figur eines Athleten. Sein Gesicht war breit, die Nase flach mit weiten, geblähten Nasenlöchern, und seine Haut war fleckig. Er sah unangenehm aus.

Choo-Choo war kleiner, dicker und dunkler, mit einem eiförmigen Kopf und einem platten, beweglichen Gesicht. Er war o-beinig und setzte die Füße nach innen, war aber flink auf den Beinen.

Inky war ein unauffälliger Junge mittlerer Größe, mit sanften, unterwürfigen Manieren und so schwarz wie ein Pik-As.

»Wo hast du die Waffe?« fragte Choo-Choo, als er sie nicht im Gürtel des Scheichs stecken sah.

»Ich hab sie Bones zugesteckt.«

»Was soll er damit?«

»Halt's Maul und kümmere dich nicht um meine Angelegenheiten.«

»Was meinst du, wo die anderen hin sind, Scheich?« fragte Inky und versuchte, damit Frieden zu stiften.

»Wenn sie vernünftig sind, sind sie nach Hause gegangen«, antwortete der Scheich.

Der Alte auf seinem Stapel Jutesäcke sah ihnen zu, wie sie ihre Kostüme zu kleinen Päckchen zusammenlegten.

»Nicht mal 'nen kleinen Schluck King-Kong?« winselte er.

»Nein, nichts!« erklärte der Scheich.

Der alte Mann stützte sich wieder auf den Ellbogen auf. »Was soll das heißen, nichts? Ich schmeiß euch hier raus! Ich bin der Hausmeister! Ich nehme euch meine Schlüssel wieder ab! Ich . . .«

»Halt dein Maul, ehe ich's dir stopfe, und wenn irgendein Bulle kommt, um hier herumzuschnüffeln, dann hältst du's besser auch. Morgen hab ich was für dich.«

»Morgen? Eine Flasche?« Der Alte legte sich besänftigt zurück. »Kommt«, sagte der Scheich zu den anderen.

Während sie gingen, schnappte er sich einen zerlumpten Militärmantel von einem Nagel an der Tür, ohne daß der Hausmeister es merkte.

Er hielt Sonny im Gang draußen an und nahm ihm die Schlinge vom Hals ab. Dann hängte er ihm den Militärmantel über seine gefesselten Hände. Es sah so aus, als ob Sonny den Mantel einfach mit beiden Händen trüge.

»Jetzt kann keiner die Handschellen sehen«, sagte der Scheich. Zu Inky gewandt, setzte er hinzu: »Geh du zuerst rauf und sieh nach, wie es aussieht. Wenn du glaubst, daß wir an den Polizisten vorbeikommen, gib uns das Signal.«

Inky stieg die brüchige Holztreppe hinauf und verschwand durch die Tür zum Hausflur. Nach etwa einer Minute öffnete er die Tür wieder und winkte.

Einer hinter dem anderen gingen sie hinauf.

Fremde, die vor den Schüssen draußen im Haus Schutz gesucht hatten, wurden jetzt darin festgehalten, denn zwei uniformierte Polizisten blockierten den Hauseingang. Niemand beachtete Sonny oder die drei jugendlichen Gangster. Unbehindert stiegen sie weiter hinauf bis in die oberste Etage.

Mit einem weiteren Schlüssel an seinem Bund schloß der Scheich die Tür auf und ging ihnen voran in die Küche.

Eine alte farbige Frau in einem verblaßten blauen Mutter-Hubbard-Kleid mit dunkleren Flicken darauf saß in einem Schaukelstuhl neben dem Kohlenherd und stopfte über einem Holzei eine abgetragene Wollsocke; dabei rauchte sie eine Maiskolbenpfeife.

»Bis du es, Caleb?« fragte sie und blickte über die Gläser ihrer altmodischen Stahlbrille.

»Ich bin's nur. Und Choo-Choo und Inky«, entgegnete der Scheich.

»Ach, du bist es, Samson.« Man hörte ihrer Stimme die Enttäuschung an. »Wo ist Caleb?«

»Er ist in die Stadt in einer Kegelbahn arbeiten gegangen, Granny. Er stellt da Kegel auf«, antwortete der Scheich.

»Mein Gott, immer geht das Kind nachts zur Arbeit«, sagte die alte Frau mit einem Seufzer. »Ich hoffe nur, daß er bei all dieser Nachtarbeit nicht mal was anstellt, denn seine alte Granny ist zu alt, um wie eine Mammy auf ihn aufzupassen.«

Sie war so alt, daß ihre dunkelbraune Haut an einzelnen Stellen verblichen war und wie die fleckige Schale einer getrockneten Erbse aussah. Ihre früher einmal braunen Augen waren zu einem milchigen Blau verblaßt. Ihr knochiger Schädel war über der Stirn kahl, die fleckige Haut spannte sich eng darüber. Was von ihrem kurzen grauen Haar übriggeblieben war, trug sie in einem festen kleinen Knoten am Hinterkopf. Die Umrisse ihrer Fingerknochen, die die Stopfnadel führten, waren unter der durchscheinenden, pergamentartigen Haut deutlich sichtbar.

»Er wird schon nichts anstellen«, sagte der Scheich gleichgültig.

Inky und Choo-Choo drängten Sonny in die Küche und schlossen die Tür.

Granny blickte Sonny über ihre Brille an. »Diesen Jungen kenne ich nicht. Ist er auch ein Freund von Caleb?«

»Er ist der Mann, den Caleb bei der Arbeit vertritt«, antwortete der Scheich. »Er hat sich die Hände verletzt.«

Sie stülpte die Lippen vor. »Hier kommen und gehen dauernd so viel von euch jungen Burschen, und ich hoffe nur, daß ihr keine Dummheiten macht. Und der neue Junge da sieht viel älter aus als ihr anderen.«

»Du machst dir zuviel Gedanken«, sagte der Scheich grob.

»Was hast du gesagt?«

»Wir gehen jetzt in unser Zimmer«, erwiderte der Scheich. »Auf Caleb brauchst du nicht zu warten. Der kommt erst spät.«

»Was hast du gesagt?«

»Kommt«, befahl der Scheich. »Jetzt hört sie nichts mehr.«

Die Zimmer der Wohnung gingen ineinander; man konnte nur von einem Raum in den nächsten gelangen. Im nächsten Raum standen zwei kleine, weißlackierte Eisenbetten, in denen Caleb und seine Großmutter schliefen, und in der Ecke, auf einem Blech ein kleiner Ofen. Auf einem Tisch standen ein Wasserkrug und eine Waschschüssel, über einer Kommode hing ein kleiner, billiger Spiegel. Wie in der Küche war alles makellos sauber.

»Gebt mir eure Sachen und paßt auf Granny auf«, sagte der Scheich und griff nach den zusammengerollten Kostümen.

Choo-Choo beugte sich zum Schlüsselloch hinunter. Der Scheich schloß eine große alte Zederntruhe mit einem weiteren Schlüssel von seinem Bund auf und verstaute die Bündel unter Lagen alter Decken und Hauswäsche. Es war Grannys Aussteuertruhe. Darin bewahrte sie Dinge auf, die sie von Weißen, bei denen sie arbeitete, geschenkt bekam und die sie an Caleb weiterverschenken wollte, wenn er einmal heiratete. Der Scheich verschloß die Truhe wieder und schloß die Tür zum nächsten Zimmer auf. Sie folgten ihm hinein, und er schloß wieder hinter ihnen ab.

Es war das Zimmer, das er und Choo-Choo zusammen gemietet hatten. Ein Doppelbett stand darin, in dem er und Choo-Choo schliefen, eine Kommode mit Spiegel, ein Tisch mit Krug und Waschschüssel wie in dem anderen Zimmer. Eine Ecke war mit einem Vorhang abgetrennt und diente als Kleiderschrank. Aber im Gegensatz zu dem anderen Raum war es hier unordentlich und schmutzig.

Ein schmales Fenster führte auf einen Absatz der rotgestrichenen Feuertreppe, die vorn am Haus hinunterführte. Das Fenster war durch ein mit einem Vorhängeschloß versehenes Eisengitter geschützt.

Der Scheich schloß das Gitter auf und kletterte auf die Feuertreppe hinaus.

»Seht euch das an«, sagte er.

Choo-Choo kletterte ihm nach, Inky und Sonny drängten sich vor dem schmalen Fenster.

»Paß auf den Gefangenen auf, Inky«, befahl der Scheich.

»Ich bin kein Gefangener«, protestierte Sonny.

»Seht euch das nur an«, sagte der Scheich, ohne auf Sonnys Einwand zu achten, und deutete auf die Straße.

Auf der breiten Avenue unten standen dicht zusammengedrängt die Streifenwagen wie riesige rotäugige Ameisen um einen ungeheuren Ameisenhaufen. Drei Krankenwagen suchten sich durch das Gewirr einen Weg, außerdem zwei Leichenwagen der Polizei, Wagen vom Amt des Commissioners und von der Dienststelle des Amtsarztes. Es wimmelte von uniformierten Polizisten und Beamten in Zivil.

»Die Männer vom Mars, das große Stahlnetz«, höhnte der Scheich. »Was hältst du davon, Choo-Choo?«

Choo-Choo war damit beschäftigt, zu zählen.

Die tieferliegenden Absätze und die Stufen der Feuertreppe waren von Menschen vollgepackt, die das Schauspiel betrachteten. So weit das Auge reichte, war jedes Fenster auf beiden Seiten der Straße von schwarzen Köpfen ausgefüllt.

»Ich habe einunddreißig Streifenwagen gezählt«, sagte Choo-Choo.

»Das sind mehr als damals in der Eighth Avenue, als Coffin Ed Säure ins Gesicht gespritzt bekam.«

»Sie durchsuchen die Häuser, eins nach dem anderen«, sagte der Scheich.

»Was sollen wir mit dem Gefangenen machen?« fragte Choo-Choo.

»Wir müssen ihm erst die Handschellen abfeilen. Vielleicht können wir ihn oben im Taubenschlag verstecken.«

»Die Handschellen sollten wir ihm besser anlassen.«

»Das geht nicht. Wir müssen uns auf die Durchsuchung vorbereiten.«

Der Scheich und Choo-Choo kletterten in das Zimmer zurück. Der Scheich faßte Sonny am Arm. »Die suchen nur nach dir, Mann.«

Sonnys schwarzes Gesicht wurde wieder grau.

»Ich hab nichts gemacht. Ich hatte gar keinen richtigen Revolver. Das war ein Schreckschußrevolver.«

Die drei starrten ihn ungläubig an.

»So? Das scheinen die da unten aber nicht zu glauben«, erwiderte Choo-Choo.

Der Scheich starrte Sonny mit seltsamem Ausdruck an. »Ist das wirklich wahr?« fragte er scharf.

»Klar doch. Der hatte nur Platzpatronen geladen.«

»Dann hast du den großen weißen Schuft gar nicht erschossen?«

»Das erklär ich dir doch gerade. Ich kann ihn gar nicht erschossen haben.«

Der Scheich veränderte plötzlich sein Aussehen. Sein flaches, fleckiges gelbes Gesicht nahm einen brutalen Ausdruck an. Er schob die Schultern vor und versuchte gefährlich und imponierend auszusehen. »Die Bullen versuchen dir was anzuhängen, Mann«, sagte er. »Jetzt müssen wir dich unbedingt vor ihnen verstecken.«

»Wozu brauchst du'ne Knarre, mit der man gar nicht schießen kann?« erkundigte sich Choo-Choo.

»Die hab ich als Gag in meinem Schuhputzstand aufgehoben. Nur so«, entgegnete Sonny.

Choo-Choo schnappte mit den Fingern. »Ich kenn dich. Du bist der Joker, der in dem Stand neben dem Savoy arbeitet.«

»Das is mein eigener Schuhputzstand.«

»Und wieviel Marihuana hast du da drin versteckt?«

»Damit geb ich mich nicht ab.«

»Scheich, der Kerl ist ein Dummkopf.«

»Hör auf mit dem Quatsch«, sagte der Scheich. »Wir müssen dem Gefangenen die Handschellen abmachen.«

Er mühte sich mit Schlüsseln und Dietrichen ab, bekam sie aber nicht auf. Schließlich gab er Inky eine Dreikantfeile und sagte: »Versuch die Kette durchzufeilen. Setzt euch da zusammen aufs Bett.« Dann fragte er Sonny: »Wie heißt du, Mann?«

»Aesop Pickens, aber die meisten nennen mich Sonny.«

»Also gut, Sonny.«

Sie hörten die Stimme eines Mädchens, das mit Granny sprach, und lauschten stumm auf die Gummisohlen, die das angrenzende Zimmer durchquerten.

Es klopfte einmal, dann schnell hintereinander dreimal kurz und wieder ein einzelnes Mal an der Tür.

»Gaza«, sagte der Scheich mit dem Mund dicht an der Türfüllung.

»Suez«, erwiderte die Mädchenstimme.

Der Scheich schloß die Tür auf.

Das Mädchen kam herein, und der Scheich schloß die Tür hinter ihr wieder ab.

Sie war groß und sepiafarben mit kurzen schwarzen Locken, trug einen schwarzen Rollkragenpullover zu einem karierten Rock, Knöchelsocken und weiße Wildlederschuhe. Sie hatte eine Stubsnase, einen breiten Mund mit vollen Lippen, ebenmäßige weiße Zähne und weit auseinanderstehende braune, von langen schwarzen Wimpern gesäumte Augen.

Sie sah wie etwa sechzehn aus und war atemlos vor Aufregung. Sonny starrte sie mit großen Augen an.

»Verdammt, bloß Sissie. Ich dachte, es wäre Bones mit der Waffe« sagte Choo-Choo.

»Was hast du nur mit der Waffe? Die ist gut aufgehoben bei Bones. Die Bullen durchsuchen doch kein Haus, in dem ein Müllfahrer wohnt. Sein Alter arbeitet genauso für die Stadt wie sie.«

»Was ist mit Bones und der Waffe?« fragte Sissie.

»Der Scheich hat . . .«

»Das geht Sissie nichts an«, schnitt der Scheich Choo-Choo das Wort ab.

»Jemand hat gesagt, ein Araber wär erschossen worden, und zuerst dachte ich, daß du es warst«, sagte Sissie.

»Du hast wohl gehofft, daß ich es wäre«, bohrte der Scheich.

Sie wendete sich ab und wurde rot.

»Sieh mich nicht so an«, sagte Choo-Choo zum Scheich. »Sag du's ihr. Sie ist dein Mädchen.«

»Es ist Caleb«, sagte der Scheich.

»Caleb! Mein Gott!« Sissie ließ sich neben Sonny auf das Bett fallen. Sie sah verstört aus, »Mein Gott! Der arme kleine Caleb. Was wird Granny machen?«

»Was, zum Teufel, kann sie machen?« entgegnete der Scheich brutal. »Ihn von den Toten auferwecken?«

»Weiß sie es?«

»Sieht sie aus, als ob sie es wüßte?«

»Mein Gott, der arme kleine Caleb! Was hat er gemacht?«

»Ich hab den alten Coffin Ed angestunken . . .«, begann Choo-Choo.

»Das hast du nicht getan«, rief sie aus.

»Und ob ich das getan hab!«

»Und was hat Caleb gemacht?«

»Er bespritzte das Ungeheuer mit Parfüm. Das ist der Gruß der Moslems für Bullen. Das hab ich dir schon einmal gesagt. Das Ungeheuer muß aber gedacht haben, Caleb wollte ihm Säure ins Gesicht spritzen. Ehe wir was erklären konnten, hatte er schon abgedrückt.«

»Mein Gott!«

»Wo ist Sugartit?« fragte der Scheich.

»Zu Hause. Sie ist heute nicht in die Stadt gekommen. Ich hab mit ihr telefoniert, und sie sagte, sie wär krank.«

»Ah so. Hattest du Schwierigkeiten, hier reinzukommen?«

»Nein. Den Bullen vor dem Haus hab ich gesagt, daß ich hier wohne.«

Wieder wurde das Signal an die Tür geklopft.

Sissie atmete hörbar ein.

Der Scheich sah sie mißtrauisch an. »Was, zum Teufel, ist mit dir los?« fragte er.

»Nichts.«

Er zögerte, ehe er die Tür aufschloß. »Erwartest du noch jemand?«

»Ich? Nein. Wen sollte ich erwarten?«

»Du benimmst dich verdammt komisch.«

»Ich bin einfach nervös.«

Das Signal wurde wiederholt. Der Scheich trat an die Tür und sagte: »Gaza.«

»Suez«, antwortete eine unbeschwerte Mädchenstimme.

Der Scheich warf Sissie einen drohenden Blick zu, während er die Tür aufschloß.

Ein feingliedriges, schokoladenbraunes Mädchen, das wie Sissie gekleidet war, kam schnell in das Zimmer. Bei Sissies Anblick blieb es schuldbewußt stehen.

Der Scheich blickte finster von der einen zur anderen. »Ich dachte, du hättest gesagt, daß sie zu Hause ist?« fragte er Sissie drohend.

»Das hab ich geglaubt«, verteidigte sich Sissie.

Er wandte sich Sugartit zu. »Was, zum Teufel, ist mit dir los? Was, zum Teufel, wird hier gespielt?«

»Ein Moslem ist getötet worden, und ich dachte, du wärst es«, antwortete sie.

»Ihr kleinen Nutten habt alle gehofft, daß ich es war«, knurrte er.

Sie hatte Schlehenaugen mit langen schwarzen Wimpern. Sie warf Sissie einen schnellen, trotzigen Blick zu und sagte: »Von mir brauchst du das nicht zu denken.«

»Hast du Granny was davon gesagt?«

»Selbstverständlich nicht.«

»Es war dein Freund Caleb«, sagte der Scheich brutal.

Sie stieß einen spitzen Schrei aus und fuhr kratzend und tretend auf den Scheich los. »Du dreckiger Schuft!« schrie sie. »Immer hackst du auf mir herum!«

Sissie riß sie zurück. »Nimm dich zusammen und halt den Mund«, warnte sie eindringlich.

»Sag du ihr doch, daß es stimmt«, befahl der Scheich.

»Es ist wirklich Caleb«, bestätigte Sissie.

»Caleb!« schrie Sugartit und warf sich mit dem Gesicht nach unten der Länge nach über das Bett. Wie der Blitz fuhr sie wieder hoch und funkelte den Scheich an. »Du bist schuld. Du hast ihn umbringen lassen. Meinetwegen. Weil er der Anständigste von euch war und du mich nicht dazu bringen konntest, wozu du Sissie gezwungen hast.«

»Das ist eine Lüge«, widersprach Sissie.

»Caleb«, schrie Sugartit aus vollem Hals.

»Sei still. Granny hört dich noch«, warnte Choo-Choo.

»Granny! Caleb ist tot! Der Scheich hat ihn umgebracht!« schrie sie wieder.

»Bring sie zum Schweigen«, befahl der Scheich Sissie. »Sie wird hysterisch, und ich will ihr nicht weh tun müssen.«

Sissie packte Sugartit von hinten, preßte ihr eine Hand auf den Mund und drehte ihr mit der anderen einen Arm auf den Rücken.

»Granny kann nichts hören«, sagte Inky.

»Einen Dreck kann sie nicht«, widersprach Choo-Choo. »Wenn sie will, kann sie alles hören.«

»Laß mich los«, stammelte Sugartit und biß Sissie in die Hand.

»Laß das«, schimpfte Sissie.

»Ich gehe zu ihm«, stammelte Sugartit. »Ich liebe ihn. Ihr könnt mich nicht zurückhalten. Ich will wissen, wer ihn erschossen hat.«

»Dein Alter hat ihn erschossen«, sagte der Scheich brutal. »Das Ungeheuer Coffin Ed.«

»Hab ich richtig gehört, daß ihr nach Caleb gerufen habt?« fragte Granny hinter der Tür.

Der Scheich legte schnell seine Hände um Sugartits Kehle und drückte zu, damit sie nicht antworten konnte.

»Nein, Granny«, rief er zurück. »Die albernen Mädchen hier haben sich nur 'n bißchen in die Wolle gekriegt.«

»Ihr Kinder macht einen solchen Lärm, daß man seine eigenen Gedanken nicht versteht«, brummelte Granny. Sie hörten, wie die alte Frau in die Küche zurückschlurfte.

»Mein Gott, jetzt sitzt sie da draußen und wartet auf ihn«, jammerte Sissie.

Der Scheich und Choo-Choo tauschten einen Blick.

»Sie weiß nicht einmal, was unten auf der Straße passiert«, sagte Choo-Choo.

Der Scheich nahm seine Hände von Sugartits Kehle.

5

»Wie schnell können Sie feststellen, wodurch er getötet wurde?« erkundigte sich der Polizeichef.

»Er ist durch eine Kugel getötet worden«, gab der Assistent des Amtsarztes zurück.

»Sehr witzig«, sagte der Polizeichef. »Was ich wissen wollte, war – durch eine Kugel welchen Kalibers?« Seine Stimme klang belegt, und die Polizisten, die ihn gut kannten, fingen an, nervös zu werden.

Der Assistent des Amtsarztes ließ mit einer abweisenden Geste seine Arzttasche zuschnappen und blickte den Polizeichef durch seine schwarzumrandete Brille an. »Das kann man erst nach der Obduktion sagen. Die Kugel muß aus dem Schädel des Toten entfernt und verschiedenen Tests unterworfen werden . . .«

Der Polizeichef hörte ihn schweigend an, aber sein Gesicht wurde rot.

»Ich nehme die Obduktion nicht vor. Ich habe nur Nachtdienst. Ich stelle nur fest, ob sie tot sind. Diesen hier habe ich als T.B.E. klassifiziert. Das bedeutet ›Tot bei Eintreffen‹. – Meinem Eintreffen, nicht seinem. Ob er bei seinem Eintreffen schon tot war, müssen Sie besser wissen als ich. Und Sie werden auch besser wissen, wie er getötet wurde.«

»Ich habe Ihnen eine höfliche Frage gestellt.«

»Und ich habe Ihnen eine höfliche Antwort gegeben. So höflich, wie es der Dienst erlaubt und vorschreibt. Die Leute, die die Obduktion vornehmen, treten ihren Dienst um neun Uhr an. Gegen zehn sollten Sie ihren Bericht vorliegen haben.«

»Nur danach hatte ich Sie gefragt. Danke. Und das nützt mir heute nacht verdammt wenig, denn bis morgen um zehn wird der Mörder verschwunden und längst in einem anderen Teil der Vereinigten Staaten sein, wenn er einen Funken Verstand hat.«

»Das ist Ihre Sorge, nicht meine. Sie können die Leichen ins Leichenschauhaus schicken, wenn Sie mit ihnen fertig sind. Gute Nacht allerseits.«

Niemand antwortete ihm. Er ging.

»Ich habe nie begriffen, weshalb wir einen gottverdammten Mediziner brauchen, der uns sagt, ob ein Toter tot ist oder nicht«, knurrte der Polizeichef.

Er war ein großer, wettergegerbter Mann, dessen Uniform mit einer Unmenge Litzen und Schnüre geschmückt war. Er war aus den unteren Rängen aufgestiegen. Alles an ihm, von dem glitzernden Gold am Ärmel bis zu den kantigen, handgearbeiteten Schuhen, verriet ihn als Plattfuß.

Die Gruppe, die um die Leiche des Weißen herumstand, war inzwischen um zwei stellvertretende Commissioners der Polizei, einen Inspektor vom Morddezernat und einige namenlose uniformierte Lieutenants von den angrenzenden Revieren angewachsen.

Die stellvertretenden Commissioners blieben stumm, nur der Commissioner selbst besaß so etwas wie Autorität gegenüber dem Polizeichef, aber der war zu Hause im Bett.

»Das hier ist ein teuflisch heißes Eisen«, sagte der Polizeichef. »Ist alles klar? Haben wir unsere Darstellung aufeinander abgestimmt?«

Zustimmendes Kopfnicken.

»Dann können wir wohl die Presse ranlassen«, meinte er zu dem Lieutenant, dem das Revier in der 126th Street unterstand.

Sie überquerten die Straße und gingen auf die Gruppe Reporter zu, die dort im Zaum gehalten wurde.

»Na schön, Leute, Sie können Ihre Aufnahmen machen«, sagte er.

Blitzlichter explodierten ihm ins Gesicht. Dann drängten sich die Fotografen um den Toten und überließen den Polizeichef den Reportern.

»Bisher ist folgendes bekannt, Leute. Der Tote wurde durch seine Papiere als Ulysses Galen aus New York City identifiziert. Er wohnt in einer Zwei-Zimmer-Suite im Hotel *Lexington*. Das haben wir nachgeprüft. Dort gilt er als Witwer. Er ist Verkaufsleiter der King-Cola Company. Wir haben uns mit der Zentrale der Firma in Jersey City in Verbindung gesetzt und erfahren, daß Harlem zu seinem Bezirk gehört.«

Seine heisere Stimme tropfte wie Milch und Honig durch die laue Nacht. Schreibstifte kratzten in Notizbüchern. Um die Leiche flammten Blitzlichter wie eine Flugabwehrkanonade auf.

»Ein Brief in seiner Tasche von einer Mrs. Helen Kruger aus Wading River, Long Island, fängt mit ›Lieber Dad‹ an. Ferner fanden wir einen nicht abgeschickten Brief, der an einen Homer Galen in der Michigan Avenue in Chicago gerichtet ist. Die Adresse liegt in einem Geschäftsviertel. Wir wissen nicht, ob Homer Galen sein Sohn oder ein anderer Verwandter ist.«

»Wie wurde er denn getötet?« unterbrach einer der Reporter.

»Wir wissen, daß er in den Hinterkopf geschossen wurde, und

zwar von einem Neger namens Sonny Pickens, der an der Ecke 134th Street und Lenox Avenue einen Schuhputzstand betreibt. Verschiedene Neger verübelten dem Opfer, daß er eine Bar an der 129th Street und Lenox Avenue besuchte . . .«

»Was hatte er denn in einer schäbigen Bar hier in Harlem zu suchen?«

»Das haben wir noch nicht herausbekommen. Wahrscheinlich trieb er sich nur herum. Wir wissen, daß der Barmann eine Messerverletzung erlitt, als er versuchte, das Opfer vor dem Angriff eines anderen Farbigen zu schützen . . .«

»Wie hat der Schuhputzer ihn denn angegriffen?«

»Das ist kein Witz, Leute. Der erste Neger ging auf Galen mit einem Messer los – versuchte ihn anzugreifen. Der Barmann beschützte ihn. Nachdem Galen die Bar verlassen hatte, wurde er von Pickens auf der Straße verfolgt und von hinten niedergeschossen.«

»Haben Sie erwartet, er würde von vorn auf einen Weißen schießen?«

»Zwei farbige Detektive vom Revier in der 126th Street trafen rechtzeitig am Tatort ein und konnten Pickens unmittelbar nach der Tat festnehmen. Er hatte seine Waffe noch in der Hand«, fuhr der Polizeichef fort. »Sie fesselten den Festgenommenen mit Handschellen und waren im Begriff, ihn einzuliefern, als er von einer Bande jugendlicher Harlemer, die sich selbst die *Real Cool Moslems* nennen, befreit wurde.«

Die Reporter brachen in Gelächter aus. »Was? Waren es nicht vielleicht die Mau-Maus?«

»Dabei gibt es nichts zu lachen«, sagte der Polizeichef. »Einer von der Bande versuchte, einem der Detektive Säure in die Augen zu spritzen.«

Die Reporter verstummten.

»Wenn ich mich recht erinnere, ist vor einem Jahr schon einmal ein Säureattentat hier passiert«, sagte einer der Reporter. »Das Opfer war ebenfalls ein farbiger Polizist. Er hieß Johnson, Coffin Ed Johnson, wie sie ihn hier nennen.«

»Es handelt sich um denselben Beamten«, waren die ersten Worte, die Anderson von sich gab.

»Er muß eine Anziehungskraft dafür haben«, meinte der Reporter.

»Er ist scharf, und sie haben Angst vor ihm«, entgegnete Anderson. »Ein farbiger Polizist in Harlem muß scharf sein. Bedauerlicherweise haben Farbige keinen Respekt vor farbigen Polizisten, wenn sie nicht scharf sind.«

»Er schoß auf den Säureattentäter und tötete ihn«, sagte der Polizeichef.

»Meinen Sie jetzt den von damals oder den von heute?« fragte der Reporter.

»Den von heute, den Moslem«, antwortete Anderson.

»Bei dem entstehenden Tumult entkamen Pickens und die anderen in der Menschenmenge«, sagte der Polizeichef.

Er drehte sich um und deutete auf ein Haus auf der anderen Straßenseite. Das grelle Licht eines Dutzends starker Scheinwerfer enthüllte, wie unbeschreiblich häßlich es war. Uniformierte Polizisten standen auf dem Dach, andere kamen und gingen durch den Eingang. Noch andere streckten ihre Köpfe aus den Fenstern, um sich durch Rufe mit den Polizisten auf der Straße zu verständigen. Die übrigen Fenster waren von farbigen Gesichtern angefüllt, die in dem grellen weißen Licht wie Trauben einer fremden violetten Frucht aussahen.

»Sie können selbst sehen, wie wir nach dem Mörder suchen«, sagte der Polizeichef. »Wir nehmen uns diese Häuser mit einem feinen Kamm vor, eins nach dem anderen, Wohnung für Wohnung, Zimmer für Zimmer. Wir haben eine Personalbeschreibung des Mörders. Er trägt Handfesseln aus Hartstahl. Bis morgen früh sollten wir ihn spätestens festgenommen haben. Aus diesem Netz kommt er niemals heraus.«

»Wenn er nicht bereits draußen ist«, entgegnete ein Reporter.

»Er ist nicht draußen. Dazu waren wir zu schnell hier.«

Danach begannen die Reporter Fragen zu stellen.

»Gehört Pickens auch zu den *Real Cool Moslems*?«

»Wir wissen, daß er von sieben Moslems befreit wurde. Der achte wurde getötet.«

»Liegt ein Hinweis auf Raub vor?«

»Nein, falls das Opfer nicht Wertgegenstände bei sich hatte, von denen wir nichts wissen. Seine Brieftasche, seine Uhr und seine Ringe sind unangetastet.«

»Und das Motiv für die Tat? 'ne Weibergeschichte?«

»Kaum. Der Mann war gut gestellt, der hatte es nicht nötig, hier irgendwelche Geschichten anzufangen.«

»Hat's alles schon gegeben.«

Der Polizeichef spreizte die Hände. »Richtig, aber in diesem Falle wurde er von zwei Negern angegriffen, weil sie an seiner Anwesenheit in einer Bar für Farbige Anstoß nahmen. Sie haben ihren Unwillen darüber deutlich zum Ausdruck gebracht. Wir haben farbige Zeugen, die es hörten. Beide Neger waren berauscht. Der erste hatte den ganzen Abend über getrunken, und Pickens hatte überdies Marihuana geraucht.«

»Also gut, Chef, das wäre im Moment wohl alles«, sagte der rangälteste Reporter und beendete damit die Befragung.

Der Polizeichef und Anderson gingen über die Straße zu der schweigenden Gruppe zurück.

»Sind Sie damit durchgekommen?« fragte einer der stellvertretenden Commissioners.

»Verdammt noch mal, irgend etwas mußte ich ihnen ja sagen«, entgegnete der Polizeichef abweisend. »Oder sollte ich denen vielleicht erzählen, daß ein weißer Geschäftsmann mit fünfzehntausend Dollar im Jahr auf einer Straße in Harlem von einem rauschgiftsüchtigen Neger mit einer Schreckschußpistole niedergeschossen wurde und der Täter gleich darauf von einer jugendlichen Bande Harlemer Krimineller befreit wurde und die ganze verdammte Polizei als Lohn ihrer Mühe nichts anderes vorzuweisen hat als einen toten Halbstarken, der sich ein *Real Cool Moslem* nannte.«

»Und tatsächlich schon kalt sein dürfte«, warf Haggerty mit gedämpfter Stimme dazwischen.

»Sollen wir zum Gespött der ganzen Stadt werden?« fuhr der Polizeichef fort und erwärmte sich an seinem Thema. »Wollen Sie, daß man sagt, die New Yorker Polizei hätte hilflos danebengestanden, während ein Weißer sich mitten auf einer belebten Niggerstraße erschießen ließ?«

»Hat er das denn nicht?« fragte der Lieutenant vom Morddezernat.

»Ich habe Ihnen keinen Vorwurf gemacht«, sagte der stellvertretende Commissioner entschuldigend. »Pickens tut mir leid, er muß die Sache ausbaden«, sagte Anderson. »Wir haben ihn als Mörder gebrandmarkt, obwohl wir genau wissen, daß er nicht der Täter ist.«

»Wir wissen nichts dergleichen«, entgegnete der Polizeichef und wurde violett vor Wut. »Er kann die Platzpatronen mit Kugeln geladen haben. Verdammt noch mal, das ist alles schon passiert. Und selbst wenn er ihn nicht erschossen hat, hätte er ihn nicht mit einem Revolver, der verdammt echt und gefährlich aussah, durch die Straßen jagen dürfen. Wir haben nur ihn, an den wir uns halten können, und deshalb geht's für ihn um seinen schwarzen Hintern.«

»Jemand hat den Weißen erschossen, aber nicht mit Platzpatronen«, sagte der Lieutenant vom Morddezernat.

»Also gut, dann machen Sie sich auf die Suche und finden Sie heraus, wer es war«, brüllte der Polizeichef. »Sie sind beim Morddezernat, und das ist Ihre Aufgabe.«

»Warum nicht einer der Moslems«, schlug der stellvertretende Commissioner hilfsbereit vor. »Die Bande war am Tatort anwesend, und diese jugendlichen Banditen tragen immer Waffen bei sich.«

Für einen Augenblick herrschte Stille, während alle diese Möglichkeit erwogen.

»Was meinen Sie, Jones?« fragte der neben Grave Digger stehende Polizeichef. »Glauben Sie, daß eine Verbindung zwischen Pickens und diesen Moslems besteht?«

»Wie ich schon gesagt habe«, antwortete Grave Digger, »sieht es mir nicht danach aus. Ich nehme an, daß die Jugendlichen sich unmittelbar nach der Schießerei um den Toten drängten, wie alle anderen auch. Und als Ed zu schießen begann, rannten sie davon, wie alle anderen auch. Ich sehe keinen Grund zu der Annahme, daß Pickens sie auch nur kannte.«

»Das vermutete ich auch«, stimmte der Polizeichef etwas enttäuscht zu.

»Aber wir sind hier in Harlem«, ergänzte Grave Digger. »Hier kann niemand genau sagen, was es für Querverbindungen gibt.«

»Sie haben Haggertys Bericht über die Aussagen, die der Barmann und der Geschäftsführer des *Dew Drop Inn* gemacht haben«, warf Anderson ein. »Sowohl Pickens wie dieser andere Schwarze hatten sich darüber geärgert, daß Galen anscheinend farbigen Mädchen nachstellte. Von der Moslembande war zu der Zeit noch nichts zu sehen.«

»Es kann auch ein Unbekannter gewesen sein, der ähnlich empfand wie sie«, meinte Grave Digger. »Der Betreffende kann beobachtet haben, wie Pickens auf Galen schoß, und die Gelegenheit benutzt haben, ihm eine Kugel zu verpassen.«

»Diese Leute!« sagte der Polizeichef. »Also gut, Jones, Sie werden der Sache nachgehen. Versuchen Sie, ob Sie etwas ausgraben können, aber lassen Sie die Presse nicht ran.«

Als Grave Digger sich abwandte und ging, schloß Coffin Ed sich ihm an.

»Sie nicht, Johnson«, hielt ihn der Polizeichef zurück. »Sie gehen nach Hause.«

»Bin ich vom Dienst suspendiert?« fragte Coffin Ed mit rauher Stimme.

»Für den Rest der Nacht«, antwortete der Polizeichef. »Ich wünsche, daß Sie beide sich morgen um neun Uhr im Büro des Commissioners melden. Jones, Sie beginnen mit Ihren Ermittlungen. Sie kennen Harlem. Sie wissen, wohin Sie gehen und mit wem Sie sprechen müssen.« Er wandte sich an Anderson: »Haben Sie jemand, den Sie ihm beigeben können?«

»Haggerty«, schlug Anderson vor.

»Ich arbeite allein«, erklärte Grave Digger.

»Riskieren Sie nichts«, warnte der Polizeichef. »Wenn Sie Hilfe brauchen, melden Sie sich. Greifen Sie hart durch. Mir ist es egal, wie viele Schädel Sie einschlagen, ich werde Sie decken. Bringen Sie nur nicht noch mehr Jugendliche um.«

Grave Digger wandte sich ab und ging mit Coffin Ed zu ihrem Wagen.

»Setz mich bei der U-Bahn Independent ab«, sagte Coffin Ed.

Sie wohnten beide in Jamaica und fuhren mit der Linie E, wenn sie den Wagen nicht benutzten.

»Ich habe es kommen sehen«, sagte Grave Digger.

»Wenn es früher passiert wäre, hätte ich mit meiner Tochter ins Kino gehen können«, sagte Coffin Ed. »Ich sehe sie so selten, daß ich sie kaum noch kenne.«

6

»Laß sie jetzt los«, befahl der Scheich.

Sissie ließ sie los.

»Ich bring ihn um!« tobte Sugartit mit würgender Stimme. »Dafür bring ich ihn um.«

»Wen willst du umbringen?« fragte der Scheich und sah sie stirnrunzelnd an.

»Meinen Vater. Ich hasse ihn, diesen Schuft! Ich klaue ihm seinen Revolver und schieße ihn über den Haufen.«

»Sag so etwas nicht«, widersprach Sissie. »Man soll so nicht von seinem Vater reden.«

»Ich hasse ihn, den dreckigen Bullen.«

Inky blickte von den Handschellen auf, an denen er feilte. Sonny starrte Sugartit an.

»Jetzt sei ruhig«, sagte Sissie.

»Soll sie ihn doch umlegen«, sagte der Scheich.

»Hör auf, sie aufzuhetzen«, sagte Sissie.

»Ihr würde nicht mal was passieren«, sagte Choo-Choo. »Sie braucht nur zu behaupten, daß ihr Alter sie dauernd verprügelt hat, und dann werden sie alle anfangen zu heulen und davon reden, was für ein armes, mißhandeltes Mädchen sie ist. Nach einem Blick auf Coffin Ed wird man ihr jedes Wort glauben.«

»Sie werden ihr einen Orden geben«, sagte der Scheich.

»Die alten Tanten von der Wohlfahrt werden eine anständige Familie suchen, bei der sie leben kann. Sie wird alles bekommen, was sie will. Sie wird nichts zu tun brauchen als zu essen, zu schlafen, ins Kino zu gehen und in einem großen Auto herumzufahren«, erklärte Choo-Choo.

Sugartit warf sich über das Fußende des Bettes und brach in lautes Schluchzen aus.

»Es würde uns die Mühe ersparen«, sagte der Scheich.

Sissies Augen weiteten sich. »Das würdest du nicht wagen«, sagte sie.

»Und ob ich das wagen würde.«

»Wenn du so weiterredest, mache ich nicht mehr mit.«

Der Scheich warf ihr einen drohenden Blick zu. »Bei was?«

»Bei den Moslems.«

»Die einzige Möglichkeit, bei uns auszusteigen, hat Caleb vorgeführt«, sagte der Scheich.

»Wenn ich je geahnt hätte, daß der arme kleine Caleb . . .«

»Ich bringe dich noch mit eigenen Händen um«, fuhr der Scheich sie an.

»Ach, laß doch, Scheich, das meint sie doch nicht so«, warf Choo-Choo nervös ein. »Warum stecken wir uns nicht alle eine an und fliegen ein bißchen nach Mekka.«

»Damit die Bullen es riechen, wenn sie hierherkommen, und uns alle mitnehmen. Wo hast du deinen Verstand?«

»Wir könnten aufs Dach rauf.«

»Auf dem Dach sind auch Bullen.«

»Dann auf die Feuertreppe. Wir könnten das Fenster zumachen.«

Der Scheich dachte ernsthaft darüber nach. »Also gut, auf der Feuertreppe. Ich hab zwar nur noch zwei, aber die müssen wir sowieso loswerden.«

»Ich geh mal nachsehen, wo die Bullen inzwischen sind«, sagte Choo-Choo und setzte seine Sonnenbrille auf.

»Nimm das Ding da ab«, befahl der Scheich. »Willst du, daß die Bullen dich sofort erkennen?«

»Ach was, Scheich, daran können die mich nicht erkennen. Halb Harlem trägt die ganze Nacht über Sonnenbrillen.«

»Also los, sieh dich mal auf der Avenue um.«

Choo-Choo kletterte aus dem Fenster.

In diesem Augenblick trennten sich die Glieder der Handschellen mit einem leisen Klirren unter Inkys Feile. »Scheich, ich habe sie auseinander«, meldete Inky triumphierend.

»Zeig her.«

Sonny stand auf und reckte die Arme.

»Wer ist das?« fragte Sissie, als ob sie ihn erst jetzt bemerkte.

»Unser Gefangener«, antwortete der Scheich.

»Ich bin kein Gefangener«, widersprach Sonny. »Ich bin nur mit euch gekommen, weil ihr mir versprochen habt, mich zu verstecken.«

Sissie sah mit runden Augen auf die durchgetrennten Handschellen, die um seine Handgelenke baumelten. »Was hat er getan?« fragte sie.

»Er ist der Gangster, der den Boss des Syndikats umgelegt hat«, antwortete der Scheich.

Sugartit hörte unvermittelt auf zu schluchzen, wälzte sich herum und sah aus weiten, nassen Augen zu Sonny auf.

»War er das?« fragte Sissie in bewunderndem Ton. »Ich meine den Mann, der umgebracht wurde.«

»Klar, wußtest du denn das nicht?« entgegnete der Scheich.

»Ich habe euch doch schon gesagt, daß ich ihn nicht erschossen habe«, widersprach Sonny.

»Er behauptet, er hätte nur einen Schreckschußrevolver gehabt«, sagte der Scheich. »Aber er versucht bloß, sich herauszureden. Die Polizisten wissen es besser.«

»Es war ein Schreckschußrevolver«, erklärte Sonny wieder.

»Weshalb hat er ihn erschossen?« fragte Sissie.

»Die machen da einen Bandenkrieg, und er hatte von der Bande in Brooklyn den Auftrag, den Mann umzulegen.«

»Ach, geh zum Teufel mit deinem Quatsch«, sagte Sissie.

»Ich hab niemand umgebracht«, sagte Sonny.

»Halt's Maul«, schnauzte der Scheich. »Gefangene haben bei uns nicht mitzureden.«

»Ich hab den Blödsinn langsam satt«, murrte Sonny.

Der Scheich sah ihn drohend an. »Willst du, daß wir dich den Bullen ausliefern?«

Sonny machte schnell einen Rückzieher. »Nein, Scheich, aber, verdammt noch mal, du brauchst meine Lage nicht so auszunutzen und . . .«

Choo-Choo streckte den Kopf durchs Fenster und unterbrach ihn. »Da unten wimmelt es von Bullen. Nichts anderes zu sehen als Bullen.«

»Wo sind sie jetzt?« fragte der Scheich.

»Überall, aber im Augenblick nehmen sie sich gerade das übernächste Haus vor. Sie haben eine Menge Scheinwerfer auf das Haus gerichtet, und vor dem Haus patrouillieren sie jetzt mit Maschinenpistolen. Jetzt wird es höchste Zeit, daß wir den Gefangenen wegschaffen.«

»Behalt die Nerven, Dummkopf«, sagte der Scheich. »Sieh mal nach dem Dach.«

»Gelobt sei Allah«, antwortete Choo-Choo und kroch auf Händen und Knien wieder hinaus.

»Zieh Jacke und Hemd aus«, befahl der Scheich Sonny.

Als Sonny sich bis auf das Unterhemd ausgezogen hatte, sah der Scheich ihn an und meinte dann: »Nigger, bist du aber schwarz. Deine Mammy muß dir den Mund mit Kreide angemalt haben, als du ein Baby warst, um zu sehen, wie sie dich an die Brust legen sollte.«

»Ich bin nich schwärzer als Inky«, verteidigte sich Sonny.

Der Scheich grinste ihn spöttisch an. »Du hattest da keine Schwierigkeiten, Inky, was? Deine Mammy hat bei dir Leuchtfarbe benutzt.«

»Mach zu, Mann. Mir wird kalt«, sagte Sonny. »Behalt die Hose an. Es sind Damen anwesend«, sagte der Scheich.

Er hängte Sonnys Jacke zu seiner Garderobe an den Draht hinter dem Vorhang und warf das Hemd in eine Ecke. Dann warf er Sonny einen verblichenen, alten roten Rollkragenpullover hin.

»Zieh die Ärmel über die Handschellen hinunter, und dann ziehst du den Mantel da an«, befahl er und deutete auf den alten Militärmantel, den er von dem Hausmeister mitgenommen hatte.

»Das ist doch viel zu warm«, protestierte Sonny.

»Machst du jetzt, was ich dir sage, oder brauchst du erst Prügel?«

Sonny zog den Mantel an.

Der Scheich holte dann ein Paar lederner Fahrerhandschuhe aus dem Pappkoffer unter seinem Bett und reichte sie Sonny.

»Was soll ich denn damit?« fragte Sonny.

»Zieh sie an und halt den Mund, du Idiot«, sagte der Scheich.

Dann holte er hinter dem Bett eine lange Bambusstange hervor und fing an, sie durchs Fenster zu schieben. An ihrem Ende hing ein zerfranster Wimpel der New York Giants.

Choo-Choo kam gerade rechtzeitig die Feuertreppe herunter, um die Stange in Empfang zu nehmen und sie gegen die Feuertreppe zu lehnen.

»Auf unserem Dach sind noch keine Bullen, aber auf dem Dach des Hauses, das sie gerade durchsuchen, schwärmen sie nur so«, berichtete er. Sein Gesicht glänzte vom Schweiß, und das Weiße seiner Augen hatte angefangen zu leuchten.

»Fang du jetzt nicht an zu kneifen und laß mich nicht im Stich.« Der Scheich wandte sich an Sonny und sagte: »Raus mit dir, Bursche.«

Sonny warf ihm einen Blick zu und zögerte, kletterte dann aber auf den Absatz der Feuertreppe hinaus.

»Laß mich mitgehen«, sagte Sissie.

Sugartit setzte sich plötzlich interessiert auf.

»Ich will, daß ihr beiden kleinen Lockvögel genau hier im Zimmer bleibt und euch nicht von der Stelle rührt«, befahl der Scheich in scharfem Ton und wandte sich dann an Inky. »Komm du mit, Inky. Dich brauche ich.«

Inky kletterte zu den anderen auf die Feuertreppe hinaus. Als letzter folgte der Scheich und schloß das Fenster hinter sich. Sie hockten in einem Kreis zusammen. Der Treppenabsatz war gedrängt voll.

Der Scheich holte zwei verbogene Zigaretten aus seiner Hemdtasche und steckte sie in den Mund.

»Mann!« rief Choo-Choo aus. »Die hast du uns verheimlicht.«

»Gib mir Feuer und quatsch nicht soviel«, sagte der Scheich.

Choo-Choo schnappte sein billiges Feuerzeug an und hielt es an beide Zigaretten. Der Scheich zog den Rauch tief in die Lungen und gab dann eine der Zigaretten an Inky.

»Für dich und Choo-Choo je die Hälfte, ich und der Gefangene teilen uns die andere.«

Mit einer abwehrenden Geste hob Sonny beide behandschuhte Hände. »Laß mich draußen. Die verdammten Dinger haben mich in die Klemme gebracht, und ich weiß nicht, wie ich da wieder rauskomme.«

»Du Feigling«, sagte der Scheich verächtlich und zog wieder den Rauch ein. Er schluckte den Rauch jedesmal wieder zurück, wenn er aus seinen Lungen aufstieg. Sein Gesicht quoll auf und fing an dunkler zu werden, als sein Blut die Droge aufnahm. Seine Augen weiteten sich, und seine Nasenflügel fingen an zu beben.

»Mann, wenn ich meine Knarre hier hätte, ich wette, daß ich den Sergeant da mit einem Schuß zwischen die Augen umlegen könnte«, sagte er. Die Zigarette klebte an seiner Unterlippe und wippte auf und ab, während er sprach.

»Mir wäre eine der weitreichenden .38er mit langem Lauf lieber, so eine wie Grave Digger und Coffin Ed sie haben«, sagte Choo-Choo. »Mit den Knarren kann man einen Felsen umbringen. Ich würde mir nur einen Schalldämpfer dranmachen, und dann könnte ich hier sitzen und jeden Mutterschänder abschießen, den ich wollte. Ich würde aber auf keinen schießen, wenn es nicht ein großer Mann oder der Polizeichef oder so jemand ist.«

»Du redest nur davon, was du tun möchtest. Ich rede aber von Tatsachen«, sagte der Scheich.

»Für die du, wenn du nicht aufpaßt, noch mal in Sing-Sing schmoren wirst«, entgegnete Choo-Choo.

»Was willst du damit sagen?« fauchte der Scheich und stand drohend auf. »Ich schmeiß dich gleich hier die Feuertreppe runter.«

Choo-Choo sprang auf und wich gegen das Geländer zurück. »Ach, und da meinst du, jetzt geht mir der Arsch mit Grundeis!«

Auch Inky erhob sich jetzt und trat zwischen sie. »Was wird mit dem Gefangenen, Scheich?« fragte er beunruhigt.

»Zum Teufel mit dem Gefangenen«, tobte der Scheich, riß ein

Messer mit einem Beingriff aus der Tasche und schüttelte mit der gleichen Bewegung die sechs Zoll lange Klinge aus dem Griff.

»Um Himmels willen!« schrie Inky.

Der Scheich warf Inky mit einem Schlag seines Handrückens gegen die eisernen Stufen zurück und packte Choo-Choo beim Hemdkragen.

»Noch ein Ton, und ich schneide dir deinen verdammten Hals ab«, drohte er. Mordlust wallte in ihm auf wie davonströmendes Blut.

Choo-Choos Augäpfel verdrehten sich, und seine dunkelbraune Haut schwitzte einen fiebrigen Schweiß aus. »Ich hab's nicht so gemeint, Scheich«, winselte er beschwörend mit gedämpfter Stimme. »Du weißt, daß ich's nicht so gemeint hab. Man darf doch mal 'n kleinen Scherz machen.«

Die wilde Aufwallung des Scheichs verebte, aber die Mordlust hielt ihn noch gepackt. »Sobald ich den Verdacht habe, daß du kneifen willst, bring ich dich um.«

»Du weißt genau, daß ich nicht kneife, Scheich. Dazu kennst du mich zu gut.«

Der Scheich ließ Choo-Choos Kragen los. Choo-Choo stieß einen tiefen Seufzer aus.

Inky richtete sich auf und rieb sich sein aufgeschrammtes Schienbein. »Jetzt habe ich wegen dir meine Zigarette verloren«, beklagte er sich.

»Zum Teufel mit der Zigarette«, schnauzte der Scheich.

»Ganz meine Meinung«, stimmte Sonny ihm zu. »Die Dinger, die sie jetzt verkaufen, bringen euch noch so weit, daß ihr eurer Mammy den Hals abschneidet. Die müssen da jetzt Loco-Kraut oder sonst was reinmischen.«

»Halt's Maul«, sagte der Scheich, das geöffnete Messer noch in der Hand. »Ich sag's dir nicht noch einmal.«

Sonny warf einen Blick auf das Messer und sagte: »Ich bin ja schon still.«

»Ist auch besser«, entgegnete der Scheich und wandte sich dann zu Inky: »Inky, du bringst den Gefangenen auf das Dach und läßt mit ihm zusammen Calebs Tauben fliegen. Du, Sonny, sagst den

Bullen, wenn sie kommen, daß du Caleb Bowee heißt und versuchst, deinen Tauben beizubringen, bei Nacht zu fliegen. Hast du verstanden?«

»Ja«, antwortete Sonny zweifelnd.

»Du weißt doch, wie man Tauben fliegen läßt?«

Sonny zögerte. »Man wirft mit Steinen nach ihnen.«

»Verdammt, Nigger, du hast nicht mehr Verstand als ein Huhn. Du kannst doch mit all den Bullen, die hier sind, da oben nicht mit Steinen werfen. Du mußt die Stange hier nehmen und sie wegscheuchen, wenn sie sich setzen wollen.«

Sonny betrachtete die Bambusstange skeptisch. »Und wenn sie wegfliegen und nicht wiederkommen?«

»Sie fliegen nicht weg. Die fliegen nur im Kreis herum und versuchen dauernd, wieder in ihren Schlag zu kommen.« Der Scheich bog sich plötzlich vor Lachen. »Tauben haben überhaupt keinen Verstand, Mann.«

Die anderen sahen ihn nur an.

Schließlich fragte Inky: »Und was soll ich tun?«

Der Scheich richtete sich schnell auf und hörte auf zu lachen. »Du bewachst den Gefangenen und paßt auf, daß er nicht wegläuft.«

»Oh«, machte Inky. Und kurz darauf erkundigte er sich: »Und was soll ich den Bullen sagen, wenn sie mich fragen, was ich da oben mache?«

»Verdammt, du sagst den Bullen, daß Caleb dir beibringen will, wie man Tauben dressiert.«

Inky bückte sich und rieb wieder sein Schienbein. Ohne aufzublicken, fragte er: »Meinst du wirklich, daß die Bullen mir das abnehmen, Scheich? Glaubst du, die sind so verrückt, daß sie einem glauben, er würde bei dem ganzen Tumult hier in der Gegend Tauben dressieren?«

»Ach, das sind doch weiße Bullen«, meinte der Scheich verächtlich. »Die halten doch alle Nigger für verrückt. Du und Sonny, ihr braucht euch nur dämlich genug anzustellen, dann fressen sie es wie Schokoladeneis. Die werden euch höchstens in den Hintern treten und sich darüber totlachen, wie verrückt Nigger sind. Und wenn sie nach Haus kommen, erzählen sie ihrer Alten und jedem, den sie treffen, daß sie auf einem Dach zwei dämliche Nigger gefunden haben, die in der Nacht Tauben dressieren wollten, während die größte Razzia stattfand, die es in Harlem je gegeben hat. Ihr werdet sehen, daß es so kommt.«

Inky massierte weiter sein Schienbein. »Das will ich ja nicht bestreiten, Scheich. Aber angenommen, sie glauben es nicht . . .«

»Verdammt noch mal, jetzt geh aufs Dach und mach, was ich dir gesagt habe und hör auf, mir zu widersprechen«, fauchte der Scheich von einem neuen Wutanfall gepackt. »Wenn ich dich und den Nigger da sehe, dann glaub ich es selbst beinahe, und ich bin kein dämlicher Bulle.«

Widerstrebend drehte Inky sich um und stieg die Stufen zum Dach hinauf. Sonny warf noch einen langen Seitenblick auf das offene Messer des Scheichs, ehe er folgte. »Warte, du Dummkopf. Du hast die Stange vergessen«, sagte der Scheich. »Ich hab dir gesagt, du sollst nicht mit Steinen nach den Tauben werfen. Vielleicht wirfst du eine tot, aber dann zwinge ich dich, sie roh zu fressen.« Er schüttelte sich vor Lachen über seinen Witz.

Sonny griff mit düsterem Gesicht nach der Stange und kletterte langsam hinter Inky her.

»Los, mach das Fenster auf«, befahl der Scheich Choo-Choo. »Wir wollen wieder rein.«

Ehe Choo-Choo sich umdrehte und bückte, um das Fenster zu öffnen, sagte er: »Hör mal, Scheich, ich hab damit gar nichts gemeint vorhin.«

»Schon gut«, antwortete der Scheich.

Sissie und Sugartit kauerten mit verängstigten und niedergeschlagenen Gesichtern schweigend nebeneinander auf der Bettkante. Sugartit hatte aufgehört zu weinen, aber ihre Augen waren gerötet und ihr Gesicht fleckig.

»Mein Gott, man könnte meinen, hier wär ein Begräbnis«, knurrte der Scheich.

Niemand antwortete. Choo-Choo trat verlegen von einem Fuß auf den anderen.

»Jetzt hört endlich auf, triste Fratzen zu schneiden, ihr Heulsusen«, schnauzte der Scheich. »Wir müssen vergnügt und gutgelaunt aussehen, wenn die Bullen hier auftauchen. So, als ob wir keinen Grund zu Sorgen hätten.«

»Dann fang du doch an und mach uns das mal vor«, sagte Sissie.

Der Scheich sprang auf sie los und versetzte ihr einen Schlag, der sie auf die Seite warf. Wortlos erhob sie sich und ging zum Fenster.

»Wenn du da aus dem Fenster raus willst, schmeiß ich dich auf die Straße runter«, drohte der Scheich.

Sissie blieb vor dem Fenster stehen und blickte hinaus. Sie drehte dem Scheich den Rücken zu und gab keine Antwort.

Sugartit saß stumm auf der Bettkante und zitterte.

»Dreck«, knurrte der Scheich angewidert und warf sich hinter Sugartit der Länge nach auf das Bett.

Sie stand auf und trat neben Sissie ans Fenster.

»Los, Choo-Choo, die Zicken sollen zum Teufel gehen«, sagte der Scheich. »Wir müssen entscheiden, was wir mit dem Gefangenen machen.«

»Jetzt kommst du endlich zur Sache.« Choo-Choo war begeistert und setzte sich rittlings auf einen Stuhl. »Hast du schon einen Plan?«

»Klar. Gib mir eine Zigarette.«

Choo-Choo fischte zwei Zigaretten aus der zerdrückten Packung, die er unter dem eingerollten Saum seines Turnhemds hervorzog, zündete beide an und reichte eine dem Scheich.

»Das billige Kraut nach was richtig Rauchbarem macht einen verrückt«, sagte er dabei.

»Mann, ich hab das Gefühl, daß mir gleich der Kopf platzt, so viele Ideen habe ich drin«, sagte der Scheich. »Wenn ich eine richtige Bande hätte wie Dutch Schultz, hätte ich mit all meinen Einfällen ganz Harlem in der Tasche. Mir fehlen nur die richtigen Leute.«

»Teufel, du hast doch mich. Wir zwei können das allein«, meinte Choo-Choo.

»Wir brauchten Waffen und so was, richtige Knarren aus einer Waffenfabrik, und ein oder zwei Maschinenpistolen und vielleicht auch ein paar Handgranaten.«

»Wenn wir Grave Digger und das Ungeheuer umlegen, hätten

wir zwei ordentliche Knarren, um damit anzufangen«, regte Choo-Choo an.

»Mit den Hengsten legen wir uns erst an, wenn wir organisiert sind«, antwortete der Scheich. »Dann sollten wir uns vielleicht ein paar fähige Burschen von auswärts holen, um den Treffer zu landen. Aber dazu brauchen wir auch Geld.«

»Zum Teufel, wir können für den Gefangenen Lösegeld verlangen«, sagte Choo-Choo.

»Wer soll für den Nigger schon Lösegeld bezahlen«, widersprach der Scheich. »Ich wette, seine eigene Mammy würde keinen Cent dafür geben, den zurückzubekommen.«

»Er soll sich selbst freikaufen«, meinte Choo-Choo. »Er hat doch den Schuhputzstand, oder etwa nicht? Schuhputzstände bringen ganz schön was ein. Vielleicht hat er auch einen Wagen.«

»Teufel, ich wußte die ganze Zeit, daß er wertvoll ist«, sagte der Scheich. »Darum hab ich dafür gesorgt, daß wir ihn uns schnappen.«

»Wir können seinen Schuhputzstand übernehmen«, sagte Choo-Choo.

»Ich hab noch ein paar andere Pläne«, sagte der Scheich. »Vielleicht können wir ihn gegen eine umgebastelte Schreckschußkanone an die ›Sterne Davids‹ verkaufen. Die haben sie in rauhen Mengen, sind nur zu feige, sie zu gebrauchen.«

»Das wäre 'ne Möglichkeit. Oder wir könnten ihn bei den Puertorikanern gegen Burrhead eintauschen. Wir haben Burrhead versprochen, daß wir ihn auslösen, und sie haben gesagt, wenn wir uns nicht beeilen und ihn abholen, wollen sie ihm den Hals abschneiden.«

»Sollen sie dem schwarzen Mutterschänder doch den Hals abschneiden«, sagte der Scheich kalt. »Dieser feige Schuft nützt uns doch nichts.«

»Ich weiß noch was, Scheich«, sagte Choo-Choo aufgeregt. »Wir können ihn in einen Sack stecken, wie sie es früher immer gemacht haben, Dutchman und die anderen, und ihn in den Harlem River werfen. Ich wollte schon immer mal so ein Schwein in einen Sack stecken.«

»Weißt du denn, wie man so einen Mutterschänder in einen Sack steckt?« fragte der Scheich.

»Klar, man . . .«

»Halt's Maul, ich sag dir, wie man's macht. Zuerst schlägt man den Mutterschänder bewußtlos, damit er nicht herumzappelt. Dann legt man ihm eine Drahtschlinge um den Hals. Dann knickt man ihn zu einem Z und bindet das lose Ende des Drahtes an seinen Knien fest. Wenn man ihn dann in den Sack steckt, muß man aber aufpassen, daß der Sack groß genug ist, denn er muß Platz haben, daß er sich bewegen kann. Kommt der Mutterschänder dann wieder zu sich und versucht, sich zu strecken, erwürgt er sich selbst. Niemand hat ihn dann umgebracht. Der Mutterschänder hat Selbstmord begangen.« Der Scheich wälzte sich vor Lachen.

»Man muß ihm erst aber die Hände auf dem Rücken fesseln«, wandte Choo-Choo ein.

Der Scheich hörte auf zu lachen, und sein Gesicht verzerrte sich vor Wut. »Wer weiß denn das nicht, du Idiot!« schrie er. »Natürlich muß man ihm die Hände auf dem Rücken fesseln. Willst du mir vielleicht sagen, ich wüßte nicht, wie man so einen Mutterschänder in den Sack steckt? Ich werde dich in den Sack stecken.«

»Ich weiß, daß du Bescheid weißt, Scheich«, versicherte Choo-Choo hastig. »Ich wollte nur, daß du auch nichts vergißt, wenn wir den Gefangenen in den Sack stecken.«

»Ich werde schon nichts vergessen«, sagte der Scheich.

»Und wann wollen wir ihn in den Sack stecken?« fragte Choo-Choo. »Ich weiß, wo wir einen Sack herbekommen.«

»Gut. Wir stecken ihn in den Sack, sobald die Bullen bei uns waren. Dann bringen wir ihn runter und lassen ihn im Keller«, entschied der Scheich.

7

Grave Digger ließ seine Polizeimarke vor den zwei Polizisten aufblinken, die den Eingang zum *Dew Drop Inn* bewachten, stieß die Tür auf und trat ein.

Das Lokal war von Farbigen gefüllt, die den großen Weißen hatten sterben sehen, aber niemand schien darüber zu trauern.

Aus der Musikbox erklang eine stampfende Version von *Big-Legged Woman*.

Saxophone flehten, die Hörner spotteten, der Baß streichelte, das Schlagzeug schwatzte, das Klavier schmeichelte, zeigte und spielte den Jive, und eine heisere Frauenstimme grölte:

. . . you can feel my thigh
But don't you feel up high.

In Fahrt gebrachte Frauen auf den hohen Barhockern zuckten hin und her, daß ihnen fast die Kleider vom Leib fielen.

Grave Digger trottete über das Sägemehl, das auf die Blutflecken gestreut worden war, die nach dem Aufwischen zurückgeblieben waren, und ließ sich auf einem Hocker am Ende der Bar nieder.

Big Smiley servierte die Drinks mit dem linken Arm in einer Schlinge. Der weiße Geschäftsführer, die Ärmel seines sandfarbenen Seidenhemds aufgekrempelt, half mit.

Big Smiley schlurfte hinter der Bar zu Grave Digger und zeigte den größten Teil seines kräftigen gelben Gebisses. »Wollen Sie was trinken, Chef, oder nur dasitzen und nachdenken?«

»Was macht der Arm?« fragte Grave Digger.

»Geht ihm gut. Der Schnitt ist nicht sehr tief gegangen. Das ist bald wieder heil.«

Der Geschäftsführer trat hinzu und sagte: »Wenn ich geahnt hätte, daß wirklich was passieren würde, hätte ich sofort die Polizei gerufen.«

»Was bezeichnen Sie in der Kneipe hier als wirklich etwas passieren?« fragte Grave Digger. Der Geschäftsführer wurde rot. »Ich meinte den Weißen, der umgebracht wurde.«

»Wodurch hat der Krawall denn angefangen?«

»Krawall kann man's eigentlich nicht nennen, Chef«, antwortete Big Smiley. »Da war nur ein Betrunkener, der mit einem Messer auf den weißen Gast losging, und ich mußte meinen Gast selbstverständlich schützen.«

»Und was hatte der gegen den Weißen?«

»Nichts, Chef, wirklich nichts. Er saß da drüben und trank einen Whisky nach dem anderen und stierte den Weißen an, der hier an der Bar stand und sich um niemand kümmerte. Dann war der Nigger plötzlich völlig besoffen und ging in seinem Rausch mit dem Messer auf den Weißen los. Das war alles. Aber das konnte ich natürlich nicht dulden.«

»Er muß aber doch einen Grund gehabt haben. Sie wollen mir doch nicht einreden, daß er ohne jeden Grund auf den Weißen losgegangen ist und ihn angegriffen hat.«

»Ganz bestimmt, Chef. Ich setze mein Leben dafür, daß er gar keinen Grund hatte, den Weißen anzugreifen. Sie wissen doch, wie unsere Leute sind, Chef. Er war eben einer dieser Nigger, die auf Weiße losgehen, wenn sie betrunken sind, weil ihnen dann all das Böse einfällt, das die Weißen ihnen angetan haben. Das ist alles. Wahrscheinlich hat ihm vor zwanzig Jahren im Süden ein Weißer mal was getan, und dafür wollte er sich jetzt hier an diesem Weißen rächen. Es ist schon so, wie ich dem weißen Detektiv auch gesagt hab, der hier war. Dieser weiße Mann stand allein hier an der Bar, und der Nigger bildete sich ein, bei all den vielen Farbigen hier könnte er einfach auf den Weißen losgehen, und es würde ihm nichts passieren.«

»Vielleicht. Wie hieß er denn?«

»Ich habe diesen Nigger noch nie gesehen, Chef. Ich weiß nicht, wie er heißt.«

Ein Gast vom anderen Ende der Bar rief: »He, Boss, wird man hier noch mal bedient?«

»Wenn Sie mich brauchen, Jones, rufen Sie nur«, sagte der Geschäftsführer und ging, um den Gast zu bedienen.

»Schon gut«, antwortete Grave Digger. Dann fragte er Big Smiley: »Wer war die Frau?«

»Da ist sie«, antwortete Big Smiley und nickte in Richtung einer Nische. Grave Digger drehte den Kopf und musterte sie.

Die schwarze Frau in dem rosa Jerseykleid und den roten Seidenstrümpfen saß wieder auf ihrem ursprünglichen Platz in einer Nische. Sie war in Gesellschaft von drei Männern.

»Sie hatte nichts damit zu tun«, fügte Big Smiley hinzu.

Grave Digger glitt von seinem Hocker, ging zu der Nische und ließ seine Marke aufblinken. »Ich möchte mit Ihnen sprechen.«

Sie blickte auf die goldene Marke und antwortete in klagendem Ton: »Warum könnt ihr mich denn nicht in Ruhe lassen. Ich hab dem weißen Polizisten doch schon alles gesagt, was ich von der Schießerei weiß, und das ist so viel wie nichts.«

»Kommen Sie nur, ich lade Sie zu einem Drink ein«, sagte Grave Digger.

»Na schön, in diesem Falle . . .«, antwortete sie und kam mit an die Bar.

Auf Grave Diggers Bestellung hin schenkte Big Smiley ihr widerstrebend einen Schluck Gin ein, doch Grave Digger befahl: »Füllen Sie das Glas richtig.«

Big Smiley goß das Glas voll und blieb stehen, um zuzuhören.

»Wie gut kannten Sie den Weißen?« fragte Grave Digger die Frau.

»Praktisch überhaupt nicht. Ich habe ihn nur ein- oder zweimal hier gesehen.«

»Was hat er da gemacht?«

»Sich einfach nur umgesehen.«

»Allein?«

»Ja.«

»Haben Sie beobachtet, daß er jemand ansprach?«

»Nein, er gehörte zu dieser bestimmten Sorte. Er sah nie was, das ihm gefiel.«

»Wer war der Farbige, der ihn mit dem Messer angegriffen hat?«

»Woher soll ich das wissen?«

»Er war nicht zufällig mit Ihnen verwandt?«

»Mit mir verwandt? Hoffentlich nicht.«

»Jetzt wiederholen Sie mir genau, was er zu dem Weißen sagte, als er auf ihn losging.«

»Ganz genau kann ich mich nicht erinnern. Er sagte was davon, daß der Weiße hinter seinem Mädchen her ist.«

»Genau das gleiche hat der andere Farbige, dieser Sonny Pickens, dem Weißen vorgeworfen.«

»Davon weiß ich nichts.«

Grave Digger bedankte sich und notierte sich ihren Namen und ihre Adresse. Sie ging zu ihrem Platz zurück.

Er wandte sich wieder an Big Smiley: »Weshalb haben sich Pickens und der Weiße gestritten?«

»Die haben sich gar nicht gestritten, Chef, jedenfalls nicht hier. Daß er erschossen wurde, hat gar nichts mit dem zu tun, was hier drin passiert ist.«

»Aber einen Grund muß es dafür geben«, beharrte Grave Digger. »Raub kommt nicht in Frage, und in Harlem wird auch nicht aus Rachsucht gemordet.«

»Jedenfalls schießen sie nicht deswegen.«

»Eher spritzen sie Säure oder ätzende Lauge«, sagte Grave Digger.

»Nein, Chef, nicht auf weiße Gentlemen.«

»Was bleibt also anderes übrig als eine Frau?« fragte Grave Digger.

»Nein, Chef«, widersprach Big Smiley nachdrücklich. »Das wissen Sie selbst genau, Chef. Keine farbige Frau hält es für Untreue, wenn sie sich mit einem Weißen abgibt. Die sehen darin nichts anderes als eine Dienstleistung, nur mit dem Unterschied, daß es besser bezahlt wird als Arbeit und weniger anstrengend ist. Außerdem nimmt's nicht viel Zeit in Anspruch. Und die Männer denken genauso. Beide Teile, Männer wie Frauen, halten es für dasselbe, wie Geld auf der Straße finden. Und damit meine ich nicht nur Gesindel, ich meine Kirchgänger und Christen und alle übrigen.«

»Wie alt sind Sie, Smiley?« fragte Grave Digger.

»Am siebten Dezember werd ich neunundvierzig.«

»Sie reden von alten Zeiten, mein Sohn. Die jungen farbigen Männer dulden diese Bräuche aus der Sklavenzeit nicht mehr.«

»Ach was, Chef. Sie machen nur Witze. Ich bin der alte Smiley. Ich weiß mehr über diese Weiber in Harlem als irgendein anderer. Chef, Sie und ich, wir könnten mit den Fingern auf die farbigen Damen der guten Gesellschaft hier zeigen, die nur deswegen angesehen sind, weil sie es mit irgendeinem einflußreichen Weißen haben. Und ihre Männer verdienen gleichfalls daran. Es hebt ihre Stellung, wenn ihre Frauen es mit einem reichen Weißen haben. Ach was, selbst ein schwerarbeitender Nigger würde nicht auf einen Weißen schießen, wenn er ihn beim Nachhausekommen bei seiner Alten im Bett findet. Vielleicht verprügelt er seine Alte, aber nur, um ihr zu zeigen, wer Herr im Haus ist, und nachdem er ihr das Geld abgenommen hat. Aber er wird sie bestimmt nicht so schwer verprügeln, wie wenn er sie mit einem anderen Nigger im Bett erwischt.«

»Darauf würde ich nicht wetten«, sagte Grave Digger.

»Halten Sie das so, wie Sie wollen, Chef, aber ich glaube trotzdem, daß Sie auf dem Holzweg sind. Passen Sie auf, ich kann mir nur eine Möglichkeit vorstellen, daß ein Farbiger in Harlem einen Weißen umbringt, und das ist bei einer Schlägerei. Wenn ihm einer zu hart auf die Hühneraugen tritt, greift er zum Messer und ersticht ihn vielleicht. Aber ich bin bereit, mein Leben zu setzen, daß kein Nigger hier einen Weißen kaltblütig niederschießt – keinen bedeutenden weißen Gentleman wie den.«

»Vielleicht wußte der Mörder ja nicht, daß der Weiße ein wichtiger Mann war.«

»Das wußte er bestimmt«, meinte Big Smiley.

»Haben Sie den Mann denn gekannt?« fragte Grave Digger.

»Nein, Chef, das kann ich nicht sagen. Er ist zwei- oder dreimal hier gewesen, aber seinen Namen weiß ich nicht.«

»Und ich soll Ihnen glauben, Sie hätten nicht versucht, herauszubekommen, wer er ist, wenn er zwei- oder dreimal hier war?«

»Ich wollte ja nicht gerade behaupten, daß ich keine Ahnung habe, wie er heißt«, wich Big Smiley aus. »Aber ich wiederhole noch mal, Chef, eine Spur finden Sie hier nicht. Das steht fest.«

»Sie müssen mir schon mehr sagen, mein Junge«, sagte Grave Digger mit trockener, tonloser Stimme.

Big Smiley sah ihn an, dann beugte er sich plötzlich über die Bar und sagte leise: »Versuchen Sie's bei Bucky, Chef.«

»Warum bei Bucky?«

»Ich hab ihn hier mal mit einem Luden gesehen, der oft bei Bucky ist.«

»Name?«

»An seinen Namen erinnere ich mich nicht, Chef. Sie kamen zusammen in dem Wagen des Weißen und blieben nur eine Minute, ganz so, als ob sie jemand suchten. Dann gingen sie wieder und fuhren fort.«

»Machen Sie mir nichts vor«, sagte Grave Digger und verriet plötzlich Ärger. »Wir sind hier nicht im Kino. Das hier ist die Wirklichkeit. In Harlem ist ein Weißer umgebracht worden, und Harlem ist mein Revier. Ich nehme Sie mit auf die Wache und lasse ein Dutzend weiße Polizisten auf Sie los. Die werden Sie bearbeiten, daß Ihnen das Schwarze von der Haut geht.«

»Der Name ist Ready Belcher, Chef. Aber es darf keiner erfahren, daß ich's Ihnen gesagt habe«, antwortete Big Smiley flüsternd. »Ich will keinen Ärger mit diesem sturen Hund.«

»Ready«, wiederholte Grave Digger und glitt von seinem Hocker. Er wußte nicht viel von Ready, nur daß dessen Arbeitsgebiet im eleganten Teil Harlems, oberhalb der 145th Street in Washington Heights, lag.

Er fuhr zum Polizeirevier in der 154th Street, an der Ecke der Amsterdam Avenue, und fragte nach seinem Freund Bill Cresus. Bill war ein farbiger Detektiv im Sittendezernat. Niemand wußte, wo Bill sich gegenwärtig aufhielt. Er hinterließ die Nachricht, Bill solle bei Bucky mit ihm Kontakt aufnehmen, falls er sich innerhalb einer Stunde melde.

Dann stieg er wieder in seinen Wagen und raste den steilen Abhang zur St. Nicholas Avenue hinunter und bog nach der weniger steilen Strecke hinter der 149th Street nach Süden ab.

Äußerlich war es ein ruhiges Viertel mit Wohnblocks und hohen Apartmenthäusern, die die breite, schwarzgepflasterte Straße säumten. Die Häuser waren aber in Ein-Zimmer-Wohnungen mit winzigen Kochnischen aufgeteilt worden und wurden für $ 25 pro Woche an junge Paare vermietet, die für eine Saison zusammen hausen wollten. Und hinter den respektablen Fassaden der Wohnblocks befanden sich die plüschgepolsterten Opium- und Lasterhöhlen.

Die Aufregung über die Razzia war noch nicht bis hierher vorgedrungen, und die Straße war verhältnismäßig leer.

Vor einem unscheinbaren Souterraineingang brachte er seinen Wagen zum Halten. Vier Stufen unter Straßenhöhe befand sich eine schwarze Tür mit einem blanken Messingklopfer in Form von drei Musiknoten. Über der Tür leuchtete in roten Neonbuchstaben das Wort BUCKY.

So allein fühlte sich Grave Digger etwas unbehaglich. Als Coffin Ed damals mit seinen Säureverletzungen im Krankenhaus gelegen hatte, war er auch allein hier gewesen. Die Erinnerung daran ließ ihm das Blut in den Kopf steigen, und es kostete ihn besondere Anstrengung, sein Temperament zu beherrschen.

Er drückte gegen die Tür, und sie ging auf.

In einem langen, schmalen Raum saßen Leute an weißgedeckten Tischen unter Wandlampen mit rosa Schirmen und aßen gebratene Hähnchen schicklich mit den Fingern. Es war eine Gesellschaft von sechs Weißen, verschiedene farbige Paare und zwei farbige Männer mit weißen Frauen. Sie waren gut gekleidet und sahen verhältnismäßig sauber aus.

Die Wände hinter ihnen waren mit zahllosen kleinen, rosa getönten Bleistiftzeichnungen aller Prominenten und Fastprominenten bedeckt, die je in Harlem gelebt hatten. Die meisten davon waren Musiker.

Das Mädchen in der winzigen Garderobenablage neben dem Eingang streckte mit einem geringschätzigen Blick die Hand aus. Grave Digger behielt seinen Hut auf und schritt durch den schmalen Gang zwischen den Tischen.

Ein feister Pianist mit glänzend schwarzer Haut und einem goldenen Lächeln, der in ein Sportjackett aus hellbraunem Tweed und ein weißseidenes Sporthemd mit offenem Kragen gekleidet war, saß hinter dem zwischen dem letzten Tisch und der halbkreisförmigen Bar eingeklemmten Stutzflügel. Mildes weißes Licht fiel auf seinen teilweise kahlen Schädel, während er mit einem Schlafzimmeranschlag in die Tasten griff.

Er warf Grave Digger einen abschätzenden Blick entgegen, stand auf und folgte ihm in das Halbdunkel an der Bar.

»Hoffentlich sind Sie nicht dienstlich hier, Digger. Ich bezahle dafür, daß dieses Lokal von der Polizei unbehelligt bleibt«, sagte er mit flatternder Stimme.

Grave Diggers Blick wanderte die Bar entlang. Die hohen Hocker waren von einer unterschiedlichen Gesellschaft besetzt: ein großer, dunkelhaariger Weißer, zwei schlanke junge Farbige, ein kleiner, untersetzter Weißer mit blondem Bürstenhaarschnitt, zwei dunkelhäutige Frauen in weißseidenen Abendkleidern, ein schokoladenfarbener Dandy in einem doppelreihigen Smoking mit gepolsterten Schultern, der einen schnürsenkelschmalen Querbinder zur Schau stellte. Eine hellgelbe Kellnerin mit einem Metalltablett stand wartend in der Nähe. Ein weiterer großer, schlanker, ebenholzschwarzer junger Mann präsidierte hinter der Bar.

»Ich sehe mich nur um, Bucky«, antwortete Grave Digger. »Ich suche nur nach einer Chance.«

»Hier haben schon viele eine Chance gefunden«, sagte Bucky anzüglich.

»Daran zweifle ich nicht.«

»Aber vielleicht war das nicht die Chance, die Sie suchen.«

»Ich suche nach einer Spur. Vor nicht allzu langer Zeit wurde ein wichtiger Weißer auf der Lenox Avenue erschossen.«

Bucky gestikulierte mit den gepflegten Händen. Seine manikürten Nägel schimmerten dabei in dem gedämpften Licht. »Und was hat das mit uns hier zu tun? Bei uns ist alles still und freundlich. Sehen Sie selbst. Anständige Menschen, die gemütlich zu Abend essen, gut essen. Leise Musik, gedämpftes Licht und Lachen. Hier wird die Polizei keine Verbrecher finden.«

In der darauffolgenden Pause wurde die gezierte Stimme eines der gepflegten schwarzen Beaus laut: »Ich habe ihren Mann nicht mal angesehen, da springt die auf und haut mir die Whiskyflasche über den Kopf!«

»Diese schwarzen Hexen sind so brutal«, stimmte sein Begleiter zu.

Grave Digger lächelte verdrossen. »Der Mann, der getötet wurde, war einer Ihrer Gäste«, sagte er. »Er hieß Ulysses Galen.«

»Mein Gott, Digger, ich kenne doch nicht die Namen aller Leute, die in mein Lokal kommen. Ich spiele nur für sie und versuche, sie zufriedenzustellen.«

»Das glaube ich«, sagte Grave Digger. »Galen wurde häufig mit Ready zusammen gesehen. Fällt Ihnen dabei nichts ein?«

»Ready«, rief Bucky ungeduldig aus. »Der kommt doch kaum jemals hierher. Was hat Sie auf die Idee gebracht?«

»Einen Dreck tut er«, entgegnete Grave Digger. »Er betreibt von hier seine Kuppelgeschäfte.«

»Hast du das gehört?« appellierte Bucky mit schriller, entsetzter Stimme an den Barmann, faßte sich aber schnell, als seine empfindlichen Ohren die plötzliche Stille seiner Gäste wahrnahmen. Mit unterdrückter Empörung fügte er hinzu: »Dieser Plattfuß kommt hierher und beschuldigt mich, daß ich Kupplern Vorschub leiste.«

»Noch ein Wort, dann reicht's mir, Junge«, sagte Grave Digger mit seiner tonlosen, wattigen Stimme.

»Paß auf, der Mann ist unberechenbar«, warnte der Barmann. »Geh du an dein Klavier, und ich frage ihn, was er will.« Er trat hinter die Bar, stützte die Hände in die Hüften und sah hochnäsig auf Grave Digger hinab. »Und was können wir für Sie tun, Sie ungehobelter, grober Mensch?«

Die Weißen an der Bar lachten.

Bucky drehte sich um und wollte ihn stehenlassen.

Grave Digger packte ihn am Arm und riß ihn zurück. »Zwingen Sie mich nicht, grob zu werden«, murmelte er.

»Wagen Sie nicht, mich anzurühren«, antwortete Bucky mit einem leisen, scharfen Flüstern, wobei sein ganzer feister Körper vor Empörung bebte. »Von Ihnen brauch ich mir das nicht gefallen zu lassen. Ich bin gedeckt.«

Der Barmann wich zurück und schüttelte sich. »Lassen Sie nicht zu, daß er Bucky was tut«, wandte er sich hilfesuchend an die Weißen mit alarmierter Stimme.

»Vielleicht kann ich Ihnen helfen«, sagte der Weiße mit dem blonden Bürstenhaarschnitt zu Grave Digger. »Sie sind doch Detektiv, oder?«

»Ja«, antwortete Grave Digger, hielt Bucky aber fest. »Heute abend wurde in Harlem ein Weißer ermordet, und ich suche nach dem Mörder.«

Die Augenbrauen des Weißen wanderten einen Zoll nach oben. »Und Sie glauben, daß Sie ihn hier finden?«

»Ich verfolge nur eine Spur, sonst nichts. Der Mann wurde mit einem Zuhälter namens Ready Belcher gesehen, der hier verkehrt.«

Die Augenbrauen des Weißen senkten sich wieder. »Oh, Ready, den kenne ich, aber der ist nur . . .«

Bucky schnitt ihm das Wort ab. »Dem brauchen Sie überhaupt nichts zu sagen. Sie stehen hier unter Schutz.«

»Gewiß«, erwiderte der Weiße. »Nichts anderes will dieser Polizeibeamte ja, als uns alle schützen.«

»Er hat recht«, sagte eine der farbigen Frauen im weißen Abendkleid. »Wenn Ready einen Freier umgebracht hat, den er zu Reba geschickt hat, dann soll er ruhig dafür büßen.«

»Halt's Maul, Weibsstück«, zischte der Barmann wütend.

Die Muskeln in Grave Diggers Gesicht begannen zu zucken, als er Bucky losließ. Er stemmte sich mit den Absätzen auf der Querstrebe des Barhockers hoch und beugte sich über die Bartheke. Er erwischte den Barmann, der mit einem Tanzschritt auszuweichen versuchte, vorn an dessen rotem Seidenhemd. Das Hemd platzte mit einem reißenden Laut in der Naht, hielt aber genügend, so daß Grave Digger den Barmann zu sich heranzerren konnte.

»Du nimmst den Mund zu verdammt voll, Tabelle«, sagte er mit dicker, wattiger Stimme und versetzte ihm mit der flachen Hand eine Ohrfeige, die ihn durch den Halbkreis hinter der Theke taumeln ließ.

»Das hätte er nicht zu tun brauchen«, sagte die erste Frau.

Grave Digger wandte sich ihr zu und sagte rauh: »Und Sie, Schwesterchen, Sie und ich, wir gehen jetzt zu Reba.«

»Reba!« erwiderte ihre Begleiterin. »Kennst du jemand, der Reba heißt? Mein Gott, ich nicht.«

Grave Digger glitt von dem hohen Hocker herunter.

»Lassen Sie dieses alberne Niggertheater, und stehen Sie von Ihrem dicken Arsch auf«, sagte er grob, »oder ich nehme meinen Revolver und schlage Ihnen die Zähne ein.«

Die beiden Weißen starrten ihn an, als ob er eine aus dem Zoo entkommene wilde Bestie wäre.

»Ist das Ihr Ernst?« fragte die Frau.

»Es ist mein Ernst«, bestätigte er.

Sie kletterte schwerfällig von ihrem Hocker und sagte: »Gib mir meinen Mantel, Jule.«

Der schokoladenfarbige Dandy nahm von der Musikbox hinter sich einen Mantel.

»Das geht doch wohl ziemlich weit«, protestierte der blonde Weiße in vermittelndem Ton.

»Ich bin nur ein Polyp«, sagte Grave Digger rauh. »Wenn ihr Weißen unbedingt nach Harlem kommen müßt, wo ihr Farbige zwingt, in von Lastern und Verbrechen beherrschten Slums zu leben, dann ist es mein Beruf, dafür zu sorgen, daß ihr hier sicher seid.«

Der Weiße wurde dunkelrot.

8

Der Sergeant klopfte an die Tür. Er wurde von zwei Polizisten in Uniform und einem Corporal begleitet.

Eine weitere Suchgruppe, die von einem anderen Sergeant angeführt wurde, stand vor der gegenüberliegenden Tür.

Weitere Polizisten durchsuchten sämtliche Etagen des Hauses, fingen unten an und riegelten den Bereich ab, den sie überprüft hatten.

»Herein«, rief Granny mit streitsüchtiger Stimme. »Die Tür ist nicht abgeschlossen.« Mit zahnlosen Kiefern biß sie auf das Mundstück ihrer Maiskolbenpfeife.

Der Sergeant trat mit seinen Leuten in die kleine Küche. Damit war sie überfüllt.

Beim Anblick der alten Frau, die arglos in ihre Stopferei vertieft war, setzte der Sergeant dazu an, seine Mütze abzunehmen, erinnerte sich dann, daß er im Dienst war, und behielt sie auf.

»Schließen Sie Ihre Tür nie ab, Oma?« fragte er freundlich.

Granny sah die Polizisten über den Rand ihrer altmodischen Brille an, und ihre alten Finger kamen über dem Stopfei zur Ruhe.

»Nein, Sir. Ich hab nichts, was sich zu stehlen lohnt, und einer alten Frau wie mir tut niemand was zuleide.«

Der Sergeant sah sich mit seinen leicht vorquellenden blauen Augen in der Küche um. »Sie haben es hier aber mächtig sauber, Oma«, stellte er überrascht fest.

»Ja, Sir. Es tut auch keinem was schaden, seine Wohnung sauber zu halten, und meine alte Missy hat immer gesagt, Sauberkeit käme gleich nach Gutheit.«

In ihren alten, milchigen Augen stand eine angstvolle Frage, die sie nicht zu stellen wagte, und ihr alter, magerer Körper begann zu zittern.

»Sie meinen Güte«, sagte der Sergeant.

»Nein, Sir, ich meine Gutheit. Ich weiß doch, was sie gesagt hat.«

»Sie meint, Sauberkeit kommt gleich nach der Gläubigkeit«, mischte sich der Corporal ein.

»Der Professor«, sagte einer der Polizisten spöttisch.

Granny stülpte die Lippen vor. »Ich weiß, was meine Missy gesagt hat. Gutheit hat sie gesagt.«

»Waren Sie noch in der Sklaverei?« fragte der Sergeant, als ob ihm plötzlich ein unerwarteter Gedanke gekommen wäre.

Die anderen sahen die alte Frau mit überraschtem Interesse an.

»Das weiß ich wirklich nicht mehr, Sir. Aber es mag wohl so sein.«

»Wie alt sind Sie denn?«

Ihre Lippen bewegten sich lautlos, offenbar rechnete sie angestrengt nach.

»Sie muß mindestens hundert sein«, meinte der Professor.

Das Zittern ihres Körpers wurde schlimmer, und sie konnte es nun nicht mehr unterdrücken. »Was wollen die weißen Polizisten denn bei mir, Sir?« fragte sie schließlich.

Der Sergeant bemerkte endlich ihr Zittern und sagte aufmunternd: »Wir wollen nichts von Ihnen, Oma. Wir suchen nach einem entflohenen Häftling und ein paar jugendlichen Gangstern.«

»Gangster?« Die Brille rutschte auf ihrer Nase herunter, und ihre Hände zitterten jetzt, als ob sie einen Schlaganfall erlitten hätte.

»Sie gehören zu einer Bande aus der Umgebung hier und nennen sich die *Real Cool Moslems.*«

Ihr Entsetzen verwandelte sich in Empörung. »Wir sind hier keine Heiden, Sir«, sagte sie streng tadelnd. »Wir sind gottesfürchtige Christen.«

Die Polizisten lachten.

»Es sind keine richtigen Moslems«, erklärte der Sergeant. »Sie nennen sich nur so. Einer von ihnen, der älter ist als die anderen, heißt Sonny Pickens. Er hat auf der Straße unten einen Weißen ermordet.«

Ohne daß Granny es merkte, fiel ihr die Stopfarbeit aus den gefühllosen Fingern. Die Maiskolbenpfeife wackelte in ihrem verzogenen Mund. »Ein Weißer! Barmherziger Himmel!« rief sie mit bebender Stimme aus. »Was soll aus dieser bösen Welt noch werden?«

»Das weiß niemand«, antwortete der Sergeant. Dann wechselte er unvermittelt sein Auftreten. »Also, kommen wir endlich zur Sache, Oma. Wie heißen Sie?«

»Bowee, Sir, aber jeder nennt mich Granny.«

»Bowee, wie buchstabiert man das, Oma?«

»Das weiß ich nicht genau, Sir. Es ist eigentlich eine Abkürzung für Boll Weevil. Meine alte Missy hat mich so genannt. Sie haben gesagt, die seien in dem Jahr schlecht gediehen, in dem ich geboren wurde.«

»Und was ist mit Ihrem Mann, hatte der keinen Namen?«

»Ich hatte nie einen richtigen Mann, Sir. Immer nur den, der gerade dran war.«

»Haben Sie Kinder?«

»Mein Gott, Sarge«, unterbrach der Professor, »ihr jüngstes Kind müßte mindestens sechzig sein.«

Die beiden Polizisten lachten. Der Sergeant errötete verlegen.

»Wer wohnt mit Ihnen zusammen, Granny?« fuhr der Sergeant fort.

Die knochige Gestalt unter dem verblaßten Mutter-Hubbard-Gewand erstarrte. Die Maiskolbenpfeife fiel ihr in den Schoß und rollte unbeachtet auf den Boden. »Nur ich und mein Enkel Caleb, Sir«, antwortete sie mühsam. »Und ich vermiete ein Zimmer an zwei junge Burschen. Es sind gute Jungen, und sie haben nie jemand was getan.«

Die Polizisten wurden plötzlich nachdenklich.

»Aber dieser Enkel Caleb, Oma«, begann der Sergeant behutsam.

»Er kann auch mein Großenkel sein, Sir«, unterbrach sie ihn.

Er runzelte die Stirn. »Also Großenkel. Wo ist er jetzt?«

»Sie meinen genau jetzt, Sir?«

»Ja, Oma, genau in dieser Minute.«

»Bei der Arbeit auf einer Kegelbahn in der Stadt, Sir.«

»Wie lange ist er schon bei der Arbeit?«

»Er ging gleich nach dem Abendessen fort, Sir. Im allgemeinen essen wir um sechs Uhr.«

»Und hat er eine feste Stellung bei dieser Kegelbahn?«

»Nein, Sir. Das ist nur für heute abend. Er geht in die Schule. Aber die Nummer seiner jetzigen Schule weiß ich nicht genau.«

»Wo ist diese Kegelbahn, auf der er heute abend arbeitet?«

»Das weiß ich auch nicht, Sir. Da müssen Sie wohl Samson fragen. Das ist einer meiner Mieter.«

»Samson also.« Der Sergeant merkte sich den Namen. »Und seit dem Abendessen haben Sie Caleb nicht mehr gesehen – sagen wir etwa seit sieben Uhr?«

»Ich weiß nicht, wie spät es war. Es war aber gleich nach dem Abendessen.«

»Als er hier fortging, ging er da gleich zur Arbeit?«

»Ja, Sir. Sie finden ihn bestimmt bei seiner Arbeit. Er ist ein guter Junge und folgt mir immer, wenn ich ihm was sage.«

»Und Ihre Mieter? Wo sind die?«

»Die sind in ihrem Zimmer, Sir. Das ist da vorn. Sie haben Besuch.«

»Was für Besuch?«

»Mädchen.«

»Ah so.« Dann sagte er zu seinen Begleitern: »Kommen Sie.«

Sie gingen durch das mittlere Zimmer wie Bluthunde auf einer heißen Spur. Der Sergeant versuchte, die Tür zu dem Vorderzimmer zu öffnen, ohne anzuklopfen, fand sie aber verschlossen und pochte ärgerlich.

»Wer ist da?« fragte der Scheich.

»Polizei.«

Der Scheich schloß die Tür auf. Die Polizisten drangen schnell ein. Die Augen des Scheichs funkelten.

»Warum, zum Teufel, habt ihr die Tür abgeschlossen?« fragte der Sergeant.

»Wir wollten nicht gestört werden.« Vier Paar Augen schweiften schnell durch den Raum.

Zwei farbige junge Mädchen saßen nebeneinander auf dem Bett und blätterten in einer Farbigen-Illustrierten. Ein anderer junger Mensch stand am geöffneten Fenster und blickte auf das lebhafte Treiben auf der Straße hinunter.

»Wen, zum Teufel, bildet ihr euch ein, durch euer dummes Theater irreführen zu können?« brüllte der Sergeant.

»Sie bestimmt nicht«, antwortete der Scheich schnippisch.

Die Hand des Sergeant zischte wie eine Peitsche zollweit vor den Augen des Scheichs durch die Luft.

Der Scheich sprang zurück, als ob er verbrüht worden wäre.

»Berauscht bis an die Kiemen«, sagte der Sergeant und sah sich in dem Zimmer genau um. Seine Augen leuchteten auf, als er Choo-Choos halbleere Zigarettenpackung auf dem Tisch entdeckte. »Leeren Sie das mal aus«, befahl er einem der Polizisten und beobachtete scharf die Reaktionen des Scheichs. »Lassen Sie es«, fügte er hinzu. »Der Schuft hat sie schon beiseite geschafft.«

Wie ein Boxer ging er auf den Scheich los und schob sein rotes, verschwitztes Gesicht bis auf wenige Fingerbreit an das des Scheichs.

Der Blick seiner blutunterlaufenen blauen Augen bohrte sich in die blaßgelben Augen des Scheichs.

»Wo ist das Araberkostüm?« dröhnte er einschüchternd.

»Was für ein Araberkostüm? Sehe ich vielleicht aus wie ein Araber?«

»Du siehst wie ein kleiner, billiger Halunke aus – besonders mit diesen Augen –, wie ein gelber Köter.«

»Für Ihre Augen kriegen Sie auch keinen Preis in einem Schönheitswettbewerb.«

»Spar dir deine Frechheiten, du Lump, oder ich schlage dir die Zähne ein.«

»Ich könnte Ihnen auch die Zähne einschlagen, wenn ich die Uniform eines Sergeant und drei Plattfüße zur Hilfe hätte.«

Die Polizisten starrten ihn mit leeren, nichtssagenden Gesichtern an.

»Wie nennt man dich? Mohamed oder Nasser?« brüllte der Sergeant.

»Man nennt mich bei meinem Namen, Samson.«

»Samson was?«

»Samson Hyers.«

»Spar dir das Lügen. Wir wissen, daß du einer von diesen Moslems bist.«

»Ich bin kein Moslem. Ich bin Kannibale.«

»Ach, du hältst dich wohl für komisch?«

»Sie sind derjenige, der komische Fragen stellt.«

»Wie heißt der andere Halunke da?«

»Fragen Sie ihn selbst.«

Der Sergeant ohrfeigte ihn mit solcher Wucht, daß es wie der Abschuß einer Pistole Kaliber .22 klang. Der Scheich taumelte von dem Schlag zurück, blieb aber auf den Füßen. Aufwallendes Blut verdunkelte sein Gesicht zur Farbe von Rinderleber. Der Abklatsch der Hand des Sergeant glühte hochrot. Die blaßgelben Augen des

Scheichs funkelten wie die einer gereizten Wildkatze, aber er hielt wohlweislich den Mund.

»Wenn ich eine Frage stelle, will ich eine Antwort darauf«, sagte der Sergeant.

Der Scheich antwortete nicht.

»Hast du mich gehört?«

Er bekam keine Antwort.

Der Sergeant trat auf ihn zu, beide Fäuste wie rote Metzgerbeile gehoben. »Ich will eine Antwort.«

»Ja, ich hab es gehört«, murmelte der Scheich verbissen.

»Filzen Sie ihn«, befahl der Sergeant dem Professor und dann zu den beiden Polizisten: »Sie und Price durchsuchen das Zimmer hier. Aber gründlich.«

Der Professor nahm sich den Scheich methodisch vor, als ob er ihn auf Körperläuse untersuchte, während die beiden Polizisten den Inhalt der Schubladen auf den Tisch kippten.

Der Sergeant überließ sie ihrer Arbeit und wandte seine Aufmerksamkeit Choo-Choo zu.

»Und was für ein Moslem bist du?«

Choo-Choo fing an zu grinsen und Grimassen zu ziehen wie ein echter Onkel Tom. »Ich bin kein Moslem, Boss. Ich bin ein ganz gewöhnlicher Christ.«

»Dann heißt du wohl Delilah?«

»Hah, hah, nein, Sir, Boss. Aber Sie sind gut. Ich heiße Justice Broome.«

Alle drei Polizisten blickten auf und grinsten, und auch der Sergeant mußte die Zähne zusammenbeißen, um nicht zu grinsen.

»Kennst du diese Moslems?«

»Welche Moslems, Boss?«

»Die Harlem-Moslems aus dieser Gegend hier.«

»Nein, Sir, Boss. Ich kenne keine Moslems in Harlem.«

»Du willst mich wohl für dumm verkaufen! Das ist eine Bande hier in der Gegend. Jeder schwarze Halunke weiß, wer sie sind.«

»Alle außer mir, Boss.«

Die Hand des Sergeant schoß vor und traf Choo-Choo unerwartet auf den Mund, solange er ihn noch grinsend offenhielt. Der

Schlag brachte seinen kurzen, schweren Körper nicht ins Wanken, aber trotzdem verdrehte Choo-Choo die Augen. Er spuckte Blut auf den Boden.

»Boss, bitte seien Sie vorsichtig mit meinen Kauern. Die sind empfindlich.«

»Ich hab deine Lügerei verdammt satt.«

»Boss, ich schwöre bei Gott, wenn ich was von diesen Moslems wüßte, wären Sie der erste, dem ich's sagte.«

»Was tust du?«

»Ich arbeite. Bestimmt, Sir, Boss.«

»Und was?«

»Ich helfe aus.«

»Bei was? Oder willst du ein paar Zähne verlieren?«

»Ich helfe einem Mann, der Zahlen schreibt.«

»Wie heißt der Mann?«

»Wie der heißt?«

Der Sergeant ballte die Faust.

»Ach, Sie meinen seinen Namen, Sir? Er heißt Four-Four Row.«

»Nennst du das einen Namen?«

»Ja, Boss. So nennen ihn alle.«

»Was macht dein Freund?«

»Das gleiche«, antwortete der Scheich.

Der Sergeant fuhr zu ihm herum. »Halt den Rand. Wenn ich was von dir will, werd ich mich an dich wenden.« Und mit einem Blick zum Professor: »Sorgen Sie dafür, daß der Kerl die Schnauze hält.«

Der Professor hakte seinen Knüppel ab. »Ich bring ihn schon zur Ruhe.«

»Sie sollen ihn nicht zur Ruhe bringen, Sie sollen dafür sorgen, daß er schweigt. Ich hab nur noch ein paar Fragen an den da.« Er wandte sich wieder zu Choo-Choo. »Wann arbeitet ihr Halunken?«

»Morgens, Boss. Die Zahlen müssen bis Mittag fertig sein.«

»Und was tut ihr den restlichen Tag?«

»Da gehen wir herum und zahlen aus.«

»Und wenn nichts auszuzahlen ist?«

»Gehen wir so herum.«

»Wo ist euer Revier?«

»Die Umgebung hier.«

»Verdammt noch mal, willst du mir erzählen, daß du hier in der Umgebung arbeitest und nichts von diesen Moslems gehört hast?«

»Ich schwör's beim Grabe meiner Mutter, Boss. Die müssen aus einer anderen Gegend stammen.«

»Um welche Zeit seid ihr heute abend aus dem Haus gegangen?«

»Ich war überhaupt nicht fort, Boss. Wir sind direkt hergekommen, nachdem wir gegessen haben, und sind seitdem nicht mehr fort gewesen.«

»Lüg mich nicht an! Vor einer halben Stunde hab ich euch beide hier hereinschleichen sehen.«

»Nein, Sir, Boss. Sie müssen jemand gesehen haben, der so aussah wie wir, denn wir sind die ganze Zeit hier gewesen.«

Der Sergeant ging zur Tür und stieß sie weit auf. »Heh, Oma!« rief er.

»Häh«, antwortete sie streitsüchtig aus der Küche.

»Wie lange sind diese Burschen schon in ihrem Zimmer?«

»Häh?«

»Sie müssen lauter sprechen. Sie kann Sie nicht hören«, belehrte ihn Sissie.

Der Scheich und Choo-Choo warfen ihr drohende Blicke zu.

Der Sergeant ging durch das mittlere Zimmer zur Küche. »Wie lange sind Ihre Mieter schon hier, seit sie vom Essen kamen?« brüllte er.

Granny sah ihn aus verständnislosen Augen an. »Häh?«

»Sie kann Sie nicht mehr hören«, rief Sissie. »Manchmal wird sie so.«

»Verdammt«, sagte der Sergeant verärgert und nahm sich wieder Choo-Choo vor. »Wo habt ihr diese Mädchen aufgegriffen?«

»Wir haben sie nicht aufgegriffen. Sie sind von selbst hergekommen.«

»Sie sind so verdammt unschuldig, daß es schon beinahe strafbar ist.« Der Sergeant wußte nicht weiter. Er wandte sich an den Professor. »Was haben Sie bei dem Halunken gefunden?«

»Dieses Messer.«

»Mist«, antwortete der Sergeant. Er nahm das Messer und schob es, ohne es anzusehen, in die Tasche. »Na schön, nehmen Sie sich den anderen Burschen vor – diesen Justice.«

»Im Namen der Justiz«, witzelte der Professor.

Die beiden anderen Polizisten sahen sich fragend an. Sie hatten alle Schubladen geleert, alle Kartons und Pappkoffer ausgekippt und waren jetzt so weit, sich über das Bett herzumachen.

»Steht mal auf, ihr Hübschen, und macht euch dünn«, sagte der eine. Die Mädchen erhoben sich von dem Bett und standen ratlos mitten im Zimmer herum.

»Habt ihr etwas gefunden?« fragte der Sergeant.

»Nichts, das die Mühe gelohnt hätte«, antwortete der eine Polizist.

Der Sergeant wandte sich an die Mädchen. »Wie heißt du?« fragte er Sissie.

»Sissieratta Hamilton.«

»Sissie was?«

»Sissieratta.«

»Wo wohnst du, Sissie?«

»Seventh Avenue 2707, bei meiner Tante und meinem Onkel, Mr. und Mrs. Dunbar.«

»Soso«, sagte der Sergeant. »Und wie heißt du?« wandte er sich an Sugartit.

»Evelyn Johnson.«

»Wo wohnst du, Eve?«

»In Jamaica bei meinen Eltern, Mr. und Mrs. Edward Johnson.«

»Ist es nicht schon reichlich spät für dich, so weit von zu Hause fort zu sein?«

»Ich bleibe über Nacht bei Sissieratta.«

»Wie lange seid ihr beide schon hier?«

»Ungefähr eine halbe Stunde. Vielleicht etwas länger, vielleicht noch nicht ganz«, antwortete Sissie.

»Dann habt ihr also die Schießerei unten auf der Straße gesehen?«

»Es war schon vorbei, als wir herkamen.«

»Dann wißt ihr also nicht, ob diese Burschen den ganzen Abend hier waren oder nicht?«

»Sie waren hier, als wir kamen, und sie sagten, sie hätten seit dem Abendessen hier gewartet. Wir hatten versprochen, daß wir um acht Uhr kämen, aber wir mußten meiner Tante helfen und haben uns deshalb verspätet.«

»Das klingt zu schön, um wahr zu sein«, meinte der Sergeant.

Die Mädchen gaben darauf keine Antwort.

Die Polizisten waren mit der Durchsuchung des Bettes fertig, und der Redseligere der beiden verkündete: »Nichts drin außer Gestank.«

»Sparen Sie sich die dummen Bemerkungen«, sagte der Sergeant. »Oma ist sehr sauber.« Dann fuhr er plötzlich auf den Scheich los, als ob er etwas Wichtiges vergessen hätte. »Wo ist Caleb?«

»Oben auf dem Dach bei seinen Tauben.«

Alle vier Polizisten erstarrten. Sie sahen den Scheich mit diesen gewissen nichtssagenden Gesichtern an.

Schließlich erwiderte der Sergeant lauernd: »Seine Großmutter hat uns gesagt, ihr hättet ihr erzählt, daß er in der Stadt auf einer Kegelbahn arbeitet.«

»Das haben wir ihr nur gesagt, damit sie sich keine Sorgen macht. Sie hat es nicht gern, wenn er abends auf das Dach geht.«

»Wenn ich dahinterkomme, daß ihr Halunken mir was vormacht, dann Gnade euch Gott«, drohte der Sergeant eindringlich.

»Sehen Sie doch nach«, antwortete der Scheich.

Der Sergeant nickte dem Professor zu. Der Professor kletterte zum Fenster hinaus in das grelle Licht der Scheinwerfer und fing an, die Feuertreppe hinaufzusteigen.

»Was macht er denn bei Dunkelheit mit den Tauben?« fragte der Sergeant den Scheich.

»Weiß ich nicht. Wahrscheinlich versucht er ihnen beizubringen, daß sie schwarze Eier legen.«

»Noch eine Frechheit, und du kommst mit aufs Revier, Freundchen«, knurrte der Sergeant. »Dann unterhalten wir uns einmal unter vier Augen.«

Der Professor kam wieder vom Dach herunter und rief durch das offene Fenster herein: »Dort oben sind ein Taubenschlag und zwei schwarze Brüder, Sergeant.«

»Die seh ich mir mal an. Sie behalten dieses Gelichter hier im Auge«, sagte er zu einem der beiden Polizisten und kletterte dann zu dem Professor auf die Feuertreppe hinaus.

9

»Steigen Sie ein«, befahl Grave Digger.

Sie hob den Rock ihres Abendkleids hoch, zog den schwarzen Mantel fest um sich und ließ ihr breites Hinterteil auf den Sitz gleiten, den im allgemeinen Coffin Ed einnahm. Grave Digger ging auf die andere Seite des Wagens, setzte sich ans Steuer und wartete.

»Muß ich wirklich mit, Süßer?« fragte die Frau mit einschmeichelnder Stimme. »Ich kann Ihnen doch genausogut hier sagen, wo sie zu finden ist.«

»Darauf warte ich ja nur.«

»Warum haben Sie das nicht gleich gesagt? Sie wohnt in den Knickerbocker Apartments in der 45th Street. Nummer 669 im sechsten Stock.«

»Wer ist sie?« fragte Grave Digger mit einem leicht bohrenden Ton.

»Wer soll sie schon sein? 'ne Puffmutter.«

»Das hab ich nicht gemeint.«

»Ach so. Jetzt versteh ich. Wollen Sie etwa behaupten, Sie wüßten nicht, wer Reba ist, Digger?« Sie versuchte, die Frage scherzhaft klingen zu lassen, aber es gelang ihr nicht. »Sie ist die Puffmutter, die früher dem alten Captain Murphy seine Geschäfte vermittelt hat, ehe er wegen all der Bestechungen, die er angenommen hat, eingesperrt wurde. Es hat alles in den Zeitungen gestanden.«

»Das ist zehn Jahre her, und damals nannte sie sich Sheba«, antwortete Grave Digger.

»Ja, das stimmt, aber sie hat ihren Namen geändert, nachdem sie damals diese Schießerei gehabt hat. Daran müßten Sie sich erinnern. Sie erwischte ihren Nigger mit irgendeiner kleinen Nutte und jagte ihn nackt aus dem Fenster vom dritten Stock. Das wäre nicht weiter schlimm gewesen, aber während er runterstürzte, schoß sie ihn auch noch in den Kopf. Das war damals, als sie noch im Valley lebte. Inzwischen ist sie auf den Berg raufgezogen. Natürlich war's ja nur ihr Mann gewesen, und sie bekam nicht einen einzigen Tag dafür. Aber in der Hinsicht hat Reba immer Glück gehabt.«

Er riskierte einen Schuß ins Dunkle. »Warum sollte jemand Galen erschießen wollen?«

Sie wurde steif vor Mißtrauen. »Wer ist denn das?«

»Sie wissen verdammt gut, wer das ist. Das ist der Weiße, der heute abend erschossen wurde.«

»Nein, Sir, von dem Mann weiß ich gar nichts. Ich hab keine Ahnung, warum jemand den erschießen sollte.«

»Wenn ich euer dauerndes Kneifen und Ausweichen sehe, jedesmal, wenn man euch eine Frage stellt, könnte ich Zahnschmerzen kriegen. Warum bekommt man nur niemals eine vernünftige Antwort aus euch heraus!«

»Na, wenn Sie nach was fragen, was ich doch nicht weiß . . .«

»Na schön. Steigen Sie aus.«

Sie war schneller aus dem Wagen, als sie hineingekommen war.

Er fuhr die abschüssige Strecke der St. Nicholas Avenue hinab und die 145th Street zur Convent Avenue wieder hinauf. An der linken Ecke neben einem vierzehnstöckigen Apartmenthaus, das von einer weißen Versicherungsgesellschaft errichtet worden war, befand sich die *Brown Bomber Bar*. Ihr gegenüber lag *Big Crip's Bar*. An der rechten Ecke war Cohens Drugstore, die vergitterten Schaufenster vollgepackt mit Elektrogeräten zum Straffen des Haars, Hi-Life-Haarpomade, Black-and-White-Bleichkrem, Blutreinigungsmitteln, Hühneraugenpflaster, Frisierhauben aus Nylon mit Kinnriemen, um das Haar im Schlaf fest an den Schädel zu pressen, einer Schüssel mit Kupfervitriol, das gut gegen Körperläuse sein sollte, Kanistern mit Spiritus, mit dem man heizen und den man trinken konnte, Glückwunschkarten und den neuesten Geräten für die Körperhygiene in emaillierter Ausführung.

Gegenüber befand sich Zacullys Delikatessenladen, der auf der Schaufensterscheibe in weißen Buchstaben ankündigte: GEFRO-

RENE KALDAUNEN VORRÄTIG UND ANDERE SELTENE KÖSTLICHKEITEN.

Grave Digger parkte vor einem großen Haus mit abblätterndem gelbem Putz, das zu einem Bürohaus umgebaut worden war, stieg aus und ging zur nächsten Tür. Es war die Tür zu einem sechsstöckigen Wohnhaus aus morschen Ziegeln, das längst abbruchreif war.

Vor dem Haus parkten am Straßenrand drei Autos. Zwei kamen aus dem nördlichen Teil des Staates New York, das dritte aus dem mittleren Teil von Manhattan.

Er stieß eine schäbige Haustür auf, die unter einem Betonbogen mit der Aufschrift KNICKERBOCKER hindurchführte. Ein alter Mann mit fleckigem braunem Gesicht saß auf einem Stuhl unmittelbar neben dem Eingang zu einem halbdunklen Korridor. Vorsichtig zog der Alte seine knochigen Füße zurück und musterte Grave Digger aus trüben, wissenden Augen.

»'n Abend«, sagte er.

Grave Digger blickte ihn an. »'n Abend.«

»Vierte Etage rechts, Nummer 421«, informierte ihn der alte Mann.

Grave Digger blieb stehen. »Wohnt da Reba?«

»Sie wollen nicht zu Reba, Sie wollen zu Topsy. Das ist 421.«

»Was ist bei Topsy los?«

»Das gleiche wie immer. Da ist der Krach.«

»Was für ein Krach?«

»Das übliche. Schlägereien und Messerstechereien.«

»Krach interessiert mich nicht. Mich interessiert Reba.«

»Sie sind doch der Mann, oder nicht?«

»Ja, ich bin der Mann.«

»Dann wollen Sie nach 421. Ich bin der Hausmeister.«

»Wenn Sie der Hausmeister sind, kennen Sie auch Mr. Galen.«

Ein Schleier senkte sich über das Gesicht des Alten. »Wer ist das?«

»Das ist der große Weiße, der zu Reba kommt.«

»Ich kenne keinen Weißen, Boss. Weiße kommen nicht hierher. Nur Farbige. Die finden Sie alle bei Topsy.«

»Er wurde heute abend drüben auf der Lenox Avenue erschossen.«

»Tatsächlich?«

Grave Digger wandte sich ab.

Der alte Mann rief ihm nach: »Wahrscheinlich wundern Sie sich, wieso wir die hohen Ziffern an den Türen haben.«

Grave Digger hielt inne. »Na und, warum?«

»Das macht sich gut.« Der alte Mann kicherte. Grave Digger stieg über knarrende Holzstufen fünf Treppen hinauf und klopfte an einer rotgestrichenen Tür mit einem runden Spion in der oberen Füllung. Nach einer Pause fragte eine dunkle Frauenstimme: »Wer ist da?«

»Grave Digger.«

Riegel knackten, und die Tür ging an einer Kette knarrend einen Spalt weit auf. Eine große, dunkle Silhouette ragte in dem Spalt vor bläulichem Licht auf.

»Ich habe Sie nicht erkannt«, sagte eine angenehme Baßstimme. »Ihr Gesicht war im Schatten von Ihrem Hut. Wir haben uns lange nicht gesehen.«

»Machen Sie die Kette los, Reba, ehe ich sie wegschieße.«

Ein tiefes Lachen begleitete das Klirren der Kette, und die Tür schwang nach innen auf.

»Immer noch der gleiche alte Digger. Erst schießen und dann reden. Kommen Sie herein. Bei mir sind nur dunkle Brüder.«

Er trat in eine blau erleuchtete, mit Teppichen ausgelegte Diele, in der es nach Weihrauch stank. »Sind Sie ganz sicher?«

Sie lachte wieder, während sie die Tür schloß und verriegelte. »Nein, es sind keine Brüder. Es sind Kunden.« Dann drehte sie sich gelassen zu ihm um. »Was haben Sie denn für Sorgen, mein Schatz?«

Sie war ebenso groß wie er mit seinen einsfünfundachtzig, hatte schneeweißes, kurzgestutztes Haar wie ein Mann, das sie glatt aus der Stirn zurückgebürstet trug. Ihre Lippen waren nelkenrot geschminkt und ihre Lider silbern. Doch ihre glatte, faltenlose jetschwarze Haut war unberührt. Sie trug ein schwarzes, mit Ziermünzen geschmücktes Abendkleid und im spitzen Ausschnitt auf ihrem Mammutbusen, der von einem helleren Braun als ihr Gesicht war, eine rote Rose. Sie sah aus wie die letzte Amazone, die von der Zeit geschwärzt worden war.

»Wo können wir sprechen?« fragte Grave Digger. »Ich möchte Ihnen nicht lästig fallen.«

»Sie sind mir nicht lästig, mein Lieber«, antwortete sie und öffnete die erste Tür rechts. »Kommen Sie in die Küche.«

Sie stellte eine Flasche Bourbon und einen Siphon neben zwei hohe Gläser auf den Tisch und setzte sich auf einen Küchenstuhl. »Sagen Sie, wieviel«, bat sie und goß ihm ein.

»Das langt«, antwortete Grave Digger, schob sich den Hut auf den Hinterkopf und stützte einen Fuß auf den daneben stehenden Küchenstuhl.

Sie setzte die Flasche ab.

»Schenken Sie sich ein«, sagte er.

»Ich trinke nicht mehr«, antwortete sie. »Ich habe aufgehört, nachdem ich Sam umgebracht habe.«

Er kreuzte die Arme auf seinem aufgestützten Knie, beugte sich vor und sah sie an.

»Früher trugen Sie immer einen Rosenkranz«, sagte er.

Sie lächelte und zeigte die Goldkronen auf ihren Schneidezähnen. »Als ich den richtigen Glauben gewann, habe ich damit aufgehört«, erklärte sie.

»Was für einen Glauben haben Sie denn gewonnen?«

»Den richtigen, Digger, den richtigen Geist.«

»Und der erlaubt ihnen diesen Beruf?«

»Warum nicht? Es ist natürlich, genau wie essen. Nichts in meinem Glauben spricht gegen essen. Ich mache es ihnen nur bequem und lasse sie dafür bezahlen.«

»Beschaffen Sie sich aber lieber einen neuen Zubringer. Der da unten ist schwachsinnig.«

Wieder klang ihr tiefer Baß mit einem lauten Lachen auf. »Er arbeitet nicht für uns. Er macht das von sich aus.«

»Also machen Sie es sich nicht selber schwer«, begann Grave Digger. »Zwischen uns beiden kann alles ganz glattgehen.«

Sie sah ihn gelassen an. »Ich habe nichts zu fürchten.«

»Wann haben Sie Galen zum letztenmal gesehen?«

»Den großen Weißen? Das ist schon einige Zeit her, Digger, drei oder vier Monate. Er kommt nicht mehr hierher.«

»Warum?«

»Ich lasse ihn nicht mehr rein.«

»Weshalb nicht?«

»Seien Sie vernünftig, Digger. Ich habe ein Haus für mein Publikum. Wenn ich einen betuchten Weißen nicht mehr reinlasse, muß ich gute Gründe haben. Und wenn ich meine anderen weißen Kunden behalten will, ist es besser, daß ich nicht darüber rede. Sie können mein Geschäft nicht zumachen, und Sie können mich nicht zum Reden zwingen. Warum wollen wir es nicht dabei belassen?«

»Der Mann wurde heute abend drüben auf der Lenox Avenue erschossen.«

»Ich hab es gerade im Radio gehört«, sagte sie.

»Ich versuche festzustellen, wer es war.«

Sie sah ihn überrascht an. »Im Radio hieß es, der Mörder ist bekannt. Ein gewisser Sonny Pickens. Es hieß, eine jugendliche Bande, die sich irgendwas mit Moslems nennt, hätte ihn geschnappt.«

»Der war es nicht. Deshalb bin ich hier.«

»Na ja, wenn er es nicht war, müssen Sie das Rätsel lösen«, sagte sie. »Ich wünschte, ich könnte Ihnen helfen, aber ich kann es nicht.«

»Vielleicht nicht«, antwortete er. »Vielleicht aber doch.«

Sie hob die Augenbrauen etwas. »Wo ist denn eigentlich Ihr Partner Coffin Ed? Das Radio sagte, er hätte einen von der Bande erschossen.«

»Ja. Er wurde vom Dienst suspendiert.«

Sie wurde still wie ein Tier, das Gefahr wittert. »Lassen Sie es nicht an mir aus, Digger.«

»Ich will nur wissen, warum Sie den Weißen nicht mehr herkommen ließen.«

Sie starrte ihm in die Augen. Sie hatte dunkelbraune Augen mit klarem Weiß und langen schwarzen Wimpern.

»Ich lasse Sie mit Ready sprechen. Er weiß Bescheid.«

»Ist er jetzt hier?«

»Er hat's mit einem meiner Mädchen hier, das er nicht fünf Minuten lang allein lassen kann. Ich werde sie bald beide rauswerfen. Ich hätte es schon früher getan, aber meine Kunden mögen sie.«

»War der Weiße ihr Kunde?«

Sie stand langsam auf und seufzte leise von der Mühe. »Ich schicke ihn hier heraus.«

»Bringen Sie ihn mir selbst her.«

»Also gut. Aber nehmen Sie ihn mit, Digger. Ich will nicht, daß er hier spricht. Ich will keine Schwierigkeiten mehr. Ich habe mein ganzes Leben lang Schwierigkeiten genug gehabt.«

»Ich gehe mit ihm weg«, versprach er.

Sie verließ die Küche, und Grave Digger hörte, wie Türen diskret geöffnet und geschlossen wurden, und dann, wie ihre beherrschte, tiefe Stimme sagte: »Woher soll ich das wissen? Er sagte nur, er ist ein Freund.«

Ein großer Mann mit pockennarbiger Haut von einem schmutzigen Schwarz trat in die Küche. Eine alte Rasiermessernarbe bildete einen tiefroten Wulst von seinem linken Ohrläppchen bis zur Kinnspitze. Sein eines Auge war getrübt, das andere rötlichbraun. Schütteres Kraushaar klebte auf seinem Schädel, der die Form einer Erdnuß hatte. Er trug einen hellbraunen, auffälligen Anzug. An zwei vergoldeten Ringen glitzerte Glas. Seine spitzen gelben Schuhe waren spiegelblank poliert.

Bei Grave Diggers Anblick fuhr er zurück und warf Reba einen mörderischen Blick zu. »Du hast doch gesagt, daß es ein Freund ist«, sagte er vorwurfsvoll mit rauher Stimme.

Ohne sich beeindrucken zu lassen, stieß sie ihn vor sich her in die Küche und schloß die Tür. »Ist er das denn nicht?« fragte sie.

»Was soll das heißen? Ist das ein Hinterhalt?« schrie der Mann.

Grave Digger mußte unwillkürlich über sein wütendes Gesicht lachen. »Wie bringt es ein Bock fertig, Zuhälter zu sein, wenn er so häßlich ist wie Sie?« fragte er.

»Ihre Mutter hat auch keinen schöneren gehabt«, erwiderte Ready gehässig und schob die rechte Hand in die Hosentasche.

Ohne etwas anderes als seinen Arm zu bewegen, versetzte ihm Grave Digger mit der Faust einen Schlag in die Magengrube, der Ready die Luft nahm, drehte sich dann auf dem linken Fuß und ließ einen rechten Schwinger auf die gleiche Stelle folgen, hob gleichzeitig ein Knie und stieß es Ready in den Bauch, als der hagere Bursche zusammenklappte. Aus Readys fischartigem Mund sprühte Speichel, und seine Augen schienen beide nichts mehr wahrzunehmen, als Grave Digger ihn hinten beim Kragen packte, ihn hochriß und ihn mit ausgestreckter Hand zu ohrfeigen begann.

Reba fiel Grave Digger in den Arm und bat: »Nicht hier, Digger. Ich flehe Sie an – ich kann hier keine Blutflecken gebrauchen. Warum nehmen Sie ihn nicht mit?«

»Der Kerl soll jetzt den Mund aufmachen«, antwortete Grave Digger mit seiner wattigen Stimme und schüttelte ihren Griff ab.

»Dann passen Sie bitte auf dabei. Ich möchte nicht, daß jemand hereinkommt und Blut auf dem Fußboden findet.«

Grave Digger grunzte, und sein Zorn verebbte etwas. Er lehnte Ready gegen die Wand, hielt die knieweiche Gestalt mit einer Hand aufrecht, während er ihm mit der anderen das Messer aus der Tasche nahm und ihn schnell durchsuchte.

Als Readys gesundes Auge wieder klar blickte, trat Grave Digger zurück und sagte: »Los, gehen wir unauffällig, mein Sohn.«

Ohne ihn anzusehen, zog Ready seine Jacke und seine Krawatte zurecht, fischte einen fettigen Kamm aus der Tasche und kämmte sich sein zerwühltes Kraushaar. Er konnte sich immer noch nicht ganz aufrichten vor Schmerzen, und in seinen Mundwinkeln stand weißer Schaum. Schließlich murmelte er: »Ohne Haftbefehl können Sie mich nicht mitnehmen . . .«

»Du gehst mit und hältst den Mund«, befahl Reba.

Ready warf ihr einen flehenden Blick zu. »Du erlaubst, daß er mich wegschleppt?«

»Wenn er dich nicht mitnimmt, werfe ich dich persönlich hinaus«, antwortete sie. »Ich will hier keinen Lärm und kein Geschrei, das meine weißen Kunden vertreibt.«

»Das wirst du mir büßen«, zischte Ready.

»Keine Drohungen, Nigger«, entgegnete sie mit harter Stimme. »Und komm mir ja nicht wieder unter die Augen.«

»Also gut, Reba. Wir zwei sind fertig miteinander«, gab Ready langsam zurück. »Ich beuge mich der Gewalt.« Er warf ihr einen letzten mürrischen Blick zu und wandte sich ab.

Reba ging vor zur Tür und ließ sie hinaus.

»Hoffentlich erfahre ich, was ich will«, sagte Grave Digger. »Wenn nicht, komme ich zurück.«

»Wenn Sie's nicht erfahren, ist das Ihre eigene Schuld«, antwortete sie. Er führte Ready vor sich her die knarrende Treppe hinunter.

Der alte Mann auf dem durchgewetzten roten Sessel blickte überrascht auf. »Sie haben den falschen Nigger«, sagte er. »Das ist nicht der, der dauernd all den Ärger macht.«

»Wer ist es denn?« fragte Grave Digger.

»Das ist Cocky. Der greift immer gleich zum Messer.«

Grave Digger merkte sich den Hinweis für kommende Fälle. »Heute habe ich den gefunden«, sagte er, »und werde mir ihn mal vornehmen.«

»Verrückt«, murmelte der Alte mißmutig. »Der ist doch nur ein lahmer Stenz.«

10

Weiches Licht fiel schräg an der Dachkante vorbei und bildete eine milchige Wand in der Dunkelheit. Hinter der Wand aus Licht lag über dem flachen, geteerten Dach Halbdunkel.

Der Sergeant tauchte wie eine Tiefseeschildkröte über der hellen Dachkante auf. Mit einem Blick nahm er Sonny wahr, der hemmungslos mit einer langen Bambusstange nach einem Schwarm von Panik ergriffener Tauben schlug, und Inky, der so reglos dastand, als ob er in der Dachpappe Wurzeln geschlagen hätte.

Die Stange in den behandschuhten Händen stieß Sonny so verzweifelt nach den Tauben, als ob sein Leben davon abhinge. Seine

Augen waren weiß, als er sie zu dem rotgesichtigen Sergeant rollte. Sein zerfetzter Mantel flatterte im Wind. Die Tauben wichen ihm aus und kreisten in regellosem Durcheinander über ihm, die Köpfe zur Seite gedreht, während sie seine Freiübungen aus ängstlichen Knopfaugen verfolgten.

Inky stand wie eine aus schwarzem Papier geschnittene Silhouette da und starrte ins Nichts. Das Weiße seiner Augen schimmerte in der Dunkelheit.

Der Taubenschlag war ein windschiefes Gehege von etwa sechs Fuß Höhe, das, aus Resten von Drahtgeflecht, weggeworfenen Fliegenfenstern und allen möglichen Lumpen und einem Gerüst aus morschen Brettern zusammengezimmert, an der Ziegelwand des Nachbarhauses lehnte. Sein Dach bestand aus einer Zeltplane, unter ihr befanden sich schwankende Sitzstangen, rostige Konservenbüchsen mit Wasser und ein Futternapf aus rostigem Blech.

Blau uniformierte weiße Polizisten bildeten einen unregelmäßigen Halbkreis um ihn und starrten Sonny in stummer und nachdenklicher Verwirrung an.

Der Sergeant kletterte schnaufend auf das Dach hinauf und blieb kurz stehen, um sich über die Stirn zu wischen.

»Was macht der da? Voodoo-Zauber?« fragte er.

»Wohl eher ein schwarzer Don Quichotte im Kampf mit einer Windmühle«, meinte der Professor.

»Das ist nicht komisch«, entgegnete der Sergeant. »Ich mag Don Quichotte nicht.«

Der Professor ließ sich auf keine Antwort ein.

»Ist er schwachsinnig?« fragte der Sergeant.

»Falls er dazu genug Verstand hat«, sagte der Professor.

Sonny sah ihn aus den Augenwinkeln an und wedelte weiter mit der Stange. Inky starrte mit stummer Intensität ins Nichts.

»Schon gut, schon gut«, sagte der Sergeant. »Welcher von euch beiden Halunken ist Caleb?«

»Das bin ich«, antwortete Sonny, ohne die Tauben einen Augenblick lang zu vernachlässigen.

»Was, zum Teufel, machst du da?«

»Ich bringe meinen Tauben das Fliegen bei.«

Der Sergeant blies die Backen auf. »Soll das vielleicht ein Witz sein?«

»Nein, Sir, ich meine damit nich, daß sie nich wissen, wie sie fliegen sollen. Am Tag können sie schon fliegen. Aber sie wissen nich, wie sie nachts fliegen sollen.«

Der Sergeant sah den Professor an. »Fliegen Tauben nachts nicht?«

»Woher soll ich das wissen?« antwortete der Professor.

»Nein, Sir«, sagte Inky. »Wenn man sie nich dazu zwingt.«

Alle sahen ihn an.

»Zum Teufel, er kann sprechen«, sagte der Professor verwundert.

»Dann schlafen sie«, fügte Sonny hinzu.

»Sitzen auf der Stange und pennen«, verbesserte Inky.

»Wir werden auch ein paar Vögel zum Fliegen bringen«, sagte der Sergeant. »Vögel, die singen.«

»Wenn sie nicht singen, werden sie gebraten«, sagte der Professor.

Der Sergeant wandte sich an Inky. »Wie heißt du denn, junger Freund?«

»Ich werde Inky genannt, aber mein richtiger Name ist Rufus Tree.«

»Du bist also Inky«, sagte der Sergeant.

»Tintenbuben sind sie beide«, meinte der Professor. Die Polizisten lachten.

Der Sergeant lächelte hinter der vorgehaltenen Hand. Dann wandte er sich unvermittelt an Sonny und fuhr ihn an: »He, Sonny, weg mit der Stange da!«

Sonny zuckte heftig zusammen und stieß einer Taube die Stange in den Bauch, ließ sie aber nicht fallen. Die Taube flatterte verstört auf. Als Sonny sich wieder gefaßt hatte, drehte er sich langsam um und sah den Sergeant mit großen, unschuldigen Augen an.

»Sprechen Sie mit mir, Boss?« Sein schwarzes Gesicht glänzte vor Schweiß.

»Ja, ich spreche mit dir, Sonny.«

»Ich werde nich Sonny genannt, Boss. Ich heiße Caleb.«

»Du siehst aber wie ein Bursche aus, der Sonny heißt.«

»Es gibt viele, die Sonny genannt werden, Boss.«

»Warum hast du dich denn so erschrocken, wenn du nicht Sonny bist? Du bist ja beinahe in die Luft gegangen.«

»Jeder fährt in die Luft, wenn er von Ihnen angeschrien wird, Boss.«

Der Sergeant unterdrückte ein Lächeln. »Zu deiner Oma hast du gesagt, daß du in der Stadt arbeiten wolltest.«

»Sie will nich, daß ich abends mit den Tauben rummache. Sie denkt immer, ich könnte vom Dach fallen.«

»Wo bist du seit dem Abendessen gewesen?«

»Hier oben, Boss.«

»Er ist ungefähr seit einer halben Stunde hier oben«, warf einer der Polizisten ungefragt dazwischen.

»Nein, Sir, ich war die ganze Zeit hier«, widersprach Sonny. »Ich war in dem Taubenschlag drin.«

»Haben Sie im Taubenschlag nachgesehen?« fragte der Sergeant den Polizisten.

Der Polizist wurde rot. »Nein, habe ich nicht.«

Der Sergeant wandte sich plötzlich an die anderen Polizisten und fragte: »Sind die Halunken hier durchsucht worden?«

»Wir haben auf Sie gewartet.«

Der Sergeant seufzte theatralisch. »Na, und worauf warten Sie jetzt noch?«

Zwei Polizisten fielen bereitwillig über Inky her. Ein dritter und der Professor nahmen sich Sonny vor.

»Leg die verdammte Stange weg!« schrie der Sergeant Sonny an.

»Die soll er ruhig behalten«, widersprach der Professor. »Dann hält er die Hände hoch.«

»Warum, zum Teufel, hast du diesen dicken Mantel an?« Der Sergeant wollte sich immer noch nicht zufriedengeben.

»Weil mir kalt is«, entgegnete Sonny, dem der Schweiß in Strömen über das Gesicht lief.

»Das sieht man«, sagte der Sergeant.

»Mein Gott, stinkt der Kerl«, beklagte sich der Professor, der Sonny schnell durchsuchte, um aus dessen Nähe zu kommen.

»Nichts?« fragte der Sergeant, als der Professor fertig war.

»Nichts«, bestätigte der Professor. In seiner Eile hatte er nicht daran gedacht, Sonny die Stange hinlegen und die Handschuhe ausziehen zu lassen.

Der Sergeant sah zu den Polizisten hinüber, die Inky durchsuchten. Sie schüttelten die Köpfe. »Was soll aus Harlem werden«, klagte der Sergeant. »Na gut, ihr Halunken, macht, daß ihr hinunterkommt«, befahl er.

»Ich muß meine Tauben in den Schlag bringen«, sagte Sonny.

Der Sergeant sah ihn nur an.

Sonny lehnte die Stange gegen den Taubenschlag und begann mit den Armen zu wedeln. Inky öffnete die Klappe des Taubenschlags und wedelte gleichfalls. Die Tauben warfen einen Blick auf die geöffnete Klappe, stießen im Sturzflug auf sie zu, um in den Schlag zu kommen.

»Stoßzeit auf der U-Bahn«, bemerkte der Professor.

Die Polizisten lachten und gingen weiter auf das nächste Dach.

Der Sergeant und der Professor folgten Inky und Sonny die Feuertreppe hinunter und durch das Fenster ins Zimmer. Sissie und Sugartit hockten wieder nebeneinander auf dem Bett. Choo-Choo saß auf dem harten Stuhl. Der Scheich stand mit gespreizten Beinen mitten im Zimmer und sah dem Sergeant herausfordernd entgegen. Die beiden Polizisten stützten sich mit dem Gesäß gegen die Tischkante und machten gelangweilte Gesichter.

Durch die vier Neuankömmlinge war das Zimmer überfüllt. Alle sahen den Sergeant an und warteten auf seinen nächsten Schritt.

»Holt Oma herein«, befahl er.

Der Professor ging in die Küche hinaus. Sie hörten ihn sagen: »Großmama, Sie werden gebraucht.«

Er bekam keine Antwort.

»Großmama!« hörten sie ihn rufen.

»Sie schläft«, rief Sissie ihm zu. »Sie ist schwer wachzukriegen, wenn sie erst einmal eingeschlafen ist.«

»Sie schläft nicht«, rief der Professor in ärgerlichem Ton zurück.

»Schon gut. Lassen Sie sie in Ruhe«, befahl der Sergeant.

Der Professor kam mit rotem Gesicht und ratlos zurück. »Sie saß da und sah mich an, ohne einen Laut von sich zu geben«, sagte er.

»Sie ist manchmal so«, erklärte Sissie. »Sie schließt sich einfach von der Welt ab, und dann sieht und hört sie nichts mehr.«

»Kein Wunder, daß ihr Enkel schwachsinnig ist«, meinte der Professor und warf Sonny einen bösartigen Blick zu.

»Was, zum Teufel, soll ich mit ihm anfangen?« fragte der Sergeant ratlos und ungehalten.

Die Polizisten wußten auch keinen Rat.

»Nehmen wir sie doch alle fest«, sagte der Professor.

Der Sergeant sah ihn nachdenklich an. »Wenn wir alle Halunken in diesem Block, die wie die Araber aussehen, festnehmen wollen, haben wir bald tausend Häftlinge beisammen«, sagte er.

»Na und?« erwiderte der Professor. »Wir können es uns nicht leisten, uns Pickens entgehen zu lassen, nur wegen ein paar hundert Schwarzen.«

»Vielleicht ist es wirklich das Beste«, überlegte der Sergeant laut.

»Wollen Sie die auch festnehmen?« fragte der Scheich und deutete auf Sugartit auf dem Bett. »Sie ist Coffin Eds Tochter.«

Der Sergeant fuhr zu ihm herum. »Was? Was war das mit Coffin Ed?«

»Evelyn Johnson dort ist seine Tochter«, wiederholte der Scheich gelassen.

Die Polizisten drehten sich um, als ob ihre Köpfe synchronisiert wären, und starrten sie an. Keiner sprach.

»Fragt sie doch selbst«, sagte der Scheich.

Der Sergeant wurde flammend rot.

Es war der Professor, der sie ansprach: »Wie ist das, Mädchen? Bist du die Tochter von Detective Johnson?«

»Ja, das bin ich«, bestätigte sie schließlich.

»Das läßt sich leicht nachprüfen«, sagte der Professor und trat zum Fenster. »Er und sein Partner müssen hier in der Nähe sein.«

»Nein. Jones vielleicht, aber Johnson wurde nach Hause geschickt.«

»Was? Suspendiert?« fragte der Professor.

Sugartit blickte erschrocken auf. Der Scheich grinste selbstgefällig. Die anderen blieben unbewegt.

»Ja, weil er diesen Halunken von Moslem umgelegt hat.«

»Deswegen«, rief der Professor empört aus. »Seit wann werden Polizisten bestraft, wenn sie in Notwehr schießen?«

»Man kann dem Chef keinen Vorwurf daraus machen«, sagte der Sergeant. »Nur werden die Zeitungen bestimmt Lärm schlagen, weil es sich um einen Jugendlichen handelt.«

»Jedenfalls sollte Jones sie kennen«, sagte der Professor, kletterte auf die Feuertreppe hinaus und rief nach den Polizisten unten auf der Straße. Da er sich nicht verständlich machen konnte, stieg er die Treppe hinunter.

»Hast du einen Ausweis da?« fragte der Sergeant das Mädchen.

Sugartit zog eine rotlederne Ausweishülle aus der Tasche ihres Rocks und reichte sie ihm wortlos hin.

Sie enthielt einen schwarzen, weißbeschrifteten Ausweis mit ihrem Foto und Daumenabdruck, der den Dienstausweisen der Polizisten ähnelte. Sie hatte ihn als Geschenk zu ihrem sechzehnten Geburtstag bekommen, und er trug die Unterschrift des Polizeichefs.

Der Sergeant warf nur einen kurzen Blick darauf und reichte ihn ihr zurück. Er hatte schon mehrere Ausweise dieser Art gesehen. Seine eigene Tochter besaß auch einen.

»Weiß dein Vater, daß du diese Halunken hier besuchst?« fragte er.

»Gewiß«, antwortete Sugartit. »Es sind Freunde von mir.«

»Du schwindelst«, sagte der Sergeant grimmig.

»Er weiß nicht, daß sie hier ist«, warf Sissie dazwischen.

»Davon bin ich fest überzeugt«, sagte der Sergeant.

»Sie hat gesagt, daß sie mich besucht.«

»Wissen deine Angehörigen, daß du hier bist?«

Sissie schlug die Augen nieder. »Nein.«

»Eve und ich, wir sind verlobt«, sagte der Scheich mit einem dreckigen Grinsen.

Der Sergeant sprang mit erhobener rechter Faust auf ihn zu. Der Scheich duckte sich automatisch, hob die Arme zum Schutz. Der

Sergeant versetzte ihm unter der Deckung hindurch einen linken Haken in den Magen, und als der Scheich die Arme senkte, versetzte er ihm mit der Rechten einen Schlag seitlich gegen den Kopf, daß er taumelte. Dann traf er ihn mit der harten Kante seiner rechten Hand in den Nacken. Der Scheich ging wie von der Axt getroffen zu Boden.

Der Professor kam gerade noch rechtzeitig zurück, um zu sehen, wie der Sergeant den Scheich mit voller Wucht ins Gesäß trat.

»Heh, was ist denn mit dem passiert?« fragte er, während er hastig durch das Fenster hereinkletterte.

Der Sergeant nahm die Mütze ab und wischte sich mit einem schmuddeligen weißen Taschentuch über seine schweißbedeckte Stirn. »Sein Maul ist mit ihm durchgegangen«, sagte er.

Der Scheich stöhnte leise, obwohl er bewußtlos war. Der Professor lachte verhalten. »Er kann es noch immer nicht halten.« Dann berichtete er: »Jones war nicht zu finden, Lieutenant Anderson sagte, daß er eine andere Spur verfolgt.«

»Schon gut, sie hat einen Ausweis«, sagte der Sergeant. Dann fragte er: »Ist der Chef noch da?«

»Ja, irgendwo treibt er sich rum.«

»Na ja, das ist seine Aufgabe.«

Der Professor sah die schweigende Gruppe, einen nach dem anderen, an. »Was machen wir jetzt?«

»Wir gehen weiter ins nächste Haus«, antwortete der Sergeant. »Wenn ich noch hier bin, wenn der Halunke zu sich kommt, bin ich wahrscheinlich der nächste, der vom Dienst suspendiert wird.«

»Dürfen wir jetzt gehen?« fragte Sissie.

»Ihr beiden Mädchen könnt mit uns kommen«, bot der Sergeant an.

Der Scheich stöhnte und wälzte sich auf den Rücken.

»Wir können ihn so nicht allein lassen«, sagte Sissie.

Der Sergeant hob die Schultern. Die Polizisten gingen ins Nebenzimmer. Der Sergeant wollte ihnen folgen, zögerte dann aber. »Also gut, ich bringe das in Ordnung«, sagte er.

Er nahm die beiden Mädchen mit hinaus auf die Feuertreppe und rief die Polizisten an, die unten die Haustür bewachten.

»Laßt diese beiden Mädchen durch«, schrie er.

Die Polizisten sahen sich die Mädchen an, die im grellen Scheinwerferlicht standen. »Wird gemacht.«

Der Sergeant folgte ihnen wieder in das Zimmer. »An eurer Stelle würde ich mich verdammt schnell von diesem Burschen da zurückziehen«, riet er und stieß den Scheich mit der Fußspitze an. »Dem geht es noch einmal übel, sehr übel.«

Keine der beiden antwortete.

Der Sergeant folgte dem Professor aus der Wohnung.

Granny saß reglos im Schaukelstuhl, wie sie sie verlassen hatten, und hielt die Armlehnen fest gepackt. Sie starrte sie mit dem Ausdruck heftiger Mißbilligung auf ihrem besorgten alten Gesicht und in ihren trüben, milchigen Augen an. »Das ist nun mal unser Beruf, Oma«, entschuldigte sich der Sergeant.

Sie gab keine Antwort.

Verlegen gingen sie an ihr vorbei.

Im Vorderzimmer stöhnte der Scheich und setzte sich auf.

Alle bewegten sich gleichzeitig. Die Mädchen zogen sich von ihm zurück. Sonny begann den schweren Mantel auszuziehen. Inky und Choo-Choo beugten sich über den Scheich. Jeder faßte ihn an einem Arm, und sie halfen ihm auf die Füße.

»Wie fühlst du dich?« fragte Choo-Choo.

Der Scheich sah benommen hoch. »Ein Polyp kann mir doch nichts anhaben«, murmelte er mühsam und kam dann schwankend auf die Beine.

»Tut es weh?«

»Nein, es tut nicht weh«, antwortete er mit schmerzverzerrtem Gesicht. Dann sah er sich dümmlich um. »Sind sie fort?«

»Ja«, bestätigte Choo-Choo jubilierend und machte einen Tanzschritt. »Wir haben sie geschlagen, Scheich. Die haben wir richtig angeschmiert.«

Der Scheich gewann sofort sein Selbstvertrauen zurück: »Ich hab euch doch gesagt, daß wir die schaffen.«

Sonny grinste und hob seine gefalteten Hände zum Boxergruß. »Mich haben sie sogar am Sack ins Schwitzen gebracht«, gestand er.

Ein wahnwitziger, triumphierender Ausdruck verzerrte das flache, fleckige Gesicht des Scheichs. »Ich bin der Scheich, Mann«, sagte er. Seine gelben Augen blickten wieder wild.

Sissie sah ihn an und sagte furchtsam: »Ich und Sugartit, wir müssen jetzt gehen. Wir wollten uns nur überzeugen, daß dir nichts fehlt.«

»Ihr könnt jetzt nicht gehen – wir müssen feiern«, sagte der Scheich.

»Wir haben nichts, womit wir feiern können«, sagte Choo-Choo.

»Einen Dreck haben wir nichts«, widersprach der Scheich. »Bullen sind nicht so schlau. Steig aufs Dach rauf und hol die Stange.«

»Wer? Ich, Scheich?«

»Also, dann Sonny.«

»Ich?« protestierte Sonny. »Ich hab genug von dem Dach.«

»Los«, drängte der Scheich. »Du bist jetzt ein Moslem, und ich befehle es dir im Namen Allahs.«

»Gelobt sei Allah«, sagte Choo-Choo.

»Ich will kein Moslem sein«, widersprach Sonny.

»Also gut, dann bist du noch unser Gefangener«, entschied der Scheich. »Geh du die Stange holen, Inky. Auf der einen Seite hab ich fünf Stäbchen drin versteckt.«

»Verdammt, dann gehe ich«, sagte Choo-Choo.

»Nein, laß Inky gehen. Er war schon mal oben und wird den Bullen nicht auffallen.«

Als Inky hinaufgeklettert war, um die Stange zu holen, sagte der Scheich zu Choo-Choo: »Unser Gefangener wird frech, nachdem wir ihn vor den Bullen gerettet haben.«

»Ich werd nich frech«, erklärte Sonny. »Ich möchte hier nur endlich raus und die Manschetten hier loskriegen, ohne daß ich deswegen ein Moslem werden muß.«

»Du weißt zuviel von uns, als daß wir dich jetzt laufenlassen könnten«, sagte der Scheich und tauschte einen Blick mit Choo-Choo.

Inky kam mit der Stange zurück und zog einen Pflock aus dem einen Ende. Dann schüttelte er fünf Zigaretten auf die Tischplatte.

»Ein Fest«, rief Choo-Choo aus. Er griff hastig nach einer, ritzte das Ende mit dem Daumennagel auf und zündete sie an.

Der Scheich zündete sich eine andere an. »Nimm eine, Inky«, sagte er.

Inky nahm sich eine.

Alle setzten Sonnenbrillen auf.

»Granny wird riechen, daß ihr raucht«, warnte Sissie.

»Sie denkt, das ist Lakritze.« Choo-Choo äffte Granny nach. »Wenn ihr Kinder doch bloß nicht Lakritze rauchen würdet! Das macht einem so komisch im Kopf.«

Er und der Scheich bogen sich vor Lachen.

Das Zimmer stank nach dem beißenden Rauch.

Sugartit nahm eine Zigarette, setzte sich aufs Bett und zündete sie an.

»Los, Baby, zieh dich aus«, drängte der Scheich. »Feiere den Mist, den dein Alter gemacht hat, indem du was zeigst.«

Sugartit stand auf und öffnete den Reißverschluß ihres Rocks und begann mit einem langsamen Striptease.

Sissie packte sie bei den Armen. »Hör damit auf«, drängte sie. »Geh lieber nach Hause, ehe dein Alter zurückkommt und nach dir sucht.«

In plötzlicher Wut riß der Scheich Sissies Hände von Sugartit los und warf Sissie auf das Bett.

»Laß sie in Ruhe«, schrie er sie an. »Sie wird den Scheich unterhalten.«

»Wenn sie wirklich Coffin Eds Tochter is, solltest du sie nach Hause lassen«, sagte Sonny nüchtern. »Du riskierst Kopf und Kragen, wenn du dich mit seiner Tochter einläßt.«

»Choo-Choo, geh in die Küche und hole Grannys Wäscheleine«, befahl der Scheich.

Choo-Choo ging grinsend hinaus.

Als er Granny sah, die ihn mit so scharfer Mißbilligung ansah, sagte er schuldbewußt: »Kümmere dich nicht um mich, Granny«, und schnitt ihr Grimassen.

Sie gab keine Antwort.

Mit einer umständlichen Pantomime schlich er auf Fußspitzen zum Schrank und holte ihre zusammengerollte Wäscheleine heraus.

»Wir wollen nur die Wäsche aufhängen«, sagte er.

Sie antwortete wieder nicht.

Auf Fußspitzen trat er dicht an ihren Stuhl heran und bewegte seine Hand langsam vor ihrem Gesicht. Sie zuckte mit keiner Wimper. Sein Grinsen wurde breiter.

Als er in das Vorderzimmer zurückkam, sagte er: »Granny schläft fest mit weit offenen Augen.«

»Überlasse sie Gabriel«, sagte der Scheich, nahm die Wäscheleine und begann sie zu entrollen.

»Was wollt ihr denn damit?« fragte Sonny mißtrauisch.

Der Scheich knüpfte an dem einen Ende eine laufende Schlinge. »Wir spielen Cowboy«, antwortete er. »Paß auf.«

Plötzlich warf er die Schlinge Sonny über den Kopf und zog die Leine mit aller Kraft an. Die Schlinge schloß sich um Sonnys Hals, und der Scheich riß ihn von den Füßen.

»Packt ihn, Männer«, befahl der Scheich.

Die beiden anderen warfen sich auf Sonny. Choo-Choo packte ihn an den Armen und Inky an den Füßen.

Sissie rannte auf den Scheich zu und versuchte, ihm die Leine aus den Händen zu reißen. »Du erwürgst ihn ja«, schrie sie.

Der Scheich schlug sie mit einem Schlag des Handrückens nieder.

»Du kannst sie jetzt lockerlassen«, sagte Choo-Choo. »Wir haben ihn.«

»Jetzt werde ich dir mal zeigen, wie man einen Mutterschänder fesselt, um ihn in den Sack zu stecken«, sagte der Scheich.

11

Grave Digger blieb vor dem gelben Fachwerkhaus neben dem KNICKER-BOCKER stehen. Es war in Büros aufgeteilt worden, und sämtliche Vorderfenster trugen Firmenaufschriften.

»Können Sie die Schrift in diesen Fenstern lesen?« fragte Grave Digger Ready Belcher.

Ready sah ihn mißtrauisch an. »Natürlich kann ich die Schrift lesen.«

»Dann lesen Sie«, verlangte Grave Digger.

Ready warf ihm wieder einen verstohlenen Blick zu. »Welche?«

»Suchen Sie sich eine aus.«

Ready blinzelte mit seinem guten Auge in die Dunkelheit und las vor: »Joseph C. Clapp, Grundstücksmakler und öffentlicher Notar«. Er sah Grave Digger an wie ein Hund, der einen Stock apportiert hat. »War es die?«

»Versuchen Sie eine andere.«

Ready zögerte. Die Lichter vorüberfahrender Wagen spielten auf seinem pockennarbigen schwarzen Gesicht, ließen den weißen Schleier auf seinem blinden Auge erkennen und beleuchteten seinen stutzerhaften hellen Anzug.

»Ich hab nicht viel Zeit«, warnte Grave Digger.

»Verblüffendes hundertjähriges Zigeuneröl verleiht ewige Jugend.« Ready sah Grave Digger wie der gleiche Hund mit einem anderen Stock an.

»Die nicht«, sagte Grave Digger.

»Verdammt noch mal, was soll das sein? Ein Witz?« murrte Ready.

»Lesen Sie nur.«

»Joseph – der einzige Originalhautbleicher. Ich garantiere, die dunkelste Haut in sechs Monaten um zwölf Schattierungen aufzuhellen.«

»Wollen Sie Ihre Haut heller haben?«

»Ich bin mit meiner Haut zufrieden«, antwortete Ready mürrisch.

»Dann lesen Sie weiter.«

»Die Zauberformel für erfolgreiche Gebete . . . ist es das?«

»Ja, das ist es. Lesen Sie, was da drunter steht.«

»Hier die verblüffenden Dinge, die Sie erfahren: Wann soll man beten? Wo soll man beten? Wie soll man beten? Die Zauberformel für Gesundheit und Erfolg durch Gebet. Die Besiegung der Angst durch Gebet. Wie man Arbeit findet durch Gebet. Wie man Geld bekommt durch Gebet. Wie man andere durch Gebet beeinflußt . . .«

»Das genügt.« Grave Digger holte tief Atem und sagte mit einer Stimme, die wieder belegt und wattig geworden war: »Ready, wenn Sie mir nicht sagen, was ich wissen will, dann lernen Sie eines dieser Gebete, denn ich bringe Sie jetzt zur 129th Street unten am Harlem River hinunter. Wissen Sie, was da ist? Ein öder Dschungel von leeren Lagerhäusern und verlassenen Schrottplätzen unter der Brücke der New York Central.«

»Ja, ich weiß, was da ist.«

»Und ich schlage Sie mit meinem Revolver so zusammen, daß Ihre eigene Hure Sie nicht wiedererkennt. Und wenn Sie versuchen fortzulaufen, dann lasse ich Ihnen zwanzig Schritt Vorsprung, ehe ich Sie durch den Kopf schieße. Haben Sie verstanden?«

»Ja, ich hab' verstanden.«

»Glauben Sie mir?«

Ready warf einen schnellen Blick auf Grave Diggers wutverquollenes Gesicht und antwortete hastig: »Ja, ich glaub Ihnen.«

»Mein Partner wurde heute abend suspendiert, weil er eine kriminelle Ratte wie Sie umgelegt hat, und von mir aus kann man mich auch suspendieren.«

»Sie haben mich noch nicht gefragt, was Sie wissen wollen.«

»Steigen Sie ein.«

Der Wagen parkte am Straßenrand. Ready setzte sich auf Coffin Eds Platz. Grave Digger ging um den Wagen herum und kletterte hinter das Steuer.

»Die Stelle hier ist so gut wie jede andere«, sagte er. »Reden Sie schon.«

»Worüber?«

»Über den großen Weißen. Ich will wissen, wer ihn umgebracht hat.« Ready fuhr auf wie von einem Wespenstich. »Digger, ich schwöre bei Gott . . .«

»Nennen Sie mich nicht Digger, Sie mieser Lude!«

»Mister Jones, hören Sie . . .«

»Ich höre.«

»Eine Menge Leute hätten ihn umgebracht, wenn sie gewußt hätten, daß . . .« Er brach ab. Die Pockennarben auf seinem Gesicht begannen sich mit Schweiß zu füllen.

»Wenn sie was gewußt hätten? Ich habe nicht die ganze Nacht Zeit.«

Ready schluckte mühsam und sagte: »Er war ein Peitscher.«

»Ein was?«

»Er hat sie gern ausgepeitscht.«

»Huren?«

»Eigentlich nicht. Wenn es richtige Huren waren, wollte er nur diese großen schwarzen Mannweiber, denen man zutraut, daß sie einem Mutterschänder die Kehle abschneiden. Am liebsten hatte er kleine farbige Schulmädchen.«

»Wirklich? Hat Reba ihn deshalb nicht mehr bei sich hereingelassen?«

»Ja, Sir. Er hat's ihr einmal vorgeschlagen. Sie wurde so wütend, daß sie ihn mit der Pistole bedrohte.«

»Hat sie auf ihn geschossen?«

»Nein, Sir. Sie hat ihm nur angst gemacht.«

»Ich meine heute abend. Hat sie ihn erschossen?«

Readys Augen begannen in ihren Höhlen zu rollen, und der Schweiß lief ihm über sein niederträchtiges schwarzes Gesicht. »Sie meinen, daß sie ihn umgebracht hat? Nein, Sir, sie war den ganzen Abend zu Hause.«

»Wo waren Sie?«

»Ich war auch bei ihr.«

»Wohnen Sie da?«

»Nein, Sir. Ich mache da nur ab und zu einen Besuch.«

»Wo fand er die Mädchen?«

»Meinen Sie die Schulmädchen?«

»Wen sollte ich sonst meinen?«

»Er fuhr in seinem Wagen herum und griff sie auf der Straße auf. Er hatte immer eine kleine mexikanische Viehpeitsche mit neun Schwänzen in seinem Wagen. Damit hat er sie ausgepeitscht.«

»Wo hat er sie hingebracht?«

»Er brachte sie zu Reba, bis sie wegen dem vielen Lärm und dem lauten Geschrei mißtrauisch wurde. Zunächst dachte sie sich nichts dabei. Diese kleinen Nuttchen machen für einen Weißen viel Geschrei. Aber sie machten mehr Lärm, als natürlich war, und

Reba ging einmal rein und erwischte ihn. Bei der Gelegenheit machte er ihr seinen Vorschlag.«

»Wie hat er sie dazu gebracht, daß sie das mitmachen?«

»Daß sie was mitmachten?«

»Sich auspeitschen ließen.«

»Oh, er bezahlte ihnen hundert Dollar. Dafür haben sie sich gern darauf eingelassen.«

»Wissen Sie das ganz genau, daß er ihnen hundert Dollar bezahlte?«

»Ja, Sir. Nicht nur ich, sondern fast alle kleinen Nutten in Harlem wußten das. Hundert Dollar bedeuteten für ihn nichts. Auch die Freunde der Mädchen wußten es. Oft haben die Burschen ihre Mädchen erst dazu gebracht. Überall lauerten diese Nuttchen ihm auf. Natürlich hatten die meisten nach dem ersten Mal genug.«

»Hat er sie verletzt?«

»Er bekam was für sein Geld. Ein paar hat er böse zusammengeschlagen. Ich nehme an, daß er mehr als eine schwer verletzt hat. Erinnern Sie sich an die Kleine, die im Broadhurst Park gefunden wurde? Es stand alles in den Zeitungen. Sie lag drei oder vier Tage im Krankenhaus und behauptete, sie wäre überfallen worden, aber die Polizei meinte, daß sie von einer Bande verprügelt wurde. Ich glaube, daß sie eins dieser Mädchen war.«

»Wie hieß sie?«

»Daran erinnere ich mich nicht.«

»Wohin ist er mit den Mädchen gegangen, nachdem Reba ihn vor die Tür gesetzt hat?«

»Das weiß ich nicht.«

»Kennen Sie irgendeine beim Namen?«

»Nein, Sir. Er brachte sie mit und nahm sie auch wieder mit fort. Ich habe nie eine von ihnen gesehen.«

»Sie lügen.«

»Nein, Sir. Ich schwöre es bei Gott.«

»Woher wissen Sie, daß es Schulmädchen waren, wenn Sie nie eine von ihnen gesehen haben?«

»Er hat's mir gesagt.«

»Was hat er Ihnen noch gesagt?«

»Sonst nichts. Er sprach mit mir nur von Mädchen.«

»Wie alt ist Ihre Freundin?«

»Meine Freundin?«

»Die Sie da bei Reba haben.«

»Oh, die ist fünfundzwanzig oder noch älter.«

»Noch eine Lüge, und wir fahren los.«

»Sie ist sechzehn, Boss.«

»Hat er sie auch gehabt?«

»Ja, Sir, einmal.«

Der Schweiß strömte über Readys Gesicht.

»Einmal. Warum nur einmal?«

»Danach hatte sie Angst.«

»Haben Sie versucht, sie noch mal dazu zu bringen?«

»Nein, Sir, das lohnte sich nicht. Es hat mehr gekostet, als es einbrachte.«

»Was haben Sie mit ihm im *Dew Drop Inn* gewollt?«

»Er suchte nach einem kleinen Mädchen, das er kannte, und hat mich aufgefordert, mit ihm zu kommen. Das war alles, Boss.«

»Wann war das?«

»Etwa vor einem Monat.«

»Wollen Sie immer noch behaupten, daß Sie nicht wüßten, wohin er sie brachte, nachdem Reba ihn nicht mehr bei sich reinließ?«

»Ich weiß es nicht. Ich schwöre bei . . .«

»Sparen Sie sich diesen Onkel-Tom-Quatsch. Reba hat gesagt, daß sie ihn schon seit drei oder vier Monaten nicht mehr bei sich einläßt.«

»Ja, Sir, aber ich hab nicht gesagt, daß ich ihn seitdem nicht mehr gesehen hab.«

»Wußte Reba, daß Sie sich mit ihm treffen?«

»Ich habe ihn nur das eine Mal gesehen, Boss. Ich war in der *Alabama-Georgia-Bar,* und er kam zufällig da rein.«

Grave Digger deutete mit dem Kopf auf die drei auswärtigen Wagen, die vor ihnen vor dem Knickerbocker parkten. »Gehört einer dieser Wagen ihm?«

»Diese miesen Karren?« Verachtung vertrieb die Angst aus Readys Stimme. »Nein, Sir. Er hatte einen Traumkreuzer, einen großen grünen Cadillac, ein Coupé.«

»Wer ist die Kleine, nach der ihr beide gesucht habt?«

»Ich hab nicht nach ihr gesucht. Ich ging nur mit ihm, als er nach ihr suchte.«

»Ich habe gefragt, wer sie ist.«

»Ich kenn sie nicht. Irgendein kleines Flittchen, das sich in der Gegend rumtreibt.«

»Wieso kannte er sie?«

»Er sagte, er hätte einmal ihre Freundin Sissie ausgepeitscht. Daher kannte er sie.«

»Sissie? Sie haben doch gesagt, Sie wüßten keine Namen.«

»Die hatte ich vergessen, Boss. Mit der ist er einmal zu Reba gekommen. Von ihr weiß ich nur, was er mir selbst gesagt hat.«

»Was hat er genau gesagt?«

»Er sagte nur, Sissies Freund, irgendein Bursche, den sie den Scheich nennen, würde es für ihn arrangieren. Dann wollte er von dem Scheich, daß er es auch mit der anderen arrangiert, aber das hat der Scheich nicht geschafft.«

»Wie wurde die andere genannt, die, nach der er und Sie gesucht haben?«

»Er nannte sie Sugartit. Sie ist Sissies Freundin. Er hat sie einmal mit Sissie zusammen auf der Seventh Avenue gesehen, nachdem er Sissie ausgepeitscht hatte.«

»Wo haben Sie sie gefunden?«

»Wir haben sie nicht gefunden. Das schwöre ich bei . . .«

»Kennt Ihre Freundin die beiden?«

»Wen soll sie kennen, Boss?«

»Sissie und Sugartit.«

»Nein, Sir. Mein Mädchen ist eine Professionelle, und das sind nur so Flittchen. Ich erinnere mich, daß er mal gesagt hat, die beiden gehörten zu einer jugendlichen Bande in der Gegend. Ich meine diese beiden Flittchen und den Scheich. Er sagte, der Scheich ist der Chef.«

»Wie heißt die Bande?«

»Er sagte, sie nennen sich die *Real Cool Moslems*. Er fand das komisch.«

»Haben Sie heute im Radio die Abendnachrichten gehört?«

»Sie meinen, was die über den Mord gesagt haben? Nein, Sir. Ich habe Jazz gehört, aber Reba hat mir davon erzählt, gerade als Sie kamen.«

»Sie sagten vorhin etwas davon, daß ihn eine Menge Leute hätten umbringen können, wenn sie über ihn Bescheid gewußt hätten. Wer alles?«

»Ich hab dabei nur an die Väter der Mädchen gedacht, den von Sissie oder einer anderen. Vielleicht hat er wieder auf Sugartit gewartet, und ihr Pa ist irgendwie dahintergekommen und hat ihm aufgelauert, und als er ihn über die Straße laufen sah, hat er ihm das Ding verpaßt.«

»Meinen Sie, er sei hinter dem Weißen hergewesen?«

»Möglich wär's doch, oder?«

»Und was ist mit diesen Moslems, dieser jugendlichen Bande?«

»Die? Weshalb sollten die ihn umlegen? Für die bedeutete er doch eine Goldgrube.«

»Wer ist Sugartits Vater?«

»Sie meinen ihren Alten?«

»Ich meine ihren Vater.«

»Woher soll ich das wissen, Boss? Ich hab noch nie was von ihr gehört, ehe er mit mir über sie sprach.«

»Was hat er von ihr gesagt?«

»Nur daß sie ihn interessierte.«

»Hat er gesagt, wo sie wohnt?«

»Nein, Sir. Nur das, was ich Ihnen schon gesagt hab, Boss. Das schwör ich bei Gott.«

»Sie stinken. Warum schwitzen Sie eigentlich so?«

»Weil ich nervös bin. Das ist alles.«

»Sie stinken vor Angst. Wovor haben Sie Angst?«

»Nur ganz natürliche Angst, Boss. Sie haben den großen Revolver, und Sie sind auf alle wütend und sprechen davon, mich umzubringen und all das, da kann man doch Angst bekommen.«

»Sie haben vor etwas anderem Angst, etwas ganz Bestimmtem. Was verheimlichen Sie mir?«

»Ich verheimliche nichts. Ich habe Ihnen alles gesagt, was ich weiß. Das schwör ich, Boss. Ich schwör bei allem, was mir in der großen, weiten Welt heilig ist.«

»Ich weiß, daß Sie lügen. Ich höre es Ihrer Stimme an. Was lügen Sie mir vor?«

»Ich lüg nicht, Boss. Wenn ich lüge, soll mich Gott auf der Stelle vom Schlag treffen lassen.«

»Sie wissen doch, wer ihr Vater ist, oder nicht?«

»Nein, Sir, Boss. Ich schwör's. Ich hab alles gesagt, was ich weiß. Sie können mich schlagen, bis mein Kopf so weich wie Brei ist, aber ich kann ihnen nicht mehr erzählen, als ich schon gesagt hab.«

»Sie wissen, wer ihr Vater ist, und Sie haben Angst, es mir zu sagen.«

»Nein, Sir, ich schwör . . .«

»Ist er ein Politiker?«

»Boss, ich . . .«

»Ein Lotterie-Unternehmer?«

»Ich schwör es, Boss . . .«

»Halten Sie's Maul, ehe ich Ihnen Ihre verfluchten Zähne einschlage.« Grave Digger trat auf den Anlasser, als ob er auf Readys Kopf trampelte. Der Motor sprang an, aber Grave Digger kuppelte nicht ein. Er saß da, lauschte auf den leise surrenden Motor in dem unauffälligen, kleinen schwarzen Wagen und versuchte, sein Temperament zu beherrschen.

Schließlich sagte er: »Wenn ich herausbekomme, daß Sie gelogen haben, schlage ich Sie tot wie einen tollen Hund. Ich erschieße Sie nicht, sondern breche Ihnen alle Knochen. Ich versuche herauszubekommen, wer Galen umgebracht hat, weil ich dafür bezahlt werde und darauf meinen Eid geleistet habe, als ich diese Stellung antrat. Wenn es aber nach mir ginge, bekäme der Betreffende einen Orden, und ich würde euch verfluchten Schweine, die Galen geholfen haben, aufhängen. Mir dreht sich der Magen um, und es fällt mir verdammt schwer, Ihnen nicht auf der Stelle den Schädel einzuschlagen.«

12

Die Aufnahme des Harlem Hospital an der Lenox Avenue, zehn Blocks südlich vom Schauplatz des Mordes, lag in mitternächtlicher Stille. In diesem Krankenhaus gab es keine Rassentrennung. Über die Hälfte der Ärzte und Schwestern waren Farbige.

Hinter dem Schreibtisch der Aufnahme saß eine Schwester. Eine Schreibtischlampe mit einem Bronzeschirm warf ihr Licht auf die Krankenliste vor ihr, ihr braunhäutiges Gesicht dagegen blieb im Schatten. Sie blickte Grave Digger und Ready Belcher, die Seite an Seite auf sie zukamen, fragend entgegen.

»Sie wünschen?« fragte sie mit geschulter Höflichkeit.

»Ich bin Detective Jones«, sagte Grave Digger und wies seine Marke vor.

Sie sah sie an, berührte sie aber nicht.

»Vor etwa zwei Stunden haben Sie einen Unfallpatienten aufgenommen, einen Mann, dem der rechte Arm abgetrennt war.«

»Ja?«

»Ich möchte ihn vernehmen.«

»Ich werde Dr. Banks rufen. Mit ihm können Sie sprechen. Nehmen Sie bitte Platz.«

Grave Digger schob Ready auf die Stühle zu, die um einen Tisch mit Zeitschriften standen. Schweigend, wie Verwandte eines Schwerkranken, saßen sie da.

Dr. Banks kam leise auf Gummisohlen über den mit Linoleum bedeckten Gang. Er war ein großer, athletischer junger Farbiger, ganz in Weiß gekleidet.

»Entschuldigen Sie, daß ich Sie warten ließ, Mister Jones«, sagte er zu Grave Digger, den er vom Ansehen kannte. »Sie wollen etwas über den Fall mit dem abgetrennten Arm wissen.« Er hatte ein schnelles Lächeln und eine angenehme Stimme.

»Ich möchte mit dem Mann sprechen«, sagte Grave Digger.

Dr. Banks zog sich einen Stuhl heran und setzte sich. »Er ist tot. Er war Blutgruppe Null, die wir in unserer Blutbank nicht vorrätig hatten. Wir mußten uns an die Blutbank des Roten Kreuzes wenden. Sie hat Vorräte in Brooklyn, aber die kamen zu spät. Kann ich Ihnen irgendwie behilflich sein?«

»Ich möchte wissen, wer er war.«

»Das wüßten wir auch gern. Aber er starb, ohne daß wir seine Identität erfahren konnten.«

»Machte er vor seinem Tod noch irgendwelche Aussagen?«

»Es war schon ein Polizeibeamter hier, aber da war der Patient gerade bewußtlos. Später wachte er kurz wieder auf, da war der Detektiv aber schon gegangen. Er hat die Effekten des Mannes überprüft, aber nichts gefunden, woraus man seine Identität feststellen könnte.«

»Hat der Patient überhaupt nicht gesprochen? Hat er kein Wort mehr gesagt?«

»Doch, eine ganze Menge sogar, aber das meiste war zusammenhanglos. Soviel ich herausgehört habe, bedauerte er, den Mann, auf den er losgegangen ist, nicht getötet zu haben – ich meine den Weißen, der später erschossen wurde.«

»Hat er irgendwelche Namen genannt?«

»Nein. Einmal sagte er: ›die Kleine‹, aber meistens benutzte er den Ausdruck Mutterschänder, mit dem die Einwohner Harlems jeden, ob Freund oder Feind oder Fremden, betiteln.«

»Na gut, da kann man nichts machen«, sagte Grave Digger. »Was er wußte, hat er mit sich genommen. Trotzdem möchte auch ich mir seine Effekten ansehen, was es auch ist.«

»Aber gern. Es sind nur die Sachen, die er bei der Einlieferung bei sich hatte.« Dr. Banks stand auf. »Kommen Sie bitte mit.«

Grave Digger erhob sich und gab Ready mit dem Kopf ein Zeichen, sich anzuschließen.

»Ist er auch von der Polizei?« erkundigte sich Dr. Banks.

»Nein, er ist mein Häftling«, sagte Grave Digger. »Noch sind wir bei der Polizei nicht so weit, daß wir auf solche Figuren angewiesen wären.«

Dr. Banks lächelte. Er führte sie durch einen Gang, in dem es stark nach Äther roch, zu einem Raum am hintersten Ende, wo die Kleidungsstücke und persönlichen Effekten der Patienten sauber gebündelt in Regalen aufbewahrt wurden. Er griff nach einem der

Bündel mit einem Metallschild und legte es auf den blanken Holztisch.

»Das ist es.«

Ready starrte wie fasziniert auf die Zahl 219 auf dem Metallschild, das an dem Kleiderbündel befestigt war, und flüsterte: »Die Todeszahl.«

Dr. Banks warf ihm einen Blick zu und sagte zu Grave Digger: »Die meisten unserer Angestellten spielen Lotto. Wenn ein Unfallpatient eingeliefert wird, befestigen sie das Schild mit der Todeszahl an seinem Bündel, und wenn er stirbt, setzen sie darauf.«

Grave Digger grunzte und wickelte das Bündel auseinander.

»Wenn Sie etwas entdecken, wodurch er identifiziert werden kann, lassen Sie es uns bitte wissen«, bat Dr. Banks. »Wir möchten gern die Angehörigen benachrichtigen.« Er ließ sie allein.

Grave Digger breitete die blutverkrustete Jacke und den Overall auf dem Tisch aus.

Readys Gesicht verfärbte sich beim Anblick der schwarzen Klumpen von geronnenem Blut.

Der Inhalt der Taschen war in einen Cellophanbeutel gesteckt worden. Grave Digger leerte ihn auf dem Tisch aus. Er bestand aus zwei unglaublich schmierigen Ein-Dollar-Noten, etwas Kleingeld, einer kleinen braunen Papiertüte mit getrockneten Wurzeln, zwei Schlüsseln und einem Dietrich an einem rostigen Schlüsselring, einem Kaninchenfuß, einem Stück schmutzigen Kolophoniums, einem Lappen, der als Taschentuch gedient hatte, einem Kittmesser, einem kleinen Stück Bimsstein und einem Fetzen schmutziges Schreibpapier, der zu einem kleinen Quadrat gefaltet war. Das Kittmesser und der Bimsstein bewiesen, daß der Mann irgendwo als Hausdiener gearbeitet hatte. Das Kittmesser hatte er gebraucht, um Kaugummi vom Boden zu kratzen, und den Bimsstein, um anschließend seine Hände zu säubern. Das alles half nicht viel weiter.

Grave Digger faltete das Papier auseinander und fand eine Notiz, die in einer kindlichen Handschrift auf ein Stück billiges Papier aus einem Schulheft geschrieben war:

GB, der große Weiße treibt sich im
Dew Drop Inn herum, wie findest du das? Bee.

Grave Digger faltete das Papier wieder zusammen und steckte es in die Tasche.

»Wird Ihr Mädchen Bee genannt?« fragte er Ready.

»Nein, Sir. Sie heißt Doe.«

»Kennen Sie irgendein Mädchen, das Bee genannt wird. Ein Schulmädchen?«

»Nein, Sir.«

»Und GB?«

»Nein, Sir.«

Grave Digger drehte die Taschen der Kleidungsstücke um, fand aber nichts weiter. Er rollte das Bündel wieder zusammen und befestigte das Schild daran. Er bemerkte, daß Ready wieder auf die Zahl starrte.

»Lassen Sie sich nicht von der Nummer da erwischen«, warnte er. »Wenn Sie nicht aufpassen, kann die Nummer auch mal an Ihrem schönen Anzug hängen.«

Ready leckte sich über die trockenen Lippen.

Auf dem Weg hinaus begegneten sie Dr. Banks nicht mehr. Grave Digger blieb in der Aufnahme noch einmal stehen, um die Schwester zu informieren, daß er nichts gefunden habe, um den Toten zu identifizieren.

»Jetzt suchen wir den Wagen des Weißen«, sagte er zu Ready.

Sie fanden den großen grünen Cadillac unter einer Straßenlaterne in der 130th Street, zwischen der Lenox und Seventh Avenue. Er hatte eine Nummer des Stadtteils Empire State – UG 16 – und parkte vor einem Feuerhydranten. Der Wagen war so auffällig wie eine Feuerwehr.

Sie hielten hinter ihm an.

»Wer hat ihn in Harlem gedeckt?« fragte Grave Digger Ready.

»Ich weiß nicht, Mister Jones.«

»War es der Captain vom Revier?«

»Mister Jones, ich . . .«

»Einer unserer Stadtverordneten?«

»So wahr mir Gott helfe, Mister Jones . . .«

Grave Digger stieg aus und ging zu dem Cadillac. Die Türen waren abgeschlossen. Mit dem Knauf seines Revolvers schlug er die Scheibe des linken Ausstellfensters ein, griff in den Wagen hinein und öffnete die Tür. Die Innenbeleuchtung ging an.

Eine schnelle Durchsuchung erbrachte den üblichen Kram jedes Autofahrers: Handschuhe, Papiertaschentücher, angebrochene Zigarettenpackungen verschiedener Marken, Versicherungspapiere, Damenüberschuhe aus Kunststoff und eine Puderdose. Ein Stoffaffe baumelte am Rückspiegel, und zwei mittelgroße Puppen, eine schwarzhaarige Topsy und eine blonde kleine Eva saßen auf dem Rücksitz in den Ecken.

Im Handschuhfach fand er die kleine Viehpeitsche und einen Umschlag mit postkartengroßen Fotos.

Er hielt die Fotos ans Licht. Es waren Bilder nackter farbiger Mädchen in verschiedenen Stellungen, und jedes Foto enthüllte eine neue Technik des Sadisten. Auf den meisten Bildern waren die Gesichter der Mädchen deutlich zu erkennen, wenn sie auch von Schmerz und Scham verzerrt waren.

Er schob die Peitsche in seine ledergefütterte Jackentasche, behielt die Fotos aber in der Hand und warf die Wagentür zu. Er ging zu seinem eigenen Wagen zurück und setzte sich hinter das Steuer.

»Hat er fotografiert?« fragte er Ready.

»Kann sein, Sir. Manchmal hatte er eine Kamera bei sich.«

»Hat er Ihnen Aufnahmen gezeigt, die er machte?«

»Nein, Sir. Er hat nie was von Aufnahmen gesagt. Ich hab ihn nur mit der Kamera gesehen.«

Grave Digger schaltete die Innenbeleuchtung ein und zeigte Ready die Fotos. »Erkennen Sie eine von ihnen?«

Ready pfiff leise und riß die Augen auf, während er ein Bild nach dem anderen betrachtete. »Nein, Sir, ich kenn keine«, sagte er und reichte die Aufnahmen zurück.

»Ihre Freundin ist also nicht dabei?«

»Nein, Sir.«

Grave Digger steckte den Umschlag ein und drückte auf den Anlasser.

»Ready, lassen Sie sich nicht von mir bei einer Lüge erwischen«, warnte er wieder und kuppelte ein.

13

Grave Digger parkte unmittelbar vor dem *Dew Drop Inn* und stieß Ready vor sich her durch die Tür. Auf den ersten Blick sah alles genauso aus, wie er es zurückgelassen hatte. Die beiden weißen Polizisten bewachten die Tür, und die farbigen Gäste feierten geräuschvoll. Er führte Ready zwischen der Bar und den Nischen nach hinten. Gesichter verschiedenster Schattierungen wandten sich ihnen neugierig zu, als sie vorbeikamen.

In der letzten Nische bemerkte er jedoch Neuankömmlinge. Die Nische war von Jugendlichen besetzt, drei Schülern und vier Schülerinnen, die vorher noch nicht dagewesen waren. Sie brachen ihr Gespräch ab und sahen ihm gespannt entgegen, als er und Ready näher kamen. Beim Anblick der Viehpeitsche zuckten alle vier Mädchen zusammen, und ihre jungen dunklen Gesichter zeigten plötzlich Angst. Er fragte sich, wie sie an den weißen Polizisten an der Tür vorbeigekommen sein mochten. Alle Plätze an der Bar waren besetzt.

Big Smiley kam heran und bat zwei der Gäste, ihre Sitzplätze freizugeben. Der eine begann sich zu beschweren.

»Weshalb soll ich meinen Platz irgendeinem andern Nigger lassen?«

Big Smiley deutete mit dem Daumen auf Grave Digger. »Der da ist der Mann.«

»Oh, einer von den zwei.« Beide Männer standen mit bereitwilligem Eifer auf, nahmen ihre Gläser und gaben die Hocker frei, wobei sie Grave Digger unterwürfig angrinsten.

»Zeigt mir nicht eure Zähne«, knurrte Grave Digger. »Ich bin kein Zahnarzt. Ich behandle keine Zähne. Ich bin ein Bulle. Ich schlage euch höchstens die Zähne ein.«

Die Männer verhüllten ihr Grinsen und machten sich davon.

Grave Digger warf die Viehpeitsche auf die Bartheke und setzte sich auf den hohen Hocker.

»Setzen Sie sich«, befahl er Ready, der zögernd neben ihm stand. »Verdammt noch mal, setzen Sie sich.«

Ready setzte sich so behutsam hin, als ob der Hocker mit Zuckerguß überzogen wäre.

Big Smiley sah von einem zum anderen und lächelte abwartend.

»Sie haben mir etwas verschwiegen«, sagte Grave Digger mit seiner von glimmender Wut belegten, wattigen Stimme. »Das paßt mir nicht.«

Big Smileys Lächeln litt plötzlich unter Verstopfung. Er warf einen schnellen Blick auf Readys unbewegliches Gesicht, fand dort aber nichts Ermutigendes und besann sich auf seinen verletzten Arm, den er in einer Schlinge trug.

»Vielleicht hab ich Wundfieber bekommen, Chef, denn ich kann mich nicht erinnern, was ich ihnen gesagt hab.«

»Sie haben gesagt, Sie wüßten nicht, wen Galen hier suchte.«

Big Smiley warf verstohlen einen weiteren Blick auf Ready, zog aber wieder eine Niete. Er seufzte schwer.

»Nach wem er suchte? Haben Sie mich danach gefragt?« antwortete er ausweichend und versuchte, Grave Diggers zornigem Blick standzuhalten. »Ich weiß nicht, nach wem er hier suchte, Chef.«

Grave Digger erhob sich auf den Querstreben des Barhockers, als ob seine Füße in Steigbügeln steckten, packte die Viehpeitsche und klatschte sie Big Smiley links und rechts ins Gesicht, ehe Big Smiley zur Abwehr seine unverletzte Hand heben konnte.

Big Smiley lächelte nicht mehr. An der ganzen Bar brachen plötzlich die Gespräche ab, in den Nischen versickerten sie. In die folgende Leere winselte Lil Greens Stimme aus der Musikbox:

Why don't you do right
Like other men do . . .

Grave Digger ließ sich schwer atmend auf den Hocker zurücksinken und kämpfte darum, seine Wut zu beherrschen. An seinen Schläfen standen die Adern hervor, wuchsen aus seinem kurzgeschorenen Kraushaar wie gespenstige Wurzeln und verliefen unter der Krempe seines zerdrückten Hutes. Seine braunen Augen waren von roten Venen durchzogen und strahlten eine stetige Weißglut aus.

Der weiße Geschäftsführer, der am vorderen Ende der Bar gearbeitet hatte, kam mit empörtem Gesicht hastig nach hinten.

»Verschwinden Sie«, fauchte Grave heiser. Der Geschäftsführer verschwand.

Grave Digger stieß mit seinem linken Zeigefinger nach Big Smiley und sagte mit einer Stimme, die so verquollen war, daß man ihn kaum verstand: »Smiley, ich will von Ihnen nur die Wahrheit, und ich hab nicht viel Zeit, sie zu erfahren.«

Big Smiley gönnte Ready keinen Blick mehr. Er lächelte nicht. Er winselte nicht. Er sagte: »Fragen Sie nur, Chef. Ich werd nach bestem Wissen antworten.«

Grave Digger sah sich nach den Jugendlichen in der Nische um. Sie lauschten mit offenem Mund, starrten ihn aus aufgerissenen Augen an. Er atmete heiß mit bebenden Nasenflügeln und wandte sich wieder Big Smiley zu, blieb aber für einen Augenblick still sitzen, um seiner aufwallenden Wut Zeit zu lassen, sich zu besänftigen.

»Wer hat ihn umgebracht?« fragte er schließlich.

»Ich weiß es nicht.«

»Er wurde auf ihrer Straße getötet.«

»Ja, Sir, aber ich weiß nicht, wer es getan hat.«

»Kommen Sissie und Sugartit hierher?«

»Ja, manchmal.«

Aus dem Augenwinkel bemerkte Grave Digger, daß Readys Schultern zu sacken anfingen.

»Setzen Sie sich gerade hin, verdammt noch mal«, befahl er. »Sie haben noch reichlich Zeit, sich hinzulegen, wenn ich feststelle, daß Sie gelogen haben.«

Ready setzte sich gerade.

Grave Digger wandte sich an Big Smiley. »Hat Galen sie hier getroffen?«

»Nein, Sir. Er hat Sissie einmal hier getroffen, aber mit Sugartit habe ich ihn nie gesehen.«

»Was hat sie dann hier getan?«

»Sie ist zweimal mit Sissie hergekommen.«

»Woher wissen Sie ihren Namen?«

»Ich hörte, daß Sissie sie so nannte.«

»War der Scheich dabei, als Galen sie traf?«

»Meinen Sie Sissie, als sie sich hier mit dem großen Mann traf? Ja, Sir.«

»Hat er dem Scheich Geld ausbezahlt?«

»Das konnte ich nicht genau erkennen, Chef, aber ich hab gesehen, daß er Geld gegeben hat. Wer es bekam, weiß ich nicht.«

»Er hat es bekommen. Sind die beiden mit ihm fortgegangen?«

»Meinen Sie mit beiden den Scheich und Sissie?«

»Genau die meine ich.«

Big Smiley zog ein großes blaues Taschentuch heraus und wischte sich über sein verschwitztes schwarzes Gesicht.

Die vier Schülerinnen in der Nische trafen Anstalten zu gehen. Grave Digger fuhr zu ihnen herum.

»Bleibt sitzen. Mit euch habe ich mich noch zu unterhalten.«

Sie antworteten mit schrillen Protesten. »Wir müssen nach Hause ... morgen um neun ist Schule ... haben unsere Schularbeiten noch nicht fertig ... dürfen nicht so lange fortbleiben ... bekommen Schwierigkeiten ...«

Grave Digger stand auf und ging zu ihnen, um seine goldene Polizeimarke vorzuweisen. »Die bekommt ihr sowieso. Aber jetzt bleibt ihr hier sitzen und verhaltet euch ruhig.«

Er griff nach den beiden Mädchen, die aufgestanden waren, und drängte sie auf ihre Plätze zurück.

»Er kann euch nicht festhalten, wenn er keinen Haftbefehl hat«, sagte der Junge, der auf dem Stuhl im Gang saß.

Grave Digger wischte ihn mit einer Ohrfeige von seinem Platz, griff nach unten, riß ihn an den Aufschlägen seiner Jacke hoch und setzte ihn hart auf seinen Stuhl zurück.

»Jetzt sag das noch mal«, schlug er vor.

Der Junge blieb stumm.

Grave Digger wartete noch einen Augenblick, bis sich alle wieder gesetzt hatten und still waren, dann kehrte er zu seinem Barhocker zurück.

Weder Big Smiley noch Ready hatten sich gerührt. Sie hatten sich auch nicht angesehen.

»Sie haben meine Frage nicht beantwortet«, sagte Grave Digger.

»Als er mit Sissie fortging, blieb der Scheich auf seinem Platz sitzen«, sagte Big Smiley.

»Verflucht, was soll diese Antwort heißen?«

»So war es aber doch, Chef.«

»Wo hat er sie hingebracht?«

Ströme von Schweiß rannen über Big Smileys Gesicht. Er seufzte. »Nach unten«, antwortete er.

»Nach unten? Hier in dem Lokal?«

»Ja, Sir. Die Treppe ist im Hinterzimmer.«

»Was ist unten?«

»Nur ein Keller, wie ihn jede Bar hat. Er ist voll von Flaschen, alten Bareinrichtungen und Bierfässern. Der Kompressor für das Zapfbier ist dort und die Kühlanlage für die Kühlschränke. Das ist alles, außer ein paar Ratten. Und wir halten uns da eine Katze.«

»Kein Bett oder Schlafzimmer?«

»Nein, Sir.«

»Er hat sie da unten in diesem Loch ausgepeitscht?«

»Ich weiß nicht, was er getan hat.«

»Haben Sie denn nichts gehört?«

»Nein, Sir. Durch diesen Boden kann man nichts hören. Sie könnten da unten Ihren Revolver abschießen, und man würde es hier oben nicht hören.«

Grave Digger sah Ready an. »Haben Sie das gewußt?«

Ready fing wieder an, hin und her zu rutschen. »Nein, Sir, ich schwör bei . . .«

»Bleiben Sie gerade sitzen, verdammt noch mal. Ich will es Ihnen nicht noch mal sagen müssen.«

Er wandte sich an Big Smiley. »Hat er das gewußt?«

»Soviel ich weiß, nicht, wenn Galen es ihm nicht gesagt hat.«

»Ist Sissie oder Sugartit bei den Mädchen da drüben?«

»Nein, Sir«, antwortete Big Smiley, ohne hinüberzusehen.

Grave Digger zeigte ihm die pornographischen Aufnahmen. »Kennen Sie welche von denen?« Big Smiley sah die Fotos langsam durch, ohne seinen Ausdruck zu verändern. Er zog drei Fotos heraus. »Die hab ich mal gesehen.«

»Wie heißen sie?«

»Ich kenn nur den Namen von zwei.« Er sortierte sie behutsam mit spitzen Fingern aus, als ob die Fotos mit einem Kontaktgift überzogen wären. »Die beiden. Die hier wird Good Booty und die andere Honey Bee genannt. Die da hab ich nie beim Namen nennen hören.«

»Wie heißen sie mit Familiennamen?«

»Den richtigen Namen von den beiden kenn ich nicht.«

»Er hat sie mit nach unten genommen?«

»Nur die beiden.«

»Wer ist mit ihnen hergekommen?«

»Sie kamen allein. Das taten die meisten.«

»War er mit ihnen verabredet?«

»Nein, Sir. Jedenfalls mit den meisten nicht. Sie kamen einfach hierher und lauerten ihm auf.«

»Sind sie zusammen gekommen?«

»Manchmal ja, manchmal auch nicht.«

»Gerade haben Sie gesagt, sie seien allein gekommen.«

»Ich meinte, daß sie nicht ihre Freunde mitgebracht haben.«

»Hat er sie vorher gekannt?«

»Das kann ich nicht sagen. Wenn er herkam und sie hier gesehen hat, suchte er sich einfach eine aus.«

»Wußte er, daß sie hier herumlungerten und auf ihn warteten?«

»Ja, Sir. Als er anfing herzukommen, war er bereits bekannt.«

»Wann war das?«

»Vor drei oder vier Monaten. Genau erinnere ich mich nicht.«

»Wann fing er damit an, sie mit in den Keller zu nehmen?«

»Ungefähr vor zwei Monaten.«

»Haben Sie ihm das vorgeschlagen?«

»Nein, Sir. Den Vorschlag machte er mir.«

»Wieviel hat er Ihnen dafür bezahlt?«

»Fünfundzwanzig Dollar.«

»Sie reden sich selbst nach Sing-Sing.«

»Schon möglich.«

Grave Digger zog den an GB gerichteten und Bee unterschriebenen Zettel, den er bei den Effekten des Toten gefunden hatte, aus der Tasche, betrachtete ihn und reichte ihn dann Big Smiley.

»Das war in der Tasche des Mannes, dem Sie den Arm abgehackt haben«, sagte er.

Big Smiley las den Zettel sorgfältig. Seine Lippen buchstabierten jedes Wort. Er atmete mit einem seufzenden Laut aus.

»Dann muß er ein Verwandter von ihr sein.«

»Haben Sie das nicht gewußt?«

»Nein, Sir. Ich schwör es bei Gott. Wenn ich das gewußt hätte, hätte ich nicht mit der Axt nach ihm geschlagen.«

»Was hat er genau zu Galen gesagt, als er mit dem Messer auf ihn losging?«

Big Smiley runzelte die Stirn. »Genau erinnere ich mich nicht. Irgendwas wie, wenn er herausbekommt, daß ein weißer Mutterschänder sich über seine kleinen Mädchen hermacht, würde er ihm den Hals abschneiden. Aber ich hab das so aufgefaßt, daß er farbige Frauen ganz allgemein meinte. Sie wissen ja, wie unsere Leute hier reden. Ich hab nicht geahnt, daß er von seiner Familie sprach.«

»Vielleicht war der Vater von einem anderen Mädchen auf die gleiche Idee gekommen, hat aber einen Revolver genommen?« meinte Grave Digger.

»Kann sein«, antwortete Big Smiley.

»Offensichtlich ist er also der Vater und hat mehr als eine Tochter.«

»Sieht so aus.«

»Er ist tot.«

Big Smileys Ausdruck veränderte sich nicht. »Das tut mir leid.«

»Man sieht's ihnen an. Wer hat Ihre Kaution gestellt?«

»Mein Boss.«

Grave Digger betrachtete ihn nüchtern. »Wer deckt Sie?« fragte er.

»Niemand.«

»Ich weiß, daß das gelogen ist, aber lassen wir's. Wer deckte Galen?«

»Weiß ich nicht.«

»Auch diese Lüge will ich durchgehen lassen. Was hat er heute abend hier gewollt?«

»Er suchte nach Sugartit.«

»War er mit ihr verabredet?«

»Er sagte, sie würde mit Sissie herkommen.«

»Sind die beiden gekommen, nachdem Galen fort war?«

»Nein, Sir.«

»Also gut, Smiley, jetzt kommt das Entscheidende. Wer ist Sugartits Vater?«

»Ich kenn von keiner die Familie, und ich weiß auch nicht, wo sie wohnen, Chef, wie ich Ihnen schon mal gesagt hab. Es war mir gleichgültig.«

»Sie müssen aber doch eine Vorstellung haben.«

»Nein, Sir. Es ist so, wie ich gesagt hab. Ich hab nie daran gedacht. In Harlem kümmert man sich nicht darum, wo ein Mädchen wohnt, wenn man nicht mit ihr nach Hause geht. Was hat hier schon die Adresse von jemand zu bedeuten?«

»Lassen Sie sich nicht bei einer Lüge erwischen, Smiley.«

»Ich lüge nicht, Chef. Ich bin einmal ein ganzes Jahr lang mit einer Frau zusammen gegangen und habe nie erfahren, wo sie wohnte. Es interessierte mich auch nicht.«

»Wer sind die *Real Cool Moslems*?«

»Diese Halunken! Eine Bande junger Burschen hier aus der Nachbarschaft.«

»Wo halten sie sich im allgemeinen auf?«

»Das weiß ich nicht genau. Irgendwo weiter unten in der Straße.«

»Kommen sie hierher?«

»Nur drei, der Scheich – der ist, glaub ich, ihr Führer – und ein Junge namens Choo-Choo und einer, den sie Bones nennen.«

»Wo wohnen sie?«

»Irgendwo hier in der Nähe, aber genau weiß ich es nicht. Der

Junge, der die Tauben hält, muß es wissen. Der wohnt zwei Blocks weiter auf der anderen Straßenseite. Seinen Namen kenne ich nicht, aber er hat einen Taubenschlag auf dem Dach.«

»Gehört er dazu?«

»Genau weiß ich das nicht, aber man kann eine Bande von Jungen auf dem Dach sehen, wenn er seine Tauben fliegen läßt.«

»Ich werde ihn finden. Wissen Sie, wie alt die Mädchen da in der Nische sind?«

»Wenn ich sie frage, sagen sie, sie sind achtzehn.«

»Sie wissen genau, daß sie noch minderjährig sind.«

»Ich vermute es, aber ich kann nicht mehr tun, als sie fragen.«

»Hat Galen eine von ihnen gehabt?«

»Ich weiß es nur von einer.«

Grave Digger drehte sich um und sah wieder die Mädchen an. »Welche?« fragte er.

»Die mit der grünen Wollmütze.« Big Smiley schob eines der drei Fotos vor. »Das hier ist sie. Das ist die, die sie Good Booty nennen.«

»Na schön, Junge, das ist im Augenblick alles.«

Grave Digger erhob sich von dem Hocker und ging nach vorn, um mit dem Geschäftsführer zu sprechen.

Sobald er den Rücken gekehrt hatte, beugte sich Big Smiley, ohne ein Wort zu sagen oder eine Warnung zu geben, vor und schlug Ready mit seiner schinkengroßen Faust ins Gesicht. Ready segelte von dem Hocker herunter, krachte gegen die Wand und sank in sich zusammen. Grave Digger blickte noch rechtzeitig zurück, um Readys Kopf unter der Barkante verschwinden zu sehen, wandte aber seine Aufmerksamkeit dem weißen Geschäftsführer zu.

»Kassieren Sie ab und machen Sie Feierabend. Ich schließe das Lokal, und Sie sind festgenommen«, sagte er.

»Weshalb?« protestierte der Geschäftsführer erregt.

»Wegen Beihilfe zum Mißbrauch Jugendlicher.«

Der Geschäftsführer schimpfte: »Und morgen abend ist hier wieder auf.«

»Kein verdammtes Wort weiter«, herrschte Grave Digger ihn an und fixierte ihn, bis der Geschäftsführer den Mund schloß und sich abwandte.

Dann winkte Grave Digger dem einen der weißen Polizisten an der Tür und sagte zu ihm: »Ich nehme den Geschäftsführer und den Barmann in Haft und schließe das Lokal. Ich wünsche, daß Sie den Geschäftsführer und einige Jugendliche, die ich ihnen noch übergebe, bewachen. Ich gehe in einer Minute fort und schicke Ihnen den Wagen. Den Barmann nehme ich mit.«

»In Ordnung, Jones«, antwortete der Polizist freudestrahlend wie ein Kind mit einem neuen Spielzeug.

Grave Digger ging nach hinten zurück.

Ready kauerte auf Händen und Knien auf dem Boden und spuckte Blut und Zähne aus. Grave Digger blickte auf ihn hinunter und lächelte grimmig. Dann sah er Big Smiley an, der mit einer großen roten Zunge seinen aufgeschlagenen Handknöchel leckte.

»Sie sind festgenommen, Smiley«, sagte er. »Wenn Sie zu fliehen versuchen, schieße ich Sie von hinten durch den Kopf . . .«

»Ja, Sir«, antwortete Big Smiley.

Grave Digger schüttelte einen Gast von einem mit Kunststoff überzogenen Stuhl herunter, setzte sich rittlings an der Seite des Tisches in der Nische darauf und betrachtete die verängstigten, stummen Jugendlichen. Er zog sein Notizbuch und einen Bleistift heraus und notierte sich ihre Namen, Adressen, die Schulen, die sie besuchten, und ihr Alter. Der Älteste war ein Junge von siebzehn. Keiner gab zu, Sissie oder Sugartit oder den großen Weißen namens Galen oder irgendeinen, der zu den *Real Cool Moslems* gehörte, zu kennen.

Er rief den zweiten Polizisten von der Tür zu sich und sagte: »Halten Sie diese Kinder hier fest, bis der Wagen kommt.«

Dann sagte er zu dem Mädchen mit der grünen Wollmütze, die Gertrude B. Richardson als ihren Namen angegeben hatte: »Du kommst jetzt mit mir, Gertrude.«

Eines der Mädchen kicherte. »Das hätte man sich denken können, daß er sich Good Booty aussucht«, sagte sie.

»Mein Name ist Beauty«, sagte Good Booty und warf geringschätzig den Kopf in den Nacken.

Einem plötzlichen Impuls folgend hielt Grave Digger sie zurück, als sie aufstehen wollte. »Wie heißt dein Vater, Gertrude?«

»Charlie.«

»Was ist er von Beruf?«

»Hauswart.«

»Ah so. Hast du Schwestern?«

»Eine. Sie ist ein Jahr jünger als ich.«

»Was macht deine Mutter?«

»Weiß ich nicht. Sie wohnt nicht bei uns.«

»Ich verstehe. Ihr beiden Mädchen wohnt bei eurem Vater.«

»Wo sollen wir sonst wohnen?«

»Das ist eine gute Frage, Gertrude, aber ich kann sie nicht beantworten. Kanntest du den Mann, dem heute abend hier der Arm abgehackt worden ist?«

»Ich hab davon gehört. Na und? Hier in der Gegend werden dauernd Leute verletzt.«

»Dieser Mann ist seiner Töchter wegen mit einem Messer auf den Weißen losgegangen.«

»Tatsächlich?« Sie kicherte. »Er war ein Dummkopf.«

»Zweifellos. Der Barmann hackte ihm mit einer Axt den Arm ab, um den Weißen zu schützen. Was hältst du davon?«

Sie kicherte wieder. Diesmal nervös. »Vielleicht dachte der Barmann, der Weiße ist wichtiger als irgendein farbiger Trunkenbold.«

»So muß es wohl gewesen sein. Der Mann starb vor noch nicht einer Stunde im Harlem Hospital.«

Ihre Augen wurden groß und ängstlich. »Was wollen Sie damit sagen, Mister?«

»Ich will damit sagen, daß es dein Vater ist.«

Grave Digger hatte nicht mit ihrer Reaktion gerechnet. Sie schoß so schnell von ihrem Platz auf, daß sie an ihm vorbei war, ehe er nach ihr greifen konnte.

»Haltet sie!« schrie er.

Ein Gast auf einem der Barhocker fuhr nach ihr herum, und sie stach mit den Fingern nach seinen Augen. Der Mann wich ihr aus und versuchte sie festzuhalten. Sie entwand sich seinem Griff und sprang auf die Tür zu. Der weiße Polizist versperrte ihr den Weg und schlang seine Arme um sie. Sie wand sich in seinem Griff wie eine von Panik gepackte Katze und versuchte seine Waffe zu packen. Sie hatte sie schon aus der Halfter gezogen, als ein Farbiger sich einmischte und ihr die Waffe entriß. Der weiße Polizist warf sie mit dem Rücken auf den Boden, kauerte über ihr und hielt ihre Arme fest. Der Farbige packte sie an den Füßen. Sie warf sich wild hin und her und spuckte dem Polizisten ins Gesicht.

Grave Digger kam hinzu und sah aus traurigen braunen Augen auf sie hinunter. »Jetzt ist es zu spät, Gertrude, sie sind beide tot«, sagte er.

Plötzlich begann sie zu weinen. »Warum mußte er sich einmischen?« schluchzte sie. »Oh, Pa, warum mußtest du dich einmischen?«

14

Zwei uniformierte Polizisten, die in der Dunkelheit auf einem Dach Wache standen, unterhielten sich.

»Glaubst du, daß wir den finden?«

»Ob ich glaube, daß wir den finden? Weißt du denn, wonach wir suchen? Hast du auch nur einen Augenblick lang überlegt, daß wir nach einem Farbigen suchen, der angeblich mit Handschellen gefesselt ist, und nach sieben weiteren Farbigen, die grüne Turbane und falsche Bärte trugen, als sie zuletzt gesehen wurden? Hast du dir das mal überlegt? Inzwischen sind die ihre komische Verkleidung losgeworden und Pickens vielleicht sogar die Handschellen. Und wie sehen sie dann für uns aus, frage ich dich? Sie sehen genauso aus wie achtzehntausend oder hundertachtzigtausend andere Farbige. Alle gleich, einer wie der andere. Hast du jemals daran gedacht, daß es in Harlem fünfhunderttausend Farbige gibt – eine halbe Million Menschen mit schwarzer Haut, die alle gleich aussehen, und unter denen versuchen wir acht herauszufinden.

Das ist genauso, als ob man Schlacke im Kohlenkasten suchen wollte. Das ist unmöglich.«

»Glaubst du denn, daß alle Farbigen hier in der Gegend wissen, wer Pickens und die Moslems sind?«

»Natürlich wissen die das. Jeder einzelne weiß es. Und solange nicht irgendeiner von denen Pickens anzeigt, wird er nie gefunden. Die lachen doch nur über uns.«

»So scharf wie der Chef auf diesen Burschen aus ist, wird derjenige, der ihn findet, bestimmt befördert«, meinte der erste Polizist.

»Ja, ich weiß, aber es ist einfach nicht möglich«, erwiderte der zweite. »Wenn der Bursche nur einen Funken Verstand besitzt, hat er sich die Handschellen längst auseinandergefeilt.«

»Was soll ihm das nützen, wenn er die einzelnen Teile nicht abbekommt?«

»Na und? Er könnte Handschuhe mit Stulpen anziehen wie ... Halt mal, haben wir nicht so einen Burschen gesehen? Einen, der Motorradhandschuhe trug?«

»Ja, das war der Schwachkopf mit den Tauben.«

»Er trug Stulpenhandschuhe und einen zerlumpten, alten Mantel, und kohlschwarz war der Bursche auch. Die Beschreibung paßt genau auf ihn.«

»Dieser Schwachkopf? Hältst du für möglich, daß er das ist?«

»Los, komm! Worauf warten wir noch?«

»Jetzt brauchen wir diesen Mutterschänder nur noch an den Bullen vorbeizuschaffen und ihn in den Fluß zu werfen«, sagte der Scheich.

»Tut das nich mit mir, bitte, Scheich«, flehte Sonnys Stimme gedämpft aus dem Sack.

»Pssst«, warnte Choo-Choo. »Da sind wieder schnüffelnde Bullen.«

Die beiden Polizisten beugten sich vor und blickten durch das offene Fenster ins Zimmer.

»Wo ist der Bursche, der die Handschuhe trug?« fragte der eine.

»Handschuhe?« echote Choo-Choo und verwandelte sich wie ein Chamäleon, das die Farbe wechselt, in einen Clown. »Meinen Sie Boxhandschuhe?«

Der zweite Polizist schnüffelte: »Hier stinkt's nach Kraut«, rief er.

Sie kamen ins Zimmer geklettert. Ihre Blicke wanderten schnell durch den ganzen Raum. Es roch scharf nach Marihuanarauch. Alle waren berauscht; auch auf die, die selbst nicht geraucht hatten, hatte die eingeatmete, rauchgeschwängerte Luft und das exzentrische Verhalten der anderen benebelnd gewirkt.

»Wer hat das Zeug?« fragte der erste Polizist scharf.

»Los, heraus damit. Wer hat die Stäbchen?« wiederholte der zweite und sah vom einen zum anderen. Er ging zu dem Scheich hinüber, der mitten im Zimmer stand, wo er nach Choo-Choos Warnruf bewegungslos erstarrt war. Er sah die Polizisten an, als ob er zu erkennen versuchte, was sie wollten. Der Polizist wandte sich Inky zu, der dabei überrascht worden war, wie er sich hinter dem Vorhang in der Ecke verstecken wollte und jetzt halb verdeckt dastand wie auf einem Plakat für einen Film mit losen Mädchen. Er endete schließlich bei Choo-Choo, der das schlechteste Gewissen zu haben schien, weil er wie ein Idiot grinste.

»Hast du die Stäbchen, Bursche?«

»Stäbchen? Meinen Sie die Taubenstange da?« antwortete Choo-Choo und deutete auf die Bambusstange, die neben dem Bett auf dem Boden lag.

»Komm mir nicht komisch, Bursche.«

»Ich verstehe nicht, was Sie meinen, Boss.«

»Lassen wir die Stäbchen«, sagte der erste Polizist. »Suchen wir lieber nach dem Jungen mit den Handschuhen.«

Er sah sich um. Sein Blick fiel auf Sugartit. Sie saß auf dem Stuhl und blickte mit starrem Ausdruck auf etwas, das wie ein mit großen Kohlenbrocken gefüllter Sack aussah. Der Sack lag mitten auf dem Bett.

»Was ist in dem Sack?« fragte er mißtrauisch.

Einen Augenblick lang antwortete niemand. Dann sagte Choo-Choo: »Nur Kohlen.«

»Auf dem Bett?«

»Es sind saubere Kohlen.«

Der Polizist heftete seinen drohenden Blick auf ihn.

»Es ist mein Bett«, sagte der Scheich. »Da kann ich drauflegen, was ich will.«

Beide Polizisten wandten sich ihm zu und fixierten ihn scharf.

»Du hast ein ziemlich freches Maul. Wie heißt du?«

»Samson.«

»Wohnst du hier?«

»Genau hier.«

»Dann bist du der Bursche, den wir suchen. Der Taubenschlag auf dem Dach gehört dir.«

»Nein, das ist er nicht«, sagte der zweite Polizist. »Der Bursche, den wir suchen, war schwärzer und hieß anders.«

»Was bedeutet bei den Kerlen schon ein Name?« meinte der erste Polizist geringschätzig. »Den ändern sie doch dauernd.«

»Nein, der, den wir suchen, wurde Inky genannt. Das war der, der die Handschuhe anhatte.«

»Jetzt erinnere ich mich. Den nannten sie Caleb. Das war der mit den Handschuhen. Der andere war Inky, der, der nicht sprechen wollte.«

Der zweite Polizist fuhr zu dem Scheich herum. »Wo ist Caleb?«

»Ich kenne keinen Caleb.«

»Einen Dreck tust du. Caleb wohnt hier bei dir.«

»Nein, Sir. Sie meinen den Jungen, der unten im ersten Stock wohnt«, sagte Choo-Choo.

»Erzähl mir nicht, was ich meine. Ich meine den Kerl, der hier in diesem Stock wohnt. Der mit dem Taubenschlag.«

»Nein, Sir, Boss. Wenn Sie den Caleb meinen, dem der Taubenschlag gehört, der wohnt im ersten Stock.«

»Lüg mich nicht an, Kerl. Ich habe gesehen, wie der Sergeant ihn die Feuertreppe in diesen Stock herunterbrachte.«

»Nein, Sir, Boss. Der Sergeant hat ihn vom Dach runtergeholt und ihn über die Feuertreppe zum ersten Stock gebracht. Wir haben sie gesehen, als sie am Fenster vorbeikamen. Stimmt das nicht?« rief er Inky zu.

»Das ist wahr, Sir«, bestätigte Inky. »Die kamen draußen am Fenster vorbei.«

»An welchem Fenster sollten sie sonst vorbeikommen?«

»An keinem anderen, Sir.«

»Sie hatten noch einen bei sich, der Inky genannt wird«, sagte Choo-Choo. »Es sah so aus, als hätten sie die beiden festgenommen.«

Der zweite Polizist musterte Inky scharf. »Der Bursche da sieht mir so aus, als ob er Inky wäre. Bist du Inky?«

»Nein, Sir«, begann Inky, aber Choo-Choo schnitt ihm schnell das Wort ab. »Den nennen sie Smokey. Inky ist der andere.«

»Laß ihn selbst reden«, wies ihn der erste Polizist zurecht.

Der zweite Polizist heftete seinen Blick wieder drohend auf Choo-Choo. »Versuchst du, mich zum Narren zu halten, Kerl?«

»Nein, Sir, Boss. Ich versuche nur zu helfen.«

»Laß ihn in Ruhe«, sagte der erste Polizist. »Die Kerle sind alle bis an die Kiemen voll Kraut. Die sind nicht zurechnungsfähig.«

»Zurechnungsfähig oder nicht, ich kann ihnen nur raten, vorsichtig zu sein, wenn sie nicht ein paar Beulen abbekommen wollen.«

Der erste Polizist bemerkte Sissie, die still in der Ecke stand und ihre Hand an ihre zerschundene Wange hielt.

»Du kennst sie doch, diesen Caleb und den Inky, Mädchen?« fragte er sie.

»Nein, Sir. Ich kenne nur Smokey«, antwortete sie.

Plötzlich nieste Sonny.

Sugartit kicherte.

Der Polizist drehte sich rasch zum Bett um, sah erst auf den Sack und dann sie an. »Wer hat da geniest?«

Sie legte die Hand auf den Mund und versuchte ihr Lachen zu unterdrücken.

Der Polizist lief rot an und zog seine Waffe. »Da liegt noch jemand unter dem Bett«, sagte er. »Halt die anderen in Schach, während ich nachsehe.«

Der zweite Polizist zog auch seine Waffe. »Nur schön artig, dann passiert keinem was«, sagte er trocken.

Der erste Polizist ließ sich auf Hände und Knie nieder, seine Waffe schußbereit, und blickte unter das Bett.

Sugartit legte sich beide Hände auf den Mund und biß sich in die Handfläche. Ihr Gesicht schwoll vom unterdrückten Gelächter, und Tränen liefen ihr über die Wangen.

Der Polizist richtete sich auf den Knien auf und stützte sich auf die Bettkante. Sein rotes Gesicht zeigte einen perplexen Ausdruck.

»Hier geht irgend etwas Komisches vor«, sagte er. »Hier in dem Zimmer ist noch jemand.«

»Hier sind nur wir Gespenster, Boss«, sagte Choo-Choo.

In hilfloser Wut warf der Polizist ihm einen bösen Blick zu und stand auf. »Bei Gott, ich werde . . .« Er verstummte, als er würgende Laute hörte, die aus dem Sack drangen.

Er sprang hoch und zurück, als ob eines der Gespenster tatsächlich gestöhnt hätte. Er hob seine Waffe und fragte mit krächzender Stimme:

»Was ist in dem Sack?«

Sugartit brach in ein hysterisches Gelächter aus. Zunächst erhielt er keine Antwort. Dann sagte Choo-Choo schnell:

»Das ist nur Joe.«

»Was sagst du da?«

»In dem Sack ist nur Joe.«

»Joe?« Vorsichtig beugte der Polizist sich vor, hielt seinen Revolver schußbereit in der rechten Hand und löste mit der linken die Schnur, mit der der Sack zugebunden war. Dann zog er den Sack zurück.

Hervorquellende Augen starrten ihn aus einem grauschwarzen Gesicht an. Der Polizist fuhr entsetzt zurück. Sein Gesicht wurde weiß, und ein Schaudern rann über seine große, kräftige Gestalt.

»Das ist eine Leiche«, sagte er mit würgender Stimme. »Völlig zusammengeschnürt.«

»Das ist doch keine Leiche. Das ist nur Joe«, sagte Choo-Choo, ohne die Absicht, den Komiker zu spielen.

Der zweite Polizist trat schnell näher, um hinzusehen. »Er lebt noch«, sagte er.

»Er erstickt!« schrie Sissie und rannte zum Bett und begann, die Schlinge von Sonnys Hals zu lösen.

Keuchend sog Sonny tief Luft ein.

»Mein Gott! Wie kommt er da hinein?« fragte der erste Polizist verstört.

»Er probiert nur einen Zaubertrick«, erklärte Choo-Choo. Vor Aufregung begann er zu schwitzen.

»Einen Zaubertrick?«

Der zweite Polizist bemerkte, daß der Scheich sich langsam dem Fenster näherte, und richtete seine Waffe auf ihn.

»Nein, nein, das tun wir nicht«, sagte er. »Komm wieder zurück.«

Der Scheich drehte sich um und kam näher.

»Probiert einen Zaubertrick!« rief der erste Polizist aus. »In einem Sack?«

»Ja, Sir, er versucht zu lernen, wie er da wieder allein rauskommt, wie Houdini.« In das Gesicht des Polizisten kam die Farbe zurück. »Den sollte man wegen Erregung öffentlichen Ärgernisses festnehmen«, sagte er.

»Warum denn? Er hat doch noch den Sack an«, sagte der zweite Polizist und lachte laut über seinen eigenen Witz.

Beide grinsten auf Sonny hinunter, als ob er ein harmloser Irrer wäre. Dann sagte der zweite Polizist plötzlich: »Das ist doch wohl nicht möglich. Einen so Verrückten gibt's doch nicht zweimal auf der Welt!«

Der erste Polizist sah sich Sonny näher an und bestätigte langsam: »Ich glaube, du hast recht.« Dann befahl er den drei jungen Burschen: »Holt ihn aus dem Sack raus.«

Der Scheich rührte sich nicht, aber Choo-Choo und Inky traten hastig hinzu und zogen Sonny aus dem Sack, den Sissie unten festhielt.

Die Polizisten starrten verblüfft auf Sonny. »Sieht aus wie ein geschnürter Rollbraten, findest du nicht?« meinte der erste Polizist.

Wieder brach Sugartit in Gelächter aus.

Sonnys schwarze Haut zeigte eine graue Blässe, als ob er leicht mit Holzasche bestäubt worden wäre. Er zitterte wie Espenlaub. Der zweite Polizist streckte den Arm aus und drehte Sonny um. Alle starrten auf die Klammern der Handschellen, die Sonnys Handgelenke umschlossen.

»Das ist unser Mann«, sagte der erste Polizist.

»Herr im Himmel, Sir. Ich wollte, ich wäre nach Hause und ins Bett gegangen«, klagte Sonny jämmerlich.

»Das kann ich mir vorstellen«, entgegnete der Polizist.

Sugartit konnte ihr hysterisches Gelächter nicht unterdrücken.

15

Die Toten waren in die Leichenhalle gebracht worden. Zurückgeblieben waren dort, wo sie gelegen hatten, nur die Kreideumrisse auf dem Pflaster.

Die Straße war von Privatwagen geräumt worden. Abschleppwagen der Polizei hatten jene fortgeschafft, die mitten auf der Fahrbahn verlassen worden waren. Die meisten Streifenwagen hatten ihren üblichen Dienst wieder aufgenommen. Die zurückgebliebenen sperrten das Gebiet ab.

Der Wagen des Polizeichefs nahm das Zentrum des Schauplatzes ein. Er parkte mitten auf der Kreuzung 127th Street—Lenox Avenue. Neben dem Wagen standen der Polizeichef, Lieutenant Anderson, der Lieutenant vom Morddezernat und der Reviersergeant, der eine der Suchgruppen geführt hatte, um einen jungen Burschen namens Bones herum. Der Lieutenant vom Morddezernat hielt eine Zip-Pistole in der Hand.

»Also gut, sie gehört dir nicht«, sagte der Lieutenant mit mühsam beherrschter Geduld zu Bones. »Wem gehört sie dann? Für wen versteckst du sie?«

Bones blickte verstohlen zum Gesicht des Lieutenant auf und sah dann schnell wieder auf das Pflaster hinunter. Sein Blick kroch über vier Paar große Polizistenstiefel. Sie sahen aus wie die Sechste Flotte vor Anker. Er gab keine Antwort.

Er war ein schlanker schwarzer Junge mittlerer Größe mit mädchenhaften Gesichtszügen und kurzem, an den Wurzeln fast straffem Haar, das er an der Seite gescheitelt trug. Er trug eine saubere

Jacke über seinem Turnhemd und enganliegende schwarze Hosen über blankpolierten, spitzen hellbraunen Schuhen.

Ein älterer Mann, einen Kopf größer, mit einem von schwerer Arbeit im Freien gegerbten Gesicht stand neben ihm. Krauses Haar wuchs wie kriechendes Unkraut auf seinem glänzenden schwarzen Schädel, und besorgte braune Augen blickten durch eine stahlgefaßte Brille auf Bones hinunter.

»Nun sprich schon, mein Junge. Sag es ihnen. Sei kein Narr«, drängte er. Dann blickte er auf und sah Grave Digger mit seinen Häftlingen näherkommen. »Da kommt Digger Jones, dem kannst du es doch sagen, oder nicht?«

Alle blickten sich um.

Grave Digger hielt Good Booty am Arm gefaßt. Big Smiley und Ready Belcher gingen mit Handschellen aneinandergefesselt vor ihm her.

Grave Digger sah Lieutenant Anderson an und sagte: »Ich habe das *Dew Drop Inn* geschlossen. Der Geschäftsführer und einige kriminelle Jugendliche werden von den diensthabenden Beamten dort festgehalten. Es ist besser, wenn Sie den Wagen dorthin schicken.«

Anderson pfiff nach der Besatzung eines Streifenwagens und gab ihnen den Befehl.

»Was haben Sie über Galen herausgebracht?« fragte der Chef.

»Ich habe herausgefunden, daß er pervers war«, antwortete Grave Digger.

»Das klingt einleuchtend«, sagte der Lieutenant vom Morddezernat.

Der Polizeichef wurde rot. »Ich gebe einen Dreck darauf, was er war. Haben Sie festgestellt, wer ihn umgebracht hat?«

»Nein. Im Augenblick kann ich es nur vermuten«, antwortete Grave Digger.

»Na schön, aber vermuten Sie schnell. Ich habe es verdammt satt, hier herumzustehen und mir diese Komödie der Irrungen anzusehen.«

»Ich kann Sie schnell unterrichten, und dann können Sie auch Vermutungen anstellen«, sagte Grave Digger.

»Gut, machen Sie's kurz, aber ich werde bestimmt keine Vermutungen anstellen«, erwiderte der Chef.

»Hören Sie, Digger«, mischte sich der farbige Zivilist ein, »Sie und ich, wir arbeiten beide für die Stadt. Sagen Sie ihnen, daß mein Junge nichts verbrochen hat.«

»Er hat gegen das Sullivan-Gesetz über den verbotenen Waffenbesitz verstoßen, weil er diese Pistole bei sich hatte«, sagte der Lieutenant vom Morddezernat.

»Das kleine Ding da?« entgegnete Bones' Vater verächtlich. »Ich glaub nicht einmal, daß es schießt.«

»Lassen Sie diese Leute von hier fortschaffen und Jones berichten«, sagte der Chef ungehalten.

»Los, kümmern Sie sich darum, Sergeant«, befahl Lieutenant Anderson.

»Kommen Sie, Sie beide«, sagte der Sergeant und faßte den Mann am Arm.

»Digger . . .«, flehte der Mann.

»Jetzt langt's«, sagte Grave Digger schroff. »Ihr Junge gehört der Moslembande an.«

»Nein, nein, Digger . . .«

»Muß ich erst zuschlagen?« fragte der Sergeant.

Der Mann ließ sich mit seinem Sohn über die Straße bringen.

Der Sergeant überantwortete sie einem Corporal und kam eilig zurück. Noch ehe er drei Schritte gemacht hatte, winkte der Corporal zwei Polizisten heran, um Vater und Sohn zu übergeben.

»Was arbeitet er denn bei der Stadt?« fragte der Polizeichef.

»Er untersteht dem Gesundheitsamt«, sagte der Sergeant. »Er ist bei der Müllabfuhr.«

»Also los, fangen Sie an, Jones«, befahl der Chef.

»Galen griff farbige Schulmädchen auf, Teenager, und nahm sie mit in einen Puff in der 145th Street«, sagte Grave Digger mit trockener, tonloser Stimme.

»Haben Sie ihn geschlossen?« fragte der Chef.

»Das hat Zeit. Jetzt suche ich nach einem Mörder«, antwortete Grave Digger. Er zog die kleine Viehpeitsche aus der Tasche. »Damit hat er sie ausgepeitscht.«

Der Polizeichef griff schweigend danach und nahm sie ihm aus der Hand. »Haben Sie eine Liste der Mädchen, Jones?« fragte er.

»Wozu?«

»Hier könnte ein Zusammenhang bestehen.«

»Darauf komme ich noch . . .«

»Dann kommen Sie endlich darauf.«

»Die Puffmutter, eine Frau namens Reba – früher nannte sie sich Sheba –, das ist die Frau, die damals Captain Murphy belastet hat . . .«

»Ah so, die«, sagte der Chef leise. »Diesmal kommt sie uns nicht durch.«

»Dann reißt sie jemanden mit herein«, warnte Grave Digger. »Sie wird gedeckt. Auch Galen wurde gedeckt.«

Alle schwiegen. Der Polizeichef sah Lieutenant Anderson nachdenklich an.

Schließlich platzte der Sergeant heraus: »Das liegt nicht in unserem Revier.«

Anderson sah den Sergeant an. »Niemand hat Sie beschuldigt.«

»Weiter, Jones«, drängte der Chef.

»Reba bekam es mit der Angst zu tun und verbot Galen das Haus. Nachdem er keine Bleibe mehr hatte, traf er sich mit den Mädchen im *Dew Drop Inn*. Er bestach den Barmann, damit er sie dort im Keller auspeitschen konnte.«

Alle außer Grave Digger schienen verlegen zu werden.

»Galen lernte ein Mädchen namens Sissie kennen«, fuhr Grave Digger fort. »Wie, spielt im Augenblick keine Rolle. Sie ist die Freundin eines Burschen, der der Scheich genannt wird und der der Anführer der *Real Cool Moslems* ist.«

Plötzlich folgte ihm die Gruppe mit gespannter Aufmerksamkeit.

»Der Scheich hat ihm Sissie verkauft. Dann wollte Galen ihre Freundin Sugartit haben, aber der Scheich konnte Sugartit nicht dazu überreden oder zwingen. Trotzdem suchte Galen hier die Gegend nach ihr ab. Hier ist der Barmann und ein kleiner Lude, der ein Mädchen bei Reba hat. Er hat Galen auch einige von diesen

Kindern zugeführt – soviel hab ich aus den beiden herausbekommen.«

Die Polizisten sahen die beiden aneinandergefesselten Häftlinge abschätzend an.

»Wenn die beiden schon so viel wissen, wissen sie wohl auch, wer Galen umgebracht hat«, sagte der Chef.

»Es würde für die beiden von Nutzen sein, wenn sie das täten«, erwiderte Grave Digger, »aber ich glaube, daß sie sich in dem Punkt an die Wahrheit halten. Ich glaube, daß die ganze Sache an Sugartit hängt. Ich glaube, daß er ihretwegen umgebracht wurde.«

»Von wem?«

»Das ist die große Preisfrage.«

Der Polizeichef sah Good Booty an. »Ist dieses Mädchen Sugartit?«

Auch die anderen starrten sie an,

»Nein, sie ist eine andere.«

»Wer ist Sugartit dann?«

»Das habe ich noch nicht herausgefunden. Die Kleine hier weiß es, will es aber nicht sagen.«

»Bringen Sie sie dazu.«

»Wie?«

Dem Polizeichef schien diese Frage peinlich zu sein. »Also, was, zum Teufel, wollen Sie mit ihr anfangen, wenn Sie sie nicht zum Sprechen bringen können?« knurrte er.

»Ich glaube, daß sie sprechen wird, wenn wir nahe genug an die Wahrheit herankommen. Die Moslembande treibt sich irgendwo hier in der Umgebung herum. Der Barmann hier glaubt, sie könnte in der Wohnung eines Burschen sein, der einen Taubenschlag hat.«

»Ich weiß, wo das ist«, rief der Sergeant aus. »Ich habe die Wohnung durchsucht.« Alle, einschließlich der Häftlinge, starrten ihn an. Der Sergeant wurde dunkelrot. »Jetzt erinnere ich mich daran«, sagte er. »In der Wohnung waren mehrere Burschen. Der Junge, der die Tauben hält – er heißt Caleb Bowee – wohnt dort bei seiner Großmutter, und die beiden anderen sind dort Untermieter.«

»Warum, zum Teufel, haben Sie die Burschen nicht festgenommen?« fragte der Chef.

»Ich fand nichts, um sie mit der Moslembande oder dem entkommenen Häftling in Verbindung zu bringen«, verteidigte sich der Sergeant.

»Der Bursche mit den Tauben ist ein Schwachkopf. Er ist harmlos, und ich bin überzeugt, daß die Großmutter eine Bande in ihrer Wohnung nicht dulden würde.«

»Woher, zum Teufel, wissen Sie, daß er harmlos ist«, brauste der Polizeichef auf. »Die Hälfte aller Mörder in Sing-Sing sehen so aus wie Sie und ich.«

Der Lieutenant vom Morddezernat und Anderson tauschten ein Lächeln.

»Sie hatten zwei Mädchen da . . .«

»Warum, zum Teufel, haben Sie die nicht festgenommen?« unterbrach ihn der Polizeichef.

»Wie hießen die Mädchen?« fragte Grave Digger.

»Eine wurde Sissieratta genannt und . . .«

»Das muß Sissie sein«, sagte Grave Digger. »Es paßt alles zusammen. Die eine war Sissie und die andere war Sugartit, und einer der Burschen war der Scheich.« Er wandte sich an Big Smiley und fragte: »Wie sieht der Scheich aus?«

»Ein Bursche mit einem fleckigen, gelben Gesicht wie ein fahles Pferd und mit gelben Katzenaugen«, antwortete Big Smiley teilnahmslos.

»Es stimmt«, gab der Sergeant verlegen zu. »Das ist einer von ihnen. Ich hätte mich auf meinen Instinkt verlassen sollen. Ich wollte diesen Halunken festnehmen.«

»Zum Teufel, dann setzen Sie jetzt Ihren fetten Hintern in Bewegung«, brüllte der Chef, »wenn Sie weiter bei der Polizei bleiben wollen.«

»Ja, aber . . . Die andere Kleine, die, die Jones Sugartit nennt, war Ed Johnsons Tochter«, platzte der Sergeant heraus. »Sie hatte einen dieser Polizeiausweise, die Sie selbst unterschreiben, und ich dachte . . .«

Er wurde von dem stumpfen, schmatzenden Laut unterbrochen, den Metall verursacht, das gegen einen menschlichen Schädel trifft.

Keiner hatte gesehen, daß Grave Digger sich bewegte.

Was sie jetzt sahen, war, daß Ready Belcher mit verdrehten Augen und einer weißen, zwei Zoll breiten Platzwunde auf der schwarzen, pockennarbigen Stirn, die noch nicht angefangen hatte zu bluten, in sich zusammensank. Big Smiley am anderen Ende der Handschellen wich zurück wie ein Wagenpferd, das vor einer Klapperschlange scheut.

Grave Digger packte seinen Revolver an dem langen, vernickelten Lauf und schwang ihn wie eine Keule. Die Muskeln an seinem Nacken waren vor Wut geschwollen, und sein Gesicht war mordlüstern verzerrt. Wie gelähmt starrten alle ihn an.

»Haltet ihn zurück, verflucht noch mal, haltet ihn! Er bringt ihn sonst um«, brüllte der Polizeichef dann.

Die unbeweglichen Gestalten der Polizisten erwachten zum Leben. Der Sergeant umschlang Grave Digger von hinten. Grave Digger beugte sich vor und schleuderte den Sergeant über seinen Kopf weg auf den Chef zu, der seinerseits auswich und den Sergeant an sich vorbeisegeln ließ.

Lieutenant Anderson und der Lieutenant vom Morddezernat gingen aus entgegengesetzten Richtungen auf Grave Digger los. Jeder packte Grave Digger an einem Arm, solange er noch in gebückter Stellung war, und rissen ihn hoch und zurück.

Ready lag ausgestreckt auf dem Pflaster. Blut sickerte jetzt aus der Delle in seinem Schädel. Ein schlaffer Arm wurde von der Handschelle an Big Smileys Handgelenk straff nach oben gezogen. Er sah aus, als ob er schon tot wäre.

Big Smiley bot den Anblick eines erschreckten, blinden Bettlers, der von einem Bombenangriff überrascht wird. Seine Riesengestalt zitterte von Kopf bis Fuß.

Grave Digger hatte gerade noch Zeit, Ready einen Tritt ins Gesicht zu versetzen, ehe die Polizeibeamten ihn außer Reichweite zerrten.

»Schafft ihn ins Hospital, schnell!« schrie der Polizeichef und fügte im nächsten Atemzug hinzu: »Gebt ihm eins über den Kopf!«

Grave Digger hatte die Lieutenants mit sich zu Boden gerissen, und keiner von beiden war in der Lage, die Aufforderung des Polizeichefs zu befolgen.

Der Sergeant hatte sich schon wieder aufgerappelt und machte sich auf den Befehl des Chefs im Galopp davon.

»Telefonieren Sie, verflucht noch mal, rennen Sie nicht selbst hin!« schrie der Chef. »Wo, zum Teufel, ist überhaupt mein Chauffeur?«

Aus allen Richtungen kamen Polizisten angerannt. »Helft gefälligst!« befahl der Chef. »Wir müssen ihn bändigen!« Vier Polizisten sprangen hinzu. Schließlich hatten sie Grave Digger fest auf dem Boden.

Der Sergeant stieg in den Wagen des Polizeichefs und begann in das Telefon zu sprechen.

Plötzlich tauchte Coffin Ed auf. Niemand hatte ihn von seinem Wagen, der weiter unten an der Straße parkte, kommen sehen.

»Mein Gott, was ist denn hier los, Digger?« rief er aus.

Alle schwiegen. Ihre Verlegenheit war unverkennbar.

»Was ist los?« fragte Coffin Ed noch einmal und blickte von einem zum anderen. »Was, zum Teufel, geht hier vor?«

Grave Diggers Muskeln entspannten sich. »Ich bin's nur, Ed«, sagte er und blickte vom Boden zu seinem Freund auf. »Ich hab nur mal schnell den Kopf verloren. Das ist alles.«

»Laßt ihn los«, befahl Anderson seinen Helfern. »Jetzt ist er wieder normal.«

Die Polizisten gaben Grave Digger frei, und er stand von der Straße auf.

»Wieder abgekühlt?« fragte der Lieutenant vom Morddezernat.

»Ja. Geben Sie mir meine Waffe«, antwortete Grave Digger.

Der Lieutenant gab ihm seinen Revolver zurück.

Coffin Ed blickte auf Ready Belchers blutigen Kopf hinunter. »Du also auch, Partner«, sagte er. »Was hat dieser Halunke getan?«

»Ich habe ihm versprochen, wenn ich ihn erwische, daß er mir etwas verschweigt, brächte ich ihn um.«

»Da hast du wohl Wort gehalten«, meinte Coffin Ed. Dann fragte er: »Ist es so schlimm?«

»Es ist schmutzig, Ed. Galen war ein übler Schweinehund.«

»Das überrascht mich nicht. Hast du bisher irgend etwas herausgebracht?«

»Ein bißchen, nicht viel.«

»Was, zum Teufel, wollen Sie hier, Johnson?« wandte sich der Polizeichef an Coffin Ed. »Vielleicht Ihrem Freund helfen, noch ein paar Ihrer Leute zusammenzuschlagen?«

Grave Digger wußte, daß der Polizeichef versuchte, das Gespräch von Coffin Eds Tochter abzulenken, wußte aber nicht, wie er ihm helfen sollte.

»Ihr zwei benehmt euch, als ob ihr die ganze Bevölkerung von Harlem umbringen wolltet«, fuhr der Polizeichef fort.

»Sie haben mir befohlen, ich sollte hart zuschlagen«, erinnerte Grave Digger ihn.

»Ja, aber ich meinte nicht vor meinen Augen und nicht, daß ich dabei Zeuge sein muß.«

»Hier ist unser Revier«, kam Coffin Ed seinem Freund zu Hilfe. »Wenn es Ihnen nicht paßt, wie wir den Fall bearbeiten, warum lösen Sie uns dann nicht ab?«

»Sie sind schon abgelöst«, sagte der Chef. »Warum, zum Teufel, sind Sie überhaupt wieder hergekommen?«

»In einer ganz privaten Angelegenheit.«

Der Chef schnaubte.

»Meine Tochter ist nicht nach Hause gekommen, und ich mache mir Sorgen um sie«, erklärte Coffin Ed. »Es ist gar nicht ihre Art, so lange fortzubleiben und uns nicht zu sagen, wo sie ist.«

Der Polizeichef wandte sich ab, um seine Verlegenheit zu verbergen.

Grave Digger schluckte hörbar.

»Ach was, Ed, du brauchst dich nicht um Eve zu sorgen«, sagte er, wie er hoffte, in zuversichtlichem Ton. »Sie wird bald zu Hause sein. Du weißt, daß ihr nichts passieren kann. Sie hat diesen Polizeiausweis, den du ihr zu ihrem letzten Geburtstag beschafft hast, oder nicht?«

»Ich weiß. Sie ruft aber immer ihre Mutter an, wenn sie länger fortbleibt.«

»Während du hier nach ihr suchst, ist sie wahrscheinlich nach

Hause gekommen. Warum fährst du nicht zurück und legst dich schlafen. Ihr wird nichts passieren.«

»Jones hat ganz recht, Ed«, sagte der Polizeichef brüsk. »Fahren Sie nach Hause und ruhen Sie sich aus. Sie sind außer Dienst und uns hier im Weg. Ihrer Tochter kann nichts passieren. Sie leiden einfach an Wahnvorstellungen.«

Aus der Ferne erklang eine Sirene.

»Da kommt der Krankenwagen«, sagte Lieutenant Anderson.

»Ich werde noch einmal zu Hause anrufen«, sagte Coffin Ed. »Nimm dich zusammen, Digger. Paß auf, daß nicht auch du suspendiert wirst.«

Als er sich umdrehte, erklang aus dem obersten Stockwerk eines nahe gelegenen Hauses eine Folge von Schüssen: Zehn Schüsse aus einem Dienstrevolver der Polizei wurden so schnell hintereinander abgegeben, daß es wie eine geschlossene Kette klang, als ihr Knallen die Straße erreichte.

Jeder Polizist in Hörweite verharrte regungslos. Mit fast übermenschlicher Anstrengung versuchten sie die Richtung auszumachen, aus der die Schüsse gekommen waren. Prüfend betrachteten sie sämtliche Hausfassaden.

Es fielen aber keine weiteren Schüsse mehr.

Das einzige Lebenszeichen waren die erlöschenden Lichter. Beinahe ebenso schnell, wie die Schüsse gefallen waren, ging ein Licht nach dem anderen aus, bis nur noch ein einziges beleuchtetes Fenster in dem dunklen Block übrigblieb. Es war das Fenster hinter dem Absatz der Feuertreppe im obersten Stockwerk eines Wohnhauses, einen halben Block weiter unten an der Straße.

Alle Augen richteten sich auf diese Stelle.

Die groteske Silhouette von etwas, das über das Fenstersims kroch, erschien in dem grellen Licht. Langsam richtete es sich auf und nahm die Gestalt eines untersetzten, kräftigen Mannes an. Er schwankte langsam über den drei Fuß breiten Eisenrost und lehnte sich gegen das niedrige äußere Geländer. Für einen Augenblick schwankte er in einer makabren Pantomime hin und her und fiel dann langsam wie eine Roulettekugel, die die letzte Hürde vor der endgültigen Nummer nimmt, über das Geländer, drehte sich in der

Luft und entging um Haaresbreite dem Geländer des zweiten Absatzes. Wieder drehte sich der Körper, traf das dritte Geländer und begann sich schneller zu drehen. Er landete mit einem widerhallenden Aufschlag auf einem geparkten Wagen und blieb dort liegen; eine Hand hing neben dem Fenster des Fahrers hinunter, als ob sie ein Zeichen zum Anhalten gäbe.

»Verflucht noch mal, worauf wartet ihr!« brüllte der Chef mit Stentorstimme. Einen Augenblick später fügte er hinzu: »Sie nicht, Jones, Sie nicht!« und rannte zu seinem Wagen, um sein Megaphon zu holen.

Schon hatte Bewegung eingesetzt. Polizisten stürmten auf das Haus zu wie Marineinfanteristen bei einem Landungsunternehmen. Die beiden Polizisten, die den Hauseingang bewachten, rannten auf die Straße hinaus, um festzustellen, von wo die Schüsse gekommen waren.

Der Chef packte sein Megaphon und schrie: »Licht auf das Haus!«

Zwei Scheinwerfer, die ausgeschaltet worden waren, wurden sofort wieder gerichtet und strahlten den obersten Stock des Hauses an.

Ein Polizist kletterte durch das Fenster auf den Absatz der Feuertreppe und hob deutlich sichtbar die Hand.

»Alles stehen bleiben!« schrie er. »Ich will den Polizeichef! Ist der Chef da?«

»Das Licht tiefer«, rief der Chef durch das Megaphon. »Ich bin hier. Was gibt's?«

»Schicken Sie nach einem Krankenwagen. Peterson ist angeschossen . . .«

»Ein Krankenwagen kommt.«

»Ja, Sir, aber lassen Sie noch niemand hier herauf . . .«

Grave Digger packte Coffin Ed am Arm. »Nimm dich zusammen, Ed«, sagte er, »deine Tochter ist da oben.«

Er spürte, wie sich Coffin Eds Muskeln unter seinem Griff anspannten, während der Polizist weitersprach.

»Wir haben Pickens gefunden, aber einer von der Moslembande bekam Petersons Waffe zu packen und hat ihn angeschossen. Er benutzte einen seiner Komplicen als Schild, und ich erwischte diesen Burschen. Doch dann riß er eins der Mädchen hier an sich und entkam mit ihr in das hintere Zimmer. Dort hat er sich eingeschlossen, und zu dieser Bude gibt es keinen anderen Zugang. Er sagt, das Mädchen ist die Tochter von Detective Ed Johnson. Er hat gedroht, ihr den Hals abzuschneiden, wenn er nicht mit Ihnen und Grave Digger sprechen kann. Was soll ich tun?«

Der Krankenwagen kam näher, und der Polizeichef mußte warten, bis dessen Sirene verklungen war, ehe er sich verständlich machen konnte.

»Hat er noch Petersons Waffe?«

»Ja, Sir, aber sie ist leergeschossen.«

»Gut, bleiben Sie an Ihrem Platz«, antwortete der Chef durch das Megaphon. »Wir holen Peterson über die Feuertreppe herunter, und ich komme hinauf und sehe, um was es geht.«

Coffin Eds säureverbranntes Gesicht war entstellt vor Angst.

16

»Sie bleiben hier unten, Johnson«, befahl der Polizeichef. »Ich nehme Anderson und Jones mit.«

»Nur wenn Sie mich erschießen«, erwiderte Coffin Ed.

Der Polizeichef sah ihn an.

»Lassen Sie ihn mitkommen«, sagte Grave Digger.

»Ich sollte auch mit. Ich kenne die Wohnung«, sagte der Sergeant.

»Es ist meine Aufgabe, daß ich mitkomme«, sagte der Lieutenant vom Morddezernat.

»Verdammt noch mal, wer ist hier Chef der Polizei?« brauste der Chef auf.

»Wir haben keine Zeit zu verlieren«, entgegnete Grave Digger.

Alle gingen, so schnell und leise wie möglich. Keiner von ihnen sprach, bis der Polizeichef an der Küchentür rief: »Hier spricht der

Polizeichef. Komm raus und ergib dich, dann wird dir nichts geschehen!«

»Woher soll ich wissen, daß Sie der Polizeichef sind?« fragte eine undeutliche Stimme von innen zurück.

»Wenn du die Tür aufmachst und rauskommst, wirst du's ja sehen.«

»Seien Sie nicht so verflucht schlau. Sie sind der Chef, aber ich bin der Scheich.«

»Na schön, du bist also der größte Boss aller Zeiten. Was willst du?«

»Lenken Sie ihn ab«, flüsterte Coffin Ed. »Ich klettere aufs Dach.«

»Wer ist da bei Ihnen?« fragte der Scheich scharf.

Grave Digger deutete auf den Sergeant und Lieutenant Anderson.

»Der Revierlieutenant und ein Sergeant«, antwortete der Polizeichef.

»Wo ist Grave Digger?«

»Er ist noch nicht hier. Ich muß ihn erst holen lassen.«

»Schicken Sie die anderen Mutterschänder fort. Wir wollen das unter uns ausmachen: der Scheich und der Chef.«

»Woran willst du erkennen, daß sie fort sind, wenn du Angst hast, herauszukommen und nachzusehen?«

»Von mir aus können sie bleiben. Mir ist das verflucht egal. Und glauben Sie nicht, daß ich Angst habe. Ich brauch nichts zu riskieren. Mit der linken Hand habe ich Coffin Eds Tochter am Haar gepackt, und mit der rechten drücke ich ihr ein rasiermesserscharfes Küchenmesser gegen den Hals. Wenn Sie versuchen, mich reinzulegen, schneide ich ihren verdammten Kopf ab, ehe Sie durch die Tür kommen.«

»Also gut, Scheich, du hast die Finger am Drücker, aber raus kommst du hier nicht. Warum gibst du also nicht auf und stellst dich wie ein Mann? Ich gebe dir mein Wort, daß wir gerecht mit dir verfahren werden. Der Polizist, den du angeschossen hast, ist nicht ernstlich verletzt. Sonst liegt nichts gegen dich vor. Das gibt höchstens fünf Jahre. Bei guter Führung kommst du dann nach drei

Jahren wieder raus. Warum willst du einen vorzeitigen Tod oder den heißen Stuhl riskieren, nur um für einen Augenblick den starken Mann zu markieren?«

»Sparen Sie sich Ihr dämliches Geschwätz. Sie werden mir eine Anklage wegen Menschenraub anhängen, weil ich mir Ihren Häftling geschnappt habe.«

»Zum Teufel mit dem! Den kannst du behalten. Den wollen wir nicht mehr. Wir haben festgestellt, daß er den Weißen nicht umgebracht hat. Pickens hat nur mit einem Schreckschußrevolver geschossen.«

»Er hat den Mann also nicht umgebracht?«

»Nein.«

»Wer hat's denn getan?«

»Das wissen wir noch nicht.«

»Sie wissen also nicht, wer den großen Weißen umgelegt hat?«

»Was soll denn das? Warum interessiert dich das? Du willst doch nicht in was reingezogen werden, was dich nichts angeht?«

»Sie sind wohl einer der ganz raffinierten Mutterschänder, was? Sie sind so schlau, daß ich ihr gleich den Hals abschneide, nur um ihnen zu zeigen, wie dämlich Sie sind.«

»Bitte, reizen Sie ihn nicht, Chef, bitte«, flehte eine dünne, verängstigte Stimme von innen. »Er bringt mich sonst um. Das weiß ich.«

»Halt den Mund«, unterbrach der Scheich sie brutal. »Du brauchst denen nicht zu sagen, daß ich dich umbringe.«

Schweißtropfen bildeten sich auf dem Rücken der roten Nase und um die blauen Säcke unter den Augen des Polizeichefs.

»Warum handelst du nicht wie ein Mann?« drängte er und versuchte seine Stimme verächtlich klingen zu lassen. »Sei ein Mann wie John Dillinger. Viel bekommst du nicht. Drei Jahre – keinen Tag mehr. Versteck dich nicht hinter einem unschuldigen kleinen Mädchen.«

»Wen wollen Sie mit dem Quatsch für dumm verkaufen? Ich bin der Scheich. Kein dämlicher Bulle wie Sie kann den Scheich zum Narren halten. Sie haben nur den heißen Stuhl für mich, und Sie bilden sich ein, Sie könnten mich überreden, hier freiwillig rauszukommen und mich draufzusetzen?«

»Spiel dich nicht so auf, du kleiner Lump!« schrie der Polizeichef, der für einen Augenblick die Selbstbeherrschung verlor. »Du hast einen Polizisten angeschossen, aber du hast ihn nicht getötet. Du hast einen Häftling befreit, den wir gar nicht wollen. Jetzt willst du das an einem kleinen Mädchen auslassen, das sich nicht verteidigen kann. Und du nennst dich der Scheich? Wie ein großer Bandenchef? Du bist nichts als ein kleiner, billiger Halunke, durch und durch ein Feigling!«

»Weiter, machen Sie nur weiter! Mich täuschen Sie nicht mit Ihrem dämlichen Geschwätz. Sie haben mich doch gleich aufs Korn genommen, als Sie feststellten, daß der dumme Nigger mit Platzpatronen geschossen hat.«

»Was?« fragte der Chef überrascht. Unwillkürlich wandte er sich an Grave Digger: »Wovon redet der Kerl denn?«

»Galen.« Grave Digger bildete das Wort lautlos mit den Lippen.

»Galen?« schrie der Chef. »Willst du mir einreden, daß du den Weißen erschossen hast, du dreckiger Feigling?« brüllte er.

»Weiter, immer nur weiter. Sie wissen verdammt gut, daß ich dem großen Weißen das Ding verpaßt hab.« Es klang, als ob er über eine persönliche Beleidigung wütend wäre. »Wen, glauben Sie, können Sie hier für dumm verkaufen? Sie haben es mit dem Scheich zu tun. Nur weil ich ein Farbiger bin, halten Sie mich für so dämlich, auf Ihr Kindermärchen reinzufallen?« Der Polizeichef mußte erst seine Gedanken ordnen.

»Du hast also Galen umgebracht?«

»Für mich war er nur irgendein Weißer«, antwortete der Scheich verächtlich. »Nur so ein alter Trottel, der hier seinen Spaß suchte. Ja, den hab ich umgelegt.« In seiner Stimme lag Stolz.

»Das könnte stimmen«, sagte der Polizeichef nachdenklich. »Du hast ihn durch die Straße laufen sehen. Das hast du ausgenutzt und ihn von hinten niedergeschossen, typisch für den Feigling, der du bist. Wahrscheinlich hast du ihm aufgelauert, aber du hattest zu große Angst, ihm wie ein Mann ehrlich gegenüberzutreten.«

»Ich hab dem Mutterschänder nicht aufgelauert oder sonst so was Verfluchtes«, erwiderte der Scheich. »Ich wußte nicht mal, daß er hier in der Gegend war.«

»Du hattest was mit ihm abzurechnen.«

»Ich hab nichts gegen den Mutterschänder gehabt. Sie müssen besoffen sein. Für mich war er nur ein alter Trottel.«

»Warum, zum Teufel, hast du ihn dann niedergeschossen?«

»Ich wollte meine neue Zip-Pistole ausprobieren. Ich hab den Mutterschänder vorbeilaufen sehen, da hab ich einfach auf ihn gehalten, um zu sehen, wie meine neue Pistole schießt.«

»Du gottverdammte kleine Ratte«, knurrte der Polizeichef, aber in seiner Stimme lag mehr Kummer als Zorn. »Du elender kleiner Halunke. Was, zum Teufel, soll man mit so was wie dir anfangen?«

»Sie sollen nur nicht länger versuchen, mich für dumm zu verkaufen, sonst schneide ich dem Mädchen gleich den Hals ab.«

»Also gut, Scheich«, gab der Polizeichef in kaltem, gelassenem Ton zurück. »Was willst du von mir?«

»Ist Grave Digger noch nicht da?«

Grave Digger nickte.

»Ja, jetzt ist er hier, Scheich.«

»Dann soll er was sagen.«

»Eve, ich bin es, Digger Jones«, sagte Grave Digger, ohne sich um den Scheich zu kümmern.

»Antworte ihm«, befahl der Scheich.

»Ja, Mr. Jones«, antwortete sie mit einer Stimme, die so gewichtlos wie Eiderdaunen zu der gespannten Gruppe draußen vor der Küchentür schwebte.

»Ist Sissie bei euch drinnen?«

»Nein, Sir, nur Granny Bowee, und die sitzt in ihrem Sessel und schläft.«

»Wo ist Sissie?«

»Sie und Inky sind im Vorderzimmer.«

»Hat er dir weh getan?«

»Schluß mit dem Geschwätz«, unterbrach der Scheich drohend. »Ich zähle jetzt bis drei, dann ist Schluß.«

»Bitte, Mr. Jones, tun Sie, was er sagt. Sonst bringt er mich um.«

»Hab keine Angst, Kind. Wir machen alles, was er sagt«, versicherte Grave Digger und fügte hinzu: »Was willst du also, Junge?«

»Ich stelle folgende Bedingungen. Die Straße muß von allen Polizisten geräumt werden, die Polizeisperren müssen zurückgezogen werden ...«

»Was, zum Teufel ...«, platzte der Polizeichef heraus.

»Das wird geschehen«, versprach Grave Digger.

»Ich will hören, daß der Chef es zusagt«, verlangte der Scheich.

»Ich will verdammt sein, ehe ich das tue«, tobte der Polizeichef.

»Bitte!« flehte eine winzige Stimme, nicht lauter als ein Gebet.

»Und wenn es um Ihre Tochter ginge?« fragte Grave Digger.

»Ich lasse Ihnen Zeit, bis ich bis drei zähle«, drohte der Scheich.

»Also gut, ich verspreche es«, sagte der Chef und schwitzte Blut.

»Auf Ihr Ehrenwort als großer weißer Mann?« fragte der Scheich hartnäckig.

Aus dem verschwitzten Gesicht des Polizeichefs wich jede Farbe. »Jawohl, jawohl, auf mein Ehrenwort«, gab er nach.

»Dann will ich, daß ein Krankenwagen vor die Haustür gefahren wird. Ich will, daß alle Türen offenstehen, damit ich reinsehen kann, in die hintere Tür und beide Seitentüren. Und ich will, daß der Motor läuft.«

»Jawohl, jawohl. Was sonst noch? Die Freiheitsstatue als Konvoi?«

»Ich will, daß das Haus geräumt wird ...«

»Jawohl, jawohl, ich habe schon gesagt, daß das geschieht.«

»Ich will nicht, daß Alarm gegeben wird. Ich will nicht, daß irgendein Mutterschänder versucht, sich mir in den Weg zu stellen. Wenn mir jemand lästig wird, ehe ich fortkomme, habt ihr ein totes Mädchen zu begraben. Ich werde sie irgendwo sicher absetzen, wenn ich unbehindert fortkomme, irgendwo über die Staatsgrenze.«

»Reizen Sie ihn nicht«, flüsterte Grave Digger eindringlich. »Er ist bis über die Kiemen berauscht.«

»Also gut«, sagte der Chef. »Wir geben dir freien Abzug, wenn du dem Mädchen nichts tust. Und jetzt hast du fünf Minuten Zeit, herauszukommen und zu machen, daß du davonkommst.«

»Sie glauben wohl immer noch, Sie können mich für dumm verkaufen?« antwortete der Scheich. »So dämlich bin ich nicht. Ich will, daß Grave Digger hier reinkommt und seine Waffe hier auf den Tisch legt. Erst dann komme ich raus.«

»Du bist wohl verrückt. Glaubst du, daß ich dir eine Waffe in die Finger gebe?« brüllte der Chef.

»Dann bringe ich sie sofort um.«

»Du bekommst meinen Revolver«, versprach Grave Digger.

»Sie sind ab sofort vom Dienst suspendiert«, schrie der Chef.

»Und wenn schon«, sagte Grave Digger, und dann zu dem Scheich: »Was soll ich also tun?«

»Sie sollen draußen vor der Tür stehen und den Revolver am Lauf halten. Wenn ich die Tür aufmache, sollen Sie ihn vorstrecken und so in die Küche kommen, daß ich zuerst den Griff sehe. Dann gehen Sie geradeaus weiter und legen den Revolver auf den Küchentisch. Haben Sie das verstanden?«

»Ja, das habe ich verstanden.«

»Die anderen Mutterschänder sollen alle nach unten«, sagte der Scheich.

Die beiden Lieutenants und der Sergeant sahen den Polizeichef an und warteten auf Befehle.

»Von mir aus, Jones, es ist Ihr Spiel«, sagte der Chef und fügte dann noch hinzu: »Ich wünsche Ihnen viel Glück.«

Er drehte sich um und ging die Treppe hinunter.

Die anderen zögerten. Grave Digger winkte ihnen heftig zu, auch zu gehen. Widerwillig folgten sie dem Polizeichef.

Es war still in der Küche, bis die Schritte der hinuntersteigenden Polizisten auf der Treppe verklungen waren.

Grave Digger stand vor der Küchentür und hielt seinen Revolver so, wie ihm angewiesen worden war. Über sein knotiges dunkelbraunes Gesicht strömte der Schweiß und sammelte sich am Kragen an seinem Hals.

Schließlich wurde Bewegung aus der Küche hörbar. Das Türschloß wurde mit einem Klicken geöffnet, ein Riegel knarrend zurückgeschoben, eine Kette gelöst. Langsam öffnete sich die Tür nach innen.

Von der Tür aus war nur Granny zu sehen. Sie saß aufrecht in ihrem Schaukelstuhl. Ihre Hände hielten die Armlehnen umfaßt, und ihre alten, milchigen Augen standen weit offen und starrten Grave Digger mit einem Blick wilder Mißbilligung an.

Hinter der Tür sagte der Scheich: »Drehen Sie den Revolver so, daß ich sehen kann, ob er geladen ist.«

Ohne sich umzusehen, drehte Grave Digger die Waffe, daß der Scheich die Patronen in den Kammern der Trommel sehen konnte.

»Los, gehen Sie weiter«, befahl der Scheich.

Grave Digger bewegte sich langsam durch den Raum und sah sich immer noch nicht um. Als er den Tisch erreichte, warf er schnell einen Blick auf das kleine Fenster an der Rückseite. Es befand sich neben einem primitiven, selbstgezimmerten Regal, das den Blick von außen in die Küche teilweise verdeckte und nur den Teil zwischen Tisch und Seitenwand sichtbar sein ließ.

Grave Digger sah, was er sehen wollte. Langsam beugte er sich vor und legte seinen Revolver auf die andere Seite des Küchentischs. »Da«, sagte er.

Er hob die Hände über den Kopf und wandte sich langsam von dem Tisch ab, der hinteren Wand zu. Er stand so, daß der Scheich entweder vor ihm vorbei oder auf der anderen Seite um den Tisch herumgehen mußte, um an den Revolver zu kommen. Der Scheich stieß die Tür mit dem Fuß zu und zeigte sich und Sugartit, aber Grave Digger drehte weder den Kopf, noch bewegte er auch nur die Augen, um zu ihnen hinzusehen.

Der Scheich packte Sugartits Pferdeschwanz fest mit der linken Hand, zog ihren Kopf scharf zurück, so daß sich ihr schlanker brauner Hals unter der Klinge des Messers straff spannte. Sie begannen sich langsam und schlurfend vorzuschieben, wie bei einem Apachen-Tanz in einem Nachtlokal auf dem Montmartre.

Sugartits weit aufgerissene Augen hatten den feuchten Blick eines sterbenden Rehs, und ihr kleines braunes Gesicht sah so zerbrechlich aus wie frischgebackene Meringe. Auf ihrer Oberlippe standen zahllose Schweißtröpfchen.

Der Scheich hielt seinen Blick auf Grave Diggers Rücken geheftet, während er langsam auf der anderen Seite der Küche vorbeischlich und sich dem Tisch näherte. Als er in Reichweite der Waffe kam, ließ er Sugartits Pferdeschwanz los, preßte die Messerklinge stärker gegen ihre Kehle und griff mit der linken Hand nach der Waffe.

Coffin Ed hing mit dem Kopf nach unten vom Dach herunter. Nur sein Kopf und seine Schultern waren unter der Oberkante des Küchenfensters sichtbar. Dort hatte er seit zwanzig Minuten gehangen und darauf gewartet, den Scheich in sein Blickfeld zu bekommen. Er zielte sorgfältig auf eine Stelle unmittelbar über dem linken Ohr des Scheichs.

Irgendein sechster Sinn veranlaßte den Scheich, genau in dem Augenblick, als Coffin Ed abdrückte, den Kopf herumzureißen. Ein drittes Auge, klein und schwarz und blicklos, erschien plötzlich mitten auf der Stirn des Scheichs, genau zwischen seinen überraschten gelben Katzenaugen.

Grave Digger fuhr blitzschnell herum, um das ohnmächtig werdende Mädchen aufzufangen, während das Messer harmlos klappernd auf die Tischplatte fiel.

Der Scheich war tot, ehe er umfiel. Er sank neben Grannys Schaukelstuhl in sich zusammen.

Gleich darauf war der Raum voll von Polizisten.

»Das war zu riskant, viel zu verdammt riskant«, sagte Lieutenant Anderson und schüttelte benommen den Kopf.

»Was ist in unserem Beruf nicht riskant?« entgegnete der Polizeichef großspurig. »Polizisten müssen was riskieren.«

Niemand widersprach ihm.

»Wir leben in einer gewalttätigen Stadt«, fügte er kriegerisch hinzu.

»So groß war das Risiko gar nicht«, sagte Coffin Ed. Er hatte seinen Arm um die bebenden Schultern seiner Tochter gelegt. »Wenn man sie in den Kopf schießt, setzen die Reflexe aus.«

Sugartit zuckte krampfhaft.

»Bring Eve nach Hause«, sagte Grave Digger rauh.

»Das ist wohl das beste«, antwortete Coffin Ed und humpelte vor Schmerzen, während er seine Tochter behutsam zur Tür führte.

»Mein Gott«, sagte ein junger Streifenpolizist, »mein Gott, er hat die ganze Zeit da draußen nur an einem Draht um den Fuß gehangen. Ich kann mir nicht vorstellen, wie er die Schmerzen ausgehalten hat.«

»Wenn es um Ihre Tochter gegangen wäre, hätten Sie das auch ausgehalten«, sagte Grave Digger.

»Vergessen Sie das von der Suspendierung«, sagte der Polizeichef.

»Das hatte ich überhaupt nicht mitbekommen«, antwortete Grave Digger.

»Lieber Himmel, seht euch das an!« rief der Sergeant plötzlich überrascht aus. »Trotz all dem Krach schläft Granny immer noch.«

Alle drehten sich um und sahen sie an. Auf einmal waren alle von einer gewissen Ehrfurcht ergriffen.

»Nichts wird sie je wieder aufwecken«, sagte der Lieutenant vom Morddezernat. »Sie muß seit Stunden tot sein.«

»Na und? Was können wir dafür?« schrie der Chef. »Hier ist alles geklärt, und wir können gehen. Der Fall ist völlig abgeschlossen.« Dann fügte er in selbstgefälligem Ton hinzu: »So schwierig war es ja auch gar nicht, oder?«

17

Es war elf Uhr am nächsten Vormittag.

Inky und Bones hatten ausgepackt. Sie hatten dabei einiges durchgemacht, und als die Polizisten mit ihnen fertig waren, hatten die beiden so viel Beulen wie billiges Fichtenholz Astlöcher.

Die übrigen Mitglieder der *Real Cool Moslems* – Camel Mouth, Beau Baby, Punkin Head und Slow Motion – waren festgenommen und verhört worden und befanden sich jetzt wie Inky und Bones in Haft.

Ihre Aussagen waren praktisch gleichlautend.

Sie hatten an der Ecke der 127th Street und der Lenox Avenue gestanden.

Frage: Warum?

Antwort: Wir hatten eine Kostümprobe.

Frage: Was? Eine Kostümprobe?

Antwort: Ja, Sir. Genau wie am Broadway. Wir probierten zum erstenmal unsere neuen Araberkostüme aus.

Frage: Und dann saht ihr Mr. Galen vorbeilaufen?

Antwort: Ja, Sir. Dabei haben wir ihn gesehen.

Frage: Habt ihr ihn erkannt?

Antwort: Nein, Sir. Wir kannten ihn nicht.

Frage: Hat der Scheich ihn gesehen?

Antwort: Ja, Sir. Aber er hat uns nicht gesagt, daß er ihn kennt, und wir hatten ihn nie gesehen.

Frage: Choo-Choo muß ihn aber auch gekannt haben.

Antwort: Ja, Sir, das muß er. Er und der Scheich haben zusammengewohnt.

Frage: Aber ihr habt gesehen, daß der Scheich auf ihn schoß?

Antwort: Ja, Sir. Er hat gesagt: »Paßt auf«, und dann zog er seine neue Zip-Pistole und schoß auf ihn.

Frage: Wie oft hat er geschossen?

Antwort: Einmal. Öfter schießt eine Zip-Pistole nicht.

Frage: Ja, diese Zip-Pistolen sind einschüssig. Ihr wußtet aber, daß er die Waffe hat?

Antwort: Ja, Sir. Er hat fast eine Woche lang daran gearbeitet.

Frage: Hat er sie selbst gemacht?

Antwort: Ja, Sir.

Frage: Habt ihr gesehen, daß er vorher schon mal damit geschossen hat?

Antwort: Nein, Sir. Er hatte sie gerade erst fertig. Er hatte sie noch nie ausprobiert.

Frage: Ihr wußtet aber, daß er sie bei sich hatte?

Antwort: Ja, Sir. Er wollte sie an dem Abend ausprobieren.

Frage: Und nachdem er auf den Weißen geschossen hat, was tatet ihr dann?

Antwort: Der Mann fiel hin, und dann sind wir zu ihm gegangen, um zu sehen, ob der Scheich ihn getroffen hat.

Frage: Kanntet ihr den ersten Verdächtigen, diesen Sonny Pickens?

Antwort: Nein, Sir. Den haben wir auch zum erstenmal gesehen, als er bei der Schießerei vorbeikam.

Frage: Als ihr saht, daß der Weiße tot war, wußtet ihr da schon, daß der Scheich ihn erschossen hatte?

Antwort: Nein, Sir. Wir dachten, das wäre der andere gewesen.

Frage: Welcher von euch, hm – hat den Wind gelassen?

Antwort: Wie bitte, Sir?

Frage? Welcher von euch den Wind gelassen hat.

Antwort: Oh, das war Choo-Choo, Sir. Der hat gefurzt.

Frage: Hatte das eine besondere Bedeutung?

Antwort: Sir?

Frage: Warum hat er das getan?

Antwort: Das ist nur unser Gruß für Polizisten.

Frage: Oh! Gehörte das Parfumspritzen auch dazu?

Antwort: Ja, Sir. Wenn sie wütend wurden, bespritzte Caleb sie mit Parfum.

Frage: Um ihren Ärger zu besänftigen, wie? Um sie freundlicher zu stimmen?

Antwort: Um sie wütender zu machen.

Frage: Oh! Aber warum hat der Scheich Pickens, den anderen Verdächtigen, verschleppt?

Antwort: Nur, um die Polizei zu ärgern. Er haßte die Polizei.

Frage: Warum?

Antwort: Sir?

Frage: Warum haßte er die Polizei? Hatte er einen bestimmten Grund, die Polizei zu hassen?

Antwort: Einen bestimmten Grund? Die Polizei zu hassen? Nein, Sir. Das brauchte er nicht. Ihm genügte, daß sie Polizisten waren.

Frage: Ah ja, nur daß sie Polizisten waren. Ist das die Zip-Pistole, die der Scheich hatte?

Antwort: Ja, Sir. Jedenfalls sieht sie genauso aus.

Frage: Wie ist Bones in ihren Besitz gekommen?

Antwort: Der Scheich gab sie Bones, ehe er fortlief. Bones' alter Herr arbeitet bei der Stadt, und er meinte, bei Bones war sie sicher.

Frage: Das ist alles, Jungens, und jetzt könnt ihr euch auf was gefaßt machen.

Antwort: Tun wir schon, Sir.

So stand der Fall. Völlig geklärt.

Gegen Sonny Pickens konnte keine Mordanklage erhoben werden. Er wurde aber vorläufig unter der Beschuldigung der öffentlichen Ruhestörung in Haft gehalten, während die Staatsanwaltschaft die Strafgesetze von New York studierte, um festzustellen, nach welchem Paragraphen es strafbar war, mit einer Schreckschußpistole auf seine Mitbürger zu schießen.

Seine Freunde Lowtop Brown und Rubberlips Wilson befanden sich unter dem Verdacht der Beihilfe gleichfalls in Haft.

Der Fall der beiden Mädchen war an die Fürsorgebehörde überwiesen worden, die bisher jedoch noch nichts unternommen hatte. Angeblich befanden sich beide bei ihren Familien und litten unter den Nachwirkungen des Schocks. Das Geschoß war aus dem Gehirn des Opfers entfernt und dem Laboratorium für Ballistik übergeben worden. Eine weitere Obduktion war nicht erforderlich. Die Tochter von Galen, Mrs. Helen Kruger aus Wading River, Long Island, hatte die Freigabe der Leiche zur Beisetzung beantragt.

Die anderen Toten, Granny und Caleb, Choo-Choo und der Scheich, lagen im Leichenschauhaus. Niemand interessierte sich für sie. Die Baptistengemeinde von Harlem, der Granny angehört hatte, würde ihr vielleicht ein anständiges, christliches Begräbnis geben. Sie hatte aber keine Lebensversicherung und gehörte auch keiner Sterbekasse an, deshalb würde es für die Gemeinde eine finanzielle Belastung werden, falls die Mitglieder keine Spenden sammelten, um die Kosten zu decken.

Caleb würde mit dem Scheich und Choo-Choo auf Pottersfield begraben werden, falls nicht die medizinische Fakultät einer der Universitäten ihre Leichen zur Sektion erwarb. Allerdings würde sich kaum eine Fakultät für Choo-Choo interessieren, da er zu schwer verletzt worden war.

Ready Belcher befand sich im Harlem Hospital. Er lag in der gleichen Abteilung, in der Charlie Richardson, dem Big Smiley den Arm abgehackt hatte, am vergangenen Abend gestorben war. Readys Zustand war ernst, aber er würde die Verletzung überleben. Allerdings würde er niemals mehr so aussehen wie früher, und falls seine Teenager-Hure ihn je wieder zu Gesicht bekommen sollte, würde sie ihn kaum wiedererkennen.

Big Smiley und Reba befanden sich unter Beschuldigung der Beihilfe zum Verbrechen des Mißbrauchs Jugendlicher, des Todschlags, der gewerbsmäßigen Kuppelei und verschiedener anderer Delikte in Haft.

Die Frau, der Coffin Ed ins Bein geschossen hatte, lag im Knickerbocker Hospital. Zwei Winkeladvokaten, die dort Krankenwagen auflauerten, um Klienten zu finden, versuchten, sich gegenseitig den Rang abzulaufen, um von ihr den Auftrag zu erhalten, gegen einen Anteil von fünfzig Prozent des ihr zustehenden Schadenersatzes gegen Coffin Ed und die New Yorker Polizei Klage zu erheben, aber ihr Mann verweigerte noch seine Zustimmung und verlangte einen Anteil von sechzig Prozent.

Die Presse wußte folgendes zu berichten, ihre zweite und zutreffende Darstellung – die Spätausgaben der Morgenzeitungen hatten große Geschäfte damit gemacht:

Ein angesehener New Yorker Bürger war keineswegs, wie zunächst berichtet, in einer Bar in Harlem von einem angetrunkenen Neger erschossen worden, der an der Anwesenheit des Weißen Anstoß genommen hatte. Nein, nein, so war es nicht gewesen. Er war von einem jugendlichen Gangster aus Harlem, der sich der Scheich nannte und als Anführer einer Bande Jugendlicher galt, die sich als die *Real Cool Moslems* bezeichneten, erschossen worden. Warum? Nun, weil der Scheich feststellen wollte, ob er mit seiner neuen Zip-Pistole tatsächlich schießen könne.

Der Redakteur benutzte ein ganzes Lexikon von Adjektiven, um die bizarren Aspekte dieser dreischichtigen Harlemer Bluttat zu schildern. Inzwischen überschütteten die Zeitungen die tapferen Polizisten mit Lob, die bis in die frühen Morgenstunden gearbeitet hatten, um den Mörder in weniger als sechs Stunden nach Abgabe des tödlichen Schusses im Dschungel Harlems aufzuspüren und in seinem Unterschlupf zu erschießen.

Die Schlagzeilen lauteten:

POLIZEI RÄUCHERT REAL COOL MOSLEMS AUS
MORD AUS ÜBERMUT MIT DEM TODE BEZAHLT
WAHNSINNIGER HARLEMER LÄUFT AMOK

Doch für die Presse gehörte die Geschichte schon der Vergangenheit an, war sie so tot wie ihre vier Hauptfiguren.

»Würgt sie ab«, befahl der Lokalredakteur einer Nachmittagszeitung. »Woanders ist schon wieder einer ermordet worden.«

In Harlem schien die Sonne auf das gleiche düstere Bild, das sie jeden Morgen um elf Uhr beleuchtete. Niemand vermißte die paar entbehrlichen Farbigen, die unter den verschiedensten Anschuldigungen im Gefängnisteil des großen neuen Wolkenkratzers aus Granit in der Centre Street, der das alte New Yorker Polizeipräsidium ersetzte, festgehalten wurden.

Im gleichen Gebäude, in einem Raum, der hoch oben an der Südwestecke lag und einen schönen Blick auf die Battery und den North River bot, wurde der Fall bis auf die letzten Reste geklärt.

Vorher hatten der Commissioner der Polizei und der Polizeichef in einem vertraulichen Gespräch unter vier Augen die Möglichkeiten der Korruption in den Harlemer Revieren der Polizeibehörde erwogen.

»Es bestehen schwerwiegende Hinweise, daß Galen dort durch eine einflußreiche Persönlichkeit gedeckt wurde, entweder seitens der Polizei oder seitens der Stadtverwaltung«, hatte der Commissioner gesagt.

»Nicht bei der Polizei«, hatte der Polizeichef nachdrücklich widersprochen. »Erstens verrät mir die niedrige Zulassungsnummer seines Wagens – UG 16 –, daß sein Beschützer einen höheren Rang hat als den eines Revier-Captain, denn Nummern dieser Art werden nur besonders Privilegierten zugeteilt, und dazu gehöre nicht einmal ich.«

»Konnten Sie irgendeine Verbindung zu einem Politiker in diesem Bereich feststellen?«

»Bei Galen nicht, wohl aber bei Reba. Die Frau rief heute morgen einen farbigen Stadtverordneten an und befahl ihm, sofort herzukommen und sie gegen Kaution auszulösen.«

Der Commissioner seufzte. »Wir werden wohl nie erfahren, in welchem Umfang Galen dort aktiv gewesen ist.«

»Vielleicht nicht, aber eines steht fest«, antwortete der Polizeichef. »Das Schwein ist tot, und er kann mit seinem Geld niemand mehr korrumpieren.«

Anschließend überprüfte der Commissioner die Suspendierung von Coffin Ed. Grave Digger und Lieutenant Anderson nahmen neben dem Polizeichef an der Besprechung teil.

»Im Licht der späteren Entwicklung dieses Falles bin ich geneigt, gegenüber Detective Johnson nachsichtig zu sein«, sagte der Commissioner. »Seine zwanghafte Reaktion, auf den Jugendlichen zu schießen, wird durch sein früheres unerfreuliches Erlebnis mit einem Gangster, der ihn mit Säure bespritzte, zwar nicht gerechtfertigt, aber verständlich.« Der Commissioner war auf dem Weg über eine Anwaltspraxis in sein Amt gelangt und konnte diese zungenbrechenden Vokabeln leichter handhaben als die Polizisten, die ihren Beruf vorwiegend durch Pflastertreten in Polizeirevieren lernten.

»Welcher Ansicht sind Sie, Jones?« fragte er.

Grave Digger befand sich an seinem gewohnten Platz, mit einem seiner Schinken auf der Fensterbank hockend und einen Fuß auf den Boden gestützt. Er drehte sich um und antwortete: »Ja, Sir, er ist empfindlich und im höchsten Grad mißtrauisch, seit ihm ein Verbrecher Säure in die Augen gespritzt hat. Aber er war niemals gegenüber jemand brutal, der sich im Recht befand.«

»Zum Teufel, das war weniger eine Disziplinarmaßnahme gegen Johnson als der Versuch, die gesamte verdammte Polizei vor ungerechtfertigten Vorwürfen zu bewahren«, verteidigte der Polizeichef seine Handlung. »Sämtliche Heulsusen, männliche und weibliche, in der ganzen Stadt hätten uns die Hölle heiß gemacht, wenn sich diese Bande als harmlose Herumtreiber erwiesen hätte.«

»So befürworten Sie also, daß er seinen Dienst wieder antritt?« fragte der Commissioner.

»Warum nicht?« entgegnete der Chef. »Wenn er seine Anfälle bekommt, soll er sie an diesen Halunken in Harlem abreagieren, die sie bei ihm verursacht haben.«

»Ganz richtig«, stimmte der Commissioner zu und wandte sich dann wieder an Grave Digger. »Vielleicht können Sie mir einen Punkt erklären, Jones. Ein Aspekt dieses Falles ist mir rätselhaft. Alle Berichte bestätigen übereinstimmend, daß beim Tod des Opfers, als der tödliche Schuß abgegeben wurde, eine riesige Menschenmenge anwesend war. In einem der Berichte heißt es . . .« Er wühlte in den Papieren auf seinem Schreibtisch, bis er das gesuchte Blatt fand. »›Die Straße war zwei Blocks weit mit Menschen dicht gefüllt, als der Getötete einem Schuß zum Opfer fiel.‹ Wie kommt das? Warum laufen in Harlem die Leute am Schauplatz eines Mordes zusammen, als ob das eine Zirkusvorstellung wäre?«

»Das kommt daher«, erwiderte Grave Digger abweisend, »weil sie das für die größte Schau der Welt halten.«

»Das passiert doch überall«, sagte Anderson. »Bei einem Mord laufen die Leute immer zusammen, wo er auch passiert.«

»Ja, natürlich. Aus einer morbiden Neugier. Aber das meine ich eigentlich nicht. Den Berichten zufolge, nicht nur den Berichten über diesen Fall, sondern nach allen Berichten, die auf meinen Schreibtisch kommen, tritt dieses, nun, sagen wir mal, dieses Phänomen deutlicher zutage als anderswo. Was meinen Sie dazu, Jones?«

»Nun, es ist wohl folgendermaßen, Commissioner«, antwortete Grave Digger. »Jeden Tag sehen die Farbigen in Harlem zwei- oder dreimal, wie ein Farbiger von einem anderen Farbigen mit einem Messer oder einer Axt oder einem Knüppel gehetzt wird. Oder sonst von einem weißen Polizisten mit einer Pistole oder von einem Weißen mit den Fäusten. Aber nur einmal alle Jubeljahre bekommen sie zu sehen, wie ein Weißer von einem ihrer eigenen Farbe gejagt wird. Und dann auch noch ein großer Weißer. Das ist ein Ereignis. Die Chance zu sehen, daß zur Abwechslung einmal weißes Blut vergossen wird, auch noch weißes Blut durch einen Schwarzen. Das war ein größeres Ereignis als die Emanzipationsfeiern. Wie die Leute in Harlem sagen: Das ist das Höchste. Das ist der Punkt, dem Ed und ich immer wieder gegenüberstehen, wenn wir versuchen, Harlem für Weiße sicher zu machen.«

»Vielleicht kann ich das erklären«, meinte der Commissioner.

»Mir nicht«, sagte der Chef trocken. »Ich habe nicht die Zeit, es mir anzuhören. Wenn die Leute da Blut sehen wollen, können sie so viel Blut zu sehen bekommen, wie sie nur wollen, wenn sie noch einmal einen Weißen umbringen.«

»Jones hat recht«, sagte Anderson. »Aber darin liegt die Gefahr.«

»Gefahr!« wiederholte Grave Digger. »Alles, was sie dort kennen, ist Gefahr. Wenn Gefahr Geld wäre, wäre jeder in Harlem Millionär.«

Das Telefon klingelte. Der Commissioner nahm den Hörer ab. »Ja . . . ? Ja, schicken Sie ihn herauf.« Er legte den Hörer zurück und erklärte. »Jetzt kommt der Bericht der Ballistiker. Er wird heraufgebracht.«

»Sehr gut«, sagte der Chef. »Nehmen wir ihn zu den Akten und betrachten wir den Fall als abgeschlossen. Er war von Anfang bis zum Ende eine schmutzige Geschichte, und ich habe ihn gründlich satt.«

»Ganz richtig«, stimmte der Commissioner zu.

Jemand klopfte.

»Herein«, rief der Commissioner.

Der Lieutenant vom Morddezernat, der den Fall bearbeitet hatte, kam herein und legte die Zip-Pistole und das verformte Bleigeschoß, das aus dem Gehirn des Ermordeten entfernt worden war, dem Commissioner auf den Schreibtisch.

Der Commissioner griff nach der Waffe und betrachtete sie neugierig. »Das ist also eine Zip-Pistole?«

»Ja, Sir. Sie ist aus einer gewöhnlichen Spielzeugpistole gemacht worden. Der Lauf der Spielzeugpistole wurde abgesägt und an seiner Stelle dieses vier Zoll lange Stück Messingrohr befestigt. Es wurde an den Rahmen gelötet und dann noch zur Verstärkung mit nachstellbaren Rohrschellen gesichert, wie sie zur Befestigung von dünnen Rohren oder elektrischen Kabeln verwendet werden. Die Patrone kommt direkt in den Lauf, dann wird diese Klammer angebracht, um zu verhindern, daß der Schuß nach hinten geht. Der

Schlagbolzen ist an den ursprünglichen Hahn angelötet. In diesem Fall besteht er aus dem Kopf und einem viertel Zoll langen Stück eines gewöhnlichen Nagels, das spitz zugefeilt wurde.«

»Noch viel primitiver, als ich es mir vorgestellt habe, aber zweifellos ist das Ding einfallsreich.«

Die anderen betrachteten die Waffe mit gelangweilter Gleichgültigkeit. Sie hatten Zip-Pistolen schon öfter gesehen.

»Und damit kann man einem Geschoß genügend Wucht verleihen, daß es einen Menschen tötet, einen Schädelknochen durchschlägt?«

»Ja, Sir.«

»Soso. Und dies ist also die Waffe, mit der Galen getötet wurde, was dazu führte, daß der Bursche, der sie gemacht hat, selbst auch getötet wurde.«

»Nein, Sir, das war die Waffe nicht.«

»Wie?«

Alle richteten sich auf, mit aufgerissenen Augen und offenem Mund. Wenn der Lieutenant behauptet hätte, das Empire State Building sei gestohlen und aus der Stadt geschmuggelt worden, hätte er keine größere Sensation auslösen können.

»Was soll das heißen, daß das nicht die Waffe war?« raunzte der Chef.

»Um Ihnen das zu erklären, bin ich ja selbst gekommen«, antwortete der Lieutenant. »Mit dieser Waffe kann man Patronen vom Kaliber .22 abfeuern. Die Hülse einer Patrone vom Kaliber .22 steckte im Lauf, als der Sergeant die Waffe fand. Galen wurde aber von einem Geschoß vom Kaliber .32 getötet, das von einer viel stärkeren Waffe abgefeuert werden muß.«

»Jetzt stehen wir also wieder genau am Anfang«, sagte Anderson.

»Ich will verflucht sein, wenn ich das zulasse!« röhrte der Chef wie ein gereizter Bulle. »Die Zeitungen haben schon die amtliche Verlautbarung bekommen, er wäre mit dieser Waffe da getötet worden, und sie haben sich wie wild darauf gestürzt. Wir machen uns zum Gelächter der ganzen Welt.«

»Nein«, erklärte der Commissioner ruhig, aber fest. »Wir haben einen Irrtum begangen, das ist alles.«

»Ich will verflucht sein, wenn ich dem zustimme«, erwiderte der Chef, und sein Gesicht wurde dunkelrot vor Erregung. »Ich behaupte, der Schweinehund wurde mit dieser Waffe getötet, und der Halunke, der jetzt in der Leichenhalle liegt, hat ihn mit dieser Waffe umgebracht, und ich gebe einen Dreck darauf, was die Ballistiker behaupten.«

Der Commissioner blickte wieder von einem Gesicht zum anderen. In seinen Augen stand keine Frage, aber er wartete, bis ein anderer sprach.

»Ich glaube nicht, daß es sich lohnt, den Fall neu aufzurollen«, sagte Lieutenant Anderson. »Galen war nicht gerade ein besonders liebenswerter Mitbürger.«

»Liebenswert oder nicht, wir haben den Mörder, und das ist die Tatwaffe, und damit basta«, erklärte der Polizeichef nachdrücklich.

Der Commissioner blickte wieder von einem Gesicht zum anderen. »Können wir es uns erlauben, einen Mörder frei ausgehen zu lassen?« fragte er dann.

»In diesem Fall ja«, erwiderte Grave Digger schroff. »Er hat der menschlichen Gesellschaft einen Dienst erwiesen.«

»Darüber haben wir nicht zu entscheiden«, erklärte der Commissioner.

»Sie werden diese Entscheidung treffen müssen, Sir«, sagte Grave Digger. »Denn falls Sie mich beauftragen, nach dem Mörder zu suchen, trete ich aus der Polizei aus.«

»Wie war das? Sie wollen den Dienst bei der Polizei quittieren?«

»Jawohl, Sir. Ich sage, dieser Mörder wird nie wieder töten, und ich werde nicht seine Spur aufnehmen und ihn verfolgen, damit er für diesen Mord büßt, selbst wenn es mich meine Stellung kostet.«

»Wer hat Galen getötet, Jones?«

»Das kann ich nicht sagen, Sir.«

Der Commissioner sah ihn ernst an. »War Galen ein so übler Bursche?«

»Jawohl, Sir.«

Der Commissioner sah den Lieutenant vom Morddezernat an. »Aber mit dieser Zip-Pistole ist geschossen worden?«

»Ja, Sir. Und ich habe in allen Krankenhäusern und bei allen Revieren in Harlem nachgeforscht, es wurde aber keine entsprechende Schußverletzung gemeldet oder angezeigt.«

»Es kann jemand verletzt worden sein, der Angst hat, sich zu melden.«

»Ja, Sir. Oder die Kugel kann harmlos eine Hauswand oder ein Auto getroffen haben.«

»Gewiß. Aber da sind die anderen jungen Burschen, die in die Angelegenheit verwickelt sind. Sie können der Beihilfe angeklagt werden. Wenn sie überführt werden, daß sie bei der Tat Komplicen waren, steht ihnen die Höchststrafe für Mord bevor.«

»Richtig, Sir«, bestätigte Anderson. »Aber ist es nicht ziemlich einwandfrei nachgewiesen, daß die Tat – oder richtiger, daß der Bursche, der mit dieser Zip-Pistole schoß, nicht vorbedacht oder vorausgeplant handelte. Die anderen wußten überhaupt nichts von seiner Absicht, auf Galen zu schießen, bis es zu spät war, ihn daran zu hindern.«

»Ihrer eigenen Aussage zufolge.«

»Gewiß, Sir. Aber es liegt bei uns, ob wir diese Aussage akzeptieren oder die Burschen zur Eröffnung der Voruntersuchung vor die Geschworenen bringen. Wenn wir sie nicht der Beihilfe beschuldigen, werden sie allenfalls wegen öffentlicher Ruhestörung angeklagt und kommen mit einer Geldstrafe davon.«

Der Commissioner sah wieder den Lieutenant vom Morddezernat an. »Wer weiß alles von dieser Geschichte?«

»Niemand außerhalb dieses Raums, Sir. Die Ballistiker haben die Waffe nie zu sehen bekommen. Sie hatten nur das Geschoß.«

»Sollen wir darüber abstimmen?« fragte der Commissioner.

Niemand antwortete.

»Allgemeine Übereinstimmung«, sagte der Commissioner. Er griff nach dem kleinen Bleiklumpen, der einen Menschen getötet hatte. »Jones, auf der anderen Seite des Parks steht ein Haus mit einem Flachdach. Glauben Sie, daß Sie das Ding hier so weit werfen können, daß es dort landet?«

18

Das alte Haus Seventh Avenue 2702 war mit pseudogriechischem Stuckwerk überladen, Überbleibseln aus der Zeit, als Harlem ein elegantes weißes Wohnviertel gewesen war und die Negerslums sich um San Juan Hill an der 42nd Street West konzentrierten.

Grave Digger stieß die Haustür mit der gesprungenen Scheibe auf und suchte auf den Reihen der Briefkästen, die in der Eingangshalle an die Wand genagelt waren, nach dem Namen Collie Dunbar. Er fand ihn auf einer fleckigen Karte und dahinter die Nummer der Wohnung 3-B.

Der automatische Fahrstuhl, einer der ersten, die gebaut worden waren, funktionierte nicht. Er stieg also die dunkle, altmodische Treppe zur zweiten Etage hinauf und klopfte an der linken Tür vorn.

Eine braunhäutige Frau mittleren Alters, der man die Sorgen ansah, öffnete die Tür und sagte: »Collie ist zur Arbeit, und ich habe den Leuten schon gesagt, daß wir ins Büro kommen und die Miete bezahlen, wenn . . .«

»Ich bin nicht der Kassierer für die Miete, ich bin Detektiv«, unterbrach Grave Digger sie und ließ seine Marke aufblitzen.

»Oh!« Anstelle des sorgenvollen Ausdrucks trat ängstliche Erwartung. »Sie sind der Partner von Mr. Johnson. Ich dachte, Sie wären mit Sissie fertig.«

»Nahezu. Kann ich mit ihr sprechen?«

»Ich sehe nicht ein, daß Sie sich immer noch um sie kümmern, wenn gegen Mr. Johnsons Tochter nichts vorliegt«, beschwerte die Frau sich und gab den Eingang nicht frei. »Die beiden haben dasselbe gemacht.«

»Ich will sie ja nicht festnehmen. Ich will ihr nur ein paar Fragen stellen, um die letzten Unstimmigkeiten zu klären.«

»Sie ist jetzt im Bett.«

»Das stört mich nicht.«

»Also gut«, fügte sie sich widerwillig. »Kommen Sie herein. Aber wenn Sie sie festnehmen, dann können Sie sie gleich behalten. Das Mädchen hat schon genug Schande über Collie und mich gebracht. Wir sind respektable Kirchgänger . . .«

»Davon bin ich überzeugt«, schnitt Grave Digger ihr das Wort ab. »Aber sie ist ihre Nichte, oder stimmt das nicht?«

»Sie ist Collies Nichte. In meiner Familie gibt es keine Wildlinge wie sie.«

»Da haben Sie aber Glück«, antwortete er.

Sie stülpte nur die Lippen vor und öffnete die Tür neben der Küche. »Hier ist ein Polizist, der mit dir sprechen will, Sissie«, sagte sie.

Grave Digger trat in das kleine Zimmer und schloß die Tür hinter sich.

Sissie lag in einem schmalen Bett, die Decken bis ans Kinn heraufgezogen. Beim Anblick von Grave Digger weiteten sich erschreckt ihre geröteten, von Tränen geschwollenen Augen.

Er zog sich den einzigen vorhandenen Stuhl heran und setzte sich.

»Du hast sehr, sehr viel Glück gehabt, kleines Mädchen«, begann er. »Du bist gerade noch einmal davongekommen, als Mörderin verhaftet zu werden.«

»Ich weiß nicht, was Sie meinen«, antwortete sie mit angstvollem Flüstern.

»Hör mir mal gut zu«, sagte er. »Lüge mich nicht an. Ich bin hundemüde, und ihr Kinder habt mich schon so deprimiert, wie ich nur sein kann. Ihr wißt nicht, was für eine Hölle es manchmal bedeutet, Polizist zu sein.«

Sie beobachtete ihn wie eine kleine, halbwilde, fluchtbereite Katze.

»Ich habe ihn nicht getötet. Der Scheich hat ihn umgebracht«, flüsterte sie.

»Ja, wir wissen, daß der Scheich ihn umgebracht hat«, sagte er mit tonloser Stimme. Er sah unbeschreiblich erschöpft aus. »Jetzt passe auf. Ich bin nicht als Polizist hier. Ich bin hier als ein Freund. Ed Johnson ist mein bester Freund, und seine Tochter ist deine beste Freundin. Das sollte auch uns zu Freunden machen. Und als Freund sage ich dir, daß wir die Waffe beiseite schaffen müssen.«

Sie zögerte, kämpfte mit sich selbst und sagte dann schnell, ehe sie es sich anders überlegen konnte: »Ich habe sie in der 128th Street in der Nähe der Fifth Avenue in einen Gully geworfen.«

Er seufzte. »Das genügt noch nicht. Was für eine Waffe war es?« »Eine Zweiunddreißiger. Auf dem Griff war ein Eulenkopf, und Onkel Collie nannte sie auch einen Eulenkopf.«

»Hat er sie schon vermißt?«

»Er vermißte sie in seiner Schublade, als er heute morgen zur Arbeit ging, und fragte Tante Cora, ob sie sie woanders hingelegt hätte. Aber zu mir hat er noch nichts darüber gesagt. Er hatte sich schon verspätet, und ich glaube, er wollte mir den Tag über Zeit lassen, sie wieder zurückzulegen.«

»Braucht er sie bei seiner Arbeit?«

»Aber nein. Er arbeitet in einer Garage in der Bronx.«

»Gut. Hat er einen Waffenschein dafür?«

»Nein, Sir. Deshalb macht er sich ja solche Sorgen.«

»Also gut. Nun hör mir zu. Wenn er dich heute abend danach fragt, dann sagst du, du hättest sie an dich genommen, um dich gegen Galen zu wehren, und du hättest sie in der Aufregung im Zimmer des Scheichs vergessen. Sage ihm, daß ich sie dort gefunden hätte, aber nicht wüßte, wem sie gehört. Dann wird er nicht mehr darüber reden.«

»Ja, Sir. Aber er wird furchtbar wütend auf mich werden.«

»Nun, Sissie, du kannst nicht jeder Strafe entgehen.«

»Nein, Sir.«

»Warum hast du überhaupt auf Mr. Galen geschossen? Du kannst es mir ruhig sagen, weil es jetzt keine Rolle mehr spielt.«

»Es war nicht meinetwegen«, antwortete sie. »Es war wegen Sugartit – Evelyn Johnson. Er war die ganze Zeit hinter ihr her, und ich hatte Angst, er könne sie rumkriegen. Sie versucht wild zu sein und macht manchmal die verrücktesten Sachen, und ich hatte Angst, er würde sie so rumkriegen wie mich und mit ihr machen, was er mit mir gemacht hat. Das würde sie kaputt machen. Sie ist keine Waise wie ich, bei der sich niemand wirklich darum kümmert, was aus ihr wird. Sie kommt aus einer anständigen Familie, hat Vater und Mutter und ein schönes Heim, und ich wollte nicht zulassen, daß sie ruiniert wird.«

Er saß da und hörte ihr zu, ein großer, harter Polizist mit knotigem Gesicht, und sah aus, als ob er weinen wollte.

»Wie wolltest du das machen?« fragte er.

»Ich wollte ihn einfach erschießen. Ich hatte ihm gesagt, Sugartit und ich würden im *Dew Drop Inn* auf ihn warten; das stimmte aber nicht. Ich wollte ihn dazu bringen, mich in seinem Wagen irgendwo hinzufahren, indem ich ihm vormachte, wir müßten sie irgendwo abholen, und dabei wollte ich ihn erschießen und dann fortlaufen. Ich nahm Onkel Collies Revolver an mich und versteckte ihn unten im Hauseingang in einem Loch im Putz, damit ich ihn mitnehmen konnte, wenn ich aus dem Haus ging. Doch noch ehe es für mich Zeit war, kam Sugartit hierher. Ich hatte sie nicht erwartet und konnte ihr nicht gut sagen, sie sollte gleich wieder gehen. Darum dauerte es einige Zeit, bis ich sie endlich losbekam. Ich trennte mich von ihr am U-Bahnhof in der 125th Street und dachte, sie würde nach Hause fahren. Dann lief ich die ganze Strecke zur Lenox Avenue, um mich mit Mr. Galen zu treffen, und als ich dort hinkam, herrschte da schon all die Aufregung. Dann sah ich Galen durch die Straße laufen und Sonny, der hinter ihm herjagte und mit einem Revolver auf ihn schoß. Es sah aus, als ob halb Harlem hinter ihm herrannte. Ich mischte mich unter die Leute und verfolgte ihn auch, und als ich ihn in der 127th Street einholte, sah ich, daß Sonny wieder auf ihn schoß, und da habe ich auch geschossen. Ich glaube nicht, daß jemand gesehen hat, wie ich auf ihn geschossen habe, denn alle achteten ja nur auf Sonny. Aber als ich sah, wie er hinfiel und die ganzen Moslems in ihren Kostümen zu ihm hinrannten und ihn umringten, bekam ich Angst, daß einer von ihnen mich gesehen hätte, darum lief ich um den Block, warf den Revolver ins Gully und kam dann aus der anderen Richtung zu Calebs Wohnung zurück und tat so, als ob ich nicht wüßte, was passiert war. Da wußte ich noch nicht, daß Caleb auch erschossen worden war.«

»Hast du irgend etwas davon weitererzählt?«

»Nein, Sir.«

»Gut. Auch ich werde keinem etwas davon sagen. Das behalten wir ganz für uns, sozusagen als unser privates Geheimnis. Einverstanden?«

»Ja, Sir. Sie können sich darauf verlassen, daß ich kein Wort davon weitererzähle. Ich wünschte nur, ich könnte selber vergessen, was geschehen ist.«

»Gut. Ich brauche dir wohl nicht erst noch zu raten, schlechte Gesellschaft zu meiden. Diese Lektion wirst du inzwischen von selbst gelernt haben.«

»Das werde ich tun. Das verspreche ich Ihnen.«

»Gut. Also, Sissie«, sagte Grave Digger und stand langsam auf. »Du hast dir selber ein hartes Bett bereitet. Beklage dich also nicht, wenn es sich nicht gut darin liegt.«

Es war in der Besuchsstunde am nächsten Tag im Gefängnis in der Centre Street.

Sissie sagte: »Ich habe dir ein paar Zigaretten gebracht, Sonny. Ich wußte nicht, ob du eine Freundin hast, die dir welche bringt.«

»Danke«, sagte Sonny. »Nein, ich hab keine Freundin.«

»Was meinst du, wie lange werden sie dir geben?«

»Sechs Monate, nehme ich an.«

»So viel? Für das bißchen, was du getan hast?«

»Für Leute, die auf andere schießen, haben die nicht viel übrig. Nicht mal, wenn man gar nicht trifft. Nicht mal, wenn man nur mit Platzpatronen schießt, wie ich.«

»Ich weiß«, sagte sie mitfühlend. »Vielleicht kommst du damit sogar noch billig davon.«

»Ich beklage mich nicht«, sagte Sonny.

»Was willst du machen, wenn du wieder herauskommst?«

»Wieder Schuhe putzen, denke ich.«

»Was wird denn aus deinem Schuhputzstand?«

»Ach, den werde ich wohl verlieren. Aber dann suche ich mir eben einen anderen.«

»Hast du einen Wagen?«

»Ich hatte mal einen, aber ich konnte die Raten nicht einhalten, und da hat der Händler ihn mir wieder abgenommen.«

»Du brauchst ein Mädchen, das auf dich aufpaßt.«

»Ja, wer braucht das nicht? Aber was willst du jetzt machen, nachdem dein Freund tot ist?«

»Ich weiß noch nicht. Ich würde gern heiraten.«

»Das sollte für dich nicht sehr schwer sein.«

»Ich kenne keinen, der mich haben will.«

»Warum nicht?«

»Ich hab eine Menge böser Sachen gemacht.«

»Was zum Beispiel?«

»Ich würd mich schämen, wenn ich dir alles sagen sollte, was ich gemacht hab.«

»Hör mal, ich will dir beweisen, daß ich vor nichts Angst habe, was du vielleicht mal getan hast: Willst du mein Mädchen werden?«

»Ach, ich will nicht mehr nur so rummachen.«

»Wer redet denn davon? Ich rede von für immer.«

»Dagegen hätte ich ja nichts. Aber dann muß ich dir erst was sagen. Von mir und dem Scheich.«

»Was ist mit dir und dem Scheich?«

»Ich bekomm ein Baby von ihm, wenn du aus dem Gefängnis kommst.«

»Das ist natürlich eine andere Sache«, sagte er. »Dann heiraten wir am besten gleich. Ich will mit dem Boss hier reden und ihn fragen, ob er das nicht arrangieren kann.«

Harlem
dreht durch

1

Es war halb zwölf Uhr nachts an Mariä Lichtmeß in Harlem. Es war bitter kalt, und die Harlemer Erdschweine, wie die heißblütigen Bürger Harlems während der kalten Wintermonate genannt werden, hockten behaglich in ihren Höhlen.

Alle, außer einem.

In einer dunklen Querstraße der Convent Avenue, an der das Kloster liegt, nach dem die Avenue ihren Namen hat, montierte im Schatten der Klostermauer ein Mann ein Rad von einem Wagen ab.

Auf der abfallenden Straße hatte er das rechte Hinterrad aufgebockt, und der Wagen stand gefährlich schräg. Aber der Mann war unbesorgt. Er arbeitete schnell und ohne Licht. Aus bestimmten Blickwinkeln wirkte das Weiß seiner Augen wie irisierende, vom Wind bewegte Halbmonde.

Er lehnte das Rad gegen den Wagen, ließ die Achse auf das Pflaster herab, blickte sich kurz um und begann das linke Rad aufzubocken.

Er hatte das Rad hochgestützt und die Radkappe gelöst und setzte gerade den Schlüssel an, als die Scheinwerfer eines Wagens, der von der Convent Avenue her in die Straße einbog, ihn veranlaßten, in den Schatten zurückzuspringen.

Der Wagen kam näher und fuhr vorbei, nicht schnell, nicht langsam.

Dem Mann quollen die Augen aus dem Kopf. Er wußte, daß er nüchtern war. Er hatte keinen Schluck Whisky getrunken, und er hatte kein Kraut geraucht. Aber er traute seinen Augen nicht.

Er sah einen Cadillac an sich vorbeifahren, wie er noch keinen gesehen hatte. Und sein Arbeitsgebiet waren Autos.

Dieser Cadillac sah aus, als wäre er aus massivem Gold, abgesehen von dem Verdeck, das aus einem hellen, glänzenden Gewebe bestand. Von seinem Instrumentenbrett strahlte ein gespenstiges blaues Licht aus, gerade hell genug, die drei Personen zu beleuchten, die auf den Vordersitzen saßen.

Der Mann am Lenkrad trug eine Waschbärmütze mit langem buschigem Schwanz. Neben ihm saß die Schönheitskönigin Afrikas, mit Augen wie erfrorene Pflaumen und einem Lächeln, das blaugefärbte Zähne in einem schwarzgestrichenen Totenschädel entblößte.

Der Herzschlag des Mannes setzte einmal aus. Dieses Gesicht war ihm erschreckend gut bekannt. Aber es war doch unmöglich, daß seine treue Sassafras um diese Zeit in der Nacht mit zwei fremden Männern in einem nagelneuen Cadillac herumfuhr! Darum richtete er seinen Blick schnell auf die dritte Person, die einen schwarzen Homburg und einen weißen Seidenschal trug und das kleine, mit einem Bärtchen gezierte Gesicht eines Amateurzauberkünstlers hatte.

In dem gedämpften bläulichen Licht wirkten die drei völlig unwirklich, wie etwas, was es gar nicht geben konnte, nicht einmal in der Nacht der Erdschweine in Harlem.

Er sah nach dem Nummernschild des großen goldenen Wagens, um sich Mut zu machen. Die Nummer gehörte einem Autohändler. Vorübergehend fühlte er sich wieder sicher. Das Ganze mußte ein Werbegag sein.

Plötzlich tauchte aus dem Nichts eine Frau auf, eine alte, in solides Schwarz gekleidete Dame, deren silberweißes Haar im Licht der Scheinwerfer kurz aufschimmerte, ehe sie von dem goldenen Cadillac erfaßt und niedergeworfen wurde.

Er spürte ein Kribbeln auf seiner Kopfhaut; das krause Haar unter der pelzgefütterten Mütze sträubte sich ihm. Unwillkürlich fragte er sich, ob er träumte.

Aber der Cadillac beschleunigte das Tempo. Das war kein Traum. Genau das mußte der Fahrer tun. So würde er es auch machen, wenn er in einer dunklen verlassenen Straße eine alte Frau überfahren hätte.

Eigentlich hatte er nicht eindeutig gesehen, daß der Cadillac die alte Frau wirklich überfahren hatte. Aber da lag sie auf der Straße, und da fuhr der Wagen. Folglich mußte er sie überfahren haben. Das war doch nur logisch.

Auf jeden Fall zuckte er nicht mit der Wimper. Jetzt fragte er sich nur, sollte er das zweite Rad noch abmontieren oder mit dem einen, das er bereits hatte, verschwinden? Sein Auftrag lautete auf zwei. Er brauchte das Geld. Das kleine Luder, auf das er so scharf war, hatte ihm erklärt, ihre Handfläche müßte geschmiert werden. Handfläche hatte sie zwar nicht gesagt, aber gemeint hatte sie ganz eindeutig Geld – das einzige Schmiermittel für Liebe.

Er bückte sich, um sich an die Arbeit zu machen, als er wieder erstarrte. Die alte Dame hatte sich bewegt. Zunächst hatte er es nur aus dem Augenwinkel bemerkt, aber er riß sofort den Kopf herum.

Langsam stand sie auf. Mit beiden Händen und einem Knie auf dem Pflaster, erhob sie sich. Er konnte sie vor sich hin lachen hören. Er spürte, wie ihm eine Gänsehaut weit über den Rücken hinabkroch.

Er beobachtete die alte Frau. Sein Verstand versuchte das Bild zu verarbeiten, das seine Augen wahrnahmen, als ein zweiter Wagen um die Ecke bog. Er bemerkte ihn erst, als er an ihm vorbeikam.

Es war eine große schwarze Limousine, die mit abgeblendetem Licht fuhr. So dicht raste sie an ihm vorbei, daß es sich anhörte, als hätte ihm jemand plötzlich ins Ohr geblasen.

Die alte Dame hatte inzwischen beide Füße aufs Pflaster gesetzt, kauerte vornübergebeugt wie ein Bär auf allen vieren und wollte sich gerade aufrichten, als die große schwarze Limousine sie ins Kreuz rammte.

Er begriff nicht, wieso er das alles sehen konnte. Die Straße war pechschwarz, die alte Dame schwarz gekleidet, der Wagen schwarz. Aber er sah es. Entweder mit seinen Augen oder mit seinem Verstand. Er sah die alte Dame durch die Luft segeln, Arme und Beine weit gespreizt, das schwarze Gewand im Luftzug ausgebreitet wie die Schwingen eines Vampirs. Sie flog schräg nach links, der schwarze Wagen raste geradeaus weiter. Das schneeweiße Haar der alten Dame flatterte für sich nach rechts auf, wie eine Taube, die vor ihrem Schlag zum Landen ansetzt.

Darüber hinaus waren auf den Vordersitzen der Limousine die dunklen Silhouetten von drei uniformierten Polizisten zu erkennen.

Nun war diesem Burschen der Anblick von Gewalt in vielerlei

Erscheinungsformen vertraut. Aber was er jetzt sah, rüttelte seinen Verstand durcheinander. Sein Kopf rannte in allen vier Himmelsrichtungen davon, während seine Füße an den Boden gebannt waren. Er drehte ein paarmal den Kopf, als ob er nach etwas suchte. Wonach, wußte er nicht.

Dann sah er das Rad, das an dem aufgebockten Wagen lehnte. Es war ein Rad mit einem Weißwandreifen. Er packte es und rannte auf die Convent Avenue zu. Aber das Rad war schwer. Er setzte es ab und rollte es vor sich her wie ein Kind einen Reifen.

Von dieser Stelle führt die Convent Avenue steil bergab zur 125th Street, und von da ließ er das Rad die Steigung hinunterlaufen. Das Rad hüpfte über den Rinnstein und beschleunigte sein Tempo. Er hielt mit ihm Schritt, bis er an die nächste Kreuzung kam. Das Rad sprang vor ihm vom Bürgersteig und rollte über die Fahrbahn. Der Mann kam ins Stolpern, und das Rad gewann einen Vorsprung. Als das Rad auf der anderen Straßenseite gegen den Bordstein stieß, hüpfte es hoch in die Luft, und sobald es wieder den Boden berührte, raste es mit der Beschleunigung eines starken Sportwagens davon.

Der Mann spähte die abfallende Straße hinunter und erkannte unter einer Laterne zwei Polizisten. Er bremste scharf, beschrieb dann einen engen Bogen und lief in die Querstraße, die er eben überquert hatte. Danach verschwand er in der Nacht.

Das Rad rollte weiter, schlug den beiden Polizisten die Beine unterm Körper fort, warf eine Frau mit einer Tragetüte voller Lebensmittel um, wurde dabei auf die Fahrbahn hinaus abgelenkt, rollte durch den Verkehr auf der 125th Street, ohne mit einem Auto zu kollidieren, hüpfte über den Gehsteig und schlug polternd durch die zu ebener Erde gelegene Tür eines Wohnhauses.

Ein kräftiger, untersetzter Mann in mittleren Jahren tauchte gerade aus der hinteren Wohnung auf, als das Rad gegen die Rückwand des Hausflurs krachte. Er warf einen Blick darauf und schaltete sofort. Schnell sah er sich um, und da er niemanden bemerkte, packte er das Rad, schoß damit in seine Wohnung zurück und warf die Tür hinter sich zu. Es passierte nicht jeden Tag, daß Manna vom Himmel fiel.

2

Roman Hill steuerte den Cadillac. Seine breiten, muskulösen Schultern, die er beim Pflügen mit einem Doppelgespann Maultiere auf den Baumwollfeldern von Alabama entwickelt hatte, waren unter der speckigen Lederjacke so vorgebeugt, als ob er die vier Apokalyptischen Reiter aus der Offenbarung Johannis lenkte.

»Paß auf!« schrie Sassafras. Sie schrie so laut, daß es einen Toten geweckt hätte.

»Was'n los?« Er stieß die Luft aus und umklammerte das Lenkrad mit seinen Händen so fest, als wollte er es zerbrechen.

Die alte Frau bemerkte er nicht. Der Schrei hatte ihn erschrocken auffahren lassen. Die alte Dame entdeckte er erst, als das Licht des linken Scheinwerfers sie so unvermittelt erfaßte, als wäre sie aus dem Boden aufgetaucht. Seine schielenden grauen Augen versuchten, ihm in entgegengesetzter Richtung aus dem Kopf zu quellen.

»Achtung!« schrie er, während er auf die Bremse trat.

Seine beiden Fahrgäste wurden gegen das Instrumentenbrett vorgeschleudert, und er selbst stieß mit der Brust hart gegen das Lenkrad.

Die alte Dame verschwand.

»Mein Gott, wo is sie?« fragte er in panischem Schrecken.

»Du hassi überfahrn!« schrie Sassafras.

»Geben Sie Gas!« fauchte Mister Baron ihn an.

»Was soll ich?« Romans schlaffes braungelbes Gesicht war vor Schreck völlig leer.

»Weiterfahren, verdammt noch mal«, drängte Mister Baron. »Sie haben sie umgebracht. Wollen Sie hier warten, bis man Sie erwischt?«

»Achu lieber Himmel«, murmelte Roman benommen und gab Gas.

Der Cadillac schoß los wie eine gezündete Rakete.

»Halt!« schrie Sassafras wieder. »Du has ihr gar nichts getan.«

Der Cadillac verringerte das Tempo. »Hören Sie nicht auf dieses

Weib, Sie Dummkopf«, schnauzte Mister Baron wieder. »Wollen Sie vielleicht zwanzig Jahre absitzen?«

»Wieso denn?« widersprach Sassafras mit hoher, durchdringender Stimme. Sie hatte ein langes ovales Gesicht mit unterentwickelten Zügen und einer kohlschwarzen Haut. Ihre geschlitzten Augen glitzerten wie Glas. »Die is ihn doch direk vorn Wagn gelaufn. Das kannsch beschwörn.«

»Reden Sie keinen Quatsch«, zischte Mister Baron sie an. »Er hat keinen Führerschein, er ist nicht versichert, der Wagen ist nicht mal angemeldet. Die sperren ihn ein, nur weil er damit gefahren ist. Und weil er die alte Frau totgefahren hat, werden sie ihn nach Sing-Sing bringen und den Schlüssel zu seiner Zelle wegschmeißen.«

»Verfluche Schweinrei«, stieß Roman heiser aus, als sich sein Schreck endlich so weit gelegt hatte, daß er begriff. »Muß mir das passiern? Ich hab mein Wagn noch kein halbe Stunde und hab schon ein alte Frau totgefahrn.« Seine Stimme klang, als ob er anfangen wollte zu weinen. Aber den Cadillac fuhr er wieder entschlossen weiter.

»Fahrn wir lieber zurück und sehn nach«, bettelte Sassafras. »Ich hab kein Stoß gespürt.«

»In diesem Wagen spürt man keinen Stoß«, erklärte Mister Baron. »In dem kann man über Eisenbahnschienen fahren und spürt nichts.«

»Er hat recht, Schätzchen«, stimmte Roman ihm zu. »Das beste is jetzt, schnell verschwinden.«

Der unbeleuchtete große schwarze Buick schnitt dem Cadillac den Weg ab, und ein Polizist schrie durch das geöffnete Fenster: »Anhalten!«

Roman überlegte, ob er versuchen sollte, um den Buick herumzufahren und zu fliehen, aber Mister Baron befahl ihm scharf: »Stopp! Mach keine Beule in den Kotflügel!«

Sassafras warf ihm einen verächtlichen Blick zu.

Alle drei Polizisten sprangen mit gezogenen Waffen aus dem Buick und umringten den Cadillac. Einer von ihnen war ein Weißer.

»Mit erhobenen Händen aussteigen«, befahl einer der farbigen Polizisten mit scharfer, hastiger Stimme.

»Aber schnell«, ergänzte der weiße Polizist.

»Was soll das denn?« fragte Mister Baron in hochmütigem Ton und spielte den Empörten.

»Totschlag«, erwiderte der farbige Polizist barsch.

»Fahrerflucht«, ergänzte der weiße Polizist.

»Wir habn kein angefahrn«, protestierte Sassafras mit ihrer schrillen, an den Nerven zerrenden Stimme.

»Erzählen Sie das dem Richter«, erwiderte der farbige Polizist grob.

Der weiße Polizist öffnete die rechte Tür des Cadillac und zerrte Mister Baron von seinem Sitz. Er behandelte ihn grob und packte ihn an den Aufschlägen seines Mantels. Roman war bereits ausgestiegen und stand neben dem Wagen. Er hielt seine Hände in Schulterhöhe. Der weiße Polizist stieß Mister Baron zur Seite, damit Sassafras aussteigen konnte.

»Jetzt hören Sie mir mal einen Augenblick zu«, sagte Mister Baron mit leiser, überredender Stimme. »Es ist nichts passiert, was wir nicht unter uns regeln können. Die Frau ist nicht schwer verletzt. Ich habe im Rückspiegel gesehen, daß sie wieder aufgestanden ist.«

Mister Baron war klein und feminin und hatte für einen Mann ungewöhnlich ausdrucksvolle Augen. Sie hatten eine eigenartige hellbraune Farbe und waren von langen schwarzen gebogenen Wimpern eingerahmt. Sie paßten aber zu seinem mädchenhaften, herzförmigen Gesicht. Das einzig Männliche an ihm waren ein kleiner buschiger Schnurrbart und der Spitzbart, der aussah, als wäre er ihm mit Kleister ans Kinn geklebt. Er machte von seinen Augen nach bestem Können Gebrauch.

»Wenn Sie einsichtig sein wollen, braucht diese Geschichte gar nicht erst vor Gericht zu kommen. Und«, fügte er hinzu, wobei er seine Wimpern spielen ließ, »Sie können dabei auf mehr als nur eine Weise profitieren. Wenn Sie verstehen, was ich meine.«

Die drei Polizisten tauschten Blicke.

Sassafras schüttelte sich und sah Mister Baron mit unsagbarer

Verachtung an. Sie war ein schmalgebautes, puppenhaftes Mädchen, hatte ein Hinterteil wie eine Ente und trug einen grauen Mantel aus Fellimitation und dazu eine rote Strickmütze, die von einem der sieben Zwerge stammen konnte.

»Da mach ich nicht mit«, erklärte sie.

»Was sind Sie denn schon so Besonderes, Kindchen«, antwortete Mister Baron spitz.

»Wieviel?« fragte der weiße Polizist.

Mister Baron zögerte und sah den Polizisten abschätzend an. »Fünfhundert«, bot er vorsichtig.

»Und was is mit der alten Frau, wenn sie nich tot is?« mischte Sassafras sich ein. »Was wolln Sie der geben?«

»Die soll sehen, wo sie bleibt«, erwiderte Mister Baron brutal.

»Bring die beiden erst mal in den Wagen«, befahl der weiße Polizist.

Der eine der farbigen Polizisten faßte Sassafras am Arm und führte sie zu dem Buick. Roman folgte gefügig, wobei er seine Hände immer noch in Schulterhöhe hielt. Er sah aus wie einer, der sein Vermögen auf eine sichere Sache gesetzt und verloren hatte.

Der Polizist hatte sich bisher nicht die Mühe gemacht, ihn zu durchsuchen. Das tat er auch jetzt nicht. »Hinten einsteigen«, befahl er.

Roman fing an zu betteln. »Wenn ihr mir nur noch mal ne Chance laßt . . .«

Der Polizist schnitt ihm das Wort ab. »Ich bin doch nicht deine Mammy.«

Roman stieg ein und saß verzweifelt da, mit hängenden Schultern und gesenktem Kopf, das Kinn auf der Brust. Sassafras kam von der anderen Seite. Sie warf ihm einen Blick zu und brach in Tränen aus.

Die Polizisten ignorierten die beiden und wandten sich Mister Baron zu, der im Licht des Cadillac vor dem weißen Polizisten stand.

»Scheinwerfer aus«, befahl der weiße Polizist.

Einer der farbigen Polizisten ging zu dem Wagen und schaltete das Licht aus.

Der weiße Polizist sah prüfend die Straße hinauf und hinunter.

Außer Mister Baron und den Polizisten war kein Mensch in Sicht; nichts regte sich, außer dem feinen Pulverschnee im eiskalten Wind.

»Sind fünfhundert alles, was Sie haben?« fragte der weiße Polizist Mister Baron. Mister Baron leckte sich über die Lippen, und der Ton seiner Stimme wurde vertraulich und selbstsicher. »Wir zwei werden uns schon einig«, flüsterte er.

»Kommen Sie näher«, sagte der weiße Polizist.

Mister Baron trat so dicht an den weißen Polizisten heran, als wolle er sich ihm in die Arme legen.

Der weiße Polizist drehte ihn mit einer Bewegung herum und drückte ihm mit einem Halbnelson die Luftröhre zu, während er ihm den rechten Arm auf den Rücken zog. Mister Baron schlug wirkungslos mit der linken Hand nach ihm.

Einer der Farbigen sprang hinzu und zog einen lederbezogenen Totschläger. Der andere Polizist nahm Mister Baron den Homburg vom Kopf, und der erste Polizist schlug Mister Baron hinters Ohr. Mister Baron stieß einen leisen tiefen Seufzer aus und wurde schlaff.

Mit schnellen, geübten Griffen durchsuchte der weiße Polizist Mister Barons Taschen. Er fand zwei parfümierte Taschentücher aus weißer Seide, eine Schlüsseltasche mit verschiedenen Schlüsseln, einen Verlobungsring mit einem Brillanten, der fest über einem Lippenstift aus Kunststoff stak, einen Elfenbeinkamm, in dem Strähnen von Mister Barons langem, gewelltem Haar hingen, einen bananenförmigen Gegenstand aus schwarzem Gummi, an dem ein Gummiband befestigt war, und einen Packen Hundertdollarnoten, der in fettiges braunes Packpapier gehüllt war.

Er grunzte. Die farbigen Polizisten beobachteten ihn mit stummer Konzentration. Er schob den Packen Geld in die Seitentasche seines Mantels und stopfte das übrige in Barons Taschen zurück.

»Lassen wir ihn hier?« fragte der eine farbige Polizist.

»Nein. Wir schaffen ihn in den Wagen«, antwortete der Weiße.

»Wir sollten uns beeilen«, drängte der andere Farbige.

»Jetzt haben wir keinen Grund zur Eile«, erwiderte der Weiße. »Wir haben es geschafft.«

Wortlos hoben die beiden Farbigen Mister Baron auf und trugen ihn zu dem Buick, während der Weiße die Hintertür aufhielt.

Weder Roman noch Sassafras hatten etwas bemerkt.

»Was is mit ihm passiert?« Sassafras unterbrach ihr Weinen lange genug, um zu fragen. »Er ist ohnmächtig geworden«,antwortete der weiße Polizist. »Machen Sie Platz.«

Sie rückte zur Mitte, und die beiden farbigen Polizisten setzten Mister Baron in die Ecke.

»Jetzt hör mal gut zu, Boy«, wandte sich der weiße Polizist an Roman.

Roman drehte sich nach ihm um.

»Ich beschlagnahme deinen Wagen. Meine Kollegen bleiben hier, bis der Krankenwagen kommt, und bringen dich dann zum Revier. Und ich will mit euch nicht noch mehr Schwierigkeiten haben, verstanden?«

»Jawohl, Sir«, antwortete Roman dumpf, als ob das Ende der Welt gekommen wäre.

»Na gut«, sagte der weiße Polizist, »und laßt euch das eine Lehre sein. Man kann das Recht nicht kaufen.«

Ohne Eile ging er zu dem Cadillac zurück. Einer der farbigen Polizisten saß bereits am Steuer, der andere neben ihm. Der Weiße stieg auf der anderen Seite ein. Der Farbige am Steuer ließ den Motor an und fuhr ab, ohne die Scheinwerfer einzuschalten. Langsam kroch der große goldene Cadillac um den Buick herum und war bereits halb an ihm vorbei, ehe Sassafras es bemerkte.

»Roman, sie ham dein Wagn genommen«, schrie sie auf.

Roman war zu verstört, um aufzusehen. »Er hat ihn beschlagnahmt«, murmelte er.

»Es ist aber nich nur der eine. Die sitzen alle drei drin«, erwiderte sie.

Überrascht hob Roman seine schielenden Augen. »Warum machen die denn das?« fragte er mit dummem Gesicht.

»Wettn, daß die dir den Wagn stehln?«

Roman fuhr auf, als ob eine Zeitbombe unter ihm explodiert

wäre. »Mein Wagn stehln?« schrie er, und seine harten, trossenartigen Muskeln erwachten zu wildem Leben. Er hatte die Tür aufgestoßen und war auf die Straße gesprungen, noch ehe Sassafras protestieren konnte. Sie riß den Mund auf und stieß einen Schrei aus, der zur Folge hatte, daß die ganze Straße entlang Fenster aufgerissen wurden.

Roman war der einzige, der ihn nicht hörte. Sein großer, muskelstrotzender Körper rollte im Laufen, als ob das abfallende schwarze Pflaster das Verdeck eines Schiffes bei Sturm auf hoher See wäre. Er zerrte dabei an etwas unter seiner Lederjacke, das innen in seiner Hose steckte. Schließlich brachte er einen großen rostigen Revolver Kaliber .45 heraus, aber ehe er schießen konnte, war der Cadillac um die Ecke gebogen und verschwunden.

Ein Bursche auf einem Motorrad mit Beiwagen fuhr gerade vom Straßenrand ab, als der große Cadillac plötzlich auf ihn zukam und der Fahrer sein Licht einschaltete. Der Motorradfahrer wich mit einer schnellen Wendung auf den Bürgersteig aus. Aus dem Augenwinkel sah er einen goldenen Cadillac mit atemberaubendem Tempo vorbeirasen. Die Silhouette von drei Polizisten auf den Vordersitzen zuckte in seinem Blickfeld kurz auf.

Den Cadillac hatte er erst vor kurzer Zeit gesehen. Bei dieser Gelegenheit hatten zwei Zivilisten und eine Frau darin gesessen. Einen solchen Cadillac konnte es in Harlem nur einmal geben, davon war er überzeugt. Falls es einen solchen Cadillac überhaupt gab. Falls er nicht einfach übergeschnappt war.

Der Bursche trug einen dunkelbraunen Overall, eine wollgefütterte Militärjacke und eine pelzgefütterte, dunkelkarierte Jägermütze. In dieser bitterkalten Nacht hielt es nur ein Bursche draußen aus, der so wie er aussah.

»Nein, das kann nich wahr sein«, sagte der Bursche zu sich selbst. »Entweder bin ich nich mehr ich, oder was ich gesehn hab, gibt es nich.«

Während er versuchte dahinterzukommen, welche dieser beiden Möglichkeiten zutreffen mochte, fegte mit kreischenden Reifen eine große schwarze Limousine um die Ecke und zerriß mit ihren blendenden Scheinwerfern die pechschwarze Nacht.

Es war eine Buick-Limousine, und sie kam ihm bekannt vor. Aber bei weitem nicht so bekannt wie die Frau, die er vor kurzem in dem goldenen Cadillac gesehen hatte. Und jetzt lenkte der Kerl mit der Waschbärmütze, der vorhin den Cadillac gelenkt hatte, den Buick.

Das alles war so verrückt, daß es ihm wieder Mut machte. Er beugte sich über den Lenker seines Motorrads und fing an zu lachen, als ob er übergeschnappt wäre. »Hahaha.« Er lachte und begann laut mit sich selbst zu sprechen. »Was das auch fürn Traum is, eins is ganz sicher – das is alles gar nich wahr.«

3

Das Telefon im Revier kam nicht zur Ruhe. Der Sergeant gab die Meldungen an den diensthabenden Leutnant Anderson mit gelangweilter, monotoner Stimme weiter. »Da meldet sich eine Frau von gegenüber dem Convent und behauptet, auf der Straße würde gemordet und vergewaltigt . . .«

Leutnant Anderson gähnte. »Jedesmal, wenn ein Mann seine Frau verprügelt, ruft irgendein übereifriges Weib an und behauptet, sie würde ermordet und vergewaltigt – die Frau, meine ich. Und weiß Gott, ein paar von denen hätten es wirklich nötig – die Übereifrigen, meine ich.«

». . . eine andere Frau aus der gleichen Gegend behauptet, daß jemand einen Hund quält . . .«

»Sagen Sie ihr, daß wir gleich eine Streife schicken«, befahl Anderson. »Sagen Sie ihr, Hunde wären unsere besten Freunde.«

»Sie hat eingehängt. Aber hier ist noch eine Meldung. Sie behauptet, daß die Nonnen eine Orgie feiern.«

»Da muß doch was los sein«, räumte Anderson ein. »Schicken Sie Joe Abrams und seinen Partner hin. Sie sollen da mal nachsehen.«

Der Sergeant schaltete das Funkgerät ein. »Joe Abrams, kommen, kommen.«

Joe Abrams meldete sich.

»Fahren Sie mal südlich am Convent vorbei, und sehen Sie nach, was da los ist.«

»Verstanden«, antwortete Joe Abrams.

»Patrolman Stick ruft von einer Meldebox in der 125th Street«, berichtete der Sergeant Anderson. »Er behauptet, er und sein Partner, Sam Price, wären von einer fliegenden Untertasse angegriffen und niedergeschlagen worden, die jemand in der Gegend losgelassen hat.«

»Geben Sie ihnen Befehl, sich vor Beendigung ihres Dienstes hier zu einem Alkoholtest zu melden«, erwiderte Anderson streng.

Lachend gab der Sergeant den Befehl weiter. Dann nahm er einen weiteren Anruf entgegen, und sein Gesicht wurde grimmig. »Ein Mann, der seinen Namen als Benjamin Zazuly angibt, ruft aus der *Paris Bar* in der 125th Street an und meldet einen Doppelmord. Er sagt, auf der Straße vor der Bar liegen zwei Tote. Der eine ist ein Weißer. Ein dritter Mann ist bewußtlos. Er glaubt, es ist Casper Holmes . . .«

Andersons Fäuste schlugen krachend auf den Schreibtisch, und sein hartes, hageres Gesicht bekam einen erbitterten Ausdruck. »Verflucht noch mal. Ausgerechnet mir muß das passieren«, stöhnte er, aber schon im nächsten Augenblick bedauerte er, daß er die Worte ausgesprochen hatte.

»Beordern Sie die beiden anderen Wagen dorthin«, befahl er in ruhigem Ton. Die Adern an seinen Schläfen pulsierten, und seine blaßblauen Augen hatten einen abwesenden Ausdruck. Er wartete, bis der Sergeant Kontakt mit den beiden Streifenwagen aufgenommen und sie zum Tatort dirigiert hatte. Dann sagte er: »Schaffen Sie mir Jones und Johnson her.«

Während der Sergeant Jones und Johnson über Funk aufforderte, sich zu melden, sagte Anderson beunruhigt: »Hoffentlich ist Holmes nichts passiert.«

Der Sergeant konnte Jones und Johnson nicht erreichen.

Anderson stand auf. »Versuchen Sie es weiter«, befahl er. »Ich fahre selbst hin und sehe mich dort mal um.«

4

Der Sergeant konnte Grave Digger Jones und Coffin Ed Johnson nicht erreichen, weil die beiden im Hinterzimmer von Mammy Louises *Pork Store* saßen und heiße Hühnerfüßchen, ein Gericht aus gekochten Hühnerbeinen, Reis, Okra und roten Chilischoten, aßen. In einer kalten Nacht wie dieser hielt das Gericht im Magen ein warmes Feuer in Gang, und die zarten weißen Knorpel der Hühnerfüße gaben dem Bauch eine solide Füllung.

Die kleine, ramponierte schwarze Limousine parkte am Straßenrand vor Mammy Louises *Pork Shop* – »durchgehend geöffnet«, wie ein Schild versprach –, und der Sprechfunk quakte immer noch, als sie auf die Straße kamen. Grave Digger glitt hinter das Steuer, Coffin Ed stieg auf der anderen Seite ein. Der Laden lag zwischen der Seventh und der Eighth Avenue in der 124th Street, und der Wagen stand in Richtung zur Seventh Avenue.

In Luftlinie lag die *Paris Bar* nördlich von ihnen an der 125th Street, etwa in der Mitte zwischen der *Apollo Bar* und dem *Palm Café* und gegenüber von Blumsteins Kaufhaus. Zu Fuß waren es bis dorthin zehn Minuten, wenn man auf dem Kirchgang war, und etwa zweieinhalb Minuten, wenn man von seiner Frau mit dem Rasiermesser verfolgt wurde.

Zwei Streifenwagen und Leutnant Andersons schwarze Limousine parkten vor der *Paris Bar* und beanspruchten allen freien Platz. Von den Polizisten abgesehen, die in Gruppen herumstanden, war die Straße menschenleer.

»Einer ist ein Weißer«, sagte Grave Digger.

»Was sonst?« erwiderte Coffin Ed.

Damit meinte er, was denn sonst ihre schwarzen Mitbürger von dem Zirkus hätte fernhalten können, den ein Mord bot.

»Achtung«, warnte Grave Digger, als er scharf abbog und auf den Gehsteig hinauffuhr, um sich zwischen den vordersten Polizeiwagen und einen Feuerhydranten zu zwängen,

Noch ehe er den Wagen angehalten hatte, quer über den Gehsteig und knapp, ehe er in das Schutzgitter vor dem Drugstore neben der *Paris Bar* hineinfuhr, sahen sie die drei auf dem Pflaster liegenden Gestalten.

Der Mann, der ihnen am nächsten lag, trug einen Trenchcoat mit Gürtel und einen dunklen, breitkrempigen Hut, der ihm noch auf dem Kopf saß. Er lag flach auf dem Bauch, die Arme gespreizt; seine Füße ruhten auf den Spitzen. Sein linker Arm war angewinkelt, Handfläche nach oben, der rechte zur Seite gereckt, und die Hand hielt noch einen kurzläufigen Revolver gepackt.

Ein Blick genügte, um zu sehen, daß der Mann tot war.

Die Fassade der *Paris Bar* war mit Edelstahl verkleidet und wurde beherrscht von zwei großen Schaufenstern, die den Eingang flankierten. Die Stahlplatte links war unter der Scheibe unmittelbar über dem Toten von Einschüssen durchlöchert.

Mit dem zweiten Toten war es anders. Er lag zusammengeknäuelt wie ein nasses Handtuch unmittelbar vor der Tür. Sein glattes, hübsches, schwarzes Gesicht über den Falten seines farbenfreudigen Anzugs trug einen Ausdruck unsagbarer Überraschung. Er sah eher aus, als ob er vor Schreck gestorben wäre, nicht aber durch einen Schuß; das kleine, runde, rotgeränderte Loch über seiner rechten Schläfe verriet jedoch alles.

Die dritte Gestalt war von Polizisten umringt.

Grave Digger und Coffin Ed stiegen aus und traten zu dem ersten Toten.

»Zwei Treffer oben durch den Hut«, bemerkte Grave Digger und ließ den Blick weiterschweifen. »Er lag schon auf dem Bauch, und die Treffer nagelten den Hut regelrecht fest.«

»Zwei weitere in der rechten Schulter und dann links in den Hals«, ergänzte Coffin Ed. »Da wollte einer ganz sichergehen, daß der Mann auch wirklich tot war.«

»Ein einzelner konnte dem Burschen keine fünf Treffer beibringen, solange er seine Waffe noch in der Hand hatte«, stellte Grave Digger fest.

»Mir scheint, daß zwei oder mehr von da drüben geschossen haben, wo Casper liegt, und daß er von einem Dritten aus einem Wagen am Straßenrand ins Kreuzfeuer genommen wurde.«

»Ganz recht«, stimmte Grave Digger zu und zählte die Einschüsse in der Platte aus Edelstahl. »Einer hat mit einer Pistole aus dem Wagen geschossen – alle elf Schuß daneben.«

»Der Bursche lag flach am Boden, und der Mann im Wagen schoß über ihn weg; aber das gab den anderen die Chance, ihn umzulegen.«

Grave Digger nickte. »Der hier verstand zweifellos sein Geschäft, aber die anderen waren schneller.«

»Hierher!« rief Leutnant Anderson.

Anderson stand mit einem weißen Detektiv namens Haggerty und zwei Streifenpolizisten um einen bewußtlosen Farbigen herum, der der Länge nach ausgestreckt auf dem Gehsteig lag.

Grave Digger und Coffin Ed warfen einen flüchtigen Blick auf den zweiten Toten, als sie an ihm vorbeigingen.

»Kennst du ihn?«

»Son Girl-Boy«, antwortete Coffin Ed.

Detektiv Haggerty bleckte die Zähne, als sie näher kamen. »Immer, wenn ich euch beide sehe, muß ich an zwei Bauernburschen denken, die sich in der City verlaufen haben«, begrüßte er sie.

Grave Digger warf ihm einen kurzen Blick zu. »Der Witzbold vom Dienst.«

Coffin Ed ignorierte ihn.

Beide starrten auf die bewußtlose Gestalt hinunter. Man hatte ihn auf den Rücken gedreht und ihm seinen steifen Hut als Polster unter den Kopf gelegt. Die Hände waren über der Brust gefaltet, und er hatte die Augen geschlossen. Wäre nicht sein mühsames Atmen gewesen, hätte man ihn für tot halten können.

Er trug einen marineblauen Kaschmirmantel mit handgesäumten Aufschlägen und aufgesetzten Taschen. Sein Hemd wurde durch einen schwarzen Seidenschal verdeckt. Seine Hose war aus dunkelblauem Flanell mit weißen Nadelstreifen. Fast neue schwarze Boxcalfschuhe vervollständigten seinen Anzug.

Er hatte ein breites, glattrasiertes Gesicht mit einem kantigen, aggressiv wirkenden Kinn. Die schwarze Haut sah samtweich aus, das sorgfältig geschnittene, krause Haar war schneeweiß. Alles in allem wirkte er imposant.

»Casper sieht ziemlich heil aus«, sagte Coffin Ed mit unbewegtem Gesicht.

»Er wurde mit einem Totschläger hinter das linke Ohr geschlagen«, erklärte Leutnant Anderson.

»Und was halten Sie von der Geschichte?« fragte Grave Digger.

»Dem Anschein nach wurde Holmes beraubt, aber alles andere paßt nicht so richtig ins Bild«, gestand Anderson.

»Der Spaßvogel da drüben muß aus der Bar gekommen sein, um die blauen Bohnen zu bewundern«, witzelte Haggerty und lachte über seinen eigenen Witz.

»Aber eine hat er doch nicht gesehen«, fügte ein weißer Polizist grinsend hinzu.

Mit einem Blick wischte Anderson ihm das Grinsen aus dem Gesicht.

»Wer ist der Mann mit dem Revolver?« fragte Coffin Ed.

»Noch nicht identifiziert«, antwortete Anderson. »Haben ihn noch nicht angerührt. Wir warten auf den Polizeiarzt und auf die Leute vom Morddezernat.«

»Was sagen die Zeugen?«

»Was für Zeugen?«

»Jemand in der Bar muß doch was gesehen haben.«

»Sicher, aber bisher will das noch keiner zugeben«, antwortete Anderson. »Ihr wißt ja, wie das ist, wenn ein Weißer umgebracht wird. Keiner will damit zu tun haben. Ich hab nach der Minna geschickt und nehme sie allesamt mit.«

»Lassen Sie mich mal mit den Leuten reden«, meinte Coffin Ed.

»Na schön. Versuchen Sie's.«

Coffin Ed ging mit langen Schritten zum Eingang der Bar, der von einem weißen Polizisten bewacht wurde.

Grave Digger sah fragend einen weißen Zivilisten an, der sich der Gruppe Polizisten angeschlossen hatte.

»Das ist Mister Zazuly«, erklärte Anderson. »Er kam gleich nach der Schießerei hier vorbei und hat das Revier alarmiert.«

»Was hat er gesehen?« fragte Grave Digger.

»Als ich hier ankam, war die Straße von Menschen überfüllt«, sagte Mister Zazuly, und seine von den dicken Gläsern einer Hornbrille vergrößerten Augen blinzelten heftig. »Die beiden Toten lagen genauso da wie jetzt, und nicht ein Polizist war in Sicht.«

»Er ist Buchhalter bei Blumstein«, erläuterte Anderson.

»Hat er die Schüsse gehört?«

»Selbstverständlich habe ich die Schüsse gehört. Es klang wie im zweiten Weltkrieg. Und nicht ein Polizist in Sicht.« Mister Zazulys rundes, eulenhaftes Gesicht über den Falten des Mohairschals verriet höchste Empörung. »Gangsterkrieg in einer Hauptverkehrsstraße! Ganz frech und offen!« Seine Stimme überschlug sich fast. »Und wo war die Polizei, frage ich Sie?«

Grave Digger machte ein verlegenes Gesicht. Niemand gab Mister Zazuly Antwort.

»Ich werde eine schriftliche Beschwerde einreichen«, drohte er.

Das Heulen einer Sirene näherte sich.

»Da kommt der Krankenwagen«, sagte Anderson erleichtert.

Das rote Blinklicht des Krankenwagens kam aus der Richtung der Lenox Avenue durch die 125th Street schnell näher.

Grave Digger wandte sich an Mister Zazuly. »Ist das alles, was Sie gesehen haben?«

»Was kann er denn überhaupt gesehen haben?« witzelte Haggerty. »Bei der Brille?«

Der Krankenwagen hielt neben einem Streifenwagen, und die Polizisten standen schweigend daneben, während der Arzt den Ohnmächtigen flüchtig untersuchte.

»Können Sie ihm nicht was geben, damit er zu sich kommt?« fragte Anderson.

»Was denn?« fragte der Arzt zurück.

»Na, ich meine, wann wird er in der Lage sein, zu reden?«

»Kann ich nicht sagen, Inspektor. Vielleicht hat er eine Gehirnerschütterung.«

»Ich sehe schon, daß Sie schnell Karriere machen werden«, meinte Anderson.

Während Caspar Holmes auf die Bahre gelegt und fortgetragen wurde, sagte niemand mehr ein Wort.

Anderson blickte auf seine Uhr. »Das Morddezernat könnte endlich kommen«, sagte er ungeduldig.

»Bei dem Wetter verderben die Leichen nicht so schnell«, sagte Haggerty, schlug den Mantelkragen hoch und kehrte dem eiskalten Wind den Rücken zu.

»Will mal sehen, wie Ed vorwärtskommt«, sagte Grave Digger und ging auf den Eingang der *Paris Bar* zu.

Als Coffin Ed in die Bar trat, blickte niemand in seine Richtung.

Der Raum war lang und schmal. An der linken Seite verlief der ganzen Länge nach die Bar und nahm die Hälfte des vorhandenen Platzes ein. Die Gäste saßen auf Hockern an der Theke oder standen herum. Tische gab es nicht.

Das übliche Sonnabendnachtpublikum hatte sich eingefunden: kesse Jünglinge in pfauenbunten Anzügen, leuchtende Kappen in Blau und Silber, Gold und Rot auf die pomadisierten Locken gedrückt, die sie sich gerade beim Friseur für sieben Dollar hatten legen lassen. Und dazu die großen, kräftigen, rauh aussehenden Männer, die das Leben für sie so wunderbar machten. Aber nicht eine einzige Frau war zu sehen.

Coffin Ed war kein Moralprediger. Aber diese an Verschwörer erinnernde Art, jedem Außenseiter mit eisigem Schweigen zu begegnen, ging ihm auf die Nerven.

Bis zum letzten Mann starrten sie alle in ihre Gläser, als ob sie eine Konkurrenz um den Preis der drei weisen Affen auskämpften: nichts sehen, nichts hören, nichts sagen. Der Wettbewerb drohte zu einem toten Rennen auszuarten.

Die drei Barmänner spülten mit einem Eifer Gläser, der sie bei der Gewerkschaft allesamt auf die schwarze Liste bringen konnte.

Coffin Eds Hals begann sich zu blähen. Sein Blick flackerte gefährlich drohend die Reihe entlang und suchte nach einem Kandidaten, mit dem er anfangen konnte. Aber alle hüllten sich gleichermaßen in tiefes Schweigen.

»Versucht ja nicht, vor mir die Taubstummen zu spielen«, warnte er. »Ich bin genauso ein Farbiger wie ihr.«

Im Hintergrund kicherte jemand leise. Der uniformierte weiße Polizist starrte Coffin Ed mit ausdruckslosem Gesicht an.

Coffin Ed sprach den Rücken des Burschen auf dem ersten Barhocker an. »Na, Jungchen, fangen wir mit dir an. In welche Richtung sind sie davongefahren?«

Der mädchenhafte Jüngling starrte weiter in sein Glas, als ob er stocktaub wäre.

Coffin Ed packte ihn bei der Schulter und riß ihn herum.

»In welche Richtung sind sie fort?« wiederholte er mit rauher Stimme. Der Jüngling sah ihn aus großen braunen Rehaugen an, die unfähig zu sein schienen, irgend etwas anderes zu begreifen als Liebe. »Fort, Sir? Wer ist fort?« lispelte er.

In plötzlich aufwallender Wut fegte Coffin Ed ihn mit der linken Hand von seinem Barhocker.

Der Jüngling taumelte gegen die Wand und sank auf dem Boden in sich zusammen. Von überall rollten Augen in seine Richtung und rollten wieder fort. Der junge Mann war mehr vor Überraschung benommen als vom Schmerz. Er hielt es für das beste, einfach liegen zu bleiben.

Coffin Ed nahm sich den nächsten in der Reihe vor, einen unauffällig gekleideten, älteren Mann. Antworten sprudelten ihm aus dem Mund, noch ehe er gefragt wurde.

»Sie fuhren nach Westen, das heißt, die 125th Street lang, meine ich.«

Coffin Eds Gesicht war so finster drohend, daß der Mann erst einmal schlucken mußte, ehe er weitersprechen konnte.

»Sie saßen in einem schwarzen Buick. Drei Leute. Einer am Steuer, und die beiden anderen machten den Überfall.« Danach ging ihm die Luft aus.

»Haben Sie die Nummer gesehen?«

»Nummer!« Der Mann sah aus, als ob Coffin Ed seine Mutter beschimpft hätte. »Warum sollte ich mich um die Nummer kümmern? Sie sahen wie richtige Polizisten aus, als sie hier vorfuhren. Und nach allem, was ich weiß, hätten sie auch richtige Polizisten sein können.«

»Polizisten?« Coffin Ed erstarrte.

»Und als sie wieder wegfuhren, lag ich wie alle anderen auf dem Boden.«

»Wollen Sie vielleicht behaupten, daß es Polizisten gewesen sind?«

»Ich meine nicht, daß sie richtige Polizisten waren«, verbesserte sich der Mann schnell. »Sie hätten es sicher gewußt, Sir, ob sie wirklich Polizisten waren. Ich wollte nur sagen, daß sie wie Polizisten aussahen.«

»In Uniform?« Coffin Eds Nerven waren so straff gespannt wie die Kabel eines vollbelasteten Krans, und seine Stimme war ein kratzendes Flüstern.

»Woher sollte ich sonst wissen, daß sie wie Polizisten aussahen, Sir?« erklärte der Mann hastig mit einem besänftigenden Lächeln. »Hier weiß jeder, was Sie sind, gleichgültig, was Sie anhaben. Ich wollte nur sagen, daß die Männer Polizeiuniformen angehabt haben. Natürlich kann ich nicht beurteilen, ob sie Polizisten waren oder nicht. Natürlich habe ich mir nicht ihre Dienstmarken zeigen lassen. Ich weiß nur, was ich gesehen habe, und sie . . .«

Coffin Ed überlegte schnell. Er schnitt dem Mann das Wort ab. »Farbige?«

»Zwei waren farbig. Einer war ein Weißer.«

Als Polizisten getarnte Banditen. Coffin Ed versuchte sich zu erinnern, wann das zum letztenmal vorgekommen war. Meist ging es dann um einen großen Coup.

»Wie sah er aus?«

»Wie er aussah? Wer?«

Er hatte sich so stark darauf konzentriert, das Rätsel zu lösen, daß er den Mann vor sich vergessen hatte. Er blickte ihn scharf an. »Der Weiße. Fangen Sie nicht an, witzig zu werden.«

»Genauso, wie ich schon gesagt habe, Boss. Er sah aus wie ein Polizist. Sie wissen ja selber, Boss«, fügte er schlau hinzu und blinzelte Coffin Ed vertraulich an, »diese weißen Polizisten sehen alle gleich aus.«

Unter gewöhnlichen Umständen hätte Coffin Ed ihm das durchgehen lassen. Er selbst hatte versucht, ihre Rassenbrüderschaft auszuspielen, als er in die Bar gekommen war, aber er war nicht in der Laune, sich auf Vertraulichkeiten einzulassen.

»Spar dir die dämlichen Witze, Strolch. Hier geht's um Mord.«

»Sehen Sie mich doch nicht so an, Boss. Ich war's nicht«, antwortete der Witzbold und hob in einer komischen Pantomime die Hände, als ob er einen Schlag abwehren wollte.

Er erwartete gar nicht, geschlagen zu werden, aber es traf ihn doch ein Schlag. Coffin Eds Faust riß ihm die Hände auseinander und landete auf seinem linken Auge; der Mann segelte von seinem Hocker.

Durch die Gäste lief ein Raunen. Coffin Ed besaß jetzt ihre volle Aufmerksamkeit, sie regten sich und zeigten Leben.

Der nächste in der Reihe war ein großer, kräftiger Mann in einer Lederjacke und mit einem Kalbfellfes auf dem Kopf. Doch plötzlich kam er sich angesichts der Lage zu groß vor und versuchte vergeblich, sich kleiner zu machen.

Coffin Ed musterte ihn aus blutunterlaufenen Augen. »Gehörst du auch zur Liga?« knurrte er.

»Liga? Nosir, Boss. Also, wenn's die falsche Liga is, gehör ich bestimmt nich dazu.«

»Die Liga der Stummen.«

»Ich doch nich, Boss!« Der große Mann zeigte Coffin Ed einen Mundvoll Zähne zum Beweis. »Ich hab keine Angst, alles zu sagen, was wahr is. Ich erzähl alles, was ich gesehn hab. Das schwör ich bei Gott. Natürlich, es is nich viel . . .«

»Du hast gesehen, wie zwei Männer erschossen wurden.«

»Das hab ich nur gehört, Boss. Sehen konnt ichs nich.«

»Drei Männer, die sich als Polizisten verkleidet hatten . . .«

»Ich hab nur zwei gesehn, Boss.«

»Sie haben einen Mann in aller Öffentlichkeit draußen vor diesem Lokal beraubt . . .«

»Das kann ich nich beschwörn, Boss. Das hab ich nich gesehn.«

»Was ist dabei rausgekommen?«

»Rausgekommen?« Der Mann tat so, als ob ihm das Wort unbekannt wäre.

»Was haben sie ihm abgenommen?«

»Abgenommen? Wenn sie ihm was abgenomm ham, hab ichs nich gesehn.«

Coffin Ed schnellte hoch. Er versetzte dem Witzbold einen rechten Haken gegen den Solarplexus, sah, wie der Getroffene den Mund aufriß. Der Kalbfellfes flog ihm vom Kopf, als er nach vorn zusammenklappte. Coffin Ed packte ihn im Genick und riß das rechte Knie hoch. Es sollte dem Mann den Kopf mit sprühenden Sternen füllen. Aber der große Mann hatte den Mund immer noch aufgerissen, und seine Zähne schlugen wie eine Bärenfalle in Coffin Eds Kniescheibe.

Coffin Ed grunzte vor Schmerz auf, spürte, daß sein Bein gefühllos wurde, und packte den Mann am Kragen, um ihn vor dem Hinfallen zu bewahren. In blinder Panik versuchte der Mann sich zu befreien und rammte Coffin Ed den Kopf gegen den Leib. Coffin Ed schlug der Länge nach auf den Rücken, wobei er sich in rasender Wut an die Lederjacke klammerte. Die Lederjacke bremste den Schwung etwas, der Mann flog dennoch weiter, schlug einen Salto und landete auf dem Rücken. Coffin Ed wälzte sich auf die Schultern, machte eine halbe Drehung und versetzte dem großen Burschen einen Tritt. Ein kurzer Schauer durchlief den Mann, dann wurde er schlaff.

Coffin Ed packte die Kante der Bartheke und zog sich auf die Füße, wobei er sein Gewicht auf sein unverletztes Bein verlegte. Er sah sich nach dem nächsten in der Reihe um, aber es gab keine Reihe mehr.

Die Gäste hatten sich hinten im Raum zusammengedrängt und standen kurz vor einer Panik. Messer blitzten, man stieß und bedrohte sich gegenseitig.

Der weiße Polizist an der Hintertür schrie: »Zurück! Kommt mir nicht zu nahe, oder ich schieße!«

Absichtlich langsam zog Coffin Ed seinen langen, vernickelten Revolver Kaliber .38 aus dem Schulterhalfter.

»Jetzt will ich klare Antworten von euch Minnesängern hören«, sagte er in einem Ton, der allen an den Nerven zerrte.

Einer stieß einen weibischen Schrei aus.

In diesem Augenblick kam Grave Digger von der Straße herein. Ohne einen zweiten Blick zu verschwenden, öffnete er seinen großen Mund und schrie mit voller Lautstärke: »Ausrichten!« Noch ehe der Widerhall seiner Stimme von den Wänden verklungen war, hatte er seinen großen vernickelten Revolver, das Gegenstück zu Coffin Eds Waffe, in der Hand, jedem sichtbar.

Coffin Ed entspannte sich. Ein grimmiges Lächeln spielte um die Winkel seines vernarbten Mundes. »Abzählen!« bellte er mit einer Stimme, die der Graver Diggers entsprach.

Um das Maß vollzumachen, feuerten sie vier Schüsse in die frisch gestrichene Decke. Alles erstarrte. Nicht ein Wispern war zu hören, keiner wagte zu atmen. In Harlem hieß es, daß diese beiden schwarzen Detektive eine Leiche in ihrem Sarg umbringen würden, wenn sie sich nur regte.

Im nächsten Augenblick quollen Polizisten aller Schattierungen von der Straße herein. Die Mannschaft des Morddezernats war eingetroffen und kam in voller Stärke: ein Leutnant und zwei Detektive mit gezogenen Waffen, ein dritter Detektiv mit einer Maschinenpistole. Leutnant Anderson folgte ihnen, Haggerty auf den Fersen, und zwei Uniformierte bildeten die Nachhut.

»Was soll das? Was ist los? Was geht hier vor?« schrie der Leutnant vom Morddezernat mit rauher Stimme.

»Die beiden Cowboys von der Harlem-Ranch treiben nur das Jungvieh zusammen«, witzelte Haggerty.

»Du lieber Heiland«, stieß Anderson fast keuchend aus. »Gebraucht doch euren Grips! Nach allem, was schon passiert ist, sorgt ihr noch dafür, daß wir wirklich die Hosen vollkriegen.«

»Wir versuchen nur, dieses Volk hier zur Vernunft zu bringen«, knurrte Grave Digger.

Der Leutnant vom Morddezernat sah ihn mit aufgerissenen Augen an. »Soll das heißen, Sie versuchen nur . . . Sie versuchen nur, diese Zeugen hier zu einer Aussage zu bewegen?«

»Die Methode hat sich bewährt«, erwiderte Grave Digger.

»Sie beruhigt sie«, ergänzte Coffin Ed. »Sie werden bemerken, daß sie eine besänftigende Wirkung auf ihre Nerven hat.«

Aller Augen wandten sich den ruhigen, passiven Leuten zu, die sich im Hintergrund drängten.

»Mich laust der Affe«, sagte der Leutnant vom Morddezernat. »Jetzt kann mich wirklich nichts mehr überraschen.«

»Der Wagen ist da. Wir nehmen diese Leute mit ins Revier, um sie zu vernehmen«, ordnete Anderson an.

»Überlassen Sie sie uns noch fünfzehn Minuten«, verlangte Grave Digger.

In die folgende kurze Stille hinein sagte der Mixer: »Lassen Sie den Laden nicht schließen, Chef. Ich will alles sagen.«

Augen wandten sich in seine Richtung. Er war ein gutgenährter, intelligent aussehender Mann von etwa fünfunddreißig, der als Prediger einer der ärmeren Baptistengemeinden hätte gelten können.

»Kommen Sie alle raus«, befahl Anderson den anwesenden Polizisten.

5

»Es fing mit Snake Hips an«, sagte der Barmann und polierte ein Glas, um seinen Händen etwas zu tun zu geben.

»Snake Hips?« erwiderte Grave Digger ungläubig. »Das ist doch der Frauenimitator aus dem *Down Beat Club* weiter oben.«

»Der Tanzkünstler«, berichtigte der Barmann mit unbewegtem Gesicht.

»Was hatte er damit zu tun?« fragte Coffin Ed.

»Nichts. Er tanzte nur. Er tanzte draußen auf der Straße, und wir sahen ihm zu. Deshalb haben wir es gesehen.«

»Ohne Mantel und Hut? Ganz für sich allein? Er ging hier raus und tanzte draußen bei diesem Wetter, ohne Mantel und Hut – ganz allein?« Unglaube stand in Grave Diggers Gesicht.

»Er wollte sich nur aufspielen«, erklärte der Barmann und hielt das Glas ins Licht, hauchte es an und fing von neuem an, es zu polieren. »Er hat sich einen neuen Liebhaber zugelegt und wollte nur den Mann verspotten, der dessen Vorgänger war. Sie wissen ja, wie diese Leute sind. Wenn sie auf einen wütend sind, gehen sie auf die Straße und versuchen einen zu blamieren.«

»Wer ist der Mann?«

»Wen meinen Sie, Sir?«

»Den Vorgänger.«

Der Barmann suchte nach einer Stelle, die er ansehen konnte. Schließlich richtete er den Blick wieder auf das Glas, das er polierte. Wenn seine Haut heller gewesen wäre, hätte man sein Erröten bemerkt. Endlich flüsterte er: »Das war ich, Sir.«

Grave Digger wischte die Antwort beiseite. »Na gut, aber kommen wir zu Snake Hips zurück. Wer ist jetzt bei ihm dran?«

»Sicher bin ich mir nicht. Sie wissen ja, wie das bei diesen Leuten ist ...« Er würgte, aber sie ließen es ihm durchgehen. »Ich meine, bei diesen Leuten weiß man wirklich nie Bescheid. Zuletzt hat er sich mit jemand herumgetrieben, der ›Black Beauty‹ genannt wird. Aber Black Beauty wurde auch mit einem Mann namens Baron gesehen. Und ich weiß zuverlässig, daß Mister Baron viel mit einem Weißen gesehen wurde ... seinen Namen kenne ich nicht.«

»Haben Sie ihn mal gesehen? Den Weißen, meine ich«, fragte Coffin Ed.

»Ja, Sir.«

»War er einer der drei, die den Überfall verübten?« fragte Grave Digger.

»Aber nein, Sir. Zu der Sorte gehörte er überhaupt nicht. Er war in gewisser Weise ein Herr ... wie man sie am Broadway sieht.«

»Also gut, lassen wir Snake Hips«, sagte Grave Digger, wobei er sich die Informationen für künftige Verwendung merkte. »Sie kennen Casper Holmes vom Ansehen?«

»Ja, Sir. Er ist Gast bei uns.«

»Was?«

Der Barmann zuckte flüchtig mit den Schultern und spreizte die Hände. Dabei hielt er das Glas in der einen und das Tuch in der anderen Hand.

»Na ja, nicht regelmäßig. Sein Büro liegt oben im Haus, und manchmal kommt er kurz auf einen Drink zu uns.«

»Ist er an der Bar vorbeigekommen?« fragte Coffin Ed.

»Ja, Sir. Er muß gerade aus seinem Büro gekommen sein. Snake Hips tanzte draußen, aber Mister Holmes ging an ihm vorbei, als ob er ihn nicht bemerkt hätte. So, als ob er mit seinen Gedanken ganz woanders wäre.«

»Kannte er Snake Hips?«

Der Barmann schlug die Augen nieder. »Möglich, Sir. Mister Holmes kommt viel herum.«

»Könnte Snake Hips' Tanz ein Zeichen gewesen sein?«

»Nein, ganz bestimmt nicht. Er wollte mich nur reizen. Ich habe schließlich eine Frau und zwei Kinder . . .«

»Und trotzdem haben Sie Zeit für diese Knaben?« fragte Coffin Ed.

»Also, das war alles ganz harmlos. Ich habe nicht . . .«

»Laß ihn in Ruhe«, sagte Grave Digger schroff. »Casper hat ihn also nicht gesehen, oder richtiger, er hat ihn nicht zur Kenntnis genommen.« »So kann man es nennen. Gesehen haben muß er ihn, aber Mister Holmes ging schnell, sah gerade vor sich hin und trug in der Hand eine Schweinsledertasche . . .«

Beide Detektive wurden plötzlich aufmerksam.

»Eine Aktentasche?« fragte Grave Digger flüsternd.

»Genau, Sir. Eine Aktentasche aus Schweinsleder. Sah ganz neu aus. Er ging in Richtung Seventh Avenue, wohl um sich ein Taxi zu nehmen.«

»Die Schlußfolgerungen überlassen Sie lieber uns.«

»Na ja, im allgemeinen parkt er den Wagen vor dem Haus. Diesmal stand er nicht da, darum nehme ich an . . .« Grave Diggers Blick schnitt ihm das Wort ab. »Also, jedenfalls war er gerade an der Tür vorbei, als ein schwarzer Buick vor der Bar hielt . . .«

»Hatte der denn Platz zum Parken?«

»Ja, Sir. Zufällig waren gerade zwei Wagen fortgefahren.«

»Wissen Sie, wem sie gehörten?«

»Die Wagen? Nein, Sir. Ich glaube, die Fahrer – richtiger: die Fahrgäste, denn es war eine ganze Gesellschaft – kamen aus dem *Palm Café*.«

»Bemerkte Casper den Buick?«

»Anscheinend nicht, denn er ging einfach weiter. Dann stiegen zwei Polizisten – das heißt, zwei Männer in Polizeiuniform – aus, und ein dritter blieb hinter dem Lenkrad sitzen. Mein erster

Gedanke war, daß Mister Holmes vielleicht Wertobjekte bei sich hatte und die Polizisten ihn schützten. Aber Mister Holmes versuchte, an ihnen vorbeizugehen, genaugenommen zwischen ihnen hindurch, denn sie waren auseinandergetreten, als er an ihnen vorbeiwollte . . .«

»Wo war der Weiße?«

»Er stand rechts von Mister Holmes, nach der Straße zu. Mister Holmes trug die Aktentasche auf dieser Seite. Dann packten sie ihn bei den Armen, jeder an einem. Mister Holmes schien zuerst überrascht zu sein; dann wurde er wütend.«

»Konnten Sie sein Gesicht sehen?«

»Nein, Sir. Aber er richtete sich steif auf und sah aus, als ob er wütend wäre, und ich weiß, daß er etwas sagte, denn ich konnte sehen, daß sich sein Mund bewegte. Es sah aus, als ob er laut schrie, aber hören konnte ich ihn natürlich nicht.«

»Weiter«, drängte Grave Digger. »Wir haben nicht die ganze Nacht Zeit.«

»Na ja, Sir, da hatte ich zum erstenmal den Verdacht, daß etwas nicht stimmte. Und gleich darauf bemerkte ich, daß der Weiße Mister Holmes den Hut vom Kopf stieß. Und gleichzeitig schlug der farbige Polizist – farbige Mann – Mister Holmes mit einem Totschläger hinter das linke Ohr. Er stand links von Mister Holmes.«

»Haben Sie den Totschläger gesehen?«

»Nicht genau. Er sah aus wie ein gewöhnlicher, lederbespannter Totschläger mit einem Fischbeingriff.«

»Schlug er ihn öfter?«

»Nein, Sir, einmal genügte. Mister Holmes fiel hin, als ob er sich setzen wollte, und der Weiße nahm ihm die Schweinsledertasche aus der Hand.«

»Wer in der Bar hat das noch gesehen?«

»Ich glaube nicht, daß es noch jemand gesehen hat. Die Gäste stehen mit dem Gesicht zu uns, und nur wir Barleute sehen in diese Richtung; die beiden anderen Barmänner hatten zu tun.«

»Wie verhielt sich Snake Hips? Hat er gesehen, was passierte, oder war er zu berauscht?«

»Er hatte nichts genommen, falls Sie das meinen. Aber er tanzte in langsamen Kreisen eine Art Shake und drehte ihnen gerade den Rücken zu.«

»Die da draußen müssen ihn aber doch gesehen haben?«

»Gesehen haben sie ihn bestimmt, aber nicht beachtet. Ihrer Ansicht nach war er anscheinend so harmlos wie ein Laternenpfahl.«

»Warum haben Sie nicht die Polizei angerufen?«

»Dazu blieb mir keine Zeit. Ich wollte es tun, aber gleich darauf hörte ich einen Schuß. Direkt vorm Fenster erschien plötzlich ein Mann wie aus dem Nichts. Als ich den Schuß hörte, dachte ich zuerst, sie hätten Snake Hips erschossen. Dann sah ich den Mann draußen stehen, mit so einem kurzen Revolver in der ausgestreckten rechten Hand. Und dann hörte ich ihn befehlen: ›Hände hoch!‹«

»Sie haben ihn gehört?«

»Ja, Sir. Sehen Sie, er sprach erst nach dem Schuß. Und nach dem Schuß war hier drin alles mäuschenstill.«

»In diesem Augenblick müssen die Banditen angefangen haben zu schießen«, bemerkte Coffin Ed.

»Nein, Sir. Ich weiß nicht, was sie taten, weil ich nicht mehr hinsah, aber sie fingen nicht an zu schießen, weil der Mann seine Waffe auf sie richtete. Der Polizist – ich meine, der Mann im Wagen – fing mit Schießen an. Der Wagen stand im Dunkeln, aber ich konnte das Mündungsfeuer sehen.«

Einen Augenblick vergaß er, sein Glas zu polieren, und wurde bei der Erinnerung aschgrau.

»Natürlich schoß der Mann in dem Buick nicht auf mich, aber er hielt seine Waffe in meine Richtung. Ich hatte solche Angst, daß ich sechs Babys hätte fallen lassen, weil es so aussah, als ob er nie wiederaufhören würde mit Schießen.« Er wischte sich mit dem Handtuch die Schweißperlen vom aschgrauen Gesicht.

»Elfschüssige Pistole«, sagte Coffin Ed.

»Mir klang es nach mehr als elf Schüssen«, behauptete der Barmann.

»Und dann haben Sie Deckung gesucht?« fragte Grave Digger enttäuscht, weil er annahm, daß der Bericht zu Ende sei.

»Das hätte ich tun sollen«, gab der Barmann zu. »Alle anderen duckten sich. Aber ich lief zur Tür und versuchte, Snake Hips hereinzurufen. Als ob er die Schüsse nicht viel deutlicher gehört hätte als ich. Aber man weiß bei so was ja nie, was man denkt. Ich stand also da und winkte, während der Mann im Wagen sich duckte und außer Sicht kam. Der Weiße hatte sich flach auf den Bauch geworfen, als das Schießen anfing, aber ich glaube nicht, daß er da schon getroffen war. Ich sah nicht richtig zu ihm hin, sondern zu dem Wagen hinüber; er muß auf den Mann im Wagen geschossen haben, denn ich sah, daß in der Scheibe über der vorderen Tür plötzlich zwei Löcher waren.«

»Jetzt kommen wir endlich weiter«, sagte Coffin Ed.

»Stimmt«, ergänzte Grave Digger.

»Ich versuchte noch immer, Snake Hips aufmerksam zu machen«, fuhr der Barmann fort, »aber er war blind vor Angst. Er stand mit hochgehobenen Armen da, und seine Hände zitterten wie Espenlaub. Er zitterte am ganzen Körper, seine Jacke stand vorn offen, und ich wußte, daß er sehr frieren mußte. Ich glaube, er bat sie oder flehte sie an, nicht auf ihn zu schießen . . .«

»Lassen wir Snake Hips«, unterbrach Coffin Ed brutal. »Was machten die beiden anderen?«

»Also, die müssen angefangen haben zu schießen, als der Mann im Wagen fertig war. Als die Schüsse aus dem Wagen aufhörten, wurde nämlich weitergeschossen, und ich schaute zu ihnen hin und sah die Flammen aus ihren Waffen. Ihre Revolver sahen genauso aus wie der mit dem kurzen Lauf, den der Mann auf dem Boden hatte. Der eine schoß mit der rechten Hand, der andere mit der linken . . .

»Der Weiße war der Linkshänder?«

»Nein, Sir, der Farbige. Den Totschläger hielt er in der Rechten, und er schoß aus der Hüfte . . .«

»Aus der Hüfte?« warf Grave Digger ein.

»Ja, Sir, wie in einem richtigen Wildwestfilm . . .«

»Im Hollywoodstil«, sagte Coffin Ed verächtlich.

»Laß ihn reden«, schnauzte Grave Digger.

»Der Weiße hielt die Aktentasche in der linken Hand, und er

schoß mit der ausgestreckten Rechten, genau wie es der Mann auf dem Boden gemacht hatte . . .«

»Das ist unser Mann«, murmelte Coffin Ed.

»Wurde einer der beiden getroffen?« fragte Grave Digger.

»Ich glaube nicht. Ich glaube nicht, daß der Mann auf dem Boden dazu kam, auf sie zu schießen. Als der Mann im Wagen nicht mehr schoß, fingen die beiden an. Sie können auch schon vorher angefangen haben. Jedenfalls hatte der Mann auf dem Boden keine Chance.«

»Und Sie standen die ganze Zeit hier drin und haben alles beobachtet?« fragte Grave Digger.

»Ja, Sir, wie ein Idiot. Ich sah, wie Snake Hips getroffen wurde. Jedenfalls wußte ich, daß er getroffen war, denn er fiel um. Nicht so wie die im Kino. Er brach einfach zusammen. Natürlich weiß ich nicht, wer ihn getroffen hat, aber es war einer der beiden neben Mister Holmes, denn der Mann im Wagen schoß ja nicht mehr.«

»Und Sie haben nicht gesehen, wie der Mann am Boden seine Treffer bekam?«

»Als ich wieder zu ihm hinsah, lag er so da, als ob er auf dem Bauch eingeschlafen wäre. Aber ich achtete nicht besonders auf ihn. Ich wartete nur darauf, daß die drei Polizisten – ich meine die drei Banditen – verschwanden, damit ich Snake Hips helfen konnte. Als sie dann fort waren, dachte ich: wozu? Er ist ja tot. Ich wußte, daß er tot war, als ich ihn zusammenbrechen sah. Mir fiel dann auch ein, daß man einen Toten nicht von der Stelle rücken soll. Darum blieb ich einfach nur stehen.«

»Und auch dann haben Sie die Polizei nicht angerufen«, fragte Coffin Ed drohend.

»Nein, Sir.«

»Was, zum Teufel, haben Sie denn getan? Sich versteckt, als alles vorbei war?«

Der Barmann senkte den Blick. Als er antwortete, klang seine Stimme so leise, daß sie sich vorbeugen mußten, um ihn zu verstehen. »Ich habe geweint«, gestand er.

Einen Augenblick lang wußten weder Grave Digger noch Coffin Ed, wo sie hinsehen sollten.

Dann fragte Grave Digger unnötig schroff: »Haben Sie sich zufällig die Nummer des Buick gemerkt?«

Der Barmann gewann seine Selbstbeherrschung wieder. »Ich habe nicht richtig hingesehen. Ich meine, ich habe nicht ausdrücklich darauf geachtet. Ich konnte sie auch nicht genau erkennen, aber mir ist trotzdem aufgefallen, daß es eine Nummer aus Yonkers war.«

»Wieso ist Ihnen das aufgefallen?«

»Ich bin selbst aus Yonkers, und ich dachte, es wäre Schicksal, daß der Wagen mit Snake Hips Mördern aus dem Stadtteil kam, in dem ich wohne.«

»Verdammt, wir wollen Snake Hips endlich begraben«, sagte Coffin Ed grob. »Beschreiben Sie uns die beiden Männer, die aus dem Wagen stiegen.«

»Damit verlangen Sie zuviel von mir. Ich habe ihre Gesichter nicht richtig gesehen. Das Neonlicht von der Leuchtreklame über der Bar fiel auf sie, und in dem Licht sehen Gesichter anders aus als bei Tag. Darum sehe ich mir die Gesichter von Leuten draußen auf der Straße kaum an. Ich weiß nur, daß der eine Mann schwarz war . . .«

»Nicht halb schwarz?«

»Nein, Sir, ganz schwarz. Und der andere war weiß.«

»Ein Ausländer?«

»So kam er mir nicht vor. Ich würde sagen, er stammte aus dem Süden. Irgendwie erinnerte er mich an einen Hilfssheriff aus dem Süden. Er hatte so etwas Schleifendes in seinen Bewegungen, aber er bewegte sich schneller, als es aussah, und er war stark. Er hatte auch etwas Niederträchtiges an sich, Sadistisches, würde ich sagen.«

»Nicht der Typ, der hier willkommen wäre?« fragte Grave Digger.

»Nein, Sir. Die Leute hier hätten Angst vor ihm.«

»Und die Huren nicht?«

»Doch, die Huren auch. Sein Geld würden sie aber trotzdem nehmen. Und er könnte der Typ sein, der es für billige Huren ausgibt.«

»Also gut, beschreiben Sie den Wagen.«

»Es war ein gewöhnlicher schwarzer Buick. Etwa drei Jahre alt. Mit gewöhnlichen schwarzen Reifen. Die üblichen Scheinwerfer, soviel ich sehen konnte. Wenn die Scheinwerfer nicht gewesen wären, hätte ich überhaupt nichts bemerkt.«

»Und sie fuhren in Richtung Eighth Avenue davon?«

»Ja, Sir. Dann kamen aus allen Richtungen Leute. Ein Angestellter von Blumstein kam zu uns herein und rief die Polizei an. Das ist alles, was ich weiß.«

»Und man muß es Ihnen einzeln aus der Nase ziehen«, sagte Grave Digger.

»Los, holen Sie Mantel und Hut. Sie kommen mit zum Revier«, sagte Coffin Ed.

Der Barmann war erschrocken. »Aber ich dachte . . .«

»Und Sie können das Glas da wegstellen, ehe Sie es durchgerieben haben.«

»Aber ich dachte, wenn ich Ihnen alles sage . . . ich meine . . . Sie verhaften mich doch nicht?«

»Nein, Mann, wir verhaften Sie nicht, aber Sie müssen Ihre Geschichte für die Beamten vom Morddezernat und für die Akten noch mal erzählen«, antwortete Grave Digger.

Draußen hatten die Experten die wichtigsten Spuren gesichert. Der diensthabende Polizeiarzt war dagewesen und wieder fortgefahren. Er hatte nichts festgestellt, was nicht offensichtlich gewesen wäre.

Eine Durchsuchung der Kleidung des toten Weißen hatte ergeben, daß er ein Agent der Detektei Pinkerton war.

»Wir wollen sofort bei der New Yorker Zentrale nachfragen, welchen Auftrag er hatte. Das sollte uns einiges verraten«, meinte der Leutnant vom Morddezernat. »Und was haben Sie herausgebracht?«

»Nur das, was zu sehen war. Aber noch weiß niemand, was es bedeutet«, antwortete Grave Digger. »Der Mann hier arbeitete an der Bar. Er hat alles beobachtet.«

»Sehr gut. Wir werden es zu Protokoll nehmen. Schade, daß Sie keinen Stenographen bei sich hatten.«

»Dann hätten wir vielleicht nicht soviel erfahren«, sagte Coffin Ed. »Keiner spricht offen, wenn jedes Wort mitgeschrieben wird.«

»Jedenfalls haben Sie beide doch alles im Kopf, wie ich Sie kenne«, sagte der Leutnant vom Morddezernat. »Sobald die Leichen fortgeschafft sind, treffen wir uns im Revier und vergleichen unsere Informationen.« Er wandte sich an Leutnant Anderson. »Was ist mit den Kerlen in der Bar? Wollen Sie jemand mitnehmen?«

»Ich lasse ihre Namen und Adressen notieren«, antwortete Anderson. »Ich verlasse mich mit Jones und Johnson auf den Zeugen, den sie gefunden haben.«

»Gut«, sagte der Leutnant und schlug die kalten Hände zusammen. Er blickte in beiden Richtungen die Straße entlang. »Wo steckt denn nur der Leichenwagen?«

6

Über Sprechfunk kam für Leutnant Anderson ein Anruf vom Revier. Die gelangweilte Stimme des Sergeanten an der Vermittlung berichtete, der zum Convent geschickte Streifenwagen habe den Fund einer Leiche gemeldet und um weitere Anweisungen ersucht.

Anderson antwortete, der Wagen solle am Fundort bleiben. Er werde den Wagen des Morddezernats hinschicken.

Der Leutnant vom Morddezernat wies einen seiner Detektive an, den Polizeiarzt noch einmal zurückzurufen. »Dem alten Doc Fullhouse wird es zwar keinen Spaß machen, sich nächtelang mit Harlemer Leichen abzuplagen, aber was hilft's«, meinte er.

Anderson befahl: »Jones und Johnson, Sie fahren mit. Ich bringe den Zeugen in meinem Wagen zum Revier.«

Grave Digger und Coffin Ed, mit Haggerty hinten im Fond, fuhren dem Wagen des Morddezernats über die 125th Street zur Convent Avenue voran und dann die Steigung südlich des Convents hinauf. Der Streifenwagen parkte mitten im Block an der Klostermauer. Weit und breit war kein Fußgänger zu sehen.

Die zwei Polizisten saßen im Wagen, um sich warm zu halten, sprangen aber sofort heraus und zeigten sich diensteifrig, als der Wagen des Morddezernats ankam.

»Dort«, sagte der eine von ihnen und deutete auf die Mauer. »Wir haben nichts angerührt.«

Die Leiche schien in aufrechter Haltung flach an der Mauer zu kleben, die Arme hingen schlaff herunter, und zwischen ihren Füßen und dem Pflaster war ein Abstand von einigen Zoll. Vom Kopf abgesehen, war sie völlig in einen langen, formlosen schwarzen Mantel gehüllt; der Stoff war abgetragen und schimmerte grünlich, der Kragen war aus mottenzerfressenem Kaninchenfell. Die Hände steckten in gestrickten schwarzen Fäustlingen, die Füße in altmodischen hohen Knopfstiefeln, die erst kürzlich mit flüssiger Schuhkrem poliert worden waren. Das Gesicht schien in den harten Beton eingegraben zu sein, und nur der Hinterkopf war sichtbar. Sorgfältig gepflegtes, schwarzes und ölig glänzendes Haar schimmerte in dem schwachen Licht.

»Heilige Maria! Was ist denn hier passiert?« rief der Leutnant vom Morddezernat aus, als die Gruppe der Detektive herandrängte.

Taschenlampen blitzten auf und beleuchteten die groteske Gestalt.

»Was ist denn das?« fragte einer der abgebrühten Detektive des Morddezernats entsetzt.

»Was hält sie denn da fest?« wollte ein anderer wissen.

»Bloß 'n schlechter Witz«, sagte Haggerty. »Eine Puppe, die an der Mauer angefroren ist.«

Grave Digger suchte unter den Falten des Mantels nach einem Bein. »Das ist keine Puppe«, erklärte er.

»Fassen Sie sie nicht an, ehe der Polizeiarzt da war«, warnte der Leutnant vom Morddezernat. »Sie könnte runterfallen.«

»Sieht aus, als wäre sie garottiert worden«, meinte einer der Beamten aus dem Streifenwagen.

Der Leutnant vom Morddezernat wandte sich ihm zu; sein Gesicht hatte plötzlich die Farbe einer roten Rübe. »Garottiert! Wie denn? Von innen aus dem Convent heraus? Und von wem? Den Nonnen etwa?«

Der Polizist machte hastig einen Rückzieher. »Ich meine doch nicht von den Nonnen. Irgendeine Niggerbande kann's gewesen sein.«

Grave Digger und Coffin Ed drehten sich nach ihm um.

»Das war nur so eine Redensart«, sagte der Polizist herausfordernd.

»Ich seh mir's mal an«, sagte Grave Digger. Er stellte sich auf die Fußspitzen und spähte hinter den Pelzkragen. »Um den Hals hat sie nichts«, verkündete er.

Während er noch auf den Fußspitzen balancierte, schnüffelte er an dem welligen Haar. Dann blies er vorsichtig hinein. Seidige Strähnen flatterten zur Seite. Er ließ sich auf die Hacken fallen.

Der Leutnant sah ihn fragend an.

»Jedenfalls ist sie keine Oma«, sagte Grave Digger. »Dem Haar nach könnte sie gerade aus Rose Metas Schönheitssalon kommen.«

»Dann wollen wir doch mal nachsehen, wodurch sie festgehalten wird«, sagte der Leutnant.

Sie entdeckten eine Eisenstange, die etwa drei Fuß über dem Boden aus der Wand herausragte. Darunter und darüber zogen sich tiefe Risse durch die Mauer, und weiter oben war ein Riß zu einem breiten, länglichen Loch erweitert. In diese Höhlung war das Gesicht der Leiche mit solcher Wucht hineingestoßen worden, daß es sich festgekeilt hatte. Die vorstehende Stange war ihr zwischen die Beine geraten und hielt sie in der Schwebe.

»Mein Gott, es sieht aus, als wäre sie da reingepreßt worden«, sagte der Leutnant.

»Am Hinterkopf sind keine Anzeichen von Verletzungen«, stellte Grave Digger fest.

»Eines ist sicher«, witzelte Haggerty, »von allein ist sie da nicht raufgekommen.«

»Vielleicht ist sie von einem Wagen angefahren worden«, meinte ein uniformierter Polizist.

»Schon möglich«, sagte Coffin Ed.

»Von einem Wagen angefahren!« rief der Leutnant aus. »Verdammt, der Wagen müßte schnell wie ein Düsenflugzeug gewesen sein, um sie derart in die Mauer zu rammen.«

»Nicht unbedingt«, widersprach Grave Digger.

Der Streifenpolizist sagte: »Ach, ich hab was vergessen. Auf der anderen Straßenseite liegt eine Perücke im Rinnstein.«

Es war eine billige graue Perücke mit einem Knoten am Hinterkopf, und sie war mit einem Wagenheber beschwert.

»Lag der Wagenheber dabei?« fragte der Leutnant.

»Nein, Sir. Den hab ich draufgelegt, damit der Wind sie nicht fortwehte«, antwortete der Polizist.

Der Leutnant schob den Wagenheber mit dem Fuß beiseite und hob die Perücke auf. Ein Detektiv hielt eine Lampe hoch.

»Ich kann nur sagen, daß es wie Haar aussieht«, sagte der Leutnant.

»Wie richtiges Niggerhaar«, sagte der Streifenpolizist.

»Wenn Sie das Wort noch mal in den Mund nehmen, schlage ich Ihnen die Zähne ein«, drohte Coffin Ed.

Der Polizist fuhr auf. »Wer schlägt wem die Zähne . . .«

Er kam nicht weiter. Coffin Ed versetzte ihm einen linken Haken in die Magengrube und einen rechten Schwinger ans Kinn. Der Polizist setzte sich aufs Pflaster. Langsam sank ihm der Kopf zwischen die Knie. Niemand sagte etwas. Es war eine heikle Situation. Coffin Ed gebührte eine scharfe Zurechtweisung, aber der Polizist hatte durch seine Bemerkung über die Nonnen auch schon den Leutnant vom Morddezernat, den ranghöchsten der anwesenden Beamten, gereizt.

»Er hat's nicht anders gewollt«, knurrte er und wandte sich an den anderen Polizisten des Streifenwagens. »Bringen Sie ihn ins Revier zurück.«

»Jawohl, Sir«, antwortete der Polizist mit unbeweglichem Gesicht, warf Coffin Ed aber einen drohenden Blick zu.

Grave Digger legte eine besänftigende Hand auf Coffin Eds Arm. »Ruhig, Mann«, murmelte er.

Der Polizist half seinem Partner auf. Der war zwar benommen, konnte sich aber auf den Beinen halten. Sie schafften ihn in den Streifenwagen und brachten ihn fort.

Die anderen gingen über die Straße zurück und starrten wieder die Leiche an der Mauer an. Der Leutnant schob die Perücke in seine Manteltasche.

»Wie alt ist sie Ihrer Meinung nach?« fragte er Grave Digger.

»Jung«, antwortete Grave Digger. »Mitte Zwanzig.«

»Was ich nicht begreife, ist: Warum maskiert sich eine junge Frau als alte?«

»Vielleicht wollte sie für eine Nonne gehalten werden«, meinte einer der Detektive vom Morddezernat.

Der Leutnant begann rot anzulaufen. »Damit sie in den Convent hineingelassen wurde?«

»Nicht unbedingt. Vielleicht machte sie dunkle Geschäfte.«

»Was für dunkle Geschäfte?« Der Leutnant sah Grave Digger an, als ob er von ihm Antwort auf jede Frage erwartete.

»Fragen Sie mich nicht«, wehrte Grave Digger ab »Die Leute in Harlem denken sich jeden Tag neue dunkle Geschäfte aus. Sie haben die Zeit und die Phantasie dazu, und alles, was sie brauchen, um Geld zu verdienen, sind dunkle Geschäfte.«

»Na gut. Im Augenblick können wir nichts tun, als auf Doc Fullhouse zu warten«, sagte der Leutnant. »Wir wollen inzwischen die Straße absuchen und sehen, ob die uns was verrät.«

Grave Digger holte eine starke Taschenlampe aus dem Handschuhfach und ging mit Coffin Ed bis zur nächsten Kreuzung zurück.

Die anderen suchten die Straße in der Nähe der Leiche ab. Keine Bremsspuren waren zu entdecken. Sie fanden auch keine Glassplitter. Während Grave Digger die Straße von der Convent Avenue her heraufkam, ließ er die Taschenlampe von rechts nach links spielen und entdeckte dabei zwei schwarze Stellen auf dem Asphalt. Sie knieten nieder, um sie näher zu untersuchen.

»Hier hat ein Wagen scharf beschleunigt«, schloß Grave Digger.

»Ich würde sagen, ein großer Wagen mit abgefahrenen Reifen, aber das wollen wir den Experten überlassen.« Coffin Ed entdeckte einen Wagen mit einem aufgebockten Rad. Sie stellten fest, daß das gegenüberliegende Rad fehlte. – Sie sahen sich an.

»Das bringt uns was ein«, sagte Grave Digger.

»Dem hier auch«, stimmte Coffin Ed zu. »Ein Reifendieb war Zeuge.«

»Und was er sah, muß ihn veranlaßt haben, zu verschwinden, als ob der Teufel hinter ihm her wäre.«

»Wenn er nicht selber gesehen und verschleppt worden ist.«

»Der hier nicht. Der war geistesgegenwärtig genug, mit seinem Rad schnell abzuhauen«, widersprach Grave Digger.

»Ihn zu finden sollte nicht schwer sein. Einer, der in einer so kalten Nacht loszieht, um Reifen zu stehlen, muß einen ganz hübsch heißen Unterrock zu ernähren haben.«

Der Leutnant hörte sich ihre Entdeckung interessiert an.

»Trotzdem möchte ich wissen, wie diese Frau umkam«, sagte er. »Dann wissen wir auch, wonach wir suchen müssen.«

Ein Wagen bog von der Convent Avenue in die Straße ein, und Coffin Ed meinte: »Wir werden's wohl bald erfahren. Das da sieht nach der alten Kiste von Doc Fullhouse aus.«

Doktor Fullhouse war vermummt, als wäre er auf einer Südpolexpedition. Er war ein alter Mann, der sich gemächlich bewegte, und was zwischen einer Astrachanmütze und einem dicken gelben Kaschmirschal zu sehen war, erinnerte an eine lachende Mumie. Seine Brille beschlug in dem Augenblick, als er aus seinem überheizten Wagen stieg, und er mußte sie abnehmen. Seine wäßrigen blauen Augen suchten nach der Leiche.

»Wo ist sie?« fragte er streitsüchtig.

Der Leutnant deutete. »Hängt dort an der Wand.«

»Mir hat keiner gesagt, daß es sich um eine Vampirfledermaus handelt.« Docs Ton war ungehalten.

Der Leutnant lachte pflichtschuldig.

»Also, holen Sie sie schon runter«, befahl der Arzt. »Oder glauben Sie, daß ich da raufklettere, um sie zu untersuchen?«

Grave Digger packte einen Arm, Coffin Ed den anderen. Die beiden Detektive vom Morddezernat ergriffen jeder ein Bein. Die Leiche war steif wie ein Gipsabguß. Sie versuchten, sie behutsam abzunehmen, aber der Kopf klemmte fest. Sie zerrten daran, und plötzlich gab die Leiche nach. Sie legten sie behutsam auf den

Rücken. Die schwarze seltsam fahle Haut der Wangen umrahmte gefrorenes Blut; gefrorene Blutstropfen klebten auf den starren Augäpfeln.

»Mein Gott«, stöhnte der eine Detektiv vom Morddezernat, wandte sich zum Rinnstein und übergab sich.

Die anderen schluckten mühsam.

Der Doktor holte eine Lampe an einem langen Kabel aus seinem Wagen und richtete ihren Schein auf die Leiche. Er betrachtete sie, ohne eine Gefühlsregung zu zeigen.

»Da habt ihr mal 'ne Tote«, sagte er. »Wahrscheinlich war sie eine hübsche Frau.«

Niemand erwiderte etwas. Selbst Haggerty war stumm.

»Na los, helfen Sie mir«, sagte der Doktor. »Wir müssen sie ausziehen.«

Grave Digger hob die Tote an den Schultern hoch, und der Doktor streifte ihr den Mantel ab. Die anderen Detektive zogen ihre Handschuhe und Schuhe aus. Der Doktor schnitt das dicke schwarze Kleid auf. Darunter trug sie nur einen schwarzen BH und spitzenbesetzte Nylonschlüpfer. Ihre Glieder waren glatt und wohlgerundet, aber muskulös. Mit dem BH lösten sie einen falschen Busen ab und enthüllten eine glatte, flache Männerbrust.

Grave Digger und Coffin Ed wechselten einen kurzen, vielsagenden Blick.

»Also, ich will verdammt sein!« rief der Leutnant vom Morddezernat aus. »Das ist ja ein Mann.«

Der Doktor drehte die Leiche um. Quer über dem Rücken, an der Wirbelsäule, hatte sie eine breite, violett unterlaufene Schwellung.

»Na also. Das war's«, sagte der Doktor. »Er wurde an dieser Stelle mit großer Wucht getroffen und gegen die Mauer geschleudert.«

»Aber womit, um Himmels willen?« fragte der Leutnant.

»Bestimmt nicht mit 'nem Baseballschläger«, versicherte Haggerty.

»Ich vermute, daß er von hinten angefahren wurde«, erklärte der Doktor. »Eindeutig kann ich das erst nach der Obduktion sagen, und vielleicht nicht einmal dann.«

Der Leutnant blickte von der Straße zur Klostermauer hinüber. »Offen gesagt, Doc, ich glaube nicht, daß er von der Straße gegen die Mauer geschleudert wurde. So, wie wir ihn fanden? Besteht nicht die Möglichkeit, daß er erst überfahren und dann an die Mauer gequetscht wurde?«

»Alles ist möglich«, stimmte er zu. »Wenn Sie sich einen Autofahrer vorstellen können, der ihn erst überfahren und dann angehalten hat, um die Leiche an der Wand aufzurichten und mit dem Gesicht in den Spalt da zu pressen, dann . . .«

Der Leutnant schnitt ihm das Wort ab. »Verflucht noch mal, ich kann mir das leichter vorstellen, als daß die Leiche von der Straße dort hinaufgeschleudert wurde, egal, wovon sie gerammt wurde. Außerdem hat es schon Leute gegeben, die Schlimmeres getan haben.«

Der Doktor klopfte ihm auf die Schulter und lächelte nachsichtig. »Machen Sie sich Ihre Arbeit nicht schwerer, als sie ohnehin schon ist«, sagte er. »Suchen Sie nach einem unfallflüchtigen Fahrer und überlassen Sie die Wahnsinnigen den Psychiatern.«

7

Es war kurz nach zwei am Sonntagmorgen. Sandfeiner Eisschnee sprenkelte die Windschutzscheibe der kleinen schwarzen Limousine, die schnell den East Side Drive entlangfuhr. Die Heizung gab gerade genug Wärme, um die Windschutzscheibe klebrig zu machen, und vor Grave Diggers Blickfeld bildete sich eine Eisschicht.

»Die Heizung funktioniert auch nur im Sommer«, knurrte er verärgert.

»Stell sie doch ab«, riet Coffin Ed.

Der Wagen schleuderte auf einer vereisten Stelle, und Detektiv Tombs vom Morddezernat des Präsidiums schrie auf dem Rücksitz: »Passen Sie doch auf, Mann! Können Sie nicht fahren, ohne ins Schleudern zu kommen?«

Grave Digger lachte verhalten. »Jeden Tag hat er's mit Mördern zu tun, und dann hat er immer noch Angst, eine kleine Schramme abzukriegen.«

»Ich will nur nicht mit einem Wagen auf dem Buckel im East River landen«, protestierte Tombs.

Der Zeuge kicherte.

Das brach jede weitere Unterhaltung ab. Sie wollten sich bei ihren privaten Scherzen nicht von einem Außenstehenden belauschen lassen. Als sie vor dem Leichenschauhaus in der 29th Street vorfuhren, waren alle übelgelaunt und halb erfroren.

Ein Beamter am Schreibtisch in der Eingangshalle nahm sie in Empfang, notierte ihre Namen und die Nummern ihrer Polizeimarken. Der Barmann aus der *Paris Bar* gab seinen Namen als Alfonso Marcus und seine Adresse mit Formosa Street 217, Yonkers, NY., an.

Sie gingen durch Gänge und über Treppen zum Kühlraum hinunter. Ein weiterer Beamter öffnete ihnen eine Tür und drehte einen Schalter. »Ganz schön kalt hier, was?« fragte er grinsend und gab damit seinen Standardwitz zum besten.

»Sie waren heute noch nicht draußen, junger Freund«, antwortete Coffin Ed.

»Wir wollen das Opfer des Verkehrsunfalls in Harlem sehen«, sagte Grave Digger. »Ah ja, den Farbigen«, bestätigte der Beamte. Er führte sie durch den langen, kahlen, von grellem Licht erhellten Raum und sah auf eine Karte, die an einem Fach befestigt war, das wie die Schublade eines riesigen Ablageschranks aussah.

»Nicht identifiziert«, sagte er und zog das Fach heraus.

Glatt und geräuschlos rollte die Lade auf. Der Beamte schlug das grobe weiße Tuch zurück, das die Leiche bedeckte.

»Obduktionsbefund liegt noch nicht vor«, sagte er und fügte mit einem Grinsen hinzu: »Muß warten, bis er an die Reihe kommt, wie jeder andere auch. War eine ereignisreiche Nacht: zwei Erstickungsfälle aus Brooklyn, ein mit einem Eispicker Erstochener, ebenfalls aus Brooklyn, drei Vergiftungen, einer mit Ätznatron . . .«

Grave Digger schnitt ihm das Wort ab. »Uns läuft's kalt über den Rücken.«

Coffin Ed faßte den Barmann am Arm und schob ihn näher heran. »Mein Gott«, stöhnte der Barmann und bedeckte das Gesicht mit den Händen.

»Sehen Sie ihn sich an, verflucht noch mal!« fuhr Coffin Ed ihn an. »Wozu haben wir Sie sonst hergebracht! Damit Sie sich grausen, bloß weil Sie mal 'nen Steifen sehen?«

Trotz seines Entsetzens kicherte der Barmann. Grave Digger streckte die Hand aus und zog ihm die Hände vom Gesicht. »Wer ist das?« fragte er ihn kalt.

»Wie soll ich das wissen?« Der Barmann sah aus, als wollte er in Tränen ausbrechen. »Lieber Gott im Himmel, sehen Sie doch mal sein Gesicht an.«

»Wer ist das?« wiederholte Grave Digger schroff.

»Woran soll ich ihn denn erkennen ? Ich kann sein Gesicht doch nicht sehen. Es ist ganz voll Blut.«

»Wenn Sie in ein oder zwei Stunden wiederkommen, ist er sauber«, versprach der Beamte des Leichenschauhauses.

Grave Digger packte den Barmann im Nacken und drückte ihm den Kopf über die Leiche.

»Verdammt, um ihn zu erkennen, brauchen Sie doch sein Gesicht nicht zu sehen«, knurrte er wütend. »Wer ist das? Ich frage zum letztenmal.«

»Es ist Black Beauty«, flüsterte der Barmann. » Das, was von ihm übrig ist.« Grave Digger ließ ihn los, damit er sich aufrichten konnte. Der Barmann schauderte.

»Nehmen Sie sich zusammen«, sagte Grave Digger.

Der Barmann sah ihn aus flehend aufgerissenen Augen an.

»Wie heißt er mit seinem richtigen Namen?« fragte Grave Digger.

Der Barmann schüttelte den Kopf.

»Eine letzte Chance«, warnte Grave Digger.

»Ich weiß es wirklich nicht«, beteuerte der Barmann.

»Einen Dreck wissen Sie das nicht!«

»Nein, Sir, ich schwöre es. Wenn ich's wüßte, würd ich's sagen.«

Der Wärter sah den Barmann mitfühlend an. Er wandte sich an Grave Digger und sagte ungehalten: »Sie können hier keinen Festgenommenen im dritten Grad verhören.«

»Und Sie können ihm nicht helfen«, erwiderte Grave Digger.

»Gehen wir mit ihm raus«, sagte Coffin Ed.

Detektiv Tombs hatte die Szene fasziniert beobachtet. Sie brachten den Zeugen wieder zu ihrem Wagen und setzten ihn neben Detektiv Tombs auf den Rücksitz.

»Wer ist Mister Baron?« fragte Grave Digger.

Der Barmann wandte sich flehend an den weißen Detektiv. »Wenn ich's wüßte, würd ich's Ihnen sagen.«

»Lassen Sie mich in Ruhe«, entgegnete Tombs. »Die Hälfte von alldem ist für mich Griechisch.«

»Hör mal zu, Söhnchen«, sagte Coffin Ed zu dem Barmann. »Mach's dir nicht unnötig schwer.«

»Aber ich kenn diese Leute doch nur aus der Bar«, beteuerte der Barmann. »Was sie sonst machen, weiß ich nicht.«

»Dann ist's dein Pech«, antwortete Grave Digger. »Für das, was du nicht weißt, wirst du aufgehängt.«

Wieder suchte der Barmann bei dem weißen Detektiv Hilfe. »Bitte, Sir. Ich will mich in die üble Geschichte nich reinziehen lassen. Ich hab eine Frau und Kinder.«

Die Scheiben des kleinen, engen Wagens hatten sich beschlagen. Das Gesicht des Detektivs war nicht zu erkennen, seine Verlegenheit war aber deutlich spürbar. » Heulen Sie mir nicht die Ohren voll«, sagte er schroff. »Ich hab Ihnen nicht gesagt, daß Sie heiraten sollen.«

Plötzlich kicherte der Barmann wieder. Empfindungen explodierten. Der weiße Detektiv fluchte. Grave Digger schlug mit seiner fleischigen Handkante hart auf das Lenkrad. Die Muskeln in Coffin Eds Gesicht zuckten.

Grave Digger kurbelte sein Fenster herunter.

»Wir brauchen hier drin frische Luft«, sagte er.

Der Barmann begann zu weinen.

»Um was geht es eigentlich?« fragte der weiße Detektiv.

»Der Mann, der bei dem Überfall getötet wurde und der Mann,

den wir gerade gesehen haben, waren sozusagen jung verheiratet«, antwortete Grave Digger. »Der da ...«, er deutete mit dem Kopf auf den Barmann, »... ist Snake Hips' Verflossener.«

»Wie haben Sie das herausbekommen?«

»Einfach zusammengereimt. Die gehören alle zu einem großen Verein. Aber man muß das kennen. Es ist genauso wie nach dem Krieg in Paris. Wir farbigen Soldaten, gleichgültig, was wir für einen Rang oder Dienstgrad hatten, gehörten alle zum gleichen Haufen. Wir trieben uns in den gleichen Lokalen herum, aßen die gleichen Gerichte, erzählten die gleichen Witze, legten die gleichen Schnepfen aufs Kreuz. Es gab nichts, was einer von uns unternehmen konnte, ohne daß der ganze gottverdammte Haufen es erfuhr.«

»Ah ja, ich verstehe. Aber um was geht's jetzt?«

»Da sind wir noch nicht ganz dahintergekommen«, gab Grave Digger zu. »Wahrscheinlich hat eins nichts mit dem anderen zu tun. Wir versuchen nur herauszukriegen, wer wohin gehört. Und der dahinten wird uns dabei helfen. Oder es geht ihm schlecht.«

»Nicht, ehe ich mit ihm fertig bin«, widersprach der weiße Detektiv. »Mein Boss will, daß er sich ein paar Bilder in unserer Galerie ansieht. Vielleicht kann er die Banditen identifizieren oder wenigstens einen.«

»Wie lange dauert das?« fragte Coffin Ed.

»Ein paar Stunden, vielleicht ein paar Tage. Wir können nicht eure Methoden anwenden. Wir können ihn nur zwingen, sich Bilder anzusehen, bis er blind ist.«

Grave Digger drückte hart auf den Anlasser. »Wir bringen Sie zur Centre Street.«

Der Detektiv und sein Zeuge stiegen vor dem neuen Flügel aus, einem flachen Trakt gegenüber dem Kuppelbau des Präsidiums.

Coffin Ed beugte sich aus dem Fenster und sagte: »Wir warten auf dich, Süßer.«

Als sie ihr Viertel erreichten, war die Windschutzscheibe mit einer viertelzölligen Eisschicht bedeckt. Entgegenkommende Scheinwerfer glichen Schemen, die aus dem Meer auftauchten.

Es war drei Uhr vorbei. Sie hatten die Friedhofsschicht von acht

Uhr abends bis vier Uhr morgens, und um diese Zeit nahmen sie gewöhnlich Kontakt mit ihren Pfeifern auf. Aber in dieser Nacht waren selbst die Pfeifer in Deckung gegangen.

Leutnant Anderson wartete schon auf sie. Er hatte das Büro des Captains übernommen und brütete über Meldungen.

Als sie gebeugt und aschgrau vor Kälte hereinkamen, begrüßte er sie mit den Worten: »Wir haben etwas über den toten Privatdetektiv herausgefunden. Er hieß Paul Zalkin.«

Coffin Ed zog sich in die Ecke bei der Heizung zurück, und Grave Digger hockte sich auf die Schreibtischkante. Sie waren ernst und gespannt.

»Hat Casper Holmes schon gesprochen?« fragte Grave Digger.

»Nein, er ist noch bewußtlos. Aber Leutnant Brogan hat die Agentur Pinkerton erreicht und Auskunft über Zalkins Auftrag bekommen. Der Sekretär des Nationalkomitees von Holmes' Partei kam gestern am frühen Abend zu Casper ins Büro und hinterließ bei ihm Fünfzigtausend in bar für die Organisation bei der nächsten Präsidentenwahl im Herbst. Holmes deutete ihm gegenüber an, er wolle das Geld lieber mit nach Haus nehmen, als es übers Wochenende im Büro-Safe zu lassen. Ihr wißt ja, er wohnt in einem der alten Apartmenthäuser in der 110th Street, von dem man den Central Park überblicken kann.«

»Wir wissen schon, wo er wohnt.«

»Also gut. Dem Sekretär kamen Bedenken, nachdem er Holmes' Büro verlassen hatte. Deshalb rief er die Agentur Pinkerton an und beauftragte sie, einen Mann zu schicken, der Holmes auf dem Weg nach Haus bewachen sollte. Der Sekretär wollte aber nicht, daß Holmes auf den Gedanken käme, er lasse ihm nachspionieren, und verlangte also, daß der Mann sich außer Sicht hielt. Deshalb war Zalkin am Tatort, als der Überfall stattfand.«

»Wieviel Zeit verging zwischen dem Abgang des Sekretärs und dem Überfall?« fragte Grave Digger und runzelte nachdenklich die Stirn über einen Einfall.

»Die Agentur erhielt den Anruf um zehn Uhr zwanzig.«

»Dann muß jemand schon vorher über die Auszahlung Bescheid gewußt haben«, sagte Grave Digger. »In dieser kurzen Zeit kann niemand einen Überfall organisieren.«

»Nicht mal an einem ganzen Tag«, bestätigte Coffin Ed. »Die Leute waren Profis. Und Profis kann man nicht einfach bestellen wie Lebensmittel. Vielleicht haben sie die Uniformen schon vorher gehabt, aber den Wagen mußten sie sich erst besorgen . . .«

»Er ist noch nicht als gestohlen gemeldet worden«, unterbrach Anderson.

»Ich hab den Verdacht, daß diese Burschen von außerhalb sind«, fuhr Coffin Ed fort. »Kein einheimischer Bandit würde sich die 125th Street für einen Überfall aussuchen, jedenfalls nicht diesen Teil. Sie konnten sich nicht darauf verlassen, daß das Wetter die Erdschweine in ihre Löcher trieb. Und normalerweise wimmelt dieser Block mit seinen Bars und Restaurants von Fußgängern.«

»Das hilft uns nicht weiter«, sagte Anderson. »Wenn sie von außerhalb sind, sind sie jetzt sicher schon lange verschwunden.«

»Vielleicht«, sagte Grave Digger. »Vielleicht auch nicht. Wenn diese Geschichte mit der Unfallflucht nicht wäre, würde ich es beinahe glauben.«

Anderson warf ihm einen überraschten Blick zu. »Was soll denn das heißen, Jones? Glauben Sie, daß da ein Zusammenhang besteht?«

Coffin Ed grunzte Unverständliches.

»Wer weiß«, meinte Grave Digger. »Beide Fälle haben etwas besonders Bösartiges an sich, und in einer so kalten Nacht laufen in Harlem nicht allzu viele bösartige Figuren herum.«

»Mein Gott, Mann, Sie wollen doch nicht behaupten, daß dieser Verkehrsunfall vorsätzlich geschah?«

»Außerdem wurden in beiden Fällen warme Brüder umgebracht«, fuhr Grave Digger fort. »Solche Zufälle passieren nicht so ohne weiteres.«

»Der Mann, der Black Beauty überfahren hat, konnte unmöglich ahnen, daß sein Opfer ein Mann war«, argumentierte Anderson.

»Falls er nicht schon vorher wußte, wer er war und welches finstere Geschäft er vorhatte«, meinte Grave Digger.

»Und was soll das für ein Geschäft gewesen sein?«

»Fragen Sie mich nicht. Ich habe nur so eine Vermutung.«

»Verdammt, Mann, tun Sie nicht so geheimnisvoll«, knurrte Anderson. »Was ist mit Ihnen, Johnson? Sind Sie auch dieser Meinung?«

»Ja«, bestätigte Coffin Ed. »Ich und Digger haben aus derselben Flasche getrunken.«

»Also, dann will ich euch noch die letzten Fakten mitteilen, ehe ihr euch an eurer Mystik völlig besauft. Die zwei Polizisten Stick und Price, die es für einen Witz hielten, als sie meldeten, daß sie von einer selbstgebastelten fliegenden Untertasse umgeworfen wurden, haben zugegeben, daß es ein Autorad gewesen ist, das sich selbständig gemacht hatte und die Convent Avenue heruntergerollt kam. Sagt Ihnen das etwas?«

Grave Digger sah auf seine Uhr. Es war fünf vor vier.

»Nichts, was nicht bis morgen Zeit hat«, antwortete er. »Wenn ich meiner Alten was von Autorädern erzähle, laufe ich Gefahr, mein trautes Heim zu verlieren, so fett wie sie geworden ist.«

8

Als Roman das Castle an der Gabelung St. Nicolas Place und St. Nicolas Avenue erreichte, trat er scharf auf die Bremse.

Sassafras segelte mit dem Kopf voraus gegen die Windschutzscheibe, und der bewußtlose Mister Baron rollte vom Rücksitz herunter und fiel mit einem Plumps auf den Boden.

»In welche Richtung sin die weiter?« fragte Roman und griff nach dem Revolver neben ihm auf dem Sitz.

Sassafras richtete sich auf, rieb sich die Stirn und drehte sich wütend zu ihm. »Was fragste mich? Ich hab nich gesehn, wo die hin sin. Vielleich mitten in die Stadt. Woher soll ich's wissen?«

»Ich hab geseh'n, daß sie nach außen gebogn sin«, widersprach er, während seine schielenden Augen gleichzeitig in beiden Richtungen die Straße entlangzuspähen schienen.

»Fahr schon weiter«, drängte Sassafras mit ihrer schrillen Stimme.

Der Plumps hatte Mister Baron wiederbelebt, und sie konnten ihn auf dem Boden des Wagens hinter sich stöhnen hören. »O Gott . . . Jesus Christus . . . die dreckigen Schurken . . .«

Roman schaltete den Gang wieder ein und fuhr langsam an den Reihen der Ziegelhäuser um den St. Nicolas Place vorbei.

Mister Baron packte die Rücklehne der Vordersitze und zog sich auf die Knie hoch. Sein langes, welliges Haar hing ihm in die Stirn, seine Augen rollten haltlos in ihren Höhlen.

»Laßt mich raus«, stöhnte er. »Mir wird schlecht.«

Roman hielt vor einem roten Ziegelbau mit kannelierter Fassade an. Große neue Wagen säumten den Straßenrand.

»Schnauze«, sagte er grob. »Wenn Sie nich wärn, wär ich nie weggefahrn, nachdem ich die alte Frau angefahrn hatte.«

Mister Barons Mund füllte sich, aber er hielt es zurück. »Mir wird schlecht«, blubberte er.

»Laß ihn raus«, drängte Sassafras. »Wenn du auf mich gehört hättst, wär das alles nich passiert.«

»Steig aus, Mann«, schrie Roman, »oder soll ich dir Beine machn?«

Mister Baron öffnete die Tür auf der Seite zum Gehsteig und torkelte hinaus. Benommen schwankte er zu einem Laternenpfahl. Roman sprang auf der anderen Seite heraus und folgte ihm.

Mister Baron klammerte sich an den Laternenpfahl und würgte. Dampf stieg auf. Roman wich zurück.

»Lieber Gott im Himmel«, stöhnte Mister Baron.

Roman wartete, bis er fertig war, und packte ihn dann am Arm. Mister Baron versuchte schwächlich, sich frei zu machen.

»Lassen Sie mich los. Ich muß mal telefonieren gehen«, sagte er.

»Solang ich mein Wagen nich hab, gehn Sie nirgens hin«, murrte Roman und zog Mister Baron zu dem Buick zurück.

Mister Baron wehrte sich, obwohl er sich kaum auf den Beinen zu halten vermochte. Schmerzhafte Blitze schossen durch seinen Kopf, und er konnte nicht klar sehen. »Idiot! Wie kann ich Ihnen helfen, Ihren Wagen zu suchen, wenn Sie mich nicht telefonieren lassen wollen? Ich will die Polizei anrufen und melden, daß der Wagen gestohlen wurde.« Seine Stimme klang verzweifelt.

»Nein, das tun Sie nich. Sie sagn der Polizei nichs«, erwiderte Roman, stieß ihn hinten in den Wagen und schlug die Tür zu. Er ging um den Buick herum und kletterte wieder hinters Lenkrad. »Denkn Sie, ich will verhaft werdn?«

»Das waren keine richtigen Polizisten, Idiot«, erklärte Mister Baron.

»Ich weiß selbs, daß das kein Polizissn warn. Haltn Sie mich für so dumm? Aber wozu soll'ch der richtigen Polizei von der überfahrnen alten Frau erzähln?«

»Sie haben die alte Frau gar nicht verletzt. Ich habe mich umgesehen und gesehen, wie sie aufgestanden ist.«

Roman starrte Mister Baron an, während er das verdaute. Auch Sassafras drehte sich nach Mister Baron um.

»Sie habn gewußt, daß ich ihr nichts getan hab, und habn mir gesagt, ich soll weiterfahrn?« Roman klang bedrohlich.

Mister Baron rutschte nervös auf seinem Platz hin und her. »Ich wollte Sie ja anhalten, aber ehe ich was sagen konnte, kamen diese Banditen und nutzten unsere Situation aus.«

»Woher soll ich wissn, daß Sie nich mit dazugehörn?«

»Was soll das heißen?«

»Die habn mein Wagen gestohln. Woher soll ich wissn, daß Sie denen nich gesagt habn, sie solln das tun?«

»Sie sind ein Dummkopf«, schrie Mister Baron.

»So dumm isser gar nich«, widersprach Sassafras. »Dumm oder nich, ich halt Sie fest, bis ich mein Wagen wiederhab«, erklärte Roman. »Und wenn Sie den nich wiederfindn, nehm ich ihnen mein Geld wieder ab.« Mister Baron brach in hysterisches Gelächter aus. »Na, los doch, nehmen Sie es. Durchsuchen Sie mich. Verprügeln Sie mich. Sie sind groß und stark.«

»Ich hab ein ganz Jahr für das Geld gearbeit.«

»Sie haben ein ganzes Jahr gearbeitet und sechstausend und fünfhundert Dollar gespart . . .«

»Das is fast jeder Penny, den ich verdient hab. Ich hab nich mal gegessn«, schrie Roman.

»Damit Sie den Cadillac kaufen konnten? Ein gewöhnlicher Cadillac war für Sie nicht gut genug, was? Sie mußten einen aus Gold haben. Und ich bin . . . ich bin . . . ich bin der Mann, der Ihnen den Wagen verkauft hat. Für tausend Dollar unter Preis. Hahaha! Zwanzig Minuten lang haben Sie ihn gehabt, und dann haben Sie ihn sich stehlen lassen . . .«

»Mann, was is los? Sin Sie verrückt geworn?«

»Und jetzt wollen Sie von mir Ihr Geld zurückhaben! Hahaha! Na los doch. Schlagen Sie mich. Schneiden Sie's mir aus der Haut. Wenn Ihnen das nicht genügt, dann schmeißen Sie mich doch hin und vergewaltigen Sie mich.«

»Hören Sie auf damit. Ich will so was nich hörn.«

»Ach, das wollen Sie nicht hören? Sie verdammter, hirnverbrannter Dummkopf.«

»Schluß jetz, oder ich schlag zu!«

»Schlag zu. Na los doch!« Mister Baron schob seinen femininen Kopf vor Romans finsteres Gesicht. »Versuch doch, sechstausendfünfhundert Dollar aus mir rauszuschlagen!«

»Brauch ich gar nich. Ich schmeiß Sie einfach um und nehms mir.«

»Dann schmeiß mich um und nimms dir. Mir würde das Spaß machen.«

Sassafras mischte sich ein. »Brauch ihn kein Spaß machn, weil er Ihnen doch nur Geld abnimmt.«

»Verflucht noch mal, was habt ihr beiden Dummköpfe nur gemacht, als die Banditen mich niedergeschlagen und ausgeraubt haben?« fragte Mister Baron wütend.

»Sie niedergeschlagn?« fragte Roman dümmlich.

»Mann, was is mit Ihnen los?« kam Sassafras' Echo.

»Die habn Sie ausgeraubt? Ihn'n mein Geld abgenommn?«

»Es war mein Geld«, verbesserte Mister Baron. »Der Wagen gehörte Ihnen und das Geld mir.«

»Lieber Gott«, sagte Roman. »Die habn den Wagn un das Geld!«

»Na, endlich begreifst du Dummkopf. Läßt du mich jetzt telefonieren?«

»Nein, tu ich nich. Ich hol Sie jetz raus und durchsuch Sie. Ich bin vielleicht dumm, aber ich hab Ihn'n von Anfang an nich getraut!«

»Soll mir recht sein«, antwortete Mister Baron und wollte auf der Seite zum Gehsteig aussteigen.

Aber Roman drehte sich um, griff nach hinten, packte ihn und zwang ihn, auf der Seite der Fahrbahn auszusteigen. Dann stieg er auch aus und begann, ihn zu durchsuchen.

»Paß auf, Roman«, warnte Sassafras. »Hier kann einer vorbeikomm und glaubn, daß du ihn ausnimmst.«

»Die solln glaubn, was sie wolln«, antwortete Roman und drehte Mister Barons Taschen um.

»Soll ich mich vielleicht ausziehen?« fragte Mister Baron.

Roman durchsuchte die Taschen, eine nach der anderen, und tastete Mister Barons Anzug ab. Dann strich er mit den Händen über dessen Körper, die Beine hinauf und hinunter und faßte ihm unter die Arme.

»Er hat's nich bei sich«, räumte er schließlich ein.

»Laß ihn telefoniern«, riet Sassafras. »Er behauptet, daß du die alte Dame nich verletz has, un ich kann beschwörn, da du sie nich mal berührt has.«

Roman stand auf der Straße und überlegte. Mister Baron stand neben ihm und beobachtete sein Gesicht.

»Gut, steigen Sie ein«, befahl Roman.

Mister Baron setzte sich wieder in den Wagen.

Roman sprach mit ihm durch das Fenster. »Sie kenn die Gegend hier. Wo werden die am ehsten mit mein Wagn hin sein? So leicht könn sien ja nich versteckn.«

»Das weiß Gott allein«, antwortete Mister Baron. »Lassen Sie die Polizei danach suchen. Dafür wird sie bezahlt.«

»Das muß ich mir noch überlegn«, meinte Roman.

»Wie lange?« fragte Sassafras.

»Also, ich will Ihn was sagn«, begann Roman. »Sie gehn die Polizei anrufn und sagn, daß es ihr Wagen is. Wenn die ihn dann finden, zeig ich mein Kaufvertrag vor.«

»Einverstanden«, antwortete Mister Baron. »Kann ich jetzt aussteigen?«

»Nein, das könn Sie nich. Ich bring Sie zu eim Telefon, und wenn Sie mit der Polizei telefoniert ham, suchen wir weiter. Ich laß Sie nich gehn, bis wer ihn gefundn hat.«

»Also gut«, fügte sich Mister Baron. »Ganz, wie Sie wollen.«

»Wo is hier 'n Telefon?«

»Fahren Sie die Straße entlang bis zu *Bowman's Bar.*«

Die eine Seite von *Bowman's* war die Bar, die andere das Restaurant. Neben dem Restaurant lag ein Friseur, über der Bar ein Tanzlokal. Alle waren geöffnet. Im Hinterzimmer des Friseurs war ein Würfelspiel im Gange, und im Tanzlokal veranstaltete ein Verein seinen Tanzabend. Aber keine Menschenseele war draußen zu sehen. Auf der Straße war nichts als kalte, dunkle Nacht.

Roman hielt neben der Reihe parkender Wagen vor der Glasfassade der Bar. Jalousien verhinderten, daß man hineinsehen konnte.

»Geh du mit, Sassy«, sagte er. »Laß ihn nich ausn Augen.«

Die Bar verlief der Länge nach durch den Raum. Ihr gegenüber lag eine Reihe von Nischen. Die Gäste standen zwei und drei Reihen tief.

Sassafras ging vor Mister Baron her, bahnte sich mit den Ellbogen den Weg durch das Gedränge. Sie blieb stehen und drehte sich um.

»Wo is das Telefon?«

»Im Restaurant«, antwortete Mister Baron. »Wir müssen ganz nach hinten durch.«

»Gehn Sie vor«, sagte Sassafras und drängte sich zur Seite, damit er vorbeikonnte.

Einer der Männer auf einem Barhocker faßte nach der Quaste an ihrer Mütze. »Klein Rotkäppchen«, krähte er. »Wie wär's?«

Sie riß ihm die Mütze aus der Hand. »Versuchs mit deiner Baby-Schwester«, antwortete sie wütend.

Der Mann fuhr mit gespieltem Entsetzen zurück. »So was tu ich doch nicht.«

»Dann krabbel dich selbs an den Füßen«, sagte sie.

Der Mann grinste. »Wie wär's mit 'nem Drink?«

Plötzlich erinnerte sie sich an Mister Baron und wollte weiter. Der Mann faßte sie am Arm und hielt sie zurück.

»Warum die Eile, Baby?«

Sie riß sich los und drängte sich hastig nach hinten. Glastüren führten in das Restaurant, und sie stieß mit einer Kellnerin zusammen, als sie hindurchging. Die Telefonzelle befand sich links im Hintergrund. Die Tür war geschlossen. Sie riß sie auf. Ein Mann telefonierte, aber es war nicht Mister Baron.

»Tschuldigung«, sagte sie.

»Kommen Sie ruhig rein«, sagte der Mann und griff nach ihr.

Sie fuhr zurück und sah sich wild nach allen Seiten um. Sie hielt die Kellnerin an, als sie zurückkam.

»Ham Sie hier ein klein schickn Mann mit gewellten Haar durchkomm sehn?« fragte sie.

Die Kellnerin musterte sie von oben bis unten. »Hastes so nötig, Baby?«

»Quatsch nich so dumm!« schrie sie wütend und schoß durch die Pendeltür, die in die Küche führte.

Der große, schwitzende, kahlköpfige Koch war auf dem Siedepunkt. »Verschwinde, dämliche Nutte!» schrie er wütend. Der Tellerwäscher grinste. »Komm an die Hintertür«, sagte er.

Der Koch packte eine Pfanne und ging auf sie los, und sie entfloh. Sie suchte den Speiseraum und die Bar ab, aber Mister Baron blieb verschwunden.

Sie ging hinaus und sagte zu Roman: »Er is weg!«

»Wohin?«

»Weiß nich. Er is mir fortgelaufn.«

»Wo, zum Teufel, bisse gewesen?«

»Ich hab ihn die ganze Zeit beobacht, aber er is einfach verschwundn.» Sie sah aus, als ob sie gleich weinen wollte.

»Steig ein. Ich such selbs nach ihm«, sagte er.

Jetzt war sie an der Reihe, im heißesten Wagen des ganzen Staates New York zu sitzen, während er die Bar und das Restaurant nach Mister Baron absuchte. Mit dem Koch hatte er nicht mehr Glück als sie.

»Er muß durch die Küche raus sein«, sagte er, als er zurückkam.

Er setzte sich wieder hinter das Lenkrad und machte ein ratloses Gesicht. »Du hasn weglaufn lassn, und was machn wir jetz?« fragte er anklagend.

»Is doch nich mein Schuld, daß wir in der Schweinrei steckn«, fuhr sie auf. »Wenn du dich nich von vornrein so dumm angestellt häts, wär alles nich passiert.«

»Ich weiß, was ich tu. Ich hab versucht, mich dumm zu stelln, damit er mich für dumm hält, wenn ern krumms Ding drehn will.«

»Also, das hasse geschafft«, bestätigte sie.

»Kein Zweck, daß wir uns streitn«, meinte er. »Wir müssn uns was überlegn.«

»Also, dann wolln wir zu eim Wahrsager«, antwortete sie. »Ich kenn ein, der Leuten sagt, wo sie ihr Verlorenes findn.«

»Dann aber schnell«, sagte er. »Den Wagn hier müssen wir losham, ehs hell wird. Der is heißer als'n Herd in Westvirginia.«

9

Grave Digger und Coffin Ed knöpften gerade ihre Mäntel zu, als das Telefon im Büro des Captain klingelte. Leutnant Anderson nahm den Anruf entgegen und blickte auf. »Es ist für euch.«

»Ich nehms«, sagte Grave Digger und griff nach dem Hörer. »Hier Jones.«

Die Stimme am anderen Ende sagte: »Ich bin's, Lady Gypsy, Digger.«

Grave Digger wartete.

»Ihr sucht doch einen bestimmten Wagen, oder? Einen schwarzen Buick mit einer Yonkers-Nummer?«

»Woher wissen Sie das?«

»Ich bin doch Wahrsagerin, oder etwa nicht?«

Grave Digger winkte Coffin Ed, sich einzuschalten, und klopfte auf die Gabel. Coffin Ed griff nach dem Nebenapparat auf dem

Schreibtisch, Leutnant Anderson nach einem weiteren. Der Mann am Klappenschrank wußte, was er zu tun hatte.

»Wo ist er?« fragte Grave Digger.

»Steht in voller Größe unten auf der Straße vor meiner Wohnung«, antwortete Lady Gypsy.

Grave Digger hielt die Sprechmuschel zu und nannte flüsternd eine Adresse in der 116th Street. Anderson schaltete die Sprechanlage ein und befahl dem Sergeanten an der Vermittlung, sämtliche Streifenwagen zu alarmieren und auf weitere Anweisungen zu warten.

»Wer sitzt drin?« fragte Grave Digger.

»Im Augenblick keiner«, antwortete Lady Gypsy. »Aber ich hab hier oben einen Schwachkopf mit seinem Mädchen sitzen, die sind damit gekommen. Sie erzählen eine wilde Geschichte von einem Cadillac . . .«

»Sparen Sie sich die«, unterbrach Grave Digger, »aber halten Sie die beiden fest, und wenn Sie Gespenster zu Hilfe rufen müssen. Ich und Ed sind bei Ihnen, noch ehe Sie bis drei gezählt haben.«

»Ich schicke die Streifenwagen los«, sagte Anderson. »Geben Sie uns drei Minuten Vorsprung, und lassen Sie dann den Block abriegeln. Aber sie sollen ohne Sirene und ohne Blinklicht kommen.«

Lady Gypsys Wohnung lag im ersten Stock eines Wohnhauses in der 116th Street, in der Mitte zwischen Lexington und Third Avenue. Im Erdgeschoß war ein Laden, der mit Eis und Kohlen handelte. Neben dem Eingang hing ein gemaltes Blechschild mit der Aufschrift:

Lady Gypsy
Zukunftswahrnehmungen –
Voraussagen
Prophezeiungen – Offenbarungen
Lottozahlenberatung
Auffindung von Verlorenem

Das letzte war erst kürzlich hinzugefügt worden. Die Geschäfte waren schlecht gegangen.

Früher einmal hatte Lady Gypsy ein höchst respektables Privatleben in einem alten düsteren Haus an der oberen Convent Avenue geführt. Zusammen mit ihren vertrauten Lebensgefährten hatte sie dort gelebt: mit Schwester Gabriel, die Einlaßkarten zum Himmel verkaufte und um Almosen für wohltätige Zwecke bettelte, die es nicht gab, und Big Kathy, die ein Freudenhaus an der East 113th Street betrieb. Bei ihren farbigen Nachbarn waren sie als »die drei schwarzen Witwen« bekannt. Als aber Schwester Gabriel von einem der drei Verbrecher, die Coffin Ed Säure ins Gesicht geschüttet hatten, die Kehle durchschnitten worden war, gaben die beiden übriggebliebenen Witwen das Haus auf, verzichteten für die Zukunft auf Respektabilität und zogen sich in ihre jeweilige Lasterhöhle zurück.

Jetzt ließ sich Lady Gypsy selten außerhalb ihrer mit Plunder überladenen Fünfzimmerwohnung sehen, in der sie Kontakt mit Geistern pflegte und manchmal die Eingeweihten aus einer anderen Welt mit Massagen behandelte.

Bei freier Straße war es vom Revier in der 126th Street bis zu Lady Gypsys Wohnung eine Fahrt von fünf Minuten, aber Grave Digger schaffte es wie versprochen in drei. Eisschnee wirbelte durch die Straßen wie trockener Sand und ließ die Reifen sirren. Der Wagen schleuderte nicht gerade, aber er schwamm. Grave Digger fuhr nach dem Gedächtnis durch die Straßen, die Scheinwerfer voll aufgeblendet, mehr, um gesehen zu werden, als um selbst zu sehen, denn was er durch seine Windschutzscheibe wahrnahm, war so klar, als ob er durch Milchglas blickte. Seine Sirene schwieg.

Ein Streifenwagen parkte vor Lady Gypsys Haus, aber von dem Buick war keine Spur zu entdecken.

»Anderson hat nicht Wort gehalten«, sagte Coffin Ed.

»Vielleicht haben sie ihn schon geschnappt«, antwortete Grave Digger ohne viel Hoffnung.

Der kleine Wagen kam ins Rutschen, als er bremste, und krachte gegen die hintere Stoßstange des Streifenwagens. Sie sprangen heraus, ohne einen Gedanken darauf zu verschwenden. Coffin Ed rannte voran, mit wehendem Mantel, seinen Revolver in der Hand. Grave Digger rutschte aus, als er hinter dem Wagen herumlief, und knallte mit dem Griff seiner Waffe auf den Deckel des Kofferraums. Coffin Ed fuhr herum und sah, wie Grave Digger sich aus dem Rinnstein erhob.

»Du verschickst noch Ankunftstelegramme«, schimpfte Coffin Ed.

»Ich hab heute nicht meine beste Nacht«, gab Grave Digger zu.

Ein Streifenwagen bog in der Ferne um die Ecke, mit laut gellender Sirene und rot blinkendem Alarmlicht.

»Spielt jetzt auch keine Rolle mehr«, sagte Coffin Ed wütend und nahm von den schwachbeleuchteten Stufen der Treppe immer zwei auf einmal.

Oben an der Treppe fanden sie neben der Wohnungstür einen uniformierten Polizisten mit gezogener Waffe, ein weiterer stand im Schatten auf der Treppe, die weiter hinaufführte.

»Wo ist der Wagen?« fragte Coffin Ed.

»War gar keiner da«, antwortete der Polizist.

Grave Digger fluchte. »Was machen Sie hier überhaupt?«

»Der Leutnant hat befohlen, die Wohnung zu umstellen und auf Sie zu warten.«

»Und was soll sie abhalten, hinten raus zu verschwinden?«

»Joe und Eddie bewachen den Hinterausgang.«

Grave Digger konnte ihn wegen der unten auf der Straße jaulenden Sirene nicht verstehen.

»Was ist mit der Hintertür?« brüllte er.

»Wird bewacht«, brüllte der Polizist zurück. »Dann wollen wir mal sehen, was hier los ist«, brüllte Grave Digger.

Da die Sirene gerade zu einem Winseln erstarb, dröhnte seine Stimme in dem engen Treppenhaus wie die Baritonpfeife einer Orgel.

»Keine Bewegung!« schrie eine Stimme von unten.

Zwei Polizisten kamen die Treppe heraufgestampft.

»Operette ist nichts dagegen«, meinte Coffin Ed.

Ihre Waffen schußbereit in den Fäusten tauchten die Polizisten des zweiten Streifenwagens auf. Beim Anblick ihrer Kollegen erstarrten sie und liefen beide leuchtend rosa an.

»Wir wußten nicht, daß schon jemand hier ist«, sagte der eine.

»Sie wollten also nur sichergehen, für den Fall, daß . . . ?« meinte Coffin Ed.

Grave Digger drückte auf den Klingelknopf neben der Tür. Im Inneren der Wohnung ertönte fern eine Klingel. »Klingeln klingen immer so, als ob sie meilenweit weg sind«, sagte er.

Die Polizisten sahen ihn neugierig an.

Niemand kam an die Tür.

»Lassen Sie mich das Schloß aufschießen«, sagte einer der Polizisten.

»Die Schlösser hier kann man nicht aufschießen«, antwortete Grave Digger. »Sehen Sie sich das doch an. Die Tür hat mehr Schlösser als Fort Knox, und an der Innenseite sind noch ein paar dazu.«

»Kann sein, daß nur eins abgeschlossen ist«, meinte Coffin Ed. »Wenn hier jemand rausgekommen ist, der keine Schlüssel hatte . . .«

»Richtig«, gab Grave Digger zu. »Ich bin zu müde, um zu denken.«

Einer der Polizisten zog eine Augenbraue hoch, aber Grave Digger merkte es nicht.

»Macht Platz«, sagte Coffin Ed.

Alle wichen zur Seite.

Coffin Ed trat bis an die gegenüberliegende Wand zurück, senkte seinen langläufigen .38er und setzte vier Kugeln um das Schnappschloß. Die Schüsse ließen die Treppenhausfenster erklirren, und Türen an dem Gang, der nach hinten führte, wurden einen Spalt geöffnet. Aus allen Richtungen erklangen scharrende Geräusche wie von Ratten, die ein Schiff verlassen.

»Versuchen wir's«‹ sagte Coffin Ed und hustete in dem beißenden Qualm des Kordit, der das Treppenhaus füllte.

Die scharrenden Geräusche verstummten.

Er und Grave Digger warfen sich mit der linken Schulter gegen die Tür und taumelten in den Raum, der dahinter lag. Es war ein

Wartezimmer. Wacklige Küchenstühle flankierten die gegenüberliegende Wand. Ein fleckiger, abgetretener, dunkelblauer Teppich bedeckte den Boden. In der Mitte schien eine runde Tischplatte in der Luft zu schweben. Sie wurde von vier dünnen Stahlkabeln gehalten, die an der Decke befestigt und in der schwachen Beleuchtung nahezu unsichtbar waren. Auf dem Tisch stand eine schauerlich anzusehende Gruft aus stumpfgrauem Pappmaché, und aus dieser Gruft erhob sich der Geist Jesu Christi.

Coffin Ed konnte sich gerade noch auffangen, aber Grave Digger taumelte mit solcher Wucht gegen den hängenden Tisch, daß die Platte samt Gruft umkippte und der Geist durch den Raum segelte, als ob der Böse hinter ihm her wäre.

Die uniformierten Polizisten, die ihnen folgten, sahen sich aus weit aufgerissenen Augen konsterniert an.

Jemand begann laut an die Hintertür zu hämmern. Eine weitere Klingel ertönte schrill.

»Stop!« brüllte Grave Digger. Der Lärm erstarb.

Die Wände des Raums waren mit einem verblichenen blauen Himmel tapeziert und mit Sternbildern übersät. Dem Eingang gegenüber war eine Doppeltür, von einem blaßroten, mit goldenen Zeichen des Tierkreises geschmückten Vorhang halb verdeckt.

Coffin Ed trat über den Tisch hinweg und schob die Tierkreiszeichen auseinander. Sie befanden sich im Séancen-Raum. Eine Kristallkugel stand auf einem verhängten Tisch. Alle vier Wände waren mit dunklem, schimmerndem Stoff bedeckt, auf dem Sterne, Monde, Sonnen, Geister, Dämonen, Tiere, Engel, Teufel und Masken afrikanischer Zauberer in Leuchtfarbe glänzten.

Der Raum wurde durch ein schwaches Glimmen der Kristallkugel erhellt. Der plötzliche Luftzug ließ die Vorhänge flattern, und die leuchtenden Figuren tauchten auf und verschwanden.

»Wo, zum Teufel, ist das Licht?« brüllte Grave Digger. »Ich werde hier noch seekrank.«

Ein Polizist knipste seine Taschenlampe an. Sie fanden keine andere Beleuchtung. »Wir wollen nach den Türen suchen«, sagte er und riß die Vorhänge beiseite.

Hinter den Vorhängen befanden sich überall Türen. Er öffnete die erste, die nachgab. Sie führte in ein Eßzimmer. Ein Kronleuchter mit vier Birnen erhellte einen quadratischen Eßtisch, der mit einem schwarz-silber-karierten Plastiktuch bedeckt war.

Coffin Ed öffnete eine weitere Tür und befand sich in einer Küche. Draußen auf der Feuertreppe hörte er Bewegung. »He, laßt uns rein«, rief eine Stimme.

Ein Polizist drängte sich an Coffin Ed vorbei und öffnete die Hintertür.

Grave Digger hatte eine weitere Tür geöffnet, die in ein Schlafzimmer führte. »Hierher«, rief er.

Coffin Ed trat ein, und sechs Polizisten folgten ihm.

Ein fetter, hellhäutiger Farbiger mit schlaffen, sinnlichen Gesichtszügen und glänzend kahlem Kopf lag schwer atmend mit geschlossenen Augen quer über dem Bett. Er war fett, aber sein Fleisch war so schlaff, daß es wie geschmolzener Talg an seinem Knochengerüst hing.

Ein weiterer kahlköpfiger Mann lag mit dem Gesicht nach unten neben dem Bett auf dem Boden. Er trug einen rot- und graugestreiften Hausmantel aus Kunstseide über einem Pyjama aus blauer, weißgetupfter Kunstseide. Sein Gesicht war nicht zu sehen, der dünne Haarkranz um seinen Schädel war seidig weiß.

Die weißen Polizisten starrten mit großen Augen.

»Was haben sie mit Lady Gypsy gemacht?« fragte einer.

»Das ist der auf dem Bett«, antwortete Coffin Ed.

»Das ist jetzt egal«, sagte Grave Digger. »Wir müssen erfahren, wer ihn niedergeschlagen hat.«

»Der wird sobald nichts erzählen«, sagte ein weißer Polizist.

»Dafür werden wir schon sorgen«, erwiderte Grave Digger. »Holt die Essigflasche aus der Küche.«

Er beugte sich vor, packte Lady Gypsys Arm und zerrte ihn zum Bettrand. Als einer der Polizisten den Essig brachte, öffnete er die Flasche und goß die Flüssigkeit Lady Gypsy ins Gesicht.

»Macht ihr das immer so?« fragte der Polizist.

»Es funktioniert«, antwortete Grave Digger.

»Zuverlässig«, ergänzte Coffin Ed.

Lady Gypsy bewegte sich und spuckte. »Wer bepißt mich da?« fragte er mit klarer, kultivierter Stimme.

»Ich bin's, Digger«, antwortete Grave Digger.

Lady Gypsy setzte sich plötzlich auf. Er öffnete die Augen und sah all die weißen Polizisten, die ihn anstarrten.

»Du Schweinehund«, sagte er.

Grave Digger schlug mit der flachen linken Hand zu.

Lady Gypsys Kopf sackte zur Seite und kam wieder hoch, als ob sein Hals aus Gummi wäre.

»Es ist nicht meine Schuld, daß der Schuft entkommen ist«, sagte er und betastete eine eigroße Beule an seinem Hinterkopf. Er sah auf seinen halbnackten Körper hinunter. »Er hat mir mein zweitbestes Kostüm gestohlen.«

»Erzählen Sie endlich«, drängte Grave Digger.

Lady Gypsy betrachtete ihn teilnahmslos aus glasigen, gelbgefleckten Augen, die den leicht bläulichen Schimmer des Alters hatten.

»Ich hab keine Angst vor dir, Digger«, sagte er. »Aber ich will dir sagen, was ich weiß, weil ich mich nicht zusammenschlagen lasse.« Er wischte sich die aufgesprungenen und anschwellenden Lippen mit dem essiggetränkten Zipfel des Bettlakens. »Sie vergessen außerdem, daß ich es war, der Ihnen den Tip gegeben hat.«

»Ja, und du hast dich von ihm niederschlagen und ihn entkommen lassen, weil du weich geworden bist«, beschuldigte ihn Grave Digger.

»So war's nicht. Er ist mir hier herein nachgekommen und hörte mich telefonieren.« Er deutete mit dem Kopf zu dem Telefon auf dem Nachttisch. »Er hat ein Jahr lang als Vollmatrose für die South American Shipping Line gearbeitet.« Er sprach fließend, aber ohne Hast. »Auf dem Motorschiff *Costa Brava*. Sparte sich sein ganzes Geld. Kaufte einen Cadillac von einem Mann namens Baron . . .«

»Wieder Baron«, sagte Grave Digger und wechselte einen Blick mit Coffin Ed.

»Hat sechstausendfünfhundert dafür bezahlt«, fuhr Lady Gypsy eintönig fort. »Bekam ihn für tausend unter dem Listenpreis. Ein golden lackierter Cadillac . . .«

Die weißen Polizisten rissen die Münder auf.

»Er hatte ihn gerade bezahlt und seinen Kaufvertrag erhalten und machte eine Probefahrt, wobei er eine alte Frau anfuhr . . .«

»Hinter dem Convent?«

Lady Gypsy warf ihm von unten einen kurzen Blick zu, senkte dann die Lider und starrte wieder vor sich hin ins Nichts. »Das wißt ihr also schon.«

»Wir wollen es von Ihnen hören.«

»Ich kann nur das sagen, was ich von ihm erfahren habe . . .«

Der Mann auf dem Boden rührte sich und stöhnte.

»Wollt ihr Mister Gypsy nicht wenigstens aufs Bett legen?« fragte Lady Gypsy.

»Er liegt gut, wo er ist«, antwortete Grave Digger ungerührt.

»Sie fuhren also diese alte Frau an und flohen«, fuhr Lady Gypsy tonlos fort. »Sie kamen aber nicht weit, weil sie von drei Männern in Polizeiuniformen in einem Buick angehalten wurden.«

»Langsam reimt sich's«, sagte Grave Digger.

»Genau«, bestätigte Coffin Ed.

Lady Gypsy berichtete den Rest mit der gleichen tonlosen Stimme. »Als Mister Baron sie dann auch versetzte, kamen sie zu mir«, schloß er. »Ich sollte ihnen sagen, wo sie den Cadillac finden könnten.«

»Haben Sie es ihnen gesagt?« fragte einer der weißen Polizisten mit vorquellenden Augen.

»Wenn ich das könnte, würde ich nicht hier in diesem Loch leben«, antwortete Lady Gypsy. »Dann würde ich mit einer Jacht vor der Riviera kreuzen.«

Der Mann auf dem Boden stöhnte wieder, und zwei weiße Polizisten hoben ihn auf und legten ihn quer über das Fußende des Bettes.

»Woher wußte er Ihre Adresse?« fragte Grave Digger.

»Er wußte sie nicht. Seine Freundin hat sie ihm genannt, oder richtiger, sie hat ihn hierhergebracht.«

»Wie heißt sie?«

»Sassafras Jenkins, ein Mädchen von der Straße.«

»Hat sie ihn mit Baron zusammengebracht?«

»Das scheint er nicht zu glauben. Er sagte, er hätte Mister Baron bei den Docks in Brooklyn kennengelernt – wo die Reederei ihre Lagerhäuser hat. Vor seiner letzten Reise vor zwei Monaten. Mister Baron nahm ihn von da mit nach Harlem, in seinem Cadillac-Kabriolett. Roman erzählte ihm, er spare, um sich ein Auto zu kaufen, und Mister Baron fragte, wieviel er schon gespart hätte; er antwortete, wenn er von seiner nächsten Fahrt zurückkäme, besäße er sechstausendfünfhundert Dollar, und darauf sagte ihm Mister Baron, dafür könne er ihm genauso ein Cadillac-Kabriolett beschaffen, wie er selbst es fahre . . .«

»Er hat auch einen goldenen Cadillac gefahren?«

»Nein, seiner war grau. Aber er fragte Roman, welche Farbe er sich wünsche, und Roman antwortete, er wolle einen, der wie massives Gold aussähe.«

»Was hatte Baron in Brooklyn zu suchen?« fragte Grave Digger.

»Matrosen, Digger«, antwortete Coffin Ed. »Wo hast du deinen Verstand?«

Grave Digger stimmte nur halb zu. »Vielleicht ja, vielleicht nein. Vielleicht sammelte er auch Frösche für Schlangen.«

»Das ist genau das gleiche«, behauptete Coffin Ed. »Matrosen sind alles für jeden.«

»Kennen Sie Mister Baron?« fragte Grave Digger Lady Gypsy.

»Zufällig nicht.«

»Kennen Sie Black Beauty?«

»Ja.«

»Was war sein Racket?«

»Zuhälter.«

»Zuhälter? Dieser warme Bruder?«

»Sie haben nach seinem Racket gefragt, nicht nach seinem Vergnügen. Aber Sie sprechen von ihm in der Vergangenheit. Ist er tot?«

»Er war die alte Frau, die totgefahren wurde.«

»Totgefahren? Die beiden behaupten, sie wäre nicht einmal verletzt worden.«

»Das ist eine andere Geschichte. Aber Sie müssen Baron kennen. Er gehört mit zur Liga.«

»Das habe ich mir auch schon gesagt«, gab Lady Gypsy zu. »Aber ganz ehrlich, ich kenne ihn nicht.«

»Sie kennen aber diese Sassafras Jenkins.«

Lady Gypsy hob die Schultern.

»Was heißt kennen? Ich habe sie gesehen. Von Zeit zu Zeit kommt sie mit den verschiedensten Tricks zu mir. Sie betreibt immer irgendeinen kleinen Schwindel.«

»Mit Baron?«

»Sie können mich nicht reinlegen, Digger, ich habe Ihnen die Wahrheit gesagt. Ich kenne Baron nicht, und ich glaube auch nicht, daß sie ihn kennt.«

»Schon gut, schon gut. Wo können wir sie finden?«

»Sie finden? Woher soll ich wissen, wo man eine kleine billige Hure findet?«

»Unten auf Ihrem Schild steht *Auffindung von Verlorenem*«, warf Coffin Ed ein.

»Ja, und für Sie wäre es besser, wenn Sie beweisen, daß das stimmt. Oder Sie finden sich da wieder, wo Sie nicht gefunden werden wollen«, fügte Grave Digger hinzu.

»Kennen Sie die alte Hintergasse zwischen der 111th und 112th Street?«

»Die Alley?«

»Ja. Irgendwo da in einer dieser Höhlen hat sie einen Kerl.«

»Wer ist das?«

»Ich weiß nicht, wer er ist und was er macht. Sie wissen ja, daß ich nichts für einen Mann übrighabe, der sich für ein billiges Flittchen wie die interessiert.«

»Na schön«, sagte Grave Digger.

»Laß uns gehen, Ed.«

»Wir wollen erst im Revier anrufen und Anderson sagen, daß der Vogel ausgeflogen ist.«

»Ruf du ihn an.«

Coffin Ed griff nach dem Telefon auf dem Nachttisch.

Grave Digger wandte sich den Polizisten zu und sagte: »Sie gehen besser alle zu Ihren Wagen zurück. Sie waren ohnehin schon zu lange von der Straße fort.«

Lady Gypsy sagte: »Ich möchte gegen diesen Mann Anzeige wegen Überfall, Körperverletzung und Raub erstatten.«

»Dazu müssen Sie ins Revier kommen«, antwortete Grave Digger. »Ich rate Ihnen aber, ziehen Sie vorher einen Anzug an.«

10

Als Roman und Sassafras aus Lady Gypsys Wohnung die Treppe herunterrannten und sich auf den Buick stürzten, der am Straßenrand parkte, hatten sie das Glück, daß niemand sie sah. Sie wären selbst einem Blinden aufgefallen. Roman hatte sich Lady Gypsys Turban mit dem großen Glasauge schief auf den Kopf gestülpt, so daß er jetzt drei Augen hatte, die alle in verschiedene Richtungen blickten. Er hatte ein regenbogenbuntes Gewand über seine Lederjacke und seine Waschbärmütze geworfen, aber es war ihm zu kurz, und seine Fallschirmjägerstiefel sahen darunter hervor. In der linken Hand trug er seine Waschbärmütze und in der rechten seinen großen rostigen Revolver.

»Wenn sie uns erwischn, spiel ich verrückt und renn einfach weg«, keuchte er heiser. »Aufn verrückten Wahrsager schießt bestimmt keiner.«

Sassafras begann zu kichern. Roman warf ihr einen gehässigen Blick zu, während er um den Buick herumlief und sich ans Lenkrad setzte. Revolver und Waschbärmütze legte er neben sich auf den Sitz und fuhr schnell los. Aber ein sechster Sinn sagte ihm, daß er eine größere Chance zu entkommen hatte, wenn er langsam fuhr. Er fuhr also wie ein Prediger am Sonntag auf dem Weg zur Kirche, als er die Third Avenue erreichte und nach Süden abbog.

Die Besatzung des ersten Streifenwagens, der schnell von Norden kam, sah den langsamen Buick, unmittelbar bevor ihr Fahrzeug mit heulender Sirene und quietschenden Reifen um die Ecke in die 116th Street einbog. Sie verschwendeten keinen weiteren

Gedanken an ihn. Sie hatten den Fahrer nicht gesehen und konnten sich nicht vorstellen, daß irgend jemand so schleichen würde, wenn er im heißesten Wagen östlich des Mississippi saß. Roman fuhr weiter, an der 114th Street vorbei, und parkte vor einer Matratzenfabrik hinter einem offenen Lastwagen.

»Ich muß nachdenkn«, sagte er.

Sassafras konnte ihr Kichern nicht unterdrücken. Jedesmal, wenn sie ihn ansah, wurde es schlimmer.

»'s gibt gar nichs zu lachen«, sagte er grob. »Du machst mich noch wütend.«

»Das weiß ich doch, Schatz«, gab sie mühsam zu. »Aber keiner, der dich so sieht, wird in Tränen ausbrechen können.«

»Also, das is deine Schuld«, fuhr er sie an. »Du has mich doch zu dem Pfeifer hingebracht.«

»Un wie hätt ich wissn solln, daß das 'n Pfeifer is?« wehrte sie sich. »Ich bin bei dem schon oft gewesn mit andern Männers, und da hat er nie . . .« Sie brach ab.

»Weiß ich, daß du da wars. Brauchs mir's nich unter die Nase reibn. Ich hab nich erwartet, daß du rostest, solang ich weg bin. So dumm bin ich nich.«

Sie legte ihm den Arm um den Nacken und versuchte, seinen Kopf an sich zu ziehen. »Ich bin dir treu gebliebn«, sagte sie. »Das kann ich beschwörn, aufn ganzen Stapel Bibeln.«

Er machte seinen Kopf frei. »Hör mal, Baby, jetz is keine Zeit für dumme Lügen. Ich sitz hier un bin betrogen um das Geld von eim ganzen Jahr, un du wills freche Lügen beschwörn aufn ganzen Stapel Bibeln.«

»Das is keine Lüge«, widersprach sie. »Wenn dus nur versucht hättst, statt Cadillacs zu kaufen . . .«

»Du has den Wagn genauso gewollt wie ich.«

»Un wenn schon. Deswegn halt ich'n Cadillac noch nich für alles inner Welt.«

»Wir habn jetz kein Zeit zu streiten«, entgegnete er. »Wir müssen was tun ganz schnell. Ich glaub, bis jetz ham wir verdammt viel Glück gehabt, aber das kann nich immer so bleibn. Die Polizei wird uns in dem heißn Wagn hier erwischn, un dann . . .«

Sie schnitt ihm das Wort ab. »Wir könn zu eim Mann gehn, den ich kenn. Der macht Geschäfte mit Autos. Der kann uns helfn.«

»Ich hab mehr Männer gesehn, die Geschäfte mit Autos machn, als ich brauchen kann«, entgegnete er. »Davon hab ich genug. Was ich überleg, is, ob ich mir 'n paar Kumpels von mein Schiff hol, die mir nach mein Auto suchn helfen.«

»Der Mann, von dem ich red, kann dir mehr helfn als die«, behauptete sie. »Wenn der große goldne Cadillac irgendwo in Harlem is, find der ihn schneller als jeder andere.«

»All die Männers, die du kenns . . .«, begann er, aber sie ließ ihn nicht weitersprechen.

»Aber so isses doch gar nich«, versicherte sie. »Ich kenn den doch kaum. Nur so rein geschäftlich.«

»Von was für Geschäften?«

Aber diese Frage ignorierte sie. »Dem könn wir sagn, er soll mal rumgehn und suchn. Und wir können auch bei ihm wohnen, solang er sucht. Du kanns doch sons nirgens bleibn.«

»Ich hab gedacht, daß ich bei dir bleib, solang ich nich in mein Wagn bin. Oder has du vielleicht 'n Mann bei dir?«

»Du machst mich krank. Du weiß gut, daß bei mir in mein Zimmer kein Mann sein kann, wo die Leute so anständig sin, bei denen ich wohne.«

»Na, un wie solln wir den Mann dafür bezahln, daß er uns in seine Wohnung läßt, solang er nach mein Wagn sucht?« wollte er wissen. »Ich hab Mister Baron mein letzten Dollar gegebn.«

»Wir könn ihm die Reifen von dem Wagen hier gebn«, schlug sie vor. »Der Mann handelt mit Gebrauchtreifen.«

»Ach so, jetz versteh ich. Ich bin nich so dumm, wie du denks. Das is'n Reifendieb.«

»Na, un wenn schon?« entgegnete sie. »Er muß dann ja auch wissen, wo Autos sin. Un genauso ein Mann brauchs du. Einer, der weiß, wo Autos sin.«

»Na gut, dann wolln wir ihm die Reifen von dem Wagn hier gebn und anfangn zu suchen. Wo wohnt er denn?«

»In der Alley. Da hat er 'ne große Wohnung.«

Er ließ den Motor wieder an und fuhr bis zur 112th Street. Dort bog er wieder in die Richtung zur Lexington Avenue ein. Unmittelbar hinter den Häusern an der Third Avenue verlief eine schmale Durchfahrt, die die Hauptverkehrsstraße im rechten Winkel kreuzte. Für einen großen Wagen war sie sehr schmal – auf keiner Seite war genug Platz, um die Türen öffnen und aussteigen zu können –, und Roman mußte dreimal zurücksetzen, ehe er um die scharfe Ecke kam.

»Hier möchte ich mich nich erwischn lassn«, meinte er. »Da kommt man nur in einer Richtung weiter.«

Die Alley wurde an beiden Seiten von zweistöckigen Ziegelbauten flankiert, die sich in allen denkbaren Stadien des Verfalls befanden. Früher waren es die Remisen der Wohnhäuser an der 112th und 113th Street gewesen. Jetzt lebten in den oberen Räumen, die einmal Dienstbotenunterkünfte gewesen waren, Familien, und die Wagenschuppen waren mit lang vergessenem Plunder gefüllt, zwischen dem sich Ratten vermehrten, Kinder spielten und kleine Mädchen ihre Unschuld verloren.

»Es is da drübn«, sagte sie und deutete auf ein Schuppentor aus verrotteten Brettern, das mit rostigen Blechstücken geflickt war. »Laß mich mal nachsehn, ob er da is.«

Das Tor hing in schweren eisernen Angeln, die mit groben Bolzen an das rottende Holz befestigt waren. Es war mit einem Messingschloß von der Größe eines Takelblocks verschlossen. Roman hielt an, sie stieg aus und spähte durch ein Guckloch neben dem Schloß.

»Er is nich da«, sagte sie. » Sein Motorrad is weg.«

»Un was jetz?«

»Laß mich mal überlegn«, sagte sie, legte die Fingerspitzen in den Fäustlingen an ihre aschgrauen Wangen und machte ein nachdenkliches Gesicht. »Ach, da fällt mir ja was ein«, sagte sie plötzlich fröhlich. »Er hat mir ja 'n Schlüssel gegebn.«

Sie begann in ihrer Handtasche zu wühlen.

»Wozu hat er dir denn 'n Schlüssel gegebn?« fragte er mißtrauisch.

»Für sein Freundin«, antwortete sie unbefangen. »Sie und ich, wir sind befreundet. Un er hat gesagt, damit sie rein kann, wenn er nich da is.«

Rechts neben dem Schuppentor befand sich die schmale Tür zu einer Treppe, die zu den Wohnräumen oben führte. Sie schob einen Schlüssel in das Yale-Schloß und sagte: »Hier. Jetz gehn wir einfach rauf un warten auf ihn.«

»Du kenns diesen Mann scheins verdammt gut«, sagte er.

»Sein Freundin un ich, wir stehn einfach so, sag ich dir«, antwortete sie und hob eine Hand, wobei sie den Daumen fest gegen den Zeigefinger in ihrem Handschuh drückte. »Ich lauf schnell rauf un hol den Schlüssel fürs große Schloß, dann kannste den Wagn reinstelln, un es sieht ihn keiner.«

»Wenn mir das gefällt, gefällt mir auch Eiskrem mit Haferkörnern, un ich bin kein Maultier«, knurrte er vor sich hin.

Aber sie wartete nicht auf das, was er sagte, sondern lief hinauf, brachte den Schlüssel und öffnete das Tor. Er manövrierte den Wagen in einen dunklen feuchten Raum, in dem es nach Gummireifen und saurer Erde roch. Auf Borden an der Wand lagen Werkzeuge und Geräte zum Wechseln und Reparieren von Reifen, aber Reifen selbst waren nicht zu sehen.

Er stieg aus, brummte vor sich hin, und sie schloß das Tor ab. Dabei hüpfte sie gut gelaunt und sorglos um ihn herum.

»Jetz gehn wir einfach rauf und warten«, sagte sie. Oben befand sich nur ein einziger Raum. Sowohl nach vorn als auch nach hinten hatte er eine Reihe Fenster, in deren Rahmen statt Scheiben geöltes Packpapier steckte. In der Mitte stand ein bauchiger Kanonenofen. Die vordere Ecke füllte eine große eiserne Doppelbettstelle aus, deren weißer Emaillelack stellenweise abgesprungen war. Die andere Ecke war durch einen Vorhang als Kleiderschrank abgeteilt. Dem Ofen gegenüber stand eine Kommode mit Schubladen und einer gesprungenen Marmorplatte, auf ihr ein zweiflammiger Gaskocher. Ein quadratischer Tisch mit schmutzigen Tellern darauf nahm die Mitte des Raums ein. Unter den Fenstern stand ein weiterer Tisch mit einer Waschschüssel und einem Wasserkrug aus abgestoßenem Steingut. Für die Wasserversorgung sorgte ein Schlauch, der an einen Hahn unten in Höhe der Scheuerleisten angeschlossen war. Die Toilette befand sich draußen hinter dem Schuppen.

Außer einer einzigen Hängelampe in der Mitte des Raums gab es an den Wänden mehrere kleine Armleuchter.

Sassafras schaltete die helle Deckenlampe ein und warf ihren Mantel auf das ungemachte Bett. Sie trug ein rotes Strickkleid, das zu ihrer Mütze paßte, und schwarze Netzstrümpfe.

In dem Raum war es so kalt, daß ihnen der Atem als Dampf vor dem Mund stand.

»Ich mach mal Feuer«, sagte sie. »Setz du dich ruhig hin un mach dirs bequem.«

Er warf ihr einen bösen und mißtrauischen Blick zu, aber sie bemerkte es nicht. Sie bückte sich und sah in den bauchigen Ofen. Ihr Kleid spannte sich dabei.

Er legte seine Waschbärmütze neben einen der schmutzigen Teller auf dem Tisch und darauf seinen rostigen Revolver.

»Der Ofen is schon angelegt«, sagte sie und holte aus der Kommode eine Schachtel Streichhölzer.

»Weißt du vielleich auch, wo er sein Geld hat?« fragte er.

Sie entzündete das Feuer und öffnete die Zugklappe, ehe sie sich umdrehte und ihn ansah. »Was brummels du da?«

»Du tus, als ob du hier besser zuhaus bis, wie 'ne Henne in ihrm Nest«, sagte er. »Weiß du genau, daß deine Geschäfte mit dem Mann nich das sind, was ich denk?«

Sie riß sich die Mütze vom Kopf und schüttelte ihr kurzes straffes Haar.

»Ach, sei nich so eifersüsch«, sagte sie. »Du machs'n Gesich, daß 's Feuer vor Angst ausgehn könnt.«

»Ich bin nich eifersüsch«, widersprach er. »Ich denk nur nach.«

Sie begann, das schmutzige Geschirr vom Tisch zu räumen und stapelte es neben dem Gaskocher auf.

»Ihr Matrosen seid alle gleich«, sagte sie. »Wenn's nach euch ging, würdet ihr 'n Mädchen abschließn un den Schlüssel mitnehm.«

»Ganz rech«, gab er zu und wurde immer wütender, während er sie bei ihrem häuslichen Treiben beobachtete.

Das Feuer begann im Kamin zu röhren, und sie schloß die Zugklappe halb. Dann drehte sie sich um und sah ihn an. Ihre Schlehenaugen funkelten wie Brillanten.

»Zieh bloß das Kostüm da aus, damit ich dich küssn kann«, sagte sie und schüttelte sich die Kältestarre aus den Gliedern.

»Der Raum hier regt dich wohl an?» fragte er herausfordernd.

»Was haste dagegen?« antwortete sie. »Du kans doch von 'ner Kuh nich erwartn, daß sie wiederkäut, wenn se 'ne Wiese voll frisches Gras hat.«

Er betrachtete sie finster. »Wenn du dem Mann schöne Augen machs, kriegt jemand die Hucke voll.«

Sie trat auf ihn zu und riß ihm den Turban mit dem dritten Auge herunter. »Das Ding mach dein Kopf ganz gallig«, sagte sie.

»Is nich mein Kopf, was gallig is«, widersprach er.

»Wem sagste das?« antwortete sie und griff nach ihm.

»Laß mich ers aus dem Weiberkittel raus.« Er begann, sich das Gewand über den Kopf zu streifen. »Ich komm mir vor wie 'n Hahn, der Eier legn soll.«

»Du has nix als Hühner im Kopf«, sagte sie und kitzelte ihn am Bauch.

Japsend sprang er zurück und stieß mit den Waden gegen die Bettkante. Der Länge nach fiel er hintenüber auf den Rücken. Sie sprang auf ihn und versuchte, ihm mit den Falten des bunten Stoffes Mund und Nase zuzuhalten. Er riß in den Stoff ein Loch für seinen Kopf, und sie sprang von ihm herunter und bog sich vor Lachen.

Er setzte die Füße auf den Boden, verlagerte das Gewicht auf seine Beine, stieß sich vom Bett ab und sprang vor wie ein junger Bulle, der angreifen will. Seine Lippen waren gespannt, seine Zunge fuhr von einem Mundwinkel in den anderen; er sah aus, als ob er keuchte, hielt aber den Atem an. Seine Stirn war immer noch angestrengt gerunzelt, aber in seinen grauen Augen funkelte es; das rechte war auf sie gerichtet, das linke wich in die Richtung des Ofens ab. Sein Kopf ragte zwischen den Falten des grellbunten Gewands heraus, das ihm über seiner Lederjacke auf den Rücken hinunterhing.

Er schoß auf sie zu.

Sie ließ sich von seinen Händen berühren, entwand sich aber seinem Griff, wirbelte auf den Fußspitzen herum und rannte halb durch das Zimmer. Er senkte die schweren Schultern, hielt die langen Arme wie ein angreifender Ringer ausgestreckt und ging auf sie los. Sie brachte den Tisch zwischen sich und ihn, keuchend vor Lachen.

»Plumpsack«, höhnte sie und schleuderte ihre Schuhe von den Füßen.

»Ich krieg dich schon«, fauchte er.

Er warf einen Stuhl um, als er um den Tisch herum wollte, aber sie hielt sich immer außerhalb seiner Reichweite. Dann packte er mit einer schnellen, überraschenden Bewegung den Tisch an der Platte, hob ihn einige Zoll vom Boden hoch und stieß ihn zur Seite.

Jetzt stand nichts mehr zwischen ihnen.

»Nimms dir, dann hast dus«, keuchte sie.

Unvermittelt begann sein Verstand wieder zu arbeiten. Sein Körper entspannte sich.

»Wo ich so Sorgen hab, kannste an nix anders denkn?« sagte er vorwurfsvoll.

»Wenn das nich deine Sorgen vertreibt, kann dir nix helfen«, murmelte sie.

»Wir ham nich viel Zeit«, maulte er.

»Wenn du Angst has, geh nach Haus«, zischte sie.

Seine Muskeln spannten sich wieder, er packte sie. »Ich werd dich schon abkühln«, sagte er.

11

Drei Minuten nachdem sich der Buick in die enge Einfahrt zur Alley gezwängt hatte, schlitterte eine kleine schwarze Limousine von der Lexington Avenue in die 112th Street. Grave Digger fuhr mit abgeblendeten Scheinwerfern, und Coffin Ed hielt unter den geparkten Wagen scharf Ausguck nach dem Buick.

Die Heizung funktionierte wieder, und das Eis auf der Windschutzscheibe schmolz. Der Wind war nach Osten umgesprungen, und der Eisregen hatte aufgehört. Die Reifen sirrten leise über die treibenden Eiskörner auf der asphaltierten Straße, als der Wagen wieder in gerader Richtung fuhr. Im nächsten Augenblick aber brach er nach rechts aus, und Grave Digger mußte leicht gegensteuern.

»Ich hab ein Gefühl wie bei der Jagd auf den weißen Hirsch«, sagte Coffin Ed. »Man kann sich schwer vorstellen, daß heutzutage noch jemand so dumm ist.«

»Wer kann's wissen«, antwortete Grave Digger. »Bisher hat der Bursche noch keinen Preis gewonnen.«

Sie hatten den Block mit baufälligen alten Häusern und provisorischen Unterkünften halb hinter sich gebracht, als sie ein Motorrad mit Seitenwagen entdeckten, das von der Third Avenue her in die Straße einbog. Sofort wurden sie aufmerksam. Sie kannten das Fahrzeug nicht, ahnten nichts von seiner Vorgeschichte, seiner Verwendung oder seinem Besitzer. Aber sie wußten, daß jeder, der in einer solchen Nacht ein offenes Fahrzeug benutzte, eine nähere Betrachtung verdiente.

Der Motorradfahrer entdeckte sie im gleichen Augenblick. Er sah eine kleine schwarze Limousine seitwärts wie eine Krabbe durch die leere Straße auf sich zukommen. Bei all der Mühe, die er sich seit Jahren gegeben hatte, ihr aus dem Weg zu gehen, mußte er sie besser kennen als die Pest.

Er trug einen dunkelbraunen Overall, eine wollgefütterte Militärjacke aus Drillich und eine pelzgefütterte, karierte Jägermütze. Aus dem Seitenwagen war der Sitz herausgenommen, und an seiner Stelle befanden sich dort zwei Autoräder komplett mit Reifen unter einer schwarzen Zeltbahn.

Als Coffin Ed die von der Zeltbahn bedeckte Ladung bemerkte, fragte er: »Siehst du, was ich sehe?«

»Schon kapiert«, antwortete Grave Digger und gab Gas.

Wenn die Reifen kleiner gewesen wären, hätte der Motorradfahrer sie verschluckt wie die Marihuana-Händler ihre heiße Ware. Statt dessen ließ er das Motorrad vorwärts schießen, schaltete seinen Scheinwerfer voll ein, um die beiden Detektive zu blenden, und beugte sich weit nach rechts aus ihrer Schußlinie. Motorengedröhn wie von startenden Düsenflugzeugen erfüllte die Nacht.

Grave Digger schaltete seine Scheinwerfer im gleichen Augenblick voll ein. Coffin Ed hatte seinen Revolver gezogen. Er fummelte an der Fensterkurbel, um das Seitenfenster zu öffnen. Aber er war nicht schnell genug.

Beide Fahrzeuge rasten auf der schlüpfrigen Straße donnernd aufeinander zu.

Grave Digger versuchte, den Motorradfahrer auszumanövrieren. Er riß die Limousine scharf nach links, trat auf die Bremse, kam quer zur Fahrtrichtung zu stehen und blockierte dadurch die linke Straßenseite.

Aber dieser Spaßvogel übertölpelte Grave Digger. Er rollte sich auf seinem Sattel auf die andere Seite wie ein Hollywood-Indianer auf seinem Pinto-Pony, bog im Winkel von neunzig Grad links ab und beschleunigte bis an die Grenze des Durchdrehens. Seine Absicht war, rechts an dem Wagen vorbeizukommen, und, zum Teufel, wenn dabei auf ihn geschossen wurde.

Beide Fahrer schätzten die Griffigkeit der Fahrbahn falsch ein. Die feste, aus Eisschnee gebildete Decke war trügerisch. Die Reifen drückten sich in sie ein und faßten. Der Seitenwagen traf in einer Tangente gegen den rechten hinteren Kotflügel der Limousine, und das Motorrad wirbelte einmal in voller Fahrt um sich herum. Die Limousine schlitterte mit den Hinterrädern und brachte Grave Digger aus dem Gleichgewicht. Das Motorrad fuhr hinter einem parkenden Wagen auf den Gehsteig, hüpfte wie ein Gummiball über den Bordstein, schrammte das Bein des Fahrers gegen einen rostigen Treppenpfosten und raste in die Richtung zurück, aus der es gekommen war.

Coffin Ed hing in dem halbgeöffneten Fenster, sein Arm mit der Waffe war behindert und nutzlos. Er schrie aus vollem Hals: »Halt, oder ich schieße!«

Der Fahrer hörte ihn trotz des dröhnenden Motors, während er darum kämpfte, sein Fahrzeug auf dem Gehsteig zu halten, gleichzeitig aber der Reihe Treppenpfosten auf der einen und den parkenden Wagen auf der anderen Seite auszuweichen.

Die Limousine stand auf der anderen Straßenseite etwas schräg, generell aber in der richtigen Richtung.

»Ich hole ihn ein«, versprach Grave Digger, schaltete den ersten Gang ein und gab Gas.

Er hatte aber nach seinem scharfen Abbiegen nach links die Räder noch nicht geradegerichtet, und der Wagen fuhr nicht im Bogen auf die Fahrbahn zurück, sondern rollte nach links weiter und traf mit voller Wucht einen geparkten Chevie. Die Tür des Chevie wurde eingedrückt, und der linke vordere Kotflügel der kleinen Limousine zerknitterte wie Aluminiumfolie. Der Scheinwerfer zersplitterte, und das Kreischen von Metall auf Metall weckte die gesamte Nachbarschaft.

Das Richtige wäre gewesen zurückzusetzen, den Wagen auszurichten und von neuem loszufahren, aber Grave Digger war schon blind vor Wut. Er gab noch mehr Gas und schrammte mit reiner Motorengewalt an dem Chevrolet vorbei. Sein eingedrückter Kotflügel verfing sich an dem linken hinteren Kotflügel des Chevie, und beide wurden losgerissen. Er ließ sie hinter sich auf der Straße tanzen und raste dem Motorrad nach, das inzwischen auf die Fahrbahn zurückgehüpft war und jetzt schlitternd in die Third Avenue einbog.

Das Motorrad bog nach Westen in die 114th Street ein, als Grave Digger das Schleudern seiner Limousine gerade aufgefangen hatte. Das schmelzende Eis auf seiner Windschutzscheibe trübte seine Sicht, und er schaltete den Scheibenwischer ein. Einen Augenblick lang konnte er überhaupt nichts sehen. Er bog trotzdem ab und hoffte, daß es an der richtigen Stelle war.

Sie behielten das Motorrad in Sicht, das an der Seventh Avenue wieder nach Norden abbog, kamen ihm aber nicht näher.

Hintereinander fuhren auf der äußeren Fahrbahn drei Lastzüge, ein vierter überholte gerade den vordersten.

»Wir dürfen diesen Burschen nicht entwischen lassen«, sagte Grave Digger.

»Er überholt auf dem Gehsteig«, sagte Coffin Ed, der sich aus dem rechten Fenster weit herausbeugte.

»Schieß ihm über den Kopf weg.«

Coffin Ed stützte den linken Arm auf die Fensteröffnung, legte den langen vernickelten Lauf auf sein Handgelenk und feuerte in die Nacht hinaus. Die Abschußflamme peitschte in die Dunkelheit, und drei Blocks vor ihnen ging eine Straßenlaterne aus.

Das Motorrad bog vor den Lastzügen vom Gehsteig wieder auf die Fahrbahn hinunter. Grave Digger kam an den Lastzügen vorbei und schaltete seine Sirene ein.

An der 116th Street sagte Coffin Ed: »Er fährt geradeaus weiter. Versucht wohl, über die County-Grenze zu kommen.«

Grave Digger steuerte nach links auf die andere Seite des Grünstreifens und fuhr jetzt auf der Gegenfahrbahn. Die Scheibenwischer hatten auf dem schmutzigen Glas Halbmonde freigewischt, und er sah die Straße frei vor sich liegen. Er trat das Gaspedal bis zum Anschlag durch und kam dem Motorrad auf der anderen Seite des Grünstreifens näher.

»Stop ihn, Ed«, sagte Grave Digger.

Der von einem niedrigen Drahtzaun gekrönte Grünstreifen lag über dem Niveau der Fahrbahnen und deckte die Reifen des Motorrades. Es fuhr auch zu schnell, als daß man einen Schuß auf den Scheinwerfer hätte riskieren können. Coffin Ed jagte drei Schüsse hinter ihm her, aber der Fahrer verringerte das Tempo nicht. Sie überholten zwei weitere nach Norden fahrende Lastwagen, und dann waren beide Fahrbahnen eine Zeitlang frei. Die Limousine kam auf gleiche Höhe mit dem Motorrad.

»Paß auf, Digger. Er versucht bestimmt irgendeinen Trick«, warnte Coffin Ed.

»Vor dem Bordstein hat er ebensoviel Angst wie wir«, antwortete Grave Digger. »Er wird versuchen, uns in einen entgegenkommenden Laster zu manövrieren.«

»Vor ihm sind wieder zwei.«

An der 121th Street lenkte Grave Digger auf die rechte Fahrbahn zurück. Einen Block vor ihnen gab ein Kühllaster Blinkzeichen, ehe er auf die linke Fahrbahn ausscherte, um einen offenen Transporter zu überholen. Der Motorradfahrer hatte genügend Zeit, um vorher an ihm vorbeizuziehen, aber er hielt sich zurück, bis der Kühlwagen mitten auf der inneren Fahrbahn war und jetzt beide Fahrbahnen blockiert waren.

»Schieß ihm in die Reifen«, drängte Grave Digger.

Coffin Ed beugte sich aus dem Fenster, zielte sorgfältig übers Handgelenk und verschoß seine beiden letzten Patronen. Beide Schüsse verfehlten den Reifen des Motorrades, aber die fünfte und letzte Patrone im Revolver war ein Leuchtspurgeschoß, seit er einmal nachts im Dunkeln hatte schießen müssen. Sie verfolgten die weißphosphoreszierende Flugbahn, sahen, wie das Geschoß den Reifen verfehlte, einen Kanaldeckel mitten auf der Fahrbahn traf, im stumpfen Winkel nach oben abprallte und in einen Reifen des Transporters schlug. Der Reifen platzte mit einem Knall. Der Fahrer spürte, daß sein Fahrzeug schleuderte, und trat auf die Bremse. Das brachte den Motorradfahrer aus dem Konzept. Er hatte geplant, zwischen den beiden Lastern nach vorn zu preschen, den überholenden Kühlwagen zu schneiden. Wenn ihm das gelang, waren beide Fahrbahnen blockiert, dann war er nach hinten gedeckt und konnte entkommen.

Er holte gerade schnell hinter dem Transporter auf, als dessen Reifen platzte und der Fahrer auf die Bremse trat. Er bog scharf nach links aus, aber nicht schnell genug.

Drei dünne Bleche aus rostfreiem Stahl, die der Transporter geladen hatte, bildeten eine kaum viertelzöllige Klinge. Diese Klinge traf den Motorradfahrer über seiner wollgefütterten Jacke am Hals, der vor Anstrengung gereckt und gespannt war, während das Motorrad darunter hinwegschoß. Es fuhr mit nahezu achtzig Stundenkilometern, und diese Klinge trennte dem Mann den Kopf vom Körper wie eine Guillotine.

Der Kopf rollte die Bleche halb hinauf, während der Körper gerade sitzenblieb, die Hände um die Lenkstange geklammert. Der Körper beendete das Manöver, das der Kopf ihm befohlen hatte, und das Motorrad raste wie geplant an dem Lastwagen vorbei.

Der Fahrer des Transporters sah aus dem Fenster, um den überholenden Kühlwagen zu beobachten, während er weiterhin bremste. Doch statt des Lastwagens sah er einen Mann ohne Kopf auf einem Motorrad mit Beiwagen vorbeirasen, dem ein Strom dampfenden Bluts wie eine Fahne im Wind nachwehte.

Er schrie auf und wurde ohnmächtig. Seine erschlaffenden Füße ließen Bremse und Kupplung los, und der Transporter fuhr weiter. Das von einem Mann ohne Kopf gesteuerte Motorrad schoß an ihm vorbei.

Der Fahrer des Kühlwagens, der den mit Blech beladenen Transporter überholte, traute seinen Augen nicht. Er blendete die Scheinwerfer auf, beleuchtete den kopflosen Motorradfahrer und blendete schnell wieder ab. Mehrmals blinzelte er heftig. Das ist das erste Mal, daß ich am Steuer eingeschlafen bin, dachte er, und, mein Gott, was ist das für ein Alptraum! Er blendete wieder auf, und da fuhr das Motorrad immer noch. Ob Traum oder Wirklichkeit, er wollte machen, daß er so schnell wie möglich von hier fortkam. Er begann, mit seinen Scheinwerfern wild zu blinken, drückte auf die Hupe, trat aufs Gaspedal und sah weg.

Der mit Blech beladene Transporter wich infolge eines Fehlers in der Steuerung langsam nach rechts ab. Er rollte über den niedrigen Bordstein auf den Gehsteig und die breiten Steinstufen einer großen, vornehmen Negerkirche hinauf. In dem beleuchteten Anschlagkasten vor der Kirche war das Predigtthema für diesen Sonntag ausgehängt:

Hab acht! Der Tod ist näher als du denkst!

Der Kopf rollte von dem langsam fahrenden Transporter herunter, fiel auf den Gehsteig und auf die Fahrbahn. Grave Digger, der schnell näher kam, sah etwas, was wie ein Fußball mit Mütze aussah, über den schwarzen Asphalt kullern.

»Was hat er da weggeworfen?« fragte er.

Coffin Ed starrte wie versteinert hin. Er schluckte mühsam. »Seinen Kopf«, antwortete er schließlich.

Grave Diggers Muskeln zuckten krampfhaft. Er trat automatisch auf die Bremse.

Unbemerkt hatte sich hinter ihnen ein Lastwagen genähert, der nicht mehr rechtzeitig bremsen konnte. Er stieß von hinten gegen die kleine Limousine, sanft nur, aber es genügte. Grave Digger wurde nach vorn geschleudert. Der untere Rand des Lenkrades traf ihn in den Solarplexus, und sein Kopf schnappte nach vorn. Sein Mund schlug gegen den oberen Rand des Lenkrades; er zerschlug sich die Lippen und beschädigte sich zwei Vorderzähne.

Coffin Ed schoß mit dem Kopf gegen die Windschutzscheibe aus Sicherheitsglas und schlug ein Loch hinein, aber sein harter Schädel bewahrte ihn vor ernstlichen Verletzungen.

»Verdammt«, lispelte Grave Digger, richtete sich auf und spuckte Zahnsplitter. »Mit der asiatischen Grippe wäre ich besser dran.«

»Weiß Gott, ich auch«, bestätigte Coffin Ed.

Nach und nach erschlaffte der kopflose Körper, das Motorrad begann zu schwanken, taumelte zur einen Seite, dann zur anderen, überquerte die 125th Street, wobei es gerade eben noch ein Taxi verfehlte, umkreiste sauber die Normaluhr und krachte dann in die vergitterte Tür eines Juwelierladens. Dabei riß es ein Schild mit der Aufschrift um: Wir geben selbst Toten Kredit.

12

Roman stand auf und schnallte seinen Gürtel zu. »Wo steckt'n dieser Kerl bloß?« Er wollte jetzt endlich zur Sache kommen.

»Der muß jeden Moment dasein«, antwortete Sassafras, aber ihre Stimme klang, als wäre es ihr gleichgültig, ob er überhaupt kam.

Romans Gesicht verriet wieder seine Unruhe. »Bissu sicher, daß der Mann uns helfn kann? Ich hab so 'ne Ahnung, als hätten wirs mit richtig brutale Kerls zu tun, un da will ich nich, daß einer drin rumpfuscht, der nich weiß, was er tut.«

Sassafras fuhr sich mit einem fettigen Kamm durch das kurze zerzauste Haar. »Mach dir kein Sorgen wegen dem«, sagte sie. »Der verliert schon nich den Kopf.«

»Das Rumsitzen un Wartn macht mich noch ganz fertig«, beschwerte sich Roman. »Jetzt isses bald hell, und keiner tut was.«

Sie ging zum Ofen, legte Kohlen nach und stellte die Zugklappe ein. Ihr Kleid war aus der Form geraten, und der Rocksaum hing auf einer Seite tiefer.

»Ich seh mal nach, ob noch Whisky da is«, sagte sie und wühlte zwischen den Schuhen in der Kleiderschrankecke.

Er trat neben sie und sah ein grünes Kleid zwischen den Anzügen hängen.

»Das sieht aus wie deins«, sagte er mißtrauisch.

»Fang nich wieder damit an«, antwortete sie. »Du denks wohl, die haben nur das eine Kleid gemach, als sie meins genäht ham? Außerdem is seine Freundin grad so groß wie ich.«

»Bissu sicher, dasse nich auch dieselbe Haut hat?« fragte er.

Sie ignorierte ihn. Schließlich richtete sie sich mit einer dreiviertelvollen Flasche billigem Whisky auf. »Hier, trink das und haltn Mund«, sagte sie und hielt ihm die Flasche hin.

Er öffnete die Flasche und ließ sich den Whisky gurgelnd in die Kehle laufen. »Schlecht is er nich, aber mächtig dünn.«

»Wieso wills du über Whisky reden?« antwortete sie verächtlich. »Du has doch in deim Leben nichs anners getrunken als Selbstgebrannten.« Er setzte die Flasche wieder an und brachte den Pegelstand auf die Hälfte. »Baby, ich hab so 'n Hunger, daß ich 'n Maultier fressen könnt«, sagte er und reckte seine Muskeln. »Willse nich mal nachsehn, ob der Freund von deine Freundin nich auch was zu essn hat?«

»Wenn ich hier was find, wirste nur noch mißtrauischer«, antwortete sie.

»Egal, solangs mir'n Bauch füllt.«

Sie fand ein Stück Salzfleisch, einen halben Laib Weißbrot in Wachspapier und eine Flasche Sirup in der untersten Schublade. Dann öffnete sie ein Fenster und beugte sich über einen am Fensterbrett befestigten, mit Fliegengaze verkleideten Kühlkasten. Sie fand einen Topf, der mit erstarrter Maisgrütze halb gefüllt war, und eine gefrorene Dose mit kalifornischen Pfirsichschnitzeln.

»Kaffee find ich kein«, sagte sie.

»Wer will schon Kaffee?« antwortete er und trank einen weiteren Schluck aus der Flasche.

Bald darauf war der Raum von dem köstlichen Duft nach gebratenem Salzfleisch erfüllt. Sie schnitt die erstarrte Grütze in Scheiben und bräunte sie in heißem Fett. Er öffnete die Dose mit seinem Taschenmesser, aber ihr Inhalt war fest gefroren. Er stellte sie zum Auftauen auf den Ofen.

Sie fand nur einen sauberen Teller und suchte dazu den am brauchbarsten aus dem Stapel. Dann wischte sie zwei Gabeln mit einem trockenen Tuch ab. Er füllte sich den Teller mit gebratener Grütze, häufte gebratenes Fleisch darüber und übergoß alles reichlich mit Sirup. Er stopfte sich den Mund mit trockenem Brot voll und schob Fleisch, Grütze und Sirup nach.

Sie sah ihm angeekelt zu. »Man kann 'nen Kerl vons Land holn, aber den Bauern kriegt man nie aus ihn raus«, philosophierte sie und aß ihr Fleisch vornehm mit Brotbissen und hielt ihre Grützeschnitten zierlich zwischen Daumen und Zeigefinger, wie die Etikette es vorschrieb.

Er war zuerst fertig, stand auf und sah nach den Pfirsichen. Ein Eiskern war immer noch vorhanden. Er griff nach der Whiskyflasche und maß den Inhalt mit einem Blick.

»Willse Grog aus Whisky und Pfirsichsaft?« fragte er.

Sie warf ihm einen hochnäsigen Blick zu. »Hab nichs dagegn«, antwortete sie in gemessenem Ton. Er sah sich nach einem Gefäß zum Mixen um, aber da er keins fand, preßte er den Rand der Büchse zu einem Gießer zusammen und schüttete den Pfirsichsaft in die Whiskyflasche. Er schüttelte kräftig durch, trank einen Schluck und reichte sie ihr. Sie trank und gab die Flasche zurück.

Bald kicherten sie und fingen wieder an, sich zu balgen.

»Wenn nur der Mann bald käm«, sagte er, in einem letzten Versuch, vernünftig zu sein.

»Warum wills'n bei so 'n Wetter nach'n Cadillac suchn, wenn du mich hier has?« fragte sie.

»Laß uns zu Fuß weitergehen«, sagte Coffin Ed.

An der Einfahrt zur Alley brachte Grave Digger den Wagen schlitternd zum Stehen. Es war ein düsterer, grauer Morgen und keine Menschenseele in Sicht.

Langsam stiegen sie aus wie gebrechliche Greise.

»Der Karren sieht aus, als wär er im Krieg gewesen«, lispelte Grave Digger. Seine Lippen waren so stark geschwollen, daß sein Gesicht aussah, als ob es von innen nach außen gekehrt worden wäre.

Tastend suchten sie sich ihren Weg über das unebene Ziegelpflaster, wichen vereisten Stellen aus, traten über erfrorene Ratten und Katzen hinweg. Müllwagen konnten in die Alley nicht hineinkommen, deshalb stapelten die Anwohner ihre Abfälle das ganze Jahr über auf. Jetzt war daraus ein Wall an den Wänden der Remisen geworden, bestehend hauptsächlich aus Schweineknochen, Kohlstrünken und leeren Konservendosen.

Als sie zu der gesuchten Tür kamen, zogen beide ihre Revolver und drehten die Trommeln. Messinghülsen hoben sich schwach von der glänzenden Vernickelung ab. Ihre schattenhaften Gestalten bewegten sich mit der Lautlosigkeit von Gespenstern. Sie atmeten jetzt durch den Mund und stießen weiße Dampfwölkchen aus.

Grave Digger nahm seine Waffe in die linke Hand und zog einen Schlüssel aus der rechten Manteltasche. Während er den Schlüssel ins Schloß schob, zog Coffin Ed fest an dem Türgriff. Das Yale-Schloß ließ sich lautlos öffnen. Coffin Ed schob die Tür drei Zoll breit auf, und Grave Digger zog den Schlüssel aus dem Schloß.

Beide preßten sich flach an die Außenwand und lauschten. Von oben kamen Geräusche wie von zwei Leuten, die Holz bearbeiteten: einem Mann, der trockene Fichtenbohlen zuschnitt, und einem Jungen, der mit einer Laubsäge Schindeln zersägte.

Coffin Ed streckte die Hand aus und drückte die Tür mit dem Lauf seines Revolvers langsam auf. Die beiden sägten weiter. Er schob seinen Kopf um den Türrahmen und blickte ins Haus.

Am Ende der Treppe oben war keine Tür. Die Öffnung wurde von sanftem rosa Licht erfüllt, das die nackten Balken an der Decke erhellte.

Coffin Ed ging voraus, setzte die Füße außen an den Stufen auf, probierte jede, ehe er sie mit seinem Gewicht belastete. Grave Digger ließ ihm einen Vorsprung von fünf Stufen und folgte dann in seinen Spuren. Oben trat Grave Digger schnell in das rosa Licht, der Lauf seiner Waffe fuhr von links nach rechts. Dann winkte er Coffin Ed, ohne sich umzudrehen.

Nebeneinander standen sie da und sahen die schlafenden Gestalten auf dem Bett an.

Der Mann trug ein kariertes Wollhemd, das vorn von oben bis unten offenstand und dessen Schöße aus dem Hosenbund heraushingen, darunter ein breitgeripptes Unterhemd, eine Militärhose und schmutzige weiße Wollsocken. Eine Lederjacke lag zusammengeknüllt auf einem Paar Fallschirmjägerstiefeln neben dem Bett. Der Mann lag auf der Seite, vor sich eine Frau, über deren Leib er den Arm geworfen hatte. Die Frau trug ein rotes Strickkleid und schwarze, durchbrochene Strümpfe.

Eine einzelne Lampe mit rosa Schirm, die an einem Nagel über dem Kopfende des Bettes hing, machte den Anblick anheimelnd.

Die Blicke der beiden Detektive wanderten durch den Raum, blieben an einem rostigen -.45er hängen, der auf der Waschbärmütze lag, wanderten weiter und kamen zurück. Coffin Ed ging auf Zehenspitzen zum Tisch, nahm die Waffe und roch an der Mündung. Dann schüttelte er den Kopf und schob sie in die Tasche.

Grave Digger schlich auf Zehenspitzen zum Bett und stupste den schlafenden Mann mit der Mündung seiner Waffe in die Rippen. Später gab er zu, daß er das besser nicht getan hätte.

Roman schoß vom Bett hoch wie eine Wildkatze, die verbrüht wird. Er richtete sich mit dem ganzen Körper gleichzeitig auf wie katapultiert. Mit der linken Hand schlug er nach hinten aus, traf Grave Digger mit voller Wucht gegen den Bauch und warf ihn um.

Coffin Ed sprang über Grave Diggers Kopf hinweg und schlug mit dem Revolver nach Roman. Doch Roman duckte sich noch, während er in der Luft war, wirbelte herum, fing den Schlag mit seinem fetten Hinterteil ab und trat Coffin Ed mit beiden bestrumpften Füßen ins Gesicht.

Dann fing das Schreien an. Es war ein hohes, lautes, durchdringendes Kreischen, das das Gehirn zerfetzte und sich wie Säure in dic Zähne fraß. Sassafras hatte sich aufgerichtet und kauerte auf allen vieren mit weit aufgerissenem Mund auf dem Bett.

Coffin Ed taumelte rückwärts gegen den Tisch. Die Tischbeine knickten um, und Coffin Ed fiel mit lautem Gepolter zu Boden.

Roman landete auf den Handflächen, die Füße hoch in der Luft, und rollte über die Schulter ab. Grave Digger stützte sich auf eine Hand, das linke Bein eingeknickt unter sich, und klopfte Roman mit dem Griff seines Revolvers von hinten auf den Kopf. Aber er wurde dabei durch seinen offenen Mantel behindert, was dem Schlag die Kraft nahm. Roman verriet durch kein Zeichen, daß er ihn gespürt hatte. Er zog die Beine unter sich, richtete sich wie ein Akrobat gerade auf und drehte sich um, im gleichen Augenblick, als er den Boden berührte.

Noch aus der Bewegung, mit der Grave Digger Roman auf den Kopf geschlagen hatte, führte er jetzt einen Schlag gegen dessen rechte Kniescheibe. Roman kippte zur Seite wie ein Mast, dem die Stütze genommen wird. Coffin Ed kam taumelnd näher und versetzte Roman einen Tritt gegen die linke Wade.

Sassafras standen die Haare vom Kopf ab wie einem Stachelschwein die Stacheln. Ihre Augen waren glasig, aber sie schrie gellend weiter.

Roman fiel gegen Grave Digger, klammerte sich an dessen Bein, und als Coffin Ed vorsprang, um ihn wegzustoßen, packte Roman auch sein Bein. Er erhob sich auf die Füße, hielt jeden der beiden großen Männer dabei an einem Bein gepackt und stieß sie mit den Köpfen gegen den Deckenbalken.

»Renn, Sassy, renn!« schrie er. »Geschrei hilf jetz nich!«

Das Kreischen brach ebenso plötzlich ab, wie es eingesetzt hatte. Sassafras sprang auf und rannte zur Tür.

Grave Digger und Coffin Ed trommelten mit ihren Revolvern auf Romans Kopf. Roman ging in die Knie, ließ ihre Beine aber nicht los. »Renn, Sassy«, keuchte er.

Unter der Tür hielt sie aber noch einmal inne, machte kehrt und riß ihren neuen Mantel an sich. Grave Digger griff nach ihr, bekam sie aber nicht zu fassen. »Laß los, du Schandmaul!« Zähneknirschend bearbeitete Coffin Ed Romans Kopf weiter mit seiner Waffe.

Aber Roman hielt beide so lange fest, daß Sassafras wie eine gehetzte Hinterhofkatze die Treppe hinunterrennen konnte. Erst dann löste sich sein Griff. Mit einem blöden Grinsen murmelte er: »Harter, fester Knochen . . .« Dann sank er nach vorn und rollte auf die Seite.

Coffin Ed sprang zur Treppe. Lispelnd rief Grave Digger hinter ihm her: »Laß sie laufen, laß sie laufen. Er hat's verdient.«

13

Es war elf Uhr am Sonntagmorgen, und die guten farbigen Bürger Harlems waren auf dem Weg zur Kirche. Es war ein düsterer verhängter Tag, so trostlos, daß selbst der verhärtetste Sünder erst zweimal an die warmen, sonnigen Gefilde des Paradieses dachte, ehe er sich umdrehte und weiterschlief.

Grave Digger und Coffin Ed betrachteten gleichgültig die Menge, während sie zum Harlem-Hospital fuhren. Es war der typische Sonntagsanblick, ob Regen fiel oder ob die Sonne schien:

Alte weißhaarige Tanten, wie Baumwollballen gegen die scharfe Kälte vermummt, und ihre ebenso weißhaarigen Männer trotteten in übergroßen Galoschen dahin wie die letzte Herde Onkel Toms, die auf halberfrorenen Füßen der Erlösung entgegenschwankte.

Paare in mittleren Jahren und ihre Brut, Erzeugnisse der Nachkriegsgeneration, der erfolgreichen Generation, die in ihrer guten warmen Kleidung scheinheilig aussahen und Gott für die Segnungen der Weißen loben wollten.

Junge Männer, die es noch nicht geschafft hatten und leichte Anzüge und Mäntel trugen, die ihrer Farbe wegen statt ihrer Qualität auf Raten gekauft worden waren. Unter ihre pastellfarbenen Hemden hatten sie dicke Schichten Zeitungspapier gepackt, um sich warm zu halten. Sie lachten über die unbegreiflichen Worte Gottes und waren wie Salomon hinter den hübschen braunhäutigen Mädchen her.

Junge Frauen, die es unter allen Umständen schaffen wollten und wenn sie dabei tot umfallen sollten, waren aschgrau vor Kälte, vor der die schreienden Farben der billigen amerikanischen Textilien sie nicht bewahren konnten. Manche von ihnen holten sich gerade in dem Augenblick die Lungenentzündung, die sie vor eben jenen Gott bringen sollte, den zu verehren sie auf dem Weg waren.

Sie kamen aus allen Gegenden Harlems.

Sie gingen in alle Gegenden Harlems.

Zu großen Kirchen und kleinen Kirchen, zu Kirchen aus Stein und Kirchen mit Ladenfassaden, zu selbstgebauten Kirchen und Kirchen, die ihnen überlassen worden waren. Zu Kirchen der Baptisten und Kirchen der African Episcopal Zionists, zu Kirchen der Holy Rollers und zu Kirchen von Father Divine und Daddy Grace und vom Brennenden Dornbusch, zu Kirchen Gottes und Christi.

Um ihre Prediger anzuhören, die das Wort Gottes verkündeten; fette schwarze Prediger und hochgewachsene gelbe Prediger; Prediger mit vollem Haar und Prediger mit Kahlköpfen; zu Familienpredigern und Playboypredigern; zu Predigern für Männer und zu Predigern für Damen und zu Predigern für Kinder. Um sich jede Predigt anzuhören, die ihrem Prediger in den Sinn kam. Doch an diesem kalten Tag war sie am besten heiß.

Grave Digger und Coffin Ed parkten ihr Wrack vor dem Harlem-Hospital und gingen zum Empfang. Sie verlangten Casper Holmes zu sprechen.

Die kühle, junge farbige Schwester am Empfang nahm einen Telefonhörer ab und sprach einige Worte. Sie legte ihn wieder zurück und schenkte ihnen ein distanziertes Lächeln.

»Es tut mir leid, aber Mister Holmes ist noch bewußtlos«, sagte sie.

»Sparen Sie sich das Mitleid mit uns, heben Sie es für ihn auf«, sagte Coffin Ed.

Ihr Lächeln gefror, als ob eine Laus gewagt hätte, ihr zu widersprechen.

»Sagen Sie ihm, es sind Digger Jones und Ed Johnson«, lispelte Grave Digger.

Mit fasziniertem Entsetzen starrte sie auf die Bewegungen seiner aufgequollenen Lippen.

»Sagen Sie ihm, gleich nach uns kämen die Konföderierten«, fuhr er fort. »Vielleicht weckt ihn das aus seiner Bewußtlosigkeit.«

Ihr Gesicht verzog sich, als ob sie etwas Unangenehmes geschluckt hätte. »Konföderierte?« murmelte sie.

»Sie wissen doch, wer die Konföderierten sind«, sagte Coffin Ed. »Das sind die Leute, die dafür gekämpft haben, daß wir Sklaven bleiben.«

Sie lächelte andeutungsweise, um zu beweisen, daß sie gegenüber Sklavenwitzen nicht empfindlich war.

Die beiden starrten sie ernst an.

Sie wartete, und die beiden warteten.

Schließlich griff sie wieder nach dem Telefon und wiederholte ihre Mitteilung an die Stationsschwester. Sie hörten, wie sie sagte: »Nein, nicht Konferenzteilnehmer; sie haben Kon-fö-de-rier-te gesagt ... ja.«

Sie legte auf und sagte unverbindlich: »Sie müssen warten.«

Keiner der beiden rührte sich von der Stelle.

»Warten Sie bitte im Warteraum«, sagte sie.

Hinter ihnen befand sich eine kleine Nische mit einem Tisch und mehreren Stühlen, von denen einige besetzt waren.

»Wir warten hier«, lispelte Grave Digger.

Sie verzog den Mund. Das Telefon klingelte. Sie nahm den Hörer ab. »Ja«, sagte sie dann. Sie blickte auf und sagte: »Sein Zimmer ist in der zweiten Etage. Nehmen Sie den rechten Fahrstuhl, bitte. Die Stationsschwester wird Sie hinführen.«

»Sehen Sie«, lispelte Grave Digger. »Sie ahnen gar nicht, was die Konföderierten alles schaffen.«

Das Zimmer war voller Blumen. Casper Holmes saß aufrecht in seinem weißen Bett und trug einen Turban aus weißen Bandagen. Sein breites schwarzes Gesicht glänzte aggressiv über dem gelbseidenen Schlafanzug. Er sah aus wie ein afrikanischer Potentat, aber der Augenblick war für Schmeicheleien nicht geeignet.

Fenstertüren führten auf eine Terrasse, die nach Osten lag. Zwei tiefe Polstersessel standen auf der einen Seite neben dem Bett. Auf der anderen überschwemmten die Reste eines Frühstücks einen Servierwagen. Die Detektive bemerkten mit einem Blick, daß es ein reichhaltiges Frühstück gewesen war, mit Bratwürstchen, pochierten Eiern auf Toast, Maisgrütze in brauner Butter, Obst und Kornflocken mit Sahne und einer silbernen Kanne Kaffee. Eine Kiste Havannas stand neben einem Korb mit Früchten auf dem Nachttisch.

Die Detektive nahmen ihre Hüte ab.

»Setzt euch, Boys«, sagte Casper. »Wie war das mit den Konföderierten?«

Grave Digger sah sich nach einer Fensterbank um, auf die er sich setzen konnte, wurde durch die Fenstertüren enttäuscht und begnügte sich mit der Armlehne eines Sessels. Coffin Ed zog sich in eine Ecke zurück, wo sein zernarbtes Gesicht im Schatten lag, und lehnte sich gegen die Wand.

»Das war nur so ein Witz, Boss«, lispelte Grave Digger. »Wir dachten nur, Sie würden gern mit uns sprechen, ehe die großen Tiere vom Präsidium bei Ihnen aufkreuzen.« Casper runzelte die Stirn. Diese Unterstellung, daß er es vorziehen könnte, mit zwei farbigen Revierdetektiven zu sprechen, anstatt mit weißen Inspektoren vom Präsidium, paßte ihm eigentlich nicht. Da er das aber schon stillschweigend eingeräumt hatte, als er sie empfing, entschloß er sich, die Bemerkung wortlos hinzunehmen.

»Ein verdammt peinlicher Zwischenfall«, räumte er ein. »Und ausgerechnet vor meiner Haustür.«

Jetzt sah er wie ein zum Märtyrer erhobener Potentat aus.

»Das finden wir auch«, sagte Coffin Ed.

Casper ließ einen berechnenden Blick von einem zum anderen wandern. »Euch muß es ja genauso gehen«, bemerkte er. »Wo wart ihr eigentlich, als es passierte?«

»Wir haben Hühnerfüßchen bei Mammy Louise gegessen«, gestand Grave Digger.

Casper starrte ihn an, um festzustellen, ob das ein Witz war, kam aber zu der Überzeugung, daß Grave Digger es ernst meinte. Er öffnete die Zigarrenkiste, wählte bedacht eine aus, griff nach einem kunstvollen Instrument auf dem Nachttisch und schnitt behutsam die Spitze ab. Dann griff er nach einem kostbaren goldenen Feuerzeug hinter der Zigarrenkiste und hielt die Flamme an die Zigarre wie ein Goldschmied, der mit einem Miniaturschweißbrenner Goldfiligran bearbeitete, klappte das Feuerzeug wieder zu, rollte das Ende der Zigarre lang zwischen seinen wulstigen Lippen und blies einen dünnen Rauchstrahl aus. Der feine Duft des guten Tabaks vertrieb die Hospitalgerüche.

Nachträglich fiel ihm ein, den beiden Detektiven die Zigarrenkiste hinzuhalten. Beide lehnten ab.

»Ich will euch sagen, was ich weiß, wenn es auch nicht viel ist«, sagte er. »Dann wollen wir sehen, was sich daraus machen läßt. Ihr Boys müßt ja die ganze Nacht an dem Fall gearbeitet haben.«

»Wir sind noch dabei«, lispelte Grave Digger.

»Zuerst wollen wir Ihnen sagen, was wir gefunden haben«, sagte Coffin Ed. »Einen farbigen Matrosen, einen Farmboy aus Alabama, der gestern abend gegen sechs Uhr sein Schiff verließ. Er hat ein ganzes Jahr gearbeitet, um sich das Geld für einen Wagen zu sparen. Als er seine Heuer ausbezahlt bekommen hatte, besaß er sechstausendfünfhundert Dollar in Hundertern, die er in einem Geldgürtel bei sich trug. Das Schiff liegt in Brooklyn am Pier. Es war acht Uhr, als er in Harlem ankam. Dort traf er sich mit seiner Freundin, einer Sassafras Jenkins. Sie tranken zusammen ein paar Gläser und fuhren dann mit einem Taxi zur unteren Convent Avenue, wo er mit einem Mister Baron verabredet war, der ihm den Wagen verkaufte.«

Casper rauchte gelassen. Sein schwarzes Gesicht blieb unbeweglich.

»Verabredet waren sie für zehn Uhr«, fuhr Coffin Ed fort. »Baron kam eine halbe Stunde zu spät. Er fuhr mit einem Weißen im Wagen vor. Roman und sein Mädchen warteten auf der Straße vor der Dermatologischen Klinik in der 126th Street. Der Weiße stieg aus und ging in ein Büro, das oben in einem Hinterhaus lag. Roman und sein Mädchen blieben mit Baron eine weitere halbe Stunde auf der Straße und besichtigten den Wagen. Langsam sammelte sich eine kleine Menschenmenge an, Leute, die aus einem Supermarkt weiter oben an der Straße kamen. Es war ein nagelneuer Cadillac mit goldener Lackierung. Baron verkaufte ihn an Roman für sechstausendfünfhundert Dollar.«

Casper blinzelte, sagte aber nichts.

»Sie haben selbst ein Cadillac-Kabriolett. Was hat es gekostet?« fragte Grave Digger.

»Mit Zubehör über achttausend Dollar«, antwortete Casper.

»Roman bezahlte nur sechstausendfünfhundert«, sagte Coffin Ed. »Die drei gingen schließlich zusammen in das Büro hinauf, in dem der Weiße wartete, und schlossen einen Kaufvertrag ab. Sassafras unterschrieb als Zeugin, und der Weiße beglaubigte als öffentlicher Notar, wobei er sich des Namens Bernard Kaufman bediente. Danach ging der Weiße. Anschließend unternahmen die drei auf Barons Vorschlag hin mit dem Wagen eine Probefahrt. Er schlug vor, Roman sollte in die Straße südlich des Convents einbiegen, in der wenig oder gar kein Verkehr herrsche, damit er die Beschleunigung erproben konnte. Kaum hatte Roman Gas gegeben, als er eine alte Frau überfuhr, die die Straße überquerte. Er wollte anhalten, aber Baron drängte ihn weiterzufahren. Roman hatte noch keine Versicherung. Der Wagen trug noch die Nummern des Händlers. Roman konnte ihn erst am Montagmorgen zulassen, und einen Führerschein besaß er auch nicht. Seine Freundin glaubte nicht, daß die alte Frau ernstlich verletzt worden war, aber er beging Fahrerflucht. Er war noch nicht bis zur nächsten Ecke gekommen, als ihn ein Buick überholte und zum Anhalten zwang. Drei Männer in Polizeiuniformen stiegen aus, beschuldigten ihn, einen Verkehrsunfall mit tödlichem Ausgang verursacht und Fahrerflucht begangen zu haben, und zwangen die drei, aus dem Cadillac auszusteigen.«

Casper setzte sich senkrecht auf. Sein Gesicht nahm eine leicht graue Färbung an.

Coffin Ed wartete auf eine Äußerung, aber Casper sagte immer noch nichts.

»Die falschen Polizisten zwangen Roman und das Mädchen, in den Buick zu steigen, schlugen Baron nieder, nahmen ihm die sechstausendfünfhundert Dollar ab und fuhren mit dem Cadillac davon. Wir waren die ganze Nacht hinter dem Buick her und haben ihn und Roman gefunden. Wir haben eine Aussage von Roman. Er behauptet, Baron hätte zugegeben, daß die alte Frau wieder aufstand, nachdem er sie angefahren hatte. Folglich müssen die Banditen in dem Buick sie ein zweites Mal überfahren und getötet haben.«

Casper sah aus, als ob ihm schlecht würde. »Das ist ja grauenhaft«, sagte er mit leiser Stimme.

»Es war noch schlimmer, als Sie glauben«, lispelte Grave Digger.

»Aber ich verstehe nicht, was das mit dem Raubüberfall auf mich zu tun haben soll.«

»Dazu komme ich jetzt«, antwortete Coffin Ed.

Casper konnte Coffin Eds Gesicht im Schatten nicht deutlich sehen, und das störte ihn. »Kommen Sie näher, und setzen Sie sich so, daß ich Sie besser verstehen kann«, verlangte er.

»Ich werde lauter sprechen«, antwortete Coffin Ed.

Ärger flackerte auf Caspers Gesicht auf, aber er widersprach nicht. Er griff nach dem goldenen Feuerzeug, setzte seine Zigarre wieder in Brand und verbarg sich hinter einer Rauchwolke.

»Bisher haben wir über Baron noch nichts herausbekommen«, fuhr Coffin Ed fort. »Wir fragten den Hausverwalter des Gebäudes, in dem das Büro liegt. Das Büro steht leer und ist zu vermieten. Der Hausverwalter war gestern abend von neun bis zwei Uhr fort. Der Cadillac wurde noch nicht gefunden. Es liegt bisher keine Meldung vor, daß er gestohlen wurde. Die Händler haben sonntags geschlossen, es wurde aber auch nicht gemeldet, daß bei einem eingebrochen wurde. Den Besitzer des Buick haben wir aber gefunden. Er ist Geschäftsführer in einem Eisenwarenladen in Yonkers. Als er gestern abend um sieben Uhr nach Hause kam, parkte er seinen Wagen wie immer vor seinem Haus und vermißte ihn erst heute morgen. Aber das hilft uns nicht weiter. Wir überprüften die Liste der amtlichen Notare in Manhattan. Einen namens Bernard Kaufman gibt es nicht. Die von ihm angegebene Adresse ist falsch und das Siegel auch.«

»Das ist alles schön und gut, aber wo besteht die Verbindung?« knurrte Casper ungeduldig. »Die Banditen, die Sie überfallen und beraubt haben, überfuhren und töteten wenige Minuten später vorsätzlich die alte Frau.«

»Das beweist nur, daß sie brutale Mutterschänder sind«, sagte Casper grollend und fiel unwillkürlich in das Harlemer Idiom seiner Jugend zurück. »Das ist aber auch alles.«

»Nicht ganz«, widersprach Grave Digger lispelnd.

»Die alte Frau war gar keine alte Frau«, ergänzte Coffin Ed. »Es war einer dieser Schwulen, bekannt unter dem Namen Black Beauty.«

Casper würgte hustend an Zigarrenrauch. Grave Digger trat neben ihn ans Bett und klopfte ihm auf den Rücken. In diesem Augenblick trat eine Schwester ein; sie erstarrte.

»Machen Sie kein Theater«, fuhr Casper sie keuchend an. »Ich hab mich nur verschluckt.«

»Ich bringe Ihnen ein Glas Wasser und ein Beruhigungsmittel«, versprach sie hastig, wobei sie Grave Digger mißbilligend ansah. »Sie sollten nicht soviel sprechen, und Sie haben keine Erlaubnis, zu rauchen. Und einen Patienten auf den Rücken zu schlagen«, fügte sie, zu Grave Digger gewandt, hinzu, »ist ganz falsch, wenn er sich verschluckt hat.«

»Es wirkt aber«, lispelte Grave Digger.

»Himmeldonnerwetter, stören Sie mich jetzt nicht länger«, schnauzte Casper die Schwester an und wischte sich mit dem Handrücken Tränen aus dem Gesicht. »Ich bin beschäftigt.«

Die Schwester ging beleidigt hinaus.

»Verdammt noch mal, von mir aus war es also ein schwuler Mutterschänder, der Black Beauty genannt wurde«, warf Casper hin. »Was hat das schon zu bedeuten?«

»Sein richtiger Name ist Junior Ball«, erwiderte Coffin Ed. »Heute morgen um halb zehn erschien Ihre Frau, Mrs. Leila Holmes, im Leichenschauhaus, identifizierte den Toten und beantragte, daß er ihr zur Bestattung überlassen würde.«

Casper zeigte kein Zeichen der Empörung oder der Überraschung oder sonst eines Gefühls, das man hätte erwarten können. Er begann nur, gefährlich niederträchtig auszusehen. Er spuckte nasse Tabakfetzchen aus und sagte im harten Ton eines Straßenschlägers: »Na und? Wenn er Junior Ball heißt, ist es ihr Vetter.«

»Was wir wissen wollen ist: warum überfährt ein Trio Banditen, das Ihnen gerade fünfzigtausend Dollar geraubt hat, den Vetter Ihrer Frau und tötet ihn?« fragte Coffin Ed.

»Hölle, Mutterschänder und Teufel, woher soll ich das wissen?« zischte Casper. »Wenn ihr glaubt, daß meine Frau es weiß, dann fragt sie doch.«

»Keine Sorge, wir werden sie noch fragen«, lispelte Grave Digger.

»Dann geht doch, verflucht noch mal, hin und fragt sie«, schrie Casper; sein Gesicht nahm eine leuchtende, apoplektische Schattierung von Schwarzviolett an. »Und tut nicht so mutterschänderisch schlau. Sonst sorge ich noch dafür, daß ihr bei den Kanalräumern landet.«

»Regen Sie sich nicht überflüssig auf, Boss. In Ihrem Alter könnten Sie einen Schlaganfall bekommen«, lispelte Grave Digger.

Casper bezähmte sich mühsam. Er atmete mit einem langen, scharfen Seufzer aus, warf seine nur teilweise gerauchte Zigarre auf den Boden und griff ohne hinzusehen nach einer neuen. Seine Hände zitterten, als er sie anzündete.

»Also gut, Boys, lassen wir den ganzen Quatsch«, sagte er in versöhnlichem Ton. »Ihr wißt, was ich meine. Ich wünsche nicht, daß der Name meiner Frau in einen Skandal verwickelt wird.«

»Das hatten wir uns gedacht«, sagte Coffin Ed.

»Und vergeßt nicht, daß ich euch euren Job besorgt habe«, erklärte Casper.

»Ja, Sie und unsere gute Führung beim Militär . . .«, begann Grave Digger.

»Nicht zu reden von unseren fünfundachtzig und siebenundachtzig Punkten bei der Prüfung für den öffentlichen Dienst«, ergänzte Coffin Ed.

Casper nahm die Zigarre zwischen seinen Zähnen heraus. »Schon gut, schon gut. Ihr glaubt also, man kann euch nichts anhaben.« Er spreizte die Hände. »Ich will euch auch gar nichts anhaben. Ich will nur, daß diese Mutterschänder von Banditen mit einem Minimum an Aufsehen gefaßt werden.« Er sog Rauch in die Lunge und ließ ihn in dünnen Fäden aus seinen weiten, flachen

Nasenlöchern wieder ausströmen. »Und es wäre nicht euer Schaden, wenn diese Mutterschänder tot aufgefunden würden.« Er warf ihnen unter halbgeschlossenen Lidern einen verständnisheischenden Blick zu.

»So hatten wir uns das gedacht, Boss«, sagte Coffin Ed.

»Was, zum Teufel, meint ihr damit?« fuhr Casper wieder auf.
»Nichts Besonderes, Boss. Nur, daß Tote nicht reden, Boss. Das war alles«, antwortete Coffin Ed.

Casper rührte sich nicht. Mit Obsidian-Augen blickte er von einem zum anderen. »Wenn Sie mir unterstellen, was ich glaube, breche ich euch beiden den Hals«, drohte er mit einer Stimme, die sehr gefährlich klang.

Einen Augenblick lang war im Raum nur sein mühsames Atmen zu hören. Der Hall gedämpfter Schritte kam vom Korridor. Unten auf der Straße ließ irgendein Dummkopf einen Motor auf vollen Touren laufen.

Schließlich sagte Grave Digger lispelnd: »Bleiben Sie auf dem Teppich, Casper. Wir kennen uns viel zu lange. Wir meinen nur, in Anbetracht der Wahlkampagne, die Sie bis zum November organisieren müssen, können Sie kein Gerede brauchen.«

Casper lenkte ein. »Na schön. Versucht nur nicht, mich zu reizen. Jetzt werde ich euch erzählen, was ich weiß, und wenn euch das nicht genügt, könnt ihr mir ja Fragen stellen. Zunächst mal: Ich habe keinen dieser verdammten Mutterschänder erkannt, und ich kenne so gut wie jeden in Harlem, entweder mit Namen oder wenigstens vom Sehen. Ich kenne niemand in der ganzen Stadt, der einen so frechen Überfall wagen würde, und ihr beide wohl auch nicht.«

Grave Digger nickte zustimmend.

»Deshalb nehme ich an, daß die Verbrecher aus einer anderen Stadt stammen. Müssen sie ja. Woher aber können sie gewußt haben, daß ich fünfzigtausend Dollar ausgehändigt bekommen sollte? Das ist die Frage. Denn erstens: Ich habe es niemand gesagt, keinem meiner Kompagnons, meiner Frau nicht, niemand. Zweitens: Ich selbst wußte nicht einmal genau, wann ich es bekommen sollte. Den Zeitpunkt erfuhr ich erst, als Grover Leighton, der

Sekretär des Komitees, gestern abend zu mir ins Büro kam und mir das Geld auf den Tisch packte.«

»Das war doch ziemlich früh, oder nicht? Früh im Jahr, meine ich«, sagte Coffin Ed.

»Ja, ich habe erst im Mai oder April damit gerechnet, und das wäre schon früher als üblich gewesen. Im allgemeinen kam es sonst nicht vor Juni. Doch in diesem Jahr wollten sie mit den Vorbereitungen frühzeitig beginnen. Diesmal wird der Wahlkampf hart, mit all den Fernsehsendungen, den Krisen, dem Rassenproblem und dem ganzen Dreck. Wie die es also erfahren haben, noch ehe ich es selbst wußte – ich meine den genauen Termin der Auszahlung –, das kann ich mir einfach nicht vorstellen.«

»Vielleicht hat der Sekretär es durchsickern lassen«, meinte Grave Digger.

»Klar. Und vielleicht fressen in diesem Jahr die Frösche die Schlangen«, stimmte Casper zu. »Ich habe keine Ahnung. Aber laßt ihr zwei ihn ja in Ruhe. Das soll er mit den anderen Weißen ausmachen.« Er blinzelte. »Mit den Pinkertons und dem Commissioner und den Inspektoren. Ich – mir ist es verdammt egal, wie diese Banditen es erfahren haben. Ihr Boys kennt mich, ich bin Realist. Ich will mich nicht von fremden Mutterschändern ausplündern lassen. Ich will, daß diese Kerle gefaßt werden – das versteht ihr wohl. Und wenn ihr sie dabei umlegt, soll mir's nur recht sein. Ihr versteht schon. Ich will, daß jeder erfährt – aber auch jeder auf dieser verdammten elenden Welt –, daß kein Mutterschänder nach Harlem kommen und Casper Holmes ungestraft berauben kann.«

»Das haben wir begriffen, Boss«, sagte Coffin Ed. »Aber wir haben keine Spur. Sie kennen doch alles vorwärts und rückwärts auswendig. Wir dachten, daß Sie vielleicht eine Vermutung hätten. Darum sind wir vor den Konföderierten zu Ihnen gekommen.«

Casper ließ sich zu einem grimmigen Lächeln herab, das gleich wieder verschwand. »Funktionieren eure Pfeifer denn nicht mehr? In Harlem heißt es doch, daß keiner pinkeln gehen kann, ohne daß eure Pfeifer es euch mit allen Einzelheiten verraten.«

»Die nehmen wir uns noch vor«, lispelte Grave Digger.

»Na, dann nehmt sie euch doch vor«, sagte Casper. »Nehmt euch die Hurenhäuser vor und die Spielhöllen und die Rauschgiftschieber und die Callgirls. Verdammt noch mal – Halunken, die fünfzigtausend in der Tasche haben, müssen doch in irgendeiner Lasterhöhle was davon hängen lassen.«

»Wenn sie noch in der Stadt sind«, wiederholte Casper. »Zwei davon sind Nigger, und der Weiße ist ein Knallkopf. Wo, zum Teufel, sollen sie geblieben sein? Was würdet ihr machen, wenn ihr euch fünfzigtausend unter den Nagel gerissen hättet? Wo sonst würdet ihr was erleben wollen? Harlem ist die großartigste Stadt der Welt. Glaubt ihr wirklich, die wären von hier fort?«

Beide Detektive unterdrückten den Impuls, sich anzusehen.

Coffin Ed sagte leidenschaftslos: »Glauben Sie nicht, daß wir nicht am Ball sind, Casper. Das waren wir vom ersten Augenblick an, als es knallte. Menschen wurden dabei verletzt, andere umgebracht. Sie können es in den Zeitungen nachlesen. Auch wir haben unser Teil abbekommen, aber das wirft uns noch nicht um.«

Casper betrachtete Grave Diggers geschwollenen Mund. »Das bringt der Beruf so mit sich«, sagte er.

14

Die Wohnung lag im vierten Stock der obersten Etage eines alten Sandsteinhauses an der 110th Street, von wo aus man die Lagune im oberen Central Park übersah.

Schweigend stiegen sie die Marmorstufen hinauf und stießen die alte, kunstvoll geschnitzte Tür mit den geschliffenen Spiegelglasscheiben auf.

Sie durchquerten ein enges, eichengetäfeltes Foyer mit Wandleuchtern aus farbigem Glas und traten in einen alten, gebrechlichen Fahrstuhl.

Casper hatte die gesamte oberste Etage für sich. Ursprünglich waren dort zwei getrennte Wohnungen gewesen; die beiden Eingangstüren hatten an dem kleinen Vorplatz mit dem Fahrstuhl einander gegenübergelegen. Aber die eine Tür war jetzt zugemauert und verputzt, und übriggeblieben war nur eine rotlackierte mit einem kleinen gravierten Messingschild: CASPER HOLMES.

Ein junger Schwarzer in einer makellosen weißen Jacke öffnete die Tür auf ihr Klingeln. Er öffnete sie so lautlos, daß Grave Digger überrascht blinzelte.

»Mister Jones und Mister Johnson?« fragte der junge Mann.

»Als ob Sie das nicht wüßten«, antwortete Grave Digger.

»Wollen Sie mir bitte folgen, Sirs«, sagte er und führte sie zu dem vorderen Zimmer hinter der Diele.

Er brachte sie bis zur Tür und ließ sie dann allein.

Es war ein großer Raum mit Fenstern, von denen aus man den Central Park überblickte. In der Ferne ragten über Baumwipfeln die Türme des Rockefeller Center und des Empire State Building in den trüben Dunst auf.

Grave Digger hob die Füße, um nicht über die dicken Orientteppiche zu stolpern, und Coffin Ed musterte mißtrauisch die Einrichtung; er überlegte, wohin er sich setzen solle. In dem Musikschrank war ein Stapel klassischer Jazzplatten aufgelegt, und als sie eintraten, spielte Louis Armstrong gerade *Where The Chickens Don't Roost So High*.

»Ich und meine Alte, wir haben zu der Musik oft im Savoy getanzt, bevor sie es abgerissen haben«, sagte Grave Digger und begann mit den Füßen durch den Teppich zu pflügen.

Er hatte noch den Hut auf dem Kopf und den Mantel an, und mit großem Eifer gab er sich den komplizierten Tanzschritten eines alten Jitterbug hin. Durch seine geschwollenen Lippen zog er schmatzend die parfümierte Luft ein.

Coffin Ed stand neben einer Louis-XIV.-Causeuse und kratzte sich die Rippen.

»Digger, du wirst alt«, sagte er. »Die Schritte da sind mit den breiten Revers und den Zweireihern aus der Mode gekommen.«

»Wem sagst du das«, antwortete Grave Digger seufzend.

Durch eine innere Seitentür schoß Mrs. Holmes in den Raum

wie eine Striptease-Tänzerin auf die Bühne. Verwirrt blieb sie mit offenem Mund stehen und stützte die Hände in die Hüften.

»Wenn ihr tanzen wollt, dann geht in die Theresa-Bar«, sagte sie mit einem kühlen Kontra-Alt. »Da ist heute nachmittag Tanztee.«

Grave Digger erstarrte mit einem Fuß in der Luft, und Coffin Ed lachte schallend. Gleichzeitig drehten sie sich um und starrten Mrs. Holmes an.

Ihre Schönheit war von dem Typ, der in den dreißiger Jahren durch ein Musical mit ausschließlich farbigen Darstellern und dem Titel *Brownskin Models* in Mode gekommen war. Sie war recht klein und vollbusig, hatte ein birnenförmiges Gesäß und schlanke Beine. Ihr welliges Haar war kurz geschnitten, und sie hatte ausdrucksvolle braune Augen mit langen Wimpern. Ihr Mund glich einer roten Nelke.

Sie trug Slacks aus Goldlamé, die so eng saßen, daß jede Regung ihrer Muskeln sichtbar wurde. Um die Taille trug sie einen vier Zoll breiten Gürtel aus schwarzem Leder mit goldenen Figuren. Ihre Brüste füllten den Jerseypullover aus blauer Seide, als ob sie jeden Mann, der vor sie trat, scharf aufs Korn nähmen.

Beide Männer rissen sich den Hut vom Kopf und standen verlegen und unbeholfen da.

»Ich hab mich nur eben ein bißchen entspannt«, lispelte Grave Digger entschuldigend. »Wir haben eine anstrengende Nacht hinter uns.«

Sie betrachtete seine geschwollenen Lippen und lächelte anzüglich. »Sie sollten nicht so intensiv lieben«, murmelte sie.

Grave Digger spürte, wie sich die Hitze über sein Gesicht ausbreitete. Coffin Ed schien nicht recht zu wissen, was er mit seinen Füßen anfangen sollte.

Sie ging zu dem Kamin mit der imitierten Glut, den zwei Sofas flankierten, wobei sie sich langsam und herausfordernd in den Hüften wiegte. Sie setzte sich mit dem Rücken zum Fenster und zog ihre Füße unter sich. Sie wußte, daß der rote Widerschein der künstlichen Glut auf ihrer Haut und ihrem Kostüm sie exotisch wirken ließ. Ihre Augen begannen zu leuchten.

Sie bedeutete den beiden, sich auf das Sofa ihr gegenüber zu setzen.

Zwischen beiden Sofas stand ein riesiger, kniehoher runder Tisch, ein Eßtisch, dem man die Beine kurz gesägt hatte. Er war mit Sonntagszeitungen übersät. Alle zeigten unter den Schlagzeilen über den Raubüberfall Caspers Gesicht.

»Sie wollen mit mir über meinen Vetter sprechen«, begann sie.

»Nun ja, es ist folgendermaßen« antwortete Coffin Ed. »Wir versuchen ausfindig zu machen, welche Verbindung zwischen Black Beauty und einem Mann namens Baron bestand.«

Sie runzelte die hübsche Stirn. »Ich verstehe das alles nicht. Ich kenne niemand, der Black Beauty oder Baron heißt.«

Die Detektive starrten sie einen Augenblick lang scharf an.

»Black Beauty ist Ihr Vetter«, lispelte Grave Digger.

»Oh«, antwortete sie. »Ich habe nie gehört, daß er mit diesem Namen angesprochen wurde. Woher wissen Sie das?«

»Es steht in den Zeitungen«, antwortete Coffin Ed.

Ihre Augen weiteten sich. »Wirklich?« Sie veränderte ihre Stellung etwas, so daß das rote Licht auf dem schwarzen Gürtel und den gestickten goldenen Figuren glänzte. »Ich habe nicht darauf geachtet. Ich war zu verstört.« Sie schauderte und bedeckte ihr Gesicht mit den Händen. Ihre Brüste bebten. Grave Digger sah sie an und fragte sich, wie sie das machte.

»Ich verstehe«, sagte Coffin Ed mitfühlend. »Was ich aber nicht verstehe, ist: Woher wußten Sie, daß der Tote Ihr Vetter Junior Ball ist? Denn alle Zeitungen nennen ihn immer nur Black Beauty.«

Sie nahm die Hände vom Gesicht und starrte ihn hochmütig an. »Wollen Sie mich ins Kreuzverhör nehmen?« fragte sie in kaltem, herrischem Ton.

»Mehr oder weniger«, antwortete Grave Digger lispelnd. Seine Stimme bekam einen ausgedörrten Ton.

Sie sprang auf. »Dann können Sie gehen«, sagte sie.

Coffin Ed warf Grave Digger einen vorwurfsvollen Blick zu, dann sah er zu Mrs. Holmes auf und spreizte beschwörend die Hände.

»Hören Sie uns bitte an, Missus Holmes. Wir haben eine lange, anstrengende Nacht hinter uns. Wir versuchen doch nur, die Verbrecher zu fassen, die Ihren Mann beraubt haben. Wir wissen, daran liegt Ihnen ebensoviel wie ihrem Mann. Wir haben Ihnen nicht nahetreten wollen. Wir folgen einfach nur einer dünnen Fährte. Können Sie uns nicht noch ein paar Minuten opfern?«

Sie sah von ihm zu Grave Digger. Grave Digger sagte mit mühsamem, heiserem Lispeln: »Ich habe es nicht so gemeint, wie Sie es aufgefaßt haben. Meine Nerven sind etwas überfordert.«

»Meine auch«, erwiderte sie mit einer Stimme, die merklich rauher geworden war. »Wenn Sie höflich bleiben, will ich Ihnen nach besten Kräften helfen«, räumte sie schließlich ein.

Coffin Ed zermarterte sich den Kopf, wie er seine Frage formulieren sollte. »Also, es geht um folgendes«, sagte er. »Wir wüßten gern, was Ball getan hat – ich meine beruflich.«

»Er war Modeschöpfer«, antwortete sie. »Er machte Modeartikel aus Leder.«

Sie bemerkte, daß Grave Digger scharf auf ihren Gürtel starrte, und zuckte leicht zurück.

»Ihren Gürtel auch?« fragte er.

Sie zögerte, als ob sie die Antwort verweigern wollte, dann gab sie widerwillig zu: »Ja.«

Grave Digger hatte einige der goldenen Figuren erkannt, die den Gürtel schmückten. Es waren Fauns, die nackte Männer und Frauen in grotesken Positionen auf ihre Hörner gespießt hatten. Plötzlich schoß ihm der Gedanke durch den Kopf, Junior Ball sei von einem seiner eigenen Pans aufgespießt worden.

Coffin Ed griff Grave Diggers Gedanken auf. »Hat er jemals für Baron gearbeitet?« fragte er. »Für ihn etwas entworfen?«

»Ich habe Ihnen schon gesagt, daß ich diesen Baron nicht kenne«, erwiderte sie mit immer noch rauher Stimme. »Was hat er denn mit der ganzen Geschichte zu tun?«

»Nun ja, ich will Ihnen erklären, wie es ist«, antwortete Coffin Ed und schilderte ihr, was Roman ausgesagt hatte. »Sie werden jetzt einsehen«, schloß er, »daß Ball und dieser Baron gemeinsam dunkle Geschäfte betrieben.«

Sie runzelte wieder die Stirn, aber diesmal wirkte es nicht hübsch.

»Schon möglich«, räumte sie ein. »Wenn ich auch nicht verstehe, weshalb Junior sich auf irgendwelche dunklen Geschäfte hätte einlassen sollen. Er hatte in seinem Beruf großen Erfolg, und es fehlte ihm an nichts. Und ich verstehe immer noch nicht, wie dieser Baron Sie auf die Spur dieser Verbrecher führen soll, die Casper beraubt haben.«

»Zunächst einmal, weil er Gelegenheit hatte, sie sich genau anzusehen«, antwortete Coffin Ed. » Er hat mit ihnen gesprochen, er kennt ihre Stimmen.«

»Und wir vermuten außerdem, daß er sie schon länger kennt«, fügte Grave Digger hinzu.

Sie seufzte theatralisch. »Ich habe mich mit vielen merkwürdigen Dingen abfinden müssen, seit mein Mann politisch tätig ist«, sagte sie, »aber all diese entsetzlichen Gewalttaten sind zuviel für mich.« Ein Zittern durchlief ihren Körper, sie erbebte von Kopf bis Fuß.

Grave Digger leckte sich die geschwollenen Lippen. Er mußte an einige der alleinstehenden, welterfahrenen Frauen in Harlem denken, die er seit längerer Zeit nicht mehr besucht hatte.

Sie erriet, an was er dachte, und warf ihm von unten her einen schnellen Blick zu, wobei ihre großen braunen Augen einen kurzen Augenblick lang völlig nackt waren. Dann wandte sie das Gesicht ab, blickte ins Feuer, und ihr Ausdruck wurde bedrückt.

»Ich kann ihm nur raten, mir nicht im Dunkeln auf der Straße zu begegnen«, lispelte Grave Digger mit belegter Stimme.

Sie fuhr herum und starrte ihn an. »Oh!« Der rote Widerschein auf ihrem Gesicht schien irgendwo unter der Bräune ihrer Haut reflektiert zu werden. »Ich glaubte, Sie hätten gesagt . . .« Sie hatte verstanden: ›*Ich kann dir nur raten, mir nicht im Dunkeln auf der Straße zu begegnen*‹. Einen Augenblick lang war sie verwirrt und wurde auf sich selbst wütend.

»Ich habe Ihnen geholfen, so gut ich konnte«, sagte sie abrupt. Sie begann ernstlich zu zittern. »Gehen Sie bitte. Ich kann es nicht länger ertragen.« In ihren Augen standen Tränen. Das machte sie noch begehrenswerter, als wenn sie sich hochmütig gab. Coffin Ed stand auf und klopfte Grave Digger auf die Schulter. Grave Digger zuckte zusammen, als erwache er aus einer Trance.

»Nur noch eines«, sagte Coffin Ed. »Wissen Sie, ob sich Ihr Mann gestern abend mit Junior getroffen hat?«

»Ich habe keine Ahnung. Fragen Sie mich nichts mehr«, sagte sie unter Tränen. »Alles, was ich weiß, habe ich in den Zeitungen gelesen. Ich habe noch nicht mit Casper gesprochen. Er ist immer noch bewußtlos. Und ich weiß nicht ... Sie brach ab, als ob ihr plötzlich ein Gedanke gekommen wäre. »Aber wenn Sie sich so sehr für Juniors Angelegenheiten interessieren, dann gehen Sie doch zu seinem Kompagnon Zog Ziegler. Der muß mehr wissen.

Einen Augenblick lang wurden die beiden Detektive von einer kaum wahrnehmbaren Erstarrung gepackt – als ob sie darauf lauschten, ob sich in weiter Ferne ein Geräusch wiederholen würde.

»Zog Ziegler«, wiederholte Coffin Ed mit ausdrucksloser Stimme. »Wissen Sie seine Adresse?«

»Irgendwo in der 119th Street«, antwortete sie. »Gehen Sie doch hin, und suchen Sie nach ihm. Wenn Sie das Haus sehen, erkennen Sie es sofort.«

Vor Ungeduld, die beiden endlich gehen zu sehen, schien sie knapp vor einem hysterischen Anfall.

»Guten Tag, Missus Holmes, und vielen Dank«, sagte Coffin Ed, und Grave Digger fügte lispelnd hinzu: »Sie haben uns mehr geholfen, als Sie ahnen.«

Bei der versteckten Drohung in seinen Worten schien sie kurz zu erstarren, blickte aber nicht auf.

Als sie auf die Straße hinauskamen, sanken große, fette Schneeflocken aus dem massiv grauen Himmel herunter. Die regungslose Luft war um Grade wärmer geworden, und die Schneeflocken blieben kleben, wo sie hinfielen – zu schwer, um weiterzutreiben.

»Sie hat mich genau verstanden, dieses scharfe kleine Biest.«

»Haben wir doch alle«, meinte Coffin Ed.

»Auf deine Frage ist sie überhaupt nicht eingegangen.«

»Sie hat genug gesagt.«

Ehe sie in ihren Wagen stiegen, blieben sie für einen Augenblick stehen und betrachteten das Wrack.

»Wir wechseln wohl besser den Untersatz, ehe wir in die Stadt fahren«, sagte Grave Digger. »Sonst werden wir noch wegen Verkehrsgefährdung festgenommen.«

»Wir können beim Revier vorbeifahren und dort meinen Wagen holen.«

»Und unterwegs kurz bei Fats anhalten, auf einen Schluck.«

»Whisky hilft uns auch nicht weiter«, warnte Coffin Ed.

»Zum Teufel, so fertig, wie ich bin, spielt das gar keine Rolle mehr«, antwortete Grave Digger.

15

Es war vier Uhr, als Casper mit den hohen und halbhohen Tieren des Präsidiums fertig war. Er hatte es mit dem Chefinspektor zu tun gehabt, dem Inspektor, der das Morddezernat leitete, mit Leutnant Brogan und einem Stenografen vom Morddezernat und zwei weiteren Leutnants vom Präsidium.

Sie hatten ihn behutsam angefaßt, mit allem schuldigen Respekt für die besondere Empfindlichkeit eines Politikers, der Wählerstimmen sammelte, aber trotzdem war er in die Mangel genommen worden.

Worauf sie hauptsächlich herumritten, war der Punkt, wie das Geheimnis hatte durchsickern können. Der eine oder andere hatte wieder und wieder darauf hingewiesen, daß die Banditen von irgendwoher den Tip bekommen haben mußten, daß sie es nicht aus blauem Himmel hatten erfahren können. Bis Casper schließlich die Geduld gerissen war.

»Jawohl«, explodierte er, »ich habe ihnen den Tip gegeben. Ich habe es verraten. Ich hab gesagt, kommt, und holt es euch. Schlagt mir meinen mutterschänderischen Schädel ein und bringt noch ein paar andere dabei um. Denken Sie das vielleicht?«

»Es könnte doch jemand aus Ihrer Organisation gewesen sein«, hatte der Chefinspektor milde geantwortet.

»Na schön, dann war es jemand aus meiner Organisation. Dann

gehen Sie doch los, und nehmen Sie den Betreffenden fest. Verhaften Sie gleich alle. Fangen Sie mit meinen beiden Sekretärinnen an. Greifen Sie sich meine Kompagnons. Vergessen Sie meine Mitarbeiter im Außendienst nicht. Von meiner Frau gar nicht zu reden. Bringen Sie alle in den Bau. Unterwerfen Sie sie dem dritten Grad. Kitzeln Sie sie ein bißchen mit dem sandgefüllten Schlauch. Und dann seht euch an, was dabei herauskommt! Nichts! Weil sie nichts wissen und nie was gewußt haben. Und falls doch, dann haben sie es nicht von mir erfahren, denn ich wußte selbst nicht, *daß* die Auszahlung erfolgen sollte, verdammt noch mal, und ich wußte nicht, *wann* sie erfolgen sollte.«

Niemand zuckte auch nur mit der Wimper bei seinem Ausbruch.

»Grover Leighton hat ausgesagt, er hätte Sie vor einigen Tagen unterrichtet, daß er Ihnen das Geld am Samstagabend bringen würde«, entgegnete der Chefinspektor ruhig. »An den genauen Tag kann er sich nicht erinnern.«

»Daran kann er sich nicht erinnern, weil er es mir nicht gesagt hat«, tobte Casper. »Er glaubt vielleicht, daß er es gesagt hat, aber Grover muß an ganze fünfzig Staaten denken, und wenn Sie glauben, er erinnert sich an jede verdammte Kleinigkeit, dann unterstellen Sie, daß er ein Elektronengehirn hat.«

Dabei hatten sie es dann bewenden lassen.

Jetzt hatte Casper so starke Kopfschmerzen, daß ihm seine angebliche Bewußtlosigkeit lieber gewesen wäre. Eine Lernschwester war gekommen, um sein Zimmer aufzuräumen und die mit Zigarrenstummeln gefüllten Untertassen zu entfernen. Sie hatte eine der Fenstertüren geöffnet, um zu lüften, und der Anblick des dicht fallenden Schnees hatte Caspers Wut noch gesteigert.

Das Telefon auf dem Nachttisch klingelte. Er riß den Hörer hoch und schrie: »Sagen Sie, ich bin tot!«

Die kühle, beherrschte Stimme der Empfangsschwester fragte: »Wollen Sie nicht die Presse empfangen? Die Halle hier unten ist von Reportern und Fotografen überfüllt.«

»Sagen Sie ihnen, ich bin noch bewußtlos.«

»Sie haben aber die Verlautbarung der Polizei gesehen.«

»Dann sagen Sie ihnen, sie sollen zum Teufel gehen. Oder, ich hätte einen Rückfall gehabt. Sagen Sie ihnen, ich hätte Gehirnhautentzündung bekommen. Nein, das auf keinen Fall. Sagen Sie, ich ruhe mich jetzt aus und werde sie um acht Uhr empfangen.«

»Jawohl, Sir. Und es liegt auch ein Anruf der Detektei Pinkerton für Sie vor. Soll ich verbinden?«

Er zögerte einen Augenblick, wartete, daß sich sein sechster Sinn meldete, aber der schwieg.

»Also gut, verbinden Sie«, sagte er.

Eine ruhige, vertrauenerweckende Stimme fragte: »Spreche ich mit Mister Casper Holmes?«

»Am Apparat«, bestätigte Casper.

»Hier spricht Herbert Peters von der Detektei Pinkerton. Mister Grover Leighton hat uns beauftragt, Ihnen einen bewachten Krankenwagen zu schicken, um Sie vom Krankenhaus nach Hause zu transportieren.«

»Warum nicht einen Kinderwagen?« knurrte Casper.

Peters lachte höflich und verhalten. »Wenn Sie mir die ungefähre Zeit angeben, wann Sie das Krankenhaus verlassen wollen, werden wir alle notwendigen Vorkehrungen treffen.«

»Wenn es soweit ist, werde ich mir selbst ein Transportmittel besorgen«, antwortete Casper. »Aber ich beabsichtige, das Krankenhaus erst in zwei bis drei Tagen zu verlassen.«

»Sie wollen also nicht vor Dienstag nach Hause?«

»So ungefähr. Aber ich werde Sie nicht brauchen. Wenn ich nicht allein in meine Wohnung kommen kann, gehöre ich wieder in den Kindergarten.«

»Das trifft die Situation nicht ganz, Sir«, erwiderte Peters. »Es geht nicht darum, ob Sie fähig sind, für sich selbst zu sorgen. Einer unserer Leute ist getötet worden, und unglücklicherweise waren Sie Zeuge dieses Mordes. Solange Sie leben, besteht für die Mörder die Gefahr . . .«

»Worauf Sie sich verlassen können«, unterbrach Casper ihn.

»Deshalb hält Mister Leighton es für lebenswichtig, daß wir Ihnen den Schutz geben, der für eine gefährdete Persönlichkeit von öffentlicher Bedeutung erforderlich ist.«

»Mister Leighton hat bereits einmal den Fehler begangen, aus eigener Machtvollkommenheit zu handeln«, entgegnete Casper.

»Gerade deshalb will er nicht noch einmal einen Fehler begehen«, erklärte Peters. »Deshalb ersuchen wir Sie im voraus um Ihre Unterstützung.« Er machte eine kurze Pause, ehe er hinzufügte: »Wir werden Sie in jedem Fall bewachen, ob Sie damit einverstanden sind oder nicht. Es wäre aber für alle Beteiligten weit angenehmer, wenn wir Ihre Unterstützung hätten.«

Casper fügte sich. »Also gut. Ich rufe Sie morgen an und sage Ihnen, wann ich hier fortgehe. Erreiche ich Sie in ihrem Büro?«

»Wenn nicht mich, dann einen anderen.«

»Na schön. Geben Sie mir Ihre Telefonnummer.«

Nachdem er den Hörer aufgelegt hatte, wartete er etwa eine Minute, dann wählte er die Nummer, die Peters ihm angegeben hatte.

Eine unbekannte Stimme meldete sich: »Detektei Pinkerton.«

»Verbinden Sie mich mit Mister Herbert Peters.«

»Wer spricht dort, bitte?«

»Casper Holmes.«

Einen Augenblick später meldete sich Peters ruhige Stimme. »Ja, Mister Holmes?«

»Ich rufe nur zurück«, erklärte Casper, »weil ich über Telefon ja nicht feststellen kann, wer mich tatsächlich angerufen hat.«

»Ich verstehe, Mister Holmes. Ist das alles, Sir?«

»Das ist alles.«

Casper legte auf, setzte sich im Bett auf und überlegte. Die Lernschwester hatte ihre Arbeit beendet, das Fenster wieder geschlossen und war gegangen, ohne daß er es bemerkt hatte. Er nahm den Hörer wieder ab und befahl der Vermittlung, keine Gespräche mehr für ihn anzunehmen.

»Was soll ich sagen, wenn jemand anruft?«

»Sagen Sie, daß ich schlafe, und bitten Sie ihn, nach acht Uhr noch einmal anzurufen.«

»Jawohl, Sir.«

»Und geben Sie mir jetzt eine Amtsleitung.«

Als er das Amtszeichen hörte, wählte er eine Nummer. Eine Frauenstimme meldete sich. » Hel-looo?«

»Marie?«

»Ja. Bist du das, Casper?«

»Ja. Ist Joe da?«

»Ich rufe ihn. Was macht dein Schädel?«

»Der brummt. Ruf jetzt Joe.«

Er hörte sie rufen: »Jooooe! Es ist Casper.«

Joe Green war der größte Lotterieeinnehmer in Harlem. Er besaß Anteile an drei Lotterieunternehmen.

»Casper, wie geht's, alter Junge?« begrüßte er ihn mit heiserer Stimme.

»Mir fehlt nichts, was sich nicht mit ein paar Stunden Schlaf kurieren läßt.«

»Dir tut keiner weh, der dich auf den Kopf haut«, sagte Joe, »das weiß ich. Aber all die schönen grünen Papierchen, die sie dir weggenommen haben, das muß dich ganz schön in Wut gebracht haben.«

»War doch nicht mein Geld«, erwiderte Casper. »Die Banditen haben nur meine Ehre verletzt.«

»Und das wirst du diesen Mutterschändern nie verzeihen.«

»Darauf kannst du dich verlassen. Aber ich rufe dich an, um mir für heute abend ein paar deiner Boys auszuleihen.«

»Als Leibwache oder für Botengänge?«

»Ich will um halb acht hier verschwinden, in einem von Clays Leichenwagen . . .«

Joe lachte. »Lande nur nicht auf dem Friedhof, Alter.«

Casper lachte auch. »Nicht mit Clays Hilfe. Nein, ich fahre nach Hause. Ich will den Aasgeiern von den Zeitungen aus dem Weg gehen. Unterwegs muß ich noch was erledigen. Ich will nur, daß die Boys mich beschatten.«

»Wird gemacht«, sagte Joe. »Wie wär's mit Big Six und George Drake im Cadillac? Die werden mit jeder Situation fertig. Oder willst du jemand anderes?«

»Nein, die sind schon okay. Sie sollen den Leichenwagen bei Clay abholen und sich in seiner Nähe halten, aber nicht zu nahe. Ich will nicht, daß es wie eine Prozession aussieht.«

»Kapiert, Daddy. Um welche Zeit?«

»Ich fahre hier um sieben Uhr dreißig ab. Am besten sind sie schon um sieben bei Clay.«

Joe zögerte. »Kannst du es nicht früher schaffen, Alter? Wenn das so weiterschneit wie jetzt, wird sich um halb acht nicht mehr viel bewegen.«

»Ich *werde* mich bewegen«, erklärte Casper.

»Also gut, mein Alter. Ich lasse dich bewachen«, sagte Joe.

»Also abgemacht«, sagte Casper. »Wir sehen uns in der Kirche.«

Nach dem Gespräch wählte er sofort eine andere Nummer, ohne den Hörer aus der Hand zu legen.

Eine gemessene Männerstimme meldete sich. »Bestattungsinstitut H. Exodus Clay. Guten Tag. Womit können wir Ihnen dienen?«

»Rufen Sie mir Clay an den Apparat.«

»Mister Clay ruht. Kann nicht ich ihnen behilflich sein?«

»Wecken Sie ihn«, antwortete Casper. »Hier spricht Casper Holmes.«

»Oh, Mister Holmes. Jawohl, Sir, sofort, Sir.«

Wenige Augenblicke später meldete sich Clays dünne, streitsüchtige Stimme. »Casper, ich hatte schon lange gehofft, ich käme mit Ihnen endlich ins Geschäft.«

»Können Sie, Hank, wenn auch nicht so, wie Sie's vielleicht möchten.« Nur wenige Menschen in Harlem wußten, daß das H. in Clays Namen für Henry stand; die meisten meinten, es bedeute entweder Himmel oder Hölle. »Ich brauche einen Leichenwagen.«

»Für Sie selbst oder für einen Freund?«

»Für mich selbst.«

»Ich frage nur, weil ich jetzt drei Leichenwagen habe. Den alten benutze ich für arme Leute, den mittleren für die Reichen und den neuen für Berühmtheiten. Ihnen gebe ich den neuen.«

»Nein, geben Sie mir den mittleren. Ich will kein Aufsehen, sondern heimlich aus dem Hospital verschwinden. Und Jackson soll ihn fahren. Nach dem sieht sich kein Mensch ein zweites Mal um. Wichtig ist, der Leichenwagen steht Punkt halb acht hier am Hinterausgang.«

»Bis dahin sind die Straßen zugeschneit«, protestierte Clay. »Können Sie es nicht früher schaffen? Oder einen Tag warten?«

»Kommt nicht in Frage. Jackson soll Schneeketten montieren. Außerdem werden ein paar Boys von Joe Green ihn bewachen. Machen Sie sich also weiter keine Sorgen.«

»Joe Greens Boys!« rief Clay entsetzt aus. »Hören Sie mal, Casper, wenn mit meinem Leichenwagen was passiert, schicke ich die Rechnung an die Parteizentrale.«

»Soll mir recht sein. Und sagen Sie Jackson, er soll mich zuerst zu meinem Büro in der 121th Street fahren.«

»Sagen Sie ihm das selbst«, erwiderte Clay.

Casper legte auf und nahm seine Armbanduhr vom Nachttisch. Es war dreizehn Minuten nach fünf. Dann legte er sie auf der Nachttischkante ab, griff wieder nach dem Telefonhörer und begann von neuem zu wählen.

Ein kühler Kontra-Alt meldete sich: »Hallo?«

»Leila? Hier Casper«, sagte er.

»Wie geht's dir, Schatz?« fragte sie im gleichen Ton, wie sie hallo gesagt hatte.

»Paß auf, ich komme gegen acht Uhr nach Hause«, sagte er. Sein Ton war so unpersönlich wie ihrer. »Ich wünsche, daß du zu Hause bleibst, bis ich da bin – oder sagen wir bis neun Uhr. Wenn jemand anruft und nach mir fragt, dann sage, daß ich noch im Hospital bin und nicht vor Dienstag nach Hause komme. Ich hätte einen Rückfall gehabt und wäre bewußtlos. Begriffen?«

»Ja, Schatz, ich hab's begriffen.« Und mit unterdrückter Stimme fügte sie, wie für sich, hinzu: »Und ich werde mir auch das merken.«

»Was war das?«

»Ich hab nichts gesagt. Bei dir muß jemand etwas gesagt haben.«

»Na schön. Und halte dieses eine Mal wirklich den Mund.«

»Ist das alles?«

Ohne zu antworten, legte er den Hörer auf die Gabel zurück und griff nach einer Zigarre. Ehe er sie aber aufnehmen konnte, klingelte das Telefon wieder. Er hob den Hörer ab.

»Ein Anruf aus Washington D. C.«, meldete die Zentrale. »Ein Mister Grover Leighton ist am Apparat. Soll ich verbinden?«

»Ja.«

Grovers sonnige, aalglatte Stimme fragte: »Hallo, Casper, wie geht's dir?«

»Gut. Ich ruhe mich aus. Das ist im Augenblick alles, was ich kann.«

»Damit tust du genau das Richtige. Bleib nur dabei. Wir haben uns deinetwegen große Sorgen gemacht.«

»Kein Grund zur Sorge. Einem alten Hund wie mir kann man nichts anhaben.« Caspers Stimme hatte einen kaum wahrnehmbar devoten Ton angenommen.

»Das habe ich auch gesagt«, antwortete Grover gut gelaunt. »Und mach auch du dir keine Sorgen. Wir werden bald mit dem gleichen Betrag für dich überkommen.«

»Oh, deswegen habe ich mir keine Sorgen gemacht«, behauptete Casper. »Aber die großen Tiere von der Polizei hier haben versucht, mich ein bißchen unter Druck zu setzen.«

»Dich?« Grovers Stimme klang ehrlich schockiert. »Weshalb das?«

»Sie versuchen dahinterzukommen, woher die Banditen den Tip hatten«, antwortete Casper. »Und der Chefinspektor behauptet, du hättest ausgesagt, irgendwann im Verlauf der Woche hättest du mir angekündigt, wann du mit dem Geld kommen wolltest.«

Es folgte eine Pause, als ob Grover versuchte, sich daran zu erinnern. »Ja, ich glaube, ich habe etwas in diesem Sinne gesagt«, räumte er schließlich ein. »Aber ich dachte wirklich, ich hätte es dir am Mittwoch gesagt. Oder war es Donnerstag? Als wir wegen der Ortsgruppen in den einzelnen Stadtteilen telefonierten.«

»Paß mal auf, Grover. Daran mußt du dich ganz genau erinnern. Ich bin nämlich überzeugt, daß du mir bei diesem Gespräch nichts gesagt hast. Du kannst so einen Punkt leicht vergessen, ich aber nicht. Ich muß nur meine kleine Gruppe in Harlem im Kopf haben, du aber sämtliche Ortsgruppen in allen Staaten. Und ich bin ganz sicher, daß ich es nicht vergessen hätte, wenn du mir den Termin genannt hättest, denn dadurch ist die ganze Geschichte ja erst ins Rollen gekommen.«

»Vielleicht hast du recht«, räumte Grover ein. »Ich hatte die Absicht, es dir zu sagen, aber vermutlich habe ich es dann vergessen. Das ist doch wohl nicht so wichtig, oder?«

»Für dich nicht, und für mich auch nicht. Aber die großen Tiere hier unterstellen, es wäre durch mich durchgesickert.«

»Mein Gott!« Grovers Stimme klang entsetzt. »Die müssen verrückt sein. Sie versuchen doch nicht etwa, dir zuzusetzen?«

»Nein, so weit gehn sie noch nicht. Aber diese versteckten Unterstellungen gefallen mir nicht, ganz besonders nicht so kurz vor dem Wahlkampf.«

»Da hast du recht. Ich werde mal den Chefinspektor anrufen und dem ein Ende machen. Wenn die Banditen erst festgenommen sind, werden wir schon herausbekommen, wer ihnen den Tip gegeben hat. Aber ich rufe dich wegen was anderem an. Ich habe die New Yorker Agentur Pinkerton beauftragt, ein Auge auf dich zu haben. Wir wollen nicht, daß so eine Geschichte noch mal passiert. Außerdem sind die Leute jetzt selbst in die Geschichte verwickelt, da sie einen Mitarbeiter verloren haben.«

»Du weißt, daß ich mit allem einverstanden bin, Grover. In diesem Fall sogar gern. Es liegt ja auch in meinem Interesse.«

»Das habe ich den Leuten auch gesagt. Sie sind beauftragt, einen bewachten Krankenwagen zu stellen, um dich nach Hause zu bringen. Es sei denn, daß du was anderes arrangieren willst?«

»Nein, will ich nicht«, antwortete Casper. »Es ist mir so sehr angenehm. Ein Mann von der Agentur hat schon mit mir gesprochen. Ich habe ihm gesagt, daß ich ihn rechtzeitig benachrichtige, wenn ich hier fort will.«

»Also, dann ist ja alles geklärt.« Grovers Stimme klang erleichtert. »Paß auf dich auf, Casper. Wir wollen nicht, daß dir etwas passiert. Bei den kommenden Wahlen sind die Stimmen in Harlem für uns ungeheuer wichtig.«

»Von jetzt an werde ich verdammt scharf auf mich aufpassen«, antwortete Casper.

Grover lachte. »Du bist ein guter Kerl. Gib Laut, wenn wir irgendwas für dich tun können.«

»Im Augenblick nichts. Vielen Dank für alles, Grover.«

Als sie eingehängt hatten, zündete Casper seine Zigarre an.

»Jetzt ist der Topf auf dem Feuer«, sagte er vor sich hin und griff wieder nach dem Telefon.

»Geben Sie mir ein Amt«, sagte er, als sich die Zentrale meldete.

Er wählte eine Nummer in der Stadt.

»Und wer mag das wohl sein?« fragte eine sanfte Stimme mit einem affektierten Lispeln.

»Ich will Johnny sprechen.«

»Oh, und mich nicht?«

Casper gab keine Antwort.

»Und wer, soll ich sagen, ruft ihn an, mein Herz?«

»Das geht dich einen Dreck an.«

»Oh, wie ungezogen!«

Er vernahm, wie der Hörer auf die Tischplatte gelegt wurde. Nach einer Pause, die ihm länger als notwendig erschien, sagte eine angenehme Tenorstimme: »Hallo, Casper. Es kann kein anderer sein als du, denn sonst ist niemand so unfreundlich zu Zog.«

»Ich fahre gegen acht Uhr nach Hause und möchte, daß du zu mir kommst«, sagte Casper.

»Ich hab gleich gewußt, daß sie dir nichts ernstlich anhaben konnten«, antwortete Johnny und fragte dann: »Wann?«

»Gegen zehn. Benutze deinen eigenen Schlüssel und komme gleich herein.«

»Wird gemacht«, antwortete Johnny.

Als Johnny eingehängt hatte, klopfte Casper mehrfach auf die Gabel des Telefons und bat die Zentrale, die Oberschwester zu ihm aufs Zimmer zu schicken.

16

Es war vier Uhr vorbei, als Grave Digger und Coffin Ed *Fat's Down Home Restaurant* verließen – etwa die gleiche Zeit, zu der Casper mit den großen Tieren fertig geworden war.

Sie hatten nicht die Absicht gehabt, so lange zu bleiben, aber das Lokal war voller Spieler und Madams, die alle wegen des Überfalls auf Casper neugierig waren und sich aufgemacht hatten, irgend etwas über irgendwelche fremden Figuren in der Stadt zu erfahren.

Die Spieler hatten nirgends neues Geld entdeckt – falls doch, wollten sie es nicht zugeben. Die Madams waren auf keine neuen Kunden gestoßen, jedenfalls keine mit großem Geld.

Als sie wieder ins Freie kamen, sank der Schnee wie Baumwolle herab, die Straße war schon zollhoch damit bedeckt. Ihr Wrack von Wagen stand am Straßenrand und sah aus wie ein Mahnmal der Schande.

Grave Digger packte Coffin Ed am Ärmel und hielt ihm ein Privatissimum über Kriminologie.

»Nimm mal einen Detektiv«, lispelte er. »Einen wie dich oder mich. Ein Mann wird auf der Straße beraubt. Der Räuber gibt seinem Opfer eins über den Kopf, schlägt es bewußtlos und rennt weg. Niemand hat ihn gesehen, das Opfer kennt ihn nicht. Dann kommen wir dazu. Wir wissen nicht die verdammteste Kleinigkeit. Wir wissen nicht mal, daß der Mann beraubt wurde. Dafür haben wir als einzigen Beweis seine Behauptung. Aber jeder erwartet von uns, daß wir losrennen und die Verbrecher fassen, als ob wir ein Monopol auf Straßenräuber hätten.«

»Vielleicht erwarten sie von uns, daß wir überall rumlaufen und schnüffeln wie menschliche Bluthunde«, meinte Coffin Ed. »Vielleicht glauben sie, wir hätten die Nase dafür.«

»Dieser Casper«, lispelte Grave Digger. »Der kann sich besser winden als ein ganzes Faß voll Schlangen.«

Sie stiegen in den Wagen. Normalerweise wäre es um diese Zeit dunkel gewesen, aber die Schneedecke schien das Licht festzuhalten. Die wenigen Wagen, die unterwegs waren, krochen wie Schnecken dahin und ließen schwarze Linien in der weißen Decke zurück.

»Zwei fette Alligatoren wie du und ich fangen in einem Goldfischglas wie dieser Stadt doch nichts«, erklärte Coffin Ed. »Wir ängstigen nur alle zu Tode und kriegen eiskalte Schultern gezeigt, und wenn wir uns noch so große Mühe geben.«

»Wir sollten einen Köder an den Haken hängen«, schlug Grave Digger vor.

»Genau daran hab ich auch gedacht.«

Im Revier hatte Captain Rice Dienst. Sie baten um seine Erlaubnis, den Häftling Roman Hill mitzunehmen, damit er Baron identifizierte, falls sie ihn aufspüren konnten.

Der Captain sagte, ein Detektiv des Morddezernats hätte Roman Hill zur Identifizierungsstelle beim Präsidium gebracht, gab ihnen aber den Befehl, ihn dort abzuholen. Roman war noch Häftling des Reviers, bis er am nächsten Morgen dem Polizeirichter vorgeführt wurde.

Sie stiegen in Coffin Eds neuen Plymouth und fuhren den East Side Drive entlang. Coffin Ed saß jetzt am Steuer. Er hatte nichts dagegen, mit Grave Digger zu fahren, wenn der einen Wagen lenkte, der der Stadt gehörte, aber den Plymouth hatte Coffin Ed mit seinem eigenen Geld bezahlt.

Die kleinen, Traktoren ähnelnden Schneepflüge waren auf den Hauptverkehrsstraßen schon am Werk, krochen herum wie orangefarbene Käfer, häuften den Schnee längs der Gehsteige auf, wo die Lastwagen ihn einsammeln und dann in den Fluß kippen sollten.

Links von ihnen stießen die Nebelhörner unsichtbarer Schlepper auf dem Fluß eine Kakophonie aus, und die Lichter der Erdölgesellschaften auf der anderen Seite des East River waren unsichtbar geworden.

Ein Fährschiff legte am Pier der 79th Street an, als sie vorbeikamen, und entlud die Arbeiter der Tagesschicht auf Welfare Island.

»Verdammt, der Tag vergeht heute schnell«, sagte Grave Digger.

Sie begannen den Zeitdruck zu spüren. Aufsteigende Befürchtungen ernüchterten sie.

Coffin Ed gab Gas. Sie fanden Roman in der Gallery im Erdgeschoß. Das Präsidium und der Annex auf der anderen Straßenseite waren die einzigen erleuchteten Gebäude in der Umgebung. Die Wolkenkratzer der nahen Wall Street ragten dunkel und gespenstisch in den abgrundtiefen Himmel auf.

Sie übergaben dem Detektiv des Morddezernats den Befehl des Captains und übernahmen den Häftling. »Wollen Sie den andern auch haben?« fragte der Detektiv. »Den Barmann aus der *Paris Bar*?«

»Haben Sie den noch?«

»Wir behalten ihn, bis er sich jedes Bild im Album angesehen hat – falls Sie ihn nicht brauchen.«

»Behalten Sie ihn«, sagte Grave Digger. »Wir können nichts mit ihm anfangen.«

Sie legten Roman Handschellen an und brachten ihn zum Plymouth hinaus. Coffin Ed hatte den Motor und die Scheibenwischer laufen lassen, aber sie mußten von allen Fenstern Schnee fegen, ehe sie starten konnten. Sie fuhren zwei Blocks und hielten wieder an.

»Hast du eine Matrosenuniform?« fragte Coffin Ed.

»Ja, aber die trag ich nich«, antwortete Roman.

»Wo ist sie?«

»An Bord von mein Schiff.«

»Gut. Wir fahren jetzt nach Brooklyn hinüber, um sie zu holen, und dann wirst du sie anziehen«, sagte Coffin Ed und fuhr langsam durch den Schnee weiter.

Als das Telefon wieder klingelte, glaubte Leila, Casper riefe noch einmal an. »Ja.« Ihr Ton war kalt wie Eis.

»Ich will Casper sprechen«, verlangte eine Männerstimme.

Die Hand, die den Hörer hielt, begann zu zittern. Leila glaubte die Stimme wiederzuerkennen, war sich aber nicht sicher.

»Er ist noch im Hospital«, antwortete sie. Eine plötzliche, unbestimmte Angst ließ sie krächzen wie einen Papagei. »Er hat einen Rückfall bekommen und ist wieder bewußtlos.«

»Sparen Sie sich den Mist«, sagte die Stimme. »Der kleine Schlag auf den Kopf hat die Laus nicht bewußtlos gemacht.«

Jetzt war sie sich ihrer Sache sicher. Es war ein Mann aus dem Süden, das verriet der Mississippi-Akzent – die Stimme eines Weißen.

Sie begann am ganzen Körper zu zittern. »Rufen Sie doch im Hospital an, wenn Sie mir nicht glauben«, sagte sie, wütend über sich selbst, weil es eingeschüchtert klang; aber sie konnte es nicht verhindern. Sinnlose Angst packte sie. In der Stimme lag ein sadistischer und unmenschlicher Klang. »Er ist bewußtlos«, wiederholte sie.

»Wenn er von seinen fünfzig Tausendern was zurückhaben will, kommt er besser wieder zu sich, aber niggerschnell«, drohte die Stimme.

Der Gebrauch des schimpflichen Ausdrucks verscheuchte ihre Angst und fachte ihre Wut an.

»Wer sind Sie denn schon, Sie Mutterschänder aus dem Hinterwald?« fuhr sie ihn an.

Ein bösartiges Lachen kam durch die Leitung. »Ich bin der Mann, der ihm helfen kann, sein Geld wiederzukriegen – gegen einen angemessenen Anteil.«

Sie versuchte zu überlegen, wußte aber nicht, wo sie anfangen sollte. »Rufen Sie doch Casper selbst im Krankenhaus an«, sagte sie.

»Nein, das machen Sie, meine Süße. Ich hab schon sechsmal angerufen und komme nicht zu ihm durch. Deshalb machen Sie das, Zuckerpüppchen.«

»Was soll ich ihm sagen«, fragte sie und fügte dann bösartig hinzu: »Redneck?«

»Warte, bis ich dich zu fassen kriege«, sagte die Stimme. Dann fügte sie hinzu: »Wiederholen Sie einfach, was ich Ihnen gesagt habe. Wenn er ein Geschäft machen will, dann soll er meinen Anruf annehmen.«

Sie erinnerte sich, daß Casper ihr strikt befohlen hatte, den Mund zu halten. Wenn sie etwas falsch machte, würde er wütend werden. Sie wußte nicht, was sie tun sollte.

»Es hat ja wohl Zeit«, sagte sie.

»Zeit bis wann?«

»Bis er aus dem Krankenhaus kommt.«

»Wann ist das?«

»Wann?« Sie fühlte sich gefangen. »Ich weiß nicht. Fragen Sie das Hospital.«

»Das wird ihm nicht viel nützen, Püppchen«, höhnte die Stimme. »Ihm wird es nicht gefallen, wenn er feststellt, was ihm entgangen ist.«

»Also gut, Hurensohn«, schrie sie wütend. »Ich rufe ihn an, und Sie rufen mich zurück.«

»Was soll das? Ich hab ein Geschäft mit ihm, und das kann nicht warten. Wenn Casper im Krankenhaus liegen und den Kopf unterm Kissen verstecken will, dann ist das sein Pech. Ich werd schon einen Weg finden, um zu meinem Anteil zu kommen.«

Ihr Kopf explodierte von vulgären Beschimpfungen, wie immer, wenn sie sich in die Enge getrieben fühlte.

»Verdammt noch mal, rufen Sie nach acht noch mal an«, schrie sie verzweifelt. »Ich weiß doch nicht . . .«

Sie hatte keine Möglichkeit, den Satz zu beenden. Ein leises Knacken kam über die Leitung, dann war sie tot. Leila saß benommen da und starrte den Hörer in ihrer Hand an. Dann begann sie von neuem zu zittern. Angst fraß an ihr wie Säure.

Es war zwanzig nach sechs, als das Telefon klingelte.

Eine gemessene Männerstimme meldete sich. »Hier Bestattungsinstitut H. Exodus Clay. Guten Abend. Womit können wir Ihnen dienen?«

»Hier Detektei Pinkerton«, sagte die Stimme am anderen Ende. »Ich will den Chef sprechen.«

Es war eine Stimme mit Mississippi-Akzent. Die Stimme eines Weißen.

Der Angestellte antwortete: »Gewiß, Sir. Sofort, Sir.«

Einen Augenblick später meldete sich Clay zänkisch: »Was gibt's jetzt schon wieder?«

»Hier ist die Detektei Pinkerton«, wiederholte die Stimme.

»Das haben Sie schon mal gesagt«, schnauzte Clay. »Hier ist mein Bestattungsinstitut. Was wollen Sie?«

»Wir schicken drei Leute zu Ihnen, die den Krankenwagen bewachen sollen, mit dem Sie Mister Holmes abholen«, unterrichtete ihn die Stimme.

In der vergangenen Stunde hatte die Stimme die gleichen Worte ohne Ergebnis bei sechzehn verschiedenen Krankenwagenvermietern und Bestattungsinstituten in Harlem wiederholt. Doch diesmal stieß die Stimme auf eine Goldader.

»Ich schicke keinen Kranken-«, erwiderte Clay spitz, »sondern einen Leichenwagen.«

Ein gedämpftes Lachen kam über die Leitung. »Ganz das richtige. Um wieviel Uhr?«

»Casper hat seine eigene Leibwache«, sagte Clay mit einem Anklang von Rassenstolz in der dünnen, schrillen Stimme. »Sagen Sie Ihrem Auftraggeber, daß für alles gesorgt ist.«

»Das ist alles sehr schön«, sagte die Stimme, »aber wir sind von der Parteizentrale beauftragt. Wir werden also die Bewacher bewachen.«

»Na, dann beeilen Sie sich besser. Mein Wagen fährt in einer halben Stunde hier ab.«

»Klappt ausgezeichnet«, antwortete die Stimme. »Wir werden uns nicht einmischen, wir halten uns im Hintergrund. Sie brauchen uns mit keinem Wort zu erwähnen.«

»Machen Sie sich darüber keine Sorgen«, entgegnete Clay sarkastisch. »Ich werde nicht dafür bezahlt, für die Pinkertons Reklame zu machen.«

Damit pfefferte er den Hörer auf die Gabel.

Auf der Brooklyn Bridge gab es eine Verkehrsstauung.

An einer vereisten Stelle, die ein Personenwagen mit überhitztem Kühler verursacht hatte, kam ein Sattelschlepper ins Schleudern und streifte einen Bus. Verletzte gab es nicht, aber die Stoßstange des Lasters riß dem Bus die Seite auf, und es dauerte einige Zeit, bis die beiden Fahrzeuge voneinander getrennt werden konnten.

Grave Digger und Coffin Ed saßen in der Schlange fest und siedeten vor Ungeduld. Sie spürten, daß die Zeit wie ein Amokläufer raste, und fühlten sich barfuß und gefesselt von ihm überrascht. Sie konnten nicht rückwärts, konnten sich nicht seitlich hindurchzwängen, sie konnten den Wagen auch nicht auf der Brücke preisgeben und zu Fuß gehen.

Roman saß hinten in seiner Matrosenuniform, die weiße Mütze auf den Hinterkopf gedrückt, die Hände mit den Handschellen im Schoß.

Grave Digger sah auf die Uhr. Es war zwanzig nach sechs. Der Schnee fiel.

»Lieber ließe ich mich von einer Boa Constrictor in den Hintern beißen, als hier rumzusitzen und zu warten, daß was passiert. Und ich wüßte nicht mal, was«, beklagte er sich erbittert.

»Ich warte nur darauf, daß sie die Wracks da auseinanderbringen«, knurrte Coffin Ed. Als sie von der Third Avenue endlich in die East 119th Street einbogen und nach dem Haus Ausschau hielten, war es drei Minuten nach sieben. Es fiel ihnen nicht schwer, das richtige zu finden.«

Coffin Ed fuhr vorbei und hielt drei Häuser weiter an. Gleichzeitig drehten sie sich um und sahen Roman an.

»Du gehst jetzt in dieses Haus da hinter uns und fragst nach Junior Ball«, lispelte Grave Digger.

»Versteh nich«, sagte Roman.

»Laß mich sprechen«, sagte Coffin Ed. Grave Digger nickte.

Coffin Ed wiederholte den Befehl.

»Jawohl, Sir«, sagte Roman. »Was soll ich ihm sagen, wenn er da is?«

»Er ist nicht da«, sagte Coffin Ed. »Er ist tot. Die da drin wissen, daß er tot ist, aber du darfst nicht verraten, daß du es weißt. Du bist gerade mit deinem Schiff angekommen und suchst ihn da.«

»Soll ich so tun, als ob ich auch so einer bin?«

»Genau das.«

»Un was, wenn die mir sagn, daß er tot ist?«

»Das werden sie dir nicht sagen. Sie werden dich bitten zu warten. Sie werden dir sagen, daß Junior jeden Augenblick kommen müßte.«

»Un was mach ich, solang ich warte?«

»Zum Teufel, Jungchen, hast du auf dem Mond gelebt? Das ist ein Schwulenstall. Sie werden schon eine Beschäftigung für dich finden.

»Dafür hab ich nichts übrig«, murrte Roman.

»Was bist du doch für ein Idiot. Wir sind hier nicht in den Docks. Das sind feine Leute. Sie werden es bei dir versuchen, aber zuerst werden sie dich testen. Setz dich einfach hin und trink deine Cocktails und mach ein verlegenes Gesicht . . .«

»Das wird mir nich schwerfalln.«

»Tu so, als ob du auf Junior wartest. Nach fünf Minuten fängst du an, ungeduldig zu werden. Und siehst dich nach allen Seiten um. Dann fragst du jeden, mit dem du gerade sprichst, wann Baron kommt.«

»Baron?« Roman setzte sich auf. »Misser Baron? Der Mann, der mir mein Wagn verkauf hat? Kommt der da hin?«

»Das wissen wir nicht. Vielleicht, vielleicht auch nicht. Falls du ihn siehst, dann pack ihn und schrei um Hilfe.«

»Für den brauch ich keine Hilfe«, erklärte Roman.

»Doch, die brauchst du«, widersprach Coffin Ed. »Denn wir wollen nicht, daß ihm was passiert. Du packst ihn einfach und fängst an zu schreien.«

»Und wenn er mir mit 'ner Pistole droht?« wollte Roman wissen.

»Wenn du ihn schnell genug packst, wird er dazu nicht kommen.«

»Dann kann's von mir aus losgehn«, erklärte Roman.

»Gut«, sagte Coffin Ed. »Wir fahren mit dem Wagen zurück und parken vor dem Nebenhaus. Wenn du mich hupen hörst, einmal lang, zweimal kurz, kommst du wieder raus.«

»Ja, Sir. Aber hoffentlich krieg ich Misser Baron vorher.«

»Das hoffen wir auch«, stimmte Coffin Ed zu.

Grave Digger lehnte sich zurück, schloß Romans Handschellen auf und nahm sie ihm ab.

»Also los dann«, sagte er. »Und vergiß eins nicht: Laufen kannst du vielleicht, aber verstecken kannst du dich nicht vor uns.«

»Ich lauf nich weg«, versprach Roman.

Sie beobachteten ihn, wie er mit seinem wiegenden Seemannsgang zu der Bronzetür ging und wie er mit den Fingerknöcheln gegen die Tür pochte.

»Er muß nie von seinem Schiff runtergekommen sein«, bemerkte Coffin Ed.

Grave Digger grunzte zustimmend.

Sie sahen, daß die Tür geöffnet wurde. Einen Augenblick später sahen sie Roman in das Haus eintreten. Die Tür wurde wieder geschlossen. Coffin Ed ließ den Motor an und setzte den Wagen zurück.

17

Ein schwarzer Cadillac, fast ohne jedes Chrom, parkte in der 134th Street, wenige Türen von Clays Bestattungsinstitut entfernt, aber auf der gegenüberliegenden Straßenseite. Ihrem düsteren Aussehen nach konnte es ein Wagen des Bestattungsunternehmens sein. Ihr Motor lief, war aber nicht zu hören. Die Heizung war angestellt, die Lichter ausgeschaltet. Die Scheibenwischer fegten hin und her.

George Drake saß hinter dem Lenkrad und reinigte sich die Fingernägel mit einem kleinen goldenen Taschenmesser. Er war ein alltäglich aussehender Farbiger unbestimmbaren Alters. Selbst sein teurer dunkler Anzug sah an ihm alltäglich aus. Das einzige Besondere an ihm waren seine leicht vorquellenden Augen. Er sah nicht gelangweilt aus; er sah nicht ungeduldig aus; er sah aus, als ob es sein Beruf wäre, auf jemanden zu warten.

Big Six saß neben ihm, stocherte sich mit einem abgenutzten Zahnstocher aus Fischbein in den Zähnen. In dem hellbeigen, gegürteten Polomantel sah er riesig aus; den breitkrempigen, schwarzen Veloursnhut hatte er tief in die Stirn gezogen. Sein pockennarbiges Gesicht wirkte übergroß; zwischen seinen großen fleckigen Zähnen klafften breite Lücken.

Ein betrunkener Weißer taumelte in dem knöcheltiefen Schnee vorbei. Ein schwarzer Filzhut – so zerbeult, als wäre im Schnee auf ihm herumgetrampelt worden – balancierte bedrohlich auf seinem Hinterkopf. Dichtes, grobes, schwarzes Haar klebte auf seinem Schädel über einer Stirn, die so niedrig war wie die des Urmenschen. Das bläulichweiße Gesicht mit den zusammengewachsenen Augenbrauen, den hohen Backenknochen, den groben Zügen und dem großen, schmallippigen Mund verriet indianische Abstammung.

Der Betrunkene blieb plötzlich stehen und begann gegen den rechten vorderen Kotflügel des Cadillac zu urinieren, wobei er hin und her schwankte.

Big Six kurbelte das Fenster auf und sagte: »Mach, daß du weiterkommst, Mutterschänder.«

Der Betrunkene drehte sich um und blinzelte ihn aus blutunterlaufenen, schwarzen Augen an. »Reg dich ab, schwarzer Boy«, stammelte er mit dem Akzent des Südens.

Big Six schob seinen Zahnstocher in die Tasche fürs Kleingeld und öffnete die Tür.

»Laß ihn in Ruh«, sagte George Drake. »Da kommt Jackson die Treppe runter.«

»Ich hau ihn nur um, das is alles«, antwortete Big Six. »Es dauert keine zwei Sekunden.«

Im rechten Rückspiegel sah George zwei Farbige hinter dem Haus hervorkommen, vor dem er parkte. Sie trugen abgenutzte Ledertaschen – wie Pullmanschaffner, die auf dem Weg zur Arbeit waren – und begannen hinter seinem Wagen die Straße zu überqueren. Das Rückfenster des Cadillac war voll Schnee, deshalb waren sie im Rückspiegel bald seiner Sicht entzogen.

»Beeil dich, Mann«, rief er, gerade als Big Six die Hand ausstreckte, um den Betrunkenen an der Schulter zu packen.

Der Betrunkene schwang seine rechte Hand, die er außer Sicht gehalten hatte, in einem weiten Bogen vor und stieß Big Six die Klinge eines Jagdmessers in den Kopf. Sie fuhr über der linken Schläfe hinein, und zwei Zoll drangen über der rechten Schläfe wieder heraus. Big Six wurde taub, stumm und blind, aber nicht bewußtlos. Er schwankte und tastete ziellos um sich wie ein blinder alter Mann.

»Verflucht«, knurrte George Drake und stieß die Wagentür mit der linken Hand auf, während er mit der rechten nach seiner Pistole griff.

Er hatte den linken Fuß auf die Straße gesetzt, wo er im Schnee versank, und suchte mit der linken Hand nach der Türkante, um sich darauf zu stützen, als ihm eine Schlinge über den Kopf geworfen wurde. Er wurde zurückgerissen. Ein Knie traf ihn in den Rücken, und er hatte ein Gefühl, als würde ihm die Wirbelsäule gebrochen. Der Hut fiel ihm herunter. Ein Totschläger landete genau über seinem linken Ohr, und Lichter explodierten in seinem Kopf, ehe er das Bewußtsein verlor.

»Legt ihn hinten rein«, befahl der Weiße von der anderen Seite des Wagens. »Und packt eure Taschen in den Kofferraum.«

Er warf einen letzten Blick auf Big Six und vergaß ihn dann.

Big Six schwankte langsam den Gehsteig entlang, schleppte die Füße durch den hohen Schnee. Die Wunden bluteten kaum. Seine Augen standen offen, er hatte den Hut noch auf. Von dem Hirschhorngriff des Messers, der aus seiner linken Schläfe ragte, und den zwei Zoll Klinge an der rechten Schläfe abgesehen, sah er wie irgendein Betrunkener aus. Ohne einen Laut herauszubringen, rief er George um Hilfe.

Der Weiße stieg hinten in den Wagen und packte das Ende der Schlinge. Einer der Farbigen setzte sich ans Steuer, der andere befand sich hinter dem Wagen und verstaute die Taschen. Ein glänzender, schwarzer Leichenwagen fuhr vorsichtig rückwärts aus der Garage neben dem Bestattungsinstitut. Ein fetter Schwarzer in Chauffeursuniform stieg aus und schloß das Garagentor. Er spähte über die Straße zu dem Cadillac hinüber.

»Blink einmal mit den Scheinwerfern«, befahl der Weiße von hinten. Der Fahrer ließ die Scheinwerfer kurz aufleuchten.

Jackson winkte mit der rechten Hand und stieg in den Leichenwagen.

Die Schneepflüge waren noch nicht in die schmalen Seitenstraßen vorgedrungen, und der Leichenwagen kam nur langsam vorwärts, bis er die Seventh Avenue erreichte. Der Cadillac folgte ihm in einem halben Block Abstand mit abgeblendeten Lichtern.

Scharen farbiger Arbeiter, die sich an ihrem freien Tag ein paar zusätzliche Dollars verdienen wollten, schaufelten die Schneeberge in die städtischen Müllwagen. Auf den geräumten Straßen waren wieder Wagen unterwegs, lachende Säufer zogen von einer Bar zur anderen, Witzbolde bewarfen ihre Mädchen mit Schneebällen, und die Mädchen rannten verzückt kreischend vor ihnen fort. Ein Postwagen kam vorbei und leerte die Briefkästen.

Big Six schlurfte mit dem Messer im Kopf langsam auf die Seventh Avenue zu. Er kam an einem jungen Pärchen vorbei. Die Frau schrie unterdrückt auf und wurde aschgrau.

»Das ist nur ein Witz«, sagte der Mann im Ton des Kenners. »Dieses Zeug kann man in Scherzartikelgeschäften kaufen. Man klebt sie sich seitlich an den Kopf.«

Die Frau schauderte. »Das kann ich nicht komisch finden«, antwortete sie. »Ein erwachsener Mann und spielt mit solchem Kinderkram.« Er begegnete einer Frau mit zwei Kindern, die auf dem Weg ins Kino waren, um sich einen Horrorfilm anzusehen. Die Kinder kreischten entsetzt. Die Frau war empört.

»Sie sollten sich was schämen, kleine Kinder so zu erschrecken«, rief sie tadelnd.

Big Six schlurfte langsam weiter, der Welt entrückt. »George!« rief seine noch funktionierende Vernunft lautlos. »George! Der Mutterschänder hat mich mit einem Messer gestochen.«

Er begann die Fahrbahn der Seventh Avenue zu überqueren. Schnee war am Straßenrand aufgehäuft, und seine Füße pflügten in den Berg hinein. Er glitt aus, aber irgendwie konnte er verhindern, daß er fiel. Er erreichte die Fahrbahn und lief einem schnellfahrenden Wagen in den Weg. Bremsen kreischten.

»Idiot!« schrie der Fahrer. Dann sah er das Messer, das Big Six im Kopf steckte. Er sprang aus dem Wagen, lief zu Big Six und faßte ihn sanft am Arm. »Lieber Gott im Himmel«, murmelte er.

Er war ein junger farbiger Arzt, der seine Assistenzzeit im Brooklyn-Hospital absolvierte. Vor einem Jahr hatten sie dort einen ähnlichen Fall gehabt. Damals war das Opfer auch ein Farbiger gewesen. Die einzige Möglichkeit, ihn zu retten, bestand darin, das Messer in der Wunde zu lassen.

Eine Frau wollte aus dem Wagen steigen.

»Dick, kann ich dir helfen?« Sie hatte nur den Griff des Messers gesehen, nicht aber die Spitze.

»Nein, nein. Komm nicht näher«, warnte er. »Fahr zur nächsten Bar und rufe einen Krankenwagen. Am besten wendest du gleich hier und fährst hinüber zu *Small*.«

Als sie fortfuhr, hielt ein anderer Wagen mit zwei Männern. »Brauchen Sie Hilfe?« rief der Fahrer.

»Ja, helfen Sie mir, den Mann auf den Gehsteig zu legen. Er hat ein Messer im Kopf.«

»Gütiger Heiland«, rief der zweite Insasse und öffnete die Tür. »Denen fällt auch jeden Tag was Neues ein.«

Vor dem Krankenhaus in der Lexington Avenue parkten die Wagen in zwei Reihen, und auf dem von Schneematsch bedeckten Gehsteig drängte sich eine große Menschenmenge. Fotografen und Reporter bewachten den Haupteingang und die Auffahrt für die Krankenwagen. Irgendwie hatte es sich herumgesprochen, Casper würde das Krankenhaus verlassen, und sie waren entschlossen, ihn zu erwischen.

Zwei Streifenwagen parkten auf der anderen Straßenseite. Uniformierte Polizisten standen herum, schlugen die behandschuhten Hände ineinander.

Dichter Schnee fiel.

Als der Leichenwagen vorfuhr, machten die Polizisten den Zugang zur Auffahrt frei.

Ein Reporter öffnete die Tür zum Fahrersitz und leuchtete Jackson ins Gesicht. »Es ist nur der Chauffeur«, rief er seinen Kollegen über die Schulter zu. Dann fragte er: »Wen wollen Sie denn holen, Jack?«

»Den verstorbenen Mister Clefus Harper, Opfer einer Lungenentzündung«, antwortete Jackson mit aufrichtigem Gesicht.

»Kennt jemand Clefus Harper?« fragte der Reporter.

Niemand kannte ihn.

»Lassen Sie sich nicht aufhalten, Jack«, sagte er.

Der Leichenwagen fuhr langsam über die Auffahrt zum Hintereingang.

»Fahr weiter«, sagte der Weiße hinten in der Cadillac-Limousine. »Es wird einige Zeit dauern, bis er ihn herausgeholt hat, und wir müssen den hier loskriegen.«

Der Fahrer beschleunigte, fuhr an den in Doppelreihe parkenden Wagen vorbei und kreuzte die 121th Street.

»Ist er tot?« fragte sein Begleiter.

»Leben tut er nicht«, antwortete der Weiße, während er sich vorbeugte und die Schlinge von George Drakes Hals löste. Als er damit fertig war, begann er, Drakes sämtliche Taschen zu leeren.

»Wo sollen wir ihn rauswerfen?« fragte der Fahrer, als sie sich der 119th Street näherten.

Der Weiße sah sich um. Er kannte sich in Harlem nicht sehr gut aus.

»Bieg in die Straße hier ein«, sagte er. » Sieht aus, als ob's hier geht.«

Der große Wagen kam in dem zolltiefen Schnee leicht ins Rutschen.

»Kommst du bis zur Third Avenue durch?« fragte der Weiße.

»Klar«, antwortete der Fahrer zuversichtlich. »Ein bißchen Schnee kann doch einen Cadillac nicht aufhalten.«

Der Weiße sah sich um. Niemand war in Sicht. Er öffnete die Tür zum Gehsteig. »Fahr näher ran«, befahl er.

Der Fahrer streifte den Rinnstein. Der Weiße rollte Drakes Leiche in den tiefen Schnee auf dem Gehsteig hinaus. Er schloß die Tür und blickte einmal kurz zurück. Die Leiche sah aus wie ein Betrunkener, der hingefallen war – wenn man davon absah, daß keine Fußspuren zu ihr führten.

»Gib Gas«, sagte er.

Jackson fuhr vor dem Ausgang des Krankenhauses vor, durch den die Toten fortgebracht wurden. Er war hier kein Unbekannter. Er stieg aus, ging um den Wagen herum, öffnete die rückwärtige Tür und begann einen langen, schmalen Weidenkorb herauszuziehen.

Zwei grinsende farbige Pfleger kamen aus dem Gebäude und trugen den Weidenkorb hinein. Jackson setzte sich wieder ins Auto und wartete.

Acht Minuten vergingen, ehe die Pfleger, unter der Last des beladenen Weidenkorbs schwankend, wieder erschienen. Der Deckel war mit einer Metallkapsel plombiert, an der eine Karte befestigt war. Auf der Karte stand:

CLEFUS HARPER – männlich, Neger
Für Bestattungsinstitut H. Exodus Clay
134th Street

Die Pfleger schoben den Korb in den offenstehenden Leichenwagen und wollten die Tür schließen.

»Laßt mich das machen«, sagte Jackson.

Die Pfleger grinsten und gingen ins Haus zurück.

»Wo wollen Sie hin, Mister Holmes?« fragte Jackson mit einem dramatischen Bühnenflüstern.

»Sind wir allein?« fragte Caspers gedämpfte Stimme aus dem Korb.

»Ja, Sir.«

»Sind Joes Boys mit dem Cadillac hinter uns?«

»Ja, Sir. Sie warten draußen auf der Straße.«

»Und niemand weiß, daß sie uns folgen?«

»Nein, Sir. Soweit ich sehen kann, nicht. Sie halten sich einen halben Block weit hinter uns.«

»Gut, dann fahren Sie mich jetzt zu meinem Büro. Halten Sie neben den parkenden Wagen in nächster Nähe«, befahl Casper. »Danach steigen Sie aus, kommen nach hinten und öffnen den Korb. Sie bleiben stehen, als ob Sie was zu tun hätten, und beobachten die Straße. Wenn ich unbemerkt aussteigen kann, geben Sie mir ein Zeichen. Verstanden?«

»Ja, Sir.«

»Dann fahren Sie los.«

Jackson schloß die Tür und setzte sich ans Steuer. Der Leichenwagen surrte langsam über die Auffahrt zurück. Ehe er die Straße erreichte, wurde er noch einmal von Reportern angehalten. Sie sahen sich das Namensschild am Korb an, und einer notierte sich den Namen.

Der Leichenwagen fuhr in Richtung 125th Street. Nach einem halben Block kam er an Joe Greens schwarzem Cadillac vorbei. Er sah leer aus, und Jackson wurde unruhig. Er fuhr langsamer und beobachtete ihn in dem Rückspiegel auf seinem rechten Kotflügel. Als er einen halben Block gefahren war, blinkten die Scheinwerfer des Cadillac einmal kurz auf. Erleichtert ließ er seine Bremslichter aufleuchten und fuhr langsam bis zur 125th Street weiter, bog ab und beobachtete, daß der schwarze Cadillac ihm mit einem halben Block Abstand folgte.

Er überquerte Park, Madison und Lenox Avenue, hielt sich rechts auf der Straße und ließ sich von dem schnelleren Verkehr überholen.

An der Seventh Avenue hielt er, um einen Schneepflug vorbeizulassen, fuhr um einen vor der Normaluhr stehenden Lastwagen herum, der von einer Gruppe reichlich angetrunkener Männer mit Schnee beladen wurde. Sie unterbrachen ihre Arbeit, um dem Leichenwagen nachzusehen, der die Avenue kreuzte.

»Da fährt einer zu H. Clay«, bemerkte ein Arbeiter.

»Frag nur nich, wer«, antwortete ein anderer. »Es kann deine Mammy sein.«

»Als ob ich das nich weiß«, erwiderte der erste.

Im Kielwasser des Leichenwagens fuhr ein Cadillac um den Lastwagen herum und überquerte vorsichtig die Avenue.

»Da is Joe Greens großer Cad«, erklärte ein dritter.

»Sitzen aber nich Joes Boys drin«, behauptete ein weiterer.

»Woher willste das wissen? Biste Joes Geschäftsführer?«

»Meissens wird er von George Drake gefahren, und Big Six sitz daneben.«

»Der hinten drin war auch nich Joe.«

»Bewegung, Bewegung, ihr Kerle. Macht euer Kreuz krumm«, fuhr der Lastwagenfahrer dazwischen. »Ihr kriegt euer Geld nicht dafür, daß ihr euch das Maul zerreißt.«

Der Leichenwagen hielt neben einem Ford Kombi vor dem Drugstore neben der *Paris Bar.* Der Drugstore hatte noch geöffnet, und mehrere Kunden befanden sich noch in dem Raum. Die *Paris Bar* schien so überfüllt zu sein wie üblich. Ihre Fensterscheiben waren beschlagen, und von innen kamen die gedämpften Töne einer Hot-Nummer.

Der Cadillac hatte neben den parkenden Wagen vor dem Tabakladen an der Ecke gehalten.

Jackson stieg aus, ging vorn um den Wagen herum und spähte in beiden Richtungen die Straße auf und ab. Aus der *Paris Bar* kamen zwei Männer, warfen einen kurzen Blick auf den Leichenwagen und schlenderten dann in der entgegengesetzten Richtung davon.

Jackson ging zur Rückseite des Wagens, öffnete die Türen und löste die Metallplombe am Weidenkorb mit seinem Taschenmesser. Im Korb lag Casper, völlig angezogen. Er trug den gleichen dunklen Anzug wie auf dem Weg ins Krankenhaus. Sein weicher Hut ruhte ihm zusammengedrückt auf dem Magen.

»Soll ich Ihnen helfen?« fragte Jackson flüsternd.

»Ich komme schon allein hoch«, antwortete Casper grob. »Lehnen Sie die Tür an, und beobachten Sie die Straße.«

Jackson drückte die Türflügel zusammen und sah sich um. Einige Wagen fuhren vorbei, ein Bus kam. Auf den Gehsteigen kamen und gingen Leute und trampelten die dicke Schneeschicht zu Matsch.

»Wo steht Joes Wagen?« fragte Casper durch den Spalt zwischen den angelehnten Türflügeln.

Jackson fuhr erschreckt zusammen. Er war nicht daran gewöhnt, aus dem Leichenwagen angesprochen zu werden. »Vor dem Tabakladen«, antwortete er.

»Wenn Sie abfahren, geben Sie ihnen ein Blinkzeichen«, wies Casper ihn an. »Wie sieht es jetzt aus?« Im Augenblick war niemand in der Nähe.

»Jetzt geht's, wenn Sie sich beeilen«, sagte Jackson.

Casper war schnell. Mit einem Sprung stand er auf der Straße, den schwarzen Hut fest auf das silbrige Haar gedrückt. Mit zwei Schritten war er hinter dem Kombiwagen vorbei, sprang über den am Rand des Gehsteigs aufgehäuften Schnee, rutschte im Matsch aus, fing sich aber und stand im nächsten Augenblick vor der Tür, die zu seinem Büro oben im Haus führte. Er kehrte der Straße den Rücken zu, als er den Schlüssel ins Schloß schob. Niemand hatte bemerkt, wie er aus dem Leichenwagen gesprungen war. Niemand hatte ihn erkannt. Niemand beachtete ihn auch nur im geringsten. Er bekam die Tür auf und trat ins Haus, drehte sich einmal kurz um, sah durch die obere Scheibe zu Jackson hin und gab ihm ein Zeichen, abzufahren.

Jackson setzte sich wieder auf den Fahrersitz, ließ die Scheinwerfer kurz aufleuchten und sah in den Rückspiegel.

Die Lichthupe des Cadillac gab ihm Antwort.

Langsam fuhr der Leichenwagen an.

Der Cadillac rückte nach und hielt an der gleichen Stelle neben dem Ford-Kombiwagen an.

»Was willst du mit dem Karren machen?» fragte der Fahrer.

»Ihn einfach hier mit laufendem Motor stehenlassen«, antwortete der Weiße. »Wenn Joe Green wirklich ein so großes Tier ist, wird sich keiner um den Wagen kümmern.«

Er zog einen kurzläufigen Polizeirevolver aus der rechten Manteltasche, hielt ihn auf den Knien, ließ die Trommel rotieren und schob ihn wieder in die Tasche.

»Ich gehe zuerst«, sagte er.

Er stieg aus, überquerte den Gehsteig, wich zwei Männern und einer Frau aus und griff nach der Türklinke.

Die beiden Farbigen folgten ihm auf den Fersen.

Die Klinke gab nach, die Tür öffnete sich.

»Er hat's uns leichtgemacht«, sagte der Weiße und stieg die Treppe hinauf. Er trat außen auf den Stufen auf und ging auf den Fußballen. Die Farbigen folgten ihm.

»Laß die Tür hinter dir einschnappen«, flüsterte er über die Schulter zurück.

18

Grave Digger und Coffin Ed saßen in ihrem Wagen in der 119th Street und warteten. Die Scheinwerfer waren ausgeschaltet, aber der Motor und die Scheibenwischer liefen.

Schnee fiel. Die Hausmeister der pseudoeleganten, teuren Apartmenthäuser, die sich hier zwischen den Privathäusern drängten, hatten ihre Gehilfen zum Schneefegen hinausgeschickt. Hier waren die Schneepflüge schon durchgekommen, in dieser Gegend wurden die Straßen immer sauber gehalten.

»Ich hab das Gefühl, daß wir was versäumen«, lispelte Grave Digger.

»Ich auch«, stimmte Coffin Ed zu. »Aber wir müssen erst mal einen Ansatzpunkt haben.«

»Vielleicht bringt uns der kleine Matrose darauf.«

Coffin Ed sah auf seine Uhr. »Viertel nach sieben. Er hat zehn Minuten Zeit gehabt. Wenn er bis jetzt nichts herausbekommen hat, findet er nie was.«

»Dann gib ihm also das Zeichen.«

Coffin Ed drückte auf die Hupe und gab das vereinbarte Signal. Im Rückspiegel beobachteten sie die Haustür.

Roman kam heraus. Jemand stand unter der offenen Haustür, für die beiden unsichtbar, und beobachtete ihn. Er stülpte sich die Mütze auf und kam auf sie zu.

Als er den Wagen erreicht hatte, griff Grave Digger nach hinten, öffnete den Schlag und befahl: »Steig ein!«

Ein Kopf erschien in der offenstehenden Haustür, spähte kurz hinter Roman her und verschwand wieder. Die Haustür wurde geschlossen.

»Was hast du erfahren?« fragte Coffin Ed.

»Puh!« Roman stieß schnaubend die Luft aus. Eine dünne Schweißschicht bedeckte seine glatte braune Haut. »Keiner kennt Misser Baron«, sagte er. »Wenigstens haben's alle behauptet.« Noch einmal schnaubte er. »Lieber Gott im Himmel, was für Leute! Un reich sinn die. Un gebildet.«

»Das hat dich wohl umgeworfen?« fragte Coffin Ed uninteressiert. Er und Grave Digger starrten ihn an.

»Am besten fahren wir noch mal zum Hospital«, schlug Coffin Ed vor. Es klang mutlos und verwirrt.

»Wir verlieren nur Zeit«, antwortete Grave Digger. »Telefonieren wir lieber.«

Coffin Ed steuerte den Wagen um den Gramercy Square herum und hielt vor einer Bar. Er stieg aus, ging hinein und eilte nach hinten zur Telefonzelle. Er bekam den Empfang im Krankenhaus.

»Mister Holmes ruht aus und darf nicht gestört werden«, sagte die kühle Stimme in einem Ton, der eindeutig war.

»Hier spricht Detektiv Edward Johnson in einer dringenden polizeilichen Angelegenheit«, erwiderte Coffin Ed schroff.

»Ich verbinde Sie mit der Stationsschwester«, sagte die Schwester am Empfang.

Die Stationsschwester war geduldig und höflich. Sie sagte, Mister Holmes fühle sich nicht wohl und könne unter keinen Umständen gestört werden. Er habe die angesetzte Pressekonferenz auf zehn Uhr verschoben, und der Arzt habe ihm ein Beruhigungsmittel gegeben.

»Ich kann zwar nicht behaupten, daß ich das glaube, aber was soll ich machen?« sagte Coffin Ed wütend.

»Genau«, stimmte die Stationsschwester zu und hängte ein.

Er rief Caspers Wohnung an. Leila Holmes meldete sich. Er nannte seinen Namen.

Sie wartete.

»Haben Sie mit Casper Kontakt gehabt?« fragte er.

»Ja.«

»Wann?«

»Er hat mich heute nachmittag angerufen.«

»Nicht in der letzten Stunde?«

»Nein.«

»Darf ich fragen, wann Sie ihn zu Hause erwarten?«

»Er wollte am Dienstagabend nach Hause kommen – falls keine Komplikationen eintreten.«

Er bedankte sich, hängte ein und ging zum Wagen zurück.

»Das gefällt mir nicht«, sagte Grave Digger.

Coffin Ed fuhr in zügigem Tempo die Lexington Avenue hinauf und wechselte bei der 35th Street zur Park Avenue hinüber, wo der Verkehr schneller lief.

»Wie ich Casper kenne, will er aus dem Krankenhaus schnellstens raus«, sagte er halb murmelnd, während er auf der Steigung zur 50th Street hinauf beschleunigte.

»Es sei denn, er will sich verstecken«, meinte Grave Digger.

Vom Rücksitz her sagte Roman: »Wenn Sie von Misser Holmes sprechen, der is schon ausm Krankenhaus raus.«

Der Wagen kam ins Schleudern und konnte gerade noch einem Lincoln ausweichen, der über die mittlere Fahrbahn raste. Coffin Ed lenkte zum Gehsteig hinüber und hielt an der Ecke der 51th

Street. Dann starrte auch er, wie schon Grave Digger, Roman an.

»Jedenfalls ham die Leute in den Haus das gesagt«, fügte Roman zu seiner Rechtfertigung hinzu. »Er hat mit eim von denen telefoniert un gesagt, daß er um acht zu Haus is – mit eim, der Johnny heißt.«

»Jetzt ist es dreizehn Minuten vor acht«, sagte Coffin Ed. »Diese Oberschwester würde ich gern . . .«

»Er hat sie gekauft. Du kennst ja Casper«, wehrte Grave Digger gedankenversunken ab.

Beide dachten angestrengt nach.

»Wenn du Casper wärst und wolltest da heimlich raus, wie würdest du's anfangen!« fragte Grave Digger.

»Ich bin nicht Casper, aber ich würde mir einen Krankenwagen kommen lassen.«

»Zu offensichtlich. Die Bude ist von Reportern überlaufen.«

»Dann einen Leichenwagen«, meinte Coffin Ed. »In dem Krankenhaus sterben so viele Leute, daß . . .«

»Clay«, rief Grave Digger aus und schnitt Coffin Ed damit das Wort ab.

Er sah sich um. Die Straße war von Bürowolkenkratzern flankiert, zwischen denen ein paar unausrottbare Mietshäuser übriggeblieben waren.

»Wir müssen an ein Telefon«, sagte Grave Digger und fügte in einem plötzlichen Einfall hinzu: »Fahr rüber zum siebzehnten.«

Das 17. Revier lag in der 51th Street zwischen der Lexington Avenue und der Third Avenue. In zwei Minuten waren sie dort. Coffin Ed rief Clay an, während Grave Digger daneben stand. Roman hatten sie mit Handschellen gefesselt im Wagen sitzen lassen.

»Clays Bestattungsinstitut«, meldete sich die zänkische Stimme des alten Mannes.

»Clay? Hier Ed Johnson und Digger Jones. Haben Sie Casper einen Leichenwagen geschickt, der ihn nach Hause bringen sollte?«

»Ich bekomme es langsam satt, daß jeder Caspers Leichenwagen bewachen will«, antwortete der alte Mann schroff. »Als ob er nicht selber auf sich aufpassen könnte. Er hat schon Joe Greens Boys. Und außerdem haben die Pinkertons Leute geschickt . . .«

»Was? Die Agentur Pinkerton?«

»Das haben sie mir jedenfalls gesagt. Sie schicken drei Leute im Auftrag der . . .«

»Gütiger Himmel!« stöhnte Coffin Ed und unterbrach die Verbindung. »Geben Sie mir die Detektei Pinkerton«, verlangte er von dem Mann am Klappschrank.

Als er das Gespräch beendet hatte, sahen er und Grave Digger sich an. In ihren Augen stand eine Angst, wie sie sie nie zuvor gekannt hatten.

»Ohne Zweifel haben sie ihn inzwischen – aber warum?« sagte Coffin Ed.

»Darum geht's jetzt nicht«, lispelte Grave Digger. »Die Frage heißt: wo?«

»Irgendwo muß eine Querverbindung sein«, sagte Coffin Ed.

»Wir haben noch einen Trumpf. Wir könnten so tun, als wären wir dieser Bernard Kaufman.«

»Dazu müßten wir seinen richtigen Namen kennen.«

»Spielt keine Rolle. Es ist unsere einzige Chance«, argumentierte Grave Digger. »Sie kann Baron ans Licht bringen.«

Coffin Ed verstand. »Kann sein«, räumte er ein. »Aber dazu brauchen wir Romans Freundin.«

»Die holen wir uns, und zwar schnell. Es bleibt uns fast keine Zeit mehr.«

Sie gingen zum Wagen hinaus und nahmen Roman in die Zange.

»Wir wollen Baron eine Falle stellen, mein Sohn, und brauchen dazu deine afrikanische Königin. Um ihn zu identifizieren«, sagte Coffin Ed.

»Das kann ich tun«, widersprach Roman. »Die brauchn Sie gar nich dazu.«

»Wir brauchen euch beide und haben keine Zeit, darüber zu streiten. Das Leben eines Mannes kann davon abhängen; eines bedeutenden Mannes, der für uns Farbige wichtig ist. Wenn du uns jetzt hilfst, helfen wir dir später. Aber wenn nicht, schlagen wir dich ans Kreuz. Ist dir schon mal kalt gewesen?«

»Jawohl, Sir, schon sehr oft.«

»Aber noch nicht so kalt, wie wir dir's machen werden. Wir bringen dich zum Fluß, fesseln dir die Füße mit Handschellen und hängen dich ins Wasser.«

Schon bei dem Gedanken begann Roman zu schaudern.

»Wenn ich Ihn sag, wo sie is, dann verhafn Sie sie doch nich?» bat Roman. »Sie hat ja nix getan.«

»Wenn sie uns hilft, Baron zu fassen, bekommt sie einen Orden«, versprach Coffin Ed.

Sie standen in dem verlassenen Büro des Bootshauses neben der Lagune, gegenüber dem Apartmenthaus, in dem Casper Holmes wohnte, und telefonierten. Es war kalt und feucht, und eine zolldicke Eisschicht bedeckte den Boden. Coffin Ed war am Apparat und sprach durch einen Kunststoffkamm.

»Hier ist Bernie«, sagte er. »Hör nur zu, sprich nicht. Dein Apparat wird von der Polizei überwacht. Bring Baron dazu, daß er sich sofort mit mir in Verbindung setzt.«

»Ich weiß nicht, wovon Sie reden«, erwiderte die Stimme am anderen Ende der Leitung kalt.

Er hängte ein.

Grave Digger machte ein zweifelndes Gesicht.

Coffin Ed hob nur die Schultern.

Roman und Sassafras, die mit Handschellen aneinandergefesselt daneben standen, starrten ihn an, als ob er den Verstand verloren hätte.

»Wenn Sie versuch ham, den Misser Bernard Kaufman nachzumachn, der den Kaufvertrag abgestempelt hat, dann haben Sie aber gar nich wie der geklungn«, sagte Sassafras voller Verachtung.

Diese Möglichkeit hatten die Detektive schon in Betracht gezogen.

»Na ja, warten wir's ab«, lispelte Grave Digger.

Sie führten das gefesselte Paar hinaus und gingen über den Gehweg zu Coffin Eds Plymouth. Er parkte zwischen zwei schneebedeckten Wagen unerkennbaren Fabrikats in der 110th Street, unmittelbar gegenüber dem Eingang des Apartmenthauses, in dem Casper wohnte. Nichts wies ihn als Polizeiwagen aus.

Coffin Ed schloß ihn auf, ließ den Motor an und schaltete die Scheibenwischer ein. Grave Digger setzte sich vorn neben ihn, Roman und Sassafras kletterten hinten hinein.

Der Plymouth stand in Fahrtrichtung zur Fifth Avenue, die den Central Park im Osten begrenzt. Alle Busse, die über die Fifth Avenue nach Norden fahren, biegen hier in die 110th Street ein. Die Kontrollstelle der Busgesellschaft befindet sich unmittelbar hinter der Ecke an der Nordseite der 110th Street. Daneben liegt eine Bar. Hier war die nächste Telefonzelle.

Coffin Ed drehte sich auf seinem Platz um und sagte: »Paßt auf. Ihr sollt die Haustür dort drüben beobachten. Wenn ihr jemand herauskommen seht, den ihr kennt – irgend jemand –, dann sagt uns, wer das ist.«

»Jawohl, Sir«, antworteten sie unisono und starrten über die Straße.

Ein kleiner, dicker Mann kam aus dem Haus. Er trug einen blauen Mantel, einen weißen Schal und einen schwarzen Homburg. Grave Digger blickte von Sassafras zu Roman. Keiner gab ein Zeichen. Ein Paar im mittleren Alter kam heraus, eine Frau mit einem kleinen Mädchen ging hinein, ein großer Mann im Polomantel kam herausgestürmt.

Dann kam Leila Holmes. Sie trug dunkle Slacks, schwarze, pelzgefütterte Stiefel und einen weitgeschnittenen Zuchtnerz. Um den Kopf hatte sie einen weizenfarbenen Kaschmirschal geschlungen, Sie wandte sich mit schnellen Schritten der Ecke der Fifth Avenue zu.

Coffin Ed fuhr an und lenkte den Wagen langsam in den Verkehr. Er überholte die eilige Frau auf der anderen Straßenseite und verlangsamte das Tempo.

Eine Straßenlaterne goß weißes Licht über den Schnee.

Als Leila in den Lichtkreis trat, rief Sassafras aus: »Da is Misser Baron.«

Roman fuhr auf, beugte sich dann hastig vor. Die Augen quollen ihm aus dem Kopf. »Wo?«

»Da!« schrie Sassafras mit ihrer hohen, schrillen Stimme. »Die in dem Pelzmantel! Das is er!«

»Das is doch ne Frau!« schrie Roman sie an. »Biste verrückt?«

»Klar is er ne Frau«, schrie Sassafras zurück. »Die Hur würd ich überall erkenn.«

Coffin Ed war bereits ein Stück vorgefahren und wendete jetzt mitten auf der Fahrbahn, um Leila den Weg abzuschneiden.

»Verdammt, Sassy, warum haste mir das nich gesagt?« tobte Roman.

»Bild's du dir ein, ich sag dir, daß er ne Frau is?« krähte Sassafras triumphierend.

Der Plymouth fuhr jetzt dicht vor Leila und hielt. Grave Digger stieg aus, kletterte über einen Schneehaufen und schob sich zwischen zwei parkenden Wagen hindurch. Leila bemerkte ihn erst, als er sie am Arm ergriff. Sie riß das Gesicht hoch, starr vor Panik. Ihre großen braunen Augen waren Teiche der Angst, ihre glatte braune Haut hatte einen schmutziggrauen Ton angenommen. Dann erkannte sie ihn.

»Nimm deine Dreckpfoten von mir, stinkender Polyp«, schrie sie in plötzlich aufflackernder Wut und versuchte ihren Arm zu befreien.

»Wir wollen uns in den Wagen setzen, *Mister* Baron«, lispelte Grave Digger mit seiner wattigen Stimme. »Oder möchten Sie auf offener Straße Ohrfeigen?«

Blut schoß ihr ins Gesicht, daß sie aussah wie eine grellgeschminkte Indianerin. Ihre Augen zogen sich zu Schlitzen zusammen und funkelten vor Wut. Aber sie wehrte sich nicht mehr. Sie sagte nur gepreßt: »Unverschämter Kerl. Ich sorge dafür, daß Casper Sie feuern läßt.«

»So lange wird Casper nicht mehr leben, wenn wir ihn nicht schnell finden«, lispelte er.

»Mein Gott«, stöhnte sie und wurde schlaff.

Er mußte sie zu dem wartenden Wagen fast tragen. Coffin Ed öffnete den Schlag, und sie setzten sie zwischen sich auf den Vordersitz.

»Wie haben Sie mich erkannt?« fragte sie.

»Es konnte gar nicht anders sein«, erklärte Coffin Ed. »Sie mußten eine Frau sein, sonst hätten Sie zur Liga gehört. Und niemand in der Liga kannte Sie.«

»Die kennen nur Casper«, antwortete sie erbittert.

Grave Digger sah auf die Uhr. »Neunzehn nach acht«, lispelte er. »Wenn wir noch eine Chance haben, hängt es davon ab, wie zäh Casper ist. Und wieviel Sie uns jetzt sagen. Und wie schnell.«

Sie warf den Kopf in den Nacken. »Ich habe nichts mit der Geschichte zu tun. Falls Sie das denken ...«

»Sparen Sie sich das«, knurrte Coffin Ed.

»Ich hab es nur vermutet«, sagte sie. »Ich erkannte den Weißen, als sie uns anhielten, nachdem sie Junior überfahren hatten. Ich weiß nicht, warum ...«

»Das hat Zeit.«

»Ich hatte ihn am Freitagmorgen mit Casper sprechen sehen und wußte, daß er ein Fremder war. Dann erinnerte ich mich, daß Casper am Donnerstagabend ein Ferngespräch nach Indianapolis geführt hatte, unmittelbar nachdem er von Grover Leighton angerufen worden war. Da habe ich mich gleich gefragt, was er vorhatte ...«

Grave Digger explodierte: »Verdammt noch mal, kommen Sie doch zur Sache!«

»Als ich dann entdeckte, daß das die Leute gewesen waren, die Casper beraubt hatten, durchschaute ich, daß er selbst sie dazu angestiftet hatte.« Sie holte tief Luft, und ihr Gesicht verzerrte sich seltsam. »Kein Mensch kann Casper berauben, wenn er es nicht selber will.«

»So gibt es Sinn«, räumte Coffin Ed ein.

»Aber warum haben sie ihm jetzt noch mal aufgelauert? Was wollen sie noch von ihm?«

Sie seufzte. »Wahrscheinlich hat er sie um ihren Anteil geprellt.«

»Er hat sie betrogen?« Coffin Eds Verblüffung war nicht zu überhören. »Er hat gewagt, diese gefährlichen Banditen zu betrügen?«

»Warum nicht?« entgegnete Leila. »Casper würde seine eigene Mutter betrügen. Er hat vor niemand Angst, der auf zwei Beinen läuft. Er wollte sie erst um ihren Anteil betrügen und dann hochgehen lassen. Wahrscheinlich hatte er die Aktentasche mit alten Zeitungen vollgestopft.«

»Die bringen ihn um«, sagte Coffin Ed.

»Aber erst, wenn sie das Geld aus ihm herausgeholt haben«, widersprach Grave Digger. »Wo kann es versteckt sein?« fragte er Leila.

»In seinem Büro«, antwortete sie dumpf. »Er ist sonst nirgendwo hingekommen.«

Grave Digger sah wieder auf die Uhr. Es war vierundzwanzig Minuten nach acht. Der Plymouth war bereits angefahren.

»Halt durch, Mann«, lispelte Grave Digger mit seiner wattigen Stimme, während er den langläufigen, vernickelten Revolver aus der Schulterhalfter zog und die Patronen in der Trommel überprüfte. »Halte durch. Wir kommen.«

19

»Einbringen wird's mir nichts«, murmelte Leila Baron Holmes vor sich hin. Sie zog einen großen Schlüsselring aus der Tasche des Nerz und suchte nach dem richtigen Schlüssel.

Die rechte Hälfte ihres Gesichts wurde von den orangefarbenen Neonleuchten der benachbarten *Paris Bar* angestrahlt und spiegelte sich in der Glasscheibe der Haustür.

In der schwarzen Finsternis kauerte oben an der Treppe ein Mann und beobachtete sie. Er nahm die Colt-Pistole in die Linke, wischte sich die verschwitzte rechte Hand am Mantel ab und erneuerte den Griff um die Waffe. Er zog die Unterlippe ein und wartete.

Leila fand den passenden Schlüssel und schloß auf. Sie steckte die Schlüssel in die Tasche zurück und tastete nach dem Lichtschalter rechts an der Wand. Ihre behandschuhten Finger fanden ihn. Sie drückte auf den Knopf, aber das Licht ging nicht an.

»Verdammt«, schimpfte sie mit zitternder Stimme und versuchte vergeblich, Ärger mitklingen zu lassen.

Sie drehte sich um, drückte die Tür hinter sich zu und begann die Treppe hinaufzusteigen. Sie bebte am ganzen Körper und mußte ihre widerstrebenden Füße zu jeder Stufe zwingen.

Ein starker, Nerven und Sinne aufreizender Duft nach einem französischen Parfüm strömte von ihr aus.

Der Mann oben an der Treppe brachte sich außer Sicht und wartete.

Als sie den Fuß auf den Läufer im Gang setzte, legte er ihr von hinten den rechten Unterarm um die Kehle, preßte ihr den linken Ellbogen zwischen die Schulterblätter, hob sie vom Boden hoch und drückte ihr die Luft ab.

Ohne jede Wirkung trat und schlug sie um sich, während er sie durch den Gang trug.

»Sei ruhig, oder ich brech dir's Genick«, flüsterte er heiser und blies sich ihr parfümiertes Haar aus dem Gesicht.

Sie begann zu zucken und sich zu winden. Vor der letzten Tür blieb er stehen und stieß mit dem Fuß leicht gegen die untere Füllung. Die Tür wurde von innen abrupt geöffnet. Doch nur das Weiße in den Augen des Mannes vor ihnen war zu sehen. Leilas mühsamer Atem zischte laut in der unheilschwangeren Stille.

»Was ist los?« wurde flüsternd gefragt.

»Ich hab eine Frau – kannst du sie nicht riechen?« flüsterte der Aufpasser als Antwort und trat in Caspers Vorzimmer, wobei er Leila immer noch am Hals hochhielt.

Lautlos schloß sich die Tür hinter ihnen. Das Schloß schnappte leise ein.

»Was gibt's?« fragte eine Stimme aus dem Nebenzimmer.

»Eine Frau«, wiederholte der Aufpasser und betonte das Wort unwillkürlich. Leila rieb sich an ihm und versuchte ihn zu reizen. Ehe sie ins Haus getreten war, hatte sie sich mit einem Duft-Aphrodisiakum übergossen.

Das betäubende Parfüm und seine vor Gier schwellende Zunge machten es dem Mann fast unmöglich zu atmen. Ihr Zittern stachelte seine Sinne an. Er ließ sie so weit sinken, daß ihre Fußspitzen den Boden berührten, und lockerte den Griff, damit sie leichter atmen konnte.

Plötzlich ging in Caspers Privatbüro Licht an.

»Bring sie rein«, befahl die Stimme. Der Aufpasser schob Leila durch die Türöffnung, der andere Mann folgte ihm.

Leilas Augen weiteten sich vor Entsetzen, und sie stöhnte klagend auf.

Das Büro war ein Chaos. Schubladen waren aufgerissen, Papiere auf dem Boden verstreut, die Lederpolsterung der Sessel aufgeschlitzt, Kleidungsstücke aus einem Wandschrank zu Fetzen zerrissen; der Safe in der Ecke stand offen.

Ein dichtes grünes Springrollo verdeckte das Fenster, das auf den Lichthof führte, und auch die Rolläden an den beiden Fenstern zur Straße waren heruntergelassen. Casper lag mit dem Rücken auf dem dunkelroten Teppich. Seine Beine waren weit gespreizt, die Knöchel mit einer Verlängerungsschnur an die Füße des Schreibtisches gefesselt. Er war bis auf die Unterwäsche ausgezogen. Die Arme waren ihm auf den Rücken gedreht, die Hände mit zwei Paar verschlungenen Handschellen gefesselt, die vorn über den Hals führten und auf die Kehle drückten. Er war mit seinem schwarzen Seidenschal geknebelt. Blut rann ihm übers Gesicht.

Die Schreibtischlampe stand auf dem Boden; ihr Schein war auf Casper gerichtet. Sie war die einzige Beleuchtung.

Caspers Augen waren geschlossen. Er sah aus, als wäre er dem Tod nah. Aber Leila erkannte intuitiv, daß er bei Bewußtsein und hellwach war. Diese Erkenntnis bewahrte sie vor einer Ohnmacht, half ihr aber nicht gegen ihr Entsetzen.

Der Weiße kniete mit einem Messer neben Casper und drückte es ihm fest gegen die Kehle. Das schwarze Haar des Weißen klebte ihm unverändert am Kopf, aber seine Nasenflügel waren weiß geworden. Er starrte Leila aus schwarzen Augen an, die den funkelnden Emailleglanz von Schlangenaugen hatten.

»Wer ist das?« fragte er, scheinbar ohne jedes Interesse.

»Ich weiß nicht. Sie kam mit ihrem eigenen Schlüssel ins Haus.«

»Ich bin Leila Holmes«, sagte sie mit einer Stimme, die klang, als ob ihr die Zunge am Gaumen klebte.

»Caspers Hure«, sagte der Weiße und stand auf. »Halt sie fest, ich mach sie kalt.«

Leila winselte und drängte sich Schutz suchend dicht an den Aufpasser. »Sie werden mir doch von dem Wahnsinnigen nichts tun lassen?« flehte sie mit vor Entsetzen kaum hörbarer Stimme.

Plötzlich waren sie Pferde verschiedener Farbe.

Der farbige Aufpasser schob Leila weg und zog seine Pistole. Er richtete die nicht auf den Weißen, aber er zeigte sie ihm.

»Das laß ich nicht zu«, knurrte er.

Der Weiße sah ihn ausdruckslos an.

»Geh wieder raus auf deinen Wachtposten«, befahl er.

»Die Türen sind abgeschlossen«, antwortete der Aufpasser.

»Geh trotzdem raus.«

Der Aufpasser rührte sich nicht von der Stelle. »Was willst du mit ihr machen?«

»Sie kaltmachen, verdammt noch mal. Was sonst?« entgegnete der Weiße. »Glaubst du, ich laß sie leben, damit die mich auf den heißen Stuhl bringt?«

»Wir können sie benutzen, um ihn zum Sprechen zu bringen«, argumentierte der Aufpasser.

»Glaubst du, der redet, um die da zu retten?« Leila hatte sich zu der Wand geschoben, die die beiden Räume trennte, und näherte sich jetzt dem inneren Fenster.

»Laß ihn mich nicht umbringen«, flehte sie mit Kleinmädchenstimme, um ihre Aufmerksamkeit abzulenken.

Der Mund stand ihr offen; die Zungenspitze glitt über die trockenen Lippen, um die rote Schminke zum Glänzen zu bringen. Sie reckte die Brüste vor und wiegte sich in den Hüften, als ob ihr Becken auf Kugellagern montiert wäre. Mit allem, was sie hatte, spielte sie ihren Sex und ihre Rasse aus. Aber ihre großen braunen Augen waren dunkel vor Angst.

Der Weiße drehte dem Aufpasser den Rücken zu und kam mit erhobenem Messer auf sie zu.

Der andere Farbige warnte: »Vorsicht, er legt dich um.«

Der Weiße blieb stehen, starrte aber Leila weiter an, ohne sich umzudrehen. »Was ist mit euch Niggern los?« sagte er. »Die Hure muß stumm gemacht werden, und wir haben nicht die ganze Nacht Zeit.«

Das Wort ›Nigger‹ entfremdete ihn den beiden anderen. Zuerst waren sie nur wegen einer Frau uneinig gewesen, jetzt stand ihre Rasse wie eine Kluft zwischen ihnen. Keiner der Farbigen rührte sich oder sagte etwas.

Unten in der *Paris Bar* hatte jemand eine Münze in die Musikbox geworfen, und der langsame, hypnotisierende Rhythmus eines alten Blues klang gedämpft durch den Fußboden.

Der andere Farbige entschloß sich, den Friedensstifter zu spielen. »Ihr zwei braucht euch wegen einem Weib nicht in die Haare zu kriegen«, sagte er. »Wir wollen vernünftig sein.«

»Was heißt vernünftig?« entgegnete der Weiße. Seine breiten, hängenden Schultern schienen unter dem weiten blauen Mantel in der Bewegung erstarrt zu sein.

Zoll um Zoll bewegte sich Leila weiter, versuchte den Aufpasser mit Blicken zu betören, die tausend Nächte besessener Liebe verhießen. Ihr ganzes Leben lang hatte sie ihren Sex aus Lustgier ausgespielt, nun ging es um ihr Leben, aber es hatte nicht die gleiche Wirkung. Sie fühlte sich so reizlos wie eine Kalbskeule. Doch alles hing davon ab, und sie zwang ihre steifen, zitternden Lippen, beschwörende Worte zu formen.

»Laß mich nicht von ihm umbringen, bitte. Ich flehe dich an. Ich gebe dir Geld – soviel du willst. Ich will für dich jede Frau sein, die du dir vorstellen kannst, nur laß ihn nicht . . .«

»Halt's Maul«, fuhr der Weiße sie an.

»Laß uns drüber reden«, maulte der Aufpasser. Gier schüttelte ihn und erstickte ihn halb.

»Wir haben schon zuviel geredet«, erwiderte der Weiße und näherte sich Leila wieder.

Leila riß die Hand zum Mund, wagte aber nicht zu schreien.

Der Aufpasser ging ein paar Schritte vor und stieß dem Weißen die Mündung seiner Waffe ins Kreuz.

Der Weiße verstand die Drohung. Mit erhobener Hand blieb er stehen. »Du wirst nicht auf mich schießen«, sagte er. Seine Stimme klang so gefährlich wie das Warnsignal einer Klapperschlange.

»Ich will nur, daß du sie in Ruhe läßt«, antwortete der Aufpasser, mit einer Stimme, die ebenso gefährlich klang.

Der zweite Farbige zog gleichfalls seinen .38er und hielt ihn in der linken Hand an seiner Seite.

»Jetzt langt's mir hier«, sagte er. »Für mich stecken in der Sache fünfzehntausend drin.«

»Kleine Fische«, flüsterte Leila und hielt den Aufpasser mit ihrem Blick gebannt.

Schweiß bedeckte ihre Schläfen und ihre Oberlippe, eine Ader links an ihrer Kehle pulsierte. Sie atmete, als ob sie nicht genug Luft bekommen könne. Ihre Brust hob und senkte sich in dem anliegenden Seidenpullover wie ein Blasebalg. Aber alles, was sie noch vom Leben ersehnte, war, an das Fenster zu kommen, und das schien ihr zehntausend Meilen weit entfernt.

Unbemerkt von dem Aufpasser drehte der Weiße das Messer in seiner Hand um und faßte es an der Spitze.

»Sie fängt jeden Augenblick an zu schreien«, warnte er.

Der Aufpasser machte ein Angebot. »Ich geb dir meinen Anteil für sie.«

Leila glitt näher ans Fenster. »Du wirst dabei nichts verlieren«, versprach sie.

Niemand sprach. In der Stille wiederholte sich der langsame, hypnotisierende Rhythmus, der von unten kam, wechselte alle acht Takte das Instrument zu einem neuen Solo.

»Abgemacht«, sagte der Weiße. »Geh jetzt zur Tür zurück.«

»Ich bleibe hier. Lefty kann an die Tür gehen.«

Leila drehte ihren Rücken dem Fenster zu und tastete hinter sich nach dem Springrollo. Ihre Finger fanden die Zugschnur.

»Bring ihn um!« schrie sie und riß an der Schnur.

Alles geschah gleichzeitig.

Das Rollo flog nach oben und schlang sich mit dem erschreckenden, hackenden Geräusch einer wildgewordenen Schnarre um die Walze.

Leila ließ sich zu Boden fallen, als der Weiße das Messer warf. Es traf sie noch im Magen.

Der Aufpasser schwang seine Pistole und suchte nach einem Ziel.

Glas splitterte, und der Raum erbebte von dem scharfen, ohrenbetäubenden Knallen der hochbrisanten .38er, als Grave Digger, der draußen auf der schneebedeckten Feuertreppe stand, durch das eiserne Fenstergitter schoß und dem Aufpasser in weniger als einem Zoll Abstand zwei Kugeln durchs Herz jagte.

Gleichzeitig erklangen zwei Schüsse vom Korridor her. Metall knirschte, Holz splitterte, und kalte Luft strömte in den Raum.

Der linkshändige Revolvermann fuhr zur Verbindungstür herum. Er lief in einen Kugelhagel und kam mit zwei zusätzlichen Augen in der Stirn zurückgetaumelt, wobei ihm sein Mantel um die Beine klatschte.

Ohne jeden Ausdruck auf seinem finsteren, brutalen Gesicht zog der Weiße von der Schulter. Er war blitzschnell.

Aber Grave Digger hatte schon Ziel genommen. Erst schoß er dem Weißen in den rechten Arm, genau über dem Ellbogen, und ein zweites Mal in die linke Kniescheibe.

Dem Weißen fiel der Revolver aus der Hand, als er vornüber auf den Teppich stürzte. Der Schmerz in seinem Knie war mörderisch, aber er gab keinen Laut von sich. Er war wie ein verwundeter Tiger – stumm, angeschlagen, aber nach wie vor der blutgierigste Mörder, den der Dschungel kannte. Ohne aufzublicken, wohl wissend, daß er keine Chance mehr hatte, wälzte er sich herum und streckte die Linke nach seinem Revolver aus.

Coffin Ed kam aus dem Vorzimmer und stieß die Waffe mit dem Fuß aus seiner Reichweite, dann ging er durch den Raum und schoß das Vorhängeschloß vom Fenstergitter ab.

Grave Digger riß es auf, stieß mit dem Schuh die restlichen Splitter aus dem Rahmen und sprang in den Raum. Ein Schneeschauer folgte ihm.

Leila lag zusammengekrümmt an die Wand gedrückt, hielt mit den Händen den Messergriff umklammert und stöhnte leise.

Grave Digger kniete vor ihr nieder, löste ihr behutsam die Hände von dem Messer und schloß sie ihr auf dem Rücken mit Handschellen zusammen.

»Sie dürfen es nicht herausziehen«, lispelte er sanft. »Das würde Sie nur töten.«

Coffin Ed war damit beschäftigt, dem Weißen die unverletzte

linke Hand mit dem unverletzten rechten Fuß zusammenzufesseln. Der Weiße sah ihn ohne jeden Ausdruck an.

Casper öffnete endlich die Augen. Coffin Ed löste ihm den Knebel.

»Macht mich schnell frei«, sagte Casper mühsam, weil er den Mund voll Blut hatte.

Grave Digger schloß ihm die Handfesseln auf, und Coffin Ed befreite seine Füße.

Casper erhob sich auf Hände und Knie und schaute sich um. Er entdeckte den gefesselten Weißen. Beider Blicke begegneten sich. Casper sah den Revolver des Weißen auf dem Boden neben dem Schreibtisch. Wie ein Bär krabbelte er auf allen vieren auf die Waffe zu und packte sie. Jeder beobachtete ihn, aber keiner außer dem Weißen erwartete das, was kam. Casper jagte dem Weißen drei Kugeln in den Kopf.

Coffin Ed wurde rasend vor Wut. Er trat Casper den Revolver aus der Hand und zielte mit seinem eigenen Revolver auf Caspers Herz.

»Gottverfluchter Schweinehund, ich bring dich um!« brüllte er. »Er gehörte uns, nicht dir, du verdammter Schweinehund! Wir haben die ganze Nacht geschuftet und den ganzen Tag, um diesen Schuft zu fassen, und du bringst ihn um!«

»Es war Notwehr«, erwiderte Casper mühsam, und das Blut floß ihm von seiner verletzten Zunge. »Ihr habt gesehen, daß der Mutterschänder mich erstechen wollte, oder etwa nicht?«

Coffin Ed hob seinen Revolver, als ob er Casper damit über den Kopf schlagen wollte. »Ich sollte dir den Schädel einschlagen und behaupten, es wäre ein Unfall gewesen«, tobte er.

»Langsam, Ed. Ruhe, Mann«, warnte Grave Digger. »Du bist auch nicht der liebe Gott.«

Leila lachte hysterisch. »Ihr habt gewußt, was für ein Mensch er ist, als ihr mich und alle anderen riskiert habt, um ihn zu retten.«

Grave Digger beobachtete, wie Casper sich mühsam vom Boden erhob und zu dem Schrank wankte, um sich etwas anzuziehen.

»Mann, bedeutet Ihnen Geld wirklich soviel?« fragte er.

»Was für Geld?« fragte Casper zurück.

Unten auf der 125th Street gab es einen Auflauf. Der Verkehr war lahmgelegt. Joe Greens großer schwarzer Cadillac stand am Anfang einer Wagenreihe, die einen Block weit reichte. Der Motor lief, aber niemand saß in dem Wagen. Die Gehsteige auf beiden Seiten der Straße waren mit Menschen überfüllt. Die *Paris Bar* und das *Palm Café* und die *Apollo Bar* hatten ihre Gäste ausgespien. Die drei Kinos waren um der größeren Attraktion willen verlassen worden.

»Hahawassaachtmadazu! Jede Nacht 'ne Schießerei!« krähte ein Witzbold triumphierend. »Isses nich verrückt, Mann? Isses nich verrückt?«

Streifenwagen strömten aus allen Richtungen zusammen, wanden sich um die aufgehaltenen Wagen herum und zwischen ihnen hindurch, auf der richtigen oder falschen Fahrbahn, fuhren über den Gehsteig, wenn es notwendig war. Ihre Sirenen heulten wie die Seelen der Verdammten. Ihre roten Blinklichter rollten wie Augen der Hölle.

Polizisten sprangen heraus. Ihre großen Füße stampften durch knöcheltiefen Schneematsch und polterten die Treppe hinauf.

Bei dem Anblick, der sie erwartete, quollen ihnen die Augen aus dem Kopf.

Coffin Ed telefonierte nach einem Krankenwagen.

Grave Digger blickte vom Boden auf, wo er wieder neben Leila kniete, der er tröstend über die Stirn strich. »Außer dem Lügen ist jetzt alles vorbei«, lispelte er.

20

Casper Holmes war wieder im Krankenhaus. Seine Augen und sein Mund waren bandagiert, er konnte weder sehen noch sprechen. In seine Nasenlöcher führten Schläuche, und er hatte so viel Morphium bekommen, daß es einen Süchtigen umwerfen konnte. Aber er war bei Bewußtsein und hellwach. Seinen Ohren fehlte nichts, und er konnte blind schreiben. Er spielte immer noch Gott.

Um elf Uhr an diesem Abend hielt er die Pressekonferenz ab, die er für zehn Uhr angesetzt hatte, gegen den ausdrücklichen Rat der Ärzte.

Sein Zimmer war von Reportern und Fotografen überfüllt. Seine Hände gestikulierten ausdrucksvoll. Er war in seinem Metier.

Er hatte eine Erklärung niedergekritzelt, die besagte, daß die Banditen offensichtlich einen zweiten Tip bekommen haben mußten und einen weiteren Raubversuch gewagt hatten, ehe sie die Stadt verließen.

Er hatte sich einen kleinen Block und einen Stift geben lassen, mit deren Hilfe er Fragen beantwortete.

Die Fragen kamen hart und schnell.

Er kritzelte die Antwort hin, riß das Blatt ab und warf es ans Fußende seines Bettes.

Frage: Haben Sie eine zweite Auszahlung erhalten?

Antwort: Teufel, nein.

Frage: Woher hatten die Banditen den Tip?

Antwort: Fragen Sie einen Hellseher.

Frage: Woher haben die Banditen von der ersten Auszahlung erfahren?

Antwort: Weiß ich nicht.

Frage: Warum haben Sie das Krankenhaus heimlich in einem Leichenwagen verlassen?

Antwort: Aus Sicherheitsgründen.

Frage: Warum sind Sie noch an Ihrem Büro vorbeigefahren?

Antwort: Aus privaten Gründen.

Frage: Wie kam Ihre Frau dorthin?

Antwort: Ich hatte sie dazu aufgefordert.

Frage: Wie haben die Detektive Jones und Johnson Sie dort gefunden?

Antwort: Fragen Sie sie selbst.

Frage: Was halten Sie von dem allen?

Antwort: Ich habe Glück gehabt.

So ging es weiter. Er verriet nicht die geringste Kleinigkeit.

Nachher hatte er eine vertrauliche Besprechung mit seinem farbigen Rechtsanwalt Frederick Douglas Henderson. Er kritzelte einige Anweisungen: Veranlassen Sie, daß die Anschuldigungen gegen den Matrosen Roman Hill niedergeschlagen werden. Geben Sie ihm einen Scheck über 6 500 Dollar, und schaffen Sie ihn mit dem ersten Schiff, das ausläuft, außer Landes. Dann erheben Sie in seinem Namen Anspruch auf die 6 500 Dollar, die bei dem toten weißen Banditen gefunden werden. Rufen Sie ferner Clay an und sagen Sie ihm, er soll die Effekten der Leiche für mich persönlich aufbewahren. Alles verstanden?

Rechtsanwalt Henderson las die Anweisungen nachdenklich durch.

»Wessen Leiche?« fragte er.

Casper schrieb: Das weiß Clay.

Als Henderson gegangen war, kritzelte Casper auf ein weiteres Blatt: Halt den Mund!

Er klingelte nach der Schwester und schrieb: Bringen Sie mir einen Umschlag!

Sie brachte ihm den Umschlag. Er faltete den Zettel, steckte ihn in den Umschlag und verschloß ihn. Auf die Vorderseite schrieb er: Mrs. Casper Holmes. Er hielt den Umschlag der Schwester hin.

Leila lag im Nebenzimmer, aber die Schwester überbrachte ihr die Mitteilung nicht. Leila lag seit der Operation in einem Sauerstoffzelt und erhielt Plasma-Infusionen. Es stand auf Messers Schneide.

Big Six lag in einem kleineren, billigeren Privatzimmer, für das Joe Green bezahlte. Er war in Ohnmacht gesunken. Das Messer stak noch in seinem Kopf. Anweisung war ergangen, es nicht anzurühren, bis sich im Gehirn eine Kapsel darum gebildet hatte, die den Versuch einer Entfernung erlaubte. Es lag kein Bericht vor, daß eine derartige Operation schon einmal erfolgreich verlaufen war, und Gehirnspezialisten im ganzen Land waren zugezogen worden.

George Drakes Leiche wurde kurz nach Mitternacht von einem Kellner gefunden, der sich auf dem Heimweg befand. George Drake war das achte Opfer, das an diesem Wochenende als Ergebnis dessen, was später in Harlem, als der ›Casper-Raub‹ bekannt wurde, ins Leichenschauhaus gebracht wurde.

Es schneite die ganze Nacht, und am Montag war noch keine Änderung abzusehen. Um Mitternacht waren die großen Schneeabsauger eingesetzt worden; die Räum-Mannschaften der Stadt hatten die ganze Nacht einen unermüdlichen Kampf gegen den Schnee geführt, den sie aber langsam verloren.

Um elf Uhr an diesem Morgen verließ Roman Hill mit einem Frachtschiff New York, das nach Rio de Janeiro auslief. Ehe er seine Arbeit aufnahm, übergab er dem Kapitän sechstausendfünfhundert Dollar in bar zur Aufbewahrung.

Sassafras hatte ihn verabschiedet. Als sie von den Docks zurückging, begegnete sie einem Mann, der sie sehr an Roman erinnerte. Der Mann hatte ein Zimmer in Brooklyn und lud sie zu einem Drink in einer nahen Bar ein. Sie sah keinen Grund, weshalb sie durch den tiefen Schnee den weiten Weg nach Harlem zurücklegen sollte, wenn sie in Brooklyn Gleichwertiges finden konnte.

Mittags um fünf vor zwölf machten zwei Detektive des Verkehrsdezernats einen Fund. Im Ausstellungsraum eines Cadillac-Händlers am mittleren Broadway entdeckten sie den goldenen Cadillac. Er hatte vor der Einfahrt zur Inspektionsabteilung gestanden, hoch von Schnee bedeckt, als die Mechaniker an diesem Morgen zur Arbeit erschienen waren.

Niemand wollte zugeben, daß er wisse, wie der Wagen dorthin gekommen war.

Einer der ältesten Verkäufer der Firma, Herman Rose, ähnelte allerdings sehr der Beschreibung, die Roman Hill von dem Mann gegeben hatte, der als Bernard Kaufman aufgetreten war, um den gefälschten Kaufvertrag zu beglaubigen.

Aber es lag keine Anzeige gegen ihn vor, und niemand konnte ihn identifizieren, deshalb ließ sich in der Sache nichts unternehmen.

Grave Digger und Coffin Ed wurden kurz nach dem Mittagessen in das Büro des Chefinspektors im Präsidium gerufen. Das Büro war voller großer Tiere, darunter auch ein Stellvertreter des District Attorney und ein Sonderbeauftragter von der Dienststelle des Commissioners.

Sie wurden gefragt, weshalb sie versucht hätten, die Banditen im Alleingang zu fassen und dabei Mrs. Holmes als Köder benutzten, statt das Revier zu benachrichtigen und auf Anweisungen des Diensthabenden zu warten.

»Wir wollten Holmes' Leben retten«, erwiderte Coffin Ed. »Wenn der Block von Polizei abgeriegelt worden wäre, hätten diese Schufte ihn bestimmt umgebracht.«

Der Chefinspektor nickte. Es war ohnehin nur eine rein formelle Frage gewesen.

Was die großen Tiere wirklich wissen wollten, war die Ansicht der beiden über Caspers Schuld.

»Wer kann das wissen«, lispelte Grave Digger.

»Ihm ist nichts nachzuweisen«, sagte Coffin Ed. »Wir wissen auch nur, daß seine Frau etwas vermutet.«

»In was für Schweinereien hatte die denn ihre Finger drin?« fragte der Chefinspektor.

»Da sind wir nicht dahintergekommen«, gab Coffin Ed zu. »Wir wurden völlig von der anderen Geschichte in Anspruch genommen und haben uns mit dieser Sache noch nicht befaßt.«

Der Chefinspektor gab zu, daß eine Gruppe Detektive vom Einbruchdezernat und zwei Fachleute der Agentur Pinkerton, Caspers Büro und das gesamte Gebäude durchsucht und alle Mieter und den Hausverwalter verhört hatten, die fünfzigtausend Dollar aber nicht entdeckt worden waren.

»Ihr kennt Harlem, und ihr kennt Holmes«, sagte der Chefinspektor. »Wo könnte er es versteckt haben?«

»Falls er's überhaupt hat«, lispelte Grave Digger.

»Das ist die Fünfzigtausenddollarfrage«, meinte Coffin Ed.

»Alles, was ich zu der Angelegenheit sagen kann«, erklärte der Stellvertreter des District Attorney, »ist, daß sie stinkt.«

Jetzt war es Montag nacht. Die Schneeräumer hatten das Rennen verloren, die Stadt war eingeschneit. Der sonst übliche Lärm der Metropole wurde durch sechzehn Zoll Schnee zu einer gespenstischen Stille gedämpft.

Grave Digger und Coffin Ed befanden sich im Dienstzimmer des Captains im Polizeirevier von Harlem und sprachen mit ihrem Freund und Vorgesetzten Leutnant Anderson über den Fall. Grave Digger hockte auf dem Schreibtisch des Captains, während Coffin Ed in einer Ecke im Schatten an der Heizung lehnte.

»Wir wissen, daß er selbst dahintersteckt«, lispelte Grave Digger, »aber was können wir machen?«

Eine Ader zuckte an Leutnant Andersons Schläfe, und der Blick seiner blaßblauen Augen war abwesend.

»Wie seid ihr denn auf die Querverbindung zwischen Barons Schwindelgeschäft und dem Überfall auf Casper gekommen?« fragte Anderson.

Grave Digger lachte verhalten.

»Das war leicht«, sagte Coffin Ed. »Es bestand gar keine.«

»Wir hatten einfach Glück«, gab Grave Digger zu. »Es war genauso, wie sie gesagt hat. Sie hatte es nur erraten.«

»Aber ihr habt sie doch entlarvt«, sagte Anderson.

»Das war ja das Glück«, erwiderte Coffin Ed.

»Worin bestanden denn ihre Schwindelgeschäfte?«

»Das werden wir vielleicht niemals ganz genau erfahren, aber wir stellen es uns so vor«, erklärte Coffin Ed. »Leila Baron kannte diesen Autoverkäufer Herman Rose; Casper Holmes hat von ihm seinen Cadillac gekauft. Als ihr Roman in den Weg lief und sie erfuhr, daß er sechseinhalbtausend Dollar gespart hatte, um sich einen Wagen zu kaufen, überredete sie Rose, zusammen mit ihr und Junior Ball – oder Black Beauty, wenn Sie ihn lieber so nennen – Roman auszunehmen. Rose stellte den Wagen. Wahrscheinlich hat er einen Schlüssel zu dem Gebäude. Er ist lange genug bei der Firma und genießt dort volles Vertrauen. Und er spielte auch den öffentlichen Notar, aber damit war seine Rolle erschöpft. Baron wollte Roman in diese einsame Straße lotsen, wo Black Beauty, als alte Frau verkleidet, so tun sollte, als ob er überfahren worden wäre. Zweifellos hatten sie sich eine Methode ausgedacht, wie sie Roman den Wagen wieder abnehmen, aber auch sein Geld behalten konnten. Genau werden wir das nie erfahren, wenn sie es uns nicht sagt. Wahrscheinlich wollte sie ihm angst machen und ihn einschüchtern, damit er das Land sofort wieder verließ. Jedenfalls bogen diese Banditen, die sich als Polizisten getarnt hatten, auf ihrer Flucht gerade im rechten Augenblick in die Straße ein, um das ganze Spiel zu beobachten. Sie sahen, wie der Cadillac die alte Frau angeblich überfuhr. Sie sahen, daß die alte Frau wieder aufstand, und erkannten sofort, daß hier ein Schwindel im Gange war. Also entschlossen sie sich auf eine augenblickliche Eingebung hin, die Sache für ihre eigenen Zwecke auszunutzen. Da hatten sie einen anderen Wagen greifbar vor sich, der nicht als gestohlen gemeldet werden würde, und konnten zusätzlich auch noch Geld bekommen. Deshalb überfuhren sie das angebliche Opfer absichtlich, um es zu töten.«

»Das brauchten sie doch nicht«, warf Anderson dazwischen. »Sie konnten den Cadillac und das Geld doch auch so bekommen.«

»Sie wollten sichergehen. Wenn sie das falsche Opfer tatsächlich töteten, konnte niemand zur Polizei gehen. Sie konnten den Cadillac benutzen, solange sie wollten, ohne fürchten zu müssen, daß sie angehalten wurden.«

»Diese niederträchtigen Schweinehunde«, knurrte Anderson.

»Das brachte uns auf die Vermutung, daß zwischen den beiden Fällen ein Zusammenhang besteht«, sagte Grave Digger. »Beide verrieten eine ungewöhnliche Bösartigkeit.«

»Aber warum haben sie wohl den Wagen zu dem Händler zurückgebracht?« fragte Anderson.

»Das war für sie das sicherste, wenn sie ihn nicht mehr brauchten«, behauptete Coffin Ed. »Am hinteren Fenster klebte ein Schild mit dem Namen und der Adresse des Händlers. Roman und sein Mädchen hatten es nur nicht bemerkt.«

Anderson saß eine Zeitlang nachdenklich da. »Und ihr glaubt, daß Caspers Frau in keiner Weise etwas mit dem Überfall zu tun hat?« fragte er schließlich.

»Ich kann's mir nicht vorstellen«, antwortete Grave Digger. »Sie haßt ihn.«

»Sie hätte der Polizei einen Tip gegeben, wenn sie etwas davon gewußt hätte«, fügte Coffin Ed hinzu.

»Sie hat versucht, uns einen Hinweis zu geben, aber wir haben ihn nicht verstanden«, gestand Coffin Ed. »Als sie uns nämlich zu Zog Zieglers Männerpuff schickte. Sie vermutete, daß irgend jemand da über die Geschichte Bescheid wüßte und wir es erfuhren, ohne daß sie selbst es uns sagte.«

»Wir nahmen aber an, daß sie uns einen Tip über Baron gab, und verstanden nicht, was sie eigentlich meinte«, ergänzte Coffin Ed.

»Aber schließlich hat sie euch doch geholfen, ihn zu retten«, sagte Anderson. »Wie erklärt ihr das?«

»Sie wollte ihn nicht diesen Banditen ausgeliefert sehen, die sie niedergeschlagen und ausgeraubt hatten«, antwortete Grave Digger.

»Außerdem kann es sein, daß sie Casper immer noch für einen großen Mann hält«, ergänzte Coffin Ed.

»Er ist ein großer Mann«, sagte Grave Digger, »nach unseren Maßstäben.«

»Ich kann verstehen, daß Casper versuchte, so ein Ding zu drehen«, meinte Anderson nach einer Pause. »Wahrscheinlich kam er nicht einmal auf den Gedanken, daß er irgend jemand schädigte, wenn der Coup ihm gelang. Die einzigen, die dabei zu leiden hatten, waren ein paar Halunken aus einer anderen Stadt. Warum hat sich aber seine Frau auf eine derart billige Betrügerei eingelassen?

Sie ist eine schöne Frau, eine Dame der Gesellschaft. Sie hatte Hunderte von Möglichkeiten, sich zu beschäftigen.«

»Teufel auch, der Grund ist doch ganz offensichtlich«, widersprach Coffin Ed. »Wenn Sie eine Frau wären und einen Mann hätten, der sich mit jungen Burschen abgibt, was täten Sie dann?«

Anderson wurde dunkelrot.

Mehrere Minuten vergingen. Keiner sagte etwas.

»Bei der Stille kann man sein eigenes Hirn rumoren hören«, sagte Coffin Ed.

»Es ist wie beim Waffenstillstand, wenn die Geschütze auf einmal nicht mehr schießen«, bestätigte Anderson.

»Hoffentlich brauchen wir das nicht noch mal mitzumachen«, sagte Grave Digger.

»Worüber ich mir den Kopf zerbreche, ist: Weshalb ging Casper erst in sein Büro, nachdem jetzt doch offenkundig feststeht, daß er das Geld da nicht versteckt hat?« sagte Anderson.

»Das ist die große Frage«, stimmte Coffin Ed zu.

In der gespenstischen Stille dachten sie über dieses Problem nach.

»Vielleicht, um die Pinkertons abzuschütteln, die ihm inzwischen auf der Spur waren? Oder vielleicht auch, um den Banditen eine Falle zu stellen, falls sie noch in der Stadt waren. Es war in jedem Fall eine falsche Fährte.«

»Ja«, stimmte Grave Digger zu. »Uns ist etwas noch nicht aufgegangen.«

»Genauso, wie uns der Tip über Ziegler nicht aufgegangen ist.«

Grave Digger drehte sich um und sah zu Coffin Ed hinüber. »Ja, vielleicht ist uns genau das gleiche nicht aufgegangen.«

»Weißt du, was es ist?« fragte Coffin Ed.

»Ja. Ich bin gerade darauf gekommen.«

»Ich auch. Als ich an die Liga dachte, bin ich drauf gekommen.«

»Hm. Es ist so offensichtlich wie die Nase in deinem Gesicht.«

»Das ist es ja gerade. Es ist so gottverdammt offensichtlich.«

»Wovon redet ihr zwei eigentlich?« fragte Anderson.

»Das erzählen wir Ihnen später mal«, antwortete Coffin Ed.

Es war unmöglich, durch die 134th Street zu fahren.

Grave Digger und Coffin Ed ließen den Plymouth auf der Seventh Avenue stehen, die für die Fernlastwagen frei gehalten wurde, und wateten durch den Schnee, der ihnen bis zu den Knien reichte.

Mister H. Exodus Clay lag auf einer alten, mit verblaßtem grauem Samt bezogenen Couch in dem Raum, den er als Büro benutzte. Das Gesicht hatte er der Wand zugedreht und der Straße mit dem fallenden Schnee den Rücken zugekehrt, aber er schlief nicht. Die Stehlampe mit dem dunklen Schirm, die er ständig am Fenster brennen ließ, gab dem Raum eine gedämpfte, tröstliche Beleuchtung.

Clay war ein kleiner, ausgemergelter Mann mit pergamentartiger Haut, verwaschenen braunen Augen und langem, buschigem grauem Haar. Wie üblich trug er Cut, schwarz- und graugestreifte Hose und altmodische Lackstiefeletten mit hochgeknöpften grauen Wildlederschäften, dazu einen Stehkragen mit umgelegten Ecken und ein schwarzes Plastron, das von einer Krawattennadel mit grauer Perle gehalten wurde. Ein Pincenez, das mit einem langen schwarzen Band am Knopfloch seines Cuts befestigt war, steckte in einer Tasche seiner zweireihigen grauen Weste.

Als Grave Digger und Coffin Ed in sein Büro traten, fragte er, ohne sich zu bewegen: »Bist du das, Marcus?«

»Wir sind's, Ed Johnson und Digger Jones«, antwortete Coffin Ed.

Mister Clay drehte sich um, setzte die Füße auf den Boden und richtete sich auf. Er klemmte das Pincenez auf die Nase und sah die beiden an.

»Macht keinen Schnee auf meinen Fußboden«, quengelte er mit seiner zänkischen Fistelstimme. »Könnt ihr euch nicht draußen abklopfen?«

»Ein bißchen Wasser kann hier nichts schaden«, lispelte Grave Digger.

Mister Clay sah seinen verschwollenen Mund an. »Ha, diesmal hat's Ihnen einer besorgt.«

»Man kann nicht immer Glück haben«, antwortete Grave Digger.

»So heiß wie es hier drin ist, machen Sie gerade Mumien«, bemerkte Coffin Ed.

»Ihr seid ja wohl nicht gekommen, um euch über die Hitze bei mir zu beschweren«, sagte Mister Clay bissig.

»Nein, wir sind gekommen, um uns die Effekten eines Toten anzusehen, den Sie hier haben.«

»Welches Toten?«

»Lucius Lambert.«

Mister Clay lehnte rundheraus ab. »Nein, die können Sie nicht sehen.«

»Warum nicht?«

»Casper wünscht, daß sie unangetastet bleiben.«

»Hat Casper die Auslieferung der Leiche beantragt?«

»Ein Verwandter hat den Antrag gestellt, aber Casper kommt für das Begräbnis auf.«

»Das gibt ihm gesetzlich noch keine Rechte«, erklärte Coffin Ed. »Wir beschaffen uns eine Genehmigung von dem Verwandten. Wer ist das?«

»Das brauche ich euch nicht zu sagen«, antwortete Mister Clay, aber es klang nicht überzeugt.

»Stimmt, aber Sie müssen entweder das eine oder das andere tun«, lispelte Grave Digger. »Sie dürfen hier keine Leichen aufbewahren, wenn Sie nicht dazu autorisiert sind.«

»Was wollt ihr mit seinen Effekten?«

»Sie uns nur ansehen. Sie können mitkommen, wenn Sie wollen.«

»Ich will sie nicht mehr sehen. Ich kenne sie schon. Ich schicke Marcus mit euch.« Er hob die Stimme und rief: »Marcus!«

Ein großer hellhäutiger Mann mit hängender Unterlippe, nach der jüngsten Londoner Mode gekleidet, kam in das Büro. Er war der Einbalsamierer.

»Zeig diesen Polizisten Lamberts Effekten«, wies Mister Clay ihn an. »Und paß gut auf, daß sie nichts davon mitnehmen.«

»Sehr wohl, Sir«, antwortete Marcus. Er brachte sie ins Lager im Souterrain. Es lag neben dem Raum, in dem die Leichen einbalsamiert wurden. Dort wurden Kleidungsstücke und Effekten der

Toten in kleinen Körben aufbewahrt, bis die Angehörigen sie abholten. Marcus nahm einen der Körbe von einem Regal und stellte ihn auf den Tisch.

»Bedienen Sie sich«, sagte er und verließ den Raum. Unter der Tür drehte er sich um und blinzelte. »Es ist nichts drin, was sich mitzunehmen lohnt. Außer einer Schachtel mit Strümpfen, und die hat der Alte schon entdeckt«, fügte er hinzu.

»Ich hätte darauf gewettet, daß Sie das schon wissen«, sagte Coffin Ed.

Es dauerte nur wenige Augenblicke. Grave Digger schob die Kleidungsstücke beiseite, bis er die Schachtel mit den Strümpfen fand.

Es war eine schwarze, von einem goldenen Streifen umwundene Schachtel, die zwölf Paar Strümpfe aufnehmen konnte. Sie war mit einem winzigen Stück Klebeband verschlossen.

Grave Digger löste das Klebeband und nahm zwei Paar reinseidene Strümpfe aus der Schachtel, die jedes für sich in goldene Cellophanhüllen gepackt waren. Darunter war ein in die gleiche Hülle gepacktes Päckchen. Er legte es auf den Tisch und öffnete es.

»Es konnte nicht anders sein«, sagte er. »Snake Hips war der einzige, dem er es hat zustecken können. Das war uns die ganze Zeit entgangen.«

»Wir hatten es unmittelbar vor der Nase«, stimmte Coffin Ed zu. »So kalt wie es am Samstagabend war, hätte der Bursche niemals halb angezogen auf der Straße getanzt, nur um diesen Dummkopf von Barmann zu reizen. Das hätten wir uns gleich denken können.«

»Und zur Liga gehörte er auch. Casper steckte ihm das Paket zu, als er an ihm vorbeikam.«

»Und warum hat er es hiergelassen? Was meinst du wohl?«

»Hier war es am sichersten. Und wahrscheinlich hat Casper nicht damit gerechnet, daß wir Snake Hips' richtigen Namen Lucius Lambert erfahren.«

»Was machen wir damit?«

»Wir kleben die Schachtel wieder zu, legen sie in den Korb zurück und verlieren weiter kein Wort darüber«, sagte Grave Digger.

»Und das Geld behalten wir?«

»Ganz richtig: Das Geld behalten wir.«

»Casper wird aber wissen, daß wir es haben.«

»Ganz genau wird er das wissen. Und er wird nicht das geringste gegen uns unternehmen können. Das wird ihm verdammt weh tun. Er wird uns um unseren Job bringen wollen, aber zwei Detektive, die jeder fünfundzwanzigtausend Dollar in der Tasche haben, kann man nicht um ihren Job bringen. Und da wir soviel von ihm wissen, sollte er es besser gar nicht erst versuchen.«

»Ich möchte sein Gesicht sehen, wenn er herkommt, um das Zeug abzuholen«, meinte Coffin Ed nachdenklich.

Zwei Tage später erhielt der Ferienfonds der ›New York Herald Tribune‹, durch den Jungen aller Rassen und Glaubensbekenntnisse im Sommer zur Erholung aufs Land geschickt werden, eine anonyme Barspende in Höhe von fünfzigtausend Dollar. Die Verwalter des Fonds zuckten mit keiner Wimper. An Spenden dieser Art waren sie gewöhnt.

Casper erhielt an dem Tag, an dem er das Krankenhaus verließ, ein anonymes Telegramm. Es lautete:

Verbrechen macht sich nicht bezahlt.

ENDE

Nachwort
Das ist Harlem

Wenn man von dem Turm der Riverside-Cathedral nach Osten blickt, erstrecken sich, von den Gebäuden der Universität auf den hohen Ufern des Hudson Rivers eingeengt, tief unten in einem Tal Wogen grauer Dächer, die aus der Ferne wie die Oberfläche eines Sees wirken. Unter der Oberfläche, in den trüben Wässern stinkender Wohnungen, zuckt eine Stadt schwarzer Menschen in verzweifeltem Lebensdrang wie das gefräßige Schnappen Millionen hungriger kannibalischer Fische. Blinde Mäuler fressen an ihrem eigenen Gedärm. Wer eine Hand hineinstreckt, zieht nur einen Stumpf heraus.

Das ist Harlem.

Die beiden schwarzen Polizisten Grave Digger Jones und Coffin Ed Johnson sind nur zwei der kleinen Fische, die sich durch die trüben Wasser Harlems kämpfen. Allerdings wurde ihnen die schier unmögliche Aufgabe übertragen, in diesem Sumpf für Ordnung zu sorgen* – für Ordnung wohlgemerkt, nicht für Gerechtigkeit. Denn eine solche scheint es in einer Welt wie Harlem, einer Welt mit eigenen Gesetzen, nicht zu geben.

Zumindest 1959 nicht. In diesem Jahr veröffentlichte Chester Himes ›*DIE GELDMACHER VON HARLEM*‹, den ersten Roman einer Serie, die er selbst scherzhaft ›*Harlem domestic detective stories*‹ nennt. In ihrem Mittelpunkt stehen jene beiden ungewöhnlichen schwarzen Polizisten, die sich redlich bemühen, ihrem Auftrag gerecht zu werden, und dabei immer wieder scheitern.

»Wir sind hier in Harlem. Hier geht's anders zu als in der übrigen Welt. Hier muß man ganz von vorne anfangen, weil die Leute in Harlem Dinge aus Gründen tun, auf die niemand sonst in der Welt

* Schon ihr erster Auftritt macht das deutlich: Wenn die beiden in Kapitel 7 der ›*Geldmacher von Harlem*‹ vorgestellt werden, heißt es: ›*Die bekannten Harlemer Detektive Grave Digger Jones und Ed Coffin Johnson hatten den Auftrag, für Ordnung zu sorgen.*‹ – wenn auch in diesem Fall nur bei einem großen Ball im Savoy.

kommt.« (aus Chester Himes: ›*Fenstersturz in Harlem*‹, Rowohlt Verlag)

Gründe? Oft scheinen sich in Himes' Romanen die Verbrechen ebenso zufällig zu ereignen wie ihre Aufklärung: In ›*Harlem dreht durch*‹ erschießt ein junger Fanatiker einen Passanten, einfach weil er sehen will, ob seine neue Pistole funktioniert. Im letzten Band der Serie, ›*Blind Man With a Pistol*‹, greift ein Blinder zu seiner Waffe, weil er in der U-Bahn geohrfeigt wurde, und tötet – buchstäblich aus ›Versehen‹ – einen unbeteiligten Mitreisenden.

Bei Himes gibt es keine raffiniert ausgetüftelten Verbrechen wie bei Agatha Christie. Genial kombinierende Detektive wie Sherlock Holmes wären in Harlem vollkommen fehl am Platz. Himes geht es bei der Aufklärung von Straftaten weniger um das ›Wie‹ als um das ›Warum‹. Und fast immer sind es gesellschaftliche Ursachen, auf die sich eine Straftat zurückführen läßt. Harlem als Brutstätte sinnloser Gewalt, ein Milieu, das Himes in allen Details beschreibt, ohne jemals selbst in ihm gelebt zu haben.

Tatsächlich hat der Autor, der ›Harlem auf die internationale Landkarte des Kriminalromans setzte‹*, dieses Viertel nie betreten.

Chester Himes wurde 1909 in Jefferson City, Missouri, als Sohn eines Lehrers geboren. Als Jugendlicher überfiel er einen Juwelierladen und saß über sieben Jahre im Gefängnis. Danach studierte er Publizistik an der Ohio State University und arbeitete anschließend als Journalist in Cleveland. 1945 veröffentlichte er seinen ersten Roman: ›*If He Hollers, Let Him Go*‹ (Deutsch: ›*Flieh, wenn du kannst*‹, Bastei-Lübbe-Taschenbuch Band 19160), ›ein Baedecker des Lebens der höheren und niedrigeren Klassen von Los Angeles während der 40er Jahre‹**. Das Buch verschafft ihm zwar Anerkennung bei der Kritik und den literarischen Durchbruch, ein kom-

* Jochen Schmidt in ›*Gangster, Opfer, Detektive – Eine Typengeschichte des Kriminalromans*‹, Frankfurt/Berlin 1989, S. 307.

** Graham Hodges in seinem Nachwort zu ›*Flieh, wenn du kannst*‹.

merzieller Erfolg wird es allerdings nicht. 1953 flüchtet Himes enttäuscht und aus Protest gegen den in den USA herrschenden Rassismus nach Paris. Über dreißig Jahre lang hält er sich fortan im Ausland auf, besucht auch Deutschland (Grave Digger und Coffin Ed waren dort als GIs stationiert), und doch ist alles, was er über Amerika schreibt, von einer Genauigkeit, als hätte er seine Heimat nie verlassen. Himes war in den USA nie populär. Was er in seiner Autobiographie über den Mißerfolg seines Romans ›*Lonely Crusade*‹ (erschienen 1947) sagt, könnte durchaus auf sein ganzes Werk zutreffen:

»Die Linken haßten es, die Rechten haßten es, die Juden haßten es, die Schwarzen haßten es . . . Ich glaube, was den meisten Amerikanern aufstieß, war die Tatsache, daß ich der Wahrheit so nahekam.«*

Chester Himes' Romane und Kurzgeschichten sind geprägt von dem gegen Schwarze gerichteten Rassismus in den USA. Nicht von ungefähr entstanden sie zeitgleich mit der ›Black-Power-Bewegung‹. Himes bietet jedoch eine Form der Sozialkritik, wie sie unaufdringlicher nicht sein kann. Seine Romane sind spannungsgeladen, hart, pointiert, scharfkantig, lakonisch, sarkastisch, skurril, grotesk. Eins sind sie jedoch niemals: moralisierend. Nüchtern beschreibt Himes, wie sinnlos, grausam und elend das Leben in Harlem ist. Gekonnt macht er die Wut und die Aggression verständlich, die unter der Oberfläche, ›*in den trüben Wassern stinkender Wohnungen*‹, brodelt und die *jederzeit* ausbrechen kann. Sein Ziel, das er stets kompromißlos verfolgte, war es, ein realistisches Bild der Wirklichkeit zu zeichnen, wie es sich in Harlem bietet, auch wenn er dabei oft zu den Mitteln der Übertreibung greift. In ›*Harlem dreht durch*‹ kommt es zum Beispiel zu einer über mehrere Seiten geschilderten Verfolgungsjagd, die mit ihren komischen

* Chester Himes: ›*The Quality of Hurt: The Early Years: The Autobiography of Chester Himes*‹, New York, 1990, S. 100–101; Übersetzung des Zitats stammt vom Verfasser.

Einlagen und ihrer geradezu filmreifen Beschreibung des Geschehens ein wahrhaft einzigartiges Kabinettstück in der Geschichte der Kriminalliteratur darstellt. Am Ende dieser Jagd rast ein Motorrad mit einem enthaupteten Fahrer in die vergitterte Tür eines Juwelierladens, an der ein Schild verkündet: ›Wir geben selbst Toten Kredit‹. Und ein Laster donnert gegen die Stufen einer Kirche, an der eine Predigt zum Thema ›Hab acht! Der Tod ist näher als du denkst‹ angekündigt wird. Weder die skurrilen Einfälle Himes' noch die actiongeladenen Sequenzen seiner Geschichten laufen jemals um ihrer selbst willen ab. Stets verweisen solche Szenen auf die harte Realität des Lebens im schwarzen Ghetto, selbst wenn der Autor dick die Farben des Grotesken (und oft auch die Farben des Melodramatischen) aufträgt.

Himes ist jedoch nicht in erster Linie daran interessiert, eine Stadt oder ein Viertel zu beschreiben. Bei ihm stehen die Menschen im Vordergrund: die braven und weniger braven schwarzen Bürger, die Erfolgreichen und die Unterprivilegierten, die Heilsprediger, die selbsternannten Propheten und Sektenführer, die Dealer und Junkies, die Prostituierten und die Zuhälter, die Gauner und Gangster jeden Kalibers, die Päderasten, Triebtäter, Trickbetrüger und Schlepper. Und stets ist Himes bei seinen Charakterbeschreibungen ebenso überzeugend, wie er es in seinen Milieuschilderungen ist. Sicher rührt dies nicht zuletzt auch daher, daß er die Menschen liebt, von denen er erzählt; er verurteilt sie nicht, und er verdammt sie nicht. Das Wort ›Neger‹ hat bei ihm keinen rassistischen Beigeschmack.

Auch seine beiden Polizisten sind ›Nigger‹ – und nicht nur ihre Feinde nennen sie so. In ›*Die Geldmacher von Harlem*‹ werden sie folgendermaßen vorgestellt:

Grave Digger und Coffin Ed waren keine korrupten Polizistendetectives, aber sie waren scharf. Sie mußten scharf sein, um in Harlem arbeiten zu können. Farbige hatten keinen Respekt vor farbigen Polizeibeamten. Aber sie respektierten ihre großen, blinkenden Revolver und einen plötzlichen Tod. In Harlem wurde behauptet, daß Coffin Eds Revolver einen Felsen totmachen und daß Grave Diggers Revolver ihn begraben könne.

Wie alle echten Polizisten nahmen sie ihren Tribut von den eingeführten Kreisen der Unterwelt, die die wesentlichen Bedürfnisse der Menschen befriedigen – von Glücksspielunternehmern, Puffmüttern, Straßenmädchen, Lottoveranstaltern und Lottoeinnehmern. Aber sie waren scharf mit Taschendieben, Straßenräubern, Einbrechern, Vorbestraften und allen Fremden, die sich irgend etwas zuschulden kommen ließen.

Himes' Schriftstellerkollege Julian Symons nennt sie ›Wilde‹, ›zwei hartgesottene Rowdys in einer Welt noch viel hartgesottenerer Verbrecher‹.* Die Arbeitsmethoden der beiden Polizisten sind alles andere als zimperlich und nicht immer legal – aber nur so haben sie in Harlem Erfolg. Hier heiligt der Zweck noch die Mittel. Besonders Coffin Eds Waffe sitzt locker, nachdem er in ›*Die Geldmacher von Harlem*‹ Opfer eines Säureattentats wird. In ›*Heiße Nacht für kühle Killer*‹ führt das dazu, daß er einen Jungen erschießt, der ihn bloß mit Parfüm einsprühen will.

Grave Digger Jones und Coffin Ed Johnson machen sich keine Illusionen. Sie wissen, daß sie sich in einem Dschungel bewegen, in dem oft nur das Gesetz des Stärkeren gilt. Doch sie sind überzeugt davon, daß Kriminalität das an sich schon schwere Leben der Einwohner von Harlem nur noch elender macht. Deshalb tun sie ihren Job, auch wenn sie ihn hassen und im Laufe der Zeit immer weniger Erfolge verbuchen können. Im letzten Band der Serie, ›*Blind Man With a Pistol*‹, scheitern Grave Digger und Coffin Ed kläglich, denn in diesem Roman haben sie es nicht mehr mit den kleinen Gaunern von der Straße zu tun. Hier stoßen sie in Verbrecherkreise vor, die mit Politik und Wirtschaft derart eng verknüpft sind, daß zwei kleine Polizeibeamte wie sie nicht einmal den Hauch einer Chance haben.

Der Tod ist ihnen stets dicht auf den Fersen, doch er ereilt sie nicht mehr, obwohl Himes den beiden ein trauriges Ende in Ausübung ihrer Pflicht zugedacht hatte. Ursprünglich war ein zehnter,

* Julian Symons in: ›*Am Anfang war der Mord*‹ München 1972, S. 206ff.

abschließender Roman geplant, doch Himes brach die Arbeiten daran ab. Nach eigenen Aussagen schockierte ihn die zunehmende Gewalt, die er täglich beobachten mußte, zu sehr. Er wandte Grave Digger Jones und Coffin Ed Johnson den Rücken zu.

›*Blind Man With a Pistol*‹ ist 1969 erschienen, zehn Jahre nach ›*Die Geldmacher von Harlem*‹, eine Dekade, in der Himes' Pessimismus, sieht man sich seine Bücher an, wohl ständig wuchs.

1984 starb Chester Himes in Spanien, im selbstgewählten Exil. Heute, zehn Jahre später, sind Rassendiskriminierungen, Ausschreitungen gegen Andersfarbige und Angriffe auf Ausländer leider noch immer an der Tagesordnung – nicht nur in den USA. Ein trauriger Umstand, der deutlich macht, daß Chester Himes' Romane nichts von ihrer Aktualität verloren haben.

Stefan Bauer

Band 13 578

E. Sullivan (Hg.)

E wie Ehebruch

Deutsche Erstveröffentlichung

Ehe Sie die Ehe brechen, sollten Sie bedenken: Sex und Eifersucht sind nach dem lieben Geld die häufigsten Mordmotive. Überlegen Sie sich also den nächsten Seitensprung gut: er könnte tödlich sein! Statt in fremden Revieren zu jagen, lehnen Sie sich lieber zurück in ihren Sessel und entspannen Sie sich bei der Lektüre von Geschichten aus der Feder solch verehrungswürdiger Großmeister wie Ruth Rendell, Patricia McGerr, Jeremiah Healy, Julian Symons, William Bankier, Andrew Klavan etc.

BASTEI LÜBBE

Sie erhalten diesen Band im Buchhandel, bei Ihrem Zeitschriftenhändler sowie im Bahnhofsbuchhandel.